Ullstein

Alexander Conradt mit Chopin

Alexander Conradt

Irmchen 1 & 2

Zwei Romane

Ullstein

ein Ullstein Buch
Nr. 24089
im Verlag Ullstein GmbH,
Frankfurt/M – Berlin

Ungekürzte Ausgabe

Umschlagentwurf:
Theodor Bayer-Eynck
Illustration:
Silvia Christoph

Frontispiz:

Taschenbuchausgabe mit
freundlicher Genehmigung
des Hubert W. Holzinger Verlages,
Berlin

Printed in Germany 1996
Druck und Verarbeitung:
Ebner Ulm
ISBN 3 548 24089 5

Oktober 1996
Gedruckt auf alterungs-
beständigem Papier mit
chlorfrei gebleichtem Zellstoff

Vom selben Autor
in der Reihe
der Ullstein Bücher:

Irmchen (23460)
Irmchen II (23588)
Irmchen III (23714)
Das Irmchen Postkartenbuch (23726)

Als gebundene
Ausgabe im
Verlag Ullstein:

Sheykan – Licht der Hoffnung

Die Deutsche Bibliothek –
CIP-Einheitsaufnahme

Conradt, Alexander:
Irmchen 1 + 2 : zwei Romane / Alexander Conradt. – Ungekürzte Ausg. –
Frankfurt/M ; Berlin : Ullstein, 1996
(Ullstein-Buch ; Nr. 24089)
ISBN 3-548-24089-5
NE: GT

Alexander Conradt

Irmchen

Roman

Gewidmet: Jane Reynolds vom Centro
Canino und den Katzen Mallorcas

Es war einer jener späten Nachmittage, an denen ein ganz bestimmtes Lächeln in den Gesichtern der Mallorquiner zu erkennen ist. Die Touristen sind fort, die Insel findet wieder ihre Ruhe, liest man in ihren Augen.

Es war einer jener frühen Abende im November, an denen die Hotels schlossen, die Temperaturen kaum mehr über zehn Grad kletterten und die Souvenirhändler ihre Waren in Kisten packten. Langsam, wie an jedem Tag um diese Zeit, schwebte die rote Sonne über Estellencs im Westen Mallorcas dem Meer entgegen. Als glühende Scheibe saß sie noch eine kleine Ewigkeit auf den Gipfeln der bizarren Berge. Dann verschwand sie hinter dem Horizont, um den Himmel in ein zartrosa, dann feuerrotes Licht zu tauchen.

Es war gegen sechs Uhr, als der Mann aus Estellencs von der Küstenstraße abbog, um den staubigen Sandweg zu seinem kleinen verwinkelten Steinhaus oberhalb des alten Dorfes einzuschlagen.

Juan war erst 53 Jahre alt, doch die Last eines mühevollen Lebens lag schwer auf seinen Schultern. Viele Jahre lang war er zur See gefahren, hatte die Welt kennengelernt und Abenteuer erlebt – und er hatte in den Stürmen dieser Jahre viel von seiner Kraft verbraucht.

Doch nun war endlich Frieden eingekehrt. Es war eine Ruhe, die sich jeden Herbst wie ein Mantel über die Insel legte. Und es war auch eine glückliche Stille, die Juan im tiefsten Innern seines Herzens empfand.

Der Mann hatte sein Haus, etwa 100 Meter oberhalb von Estellencs, erreicht. Behutsam stellte er die prallgefüllte Tasche ab, holte eine Flasche Rotwein, Brot und ein Päckchen mit Fleisch hervor und legte alles auf den Tisch, der auf seiner Terrasse stand.

Der Mann mit den ergrauten Haaren und den braunen Augen hob den Kopf, sah sich suchend um. Seine Blicke wanderten über das Dach und die Wiese bis hin zum Steinbrunnen, der schon seit sechs Jahren nicht mehr funktionierte. »Wo ist er bloß?« fragte sich Juan. »Er müßte doch längst von seinem Ausflug zurück sein.«

Im nächsten Moment stand er neben ihm! Neugierig streckte er sein Köpfchen in die Höhe, schnupperte, daß die Barthaare im Gesicht nur so tanzten. Dann blinzelte er erwartungsvoll, daß seine gelbgrünen Augen zu Schlitzen wurden – und ließ sich anschließend verschmust gegen Juans Beine fallen.

Irmchen wußte genau, wann Juan vom Einkaufen zurückkam. Er kannte seine Stimme, die Bewegungen und Gewohnheiten und das zärtliche Streicheln der rauhen Hände. Irmchen liebte sein Zuhause.

Und während er seinen gefüllten Futternapf auf die alte, vom Wind ausgedörrte Terrasse gestellt bekam, erlosch die Sonne von Estellencs langsam im Meer.

Juan rückte seinen Schaukelstuhl zurecht, streckte die Beine auf einem knorrigen Pinienholzhocker aus und legte, wie fast jeden Abend um diese Zeit, seine Hände in den Schoß, um ein Stündchen zu schlafen und zu träumen. Das war immer das Zeichen für Irmchen, auf Juans Schoß zu springen, sich einzurollen und ebenfalls ein kleines Nikkerchen zu machen.

»Ach«, sagte Juan zu seinem geliebten Kater, »was haben wir doch für ein Leben geführt.« Und dabei streichelte er Irmchens rabenschwarzes Fell.

Irmchen verstand die Worte nicht, aber er empfand, was sie bedeuteten. Zufrieden leckte der Kater mit dem schwarzen Fell und dem weißen Fleck auf der Brust seine zerschundenen Pfoten. Überhaupt war Irmchen, der inzwischen dreizehn Jahre alt war, ein sonderbar zerzaustes Wesen: Die Eckzähne waren abgebrochen, ein Ohr ausgefranst, der Schwanz doppelt geknickt. Narben zeichneten das Fell, in dem überall, vor allem aber im Gesicht, silberne Härchen glänzten.

Doch Irmchen, wenn auch inzwischen schon etwas müde und langsam, war beim besten Willen kein altes Tier. Seine Muskeln waren noch stark. Seine Reaktionsfähigkeit war noch fast wie in der Jugend. Das Leben hatte ihn hart gemacht, schlau und raffiniert. Der Kater beherrschte viele Kunststücke, ahnte, ja witterte drohende Gefahren, bevor sie überhaupt Gestalt annahmen. Und Irmchen konnte kämpfen und töten.

Wie oft war er von anderen Tieren angefallen und fast umgebracht worden. Leben oder sterben, siegen oder verlieren – diese Begriffe hatten ihn durch sein langes, abenteuerliches Leben immer begleitet.

Es war warm auf Juans Schoß. Und beide – Mann und Kater – genossen die friedliche Stille, lauschten der rauschenden Musik des Windes, der mit den Blättern der Orangenbäume und den tausendjährigen Olivenbäumen spielte.

Langsam, ganz langsam, fielen Juan und Irmchen die Augen zu. Es wurde Nacht auf Mallorca! Die Kerze auf dem alten knorrigen Holztisch flackerte im Wind. Das Wachs floß tränengleich auf den Tisch, um sofort zu erstarren. Bald würde die Kerze heruntergebrannt sein und die Flamme erlöschen.

Aber davon merkten Irmchen und Juan nichts mehr. Beide hatten in ihren Träumen längst die Insel verlassen, um in die Zeit ihrer Jugend zurückzukehren.

Während Juan noch einmal seine Abenteuer auf See erlebte, wanderten Irmchens Erinnerungen über Zeit und Raum zurück nach Estellencs – wo vor dreizehn Jahren in einer alten Scheune alles begann . . .

*

»Sebastian, Sebastian! Mein Gott, warum hört er nicht? Sebastian, geh endlich in die Scheune und kümmere dich um die Katzen!«

Laut hallte der Ruf über den kleinen verwinkelten Marktplatz von Estellencs.

Die Septembersonne schob sich langsam, fast schon ein wenig mühselig über die Gipfel der Berge am Westrand Mallorcas.

»Sebastian! Jetzt mach doch zu! Räum die Scheune auf. Und repariere auch gleich die Tür zum Hof. Seit Tagen ist das Scharnier kaputt.«

Marias Stimme klang hart. Die Frau des Bürgermeisters war eine der wichtigsten Personen in dem kleinen Ort, in dem etwa 250 Menschen lebten.

Das Dorf, das sich an den Hang eines Berges schmiegte, war vor etwa 800 Jahren von Arabern gegründet worden, so wie viele Orte an der Westküste Mallorcas. Es gab, bis auf die kleine Pension am Ortseingang, kein modernes Haus. Die Zeit war stehengeblieben. Irgendwann in der Geschichte der Insel, so schien es, hatte jemand wohl die Uhren von Estellencs angehalten und das Dorf in seinen Dornröschenschlaf versetzt.

Die verwinkelten Gassen waren kaum mehr als zwei Meter breit. Die Häuser aus ockerfarbenem Naturstein, die sich alle ein wenig über die Gassen beugten, schienen vor der Gegenwart beschützen zu wollen und die offenen Türen der Häuser, die jedem Besucher signalisierten »Tritt ein, sei willkommen«, mahnten gleichsam: »Störe nicht den Frieden dieses Hauses.«

Das war Estellencs!

Sebastian hatte die Stimme Marias wohl gehört. Aber was sollte es. Rennen war unnötig. In Estellencs ging alles viel langsamer vonstatten. Lustlos schlenderte der Mann über den Marktplatz, lief den verschlungenen Pfad hinab zum Meer. Die Blätter an den Bäumen hatten erste zartgelbe Ränder.

Der Wind trug schon einen Hauch von Kälte durch das Tal. Nach einem Spaziergang von etwa zehn Minuten, anders konnte man Sebastians Schritt-Tempo wohl kaum bezeichnen, hatte er die alte Scheune erreicht. Die Tür quietschte und klapperte im Wind. Und alle paar Minuten knallte sie mit voller Wucht gegen den von Holzwürmern zerfressenen Rahmen.

»Ha! Hab ich dich endlich, dummes Katzenvieh!«

Sebastian machte einen schnellen Schritt vorwärts, trat nach der Katze und verfehlte sie nur um wenige Zentimeter. Die Katze war schneller als er. Mit einer geschickten Bewegung wich sie dem Tritt Sebastians aus und verschwand durch die ächzende Scheunentür. Aufgeregt und ängstlich schaute sie sich um. Der Schwanz tanzte in der stickigen Luft. Die Barthaare zitterten. Die Augen schauten nervös hin und her.

Und dann, als sie beruhigt festgestellt hatte, daß Sebastian wieder fort war und keine Gefahr mehr drohte, verschwand sie unter dem alten umgestürzten Fuhrwagen in der Ecke der Scheune. Dort lagen sie: übereinander, untereinander, nebeneinander! Die kleinen Augen meist noch halb geschlossen, kitzelten sie sich gegenseitig mit den hauchzarten Barthaaren im Gesicht. Bewegung geriet in den flauschigen Knäuel, als die Mutterkatze ins Versteck gekrochen kam. Durst und Hunger verspürten die Katzenbabys, die kaum zwei Wochen alt waren.

Und jedes wollte die Nummer eins sein an der Zitze. Sechs Katzenkinder lagen Sekunden später am warmen Bauch der Mutter, säugten, als ob es um den letzten Tropfen Milch ging. Und gierig und zufrieden gleichermaßen schoben sie ihre winzigen Vorderpfoten in den Bauch der Katzenmutter, übten den Milchtritt, den Katzen ein Leben lang beibehalten, wenn sie zu früh von der Mutter weggenommen werden. Proper und süß sahen sie aus mit ihren kleinen, prallen und milchgefüllten rosa Bäuchen.

Nur ein kleines Kätzchen lag verloren abseits. Es war als

letztes geboren worden. Es war klein und schwächlich und kam immer zu spät, wenn die Katzenmutter ihre Jungen an den Zitzen naschen ließ. Nummer sieben hatte die schlechtesten Karten.

Die Natur war hart! Nur die starken Tiere durften überleben. Und stark war in diesem Fall nur, wer sich seinen Platz an der Zitze erkämpfte.

*

Auch die Katzenmutter kannte dieses Gesetz. Ganz instinktiv spürte sie, was über Jahrmillionen die Natur vorschrieb – grausam, hart und mit dem einen Ziel: Nur das Beste und Gesündeste darf überleben! Ja, Nummer sieben hatte wirklich keine guten Karten bei dem Spiel, es ging um Leben und Tod.

So war die rabenschwarze Katze mit dem kleinen weißen Fleck auf der Brust auch viel zarter und winziger als ihre Geschwister. Wenn diese neugierig die ersten Ausflüge unternahmen, die Gegend ums Nest herum erkundeten, – Nummer sieben blieb kraftlos in ihrer Ecke liegen.

Doch nicht nur das!

Hinter dem umgestürzten Wagen war eine kleine Mulde im Boden, eine Vertiefung, über der ein Brett lag. Hier hatte sich Nummer sieben eingerollt. Weil es wegen der ungenügenden Ernährung ständig fror, hatte sich das kleine Kätzchen hier ein kuscheliges Extra-Nest gebaut. Da lag es nun verlassen und träumte den lieben langen Tag vor sich hin. Es träumte von dicken, prall gefüllten Zitzen und von Geschwistern, die Platz machen würden, wenn Nummer sieben käme.

Es war ein wichtiger Tag, als das Schicksal einen anderen Verlauf nahm, als sich mit einem Schlag alles änderte. Nummer sieben mit dem schwarzen Fell und dem kleinen weißen Fleck bekam davon zunächst gar nichts mit.

Kurz vor Mittag kam Sebastian wieder in die Scheune

geschlichen. Die Katzenmutter war gerade unterwegs auf Mäusefang. Die Babys schliefen ahnungslos, als die große, derbe Hand des Knechtes unter den umgestürzten Wagen griff. Sechsmal packte Sebastian zu, sechsmal holte er ein Katzenbaby aus dem Versteck, stopfte es in den mitgebrachten Sack. Dann verschwand er so lautlos, wie er gekommen war.

Als die Katzenmutter wenig später zurückkehrte, fing sie laut an zu miauen. Die Menschen hatten ihr die Kinder genommen. Verzweifelt schnupperte und suchte sie in allen Ecken der Scheune. Immer wieder hob sie den Kopf, hoffte, daß ihre Kinder vielleicht auf den Wagen geklettert waren. Aber es herrschte tödliche Stille im Raum. Die Kinder waren fort!

Traurig sah sich die Katze im Raum um. Ihre Blicke wanderten über das Pferdegeschirr an der Wand bis hin zum alten Amboß, auf dem von Zeit zu Zeit immer wieder mal ein Huf beschlagen wurde. Nichts, einfach nichts! Die Kinder blieben verschwunden!

An Nummer sieben unter dem durchgetretenen Brett dachte die Katzenmutter schon gar nicht mehr. Sie hatte es ja auch nie anders erlebt. Jedesmal, wenn sie ihre Jungen großziehen wollte, war ein Mensch gekommen, hatte ihr die Babys fortgenommen. Traurig verließ sie die Scheune und hatte schon bald vergessen, was passiert war.

Sie würde irgendwann neue Babys haben. So war das nun mal! Die Natur will, daß die Art erhalten bleibt, nicht das Individuum. Das wußte die Katze zwar nicht, aber sie fühlte es und handelte danach. Noch einmal blickte sie sich um, und sekundenlang blieb der Blick aus ihren grünen Augen am schiefen Scheunentor hängen. Es waren Sekunden des Abschieds und des Neubeginns zugleich. Dann drehte sie sich wieder um, setzte ihren Weg fort und verschwand zwischen den Bäumen.

*

Der Tag neigte sich dem Ende zu, als die Sonne ihre letzten Strahlen durch winzige Wandritzen in die Scheune schickte. Wie goldene Fäden standen sie flimmernd in der staubigen Luft, wanderten langsam über den strohbedeckten Erdboden. Ein Strahl fiel schließlich in die Bodenmulde und kitzelte eine kleine Katze mitten im Gesicht.

Nummer sieben erwachte, gähnte, streckte sich, stolperte unbeholfen aus der kleinen Höhle. Das Kätzchen mit dem schwarzen Fell und dem weißen Fleck war allein!

Keine Mutter, keine Geschwister – und vor allem nichts zu essen! Da kam sich die kleine Katze aus Estellencs ganz einsam und verlassen vor.

Und wenn Katzenbabys weinen könnten, dann hätte es jetzt ganz schrecklich angefangen zu schluchzen. Aber Katzenkinder können keine Tränen vergießen. Eine Stimme im tiefsten Innern des Herzens begann plötzlich zu sprechen, ganz leise erst und dann immer deutlicher. Und diese Stimme sagte: »Steh auf, du mußt essen, du mußt trinken, du mußt leben!«

Und die kleine Katze, die später den Namen Irmchen bekommen sollte, fing an, sich zu recken und zu putzen. Schließlich machte sich das tapsige verlassene Wollknäuel auf den Weg.

Zum erstenmal in seinem Leben steckte das Katzenkind seine schwarze Nase aus der finsteren, unheimlichen Scheune. Dann setzte es vorsichtig die kleinen schwarzen Pfoten vor die Scheunentür und blinzelte unsicher, aber auch schrecklich neugierig in den blauen Himmel über Estellencs.

Und dann passierte es: Die Katze sah die erste Fliege ihes Lebens. Frech surrend tanzte sie ihr um den Kopf, schlug Haken, kehrte zurück und war einfach nicht zu fangen.

Das verlassene Kätzchen verspürte einen schlimmen Hunger. Die Fliege, ach die Fliege war ja nur für den hohlen Zahn. Und außerdem war sie sowieso viel zu flink.

Aber irgendwas mußte geschehen!

Alles war neu, überwältigend, furchteinflößend: die Bäume, deren gewaltige Kronen im Wind rauschten, die Wolken, die am Himmel entlangzogen und das Dröhnen der Meeresbrandung, das vom Strand und von den Felsklippen nach Estellencs hochdrang. Der kleinen Katze wurde es bange ums Herz. Am liebsten wäre sie zurück in ihr enges Versteck gekrochen. Aber da war der quälende Hunger, der sich ständig meldete und der einfach nicht vergehen wollte.

Das Katzenkind schnupperte an einem Blatt, an einer Blüte, versuchte mit der winzigen Pfote, einen Käfer zu erhaschen.

Doch Blatt und Blüte machten irgendwie keinen eßbaren Eindruck. Und der Käfer war sofort weg, verschwunden unter einem Stein.

So also ging's nicht!

Nichts, aber auch rein gar nichts hatte die kleine Katze von ihrer Mutter lernen können. Die Zeit war viel zu kurz gewesen. Und außerdem: Das Baby hatte doch gar keinen Anspruch auf eine Zitze gehabt. Für das Waisenkätzchen hätte auf dieser Welt kein Platz sein sollen.

»Mein Gott, bist du süß! Aber du bist ja ganz abgemagert! Wo ist denn deine Mama?«

Das Katzenbaby zuckte zusammen: Das war ein Mensch! Und die bedeuteten nichts Gutes. Der einzige Mensch, den es kannte, war Sebastian. Es hatte ihn ab und zu beobachtet, wenn er in die Scheune kam, um etwas zu holen. Und plötzlich stand so ein Wesen direkt vor ihm oder besser über ihm.

Zunächst sah es nur den Schatten, sonst nichts. Dann verfolgte es den Schatten bis zum Ursprung und stellte fest, zu wem er gehörte: Carmen beugte sich hinunter, streichelte die kleine schwarze Katze, und das Häufchen Tier genoß die Berührung. Wie selten war es von seiner Mutter liebevoll berührt worden! Wie oft hatte es um die Milchzitze kämpfen müssen, um dann festzustellen: alles leer, alles schon weggetrunken! Und jetzt dieses Mädchen mit den langen schwarzen Locken!

»Ach, was bist du süß! Möchtest du auf meinen Schoß kommen?« Das Kätzchen mochte! Bereitwillig ließ es sich hochheben und als es Sekunden später im Schoß des Mädchens landete, da ließ es zum erstenmal ein Geräusch hören, das ihm selbst völlig fremd war. Das Findelkind fing leise an zu schnurren.

Etwa fünf Minuten lang kraulte Carmen ihr neues Spielzeug. Und schließlich kniff das maunzende Baby die Augen zusammen und bat das Schicksal, diesen Augenblick doch nie zu Ende gehen zu lassen.

Abschätzend hob Carmen den kleinen abgemagerten Katzenknäuel in die Höhe, besah ihn von oben bis unten, von vorn und hinten und kam schließlich zu der Überzeugung: »Wir müssen dir einen Namen geben! Aber welchen?«

Ihre Puppe brachte Carmen auf die Idee: »Weißt du was, ich nenne dich wie meine Puppe: Irmchen! Und du bleibst bei mir. Du gehörst jetzt zur Familie.«

Carmen steckte Irmchen unter den Pulli, so daß nur der kleine schwarze Kopf heraussah, und kletterte den Steinweg hinauf zum Haus der Eltern.

Dort angekommen, rief sie sofort ihren Bruder zu sich: »Sieh mal, Alessandro, was ich gefunden habe! Ist das Kätzchen nicht süß? Ich habe es Irmchen getauft, so wie meine Puppe.«

»Mein Gott, ist das Vieh abgemagert. Das geht bestimmt ein!« Alessandro verließ gelangweilt das Zimmer. Was war das schon? Eine Katze. Sie liefen hier auf Mallorca doch zu Zehntausenden rum. Ungeziefer, Schmarotzer, nicht besser als Ratten!

Doch Carmen war mit ihrem Liebling schon in einer anderen Welt. Glücklich setzte sie sich aufs Bett, nahm sich Irmchen in den Arm und fing an zu schmusen. Dann gab sie dem Kätzchen eine große Schale voll Milch, und Irmchen schleckte und schleckte und trank so lange, bis der Bauch kugelrund war. Drei Wochen etwa wurde Irmchen verwöhnt wie eine Märchenprinzessin. Jeden Tag Milch, jeden Tag ein Stückchen Fleisch, das Carmen mit einem besonderen Trick organisierte. Täglich, so gegen Sonnenuntergang, kamen die Gäste aus dem einzigen winzigen Hotel des Ortes, trafen sich zur obligatorischen Zigarette auf der Terrasse. Und da brachte Carmen ihr Irmchen hin. Und immer gab es ein paar Gäste, die ein Herz für Katzen hatten. Manche hoben einfach die Reste auf, brachten sie vor die Tür. Andere verzichteten auf die Mahlzeit, packten sie heimlich unter dem Tisch ein und überraschten anschließend die ewig hungrigen Katzen am Eingang. Hier kam Irmchen auf den Geschmack. Fleisch war eine feine Sache und obendrein viel leckerer als Milch.

Doch eines Tages war alles anders. Die kleine Pension hatte geschlossen. Keine Gäste, keine Touristen, kein lekkerer Happen Fleisch.

Mit knurrendem Magen trottete Irmchen den Berg hinauf zu Carmens Haus. »Da bist du ja! Hast du heute nichts bekommen? Komm her! Ich habe zwei kleine Überraschungen für dich.« Und mit wichtigem Gesicht holte Carmen ein kleines Katzenhalsband aus ihrer Schürze, band es Irmchen um. In einer winzigen Messingkapsel steckte ein Stück Papier mit nur drei Worten darauf. *Irmchen, Estellencs, Mallorca* – nicht mehr! Carmen drückte den Verschluß fest zu und setzte das Kätzchen an den Futternapf. Irmchen war jetzt etwa fünf bis sechs Wochen alt, noch ein verspieltes Kind, das jedoch schon in den ersten Lebenstagen sowohl Freude als auch Leid hatte kennenlernen müssen.

Dann kam der Tag, der alles veränderte.

Irmchen, frech, neugierig und abenteuerlustig, spielte unten an der Küstenstraße mit anderen Katzen, als ein Wagen oben auf der Paßhöhe um die Ecke bog. Der schwarze

Wirbelwind ahnte keine Gefahr, auch dann nicht, als der Wagen nur wenige Meter entfernt hielt und ein Mann ausstieg und flüsterte: »Was bist du für ein süßes Kätzchen. Komm, komm zu mir, ich habe was zu fressen für dich!«

Irmchen war noch zu unerfahren, um die Gefahr zu erkennen. Voller Vertrauen hüpfte die Katze auf den Mann zu, der sie mit einem schnellen Griff hochhob und in einen Gitterkäfig in seinem Wagen warf. Der Mann knallte die Käfigtür zu, mit der Routine eines Menschen, der dies schon öfter getan hatte. Dann stieg er in den Wagen, nahm auf dem Beifahrersitz Platz, blickte nur kurz zum Fahrer hinüber und sagte: »Okay, weiter!«

Und während der Wagen hinter der nächsten Biegung verschwand, saß Irmchen ängstlich in der engen Box, nicht wissend, wo die Fahrt hinging. Der Wagen hatte bald Valldemosa erreicht, bog dann ab in Richtung Palma. Im Norden der Stadt, gleich hinter dem Fußballstadion, endete die Fahrt für Irmchen. Der Mann holte die Katze aus dem Auto, setzte sie zu etwa sechzig anderen Katzen in einen Zwinger und sagte: »Du bist jetzt im Tierheim. Das ist dein neues Zuhause.«

Rumms! Mit lautem Krachen fiel die windschiefe Tür aus Maschendraht und Holzlatten ins Schloß. Der Katzenfänger, der Irmchen mitgenommen hatte, schob von außen den Riegel vor und schlurfte langsam davon.

»Wie viele sind es denn heute?«, fragte eine Stimme aus der alten Baracke, die nur etwa fünf Meter entfernt stand.

Ohne den Kopf zu heben, antwortete der Mann: »Eine.«

Dann nahm er einen verbeulten Blecheimer und einen Lappen und verschwand zu den Hundeboxen.

Da saß Irmchen nun, weit weg von Carmen und dem immer gefüllten Milchnapf, von der Wiese mit den Blumen, von Estellencs und der Freiheit. Ein tiefes, langgezogenes Fauchen riß Irmchen aus den Erinnerungen, holte die Katze zurück in die Wirklichkeit.

Sie drehte sich um, bekam einen Riesenschreck. Da saßen sie, zerhauen und abgemagert, krank und verlaust. Manche husteten und schnupften. Anderen fehlte ein Auge, ein Stück vom Ohr oder sogar die Schwanzspitze.

Hier, wie auf der ganzen Insel, aber hier eben noch brutaler, noch unerbittlicher, regierte das Gesetz der Auslese: Die Katzen saßen, hockten, lagen apathisch im Käfig. Und so manche, das konnte man ahnen, hatte schon mal die Sonnenseite des Lebens kennengelernt.

Da war die junge Katzenmutter, die erst vor kurzem mit ihren drei schwarz-weiß gefärbten Jungen gebracht worden war. Ängstlich verkrochen sich alle vier in einem zerfledderten Korb in der Ecke. Da gab es Baby, ein kleine weiße Katzenfee aus Cala Ratjada. Träumend saß sie am Tor auf einem kleinen Vorsprung, blickte tagein, tagaus in die Ferne, hoffte, daß irgendwann sie jemand befreien und erlösen würde.

Eine der schönsten war Rosita! Sie hatte ein schwarzweiß-rotbraun getöntes Fell. Und sie hatte von allen Katzen die traurigsten Augen. Acht Jahre hatte Rosita auf einem Rittergut in der Nähe von Puerto de Soller im Nordwesten der Insel gelebt, mit Freunden und mit einer Familie, die sie über alles liebte. Doch dann hatte der Patron plötzlich angefangen zu toben. Keiner wußte, warum.

Ein Patron in Spanien hat fast die Macht eines Königs. Und so forderte er eines Tages: »Rosita kommt weg, oder ich schlage sie tot!«

Schweren Herzens brachten die Kinder ihre Katze ins Tierheim, besuchten sie dort jede Woche. Und immer mußte die Katze mit dem schönen Fell und den traurigen Augen zurückbleiben, wenn die Familie nach einem Besuch wieder ging, und sie verstand nicht, warum.

Das Tierheim Centro Canino von Palma im Norden der Stadt war ein Kreuzweg der traurigen Schicksale. Und trotzdem: Die Tiere hatten es hier noch relativ gut. Sie bekamen ihr Futter, sie hatten eine Bleibe. Sie hatten nur eines nicht: eine Zukunft!

Jane Reynolds, die Chefin des Heimes, eine 85jährige Engländerin, die vor 34 Jahren mit ihrem Mann nach Mallorca gezogen war, tat ihr Bestes. Mit ihren Freunden sammelte sie auf der Insel die herrenlosen Tiere ein oder holte sie in den Hotels ab, wenn von dort ein Notruf eingegangen war.

Auch Jane wußte, daß die Katzen und Hunde im Heim kaum eine Chance hatten, ein besseres Leben zu führen. Manche blieben ihr Leben lang hier, hofften eine Ewigkeit auf Rettung, auf einen liebenden Menschen, der sie erlöste.

Ja, ab und an kamen ein paar verrückte Touristen. Sie brachten Geld oder Futter. Sie setzten sich zu den Tieren in die Boxen, streichelten sie, nahmen auch mal Tiere mit in die Heimat. Aber das waren die Ausnahmen. Und darauf konnte Irmchen nicht hoffen.

Im Gegenteil: Sie mußte, obwohl noch ein Kind, die rauhen Gesetze der Natur lernen: Friß oder verhungere! Kämpfe oder stirb! Aber mit dem Fressen war das gar nicht so einfach. Um die Futterschale, so groß wie ein Waschbottich, lagen mindestens zwölf Katzen herum. Und jede paßte auf, daß keine andere zu nahe kam und ein Neuankömmling schon erst recht nicht. Der hatte sich weit hinten anzustellen. Irmchen lernte den Begriff Rangordnung kennen. Und sie wußte genau, ihr Platz war ganz am Ende.

Irmchens Schicksal schien besiegelt. Aus diesem Tierheim gab es kein Entkommen. Was hatte das kleine Katzenkind schon vom Leben zu erwarten: Hunger, Durst, Angst und obendrein die Prügel und Hiebe anderer Katzen, die keine Rücksicht darauf nahmen, daß Irmchen noch nicht einmal erwachsen war.

Traurig blickte Irmchen am Gitter empor, sah das ausgebleichte grüne Plastikdach, erkannte durch einen Spalt den blauen Himmel darüber. Nein! Eine Flucht aus diesem Käfig war unmöglich!

Irmchen verkroch sich entmutigt in eine Ecke, machte die Augen zu und fragte sich, warum das Leben nur so trostlos war.

Plötzlich spürte sie eine zarte Berührung. Die kleine Katze wurde aus ihren Träumen gerissen, öffnete die Augen.

Vor ihr stand ein riesiger grau-weißer Kater, der ihre kleine schwarze Nase sanft mit seiner großen rosafarbenen stupste.

Blödi, so wurde der Kater von Jane genannt, war der Herkules des Tierheims. Er war größer als mancher Hund, hatte Muskeln aus Eisen und einen Gesichtsausdruck wie ein süßer kleiner Schwachkopf.

Der Tierfänger hatte ihn aus der Rumpelkammer eines Hotels abgeholt und ins Tierheim gebracht. Hier lebte er nun seit fast einem Jahr und hatte nur ein Interesse: fressen, fressen, fressen! Obwohl er so kräftig und gewaltig war, hatte Blödi selbst noch das Gemüt eines Katzenkindes und war im tiefsten Innern seines Herzens zaghaft, schüchtern und ängstlich. Blödi sah Irmchen, und sofort hatte er das Gefühl: Um dieses hilflose Etwas mußt du dich kümmern.

Nachdem die beiden Tiere sich vorsichtig begrüßt hatten, vergingen nur wenige Minuten, und schon hatten sie Freundschaft geschlossen.

Es wurde Abend. Und als die Sonne hinter den Häusern verschwunden war und die Sterne am Himmel funkelten, da wurde Irmchen noch trauriger. Die Kälte kroch ihr in die Knochen und der Schmerz der Einsamkeit fraß sich in ihr Herz. Es war zu kalt für ein Katzenkind, das sich nicht an das wärmende Fell seiner Mutter kuscheln konnte. Die Menschen, sie lagen jetzt in ihren Betten, hatten die Öfen an, mußten nicht frieren. Aber die Katzen im Centro Canino?

Überall in den Ecken hörte Irmchen kranke Katzen schniefen und husten. Der Katzenschnupfen war überall.

Doch während die Katzen anderer Länder starben, überlebten viele Katzen Mallorcas diese schlimme Krankenheit. Sie hatten genügend Abwehrkräfte aufgebaut. Aber wozu überleben?

Ob Baby, Blödi, Rosita und nun auch Irmchen: Welchen Sinn hatte dieses Leben hinter Gefängnismauern? Und welchen Sinn hatte es außerhalb der Mauern? Dort wurden sie gehetzt und gejagt. Sie wurden getreten, gefoltert, totgefahren, gegen Wände geschlagen, vergiftet und auf den Müll geworfen.

Die Katzen Mallorcas: Sie litten wie alle gequälten Kreaturen dieser Welt. Schon lange waren die Tiere hier und anderswo nicht mehr Partner der Menschen. Sie waren die Sklaven der Gegenwart, wurden geschändet und ausgerottet, hatten keine, aber auch gar keine Chance auf ein glückliches Leben.

Der Mond warf lange dunkle Schatten über das Tierheim im Norden von Palma de Mallorca, als Blödi ganz langsam zu Irmchen gekrochen kam. Schlaftrunken hob die kleine Katze den Kopf, als plötzlich der süße Geruch von Futter in ihre Nase zog. Blödi setzte sich vor Irmchen hin und ließ ein Stück Fleisch aus dem Maul plumpsen, stupste es mit der Nase einige Zentimeter über den Boden. Und wäre Irmchen ein Mensch gewesen, sie hätte Blödi vor Freude und Dankbarkeit einen dicken Kuß gegeben.

Aber da Irmchen eine kleine Katze war, berührte ihre Nase nur ganz kurz die Nase des Riesenkaters. Und wie ein Vater saß Blödi neben seinem Schützling, als er genüßlich den Fleischbrocken verdrückte. Ein bißchen weniger traurig, ein bißchen weniger verzweifelt kuschelte sich Irmchen ein in ihrer trostlosen Ecke und wurde entführt in einen schönen Traum. Das Katzenkind träumte von Wiesen und Olivenhainen, spielte mit Carmen, lag im Hof und genoß paradiesisches Nichtstun.

Doch der nächste Tag brach an, und es folgte für Irmchen eine weitere Lektion auf dem Weg zum Erwachsenwerden.

Wenn sie überleben wollte, mußte sie sich durchsetzen. Und Irmchen lernte! Sie erfuhr, wer die richtigen Freunde waren. Sie bekam heraus, wie sie dem Pfleger ums Bein schnurren mußte, um eine Extra-Portion zu erwischen. Sie lernte aber auch, wann sie sich zurückhalten mußte. Und Zurückhaltung war immer dann geboten, wenn Rudolfo, der große getigerte Kater, mit seinem fünfköpfigen Gefolge zum Futternapf schritt. Dann mußten sich alle davonstehlen, durften Platz nehmen auf der Galerie der Ängste.

Ja, Irmchen wurde erwachsen, viel schneller als jede andere Katze ihres Alters. Und: Irmchen entwickelte einen unbändigen Lebenswillen. Sie wollte raus aus dem Zwinger, der sie irgendwann umbringen würde. Aber wie?

Fast ein halbes Jahr lang lebte Irmchen im Centro Canino. Und fast jeden Tag bog der Wagen der Tierfänger von der Calle Jesus in den staubigen Sandweg, der hinter dem Fußballstadion endete.

Irmchen hatte sich schon fast damit abgefunden, das ganze Leben hier zu verbringen. Mit Freundin Ginger, der kleinen rotbraunen Katze, und Blauäuglein, der jungen Siamkatze mit den zertrümmerten Hinterläufen, saß sie tagein, tagaus in einem alten, halbkaputten Katzenkorb, den irgendein Tierfreund gespendet hatte.

Überhaupt mühten sich Jane und ihre Freundinnen in einem endlosen Kampf für ihre Katzen und Hunde. Sie veranstalteten Basare, sammelten alte Kleidungsstücke, ließen sich von Fleischern und Bäckern Reste geben, die sie an ihre Tiere verfütterten. Dann, jedes Jahr zu Weihnachten, schrieb Jane Briefe an Tierfreunde in aller Welt, mit der Bitte um eine Spende. Von dem, was gegeben wurde, mußten die Tiere leben. Wehe, das zarte Rinnsal würde eines Tages versiegen.

Irmchen verlor langsam den Lebensmut. Das Fell wurde

struppig. Überall, an den Augen, auf dem Rücken, ja sogar auf der Nase zeugten blutige Kratzer von schlimmen Raufereien. Freiheit, das war es, wonach Irmchen sich sehnte. Und der Wunsch wurde immer stärker.

*

Dann kam die letzte Nacht im Centro Canino. Es war kühl in dieser Nacht im Mai. Die Katzen kuschelten sich aneinander, träumten wie so oft von einer besseren Welt. Irmchen war noch wach, versuchte durch das Plastikdach die Sterne zu sehen. Vergeblich! Plötzlich waren von weitem Stimmen zu hören. Männer kamen den Sandweg von der Calle Jesus herunter. Einige Katzen reckten ihre Köpfe nach oben, lauschten, wer sie da im Schlaf stören würde.

Und bruchstückhaft fing Irmchen, die ganz dicht bei dem Gittertor lag, Satzfetzen auf: »Diese blöden Viecher müssen weg! Gib mir mal die Kneifzange. Wir werden das schon machen!«

Irmchen bekam Angst. Ein unbestimmtes Gefühl, daß gleich etwas passieren würde, kroch in ihr hoch. Die Muskeln spannten sich. Sie machte die Ohren so spitz wie noch nie im Leben und legte sich gleichzeitig ganz flach auf den Boden.

Die drei Männer machten sich am Zaun zu schaffen. Ganz leise hörten die Katzen ein dumpfes Knack, Knack, Knack – immer wieder. Mit der Kneifzange schnitten die Männer den Maschendrahtzaun auf. Es dauerte nur Minuten, dann klaffte ein etwa ein Meter hohes Loch im Zaun.

Sekunden später standen die Männer auf dem Gelände des Tierheims, öffneten mit einem flinken Handgriff die Zwingertür: »Husch, ihr blöden Viecher, macht, daß ihr rauskommt! Weg mit euch! Verschwindet!«

Und während die Männer lachend und lärmend durch das Katzengehege tobten, mit den Händen klatschten und Schlafkörbe und Freßnäpfe durch die Luft wirbelten, rannten die Katzen wild kreischend und fauchend im Kreis. Rudolfo, der König vom Centro Canino, ging sofort zum Angriff über, sprang einem der Eindringlinge ins Gesicht, zerfetzte ihm die Haut. Blödi schnappte sich den zweiten Mann, sprang ihm aus der Dunkelheit von hinten direkt auf den Kopf, krallte sich mit seinen scharfen Klauen so sehr in der Haut des Mannes fest, daß dieser vor Schmerz taumelte und der Länge nach in ein Katzenklo fiel.

Irmchen fühlte einen unbändigen Kampfgeist in sich aufsteigen, wollte sich todesmutig den dritten Eindringling schnappen.

Am Zaun nahm sie Anlauf, stürzte sich auf den letzten Mann, schlug ihm die winzigen Zähne in die Wade. Nichts passierte! Verwegen biß der kleine Held zu, wieder und wieder. Doch die Zähne waren noch eine unbrauchbare Waffe. Bei der dritten ergebnislosen Attacke beugte sich der Mann hinunter, packte den übermütigen Angreifer: »So, du kleiner Bastard, jetzt werden wir dich mal mit dem Kopf gegen die Wand klatschten und dir dein überflüssiges Lebenslicht ausblasen!«

Der Einbrecher nahm Schwung, holte weit aus. Irmchen schwanden die Sinne. Und wie eine Stahlfeder schoß der Arm des Mannes vor, die Katze im Würgegriff. Unaufhaltsam raste ihr kleiner schwarzer Kopf der weißgetünchten Mauer entgegen.

Da! Mit einem gurgelnden Schrei hielt der Mann plötzlich inne, ließ Irmchen im letzten Augenblick fallen. Sogleich stürzte auch er zu Boden, krümmte sich zwischen Futterschalen und brüllte, als hätte sein letztes Stündlein geschlagen.

Irmchen staunte über die wundersame Rettung. Und dann entdeckte sie den Grund für das abrupte Ende ihres Todesfluges: Blödi kam langsam mit blutverschmiertem Maul aus dem Hosenbein des Mannes gekrochen. Der Herkules des Tierheims hatte den Mann an seiner empfindlichsten Stelle gepackt und Irmchen damit das Leben gerettet.

Jetzt hieß es nur noch: Raus hier! Rette sich, wer kann! Alle Katzen schossen auf das Tor zu, purzelten über- und untereinander, fauchten, kratzten, kreischten. Nur raus, raus, raus! Raus in die Freiheit!

Die Männer hatten erreicht, was sie wollten. Wenn die Katzen erst fort waren, konnten sie das Grundstück bestimmt für wenig Geld von Jane kaufen und später einen Supermarkt darauf setzen.

Auch Irmchen rannte wie von tausend Teufeln gejagt den Sandweg hinauf. Blödi versuchte noch zu warnen: Sei vorsichtig, da ist die Autobahn, schoß es durch seinen Kopf. Die kleine Katze hielt inne, als hätte sie die Gedanken des großen Freundes verstanden, drehte sich noch einmal um. Und ein letztes Mal blickten sich die beiden Tiere in die Augen. Noch einmal leckte der Kater Irmchen zärtlich den Nacken, und der kleine Raufbold fing an zu schnurren, legte liebevoll seine schwarzen Pfoten auf Blödis Kopf.

Die Tiere nahmen Abschied voneinander. Sie waren die besten Freunde geworden, der eine war für den anderen immer da gewesen. Das hatte zusammengeschweißt. Und nun die Trennung! Es sollte, aber das wußten beide nicht, noch einmal ein Wiedersehen geben. Doch bis dahin würden viele Jahre ins Land gehen.

Blödi war gerade in der Dunkelheit verschwunden, als auch Irmchen sich auf den Weg machte. Mit Anlauf sauste die Katze über die Straße, um Haaresbreite zwischen laut hupenden Autos hindurch. Alles war fremd, dunkel, angsteinflößend. Überall donnerten die Wagen über den Asphalt. Irmchen sah nur qualmende Auspuffrohre, drehende Radkappen und grell leuchtende Scheinwerfer. Ganz oben, in weiter Ferne, nahm sie die wechselnden Farben der Ampellichter wahr, sah, wenn sie ihren Hals reckte, die bunten Neonröhren der Reklameschilder. Keine Ruhe, keine Stille der Nacht, kein funkelnder Sternenhimmel wie in Estellencs!

Irmchen fühlte Panik aufsteigen: Was war bloß los? Wo war sie? Warum war hier alles so laut?

Der Ausreißer achtete auf nichts mehr, war völlig durcheinander, als schon wieder etwas passierte. Ein Fußgänger versetzte Irmchen einen so gewaltigen Tritt, daß sie im hohen Bogen auf die Straße flog. Ein Autofahrer konnte nicht mehr rechtzeitig bremsen. Reifen quietschten, qualmten, erfaßten das Kätzchen mit voller Wucht. Meterweit schleuderte Irmchen durch die Luft, blieb schwerverletzt im Rinnstein liegen. Blut sickerte aus der Nase. Am Rücken klaffte eine tiefe, etwa sechs Zentimeter lange Wunde.

Eine junge Frau beugte sich über das schwarze blutverschmierte Etwas. »Oh, mein Gott!«

Doch ein Mann riß die Frau sofort zurück: »Sie ist tot, laß sie liegen! Die nimmt morgen die Müllabfuhr mit.«

Aber das hörte Irmchen schon nicht mehr. Mit dem Aufprall war es Nacht um sie geworden. Was folgte, war der Sturz in ein tiefes schwarzes Loch, an dessen Ende es wieder hell und warm wurde. Dann war alles vorbei!

*

Weinend saß Jane am nächsten Morgen in der Küche des Tierheims. Überall umgestürzte Freßnäpfe und Wasserschüsseln. Aber keine Katze weit und breit. Jane konnte ihre Tränen nicht zurückhalten: »Wer hat das nur getan? Wer bringt so etwas fertig?«

Die Sonne kletterte langsam über die Häuser von Palma, als Irmchen aus tiefer Bewußtlosigkeit erwachte. Der ganze Körper tat höllisch weh. Der Kopf war blutverkrustet, der aufgerissene Rücken schmerzte fürchterlich. Die rechte Hinterpfote war schwer verletzt. Irmchen versuchte, den Kopf zu heben. Aber das war unmöglich. Und obendrein hatte sie noch einen schrecklichen Durst.

»Sieh mal, die Katze da!«

Zwei Schulmädchen hatten Irmchen entdeckt. »Mein Gott! Wie sieht denn die aus?«

Offensichtlich hatten sie den Schulunterricht gerade hinter sich und waren auf dem Heimweg, als sie Irmchen im Rinnstein fanden. Die Mädchen kamen näher, sahen sich das Elend aus der Nähe an: »Die können wir doch hier nicht liegenlassen«, sagte eines der Mädchen, zog seinen Pulli aus und wickelte Irmchen darin ein. Der kleine Ausreißer wurde sofort wieder bewußtlos vor Schmerzen. Doch nach wenigen Minuten schon kam die kleine Katze wieder zu sich, versuchte, die Lage zu erkunden.

Jeder Schritt, jede Bewegung bedeutete für Irmchen Höllenqualen. Alles im Körper tat weh. Ja selbst die Atemzüge schmerzten. Nach etwa zwanzig Minuten waren die Mädchen an einem verfallenen Ruinengrundstück nahe dem großen Platz in der alten Palma-City angelangt. Überall lag Unrat, Gestrüpp wucherte aus bröckelnden Mauerritzen. Es roch nach Verfaultem, vor allem am Mittag, wenn die Sonne auf den Bergen von Müll ihre Hitze entfaltete.

Die beiden Mädchen, die ihr verletztes Findelkind nicht mit nach Hause nehmen konnten, legten Irmchen am Rande der Müllhalde in den Schatten: »Wir kommen morgen wieder und bringen dir was zu essen.«

Dann verschwanden sie.

Wäre die Katze ein Menschenkind gewesen, sie hätte bestimmt laut geweint: Der Magen knurrte, der Körper war geschwollen, der Durst war unerträglich. Schlimmer konnte es kaum noch kommen.

»He, kleiner schwarzer Teufel. Was haben sie denn mit dir gemacht?« Eine junge Frau mit langen schwarzen Haaren, einem goldfarbenen Kleid und hochhackigen Schuhen beugte sich zu Irmchen hinab.

Ängstlich zuckte die Katze zusammen. Ein Schmerz jagte durch den abgezehrten Körper, als die Frau ihre Hand ausstreckte, um Irmchen das Fell zu kraulen: »Oh, mein Gott, du blutest ja!«

Lilo, so hieß die Frau, zog die Hand sofort zurück. »Was ist denn bloß passiert?«

Irmchen hatte kaum noch Kraft im Körper. Die schlechte Ernährung der letzten Wochen, der ewig nasse Zwinger im Tierheim, der ständige Kampf ums Futter – all das hatte die Katze krank und müde gemacht. Und dann der Unfall!

Irmchen spürte den nahenden Tod. Das schwarze Fell war stumpf und zerzaust. Die Lebenskraft war am Versiegen. Aber Irmchen hatte einen starken Lebenswillen und wollte nicht sterben.

Mit großer Mühe raffte sie sich auf, taumelte langsam auf Lilo zu. Viel zu wenig Liebe hatte sie in der kurzen Spanne ihres Lebens bekommen, kaum Zärtlichkeiten, weder Wärme noch Zuneigung. Doch Irmchen spürte, daß Lilo Katzen mochte, daß sie helfen wollte.

»Ich komme gleich wieder«, flüsterte Lilo und verschwand in der dunklen engen Gasse.

Irmchen war in einer schlimmen Gegend von Palma gelandet. Hier trafen sich nach Sonnenuntergang die Liebesmädchen und die Matrosen, deren Schiffe im Hafen vor Anker lagen. Es roch nach Alkohol und Unrat, ölig zubereiteten Mahlzeiten und Urin. Wer hier in der Altstadt, zwischen Müll und schummerig roten Laternen an eine Tür klopfte, der hörte nur das Lachen der Mädchen und das Quieken der Ratten, die über das Kopfsteinpflaster huschten. Vergeblich versuchte Irmchen, sich die Pfoten zu lekken. Sie hatte einen ausgetrockneten, brennenden Rachen und das Gefühl, im Körper sei kein einziger Knochen heil.

»So, da bin ich wieder!« Zehn Minuten etwa waren vergangen, da stand Lilo mit einer Schale Milch und einem Teller voller Kartoffeln in Soße vor ihr. Der Duft zog wie ein Parfüm in Irmchens Nase. Das mußte das Paradies sein!

Irmchen öffnete ihr kleines Maul und angelte den ersten Bissen. Ach, wie gut konnten Kartoffeln schmecken!

Lilo hockte sich daneben, breitete eine alte Zeitung aus, stellte den gefüllten Teller darauf. Zitternd kroch Irmchen an den Futterplatz, der noch nie im Leben so liebevoll für sie gedeckt worden war – und genoß jeden Happen. Satt, kugelrund und mit einem zufriedenen Katzenseufzer schlief sie schließlich ein.

Lilo erhob sich vorsichtig und ganz leise und schlich davon.

Sie hatte Tränen in den Augen, weil die kleine Katze ihr so leid tat, aber auch, weil ihr eigenes Leben so sinnlos und leer war. Lilo, die ihren Körper an Matrosen verkaufte, kannte die Spielregeln. Keinem wird etwas geschenkt. Man muß es sich nehmen. Aber warum haben manche Menschen mehr Glück im Leben? Und was haben jene wohl verbrochen, die immer wieder auf die Schnauze fallen?

Während Lilo ihren Gedanken nachhing, war sie an einem kleinen verwinkelten Eckhaus angelangt.

»Wo warst du Schlampe so lange? Die Kunden warten! Ich werde dich grün und blau prügeln, wenn du zwischendurch einfach abhaust«, donnerte eine Männerstimme vom Balkon.

Bevor Lilo hinter der grünen Holztür verschwand, blickte sie noch einmal die Straße hinunter und dachte dabei an Irmchen: Jetzt habe ich jemanden zum Liebhaben, dem es genauso schlecht geht wie mir.

Jeden Tag kam Lilo zu Irmchen, brachte ihr Futter und Milch. Es dauerte kaum zwei Wochen, da hatte sich die kleine Katze aus Estellencs von den Folgen des Unfalls erholt. Doch dann begann eine neue Plage: Erst am Kopf, an den Ohren – schließlich befiel sie den ganzen Körper. Durch den Dreck, in dem Irmchen leben mußte, war sie ein Opfer von Flöhen, Milben und einem quälenden Hautpilz geworden.

Nach wenigen Tagen war fast der ganze Körper erkrankt. An den Augen, auf dem Rücken, an Schwanz und Pfoten, überall hatte sich eine millimeterdicke Schuppenschicht gebildet. Irmchen konnte kaum noch sehen. Die Nase war fast zu, das Fell ging aus. Die Sonne brannte wie Feuer auf der entzündeten Haut. Und verkroch sich Irmchen unter einem Müllhaufen, dann drang ihr der beißende Gestank in die Nase. Sie dachte an Weglaufen. Aber wohin? Außerdem war da Lilo, die sie so sehr liebte.

Dann plötzlich kam die Freundin nicht mehr. Ungeduldig wartete Irmchen den ganzen Tag, einen zweiten, einen dritten. Von Lilo keine Spur! Die kranke Katze wußte nicht, was los war. Hatte ihr Mensch sie vergessen?

Traurig saß Irmchen auf dem alten zerfledderten Stück Zeitungspapier. Die Krankheit hatte den Körper in einen häßlichen Panzer verwandelt. Die Touristen, die vorbeikamen, machten einen großen Bogen um Irmchen, Mütter nahmen ihre Kinder an die Hand: »Pfui, faß das Vieh nicht an! Es ist krank! Es stirbt sowieso bald!«

Die kleine Katze sah Lilo nie wieder. Der Mann, der Lilo vom Balkon herab angebrüllt hatte, war schuld daran. Er hatte sie eines Abends, als sie von Irmchen kam, die Treppe hinuntergeprügelt. Mit schweren Kopf- und Rückenverletzungen war sie ins Krankenhaus eingeliefert worden. Als die Freundin nach fast einem halben Jahr das Krankenhaus verlassen konnte, erinnerten nur noch die beiden leeren Freßnäpfchen an das Kätzchen.

Irmchen war schon etwa zehn Tage krank und ohne Hoffnung auf Hilfe, als wieder ein Mensch ihren Weg kreuzte. Das kleine Häuflein Katze lag neben einer achtlos weggeworfenen Wurst, als es die tiefe wohlklingende Stimme eines Mannes hörte: »Na, das ist aber interessant! Du hast ja eine Krankheit, die es hier auf der Insel normalerweise nicht gibt.«

Die Stimme gehörte zu Dr. Raffaelo Portas, der Veterinario, Tierarzt, in Manacor war. Der Mann nahm die Katze auf den Arm, hob sie hoch, besah sie von allen Seiten. »Ungewöhnlich, sehr ungewöhnlich! Du kommst mit in meine Praxis.«

Irmchen hatte kaum Zeit, Abschied von ihrer Müllhalde zwischen den beiden alten Häusern zu nehmen. So schnell ging alles.

Dr. Portas wickelte das Findelkind in ein Handtuch, das er eben für seine Frau gekauft hatte, und lief mit seinem Patienten zum Auto.

Ängstlich, aber auch entkräftet lag Irmchen auf dem Beifahrersitz. Und während der Tierarzt seinen Wagen über die Ringstraße zur Ausfahrt nach Manacor lenkte, hob Irmchen immer wieder den Kopf, um zu sehen, was los war. Es war vergeblich! Der Wagen ruckelte und schuckelte, und das Kätzchen hatte nicht genügend Kraft, um sich aufzurichten. Nach etwa einer Stunde bog das Auto in einen Feldweg am Rande von Manacor ein.

»Liebling, schau mal, was ich mitgebracht habe. Es sieht zwar nicht mehr aus wie eine Katze, aber es ist eine!«

Der Tierarzt schloß den Wagen ab, begrüßte seine Frau, die am Eingang der weißen Villa stand: »Dieses Häufchen Elend heißt Irmchen und ist aus Estellencs. Das jedenfalls steht auf einem kleinen Zettel, der in einem Medaillon steckt, das diese Katze um den Hals trägt.«

Die Frau des Arztes schüttelte den Kopf: »So kenne ich dich! Jedes kranke Tier bringst du mir nach Hause. Wir werden uns noch mal irgendwann anstecken.«

Der Arzt hörte die Worte seiner Frau schon nicht mehr. Er war längst mit Irmchen im Behandlungszimmer, hatte die Katze dort auf einen Tisch gesetzt. Dann wühlte er im Arzneischrank herum, fand nach Sekunden, was er gesucht hatte: eine Kortisonsalbe, die in solchen Fällen Wunder wirkt.

Und schon ging das große Einschmieren los. So etwas hatte Irmchen noch nie erlebt. Von Kopf bis Fuß wurde sie vom Doktor zugekleistert: hinter den Ohren, im Gesicht, Rücken, Bauch, Pfoten, ja sogar die Schwanzspitze wurden eingesalbt.

Ständig wollte das kleine Monster stiftengehen und vom Tisch flitzen. Aber dazu war die Katze zu kraftlos, waren die Hände des Arztes zu schnell.

Wann immer die Patientin zum Tischrand hopste, die großen Hände des Arztes warteten dort schon, als könnten sie die Gedanken der Katze lesen.

Irmchens unfreiwillige Geduld wurde belohnt. Nachdem der Arzt sie mit Flohpuder eingestäubt und die Ohren geputzt hatte, gab es noch zwei Spritzen ins Hinterteil. Dann war die Behandlung vorbei. Die kleine Lady aus Estellencs bekam eine Schüssel voller Wasser und einen Riesennapf mit Katzenfutter. Alle Meisterköche dieser Welt hätten nichts Besseres zubereiten können. Irmchen schlug sich den Magen voll, bis sie das Gefühl hatte zu platzen. Dann verkrümelte sie sich unter dem nächstbesten Schrank und schlief sofort ein.

»Da hast du uns ja was mitgebracht!« Fassungslos, aber liebevoll blickte Lorenza Portas ihren Mann durch die halboffene Tür an. »Meinst du, daß du sie gesund bekommst?«

»Klar!« Raffaelo nahm seine Frau in den Arm: »Hätte ich denn das arme hilflose Geschöpf sitzen lassen sollen? Es hätte doch ohne mich keine Chance mehr auf dieser Welt gehabt. Nein! Ich mußte das Tier retten.«

Die Frau legte die Stirn in Falten: »Aber willst du denn allen Katzen dieser Welt helfen? Es gibt ja so viele allein auf der Insel. Und den meisten geht es schlecht. Du kannst nicht für alle dasein!« Lorenza beobachtete, daß ihr Mann sich wegdrehte. Aber sie bemerkte nicht, daß er Tränen in den Augen hatte.

Raffaelo verließ den Raum und murmelte, mehr zu sich selbst: »Aber ich muß ihnen doch helfen, wenn es sonst kein anderer tut. Und soll ich denn die eine sterben lassen, nur weil ich den vielen anderen nicht helfen kann?«

Seine Frau hörte nicht, was er sagte, aber sie wußte, was er empfand, und dafür liebte sie ihn.

Irmchens Leben hatte sich von einem Tag auf den anderen schlagartig verändert: keine Ängste mehr, weder Hunger noch Schmutz. Irmchen lebte im Katzenparadies.

Die Villa, die die Portas-Familie mit ihren vier Kindern und drei Angestellten bewohnte, lag am Standrand von Manacor in einem Park, der von einer Steinmauer umgeben war. Eine Pinienallee führte zur Villa, die auf einem kleinen Hügel stand. Überall im Garten wuchsen Orangen- und Feigenbäume, und Familie Portas ließ die Wiese einfach sprießen, bis sie zu einem Meer von wild duftenden Blumen geworden war.

Der Familiensitz der Portas hatte etwa zwölf Zimmer, eine riesige Empfangshalle, Marmorbäder und eine kirschholzgetäfelte Bibliothek. Das war das Reich des Hausherrn. Hier, zwischen seinen Antiquitäten, alten Ölbildern, Spiegeln und Schiffsmodellen fühlte er sich am wohlsten. Stundenlang konnte er dort sitzen und in seinen alten Bänden lesen. Oft erst spät am Nachmittag, wenn die Sonne sich den Bergen im Südwesten näherte, trat er vor die Tür, lief allein durch den Garten. Dann dachte Raffaelo manchmal über sein Leben nach, die Hetze seiner Jugendzeit, die Rastlosigkeit der frühen Jahre. Hier nun hatte er endlich Ruhe gefunden und konnte sich seinen Büchern und den Tieren widmen.

Dr. Portas pflegte schon fünf Katzen, die er aus aller Welt mitgebracht hatte. Den ganzen Tag konnten sie durch den Garten toben, hinter Bienen herspringen, Mäuse jagen, sich untereinander balgen oder faul in der Sonne dösen. Jetzt gehörte auch Irmchen mit zur Familie. Alles war noch ungewohnt: die Liebe und Zuneigung, die der Katze zuteil wurden, das regelmäßige Futter, das am Küchenausgang gleich unter dem Fenster stand.

Irmchens Gesundheitszustand besserte sich von Tag zu

Tag, dank der liebevollen Pflege von Familie Portas. Jeden Morgen nach dem Frühstück mußte der schwarze Raufbold die leidige Salb-Prozedur über sich ergehen lassen. Und oft fuhr Irmchen die Krallen aus, hakte sich im Oberschenkel von Herrchen Raffaelo fest.

Der Doktor biß jedesmal die Zähne zusammen und kleisterte den frechen Familienzuwachs aus Estellencs mit Kortisonsalbe zu. Nach etwa vier Wochen und unzähligen schmerzhaften Behandlungen war Irmchen die Schuppen, aber auch das Fell los.

Lachend hielt sich die Frau des Arztes die Hände vors Gesicht: »Das soll eine Katze sein? Vor der rennt ja jede Ratte davon!«

Irmchen war das Häßlichste, was auf der ganzen Insel herumlief: ein stets vollgefressener Bauch, kugelrund und prall wie ein Luftballon. Dazu der platte, faltige, haarlose Kopf, die viel zu dünnen Beine und der immer noch kranke Schwanz.

Doch Dr. Portas liebte dieses kleine Monster. Sonst hätte er bestimmt nicht die leidige Prozedur des Katzenbadens auf sich genommen. Denn inzwischen waren sämtliche Katzen krank geworden, hatten sich Irmchens Milben und Pilze eingefangen. Ihnen ging jetzt das Fell aus, und sie bekamen schuppige Stellen am Körper. Es war eine Katastrophe!

Alle Katzen mußten in ein Spezialbad. Der Arzt und seine Frau stellten eine Plastikschüssel in die Badewanne, gossen lauwarmes Wasser hinein, gaben das braune Anti-Milbenpulver dazu. Und dann waren die Katzen dran! Sie fauchten und tobten, spreizten die Pfoten, klammerten sich an den Wannenrändern fest. Sie schlugen ihre Krallen so tief in Dr. Portas' Arme, daß sie fast ganz im Fleisch verschwanden. Es war eine richtige blutige Badezimmerschlacht. Die Katzen saßen hernach triefend und zutiefst gekränkt unter dem Schrank oder unter der Couch. Dr. Portas verband die Biß- und Kratzwunden, und seine Frau brachte das Badezimmer in Ordnung.

»Liebling, wie oft müssen wir das noch machen?« Sorgenvoll sah Lorenza Portas ihrem Mann in die Augen.

»Äh! Na, vielleicht noch drei- oder viermal! Eventuell auch öfter, je nachdem, wie schnell die Katzen gesund werden.«

Der Tierarzt versuchte, seine Frau friedlich zu stimmen: »Wir schaffen das ganz bestimmt. Mit der Zeit bekommen wir ja auch Übung!«

Genau darauf war Lorenza nun gar nicht sonderlich versessen. Manchmal hätte sie ihren Mann mit seinem Katzenfimmel am liebsten vor die Tür gesetzt. Aber statt dessen nahm sie ihn in den Arm: »Du hast recht! Wir schaffen das schon.«

Neugierig beobachtete Irmchen triefend und bibbernd aus sicherer Entfernung die Szene: Ach ja, sie waren schon komisch, diese Menschen. Erst ersäufen sie einen fast, und dann belohnen sie sich gegenseitig mit Umarmungen.

Nach zwei Monaten sah Irmchen schon wieder prächtig aus. Inzwischen fast ausgewachsen, waren die Muskeln voll und kräftig, das Fell dicht und glänzend. Doch überall, wo Pilz und Milben besonders hartnäckig gewütet hatten, zeigten sich einzelne silberne Härchen.

Irmchen war ein süßer frecher Kerl geworden. Sie hockte auf dem Wannenrand, wenn Herrchen ein Bad nahm und im Wasser planschte. Sie klaute ihm die Wurst vom Teller, wenn er sich sein Abendbrot machte. Und sie machte Konfetti aus der Zeitung, noch bevor er die erste Zeile gelesen hatte. Irmchen war immer bei ihrem Retter. Nachts lag sie in seinem Arm, morgens kitzelte sie ihn mit ihren Barthaaren. Und wenn Dr. Portas in seiner Bibliothek saß und las, schmiegte sie sich an seine Beine, sprang auf den Schreibtisch, hüpfte auf den Schoß, reckte das schwarze Köpfchen und bekam von ihm ein Küßchen auf die Nase.

Dann machte Dr. Portas eine Entdeckung, die schon viel

früher fällig gewesen wäre: Als Irmchen sich in seinem Schoß auf den Rücken drehte, um sich am Bauch kraulen zu lassen, stieß ihr Herrchen plötzlich einen so lauten Pfiff aus, daß die Schmusekatze jäh zusammenzuckte und im hohen Bogen davonjagte.

»Irmchen, du bist ja gar kein Mädchen! Du bist ja ein Junge! Wieso habe ich das bloß übersehen?«

Dr. Portas schnappte sich die Katze erneut, drehte sie auf den Rücken: »Tatsächlich, ein Kater! Und was für ein Prachtbursche! Das muß ich gleich der Familie erzählen!«

Als der Arzt wenig später seiner Frau und den Kindern die Neuigkeit mitteilte, war schallendes Gelächter die Antwort: »Und du bist Tierarzt und hast das wochenlang übersehen!«

Der Mann blickte verlegen zu Boden: »Man schaut ja da auch nicht ständig nach. Aber was viel wichtiger ist: was machen wir mit Irmchens Namen? Wir können es doch nicht bei dem Mädchennamen belassen!«

Dr. Portas hatte nicht mit dem einstimmigen Veto der Familie gerechnet. »Es bleibt bei Irmchen! Der Name paßt so gut zu dem süßen Biest.«

So avancierte Irmchen zum einzigen Kater Mallorcas, der einen Mädchennamen trug.

Der Liebling der Familie wurde größer, kräftiger, stattlicher. Er wurde auch immer cleverer und klüger. Irmchen war intelligent, hatte eine schnelle Auffassungsgabe. Der Kater begriff, wie man mit einem Sprung auf die Klinke Türen öffnete. Er lernte, wie man Futterstücke mit beiden Pfoten fangen konnte, und er wußte bald, daß man einen Brocken Fleisch in Windeseile beiseite zu schaffen hatte.

Irmchen bekam aber auch mit, daß jenseits der Grundstücksmauer noch eine Welt war, unendlich weit und bestimmt sehr spannend. Und eines Nachts, die Familie schlief, und der Mond stand hoch am Himmel, drehte er sich vorsichtig aus Herrchens Arm, hüpfte vom Bett, und schlüpfte lautlos durch die Tür in den Garten.

Der Kater hob den Kopf, schnupperte die frische, kühle Nachtluft, machte sich auf den Weg. Mit einem Satz war er auf der etwa drei Meter hohen Mauerkrone, besah sich die Umgebung: Wiesen und Felder, Zitronen- und Apfelsinenhaine – so weit das Auge reichte. Irmchen wandte sich nochmal um, blickte zum Haus zurück: Soll ich oder soll ich nicht? Es wird nur ein kleiner Ausflug sein. Beim Morgengrauen bin ich auf jeden Fall zurück!

Irmchen sprang, landete im Gras vor der Mauer. Überall waren Geräusche und Bewegungen. Der Wind ließ die Blätter an den Bäumen rascheln, Vögel flatterten schwarzen Flecken gleich am dunklen Nachthimmel. Mäuse und Ratten huschten durch das hohe Gras.

Der Ausreißer begab sich auf den Weg, durchstreifte die Umgebung, entfernte sich dabei immer weiter vom Haus. Bald hatte er sein Zuhause ganz aus den Augen verloren. Die Abenteuerlust hatte ihn gepackt und angesteckt wie ein gefährlicher Bazillus.

Irmchen spürte ein Kribbeln in den Adern. Alles war so neu und aufregend, und es nahm überhaupt kein Ende. Es war kurz vor Morgengrauen, der Stromer hatte sich schon viele Kilometer von der Portas-Villa entfernt, als er plötzlich eine breite Straße erreichte. Kein Mensch war weit und breit zu sehen, kein Auto kam, kein Licht eines Hauses schimmerte am Horizont.

Irmchen legte sich an den Straßenrand, um ein wenig auszuruhen. Der müde Kater war nur kurz eingenickt, als sich in einiger Entfernung zwei Scheinwerfer durch das Dunkel der Nacht bohrten. Sie gehörten zu einem kleinen Lieferwagen, der langsam auf der Straße in Richtung Palma rollte.

»Ach, was haben wir schön gesoffen! Hoffentlich machen unsere Frauen keinen Ärger.« Felipe, er saß hinter dem Steuer, blickte zu seinem Beifahrer, der erfolglos gegen das Einschlafen kämpfte.

»He, Pedro, wach auf! Wir sind bald in Villafranca und dürfen die Abfahrt nach Süden nicht verpassen.«

Pedro gähnte, richtete sich mühsam auf, kniff die Augen zusammen und faselte benommen: »Ich achte auf die Schilder! Paß du auf, daß wir nicht im Straßengraben landen!«

Der Wagen kam immer näher, als Irmchen durch das Geräusch des Motors aufwachte. Der Kater witterte keine Gefahr. Wieso auch? Er saß sicher am Straßenrand, außerhalb der Gefahrenzone. Was konnte schon passieren?

Plötzlich verlangsamte das Auto seine Geschwindigkeit, rollte an den Rand, stoppte etwa fünf Meter von Irmchen entfernt. Ein Mann kletterte leicht schwankend aus dem Fahrzeug: »Pedro, es ist noch so weit bis nach Hause. Und der Wein drückt. Ich bin sofort zurück!«

Neugierig beobachtete der Kater die Szene, machte einige Schritte vorwärts in Richtung Auto. Das war ein Fehler! Irmchen hatte eben vor der offenen Fahrertür Platz genommen, wollte sich recken, um zu sehen, was sich im Auto abspielte, als Felipe zurückkam.

»He, was bist denn du für ein süßer, kleiner Kerl. Du hast wohl kein Zuhause?« Felipe hob Irmchen hoch, besah sich den Kater von allen Seiten: »Siehst aber gut gepflegt aus! Bist wohl irgendwo abgehauen? Was meinst du, Pedro, das wäre doch ein ideales Geschenk für meine Tochter Magdalena!«

Irmchen verstand kein Wort. Doch hatte er das Gefühl, daß sein Lebensweg wieder mal in eine neue Richtung führte.

Der schwarze Streuner landete im hohen Bogen im Wagen.

Rumms machte es, als Felipe Sekunden später die Tür des Autos zuschmiß, den Gang einlegte und losbrauste. Irmchen saß neben ihm auf der Mittelkonsole, war noch wie gelähmt vor Schreck. Aber aussteigen war unmöglich! Also verhielt sich der Kater abwartend, machte den Hals lang und blickte aus dem Frontfenster. Die Sonne würde bald über den Horizont klettern.

Das erste Morgenlicht ließ die Insel erwachen, als Irmchen noch einmal – und dabei sehr, sehr wehmütig – an sein Herrchen und die Familie zurückdachte: Ach, wäre ich bloß zu Hause geblieben – einerseits! Aber andererseits?!

Die Sonne stand zwei Handbreit hoch am Himmel, als der Wagen mit den beiden Männern und Irmchen in einem kleinen Dorf, fünf Kilometer von El Arenal entfernt, anhielt. Im Ort herrschte noch Ruhe.

Felipe nahm Irmchen wieder auf den Arm, lief zu seinem Haus. Es sah aus wie ein Märchenschloß aus der Jugendstilzeit. Das Haus, etwa um die Jahrhundertwende gebaut, hatte Erker und Türme, war im maurischen Stil errichtet und schneeweiß.

Irmchen mußte sich schon wieder in sein Schicksal fügen. Was sollte er auch tun? Felipe war offenbar kein schlechter Kerl. Während er durch das Tor in den Garten der alten Villa trat, kraulte er Irmchen hinter den Ohren.

Der Garten, etwa 100 Meter vom menschenleeren Strand entfernt, lag im Schatten von alten windschiefen Palmen. Alles war ein wenig verwildert und heruntergekommen. Nirgendwo waren Menschen zu sehen.

Irmchen hatte inzwischen auf der Schulter von Felipe Platz genommen, blickte neugierig in den vorgebauten Wintergarten. Etwa zwanzig Tische standen hier nebeneinander. Die Tischdecken waren vergilbt. Verstaubte Ölbilder verdeckten die rissigen Tapeten. Und ein riesiger Spiegel baumelte leicht angeschrägt über dem Kamin aus rotem Marmor. Die ganze Szene erinnerte auf unwirkliche Weise an den Film Casablanca. Wäre in diesem Augenblick Humphrey Bogart um die Ecke gekommen, man hätte es geglaubt.

Statt dessen kam Salvadore, der ›Mann für alle Fälle‹ im Haus: »Was soll denn das?« Salvadore zeigte auf Irmchen. »Hier laufen doch sowieso schon mehr Katzen rum, als unser Hotel Gäste hat.«

Felipe lachte: »Der kleine Ausreißer saß plötzlich neben unserem Wagen. Ich dachte, er sei eine hübsche Überraschung für Magdalena.«

Der Hausherr, dessen Familie das Hotel in vierter Generation führte, setzte Irmchen auf den Boden. Der Kater lief vorsichtig zum ausgetrockneten Springbrunnen hinüber und wartete.

»Hallo, Vati! Du hast mir etwas mitgebracht?«

Salvadore verdrehte die Augen, kratzte sich am Kopf und zeigte mit dem Finger zum Brunnenrand: »Ich weiß nicht, warum. Aber der da ist für dich!«

Magdalena sah Irmchen auf der Steinschale sitzen, lief hinüber. »He, was bist denn du für einer?«

Irmchen hatte ein Gespür für Menschen, die es gut meinten. Und solange die Futterschale gefüllt war, galt jeder Mensch als willkommen.

Ein wenig ängstlich hob Magdalena Irmchen vom Brunnenrand, trug ihren neuen Gefährten ins Haus. Das Mädchen war vierzehn Jahre alt, ging noch zur Schule, wollte später Stewardess werden. Magdalena war die Schönste im Ort, hatte die meisten Freundinnen und auch die nettesten Verehrer. Wann immer sie das Haus verließ, kam »zufälligerweise« ein Junge mit seinem Mofa vorbei, verwickelte Magdalena in ein Gespräch.

Aber die Tochter von Felipe interessierte sich noch nicht für Jungen. Und jetzt, da sie Irmchen hatte, galt ihre ganze Aufmerksamkeit von Stund an dem schwarzen Stromer. Irmchen wurde bald Magdalenas bester Freund. Er durfte, darauf bestand er auch, bei ihr im Bett schlafen. Magdalena nahm ihren Liebling mit in die Schule, zum Schwimmen, zum Einkaufen. Irmchen wurde mit Schabefleisch, leckeren Fischhäppchen und gekochtem Schinken verwöhnt. Hätte er es gefressen, er wäre sicher auch noch mit Konfekt vollgestopft worden.

Irmchen ging es gut, zu gut!

Langsam wurde er dick und fett. Irmchen verlor die Lust am Toben und Tollen. Zwischen den Mahlzeiten war nur noch Schlafen und Dösen angesagt. Die Familie meinte es einfach zu gut. Irmchen war der Pascha des Hauses. Was immer er wollte, er bekam es. Für ihn wurde sogar ein Kissen in den Garten gebracht, damit er nicht auf dem Boden liegen mußte. Was für ein Leben!

Irmchen wohnte jetzt seit ungefähr sechs Wochen bei Felipe und seiner Familie und fühlte sich von Tag zu Tag wohler. Die schlechten Zeiten im Tierheim und in der alten Ruine von Palma waren längst vergessen. Der Bauch war voll, und die Abenteuerlust wuchs wieder. Irmchen bekam Fernweh!

Immer öfter stand er nachts auf, schlich zum Meer, setzte sich auf einen Stein und beobachtete die Brandung, sah die Sterne und den Mond, die sich im Wasser spiegelten. Er war längst zum Tramp geworden, zum Wanderer, der noch viele Jahre brauchte, bis er sein Zuhause finden würde.

Eines Abends, Irmchen saß auf einer Mauer, unterbrach ein Rascheln die Stille. Es war die Nacht, in der der Kater aus Estellencs seinem besten Freund begegnete. Valentino, schwarz-weiß gezeichnet, wurde von den Fischern nur der *König der Küste* genannt. Er war groß und kräftig und enorm schnell. Er war der geschickteste Kletterer weit und breit, riskierte Sprünge von den höchsten Klippen, war in der Lage, von Dach zu Dach zu turnen und ging nie einer Rauferei aus dem Weg. Alle Katzen und Hunde wußten das, und machten einen Bogen, wenn Valentino, der bei einem Fischer lebte, die Straße heraufgeschlichen kam.

Alles das ahnte Irmchen natürlich nicht. Und genau wie Valentino kannte Irmchen keine Angst. Das spürte der *König der Küste* sofort.

Beide Kater fauchten sich nur ein einziges Mal an, dann hatten sie Freundschaft geschlossen. Jeder respektierte, daß der andere unbesiegbar war. Also tat man sich zusammen!

Fast jede Nacht trafen sich Irmchen und Valentino.

Stundenlang saßen sie gemeinsam auf der Mauer, blickten hinaus aufs Meer, als wollten sie erkunden, was sich hinter dem Horizont verbirgt. Doch immer wieder kehrte Irmchen zu Magdalena zurück. Noch bevor es dämmerte, lag der Kater unter der warmen Bettdecke.

Eines Nachts aber, Irmchen wollte sich gerade auf den Weg machen, um Valentino zu treffen, drang ein lautes, langgezogenes »Miau« an seine Ohren.

Valentino, dessen Herrchen weit entfernt wohnte, mußte zurück, und er wollte seinen Freund mitnehmen. Irmchen wußte, daß wieder einmal die Stunde des Abschieds gekommen war. Das Licht einer Laterne, die vor dem Fenster stand, fiel auf das Gesicht von Magdalena. Und während Irmchen den ruhigen Atem des Mädchens spürte, erschien im Fenster der Schatten Valentinos. Ganz ruhig, ja bewegungslos, stand der Kater dort. Seine Blicke wanderten hinab zu Irmchen. Was war es jedesmal schwer, wenn man einen geliebten Menschen verlassen mußte! Irmchen ging mit seiner Nase ganz dicht an das Gesicht von Magdalena heran. Der Kater liebte sein süßes kleines Frauchen. Aber er hielt das satte Leben nicht aus. Und da war noch Valentino, der Freund, mit dem man die Welt oder zumindest die Insel erobern konnte.

Irmchen gab Magdalena einen letzten zarten Nasenstüber, drückte den Kopf gegen die Hand des Mädchens und sprang im hohen Bogen aus dem Fenster.

Valentinos Augen blitzten, der Schwanz tanzte im fahlen Licht. Irmchen streckte und reckte sich, leckte Valentino den Nacken und ließ ein kurzes »Miau« hören. Dann schossen die beiden Kater vom Fenstersims und stürmten los. Sie fegten die Straße hinunter, bogen um Ecken, jagten über Mauern und Hecken. Endlich wieder toben! Endlich Freiheit! Endlich die langersehnten Abenteuer! Das Blut raste in Irmchens Adern. Raus! Nur raus aus der Stadt. Weg von den Häusern, den Straßen, den Autos – und den Menschen!

Irmchen aber liebte die Menschen. Der Kater, der nun langsam erwachsen wurde, hatte sie auch von ihrer guten Seite kennengelernt. Aber bei Menschen leben bedeutete unterordnen, anpassen, gehorchen, einfügen. Irmchen fühlte dabei jedesmal einen gewissen Druck. Der kleine Lausbub wollte frei sein, sich richtig austoben, verrücktspielen, tun und lassen, was einem gerade in den Sinn kam. Zu den Menschen konnte man ja immer noch zurückkehren, irgendwann, wenn die Not groß war, oder wenn die Sehnsucht nach Wärme, Liebe und Streicheleinheiten übermächtig wurde.

Doch davon konnte im Moment nicht die Rede sein. Valentino, größer und kräftiger als Irmchen, gab das Tempo vor. Wie von tausend Teufeln gehetzt fegte er die Feldwege entlang, so schnell, daß Irmchen kaum mithalten konnte. Der runde, bei Magdalena angefutterte Bauch war einfach im Wege.

Die beiden Kater rannten über Wiesen und Felder, vorbei an alten verfallenen Windmühlen hetzten sie in Richtung Westen. Es dämmerte schon, als die Tiere an einem Teich Rast einlegten, mit heißen Nasen und glühendem Atem das Wasser schleckten. Dann ließen sie sich unter einem abgestorbenen Apfelsinenbaum müde zur Seite fallen. Und es vergingen kaum zwei Minuten, da schlummerten Irmchen und Valentino eng aneinander gekuschelt ein.

Irmchen genoß die Freiheit – und mußte lernen, damit umzugehen. Er hatte nie richtig geübt, Beute zu jagen. Der Instinkt war da. Aber der kleine Kater wußte damit beim besten Willen nichts anzufangen.

Valentino, der große Freund, half ihm dabei. Er zeigte, wie man Mäuse fängt, wie man junge Vogelbabys aus den Nestern holt und wie man sogar einer Ratte den Todesbiß verpaßt. Irmchen war wie benommen, als er zum erstenmal eine kleine Maus in den Krallen hielt, die verzweifelt um ihr Leben kämpfte. Doch dann sagte eine innere Stimme:

Pack zu! Und Irmchen öffnete das Maul, ließ die scharfen Fangzähne in den zitternden Körper der Maus fahren.

Das war es: Töten! Töten, um zu leben!

Und während Irmchen das erbeutete Tier mit den Zähnen zermalmte, es dabei mit den Pfoten festhielt, rannen die ersten Tropfen des warmen süßen Blutes die Kehle hinunter. Und in ihm wurden in diesem Augenblick die Erinnerungen an eine Jahrtausende zurückliegende Vergangenheit wach. Es war die Zeit, da Mensch und Tier sich gegenseitig jagten, da riesengroße Katzen durch die Wälder streiften, immer auf der Suche nach Beute.

Töten, um zu leben!

Irmchen war irritiert! Was war nur los? Welche Stimme aus grauer Vorzeit wurde plötzlich laut? Es war der Ruf der Wildnis, der unverfälschten Natur, die keine Grausamkeit, aber auch kein Erbarmen kannte.

Und während Irmchen die kleine Maus auffraß, wurde ihm klar, daß er nie eine brave Hauskatze würde sein können. Seine Kindheit und Jugend hatten ihm schon viel abverlangt, hatten ihn zum Kämpfer gemacht. Jetzt war Irmchen auch noch zum Jäger geworden, der sich seinen Platz auf dieser Welt erstreiten wollte. Es war der Tag, der Irmchen bewußt machte, daß da mehr war als das Leben, das er im Moment führte. Nicht etwa, daß Irmchen so weit dachte. Das konnte der kleine Kater aus Estellencs nicht. Aber er spürte es. Tief drinnen im Herzen fühlte er das unabänderliche Gesetz der Natur, und er wollte danach leben. Er mußte es!

Irmchen und Valentino legten in den folgenden Tagen und Wochen weite Strecken zurück. Die beiden Tiere tauchten mal im Norden, am Kap Formentor, dann wieder im Osten, in Cala Ratjada, auf. Sie schlichen nachts durch die schmutzigen, häßlichen, nach Touristen, Bier und Pommes stinkenden Straßen von El Arenal. Sie kletterten im Westen, zwischen Deja und Puerto de Soller, hinauf auf die Berge. Und stundenlang saßen sie dann beisammen, blickten aufs Meer, beobachteten gespannt die Möwen und die kleinen Fischerboote, die als winzige Punkte am Horizont verschwanden.

Das Schönste aber, was es für die beiden Kater gab, war das Spielen. Da flogen die Fetzen, wenn sich Irmchen und Valentino gegenseitig die Berge hinauf- und hinabprügelten. Und oft war es ein Kampf, bei dem man kaum unterscheiden konnte, ob es nun Ernst oder Spaß war.

Wochen zogen ins Land.

Der Sommer neigte sich seinem Ende entgegen. Irmchen war nun ein Jahr alt. Wo einst der kleine kugelrunde Bauch beim Rennen gestört hatte, spannten sich jetzt eisenharte Muskeln. Irmchens Fell, tiefschwarz, hatte einen hauchzarten blauen Schimmer bekommen. Die grüngelben Augen blickten stolz. Er war sich seiner Kraft und Überlegenheit voll bewußt.

Die Zeit mit Valentino hatte den Kater hart gemacht. Irmchen war jetzt kampferprobt und reaktionsschnell. Wehe, man kam ihm zu nahe. Es reichte, wenn er ein tiefes, drohendes Grollen ertönen ließ. So mancher übermütige Hund zog es dann lieber vor, um die beiden Kater einen Bogen zu machen.

Irmchen und Valentino waren nun fast gleich groß – und gleich gefährlich. Ob aber Kraft und Mut ausreichen würden, einen viel stärkeren Gegner in die Flucht zu schlagen, sollte sich schon bald zeigen. Den beiden Katern stand der gefährlichste Kampf ihres Lebens bevor. Es sollte ein Kampf auf Leben und Tod werden.

Auf ihren Streifzügen kreuz und quer über die Insel erreichten Irmchen und Valentino schließlich die Ruinen von Luchmajor. Weiße, von Sonne, Zeit und Wind zernagte Felsquader erinnerten an eine prähistorische Siedlung, die Menschen hier vor Jahrtausenden errichtet hatten. Hoch und üppig wucherte das Gras – nicht nur zwischen den verfallenen Mauern, sondern auch aus feinsten Ritzen und Vertiefungen, in denen sich Sand angesammelt hatte. Irgendwann waren vom Wind herangewehte Samenkörner in den Nischen hängengeblieben, hatten gekeimt, Wurzeln gebildet und sich im Gestein festgekrallt.

Die Ruinen von Luchmajor waren für die Kater das reinste Paradies. Hier gab es Schlangen, denen man aber lieber aus dem Weg ging. Hier lebten auch Echsen, die stundenlang regungslos auf den Steinen in der Sonne dösten, um mit einer flinken Bewegung zu verschwinden, wenn Irmchen und Valentino aus einem Gebüsch auftauchten.

Vor allem aber war der Tisch reich gedeckt für die ewig hungrigen Kater. Überall wimmelte es nur so von Mäusen. Sie vermehrten sich derart stark, weil es weit und breit keine Katze gab, die auf Mäusejagd ging.

Das wußte Valentino! Deshalb hatte er seinen Freund auch hierher geführt. Was jedoch die Raufbolde nicht ahnen konnten: Die Ruinen waren seit kurzem bewacht. Alfonso, der Wächter, drehte mehrere Male am Tag seine Runde. An der Leine: eine riesige Dogge, die scharf und abgerichtet war.

Der Angriff kam für Irmchen und Valentino völlig unerwartet. Alfonso bog mit seinem Riesenhund gerade um die Ecke, als die beiden Kater vor einer von der Sonne gewärmten Mauer saßen und sich das Fell putzten.

Alfonso konnte seinen Hund nicht mehr halten. Das etwa 80 Kilo schwere Tier machte einen Satz nach vorn. Die Leine sauste aus Alfonsos Hand, peitschte durch die Luft. Laut bellend stürzte sich der Hund auf Valentino, packte ihn am Rücken und schleuderte ihn im hohen Bogen durch die Luft.

Ein Wahnsinnsschmerz schoß durch den Körper des Katers. Wäre er nicht so groß und kräftig gewesen, der Biß hätte ihn getötet. So aber landete Valentino aus mehreren Wunden blutend hinter der Steinmauer. Er rappelte sich sofort auf, wollte flüchten.

Doch der Riesenhund war schon mit einem Satz über die Mauer gesprungen, hatte sich erneut wütend auf Valentino gestürzt. Der Kater war diesmal auf der Hut. Er wußte, daß es der letzte Kampf seines Lebens sein konnte.

Und während die Dogge wieder zubiß, rammte Valentino die spitzen Krallen beider Vorderpfoten in die empfindliche Nase des Angreifers. Der Hund ließ für den Bruchteil einer Sekunde los, jaulte laut, wollte Valentino gerade das Genick durchbeißen, als er sich im selben Augenblick von einem schmerzhaften Hieb getroffen zur Seite fallen ließ.

Irmchen hatte seinen Freund nicht im Stich gelassen. Als Valentino über die Mauer geschleudert wurde und der Mordhund hinterhersprang, hatte Irmchen schon mit einem Satz die Mauerkrone erreicht.

Keine Sekunde zu früh! Denn als der Hund Valentinos Genick durchbeißen wollte, sprang Irmchen – so hatte der Kater es im Tierheim von Rudolfo gelernt – dem Angreifer mit einem Riesensatz von hinten auf den Kopf.

Zu spät für die Dogge! Irmchen krallte sich in seinen Augen fest, daß der Hund vor Schmerzen fast wahnsinnig wurde. Erst als er zusammenbrach, sprang Irmchen davon. Rasend und gepeinigt versuchte der Riesenhund, sich aufzurappeln, den Katzen hinterherzujagen. Doch blind auf beiden Augen rannte er gegen eine Mauer, blieb mit gebrochenem Genick liegen.

Alfonso konnte für seinen Begleiter nichts mehr tun. Traurig lief er zu seinem Haus, holte ein Gewehr und erlöste das sterbende Tier von seinen Qualen.

Derweil suchten Irmchen und Valentino ihr Heil in der Flucht. So gut es ging, schleppte sich Valentino bis zu einem nahen Wäldchen. In einer Erdmulde ließ er sich von seinem Freund die tiefen und brennenden Wunden sauberlecken. Alles tat Valentino weh. Ein Wunder, daß weder Organe noch Knochen verletzt worden waren.

Zehn Tage lang kümmerte sich Irmchen um den Freund,

fing für ihn Mäuse und Vögel, begleitete ihn zur nächsten Pfütze, damit Valentino, der den Weg kaum allein schaffte, nicht verdursten mußte.

Langsam ging es dem *König der Küste* wieder besser. Die alten Kräfte kehrten zurück. Die ersten Spielversuche waren zwar noch mühselig, machten aber dennoch Spaß.

Als Valentino ganz gesund war, bemerkte Irmchen, daß eine Veränderung im Freund vorging. Valentino verspürte wieder das alte Heimweh, wollte nach Hause zu seinem Menschen.

Irmchen war erstaunt. Das Leben war doch wunderbar. Man mußte zu niemandem ins Bett krauchen, konnte kommen und gehen, wann man wollte, und nach Herzenslust seine Freiheit genießen. Und nun das!

Also machten sich die beiden Kater wieder auf den Weg, diesmal ausschließlich in Richtung Süden. Zwei Wochen waren sie unterwegs, als sie eines Tages das Rauschen des Meeres, das Rollen der Brandung hörten. Flach und sandig war hier, bei den Salinen, der Strand. Nur wenige Touristen belagerten diese Ecke der Insel, die für Baulöwen zur Verbotenen Zone erklärt worden war. Weder Hotels und Hochhäuser noch Imbißbuden verunstalteten den Strand.

Hier in der Nähe lebte Juan, der Besitzer und Freund von Valentino. Juan saß träumend vor seinem Häuschen, als sein Kater und Irmchen um die Ecke bogen.

»Das darf doch nicht wahr sein!« Der Mann klopfte sich vor Freude auf die Oberschenkel, als er seinen geliebten Valentino nach langen Wochen der Trennung wiedersah.

»Ja, und wen hast du denn da mitgebracht?«

Er legte das Fischernetz, das er gerade flickte, aus den Händen und beugte sich zu Irmchen hinunter. »Na, du bist ja ein süßer Kerl!«

Der Fischer entdeckte die kleine Messingkapsel an

Irmchens Hals, machte sie auf und las auf dem Zettel die drei Worte *Irmchen, Estellencs, Mallorca.*

»Aha, Irmchen heißt du! Aber du bist doch ein Kater. Wer hat sich nur mit dir diesen Scherz erlaubt?«

Irmchen hörte die Stimme Juans, fühlte dessen kräftige Hände, wie sie das Fell streichelten, und war sofort verliebt. Ja, das war das Herrchen, das sich Irmchen immer gewünscht hatte.

Juan nahm die Freunde mit ins Haus, stellte eine Schale mit Wasser hin, warf ihnen zwei frische Fische vor die Pfoten. Als wäre es das köstlichste Mahl der Welt, stürzten sich Irmchen und Valentino auf ihr Futter und knabberten, nagten und kauten so lange, bis vom Fisch kaum noch etwas übrig war.

Juan, Irmchen und Valentino wurden die besten Kameraden. Sie standen morgens gemeinsam auf, frühstückten zusammen, gingen zu dritt auf Fischfang und saßen abends bei Kerzenlicht auf der Veranda. Irmchen war so glücklich, daß er fast den ganzen Tag nur schnurrte oder vor Vergnügen mit den Augen blinzelte.

Es war die schönste Zeit seines Lebens. Stundenlang tobten der schwarze Kater und sein Freund Valentino am Strand entlang.

Wenn morgens im Osten über den Wipfeln der Strandpinien die Sonne in den Himmel kletterte, trat Juan vor die Tür seines kleinen Fischerhauses, reckte die Arme nach oben, als wolle er mit den Händen die zarten rosa getönten Wolken streicheln: »Irmchen, Valentino! Frühstück!«

Und das »Ü« zog er dabei jedesmal so lang, daß das »Früh« gar kein Ende zu nehmen schien.

Wo immer Irmchen und Valentino auch gerade rumtobten – wie die geölten Blitze flitzten sie hinunter zum Strand, daß der Sand hinter ihnen nur so durch die Luft wirbelte. Jeder wollte der erste sein, wollte als Sieger bei Juan durchs Ziel gehen.

Wie war die Welt doch in Ordnung, wenn Irmchen und

Valentino genüßlich ihren Fisch mampften, wenn sie anschließend lauwarme Milch schlecken durften. Und jedesmal saß Juan neben ihnen auf dem Boden, sah seinen Lieblingen zu.

Juan war sein Leben lang einsam gewesen. Er hatte als Kind die Eltern verloren, bei einem Unglück auf See, als ihr Boot von einem Frachtschiff gerammt wurde. Juan verbrachte seine Kindheit in einem Waisenhaus, lief weg, wurde eingefangen, lief wieder weg, wurde immer wieder eingefangen.

Als er sechzehn Jahre alt war, half er einem Fischer beim Flicken der Netze. Dann kaufte er sich vom ersparten Geld sein erstes eigenes Boot, und seitdem lebte er nun vom Fischfang. Er hatte nicht viel: das Boot, das kleine Haus, genug zu essen – und seine beiden Freunde.

»Ach, mein Irmchen«, seufzte Juan, »was bist du für ein süßer kräftiger Kerl.« Und tatsächlich: Irmchen bestand fast nur aus Muskeln. Unter dem Fell spannten sie sich wie bei einem schwarzen Panther, der zum Sprung ansetzt. Und Irmchen war ein temperamentvoller Wirbelwind, der – wie jeder andere Kater – einmal täglich seine »fünf Minuten« bekam.

Dann stellte Mallorcas einziger Kater mit Mädchennamen die Ohren quer. Der Schwanz zitterte, die Muskeln vibrierten, und mit leichten, seitwärts tänzelnden Schritten gab Irmchen den Ring frei für die erste Toberunde.

Hei, was flogen da die Fetzen! Irmchen fegte über Tisch, Stühle, Bett, machte einen kurzen Abstecher zur Gardinenleiste, die sich gefährlich durchbog. Zwischendurch zerfetzte der schwarze Orkan die Palme am Fenster, warf auch mal ein Glas vom Tisch, schaukelte wie Tarzan an Juans ersten Gardinen und verprügelte Valentino, wenn er zufällig in die Quere kam.

Nach dem Toben war meist ein Schläfchen angesagt, auf dem Dach, im Bett von Juan oder im Sand am Meer. Und jedesmal, wenn sich Juan um die Mittagszeit sein Essen zubereitete, ging Irmchen auf Diebestour. Der Kater steckte seinen Kopf so tief in Herrchens Milchglas, daß er fast darin steckenblieb. Die Wurst war im Nu vom Brötchen. Wehe, Juan hatte einen duftenden Fisch in der Pfanne. Irmchen langte so lange danach, bis er im hohen Bogen durch die Luft flog und auf dem Boden landete.

So konnte das Leben bleiben!

Es blieb nicht so!

Irmchen segelte zum dritten oder vierten Mal mit Juan aufs Meer hinaus, hüpfte gerade wie eine angesäuselte Ballerina auf den schwankenden Bootsplanken herum, als sich das Fischerboot gegen Nachmittag der südlichen Steilküste näherte. Und da sah Irmchen Valentino oben auf den Felsklippen entlangstürmen. Irmchen wußte sofort, daß es der Freund war. Das schwarz-weiße Fell, die Bewegungen, die tollkühne Art, über die Felsen zu jagen. Ja, das war der *König der Küste!*

Aber wer war die Katze bei ihm?

Was Irmchen vom Meer aus nicht erkennen konnte: Es war bestimmt die süßeste Katze der ganzen Insel. Ihr rotgetigertes Fell, die grünen leuchtenden Augen und die weißen Pfötchen, da war Valentino offensichtlich schwach geworden.

Irmchen wußte noch nicht, was Liebe ist. Wann immer ihm ein Katzenmädchen über den Weg gelaufen kam, hatte er sich erhaben abgewandt: Frauen, zu nichts nütze, ging es durch den kleinen Kater-Dickschädel. Irgendwie jedoch waren sie recht niedlich, fast anziehend, aber das konnte er sich auf keinen Fall eingestehen. Also ging er auf Nummer Sicher: links liegenlassen! So konnte nichts passieren.

Und nun das! Ausgerechnet Valentino! Schurke, Verräter, gemeiner Kerl, Weiberheld. Einfach den besten Freund vergessen und dann auch noch wegen einer Rothaarigen.

Irmchen traf den Gefährten am Abend wieder. Er hatte

seine rothaarige »Flamme« mitgebracht. Die Welt hatte sich verändert. Valentino mochte nicht mehr raufen, nur noch schmusen. Er leckte seiner kleinen Eroberung das Fell, und neidvoll mußte Irmchen zugeben: Süß ist sie ja!

Aber sie paßte beim besten Willen nicht in einen Männerhaushalt. Das wußte auch Valentino! Und so kam er eines Abends, um Abschied zu nehmen von seinen Freunden Juan und Irmchen. Valentino folgte dem Gesetz der Natur. Und Irmchen war klar: Der Gefährte wollte heiraten und eine Familie gründen. Es wurde ein schwerer Abschied für die drei Freunde. Aber es wurde kein Adieu für immer. In ferner Zukunft sollte Irmchen seine Jugendfreunde wiedertreffen. Aber bis dahin würden noch viele Jahre ins Land gehen.

Zum erstenmal im Leben empfand Irmchen so etwas wie Trauer. Tagelang machte der Kater einen Bogen um den Futternapf. Und selbst den leckersten Fisch, den Juan von hoher See mitbrachte, bekam Irmchen nicht hinunter.

Valentino war mehr als nur ein Kamerad und Freund gewesen. Er war Bruder und Vater gleichermaßen, hatte Irmchen auch die verborgenen Seiten des Lebens gezeigt. Der König hatte Irmchen zu den schönsten Regionen der Insel geführt. Gemeinsam waren sie durch Wälder gestreift, hatten in Bächen Fische gejagt und abends auf den Bergeshöhen bei Valldemosa im Licht der untergehenden Sonne gedöst. Valentino hatte Irmchen auch zum gleichberechtigten Kampfgefährten gemacht. Bei der Jagd konnte sich der eine immer auf den anderen verlassen.

Und nun war Valentino fort – wegen einer jungen Katzendame. Abend für Abend saß Irmchen auf dem Dach des kleinen Fischerhauses. Sein Blick wanderte suchend über die anderen Fincas, den Strand, den Pinienwald, bis hoch zu den Felsen.

Irmchen hoffte inständig, daß Valentino zurückkehren würde. Erst wenn nach stundenlangem Warten die Müdigkeit zu groß wurde, schlief er ein. Meist träumte er dann von den Abenteuern mit Valentino, den Streifzügen, dem Leben in Freiheit.

Juan bemühte sich mit aller Kraft, Irmchen das Leben leichter zu machen. Wenn er nach Palma fuhr, nahm er seinen schwarzen Liebling mit. Abends auf der Terrasse lag Irmchen auf seinem Schoß. Und alsbald erzählte Juan, was er noch alles machen wollte auf dieser Welt.

»Irgendwann, wenn mir die Insel zu eng wird, verkaufe ich alles und fahre zur See. Ich möchte andere Länder und Menschen kennenlernen. Dann werde ich eines Tages mit viel Geld nach Hause kommen und hier meinen Lebensabend genießen.«

Der Kater verstand die Worte des geliebten Freundes nicht. Aber er spürte selbst Sehnsucht nach Ferne und Freiheit.

Irmchen lebte ein Jahr bei Juan. Es hätte – wäre es nach beiden gegangen – eine Ewigkeit daraus werden können.

Doch es wurde Herbst, und es hieß erneut Abschied nehmen.

Juan schob wie fast jeden Morgen sein Boot durch den Sand in die Brandung. Der Himmel war grau verhangen. Die Wolken, die schneller als sonst über die Insel zogen, hingen tief in den Bergen. Ein Unwetter, dachte Juan. Ich sollte heute lieber in der Nähe der Küste fischen.

Wie immer sprang Irmchen mit einem großen Satz ins Boot, machte es sich am Bug bequem. Während Juan die Segel setzte und das kleine Fahrzeug mühselig in den Wind brachte, hatte Irmchen unentwegt mit den salzigen Gischtspritzern zu kämpfen, die pausenlos über die Reling sprühten.

Das Fischen macht heute beileibe keinen Spaß, dachte Juan. Aber ich muß etwas fangen, damit ich es morgen auf dem Wochenmarkt von Arta verkaufen kann.

Zwei Stunden etwa segelte Juan mit seiner Nußschale an der Küste entlang. Das Boot tanzte auf und ab, lief voll

Wasser, mußte ständig leergeschöpft werden. Bald begann es in Strömen zu gießen. Juans Verzweiflung wuchs. Blitze zuckten am Himmel. Die Wellen wuchsen zu Bergen, trugen weißlich-gelbe Schaumkronen.

Der Fischer war ratlos! Zurück nach Hause konnte er nicht! Das ließ der Wind nicht zu. Aufs Meer hinaus war zu gefährlich! Richtung Küste und Klippen: absolut tödlich! Die Felsen ragten hier etwa 50 Meter senkrecht aus dem Wasser. Ein Boot, das in die Brandung geschleudert wurde, war rettungslos verloren.

An Fischen war überhaupt nicht mehr zu denken. Das Netz hatte Juan bald ins Meer werfen müssen, um sein Boot nicht zu gefährden. Es ging nun ums nackte Überleben. Das tiefe Grollen der Brandung kam immer näher. Schon tauchten in den Wellentälern die ersten zerklüfteten Felsnadeln aus dem Meer auf.

Bloß weg hier, um Gottes willen! Juan versuchte mit der einen Hand das Ruder herumzudrücken und mit der anderen das gefährlich peitschende Segel aus dem Wind zu nehmen. Nach vier Anläufen hatte er es geschafft. Mehr hüpfend als kreuzend entfernte sich das Boot wieder von der Küste, verschwand alle paar Sekunden in einem tiefen Wellental, um gleich auf einem schäumenden Kamm zu tanzen.

Irmchen hatte von diesem Ausflug seine Katzennase gestrichen voll. Bibbernd hatte er es sich unter der Ruderbank so gut wie möglich eingerichtet. Immer wieder schwappte das salzige Wasser, das nach Fischresten roch, in die schmierig-feuchte Ecke. Irmchen war nicht so wasserscheu wie andere Katzen, aber das hier war doch entschieden zuviel.

Das Fell war pitschnaß. Im Magen grummelte es. Und ab und zu bekam Irmchen von Juan einen Tritt verpaßt, wenn er – sich gegen die Kräfte des Orkans stemmend – mit den Füßen rudernd Halt suchte und dabei versehentlich den Kater erwischte.

Das Boot hatte die Küste längst hinter sich gelassen, segelte jetzt etwa vier Kilometer vor den Felsklippen. Ganz langsam schien der Wind nachzulassen.

»Na, Irmchen, hast du alles gut überstanden?« Juan blickte unter die Bank, sah seinem kleinen triefenden Freund in die Augen. »Komm mal her! Ich rubbele dich ein wenig trocken.«

Juan zog Irmchen aus dem feuchten Versteck, wickelte den Kater in ein Handtuch, das er aus einem wasserdichten Behälter angelte. Da passierte es!

Der Fischer hatte für einen Augenblick Steuerruder und Segel unbeaufsichtigt gelassen.

Eine Windbö und eine Riesenwelle rissen das Boot so hoch, daß es regelrecht in der Luft schwebte. Juan ließ seinen Liebling fallen, griff nach Ruder und Segel, wollte das Boot unter Kontrolle bekommen. Irmchen landete im hohen Bogen auf dem Bootsrand, versuchte, sich im Holz festzukrallen. Eine zweite Windbö drückte den Kater über Bord. Nur noch mit einer Pfote hielt er sich jetzt am Holz fest, versuchte verzweifelt, auch die Krallen der zweiten Pfote in die Planken zu schlagen.

Juan, der mit seinem Boot beschäftigt war, bekam von Irmchens Todeskampf nichts mit.

Da riß eine Welle, die mit großer Gewalt gegen das winzige Boot schlug, Irmchen von der Bordwand. Ohne noch einen Laut von sich zu geben, wurde er in die Tiefe gezogen. In seinen letzten Gedanken war der Kater bei Juan, dessen Boot sofort abtrieb: Es waren Gefühle der Liebe, der Einsamkeit und des Abschieds.

Aus!

Irmchen fühlte, daß der Tod nach ihm griff.

Doch fast im selben Augenblick, da der Kater versuchte, an die Wasseroberfläche zu gelangen, ließ der Orkan blitzartig nach. Die Bö und die Welle, die das Boot gepeitscht hatten, waren nur das letzte Aufbäumen des Sturmes gewesen. Es dauerte keine fünfzehn Minuten, da war der

Himmel schon wieder blau, hatte sich das brodelnde Meer weitgehend beruhigt.

Nur von Juan und seinem Boot gab es nirgendwo eine Spur.

*

Viel zu weit war das Boot abgetrieben worden.

Irmchen hatte den Orkan tatsächlich überlebt. Wild mit den Pfoten paddelnd, kämpfte sich der Kater an die Wasseroberfläche empor, sah in unerreichbarer Ferne die Küste.

Das war nicht zu schaffen!

Doch er hatte wieder einmal Glück. Ein Stück Holz trieb vorbei, zu klein für einen Menschen, groß genug für einen Kater. Mit letzter Kraft gelang es ihm, sich auf das Holz, das vermutlich von einem gekenterten Boot stammte, zu ziehen. Das war die Rettung!

Viele Stunden trieb er so in Richtung Küste. Die Sonne hatte den Himmel schon in glühendes Rot getaucht, als das Land langsam in greifbare Nähe rückte. Der Kater in Seenot, der am ganzen Körper vor Kälte zitterte, entdeckte am Ufer ein Lagerfeuer. Ein Mann, eine Frau und zwei Kinder saßen um das Feuer herum. Irmchen war schon so nahe, daß er die Gesichter der Menschen erkennen konnte. Und dann hörte er den Jungen, der ungefähr zwölf Jahre alt war, etwas sagen: »He, Dad! Schau mal! Da auf dem Wasser! Siehst du es nicht?«

Der Mann ging zum Wohnwagen, holte eine riesige Taschenlampe, leuchtete aufs Meer hinaus.

»Da, da!« Der Junge fuchtelte wild mit den Armen herum, zeigte in Irmchens Richtung. »Da, sieh doch!«

Endlich hatte auch der Mann den Kater entdeckt, leuchtete ihm mit der Taschenlampe ins Gesicht. Vater und Sohn stellten die Teller mit heißen Bohnen beiseite, krempelten sich die Hosenbeine hoch und wateten ins Wasser. Kaum zehn Schritte und sie hatten den zerzausten Teufel aus Estellencs erreicht.

»Oh, Dad! Was muß dieser süße Kerl bloß durchgemacht haben. Ob er ein Schiffsunglück überlebt hat?« Der Junge hob Irmchen vorsichtig hoch, trug ihn ans Ufer.

Der Kater fror erbärmlich. Auf dem Fell hatte sich eine juckende Salzkruste gebildet. Die Augen waren entzündet, einige Krallen abgebrochen und das Wasser in den Ohren erzeugte ein taubes Gefühl. Irmchen war hundeelend zumute, aber er lebte.

Frank, der Vater der Familie, wickelte Irmchen sofort in eine Decke, setzte sich mit seinem Findelkind ganz dicht ans Lagerfeuer: »Was mag dem kleinen Teufel wohl widerfahren sein. Wie ist er nur aufs Meer hinausgelangt? Vielleicht wurde er im Sturm von einem Schiff gefegt.«

Susan, Franks Frau, kam mit einem Schälchen Milch aus dem Wohnwagen zurück: »Ich habe sie ein wenig warm gemacht. Das wird ihm sicherlich guttun.«

Erstmals seit Stunden verspürte Irmchen einen anderen Geschmack auf der Zunge. Gierig schlabberte er die Schüssel leer.

Dann wurde er plötzlich todmüde. Ohne auf seine Umgebung zu achten, ließ er sich auf der warmen Decke am Lagerfeuer einfach fallen, rollte sich ein und fiel sofort in einen tiefen Schlaf. Unruhige, schlimme Träume quälten den schwarzen Weltenbummler. Irmchen saß im Traum noch einmal im Boot, erlebte die peitschenden Schläge des Sturms, den Sturz ins Meer und die endlosen Stunden auf dem Holzbalken.

Als er am nächsten Morgen aufwachte, wußte der Kater zunächst nicht, wo er war. Erst nach einer Weile erinnerte er sich, daß er an Land getrieben und von einer Familie am Ufer aufgenommen und verpflegt worden war.

»He, schau mal, unser vierpfötiger Matrose kommt zu sich!«

Andy, der Sohn, buffte seiner Schwester, die im Wohnwagen neben ihm lag, mit dem Ellbogen in die Seite.

Mary gähnte: »Laß mich schlafen! Das hat Zeit!«

Doch dann war sie plötzlich hellwach, drehte sich auf die andere Seite. Mary, die elfjährige Schwester von Andy, hatte Irmchen am Vorabend mit ins Wohnwagen-Hochbett genommen und den halberfrorenen Kater in die Mitte gelegt.

»Ach, ist der süß!«

Mary fing sofort an, Irmchen am Hals zu kraulen. »Und sieh mal, der Kater hat einen lustigen weißen Fleck auf der Brust. He, hast du das Halsband gesehen? Da hängt ja eine Kapsel dran!«

Andy richtete sich auf und knallte mit dem Kopf gegen das Wohnwagendach. »Autsch! Na, jetzt bin ich wenigstens munter!«

Dann öffnete er die Messingkapsel und entdeckte den Zettel: »Aha! Du heißt Irmchen und bist ein echter Mallorquiner. Aber was ist Estellencs? Heißt hier ein Ort auf der Insel so?«

Mary schwang sich vom Hochbett, griff nach der Autokarte ihres Vaters: »Mal sehen, ob wir das finden.«

Die Tochter des Amerikaners suchte die ganze Küste ab, entdeckte Estellencs schließlich an der Westflanke der Insel in der Nähe von Valldemosa: »Aus dem kleinen Kaff stammst du? Wie bist du denn hierher gekommen?« Die Kinder konnten nicht ahnen, welche Abenteuer Irmchen in seinem jungen Leben schon bestanden hatte.

»Aufstehen, Frühstück! Los, raus aus den Federn!« Susans Stimme riß die Kinder aus ihren Gedanken.

»Komm schnell«, sagte Andy. »Laß uns beeilen. Sonst gibt es Ärger!«

Mary, Andy und auch Irmchen rappelten sich auf. Frühstück war immer gut. Und Irmchen, der in etwa begriff, worum es ging, fühlte sich durchaus angesprochen. Es wurde ein fröhliches Breakfast am Meer. Mutter Susan hatte den Tisch vor dem Wohnwagen gedeckt, Vater Frank die Brötchen im nächsten Dorf geholt. Aus dem Radio im Wagen dudelte spanische Musik.

Frank Mitchell und seine Familie waren seit vier Wochen unterwegs. Mit dieser Europa-Rundreise hatte sich der Fitness-Center-Besitzer aus Venice in der Nähe von Los Angeles einen Kindheitstraum erfüllt. Mehrere Wochen insgesamt reiste die Familie mit dem Wohnwagen kreuz und quer durch Europa, machte jetzt für eine Woche auf Mallorca Station.

Frank Mitchell goß sich eine Tasse Kaffee ein: »Sagt mal! Was machen wir mit dem Kater? Er scheint kein Zuhause zu haben.«

Susan blickte ihren Mann fragend an: »Wie meinst du das?«

Frank versuchte die Ansichten der Familie zu erkunden und sich selbst zu einer Entscheidung durchzuringen: »Ich meine, wir verlassen ja morgen die Insel. Und da müssen wir Irmchen wohl oder übel hier zurücklassen.«

Andy und seine Schwester antworteten gleichzeitig wie aus der Pistole geschossen: »Was, du willst Irmchen hierlassen? Wer soll sich denn um ihn kümmern?«

Susan versuchte, die Kinder zu beruhigen: »Schließlich ist der kleine Zausel bisher auch irgendwie zurechtgekommen!«

Andy und Mary standen Tränen in den Augen: »Aber Irmchen ist doch so lieb. Und wir haben zu Hause einen großen Garten. Er würde hier bestimmt nicht alt werden.«

Frank Mitchell taten die Kinder und Irmchen fürchterlich leid: »Glaubt mir! Es geht nicht! Wir setzen morgen früh mit der Fähre zum Festland über. Anschließend wollen wir noch nach Frankreich und Deutschland. Wir wissen ja gar nicht, ob der Kater irgendwelche Krankheiten hat. Und außerdem gibt es überall Gesetze, die das Mitführen von Tieren nicht ohne weiteres gestatten. Nein, glaubt mir! Es geht wirklich nicht!«

Damit war das Thema beendet. Mutter Susan zuckte mit den Schultern. »Vater hat wohl recht! Schade, der Kater ist wirklich ein netter kleiner Kerl.«

Irmchen bekam von den Gesprächen nichts mit. Noch steckte ihm der Vortag in den Knochen. Müde rollte er sich wenig später unter dem Wohnwagen zusammen und holte den Schlaf nach. Er erwachte erst am nächsten Morgen – durch ein Geräusch, das ihn in Sekundenbruchteilen aus dem Schlaf riß.

Frank hatte noch vor Sonnenaufgang Wagen und Wohnwagen aneinandergekoppelt und alle Sachen verstaut. Die Fähre nach Barcelona legte um sieben Uhr ab! Um sechs Uhr mußte alles an Bord sein. Es war gegen fünf Uhr, als die Familie den Wagen startklar meldete und sich das Gespann in Bewegung setzte.

Alle dachten in diesem Augenblick an Irmchen, der völlig ratlos neben dem Hänger saß und die Vorbereitungen beobachtete.

Langsam rollte der Wagen von seinem Platz. Es ging also los!

Frank saß am Steuer, Susan neben ihm. Die Kinder durften ausnahmsweise im Wohnwagen bleiben, allerdings nur bis zum Hafen. Der Wagen war kaum zwanzig Meter gefahren, als Andy von hinten durch die Scheibe Signal gab: Haltet an, ich muß nochmal!

Der Junge sprang aus dem Wagen, verschwand hinter dem nächsten Gebüsch. Nach drei Minuten kehrte er zurück, rief: »Okay, kann weitergehen!« Als er wieder im Wagen saß und den Pulli hochkrempelte, machte seine Schwester große Augen. »Das kann nicht wahr sein! Bist du verrückt geworden?«

Andy strahlte über das ganze Gesicht: »Irmchen und ich haben beschlossen, daß wir zusammenbleiben!«

Der blinde Passagier blinzelte Mary mit dem süßesten Gesichtsausdruck seines Lebens an. Dann kletterte er ganz unter dem Pulli seines neuen Freundes hervor, kuschelte sich auf dem Hochbett ein und rollte im Schlaf in das nächste Abenteuer.

*

»Ach ja, Europa ist wirklich romantisch!« Frank Mitchell sah zu seiner Frau hinüber.

»Kannst du mir noch eine Tasse Kaffee geben? Irgendwie bin ich noch nicht richtig ausgeschlafen.«

Susan schenkte ihrem Mann aus der Thermoskanne ein, reichte ihm den Becher. Und während im Osten der Insel die Sonne aufging, dachte Susan über ihren Frank nach.

Es war immer sein Wunschtraum gewesen, das alte Europa kennenzulernen. Nur dafür hatte er in den letzten Jahren soviel Geld gespart. Er wollte sich und seiner Familie diese Reise schenken. Sie hatten in den zurückliegenden Wochen Italien und Griechenland besucht. Am schönsten aber war Mallorca! Nicht die Hotelstädte, in denen die Touristen ihren Urlaub verbrachten. Nein! Es waren die unberührten Zipfel der Insel, die lieblichen Buchten, verträumten Fischerdörfer und romantischen Städte im Landesinnern.

»Ich würde gern noch einmal zurückkehren«, unterbrach Frank die Gedanken seiner Frau. »Die Insel hat mich irgendwie verzaubert.«

»Wir können ja im nächsten Jahr zurückkommen«, antwortete Susan ihrem Mann. »Und dann können wir versuchen, Irmchen zu finden und mitzunehmen.«

Frank blickte seine Frau erstaunt aus den Augenwinkeln an: »Glaub doch nicht, daß wir den kleinen Kater jemals wiederfinden. Der sitzt bestimmt schon jetzt bei irgendwelchen Leuten und verdrückt sein Frühstück.«

Frank hatte recht. Irmchen saß mitten auf dem kleinen Tisch im Wohnwagen, hatte vor Freude die Augen zu einem schmalen Schlitz zusammengekniffen und schlabberte sein Lieblingsgetränk: Milch. Mary kicherte unentwegt, kraulte Irmchen am Bauch: »Hihi, wenn das die Eltern wüßten! Irmchen auf großer Fahrt! Ach, ist das herrlich!«

Andy, der Irmchen ohne lange zu überlegen, mitgenommen hatte, machte ein sorgenvolles Gesicht: »Hoffentlich bekommen wir keinen Ärger an den Grenzen! Was machen wir bloß, wenn er entdeckt wird? Wie erklären wir das nur unseren Eltern? Bei dem Gedanken wird mir ganz schlecht!«

Der Wagen hielt vor einer Schranke. Durch das plötzliche Bremsen schwappte die Milch aus dem Schälchen.

Irmchen bekam einen Schreck, kullerte im hohen Bogen vom Tisch. Andy versuchte, seinen kleinen Freund zu beruhigen: »Auch das noch. Jetzt spiel bloß nicht verrückt. Sonst sind wir alle geliefert!« Dem Jungen schlug das Herz bis zum Hals. Er bekam Angst vor der eigenen Courage: Wenn das nur gut geht!

»Reihen Sie sich bitte rechts ein und warten Sie, bis Sie kontrolliert werden.« Der Polizist, der an der Einfahrt zum Hafen stand, gab Frank Mitchell ein Zeichen, zeigte auf die entsprechende Fahrspur. Wenig später trat ein anderer Polizist ans Fenster.

Frank kurbelte die Scheibe runter: »Wir sind auf dem Weg nach Barcelona. Hinten im Wohnwagen sind unsere Kinder. Wir machen eine Europa-Rundreise.«

Der Polizist legte die Stirn in Falten: »Sie wissen doch, daß das verboten ist. Die Kinder dürfen während der Fahrt nicht im Wohnwagen sitzen. Steigen Sie bitte aus und zeigen Sie Ihre Papiere.«

Frank versuchte, dem Ärger aus dem Weg zu gehen: »Ach, sie saßen ja nur für ein paar Meter hinten. Kommt ganz bestimmt nicht wieder vor!«

»Aussteigen!«

Die Stimme des Beamten klang jetzt schon viel ernster. Andy und Mary hatten alles mitbekommen: »Was machen wir nun? Jetzt sind wir dran!«

Mary sah sich blitzschnell im Wohnwagen um. Dann packte sie Irmchen, hob ihn hoch und stopfte den Kater in einen Kasten unter dem Bett der Eltern. Anschließend nahm sie einige Bücher und Wäschestücke, packte sie davor und verschloß das Versteck. Keine Sekunde zu früh!

Im selben Augenblick schloß der Vater die Tür des Wohnwagens auf, kam mit dem spanischen Polizisten in den Anhänger. »Äh, Kinder. Ihr dürft hier nicht sein. Bitte kommt nach vorn.«

Und zum Polizisten sagte Frank beschwichtigend: »Wie Sie sehen, ist alles in Ordnung.«

Der Beamte sah sich neugierig und mit ernstem Gesicht im Wohnwagen um: »Haben Sie Waffen, Rauschgift oder ähnliches dabei? Bitte öffnen Sie die Schränke!« Frank kam der Aufforderung nach: »Aber was denken Sie? Hier ist wirklich alles in Ordnung. Wir haben nichts zu verbergen.«

Andy rutschte das Herz in die Hosen: Das war's! Aus! Gleich würde der Mann Irmchen finden.

Auch der Kater hatte erkannt, daß die Situation ernst war. Er saß zitternd in seinem Versteck, bekam kaum Luft, sah nichts, weil es in dem Loch stockdunkel war. Irmchen bekam Platzangst, kratzte an der Innenseite der Kunststoffverkleidung, wollte raus. Da passierte es! Der schwarze Kater bekam Durchfall und konnte einfach nichts dagegen machen.

Es dauerte keine drei Sekunden, und ein fürchterlicher Geruch zog durch den Wohnwagen. Der Polizist blickte Frank und seine Kinder an: »Was ist denn das?«

Mary reagierte blitzschnell: »Ach, wissen Sie, mein Bruder ist krank. Das muß wohl am Öl hier liegen.«

Angewidert hielt sich der Beamte die Nase zu: »Sie sollten mit Ihrem Sohn zum Arzt gehen. Das ist ja nicht auszuhalten!«

Der Spanier hatte genug, verließ den Wohnwagen: »Na, dann fahren Sie mal weiter! Gute Reise!«

Andy öffnete noch schnell die Tür zu Irmchens Versteck, nahm mit seiner Schwester vorn im Wagen Platz. Ohne daß die Eltern es bemerkten, drückte er die Hand seiner Schwester und strahlte über das ganze Gesicht. Und während sie so dasaßen und zuschauten, wie der Wagen auf die Fähre rollte, blickten hinten im Anhänger zwei grüngelbe Katzenaugen verstohlen über den Rand des Wohnwagenfensters.

Irmchen wußte wieder mal nicht, was los war. Doch er hatte das Gefühl, daß irgend etwas sich veränderte. Als eine halbe Stunde später ein Vibrieren durch die riesige Fähre ging und das Schiff ablegte, saß Irmchen auf dem Hochbett, versuchte, aus dem Fenster zu schauen, um einen besseren Überblick zu gewinnen. Der kleine Kater aus Estellencs verließ die Insel, auf der er geboren worden war und auf der er die ersten Abenteuer bestanden hatte. Obwohl Irmchen auf Mallorca viel Leid, Hunger, Schmerz und Elend kennengelernt hatte, liebte er seine Heimat. Es hieß nun für ihn Abschied nehmen.

Immer kleiner wurde der Hafen von Palma, immer winziger die Stadt mit ihren alten Gebäuden, der großen Kathedrale und der Stadtmauer. Die Sonne stand schon hoch am Himmel, als Mallorca am Horizont ins Meer tauchte. Irmchen hatte sich wieder schlafen gelegt, da ging plötzlich die Tür zum Wohnwagen auf und Andy kam hereingeschlichen: »Alles roger, kleiner Scheißer?«

Der Junge holte einen Lappen aus dem Schrank, öffnete das Versteck und putzte Irmchens Hinterlassenschaft weg. Dann nahm er seinen Kater auf den Arm, öffnete die Fenster: »Schnupper mal! Seeluft! Tut gut, nicht wahr?«

Irmchens Nase tanzte, sog die frische, würzige Luft ein. Sofort drückte der Kater seinen Kopf an das Gesicht von Andy, schmuste mit dem neuen Herrchen herum.

Überhaupt war Irmchen ein zärtlicher kleiner Teufel, so wie die meisten Katzen Mallorcas. Schmusen, schlafen, fressen und lieben, das waren die vier Dinge, die ihr oft nur kurzes Leben bestimmten.

Es kam bisweilen vor, daß Touristen sich in eine mallorquinische Katze verliebten und sie kurzerhand mit in die Heimat nahmen. Viele tausend Streuner hatten so ein neues Zuhause gefunden. Sicher – sie waren wilder als brave Hauskatzen. Sie hatten eine verstärkte Vorliebe für Zimmerpflanzen, Tapeten, flauschige Frottee-Bademäntel und natürlich Teppiche und Auslegwaren jeder Art. Aber sie konnten auch enorm verschmust sein.

Ein Sprung und schon saßen sie bei Herrchen oder Frauchen auf dem Schoß, stupsten mit ihren Nasen überall herum und angelten schließlich genüßlich die Wurst vom Brot, um damit in einer Ecke zu verschwinden.

So waren sie, die mallorquinischen Katzen. Entweder man ließ sie links liegen oder man verliebte sich in sie.

Auch Irmchen aus Estellencs war so ein Kater zum Verlieben. Und er beherrschte das Einmaleins der offenen Herzen.

Die Herzen von Andy und Mary hatte er im Schnellverfahren erobert. Nun mußte er noch mit Frank und Susan klarkommen. Das würde wohl etwas schwieriger werden. Frank war ein härteres Kaliber. Aber irgendwas würde Irmchen schon einfallen: Sitze ich erstmal auf seinem Schoß, blinzle ihn an und mache Stupsel, dann kriege ich auch ihn klein, mach' ihn gefühlsmäßig nach Strich und Faden fertig, überlegte er.

Während Irmchen seinen Gedanken und Träumen nachhing, tauchte in der Ferne das spanische Festland auf. Barcelona – so hieß die erste Station im neuen Leben.

Frank und seine Familie hatten in Barcelona die Fähre verlassen, waren unterwegs nach Tossa de Mar an der Ostküste Spaniens, als das Unausweichliche passierte. Der Familien-Chef stoppte den Wagen an einem Rastplatz, ging nach hinten zum Wohnwagen, öffnete die Tür, als er fassungslos zurückprallte: »Nein, das kann nicht wahr sein! Was machst denn du hier?«

Irmchen saß auf dem Tisch, knabberte genüßlich an einer Blume. Die Vase lag daneben. Das Wasser bildete eine große Pfütze.

Frank knallte die Tür wieder zu, kehrte wütend zum Wagen zurück, tobte los: »Wer ist dafür verantwortlich? Susan, hast du die Katze heimlich mitgenommen? Ich finde das unverantwortlich! Wie kannst du so etwas tun?«

Susan wußte überhaupt nicht, was los war, blickte ihren Mann nur mit weit aufgerissenen Augen an: »Ich?«

Und während Frank mit seiner Frau weiterschimpfte, rutschten Andy und Mary immer tiefer in ihre Sitze.

Dann faßte sich Andy ein Herz und gestand: »Ich war's! Ich habe Irmchen mitgenommen! Ich konnte den armen Kerl einfach nicht auf Mallorca zurücklassen!«

Frank verlor immer mehr die Fassung: »Was, du?«

Und mit weit aufgerissenen Augen und hochrotem Kopf warf Frank seiner Frau vor: »Typisch! Dein Sohn! Du hast ihn nicht richtig erzogen! Diese alberne Tierliebe bringt uns noch in große Schwierigkeiten!«

Und Frank Mitchell erinnerte sich, daß sein Sohn zu Hause in Amerika schon so manches Tier mit heimgeschleppt hatte: Katzen, Hunde, ja sogar mal eine Schlange, einen kranken Wüstenfuchs und ein herrenloses Pony.

Der Tag war gelaufen.

Nach zwei Stunden Fahrzeit erreichten die Mitchells Tossa. Der kleine Touristenort, einst ein Fischerdorf, lag zurückgesetzt in einer winzigen Bucht. Alte Häuser zwischen zwei Felsen waren umrahmt von einem Pinienwald. Oberhalb des Ortes, in dem in den letzten Jahren mehrere Hotels gebaut worden waren, lag die Altstadt. Etwas außerhalb, auf dem Campingplatz, erreichte der Wagen der Mitchells das Pförtnerhäuschen.

Frank bezahlte im voraus für eine Woche die Benutzungsgebühr, lenkte seinen Wagen auf den reservierten Abstellplatz: »So, da wären wir!«

Er war immer noch böse auf seinen Sohn: »Du hast den Kater mitgenommen, nun sorge gefälligst auch für ihn!«

Andy konnte seinen Vater gut verstehen. Er hatte wirklich Mist gemacht: »Wir müssen für Irmchen was zu essen kaufen. Er hat seit Stunden nichts mehr bekommen.«

»Was heißt hier ›wir‹? Du wirst ihm was kaufen, und zwar aus deiner Reisekasse!«

Frank Mitchell benutzte die Situation, um seinen Sohn zu erziehen.

Andy war baff: »Wie soll ich das nur anstellen, bei dem mickrigen Taschengeld?«

Seine Schwester kam ihm zu Hilfe: »Mach dir keine Sorgen, ich gebe dir von meinem Geld was zu. Wir schaffen das schon!«

Drei Tage waren die Mitchells am Ort, als Irmchen von einem Ausflug nicht zurückkehrte.

Unruhig lief Andy im Camp auf und ab, fragte Wohnwagennachbarn, erkundigte sich beim Pförtner: »Hat irgend jemand meinen schwarzen Kater gesehen?« Doch niemand konnte Auskunft geben!

Am Abend hielt es Andy vor Sorge und Angst um seinen Kater nicht mehr aus: »Papa«, sagte er mit Tränen in den Augen, »Irmchen ist weg. Ich glaube, ihm ist was passiert!«

Frank Mitchell nahm seinen Sohn in den Arm: »Sieh mal, er ist und bleibt ein Stromer. Er wird irgendwo unterwegs sein. Vielleicht hat er ein neues Zuhause gefunden und dich längst vergessen. Um den mußt du dir bestimmt keine Sorgen machen.«

Andy schluchzte: »Mein geliebtes Irmchen fort, einfach so?«

Auf dem Campingplatz war schon Ruhe eingekehrt

und die letzten Nachtschwärmer lagen in den Betten, als sich Andy und Mary gegen drei Uhr früh mit Taschenlampen auf den Weg machten, um Irmchen zu suchen. Überall schauten die Kinder nach, leuchteten in jede Ecke. Vergebens! Irmchen war nicht zu finden. Zwei Stunden waren sie so unterwegs, als sich Andy müde auf eine Gartenmauer setzte: »Ich glaube, Dad hat recht! Irmchen hat uns verlassen.«

Es dämmerte, als Mary ihren verzweifelten Bruder in den Arm nahm: »Komm, laß uns noch hinauf zur Festung gehen! Vielleicht ist Irmchen dort oben!«

Die Kinder erklommen mit hängenden Köpfen den steilen Weg zur Altstadt, vorbei an dem weinüberwucherten Gartenlokal, in dem sie wiederholt gesessen hatten.

Jeden Quadratmeter suchten sie ab, bis sie endlich oben bei der alten, verfallenen Kirche angelangt waren. Andy forschte gerade unter einem Felsvorsprung nach seinem Kater, als er seine Schwester laut rufen hörte: »Andy, Andy! Mein Gott, Andy! Komm schnell! Hierher zur Kirche!«

Mit klopfendem Herzen rannte Andy den Berg hinauf, stolperte in die Kirche. Da saß seine Schwester! Vor ihr auf dem steinigen Boden lag Irmchen. Der kleine Kater hatte Schaum vor dem Maul, hielt alle vier Pfoten von sich gestreckt. Irmchen konnte den Kopf nicht mehr bewegen, hörte nur noch von Ferne die Stimmen der Kinder. Überall war Erbrochenes und Blut.

Andy heulte laut los: »Irmchen ist tot! Jemand hat mein Irmchen umgebracht!«

Die Kinder knieten auf dem Boden, streichelten das sterbende Tier. Mary bemerkte es als erste: »Er lebt noch! Er hat auch keine Verletzungen. Vielleicht hat jemand Gift ausgelegt.«

Andy zog seine Jacke aus, schob sie vorsichtig unter Irmchens ausgekühlten Körper: »Wir müssen zu Dad. Er muß einen Arzt holen.«

So schnell sie konnten, liefen die Kinder mit Irmchen im Arm den Berg hinunter und zurück zum Campingplatz: »Dad, Dad! Wir haben Irmchen gefunden!«

Frank Mitchell, der seine Kinder schon vermißt hatte, kam im Morgenmantel aus dem Wohnwagen.

»Dad, bitte, du mußt uns helfen! Irmchen stirbt! Jemand hat ihn vergiftet.«

Frank nahm seinem Sohn den ohnmächtigen Kater aus dem Arm, legte ihn aufs Bett im Wohnwagen. Dann drückte er seine beiden Kinder an sich, versuchte sie zu trösten: »Ich wußte nicht, daß ihr Irmchen so sehr liebt.« Und als er diese Worte sprach, tat es ihm leid, daß er zu seinen Kindern so hart gewesen war: »Ich will alles versuchen! Ich hole sofort einen Arzt!«

Während Susan aus dem Wohnwagenanhänger kletterte, koppelte Frank den Wagen ab und brauste los.

Irmchen war in einem schlimmen Zustand. Tatsächlich hatte der Kater oben auf dem Berg vergiftetes Fleisch gefuttert. Es war mit einer Chemikalie präpariert, die Tiere nicht sofort sterben läßt, sondern sie langsam von innen verbrennt. Fraßen sie viel davon, waren sie bisweilen schon nach Stunden tot. Futterten sie nur einen kleinen Happen, quälten sie sich oft tagelang zu Tode.

Susan flößte dem Kater einige Tropfen Milch ein, die er, obwohl er bewußtlos war, gleich wieder erbrach.

Nach einer langen Stunde war Frank mit dem Tierarzt zurück. Die Männer verschwanden im Wohnwagen, ließen die Kinder draußen warten. Sie sollten nicht dabei sein, wenn Irmchen eingeschläfert werden mußte. Der Arzt sah sich den Kater an, nickte: »Die Chancen sind nicht gut. Das Tier muß schon sehr kräftig sein, wenn es das überleben will.«

Frank blickte den Arzt fragend an: »Und was machen wir jetzt?«

Der Arzt nahm eine Spritze aus seiner Tasche, kramte nach Pillen: »Ich kenne das Gift. Die Leute präparieren damit Fleischbrocken. Es tötet Ratten und Mäuse. Und wenn mal eine Katze draufgeht, ist das hier auch nicht schlimm. Verrückt spielen bloß die Touristen, die glauben, jede Katze retten zu müssen.«

Frank dachte an seine Kinder, denen der Kater ans Herz gewachsen war: »Bitte helfen Sie dem Tier.«

Der Arzt verpaßte Irmchen die Spritze, zerdrückte die Tablette auf einem Löffel, gab einige Tropfen Wasser dazu. Dann flößte er Irmchen den Brei ein: »Wenn der Kater diesen Tag übersteht, wird er überleben!«

Als der Doktor gegangen war, begann für Frank Mitchell der längste Tag seines Lebens. Bis in die Nacht hinein hielt er Irmchen im Arm, hatte er den Kater auf dem Schoß, streichelte sein Fell. Und während er mit seiner Familie bangte und hoffte, trat das ein, was sich die Kinder so sehnlich gewünscht hatten: »Ich glaube, unser Dad mag Irmchen auch!«

Und tatsächlich: Frank, der den Kater noch vor drei Tagen am liebsten vor die Tür gesetzt hätte, wollte Irmchen nun nicht mehr hergeben. Abends gegen sechs Uhr schlug der Patient zum erstenmal wieder die Augen auf. Noch fühlte sich der kleine Kater sterbenselend. Magen und Darm brannten. Irmchen verspürte einen fürchterlichen Durst.

Aber er lebte!

Nur langsam erholte sich Irmchen von der schweren Vergiftung. Fast den ganzen Tag lag der Kater müde im Wohnwagen auf einer Decke, hatte neben sich einen Napf mit Futter, ein Schälchen voll Milch. Frank, der sich rührend um Irmchen kümmerte, hatte die Abreise um eine Woche verschoben: »Dafür haben wir zwar weniger Zeit für Frankreich und Deutschland. Aber das macht nichts! Schließlich ist der Kleine wichtiger. Wir fahren erst, wenn alles okay ist!«

Wäre alles nicht so schlimm gewesen, man hätte fast sagen können: Nun hatte Irmchen sein Ziel doch noch erreicht, wenn auch auf tragische Weise. Frank, der den Mallorquiner unbedingt hatte loswerden wollen, war nun bis über beide Ohren verliebt in den Kater. Stundenlang saß er im Wohnwagen an seiner Seite, streichelte und kraulte das Fell im Nacken und am Bauch. War es draußen warm und sonnig, nahm Frank seinen Kater auf den Arm, trug ihn an der frischen Luft spazieren.

Nachts schlief Irmchen bei Frank im Bett. Kopf an Kopf lagen sie so. Und wenn sie morgens aufwachten, gähnten sie sich gegenseitig herzhaft an.

Frank sprach den ganzen Tag nur noch von Irmchen. Andy und Mary, die einerseits darüber froh waren, daß Irmchen nun in der Familie bleiben durfte, staunten. So hatten sie ihren Vater noch nie erlebt. Nach außen gab er sich als harter, sportlicher Bodybuilder und Geschäftsmann, der partout keine Schwächen und Sentimentalitäten zuließ. Disziplin, Ordnung und Stärke waren seine obersten Prinzipien.

Doch hier, bei Irmchen, lernte ihn die Familie von einer ganz anderen Seite kennen. Frank schmolz wie Butter in der Sonne, wenn es um »sein« Irmchen ging.

Und tatsächlich: Der Familienliebling hätte sich bestimmt ohne die liebevolle Pflege von Frank nicht so schnell erholt. Dreimal täglich zerdrückte er eine halbe Tablette im Löffel, vermischte das weiße Pulver mit Wasser, um es Irmchen ins Maul zu träufeln.

Das war nicht so einfach! Und von keinem anderen hätte sich Irmchen das gefallen lassen. Die Medizin schmeckte besonders bitter. Frank mußte einen alten Trick anwenden. Er wickelte den Kater in ein Handtuch, so daß nur noch der Kopf herausschaute. Die Pfoten waren dadurch regelrecht gefesselt. Irmchen mußte die Prozedur wohl oder übel über sich ergehen lassen.

Nach fünf Tagen war Irmchen schon wieder fast ganz fit. Der Magen war ausgeheilt. Und auch die anderen betroffenen Organe erholten sich langsam von dem Gift. Die ersten kurzen Ausflüge, natürlich nur in Gegenwart der Familie, wurden unternommen. Und lag ein Stück Futter am Wegesrand, so machte die Familie einen großen Bogen darum. Frank hatte sogar eine Hundeleine gekauft, um Irmchen damit auszuführen.

Doch das war zuviel des Guten. Irmchen hatte keine Lust, wie ein Hund spazierenzugehen. Das war unter aller Würde. Eine Katze läßt sich von niemandem an die Leine nehmen. Wenn sie kommt, dann freiwillig – oder eben gar nicht. Also trottete Irmchen bei den Spaziergängen nebenher oder ließ sich wie ein Pascha auf dem Arm tragen.

Als die Woche vergangen war, hieß es nun endgültig Abschied nehmen von Tossa und Spanien.

Es war schon eine fröhliche Fuhre, die vom Campingplatz rollte: Vater wie immer am Steuer, daneben Mutter und hinten die Kinder. Irmchen hatte von allen den ungewöhnlichsten Platz. Der Kater lag auf der Konsole direkt über der Armatur. Dösig ließ er die Vorder- und Hinterpfoten über das Lenkrad baumeln.

Frank hatte es schwer, den Wagen unter diesen Umständen zu fahren: Aber wenn Irmchen nun mal da liegen wollte, dann sollte es so gut sein.

Susan und die Kinder kicherten still in sich hinein: »Unser süßer Dad: Harte Schale, weicher Kern! Aber gerade deshalb lieben wir ihn.«

Es wurde eine zauberhaft schöne Tour durch Nordspanien, Süd- und Mittelfrankreich. Nachdem sich der Wagen die Pyrenäen hinauf und wieder hinab gequält hatte, bog Frank nach Osten ab, zeigte seiner Familie die malerische Landschaft der südfranzösischen Küste. Dann ging die Fahrt Richtung Norden. In der Nähe von Tours machte die Familie drei Tage Rast. Der Amerikaner kannte von einem früheren Frankreichbesuch einen Pariser Arzt, der hier an der Loire ein kleines Schloß besaß.

L'Eaunau, so hieß das kleine Anwesen in der Nähe von La Fleche, war kurz vor der Französischen Revolution erbaut worden. Es war fast ein Dornröschenschloß, lag auf einem Berg und war nur durch eine Allee mit riesigen alten Bäumen zu erreichen.

Dr. Valery stand schon am verwitterten Eisentor, als der Wagen im zweiten Gang den Berg hinaufkam. Er breitete die Arme aus, umarmte seine Gäste, rief die Familie aus dem Haus. Monsieur le Docteur hatte fünf Kinder und elf Enkelkinder. Dazu kamen mehrere Brüder und Schwestern und deren Frauen und Männer.

Der Abend auf L'Eaunau wurde einer der fröhlichsten und feuchtesten der ganzen Europa-Rundreise. Die Mitchells und die Valerys saßen im Kaminzimmer unter Bildern aus der Epoche Napoleons und auf Möbeln aus der Empire-Zeit. Der Champagner floß in Strömen – und irgendwann gegen Mitternacht lagen sich alle in den Armen, sangen gemeinsam Lieder, erzählten Geschichten aus Kindheit und Jugend.

Irmchen, wieder völlig genesen, hatte sich derweil auf den Weg gemacht, um zum Abendbrot eine delikate französische Maus zu vernaschen. Vor dem Schloß, hangabwärts, erstreckte sich bis zur Straße eine riesige Wiese. Hier schienen die kleinen Nager genauso fröhlich zu feiern wie die Menschen oben auf dem Château.

Irmchen schlich lautlos durch das hohe Gras, hoffte auf einen schnellen Happen. Doch die französischen Mäuse waren so leicht nicht zu fangen. Wann immer der hungrige Kater auftauchte, beendeten sie ihre Party, um in versteckten Löchern zu verschwinden.

Der verhinderte Kleinwildjäger kehrte mit leerem Magen und mieser Laune zum Schloß zurück, legte sich auf die noch sonnenwarme Steintreppe. Plötzlich hörte er ein Rascheln, spürte, daß jemand in der Nähe war.

Was da im selben Augenblick um die Ecke kam, war wohl die komischste Katze, die Irmchen je gesehen hatte. Mouch-Mouch oder auch Michi genannt, war eine alte Katze aus Tunesien, die das Schicksal nach Frankreich verschlagen hatte. Michi war zwölf Jahre alt, hatte keine Zähne mehr im Maul und einen Augenfehler.

Aber Michi war die uneingeschränkte Herrscherin auf L'Eaunau. Alle Katzen der Umgebung hatten Respekt vor ihr. Wenn sie des Weges kam, machten auch die Hunde lieber einen Bogen. Obwohl klein und mager und eher schwach und kränklich, ging Michi, wenn es Probleme gab, sofort und ohne große Vorrede zum Angriff über. Sie hatte nicht einmal vor Menschen Respekt. War sie schlechter Laune, und das kam alle vier Wochen vor, lief sie plötzlich auf ihr ausgewähltes Opfer zu, kletterte blitzschnell an der Kleidung empor und verpaßte dem vermeintlichen Kontrahenten ein paar schmerzhafte Ohrfeigen mit den kleinen Tatzen. Ja, so war Michi! Sie hatte schon all das hinter sich, was Irmchen noch vor sich hatte.

Michi kannte die Welt oder zumindest einen großen Teil davon. Auf der tunesischen Insel Djerba war sie in einer Hotel-Anlage aufgewachsen. Ein Kater hatte ihre Jungen aufgefressen. Ein Hotelboy, der anschließend als Schiffsjunge zur See fuhr, hatte Michi kurzerhand genommen und in seine Tasche gesteckt. Michi wohnte auf vielen Schiffen. Alte Segler waren ebenso darunter wie Öltanker. Sie jagte Mäuse auf Kreuzfahrtschiffen und Hochsee-Kuttern, auf Privatjachten, Walfängern und den Seelenverkäufern der Schmuggler.

In Neapel verlor Michi ihren Besitzer. In Rom lebte sie bei den Katzen vom Kolosseum, in Athen am Fuß der Akropolis. Dr. Valery fand Michi schwer verletzt im Norden Griechenlands. Halbtot lag sie auf einer Landstraße nahe den Klöstern von Meteora. Der Arzt nahm die Tunesierin mit zu sich nach Paris, brachte sie später auf sein Schloß. Hier regierte sie und erholte sich von den Strapazen des Lebens.

Und nun stand sie in all ihrer Häßlichkeit vor Irmchen und staunte, daß der Kater keinen Respekt zeigte.

Michi machte einen Buckel, versuchte es mit einem gekonnten Fauchen. Die erwartete Wirkung blieb aus. Irmchen, respektlos hingeflezt auf der Schloßtreppe, blinzelte nur mit den Augen.

Das konnte doch nicht wahr sein!

Jeder andere Kater der Gegend hätte spätestens jetzt auf einem Baum gesessen oder wäre in panischer Angst die Auffahrt hinuntergeflitzt. Irmchen dachte nicht daran! So gefährlich sah Michi beim besten Willen nicht aus.

Die Schloßkatze ging auf ihn zu, verpaßte dem schwarzen Eindringling einen gezielten Hieb mit der Pfote. Aber auch das machte auf Irmchen keinen Eindruck! Normalerweise wäre er längst aufgesprungen, hätte die Angriffshaltung eingenommen. Doch irgendwie war ihm heute nicht danach zumute. Und er tat etwas, das Michi total aus der Fassung brachte: Er fing an zu schnurren!

Unglaublich! Dieser Frechdachs war das erste Lebewesen auf dem Gelände des Schlosses, das keinen Respekt vor Michi hatte.

Auch ein zweiter und dritter Schlag mit der Pfote änderte nichts an der Situation. Irmchen erhob sich, zeigte sich in seiner vollen Größe und lief zu der alten Katzenlady, leckte ihr das Gesicht und machte Stupselchen. Michi war platt und streckte die Waffen. Irmchen hatte ihr altes Kämpferherz beim ersten Angriff erobert. Da mochte einer die Welt verstehen.

Als Dr. Valery und Frank Mitchell auf die Schloßtreppe traten, um eine Zigarette zu rauchen, wäre dem Gastgeber fast die Luft weggeblieben. Michi und Irmchen lagen eng aneinandergekuschelt, schmusten herum, leckten sich gegenseitig das Fell.

»Mon Dieu! Das kann nicht wahr sein! Das hat Michi noch nie getan. Ihr Irmchen muß ein Don Juan und Teufel zugleich sein. Wo haben Sie Ihren Kater eigentlich her?«

Frank erzählte in kurzen Zügen, was er mit Irmchen bisher erlebt hatte und fügte hinzu: »Er ist ein sonderbarer

Kater. Ich wollte ihn an sich gar nicht haben. Aber er besitzt die Gabe, Menschen zu verzaubern. Man muß ihn einfach ins Herz schließen. Und dann wird man ihn nicht mehr los. Wir wollen Irmchen auf jeden Fall mit nach Amerika nehmen. Schließlich gehört er jetzt zur Familie.« Frank und Dr. Valery traten wieder ins Haus, überließen die Katzen sich selbst.

Hätten Irmchen und Michi miteinander plaudern können, sie hätten bestimmt die spannendsten Abenteuer ausgetauscht. Aber vielleicht verstanden sie sich auch so. Drei Tage lang waren beide unzertrennlich, dann hieß es für das ungewöhnliche Paar Abschied nehmen. Michi saß noch lange am eisernen Tor, blickte suchend in die Ferne, bis der Wagen mit Irmchen am Horizont verschwunden war.

Es war schon sonderbar! Irmchens Schicksal war es wohl, als Tramp um die Welt zu ziehen. Bestimmt hätte der Kater viel lieber ein gemütliches Zuhause gehabt, mit einer Familie, einem festen Platz irgendwo in der Ecke, einem vollen Futternapf und einer täglichen Streichelstunde. Irmchen hatte als Baby kaum Liebe und Geborgenheit bekommen. Das war auch der Grund, warum er sich immer danach sehnte. Aber andererseits!

Andererseits war dieses Leben auch nicht ohne Reiz. Ein Abenteuer jagte das nächste. Und ein Ende war nicht abzusehen.

Hatte Irmchen einen Menschen gefunden, den er liebte, machte ihm das Schicksal ruck, zuck einen Strich durch die Rechnung. Schon war es mit der Geborgenheit vorbei, und der Kater steckte im größten Schlamassel.

Im Moment jedoch ging es ihm blendend. Wie ein kleiner Pascha saß er vorn im Wagen auf der Konsole. Und wann immer Frank eine Hand frei hatte, kraulte er seinem mallorquinischen Abenteurer das Fell.

Schloß L'Eaunau lag schon weit zurück, und der Wagen rollte in Richtung Atlantikküste. Frank hatte von Amerika aus eine Woche Aufenthalt auf Schloß Prêtreville gebucht. Das Schloß in der Nähe des alten Hafenstädtchens Honfleur stand unmittelbar an der Kanal-Küste. Auf der anderen Seite der Seine-Mündung konnte man die Hafenanlagen von Le Havre erkennen. Das Hauptgebäude war kurz nach der Französischen Revolution erbaut und später erweitert worden. Es lag in einem vier Hektar großen Park. Eine Allee mit fast 50 Meter hohen Bäumen führte zum Haus. Es gab einen Swimming-Pool, ein Fitness-Studio, eine Tennis-Anlage und sogar eine verfallene Kapelle.

Der Adelssitz lag in einem wahren Garten Eden: satte grüne Wiesen, rauschende Mischwälder, Schlösser an jeder Ecke, Dörfer, in denen die Zeit vor 200 Jahren stehengeblieben war.

Ein Hügel schmiegte sich sanft an den nächsten. Die Menschen, die hier lebten, waren still und zufrieden. Streß und Hektik, im zwei Autostunden entfernten Paris das Natürlichste der Welt, kannte man hier nicht. Die Menschen, Nachfahren der Normannen, waren fröhlich und ausgeglichen und saßen abends bei duftenden Muscheln und perlendem Cidre zusammen, plauderten im Kreis der Familie und mit Freunden.

Als Frank seinen Wagen durch die Einfahrt von Schloß Prêtreville lenkte, sprudelte es aus ihm heraus: »Da ist es! Davon habe ich immer geträumt!« Das efeuberankte Haus mit seinen alten Fensterläden, Türmchen und Erkerchen war romantischer, als man es in Hollywood für einen Film hätte bauen können.

»Hui, hui, jetzt spielen wir Schloßgespenst!« Andy riß die Augen auf, zog eine Grimasse, versuchte, seiner Schwester Angst einzujagen.

»Spinner!«

Mary gähnte demonstrativ. »Wenn es hier ein Gespenst gibt, dann bist du der erste, der sich in die Hosen macht.«

Frank und seine Familie packten die Koffer aus, bezogen zwei Zimmer im rechten Flügel. Und während Susan die Sachen in die Schränke hängte, flitzten die Kinder in den

Garten hinunter, machten ihren ersten Erkundungsgang. Irmchen beobachtete das Treiben vom Kamin aus.

Irgendwie schien das hier alles sehr langweilig zu werden: Schloß, Bäume, Garten und sonst nichts.

Also machte sich auch Irmchen auf den Weg. Auf eigene Weise würde er sich die Zeit schon vertreiben. Da gab es zum Beispiel die Ponys, die man ärgern konnte. Irmchen hielt die Nase in den Wind, setzte sich auf die Steinstufen, die von Schuhen ausgetreten waren.

Plötzlich war er da: rabenschwarz wie Irmchen, ein wenig kleiner, aber bestens im Futter. Langsam kam er auf Irmchen zu, Schritt für Schritt. Etwa einen Meter entfernt setzte er sich hin und starrte den fremden Kater an. Black Jack, der Schloßkater von Prêtreville, war höchst erstaunt über den unerwarteten Eindringling. Aber er wagte es nicht, sich mit dem mallorquinischen Abenteurer anzulegen.

Auch Irmchen wollte es nicht zum Streit kommen lassen, legte sich auf den Rücken und signalisierte: Ich will spielen und ich ergebe mich! Die beiden Kater wurden schnell gute Freunde. Sie tollten durch den Garten, jagten die Bäume hinauf und hinunter, tobten vergnügt mit den Kindern. Irmchen dachte an Valentino zurück, seinen ersten und besten Freund.

Black Jack schien ein ebenso feiner Kumpel zu sein. Er brachte Irmchen sein Spielzeug, stöberte mit dem neuen Freund durch die Winkel und Ecken des Schlosses. Mittags, wenn die Sonne am höchsten stand und die Familien am Pool grillten, ließen sich die Kater auf den Beckenrand plumpsen, warteten, bis die ersten Happen herübergeflogen kamen.

Drei Tage vergingen so auf dem Schloß, als Irmchen den ersten Ausflug allein unternahm.

Er bummelte die überwucherten Feldwege hinauf zum Gehöft von Luise und Jacques Berard. Da geschah es! Irmchen war gerade durch ein Loch im Zaun auf das Grundstück geschlichen, als sie plötzlich da war: Rose, die Katze der Berards, saß im Gras und blinzelte ihn verliebt an.

Irmchen, sonst keineswegs schüchtern, gab den Blick an das zarte Kätzchen zurück und spürte heftiges Herzklopfen. Was war nur los?

Rose ging es nicht viel anders: Was war das für ein fremder Kater? Die Katze mit dem braun-weiß gefleckten Fell machte einen kleinen Schritt nach vorn. Und für eine ewige Sekunde berührten sich ihre Nasen.

Irmchen war vollends durcheinander. Die Lust zu toben, zu spielen, zu jagen, zu balgen, wo war sie nur? Wie weggeblasen! Statt dessen zwei klopfende Katzenherzen, die sich von Minute zu Minute näherkamen.

Und dann tat Rose etwas, das Irmchen endgültig den Kopf verdrehte: Sie leckte ihm zärtlich übers Fell, fing an zu stupseln, schmiegte ihr Köpfchen an das seine.

Aus, vorbei! Weg hier! Irmchen war der Situation nicht mehr gewachsen!

Es dämmerte schon, als er den Weg zum Schloß zurückrannte.

»Wo warst du nur? Wir haben dich schon gesucht! Wir hatten Angst, daß dir wieder etwas passiert sein könnte.«

Andy nahm seinen Liebling auf den Schoß. Doch Irmchen wollte nicht. Und gekrault werden wollte er auch nicht. Selbst das Fressen, frischer Fisch, war ihm absolut gleichgültig. Er bekam keinen Bissen hinunter. Irmchen setzte sich vor dem Schloß auf die Treppe und blickte in den Mond, der zwischen den Bäumen am Himmel stand.

Das war es, worauf Irmchen gewartet, wonach er sich gesehnt hatte. Der Kater war zum erstenmal im Leben verliebt! Und dann auch noch in eine kleine Französin.

Er konnte nicht anders, und es war wieder der Ruf der Natur, dem er folgen mußte. In großen Sätzen sprang er die Treppen hinunter, sauste um die Ecke, rannte, so schnell es ging, den Berg hinauf zum Grundstück der Familie Berard.

Und da saß sie, hatte sehnsüchtig auf ihren Kater gewartet!

Rose hatte sich den ganzen Abend geputzt und ebenso wie Irmchen keinen Bissen hinunterbekommen. Die Familie konnte Rose nicht halten. Die ganze Kraft ihres Herzens zog sie hinaus, denn sie wußte und fühlte: Er kommt.

Irmchen und Rose beschnupperten sich, wie es nur verliebte Katzen tun, und maunzten um die Wette. Tänzelnd umkreisten sie sich, berührten sich dabei immer wieder mit den Flanken. Irmchen machte sich noch größer, die Muskeln spannten sich unter dem schwarzen glänzenden Fell. Langsam lockte Rose ihren Verehrer in Richtung Scheune.

Dann rannte sie plötzlich los, huschte durch den offenen Türspalt in die Scheune und verschwand in einer kuscheligen Ecke, in der ein Haufen Heu ein ideales Liebeslager abgab.

Irmchen, der spürte, was folgen würde, lief hinterher, packte seine Rose mit einem heftigen, aber liebevollen Biß am Nacken.

Eine Wolke schob sich vor die silberne Scheibe des Mondes, während Irmchen seine erste Liebesnacht erlebte. Als der Mond wenig später wieder über den Rand der Wolke kletterte, steckte Irmchen den Kopf aus der Scheune und rannte in Richtung Schloß. Er hatte eben den Zaun des Bauernhofes erreicht, als er plötzlich Black Jack gegenüberstand.

Irmchen hatte keine Sekunde Zeit, um zu reagieren. Black Jack, dessen Freundin Rose bisher gewesen war, stürzte sich mit einem lauten Schrei auf seinen Freund, biß sich im Fell des Nebenbuhlers fest. Mit den Hinterläufen versuchte Black Jack, Irmchen ins Gesicht zu treten. Mit den Krallen der Vorderpfoten hackte er nach den Augen. Irmchen konnte sich gerade noch rechtzeitig aus der gefährlichen Umarmung befreien, da stand Black Jack schon wieder über ihm, versuchte, den Mallorquiner zu beißen und zu kratzen.

Nachdem Irmchen den ersten Schreck überwunden hatte, ging er zum Gegenangriff über. Mit einem Hieb zerfetzte er das rechte Ohr seines ehemaligen Freundes, biß dem Schloßkater mit aller Kraft in die Flanken.

Beide Kater wälzten sich kreischend im Schmutz. Die Schwänze zu dicken Büscheln aufgeplustert, prügelten sie mit ausgefahrenen Krallen aufeinander ein, verpaßten sich gegenseitig tiefe, blutende Wunden. Keiner mochte aufgeben. Irmchen kämpfte ums Überleben. Black Jack glaubte, seinen Besitz, das Schloß und Rose, verteidigen zu müssen. Ein Hieb von ihm zerriß Irmchens rechtes Ohr. Die Tiere hatten schon viel Blut verloren. Fliehen, ausreißen, auf den nächsten Baum flüchten kam für keinen in Frage.

Black Jack schlug seine Eckzähne in Irmchens Hals. Nur um Millimeter verfehlten sie die Halsschlagader. Der Schloßkater hatte sich sofort festgebissen. Wenn er den tödlichen Biß lockerte, dann nur, um seine messerscharfen Zähne immer mehr in Richtung Schlagader zu drükken.

Irmchen schwanden langsam die Sinne. Der Kater, für den der Angriff viel zu überraschend gekommen war, merkte, daß er gegen Black Jack kaum noch eine Chance hatte.

Es war Rose, die Irmchen das Leben rettete. Sie hatte das Gekreische und Gefauche der kämpfenden Tiere gehört, war bis zum Rand des Grundstückes gelaufen. Sie kam für Irmchen im allerletzten Augenblick.

Für einen kurzen Moment lockerte Black Jack seinen tödlichen Biß, als er Rose sah. Diese Schicksalssekunde nutzte Irmchen! Er riß sich los, biß Black Jack mit voller Wucht ins Gesicht, verletzte Augen, Nase und Maul. Damit hatte jener nicht gerechnet. Laut schreiend sprang er auf, rannte vom Grundstück, verschwand, von heftigen Schmerzen gepeinigt, hinter der nächsten Hecke.

Erschöpft, blutend und schwer verletzt hinkte Irmchen

zum Schloß zurück. Die Kater, die erst Freunde und dann die erbittertsten Rivalen geworden waren, sahen sich nicht mehr wieder.

Der Schloßherr, der seinen Liebling am nächsten Morgen halbtot im Garten fand, brachte ihn sofort nach Honfleur zum Tierarzt. Black Jack mußte mehrere Tage dort bleiben, so übel war er von Irmchen zugerichtet worden. Als Monsieur vom Tierarzt zurückkam, bat er seine Gäste, sofort abzureisen.

Die Mitchells sahen ein, daß dies wohl das Beste war. Noch am Vormittag packten sie ihre Sachen zusammen, verstauten sie im Wagen. Während Andy die letzten Handtücher zurechtlegte und Susan einige Brote für die Fahrt fertig machte, saß Frank auf den Stufen zum Schloß, kraulte seinen zerzausten Kater: »Ich glaube, du bist ein Sorgenkind! Erst kommst du mir nichts dir nichts auf einem Stück Holz angetrieben, dann stirbst du fast an einem vergifteten Köder und nun prügelst du dich mit dem Kater des Hausherrn!«

Irmchen, der bei der Kater-Keilerei nicht ganz so schlimm verletzt worden war, lag erschöpft auf Herrchens Schoß. Das Ohr sah aus wie ein Blumenkohl. Doch damit konnte man leben. Die tiefen Bißwunden am Hals taten zwar weh, aber da die Schlagader nicht verletzt war, konnte man auch sie als harmlos bezeichnen. Alles übrige waren nur Schrammen.

Am Nachmittag rollten die Mitchells mit ihrem Wohnwagen vom Hof. »Schade«, sagte Susan zu ihrem Mann, »ich hätte gern noch mehr von dieser schönen Landschaft hier kennengelernt.«

Frank machte seiner Frau zuliebe noch einen kleinen Umweg. Als der Wagen nach etwa 200 Metern auf die Hauptstraße bog, schaute Irmchen noch einmal zurück. Und da, am Wegesrand, saß sie!

Rose war gekommen, um ihrem Freund, dem verschmusten Raufbold aus Estellencs, *au revoir* zu sagen. Kaum länger als drei, vier Sekunden sahen sich die Katzen in die Augen. Dann war die Hauptstraße frei und Frank bog ab, lenkte den Wagen in Richtung Küste.

Irmchen und Rose blickten sich noch lange hinterher. Als die kleine Französin, die ihm die erste Liebeslektion erteilt hatte, am Horizont zum winzigen Punkt geschrumpft war, rollte sich Irmchen ein, schloß die Augen und versuchte zu schlafen.

Wochen später brachte Rose in der Scheune, in der sie sich nachts mit Irmchen getroffen hatte, sechs Katzenbabys zur Welt. Doch davon wußte der Vagabund nichts. Da hatte er schon wieder andere Abenteuer hinter sich und Frankreich längst Adieu gesagt.

Eines der Babys war kohlrabenschwarz, hatte einzelne silberglänzende Haare im Fell und einen weißen Fleck auf der Brust. Roses Herrchen nahm alle Babys weg, bis auf eines. Der kleine Kater durfte bei der Mutter bleiben.

Rose und ihr Sohn lebten lange auf dem Bauernhof, etwa sechzehn Jahre. So genau konnte das später niemand mehr sagen. Und der kleine Kater, sein Herrchen nannte ihn Rocky, wurde der wildeste Raufbold der ganzen Gegend.

Viele Jahre später gab es in der Gegend unzählige freche Kater, die auf der Brust einen weißen Fleck trugen und die alle die Schlagfertigkeit ihres Großvaters geerbt hatten.

Aber das ist eine andere Geschichte!

Die Mitchells besuchten in den folgenden Tagen die schönsten Strände der Normandie, Küsten, an denen einst blutige Geschichte geschrieben worden war.

Frank und seine Familie gingen am Utah- und Omaha-Beach spazieren. Sie staunten über das, was der Krieg zurückgelassen hatte. An diesen Plätzen hatte viele Monate vor Kriegsende die Invasion der Alliierten begonnen. So mancher Panzer, der sich im Dünensand festgefahren hatte und vereinzelte Schiffswracks erinnerten an jene Zeit.

Irmchen liebte Frank, Susan, Andy und Mary. Bei dieser Familie konnte er ewig leben. Der Kater wußte, daß er es bei seinen amerikanischen Freunden gut hatte.

Die Rückreise nach Amerika stand kurz bevor.

»In sechs Tagen ist es soweit, dann geht es heim!« Frank sah seine Frau von der Seite an: »Wir verschiffen Auto und Wohnwagen in Hamburg, fliegen mit den Kindern und Irmchen heim in die Staaten.«

Während die Familie noch im Nobelstädtchen Deauville in einem Strandcafé saß und die milden Strahlen der Januarsonne genoß, bekam Irmchen im Wohnwagen einen Tobeanfall.

Frank zwickte seine Frau: »Schau mal! Alle zwei Sekunden saust der kleine Teufel am Fenster vorbei. Ich finde ihn süß, wenn er außer Rand und Band ist!«

»So kenne ich dich!« Susan verdrehte die Augen. »Denk daran, daß der Wagen nur von einem Kollegen geliehen ist. Wir sollten darauf achten, daß Irmchen daraus keinen Schrotthaufen macht!«

Andy und Mary bestellten sich beim Garçon je eine Cola, Frank wollte eine Tasse Kaffee und Susan eine heiße Schokolade.

»Na gut«, lenkte Frank ein, »dann kommt Irmchen an die Leine, und ich hole ihn her. Hier kann er wenigstens nichts anrichten!« Dad ging zum Wohnwagen, der nur etwa zehn Meter entfernt stand, band seinem Liebling die Leine um, kehrte zum Café zurück.

»Was für eine Ruhe«, seufzte Susan. »So könnte es ewig bleiben!« Es blieb keine Sekunde länger so!

Als der Kellner kurz darauf kam und für zwei Cola, einen Kaffee und die heiße Schokolade über 40 Mark kassieren wollte, schrie Susan vor Entrüstung laut auf. Irmchen bekam dadurch so einen Schreck, daß er wie ein aufgescheuchtes Huhn losrannte.

Frank, der nur auf einem Bein stand, weil er sich die Hose hochkrempelte, wurde mitgerissen, verlor den Halt. Hals über Kopf stürzte er auf zwei ältere Damen, die am Nachbartisch saßen und Torte naschten. Frank stolperte mit seinem Gesicht geradewegs in den Kuchen.

Verzweifelt rief er nach seiner Frau, verlor erneut die Balance, prallte auf die Nachbarin. Der Stuhl, auf dem sie saß, kippte, fiel um. Ihre Beine flogen nach oben. Die Tasse Kaffee, die sie auf die Lehne gestellt hatte, schleuderte Frank ins Gesicht.

»Mon Dieu«, fluchte die Frau, »was machen Sie Tollpatsch nur!« Irmchen, nun in Panik, tobte weiter.

»Susan, hilf mir, halte den Kater!«

Doch Irmchen war nicht mehr zu halten. Der mallorquinische Teufel wickelte die Leine wie ein Lasso um die Beine des Kellners, der ein volles Tablett hielt. Das Chaos war perfekt. Der Kellner taumelte. Frank prallte gegen die Schulter des Mannes, beide stürzten zu Boden. Kuchen, Kaffee, Erfrischungsgetränke purzelten durcheinander. Es sah aus wie auf einem Schlachtfeld.

Endlich bekam Andy seinen Kater zu fassen: »Los, schnell weg, ehe noch mehr passiert!«

Frank konnte gerade noch zweihundert Francs aus seinem Portemonnaie ziehen. Dann rannte auch er zum Wagen, schmiß sich hinter das Steuer, und die Familie brauste los.

»Und ich? Was ist mit meinem Kleid, das Sie auf dem Gewissen haben?« Die Frau, die von oben bis unten mit Torte, Sahne und Kaffee vollgekleckert war, fuchtelte mit ihrem Sonnenschirm herum. »Wer bezahlt mir die Reinigung?«

Frank mußte noch einmal tief in die Tasche greifen. Der Ober hatte sich das Autokennzeichen notiert. Wochen später kam in Amerika eine gepfefferte Rechnung ins Haus.

Aber erstmal rollte der Wagen von Deauville in Richtung Rouen. Irmchen, der Unglücksrabe, lag bei Frank auf dem Schoß. Genüßlich leckte er sich einen Rest Torte von der Pfote, der bei dem Gerangel an ihm klebengeblieben war. Irmchen wußte nicht, daß es die teuerste Kaffeepause in Frank Mitchells Leben war.

Dad war sehr wütend auf Irmchen: »Was haben wir uns da nur eingefangen? Der Kerl ist ja vom Teufel besessen!«

Der kleine Streuner sah das anders. Hätte man ihn im Wohnwagen toben lassen, wäre nach fünf Minuten alles vorbei gewesen. So aber hatte Irmchen erst einmal Angst vor der fremden Umgebung. Und dann kamen Frauchens Schreckensschreie, die fliegenden Torten, der schimpfende Kellner und der stürzende Herr des Hauses dazu. Da mußte man ja durchdrehen.

Drei Stunden dauerte es, bis die Mitchells Rouen erreichten. So lange brauchte Frank auch, um sich wieder zu beruhigen.

»Du, Dad, wann machen wir Pause?« Andy, dessen Magen seit Stunden knurrte, hatte einen Riesenappetit auf französische Küche. »Sei still! Wir halten in einer halben Stunde im ersten Dorf hinter Rouen. Da ist das Essen billiger«, herrschte Frank, immer noch schlecht gelaunt, seinen Sohn an.

Das Familienoberhaupt entdeckte wenig später das Dorf von einer Anhöhe aus, als Mary laut zu jubeln anfing: »Da, eine Hochzeit, mitten auf dem Land! Bitte, bitte, laßt uns hinfahren und zuschauen.« Frank knurrte etwas Unverständliches, aber als ihm auch Susan einen bittenden Blick zuwarf, murmelte er nur »okay« und bog in Richtung Dorfplatz ab.

So etwas hatten die vier Amerikaner noch nie erlebt. Als sie den Wagen vor der Bürgermeisterei parkten und ausstiegen, kam sofort der Bürgermeister herüber, begrüßte die Globetrotter und lud sie zum Essen ein: »Kommen Sie mit an den Tisch! Heute ist bei uns ein Feiertag. Und jeder, der vorbeikommt, ist unser Gast!« Der Familie verschlug es die Sprache. Das war die sprichwörtliche französische Gastfreundschaft.

Etwas verlegen fragte Dad seine Frau: »Haben wir denn nicht irgend ein kleines Geschenk?«

Susan schüttelte den Kopf: »Nein, wir haben nichts dabei außer ein paar belegten Broten und schmutzigen Handtüchern.«

Mary kicherte, gab ihrem Vater einen Buff in die Seite: »Du kannst ja Irmchen hierlassen!«

Doch Frank, der bei diesem Namen sofort wieder an den Streß der letzten Stunden erinnert wurde, drohte: »Wehe, wenn einer von euch Irmchen aus dem Wagen holt. Das Tier bleibt drin! Ich will um Himmels willen nicht nochmal so eine Pleite wie vorhin erleben.«

Kurz darauf führte François Radot, der Bürgermeister, seine unerwarteten Gäste zum Brautpaar: »Das sind Jeannette und Michel. Sie sind heute die wichtigsten und glücklichsten Leute im Dorf.«

Jeannette strahlte übers ganze Gesicht, und ihre Wangen glühten vor Aufregung. »Sie kommen aus Amerika? Da verbringen wir unsere Flitterwochen. Wir fliegen nach San Francisco, Los Angeles und genießen anschließend eine Traumwoche auf Hawaii.«

Michel, erst vor sechs Wochen einundzwanzig Jahre alt geworden, begrüßte die Familie, bot allen Plätze am großen Hochzeitstisch an, der in und vor der offenen Scheune aufgestellt worden war.

Und wieder war es Susan, die das Chaos mit einer Bemerkung regelrecht heraufbeschwor: »Was für ein schöner, festlicher Abschluß unseres Frankreich-Besuches. Besser hätte es nicht sein können!«

Da trat Irmchen erneut in Aktion.

Marcel, der zehnjährige Sohn des Bürgermeisters, war während der Begrüßung der Gäste zum Wohnwagen geschlichen, hatte am hinteren Seitenfenster Irmchens schwarzen Kopf entdeckt. Der Junge überlegte nicht lange. Er hatte schon den ganzen Tag vorgehabt, der Hochzeitsfeier eine persönliche Note zu verleihen. Er war das einzige Kind an der Tafel und hatte sich bis zu diesem Augenblick schrecklich gelangweilt: festliche Garderobe, Reden und Frauen, die vor Rührung ständig in Tränen ausbrachen. Nein, das war nichts für Marcel. Da mußte ein Streich die richtige Stimmung bringen.

Marcel holte aus seinem Zimmer eine Schnur und drei Blechbüchsen, öffnete die Wohnwagentür und verschwand blitzschnell im Fahrzeug.

Irmchen war erstaunt: Was wollte der fremde Junge hier? Doch bevor der Kater unter dem Schrank verschwinden konnte, hatte Marcel ihn gepackt und ihm die Blechbüchsen an den Schwanz gebunden.

Von einer Sekunde zur anderen gab es in Irmchens schwarzem Katerschädel nur noch zwei Gedanken: Panik und Flucht!

Er fegte im Wagen hin und her, fauchte, kreischte, daß Marcel, der das Temperament Irmchens nicht kannte, sein Heil in der Flucht suchte. Mit einem Satz war er aus dem Wagen. Und Irmchen, fast völlig von Sinnen vor Angst, tobte hinterher.

Gerade als Susan den Satz vom festlichen Ende der Frankreich-Reise ausgesprochen hatte, kam das scheppernde Geräusch der Blechbüchsen wie ein Orkan auf die Festtafel zugerauscht. Mit einem Satz landete Irmchen auf der vierzig Meter langen Tafel, als sogleich von Ferne lautes Hundegebell zu hören war. Die vier Hunde des Polizeichefs, immer gern bei einer erfrischenden Katzenjagd mit dabei, kamen angerannt, versuchten, Irmchen zu fassen.

Der Kater rannte wieder einmal um sein Leben, aber diesmal von Teller zu Teller. Zarte Fleischstückchen und Broccoli segelten durch die Luft. Gläser, gefüllt mit Cidre, Wein und Calvados, kippten reihenweise um. Irmchen raste die Tafel einmal hinauf und hinunter und fühlte sich in der Falle. Überall waren diese schrecklichen Hunde.

Aufgebracht versuchten die Gäste, Irmchen zu fangen, ihm die Blechbüchsen vom Schwanz zu reißen. Doch das brachte den Teufelskater aus Estellencs noch mehr aus der Fassung.

In größter Todesangst sprang er der Braut in den Schleier.

Ihr Mann wollte zeigen, wie schnell man dieses Problem löst, griff nach Irmchen und langte daneben. Ratsch machte das Hochzeitskleid, und die Braut, der eben noch Freudentränen über die Wangen kullerten, fing laut an zu schluchzen. Das Kleid, das ihre Mutter in mühseliger wochenlanger Arbeit genäht hatte, bestand oberhalb der Gürtellinie aus zwei Teilen.

Frank, der das Drama zur Salzsäule erstarrt mitangesehen hatte, wäre am liebsten weggerannt oder hätte sich in den nächsten Brunnen gestürzt.

Dieses Ziel peilte auch Irmchen an. Am Ende seiner Kräfte hechtete der Kater auf den Brunnenrand, machte einen riesigen Satz. Die Schnur mit den Blechbüchsen zerriß an einer scharfen Eisenkante, und Irmchen war erst einmal frei.

Doch die Hunde, die ihn noch immer fressen oder zumindest jagen wollten, sprangen hinterher. Platsch, platsch machte es! Und zwei Hunde landeten im Wasser. Nur der Pfiff des Polizeichefs bewahrte die beiden anderen Jäger vor dem unfreiwilligen Bad.

Frank hatte in diesem Augenblick schon wieder seine Familie gepackt und war zum Wohnwagen geflüchtet. Irmchen, der Büchsen und Hunde abgeschüttelt hatte, konnte im letzten Augenblick die rettende Wohnwagentür erreichen.

Andy warf nochmal einen Blick zurück, hielt sich vor Schreck die Augen zu: Die Braut war in Ohnmacht gefallen, der Bräutigam brüllte ständig »merde«, und die Frauen schnatterten aufgebracht durcheinander.

Mary, die bisher immer nur gekichert hatte, löste die Spannung, und alle Mitchells mußten lachen: »So fröhlich möchte ich später auch einmal Hochzeit feiern!«

Mit Herzklopfen und wiederholten Blicken in den Rückspiegel fuhr Frank zur belgischen Grenze. Er hatte Angst, daß plötzlich in weiter Ferne die halbe Hochzeitsgesellschaft auftauchen würde, um schreckliche Rache zu nehmen.

Susan ahnte seine Gedanken, versuchte, ihren entnervten Mann zu beruhigen: »Mach dir keine Sorgen! Wir konnten nichts dafür. Es war Schicksal.«

»Und Irmchen war auch nicht schuld«, fügte Andy hinzu. »Es war der blöde Marcel mit seiner dämlichen Blechbüchsen-Idee.«

»Na gut! Ist ja auch egal! Auf jeden Fall müssen wir sehen, daß wir Land gewinnen und hier wegkommen. Ich bin nur froh, wenn wir Frankreich hinter uns gelassen haben«, sagte Frank und verzieh Irmchen im tiefsten Innern seines Herzens den Büchsen-Auftritt.

Die Reise nach Hamburg führte die Mitchells durch die Ardennen, vorbei an malerischen Städtchen. Kurz vor Hannover sagte Frank: »Wir fahren hier raus. Ich muß tanken und außerdem kenne ich in Bemerode einen Freund, dem ich gern Hallo sagen würde.«

Die Familie war einverstanden. Am folgenden Tag war die Europa-Rundreise sowieso zu Ende. Was sollte da noch geschehen? Eine kleine Verschnaufpause zwischendurch war allen recht. Es sollte für Frank Mitchell und seinen Freund Dirk Schröder das erste Wiedersehen nach fast zwanzig Jahren werden.

Susan war mit den Kindern zum großen Tiergarten von Bemerode gefahren. Dort liefen Hirsche und Rehe frei herum, und die Besucher konnten sie fast mit den Händen berühren. Es war ein strahlender, fast warmer Wintertag. Die Bäume trugen noch glitzernde Schneehauben. Das Sonnenlicht, das zwischen den Ästen flimmerte, überzog die schlafende, verschneite Landschaft mit einem hauchzarten, weißgoldenen Film.

Zwanzig Jahre waren eine lange Zeit. Frank dachte

an den Augenblick zurück, als der Freund damals an seiner Tür geklingelt hatte.

Dirk, gelernter Bäcker, 1 Meter 90 groß, hatte sich ein Flugticket zusammengespart, um am Venice Beach, dem Mekka der Bodybuilder Amerikas, mit Gewichten zu trainieren.

Die Männer hatten schnell Freundschaft geschlossen. Dirk, ein Tier von einem Mann, arbeitete nebenbei auf dem Bau, um abends in Franks Studio zu trainieren. Er entwickelte sich in kürzester Zeit zum wahren Herkules. Ob bei Langhantel-Kniebeugen, Bankdrücken oder Kreuzheben – er schaffte höhere Gewichte, mutete sich mehr Wiederholungen zu als die anderen Bodybuilder. Dirk wollte unbedingt einen Titel gewinnen: Mr. Amerika, Mr. Universum, am liebsten den Mister Olympia. Aber das wollten viele.

Die erblichen Veranlagungen mußten stimmen. Ernährung, Trainingsfleiß, Proportionen, Muskeldichte kamen dazu. Und dann war da noch das Teufelszeug, von dem alle sprachen. Die meisten behaupteten, es nie probiert zu haben. Doch die Zahl derer, die schluckten oder spritzten und sogar beides machten, war groß.

Dirk merkte nach dem ersten Amerika-Jahr, daß er seine Grenzen erreicht hatte. Irgendwann griff auch er zur Todesdroge Anabolika. Diese Erinnerungen gingen Frank durch den Kopf, als er in die Seelhorster Straße einbog: Hier sollte Dirk jetzt leben!

Und noch einmal wanderten seine Gedanken zurück: Dirk schluckte und spritzte zwei Jahre lang auf Teufel komm raus. Die Muskeln wurden größer, aber nicht besser. Er gewann keinen einzigen Titel, kam nicht mal in die Endausscheidung. Am Ende packte er seine Koffer und flog zurück nach Deutschland.

Frank brachte den Freund damals zum Flughafen, und Dirk versprach: »Ich trainiere weiter. Ich höre mit den Hormonen auf und werde trotzdem gewinnen.«

Das war das letzte Lebenszeichen von Dirk. Er tauchte in keinem Zeitungsbericht auf, stand auf keiner Bühne und betrat nie wieder ein Bodybuilding-Studio. Denn irgendwann stellte der Arzt bei ihm eine unheilbare Lebererkrankung fest. Es folgten Probleme mit den Hoden. Schließlich litt Dirk unter schlimmen Wutanfällen und Depressionen.

Der Chef setzte ihn vor die Tür, weil er die Arbeit vernachlässigte. Seine Freundin machte mit ihm Schluß. Sie konnte die Tobsuchtsanfälle, Trinkorgien und die beginnende geistige Umnachtung nicht mehr länger ertragen.

Dirk suchte sich einen Job als Rausschmeißer in einem Bordell. Er fing an, Autos zu knacken, Rauschgift zu verkaufen und schließlich minderjährige Mädchen auf den Strich zu schicken.

Irgendwann passierte es! Dirk, der nachts gerufen wurde, weil ein Freier nicht bezahlen wollte, schlug ohne Vorwarnung zu und brach dem Mann das Genick. Er mußte für sieben Jahre ins Gefängnis.

All das wußte Frank nicht, als er an der Wohnungstür klingelte und dahinter ein schlurfendes Geräusch hörte: »Wer ist da? Ich bin nicht da!«

Frank stutzte: Was war denn das?

»He, Dirk, bist du's? Hier ist Frank, dein alter Freund Frank aus Venice.« Der Amerikaner klingelte nochmal, dann öffnete sich die Tür.

»Äh, ich, äh! Ich hätte gern . . .! Dirk, du?«

Es war Dirk oder besser das, was von ihm übrig war. Er wog jetzt fast 300 Pfund, war aufgedunsen, hatte kaum noch Haare auf dem Kopf und schien schwer krank.

Dirk blickte seinen alten Freund mit traurigen Augen an: »Ja, ich bin's! Komm rein!«

Schweigend saßen sich die Männer im völlig verwahrlosten Zimmer gegenüber. Überall lagen Schnaps- und Rotweinflaschen. Die Gardinen waren vor die Fenster gezogen, und es roch nach verschimmeltem Essen und Unrat.

»Ja, ich bin's«, wiederholte Dirk. »Das hättest du nicht

gedacht! Die Hormone haben mich zerstört. Der Rest kam von allein.

Aber ich weiß, ich bin selber schuld! Ich mache keinem anderen Menschen Vorwürfe. Ich hätte alles bleiben lassen sollen. Aber nun ist es zu spät!«

Frank versuchte, die Tragik dieses Lebens zu begreifen, wollte helfen: »Wenn du willst, nehme ich dich mit in die Staaten. Oder du kommst nach! Wir haben dort Ärzte, die darauf spezialisiert sind. Es gibt vielleicht eine Chance. Du darfst dich nicht aufgeben!«

Frank blieb zwei Stunden bei seinem alten Trainingsfreund. Dann sagten sich die Männer Adieu. Sie hatten Tränen in den Augen, als sie sich zum letztenmal anblickten. Und sie ahnten wohl, daß sie sich nicht mehr wiedersehen würden.

Erschüttert darüber, was falsch verstandenes Bodybuilding aus Dirk gemacht hatte, lief Frank die wenigen hundert Meter zum Wohnwagen zurück. Als er Susan, die Kinder und Irmchen traf, war er kreidebleich, mußte selbst erst einmal einen Cognac trinken. Danach konnte er in groben Zügen erzählen, was er erlebt hatte.

Susan war erschüttert: »Er war damals einer deiner besten Freunde. Warum seid ihr nicht in Kontakt geblieben?«

Frank wußte keine Antwort: »Laßt mich bitte eine Stunde allein.« Er zog seine Jacke über, lief hinaus in den verschneiten Tiergarten: Ich hätte mich um ihn kümmern können. Aber ich wußte ja nicht . . .

Frank machte sich Vorwürfe: Er habe einen Freund im Stich gelassen. Und er versuchte Entschuldigungen zu finden. Es war doch immer so viel zu tun! Die Arbeit, bis zu dreizehn Stunden am Tag, Verantwortung, Pflichten, die Familie, nie Zeit!

Frank mußte damit leben.

Als er zurückkehrte, hatte Susan schon alles gepackt und den Wagen startklar gemacht: »Komm, ich fahre! Es ist besser so! Und glaube mir, du hättest ihm nicht wirklich helfen können.«

Frank erfuhr nie, daß Dirk kaum zwei Monate später starb. Ein Mann hatte ihn ohnmächtig in eben demselben Tiergarten gefunden, in dem auch Frank spazierengegangen war, um allein zu sein. Dirk brach plötzlich zusammen, wurde in ein Krankenhaus gebracht, erlangte das Bewußtsein nicht wieder. Er starb allein: Kein Arzt, keine Schwester waren in der Nähe, als ihn gegen ein Uhr früh leise der Tod erlöste.

*

Die Europa-Reise der Mitchells näherte sich ihrem Ende. In einiger Entfernung tauchte die Silhouette von Hamburg auf.

Frank war in seinen Gedanken noch immer bei seinem Freund Dirk. Wie hatte das alles nur geschehen können. Aber Dirk war eben keine Ausnahme. Es gab etliche, denen es ähnlich ging, und viele, die noch mit einem blauen Auge davonkamen. Was für ein verdammtes Zeug! Heroin konnte nicht schlimmer sein.

Susan hatte die Karte von Hamburg auf ihrem Schoß, versuchte, so gut es ging, ihren Mann durch die fremde Stadt zu lotsen. Einen Tag wollten die Mitchells in der Hansestadt bleiben. Dann stand die Rückreise bevor. Irmchen, der auf Andys Knien döste, ahnte nichts von dem weiten Weg.

Frank parkte den Wagen vor einem kleinen Hotel im Stadtteil Eimsbüttel. »Laßt uns die City mit der Reeperbahn und Sankt Pauli besuchen.«

Irmchen wurde ins Zimmer gesperrt. Auch Andy und Mary mußten im Hotel bleiben. Dann machten sich Susan und Frank auf den Weg.

Susan, die vor vielen Jahren einmal Hamburg besucht hatte, war neugierig: Ob alles noch so wie früher war?

Einiges hatte sich verändert. Die Lokale von damals waren zum Teil verschwunden. Andere waren völlig verwahrlost und mit Brettern zugenagelt. Und wo früher die Matrosen bei den Mädchen haltmachten, gab es heute Döner-Buden, Supermärkte, Schnellrestaurants.

Susan mußte plötzlich lachen: »Sieh an, da spielen sie noch mal den Film ›Irma la Douce‹. Ob damit wohl unser Irmchen gemeint ist?«

Auch Frank schmunzelte: »Süß ist er ja, der kleine Kerl. Aber mit dem Gewerbe hat er bestimmt nichts am Hut.«

Frank und Susan waren gegen Mitternacht wieder bei den Kindern und Irmchen.

Dad setzte sich noch für einen Augenblick zu seiner Frau auf die Couch: »Weißt du, Liebling, ich bin froh, daß wir diese Tour gemacht haben, schon wegen der Kinder. Sie hatten so die Chance, das alte Europa kennenzulernen. Ich finde, wir haben viele nette Menschen getroffen. Und schließlich gibt es ja noch Irmchen. Ein schöneres Souvenir können wir kaum mit nach Hause nehmen.«

Susan streichelte die Hände ihres Mannes: »Du bist schon ein komischer Kauz. Erst wolltest du den kleinen Kerl nicht haben. Und nun möchtest du ihn nicht mehr hergeben. Er wird es bei uns gut haben.«

Als Frank das Licht der Nachttischlampe ausmachte und noch für einen Augenblick wach lag, zogen die Erlebnisse der letzten Wochen an ihm vorbei. Am drolligsten waren Irmchens Verrücktheiten in Deauville und bei der Hochzeit. Grausam war das Schicksal von Dirk. Und während er seinen Gedanken nachhing, fielen ihm irgendwann die Augen zu.

Der nächste Tag wurde hektisch und aufregend. Wagen und Anhänger sollten eingeschifft werden. Die Familie mußte zum Flughafen. Es war gegen Mittag, als Frank das Gespann an den Landungsbrücken parkte: »Kommt, hier in der Nähe ist ein bekanntes Fischrestaurant. Da essen wir noch etwas.«

Die Familie setzte Irmchen in den Wagen, verschloß die Tür, ließ aber das Fenster einen Spalt offen. Dann schlenderten die Mitchells an den Hafenanlagen entlang zum Restaurant.

Just in diesem Augenblick rollten sieben von Zugmaschinen geschleppte alte Zirkuswagen auf den Parkplatz, auf dem der Wohnwagen der Mitchells stand. Sie gehörten zum Wanderzirkus Santini, der nach einem kurzen Gastspiel aus Holland zurückgekehrt war.

Hans Duval, der Direktor des Familienunternehmens, wies die Wagen ein: »Los, macht schon! Wir dürfen nur eine halbe Stunde hierbleiben. Und ich muß noch schnell zur Behörde, um den Papierkram zu erledigen. Also beeilt euch!«

In Reih und Glied wurden die Wagen neben dem Gespann der Mitchells aufgestellt. Kinder, Schwiegerkinder, Geschwister – alles Artisten, die ihr mühseliges Handwerk mit der Muttermilch eingesogen hatten, die auch mal betteln mußten, um zu überleben – kamen aus den Wagen und warteten auf die Anweisungen des Chefs: »Ihr geht jetzt in den nächsten Schnellimbiß. Und ich erledige die Formalitäten. In spätestens vierzig Minuten ziehen wir weiter nach Cuxhaven.«

Und Hans Duval bat noch seine Frau: »Bring mir einen Hamburger mit und mach ihn in der Pfanne heiß.«

Die jungen Leute verschwanden in Richtung City. Nur Pedro, der kleine Helfer von Clown Baldini, blieb im Wohnwagen. Er hatte Schnupfen, mußte im Bett liegen, sollte außerdem auf die Wagen aufpassen.

Die Artisten waren kaum fort, als Pedro aus den Federn krabbelte, um die Umgebung vom Fenster aus zu erkunden. Der elfjährige Junge mit den schwarzen Locken, der in der Manege dem Clown assistierte und sonst bei allen anfallenden Arbeiten mit zupacken mußte, fand es langweilig, im Wohnwagen zu warten. Neugierig drückte er seine Nase am Zirkuswagenfenster platt, versuchte etwas von der Gegend zu erkennen. Aber das war nicht möglich. Der Wohnwagen der Mitchells versperrte die Sicht.

»Blöder Wagen! Ich kann überhaupt nichts sehen!«

Pedro beschloß, einen Rundgang zu machen: »Bevor die anderen zurück sind, liege ich wieder im Bett.«

Der Junge zog seinen Trainingsanzug über, schlüpfte aus dem Wagen. Neugierig sah er sich um, betrachtete die Schiffe im Hafen, die Kräne und die riesige Brücke, die sich über das Wasser spannte: »Mann, ist das ein Ding!«

Pedro schlenderte über den Platz, musterte den Wohnwagen, der ihm die Sicht versperrt hatte. Plötzlich schob sich eine kleine schwarze Nase über den Fensterrand. Nanu, was ist denn das, dachte Pedro. Es sieht aus wie eine Katze.

Irmchen, der soeben seinen Mittagsschlaf beendet hatte, blickte genauso erstaunt wie Pedro in die Runde. Seine grüngelben Augen blieben an dem Jungen hängen, der vor dem Fenster stand.

Minutenlang starrten sie sich an. Dann begann Pedro, den Kater zu locken: »Miez, Miez, komm. Ich habe was zu fressen für dich!«

Irmchen verstand die Worte nicht, wiewohl der Tonfall irgendwas Leckeres versprach. Aber der Kater konnte nicht aus dem Wagen hinaus und Pedro nicht hinein. Da entdeckte der Junge an der Seite das angelehnte Fenster: »Komm, meine Süße, hier kannst du raus!«

Irmchen, nichts Böses ahnend, steckte seine Nase zum Fenster hinaus. Pedro hielt ihm ein Stückchen Hühnchenfleisch hin, das er schnell aus dem Wohnwagen geholt hatte.

Der Kater verspürte einen gewaltigen Appetit und langte zu. Pedro kletterte auf eine Holzkiste, um näher an den ewig hungrigen Zausel heranzukommen. Der Vielfraß, dankbar für die unerwartete Zwischenmahlzeit, reckte sein Köpfchen vor zum Kraulen. Da packte der Junge zu! Er wollte den Kater nur für einige Minuten zum Spielen und

Schmusen im Wohnwagen haben. Ehe es sich Irmchen versah, hing er zappelnd bei Pedro im Arm, der mit ihm sofort im Zirkuswagen verschwand.

Die beiden hatten sich eben angefreundet, als der Zirkuschef zurückkam und kurz darauf auch der Rest der Familie eintrudelte. »Los, los, wir fahren«, drängelte Hans Duval. Und bevor Pedro Irmchen zurückbringen konnte, rollte der Konvoi auch schon vom Parkplatz. Als sich der Wagen von Pedro rumpelnd in Bewegung setzte, geriet Irmchen in Panik: Raus hier, zurück zur Familie, zu Frank, Susan und den Kindern! Doch es war zu spät. Die Zirkuswagen bogen auf die Hauptstraße ab, rollten in Richtung Stadtrand. Irmchen ahnte es und wurde ganz traurig: Das war der Abschied von den Mitchells.

Hätte er wie ein Mensch weinen können, er hätte bestimmt laut losgeheult. So aber sprang der Kater aus Estellencs immer wieder verzweifelt gegen die Fensterscheibe, versuchte zu entkommen, gab am Ende entkräftet auf.

Kaum fünf Minuten, nachdem der Zirkus vom Platz gerollt war, traten Frank und seine Familie aus dem Restaurant auf die Straße: »Sieh mal, Susan, ein kleiner Zirkus! Der zieht bestimmt von Stadt zu Stadt, um seine Zelte aufzuschlagen!«

Die Mitchells kamen am Konvoi vorbei, wußten nicht, daß dies der Abschied von ihrem geliebten Irmchen war. Als sie kurz darauf den Wohnwagen erreichten, und Andy im Hänger nach dem Rechten sehen wollte, hörte sein Vater ihn plötzlich laut schreien: »Mam, Dad, Irmchen ist weg! Unser Irmchen ist fort! Irmchen, Irmchen, wo bist du?«

Frank fühlte einen Kloß im Hals, Susan zitterte, Mary kamen die Tränen. Sie alle hatten Irmchen ins Herz geschlossen. Und nun war der kleine Teufel spurlos verschwunden.

Frank gewann als erster wieder die Fassung: »Er kann nicht weit sein! Sicher sitzt er hier irgendwo in der Sonne, und wir müssen ihn nur rufen.«

Die Familie schwärmte aus. Überall suchten die Mitchells nach ihrem Liebling. Sie schauten unter fremde Autos, fragten Passanten, holten Fleisch, um Irmchen zu locken. Sie liefen sogar zur Straße hinauf, in der Hoffnung, Irmchen dort zu finden. Aber alles Suchen war vergeblich. Irmchen tauchte nicht mehr auf. Andy konnte kaum noch aus den verheulten Augen schauen. Und Frank ging es nicht viel besser: »Ich verstehe das nicht! Irmchen hatte es doch gut. Wir haben ihn alle geliebt, den kleinen Kerl. Bestimmt hat ihn jemand gestohlen! Aber wer klaut einen Kater? Es laufen doch überall genügend herrenlose Tiere herum!«

Frank konnte nicht wissen, daß ein kleiner Zirkusjunge Irmchen mitgenommen hatte. Es war spät am Nachmittag, als er sich aufraffte und seiner Familie mitteilte: »Wir werden ohne Irmchen nach Amerika zurückfliegen.«

»Nein, Dad, bitte!« Andy war von allen am unglücklichsten. »Ich kann mein Irmchen doch nicht hierlassen.«

Auch Frank konnte die Tränen kaum zurückhalten. Liebevoll nahm er seinen Sohn in die Arme: »Sieh mal! Vielleicht hat unser kleiner Kater schon ein neues Zuhause gefunden. Möglicherweise ist er jetzt bei einem Menschen, den er genauso glücklich macht wie uns. Und bedenke! Irmchen ist ein Abenteurer. Er ist gar nicht dafür geboren, fest an einem Ort zu leben. Ich habe von ihm schöne Fotos gemacht. Die ziehe ich ab, und dann kommt ein Bild auf den Kamin im Wohnzimmer. So ist er immer bei uns.«

Als später der Wagen verladen wurde und die Familie ins Flugzeug stieg, war der Zirkustreck schon weit von Hamburg entfernt. Und während die Maschine in den Himmel kletterte und davondüste, blinzelte ein kleiner Zirkusjunge mit einem schwarzen Kater auf dem Arm in die Wolken, sah das Flugzeug und dachte: Wenn ich groß bin, möchte ich auch mal mit so einem Ding fliegen und als berühmter Zirkusclown die Welt kennenlernen.

Ein neuer Abschnitt im Leben von Irmchen hatte begonnen. Es sollte ein aufregendes Kapitel für ihn werden.

Irmchen merkte sofort, daß der Junge ein gutes Herz hatte. Zärtlich kraulte Pedro das Fell des Katers, und es gibt wohl kaum eine Katze auf der Welt, die bei einer so liebevollen Schmuserei nicht zu schnurren anfängt.

Doch Irmchen war auch unglücklich. Zu schnell, zu abrupt hatte das Schicksal wieder mal eine neue Richtung eingeschlagen. Eben noch die vertraute Atmosphäre des Wohnwagens, das fröhliche Lachen von Andy und Mary und die weichen Herzen von Frank und Susan – und nun dieser fremde, alte Zirkuswagen, in dem es so eigenartig roch.

Irmchen sah sich sein neues Zuhause genauer an. Alles war verkommen. Der Wagen schien mindestens 90 Jahre alt zu sein. Die Farbe, in unzähligen Anstrichen erneuert, blätterte von den Holzwänden. Durch Ritzen, die sich im Laufe der Jahrzehnte gebildet hatten, pfiff der Wind. Und im Prinzip war an Bord dieser kleinen Welt alles krumm und schief.

Pedro teilte sich den Zirkuswagen mit dem Clown Baldini, den er liebte, bewunderte und von dem er lernte. Baldini, der in Wirklichkeit Klaus Rensch hieß, stammte aus Wuppertal, hatte sich dem Zirkus irgendwann angeschlossen. Und Pedro?

Er hatte fast ein ähnliches Schicksal wie Irmchen. Baldini, auf der Suche nach einer eigenen Familie, war in einem Waisenhaus auf Pedro aufmerksam geworden. Unbekannte hatten den Jungen als Baby vor die Tür der Hauses gelegt. Wäre es nicht sommerlich warm gewesen, er hätte sich den Tod geholt. So aber fand ihn morgens eine Schwester. Sie nahm ihn mit ins Haus und zog ihn, wie all die anderen Waisenkinder, groß.

Pedro war drei Jahre alt, als der kleine Zirkus im Ort Station machte, um hier für eine Woche zu gastieren. Und wie so oft lud Zirkuschef Duval arme Kinder aus der Umgebung zu einer Vorstellung ein, wollte ihnen einen schönen Nachmittag bereiten. Baldini, der den Knirps in der

Pause entdeckte und auf den Arm nahm, verliebte sich sofort in den Jungen. Der Rest war nur noch eine Formalität. Da Pedro keine Eltern hatte und sich sowieso kaum jemand richtig um ihn kümmerte, wurde er von der örtlichen Behörde bald zur Adoption freigegeben. Als der Zirkus nach einer Verlängerung wieder weiterzog, hatten sich zwei Menschen gefunden, die sich für den Rest ihres Lebens lieben würden – wie Vater und Sohn.

Baldini kümmerte sich aufopfernd um den Jungen, den er Pedro nannte. Als er größer war, zeigte der Clown ihm die ersten Kunststücke. Pedro lernte schnell. Er wollte die Menschen zum Lachen bringen. Das war sein größter Wunsch. Er wollte sie aufmuntern, weil er selbst als Kind fast nie hatte fröhlich sein können.

Pedro wurde im Zirkus zunächst ›Mädchen für alles‹. Er fütterte die beiden Ponys und den Schimpansen. Er durfte die Eintrittskarten abreißen, die Süßigkeiten verkaufen und mußte die Sägespäne in der Manege erneuern.

Pedro war kaum elf Jahre alt und hatte an manchen Tagen zwölf und mehr Stunden zu arbeiten. Die restliche Zeit aber träumte er davon, eines Tages ein gefeierter Star zu sein. Er sah sich in einer großen Manege, hörte von fern die Musik der Kapelle und das Aufbranden des Beifalls. Und er hatte noch einen Wunsch: Er wollte außer seinem großen Freund und Vater noch so gern einen kleinen Kameraden haben, den er mit ins Bett nehmen konnte, für den er selbst sorgen durfte. Nun war er da – in Gestalt eines drolligen Katers. Pedro hob Irmchen immer wieder hoch, schaute ihm ins Gesicht: »Na du! Was bist du für einer?«

Pedro entdeckte das Halsband mit der Kapsel, öffnete sie und las, daß Irmchen von Mallorca kam.

»Hast wohl eine weite Reise hinter dir! Aber wieso heißt du eigentlich Irmchen, wenn du ein Kater bist?«

Der Junge fand dafür keine Erklärung. Doch nach kurzer Überlegung entschied er, es dabei zu belassen.

»So, und nun mußt du erstmal gefüttert werden!«

Während der Zirkuswagen über das holprige Pflaster der Landstraße rollte, öffnete Pedro den alten Kühlschrank, goß seinem neuen Freund ein Schälchen Milch ein: »Du kannst noch ein Stück von meiner Wurst bekommen und einen Kanten trockenes Brot.«

Das mit der Wurst und der Milch war noch in Ordnung. Aber mit dem Brot war Irmchen, der schon auf einer Hochzeit durch die erlesensten Speisen getobt war, nun doch nicht einverstanden.

»Aha, du bist verwöhnt«, schmunzelte Pedro. »Na, hast auch ein schönes seidiges Fell. Dir ging es bestimmt immer gut!«

Woher sollte Pedro auch wissen, daß genau das Gegenteil der Fall war.

Irmchen, der die Lektionen des Überlebenskampfes gelernt hatte, wußte, wie wichtig ein voller Bauch war. Wie den meisten Katzen Mallorcas war ihm ein ausgeprägter Freßinstinkt angeboren. Wo immer ein Bissen herumlag, war er sofort zur Stelle, um ihn in Windeseile hinunterzuschlingen. Bei Pedro, das merkte Irmchen, mußte er sich um das Futter keine Gedanken machen. Der Junge hatte ein Herz für Katzen.

Doch was würde Baldini sagen, wenn er den kleinen Kerl auf seinem Bett im Wohnwagen entdeckte. Pedro wurde nervös. Hoffentlich gibt das keinen Ärger!

Die Antwort bekam der Junge unverzüglich. Der Zirkuskonvoi erreichte auf dem Weg nach Cuxhaven einen Fluß, über den keine Brücke führte. Es war fast dunkel, als Hans Duval am Ende der Straße laut »halt« rief.

»Wir müssen kurz warten, dann werden wir von einer Fähre übergesetzt. Aber heute schaffen wir es vielleicht nicht mehr bis nach Cuxhaven«, teilte der Chef seinen Leuten mit.

Baldini, der die Zugmaschine lenkte, an der Pedros Wohnwagen hing, schaltete den Motor aus, zog die Bremse an, kam nach hinten: »Na, mein Junge, alles okay?«

Er öffnete die Tür: »Ich komme rein und mache mir ein paar Brote.« Er hatte den Satz kaum zu Ende gesprochen, da verfinsterte sich sein Gesicht: »Was ist denn das? Nehmen wir neuerdings blinde Passagiere mit?«

Baldini ging auf Pedro zu, sah sich Irmchen genau an: »Wie bist du nur an den geraten?«

Der Junge beichtete kleinlaut, was sich auf dem Parkplatz in Hamburg zugetragen hatte. Baldini legte die Stirn in Falten: »Du willst doch damit nicht sagen, daß du den Leuten den Kater geklaut hast? Das ist ja vielleicht ein Mist! Hoffentlich werden wir nicht angezeigt!« Baldini konnte nicht wissen, daß die Mitchells schon auf dem Heimweg nach Amerika waren und daß von daher keine Gefahr drohte.

Doch ein anderes Problem mußte gelöst werden: Durfte Irmchen bleiben oder nicht?

Pedro sah seinen Adoptivvater bittend an: »Laß ihn bei uns. Ich wünsche mir so sehr einen Freund.«

Baldini lief im Wohnwagen auf und ab, schaute abwechselnd auf den Jungen und dann wieder zum Kater hinüber: »Und wer versorgt ihn, kümmert sich um das Katzenklo? Wer macht ihm das Futter? Und vor allem – wer bezahlt es?«

Pedro war ratlos: Stimmt! Daran hatte er nicht gedacht. Der Kater konnte schlecht neben dem Wagen herlaufen und unterwegs Mäuse fangen.

Da kam dem Jungen der rettende Einfall: »Irmchen wird selbst für sich sorgen und seinen Unterhalt verdienen.«

Baldini machte ein erstauntes Gesicht: »Wie hast du dir denn das vorgestellt?«

Pedro hatte die Antwort blitzschnell parat: »Wir bringen ihm Kunststücke bei und lassen ihn in der Manege auftreten.«

Baldini mußte sich setzen: »Wie? Ich als Clown mit einem Kater? Die Leute werden sich schieflachen!«

»Genau das sollen sie«, konterte Pedro. »Wir müssen

Irmchen nur dazu bringen, Kunststücke vorzuführen. Aber das wird bestimmt nicht einfach. Ich habe noch nie von einer Katze gehört, die im Zirkus aufgetreten ist.«

Baldini war skeptisch. Und während sich der Zirkuswagen langsam in Bewegung setzte und von einem anderen »Familienmitglied« auf die Fähre gezogen wurde, streckte der Clown seine Hand aus, kraulte den schwarzen Kater und murmelte: »Na dann. Willkommen an Bord!«

Der kleine Zirkus erreichte doch noch in der Nacht Cuxhaven. Unten, an der Alten Liebe, der Landungsbrücke, wo früher die Schiffe nach Amerika abgelegt hatten, schlug er sein rotes Zelt auf.

Es war klein. Kaum 200 Zuschauer fanden darin Platz. Und die Manege, wenn man sie überhaupt so nennen konnte, war so winzig wie ein Wohnzimmer. Zelt, Masten, Zuschauerbänke – alles war alt und abgenutzt, hatte Jahrzehnte auf dem Buckel. Aber immerhin: Die Ausrüstung funktionierte. Und wie oft hatte das Publikum auf den knarrenden Bänken gejubelt, laut geklatscht und mit den Füßen getrampelt, daß das Zelt nur so bebte und zitterte. Baldini hatte seinem kleinen Assistenten oft von früher erzählt, von den guten Zeiten, wenn man ein paar Mark beiseite legen konnte, um Requisiten zu kaufen oder die Bänke zu streichen. Es gab aber auch Monate, da saßen weniger als zwanzig Zuschauer im Zelt, und die Artisten mußten, oft mit Tränen in den Augen, trotzdem ihre Kunst vorführen.

Sie alle wußten, daß in solchen Wochen die ohnehin sehr schmale Gage ausfiel. Verbittert traf man sich mittags bei Eintopf und Würstchen und überlegte, wie es weitergehen sollte.

Vor allem in den großen Städten mußte der kleine Zirkus verzweifelt ums Überleben kämpfen. Die Menschen dort waren verwöhnt und anspruchsvoll. Da konnten die Artisten nicht mithalten. Sie gaben sich die größte Mühe. Doch immer wieder hagelte es Pfiffe und Buhrufe. Leere

Bierbüchsen flogen durch die Luft, trafen die Akrobaten. Und oft forderten die Zuschauer ihr Eintrittsgeld zurück, hinterließen eine leere Kasse. Aber aufgeben? Nein, das wollte und konnte die kleine Truppe nicht.

Wovon sollte sie leben?

Also zog der Zirkus mit seinem roten Zelt über die Dörfer und durch die Kleinstädte. Da waren die Menschen meist noch dankbar, wenn die Artisten auf den Marktplätzen Proben ihres Könnens gaben. Und nun Cuxhaven!

Schon am Morgen nach der Ankunft begann für Irmchen die Arbeit. Baldini legte den Kater an die Leine, was ihm natürlich überhaupt nicht gefiel. Und auch das Frühstück, ein paar Wurstreste, ließ auf sich warten. Das konnte ja heiter werden!

Irmchen wußte nicht, was los war. Pedro und Baldini setzten ihn auf ein Podest: »Nun spring, spring doch gefälligst!«

Nichts geschah! Der Kater blickte verwundert zu den Freunden, verstand kein Wort. Hunger war das einzige, was er in diesem Augenblick verspürte. Aber springen? Wozu das bloß? Eine Stunde lang versuchten Pedro und Baldini, Irmchen zu überreden – vergeblich.

»Laß es uns mit einem Stückchen Wurst probieren«, schlug der Junge vor. Baldini holte eine Scheibe, legte sie auf das andere Podest, das zwei Meter entfernt stand: »So, du Dummkopf, nun spring endlich!«

Irmchen verstand – doch anders, als es sich Junge und Clown erhofft hatten. Er hüpfte vom Podest, lief über den staubigen Boden und war mit einem Satz auf dem zweiten Podest, um die Wurst zu verdrücken.

Baldini faßte sich an den Kopf: »Na, das ist ja ein Luder, legt uns aufs Kreuz!«

Pedro schielte zu Irmchen hinüber: »Wenn du nicht gehorchst, gibt es Probleme!«

Da kam der Junge auf die Idee: »Ich hab' was! Vielleicht klappt es!« Pedro legte ein Brett von Podest zu Podest, band ein neues Stück Wurst an einen Faden und zog den Köder langsam hinüber. Gehorsam und hungrig tänzelte der Kater hinterher. Nach mehreren Versuchen nahm Pedro das Brett weg und ließ die Wurst an einem Gummiband von einem Podest zum anderen schnellen. Und tatsächlich – Irmchen sprang hinterher! Zwar landete er neben dem Ziel, aber er hatte den ersten Sprung geschafft.

Es dauerte noch einige Tage, bis Irmchen begriff, worauf es ankam. Doch nach zwei Wochen sprang er wie ein Panther von einem Podest zum anderen und knautschte dann vergnügt an seinem Wurstzipfel.

Triumphierend stellte sich Pedro vor seinem »Chef« in Positur: »Siehste! Irmchen ist ein Genie!«

Baldini war erstaunt. So schnell hatte noch kein Tier seine Nummer gelernt. Aber wie sollte er dieses Kunststück ins Programm einbauen? Und was konnte man Irmchen noch beibringen? Schließlich ließ sich mit einem so kurzen Auftritt kein Blumentopf gewinnen. Da kam der Zufall zu Hilfe!

Eines Tages beobachtete Pedro, daß Irmchen einen Trick beherrschte, der gut zu verwenden war. Als der Junge seinem Kater im Wagen ein Stück Fleisch hinwarf, fing dieser den Brocken im Flug auf.

Irmchen hatte das Talent von seinen Vorfahren geerbt und indirekt den Mallorca-Touristen zu verdanken. Über viele Jahre hinweg hatten sie dort die streunenden Katzen vor den Hotels gefüttert. Das Prinzip der Auslese ließ die überleben, die an die meisten Brocken herankamen. Und das waren jene Katzen, die den Happen schon in der Luft packen konnten. Die anderen verhungerten, pflanzten sich nicht fort.

Doch der Kater konnte noch mehr. Er hatte gelernt, wie man auf Türklinken springt und so lange daran herumschaukelt, bis die Tür aufgeht. Und schließlich: Irmchen konnte fischen. Dazu ließ er den Schwanz ins seichte Wasser hängen, wartete, bis ein kleiner Fisch ihn für Futter hielt und anbiß. Mit einem Pfotenhieb und ausgefahrenen Krallen angelte sich Irmchen die Beute geradewegs ins Maul.

Pedro war begeistert: »Katerchen, du bist Weltklasse. Das muß ich sofort Baldini sagen. Daraus machen wir eine Nummer.«

Doch wie das Leben so spielt: Als der Clown den Wohnwagen betrat, lag Irmchen schon wieder in der Ecke und schlief. Kein Fleischbrocken konnte den sonst ewig hungrigen Kater animieren, Kunststücke zu vollführen. Und die Tür wollte er auch nicht aufmachen.

Baldini setzte sich zu seinem Freund auf die Bettkante: »Sieh mal, Pedro! Darin liegt ja gerade die Schwierigkeit. Die Tiere müssen ihre Kunststücke zeigen, wann du es willst. Und daran mußt du arbeiten. Viele Tiere beherrschen irgendeine Fertigkeit. Aber das reicht nicht. Man muß ihnen beibringen, etwas Einstudiertes auf Befehl vorzuführen. Mach dir keine Gedanken! Wir bekommen das schon hin. Morgen ist auch noch ein Tag.«

Baldini verließ den Wagen, und Pedro nahm seinen Liebling auf den Arm, lief zum Deich hinunter. Neugierig schnupperte Irmchen die salzige winterliche Nordseeluft. Draußen auf See, an Bord der Kutter, hatten Fischer an langen Stangen ihre Netze ausgebreitet. Containerschiffe, auf dem Weg nach Hamburg, schoben sich schwerfällig in die Elbmündung. Und ab und zu legte ein vereinzeltes Butterschiff ab, um Touristen, vor allem aber auch Einheimische, zu billigen Einkaufsfahrten auf See hinauszubringen.

Irmchen reckte seinen Kopf nach oben, blinzelte in den mattblauen Himmel. Hier war vieles anders. Nur die Möwen machten den gleichen Lärm wie überall. Sie kreisten auf See und sammelten sich über den Schiffen. Sie schwebten aber auch nahe dem Deich, in der Hoffnung, ein Tourist würde sein Brötchen mit ihnen teilen. Pedro setzte sich auf einen Stein, beobachtete die leeren und verschlossenen Strandkörbe: Irmchen, wenn ich später einmal ein berühmter Clown bin und viel Geld verdiene, kaufe ich uns ein Haus. Du bekommst einen eigenen Garten mit Felsen, Bäumen, einer Wiese und einem kleinen Teich. Und den Urlaub, den wir uns dann leisten können, verbringen wir gemeinsam. Wir könnten nach Mallorca fliegen und deinen Heimatort besuchen.«

Irmchen verstand kein Wort.

Nur eines war dem Kater wieder einmal klar: Er hatte Glück gehabt und ein Herrchen gefunden, das es gut mit ihm meinte. Aber die Sache mit der Arbeit – daran mußte er sich wohl erst gewöhnen.

Pedro streckte sich aus und döste. Sein Liebling machte es sich auf seiner Brust bequem, so daß beide fast Nase an Nase dalagen. Und wann immer sich Irmchen besonders wohl fühlte, stößelte er mit den Vorderpfoten, machte den Milchtritt, den Katzenbabys an den Zitzen der Mutter üben. Irmchen, der diese Angewohnheit sein Leben lang nicht ablegte, signalisierte damit stets höchstes Wohlbefinden. Es war aber auch ein Zeichen dafür, daß er die Einsamkeit seiner Kindheit nie ganz vergessen hatte und die bitteren Erfahrungen der Jugend tief im Unterbewußtsein festsaßen. Doch im Moment genossen Junge und Kater das Faulsein, die klare Luft der See, die milden Sonnenstrahlen. Und sie waren froh, daß sie sich gefunden hatten.

Es war schon spät, als Pedro vor Kälte aufwachte und feststellte, daß sein Kater fort war. Er bekam einen Riesenschreck: »Irmchen, Irmchen, wo bist du?«

Die Angst war sofort verflogen, als Pedro ihn oben auf dem gepflasterten Rand des Deiches sitzen sah: »Hallo, da bist du ja«, rief der Junge erleichtert. »Irmchen, du siehst aus wie ein König. Und wenn es einen lieben Gott der Katzen gibt, dann könnte er doch so sein wie du.«

Überhaupt, dachte der Junge, wer weiß denn, welche Gestalt Gott hat. Warum sollte er nicht ein großer schwarzer Kater sein? Die Menschen sind der Meinung, daß Gott ihnen ähneln müßte. Aber wer hat denn den lieben Gott schon mal gesehen?

Pedro war, während er den Deich hinaufkraxelte, felsenfest davon überzeugt, daß Irmchen ein heimlicher Katzenkönig sein mußte, ein verzauberter vielleicht, aber auf jeden Fall ein König: »Majestät, wollen wir zurück zum Wohnwagen?«

Irmchen zwinkerte dem Jungen zu. Und als Pedro seinen Liebling hochnahm, gab es für Irmchen nichts Schöneres, als den schwarzen Kopf unter das Kinn des Jungen zu schieben und aus vollem Halse zu schnurren.

*

Irmchen und Pedro waren unzertrennlich. Der Junge liebte seinen Kater über alles. Er war für ihn Freund, Spielgefährte, Bruder und ein Lebewesen, das über die Einsamkeit hinweghalf, die er ständig verspürte.

Pedro nahm den Kameraden auch nachts mit ins Bett. Irmchen kannte das schon. Aber bei Pedro war es anders. Sobald der Junge zugedeckt war und Baldini das Licht ausgeknipst hatte, sprang Irmchen aufs Bett, drehte sich in Pedros Armen dreimal um die eigene Achse und ließ sich mit einem zufriedenen Maunzer zur Seite plumpsen. Dann gab der kleine Clown seinem Kater einen Kuß auf die schwarze Nase und schlummerte zufrieden ein.

So lagen sie, eng aneinandergekuschelt, wärmten sich gegenseitig und waren glücklich.

Drei Wochen gastierte der Zirkus in Cuxhaven, als Baldini sich eines Morgens ans Bett seiner verschmusten Freunde setzte: »Es ist soweit. Irmchen beherrscht seine Kunststücke. Wir sollten es probieren. Ich schlage vor, wir testen ihn bei der Kindervorstellung morgen nachmittag.«

Pedro verspürte ein mulmiges Gefühl in der Magengegend: »Sollten wir nicht noch ein paar Tage warten? Wir sind doch in der nächsten Woche in Hannover! Vielleicht fangen wir lieber dort mit Irmchen an!«

Baldini legte die Stirn in Falten: »Hast du vergessen, was ich dir an der Fähre gesagt habe? Irmchen muß arbeiten! Sonst kann er nicht bei uns bleiben. Seit über drei Wochen lebt er auf unsere Kosten und hat noch immer nicht für sein Futter in der Manege gearbeitet.«

Pedro kannte Baldinis Weltanschauung. Er war der Meinung, daß nur der leben, essen und trinken durfte, der auch dafür arbeitete. Die meisten im Zirkus dachten so. Denn es war ihnen nie etwas geschenkt worden. Viele waren auf der falschen Straßenseite des Lebens geboren und aufgewachsen. Sie hatten die Armut kennengelernt und täglich ums Überleben kämpfen müssen.

Ihnen gemeinsam waren die Träume und Hoffnungen. Reichtum, Anerkennung, Luxus, die Liebe der Menschen, Jubel, Applaus – das wünschen sich alle Überlebenskünstler vom Zirkus. Dafür arbeiten sie, recken und strecken sie sich nach oben. Doch das Füllhorn des Lebens bleibt so oft in unerreichbarer Ferne. Je gewaltiger die Anstrengungen, desto größer waren meist die Enttäuschungen.

Wie oft hatte es sie getroffen: Das Zelt kaputt. Ein Tier tot. Ein Familienmitglied verunglückt. Und im harmlosesten Fall – eine Nummer in der Manege verpatzt. Dann gab es Pfiffe und Popcorn-Gewitter.

Wenn es nicht die Träume und Sehnsüchte waren, die durch die Köpfe der Zirkusleute schwirrten, waren es die Ängste. Wie oft schon hatte der eine oder andere alles hinschmeißen wollen, verzweifelt, deprimiert. Wenn man abends gemeinsam im kleinen Zirkuszelt saß, und der Wind durch die immer wieder notdürftig reparierten Nähte pfiff, wenn das Essen kärglich ausfiel – dann kam es schon mal vor, daß jemand sein Besteck auf den Tisch feuerte und laut anfing zu fluchen. Alle dachten in diesem Moment dasselbe: Wir schaffen es nicht! Wir schaffen es einfach nicht, hier herauszukommen! Unsere Zeit ist vorbei. Adieu Zirkuswelt! Adieu Santini!

Die tröstenden Worte kamen jedesmal vom Chef. Hans Duval blickte seinen Leuten in die Augen: »Ihr dürft nicht aufgeben! Wir alle dürfen nicht aufgeben! Menschen, die hinschmeißen, bevor sie nicht alles versucht haben, sind Versager. Nein, das sind wir nicht! Alles im Leben ist machbar! Man muß es nur wollen! Man muß sein Ziel vor Augen sehen! Man muß dafür leben, darum kämpfen und notfalls sogar bereit sein, dafür zu sterben. Laßt uns nicht aufgeben! Nur, wenn wir zusammenhalten, haben wir eine Chance!«

Hans Duval wußte, daß er mit seinen Worten die Zirkusfamilie kaum noch erreichte. Wie konnte man nur mithalten mit Kinos, Fernsehen, Nachtclubs, Straßenfesten? Betreten blickten alle am Tisch zu Boden. Der Chef hatte so etwas schon oft gesagt – fast zu oft.

Er hat ja recht, dachten die meisten. Aber was nützt es schon? Nichts bewegt sich! Was bewirken da schon Worte?

Pedro, der ganz am Ende des Tisches saß, dachte an seinen Kater. Wenn Irmchen ein großer Star würde, wären wir alle gerettet.

Der Chef blickte zu Pedro und Baldini hinüber: »Na, ihr zwei? Morgen ist euer großer Tag! Irmchen darf zum erstenmal auftreten. Ich werde den schwarzen Teufel höchstpersönlich ansagen.« Die Stimmung war gedrückt. Und sie blieb es, bis gegen Mitternacht alle in ihren Wagen verschwanden.

Pedro schlief in dieser Nacht unruhig in seinem kalten Wagen. Baldini hatte sich nach den Ermahnungen und Beschwörungen Duvals mit mehreren Gläsern Cognac beruhigt und schnarchte angezogen auf seinem Bett. Es war etwa gegen drei Uhr früh, als plötzlich ein beißender Rauch über den Platz zog und in die Wohnwagen kroch.

Irmchen bemerkte als erster, daß etwas nicht stimmte.

Der Kater hob den Kopf, kitzelte dabei Pedro mit den Barthaaren im Gesicht. Der Junge schlug die Augen auf, sah aus dem Fenster und bekam einen Riesenschreck: »Das Zelt! Das Zelt! Mein Gott, das Zelt!«

Baldini war sofort hellwach: »Nein! Das kann nicht sein!«

Ohne ein weiteres Wort zu verlieren, stürzte er aus dem Wagen, brüllte, daß in Sekunden alle wach waren: »Das Zelt brennt, das Zelt! Holt Wasser! Nehmt Eimer, Schüsseln! Schnell, schnell, unser Zelt verbrennt!«

Hans Duval versuchte zu retten, was zu retten war. Mit seiner Frau, den Kindern, den Freunden und Verwandten schleuderte er einen Eimer Wasser nach dem anderen in die Glut. Doch die Flammen fraßen sich hungrig und gierig durch den morschen Stoff.

Der Wind klatschte die lodernde Wand gegen zwei Zirkuswagen, die ebenfalls sofort in Flammen standen. Es war das Ende des kleinen Zirkusunternehmens.

Das Zelt war zur prasselnden Pyramide geworden, als Hans Duval plötzlich den Eimer sinken ließ. Er wischte sich die Tränen aus den Augen, blickte auf das, was sein Leben war und was nun verglühte, starb: Ich habe nicht recht behalten! Ich habe mich geirrt! Man kann kämpfen, soviel man will! Wenn das Schicksal gegen einen ist, hat man keine Chance! Es waren die letzten einsamen Gedanken jenes Mannes, der sich sein Leben lang gegen dieses gottverdammte Schicksal gestemmt hatte. Mit Zelt und Wagen verbrannte auch jeglicher Lebensmut in seinem Herzen.

Hans Duval hörte nicht das leise Knirschen des berstenden Holzes, das langsam das Knistern des Feuers übertönte. Er sah nur in die Flammen.

Zunächst unmerklich, dann immer schneller neigte sich der lodernde Hauptmast des Zeltes. Hans Duval weinte, als der Mast zersplitterte, als die Taue rissen und wie Peitschen nach oben schnellten. Vor ihm verbrannte sein Lebenstraum! In einem windgepeitschten Funkenregen stürzte der Mast zur Seite, riß das verglühende Zelt mit sich.

Der Zirkuschef hatte keine Chance, sich zu retten – er hätte es vielleicht auch nicht getan. Die meterhohen Flammen schlugen über ihm zusammen. Kein Schrei, kein Hilferuf!

Seine Männer rannten sofort zu ihm hin, rissen die schwere Zelthaut zur Seite, zogen ihren Chef weg vom Feuer. Doch es war zu spät! Hans Duval erwachte noch einmal aus der Ohnmacht. Hemd und Hose waren verbrannt, die Haut vom Feuer zerfressen. Der Zirkuschef blickte jedem einzelnen zum Abschied in die Augen: »Ich weiß nicht, wer das getan hat, aber ich verzeihe ihm!«

Dann ergriff er die Hand seiner Frau: »Ich dachte, ich hätte recht. Aber ich habe mich geirrt. Man kann nicht gegen das Schicksal kämpfen. Ich liebe dich! Geh mit den Kindern nach Amerika zu meinem Bruder.«

Der Druck seiner Hand ließ nach. Und während das Zelt in einem Funkenregen verglühte, schloß er die Augen, um zu sterben.

Irmchen und Pedro hatten alles vom Wagen aus mitangesehen. Das war's also, dachte der Junge. Und was machen wir jetzt?

Baldini kehrte in diesem Augenblick in den Wagen zurück: »Duval ist tot! Er wurde vom brennenden Zelt erschlagen. Aber ich glaube, er wollte auch nicht mehr leben. Er hatte irgendwie seinen ganzen Lebensmut verloren. Er wußte wohl, daß wir alle keine Chance haben. Vielleicht mußte alles so kommen.«

Nur wenige Stunden waren vergangen, als die Sonne aufging und die Männer der Cuxhavener Feuerwehr die verbrannten Reste untersuchten. Das Feuer war aus. Zu retten gab es hier nichts mehr.

*

Fast ein Jahr war seit dem Tod von Hans Duval vergangen – ein langes Jahr, ein schweres Jahr. Die Zirkusfamilie hatte sich in Cuxhaven getrennt. Jeder wollte seinen eigenen Weg gehen. Und alle stellten fest: Es gab ohnehin kaum Gemeinsamkeiten. Das Bindeglied war einzig und allein Hans Duval gewesen. Nachdem er mit seinem Zirkuszelt umgekommen war, fiel die Familie auseinander wie Perlen einer Kette, die vom Faden kullern.

Baldini erinnerte sich später noch oft an diese Nacht, in der das Schicksal so plötzlich einen anderen Verlauf genommen hatte. Und er dachte auch an die Worte des Chefs, mit denen er sich und den anderen immer wieder hatte Mut machen wollen. Immer öfter hatte die Überzeugung dem Zweifel Platz machen müssen. Und trotzdem – Duval hatte fest daran geglaubt: Irgendwann einmal würde er Chef eines großen Zirkusunternehmens sein. Er war wohl mit diesem Glauben gestorben – damit, und mit dem Wissen, daß jemand das Zelt angesteckt hatte.

Am Morgen nach der Katastrophe war die Polizei gekommen, hatte Ermittlungen angestellt, Spuren gesucht, die Zirkusfamilie befragt, Anwohner verhört und die verbrannten Überreste sichergestellt.

Doch nichts kam dabei heraus. Die Frage, wer das Zelt angezündet hatte, wurde nie geklärt. Also ließ man die Artisten laufen, setzte sie vor die Tür des Polizeireviers, fast so, wie man einen Hund hinausjagt, den man los sein will.

Die Zirkusleute waren in Cuxhaven nicht beliebt: fahrendes Volk, vielleicht sogar arbeitsscheu. Und mit Sicherheit war ein Mörder unter ihnen. So dachte man im Ort, so tuschelten viele hinter vorgehaltener Hand.

»Adieu, ich drück euch die Daumen!« Baldini gab jedem einzelnen die Hand. Noch einmal schauten sich die Männer und Frauen der »Familie« in die Augen. Vielleicht dachte jeder in diesem Augenblick dasselbe: Der Mörder wurde zwar nicht gefunden. Aber waren nicht alle irgendwie schuldig? Hatten nicht alle Duval, seine Ideale und seinen Glauben verraten? Waren sie nicht froh, daß dieses Leben endlich vorbei war?

Ja! So gesehen waren alle schuldig. Und wie sollte es weitergehen? Es war Winter! Der eisige Wind trieb den Menschen auf den Straßen Tränen in die Augen. Und kaum einer hatte Ersparnisse, um erstmal irgendwo unterzukommen.

Baldini drehte sich nicht einmal mehr um. Er nahm Pedro bei der Hand und verschwand um die nächste Ecke. Der Junge hatte, während er durch den Schnee stapfte, nur einen Gedanken: Ich muß aufpassen, daß mein Irmchen nicht erfriert. Der Kater saß in einem aus Bretterresten zusammengezimmerten Korb mit Lüftungsschlitzen. Pedro hatte noch eine Decke darum gewickelt. Doch der Minikäfig war so groß und schwer, daß Pedro damit seine Mühe hatte.

»Komm, ich habe für uns einen Ausweg«, begann Baldini das Gespräch. »Ich habe in den letzten Jahren etwas Geld beiseite gelegt. Davon können wir zwar keinen eigenen Zirkus aufmachen. Aber für eine bescheidene Drei-Mann-Truppe reicht es. Wir kaufen uns einen VW-Bus und packen unser Glück.«

Zwölf Monate lang versuchten Baldini, Pedro und Irmchen, auf Füße und Pfoten zu fallen, nur um immer wieder Bauchlandungen zu erleben. Ein Kater, der durch einen brennenden Reifen springt – wer wollte das schon sehen? Und ein Clown, dem vor Hunger die Späße vergehen, wen interessierte das schon?

Sie hatten es schwer. Und es ging ihnen schlechter als bei Duval. Wo immer sie konnten, traten die drei auf Marktplätzen auf, zeigten dort ihre Kunststücke. Es war schließlich mehr ein Betteln als die hohe Schule der Artistik. Doch es ging ums Überleben!

Die Baldinis, so nannte sich das traurige Häuflein, spielten in Hildesheim, auf dem Marktplatz von Hameln, versuchten ihr Glück vor der alten stuckverzierten Fassade der historischen Universität von Helmstedt. Die einzigen Zuschauer dort waren die Insassen vom Gefängnis gleich nebenan. Und die lachten und grölten, pfiffen so laut, daß Baldini die Schamröte ins Gesicht stieg.

Auch Irmchen hatte mitbekommen, daß nicht alles nach Wunsch lief. Meist gab es nur Reste von irgendwelchen Bratwürsten zu essen, dazu gummiähnliche fettige Pommes mit Majo oder Ketchup. Das war beim besten Willen nichts für einen kräftigen Kater wie Irmchen. Aber was sollte er machen? Hätte der schwarze Kater mit dem weißen Fleck auf der Brust einen Gürtel getragen, er hätte ihn jetzt enger schnallen müssen.

Irmchen wurde zusehens dünner, genau wie seine beiden Freunde. Die Gesetze des Lebens waren billig und verlogen: Der Nachruhm – darauf kam es an! Alle großen Meister und Genies hatten gefälligst arm zu sterben. Reichtum erniedrigt, macht profan. Nur Armut erhöht!

Hätte Irmchen in menschlichen Kategorien denken können, er hätte bestimmt so oder ähnlich empfunden, um der ganzen Misere wenigstens eine fröhliche Seite abzugewinnen. Aber da Irmchen das nicht vermochte und auch von Galgenhumor noch nie etwas gehört hatte, verspürte er eben nur mordsmäßigen Kohldampf – sonst nichts!

In Schöppenstedt, einem kleinen verschlafenen Ort im Elm, hatten die Baldinis ihren letzten Auftritt. Es sollte auch ihr ungewöhnlichster werden.

Baldini hatte den VW-Bus am Rande des Ortes geparkt und bei drei Vorstellungen kaum 14 Mark eingenommen: »Mein Gott, das reicht ja nicht einmal für ein Essen!«

Er war so verzweifelt, daß Pedro meinte, er müsse nun unbedingt etwas unternehmen.

Das Unheil nahm wieder einmal seinen Lauf!

Es war etwa gegen drei Uhr am Nachmittag, als der Junge mit einem winzigen Paket Wurst in der Hand die Straße hinaufgerannt kam. Kaum 100 Meter dahinter: der schnaufende Fleischer, in dessen Laden er die Wurst geklaut hatte und der Dorfpolizist, der, so lang und schlank wie er war, kaum schneller lief als der dicke Fleischer. Pedro konnte seinem Schicksal nicht entgehen, obwohl er es doch nur gut gemeint hatte. Die Wurst sollte das Abendbrot sein. Man hätte beim Bäcker nebenan nur noch das Brot stibitzen müssen. Aber dazu sollte es nicht mehr kommen.

Die Baldinis mußten mit zur Wache. Auch die geschliffensten Ausreden halfen nichts! Der Beamte spannte einen Bogen in die Maschine, begann das Protokoll zu schreiben.

Da hatte Baldini eine Idee: »Wissen Sie, wir bringen die Wurst zurück, zahlen eine kleine Strafe – ich dachte so an zehn Mark – und führen Ihnen unsere Kunststücke vor.«

Der Polizist und seine beiden Kollegen mußten lachen: Was waren das nur für verrückte Vögel. Aber gut! Es handelte sich ja sowieso nur um Mundraub und nicht um Diebstahl, so logen sie sich in die eigene Tasche. Und außerdem ließ sich so das Protokoll sparen.

Also machten die Hungerkünstler das Polizeirevier zur Zirkusmanege und improvisierten eine kleine Extravorstellung.

Baldini imitierte Charly Chaplin, Pedro balancierte auf der Schreibtischkante und Irmchen hüpfte ungeschickt auf den Vorderpfoten durch den Raum. Doch dann passierte es!

Ein Polizist, der in diesem Augenblick mit zwei Ladendieben das Amtszimmer betrat, bekam so einen Schreck, daß er für einen Moment die Männer aus den Augen ließ.

Die Ladendiebe, quasi Kollegen der klauenden Baldinis, nutzten ihre Chance, blickten sich kurz an – und rannten los.

Der Polizist wurde von der plötzlichen Bewegung so weit und schnell nach vorn geschleudert, daß er wie ein Wurfgeschoß durch den Raum fegte und den balancierenden Pedro mit einem lauten Aufschrei von der Tischkante fegte. Alles ging drunter und drüber! Der Polizist rutschte über den Tisch, riß seinen Kollegen samt Schreibmaschine und Stuhl um. Pedro landete unsanft auf dem abgetretenen grünen Linoleumboden, und Baldini erstarrte. Dann drehte Irmchen durch! Das Fell wie ein Nadelkissen in alle Himmelsrichtungen gesträubt, der buschige Schwanz, der gefährlich in der Luft tanzte – das signalisierte: Jetzt geht es los! Irmchen, in panischer Angst, aber auch voller Temperament, sprang mit einem Satz auf den Lampenschirm, der direkt über dem Schreibtisch des Dorfpolizisten hing. Doch die Lampe bot keinen Halt. Sie pendelte wie bei einem Erdbeben hin und her. Irmchen versuchte vergebens, sich am Stromkabel festzuhalten. Der Kater rutschte ab, drehte sich blitzschnell in der Luft, spreizte die Pfoten und fuhr – wie einen Satz spitzer Messer – seine Krallen aus.

Just im richtigen Augenblick!

Der Polizist, der eben über den Tisch gefegt war, rappelte sich auf, als Irmchen auf seinem Kopf landete und sich im Haar festkrallte. Doch was auf den ersten Blick soviel Halt und Sicherheit zu bieten schien, entpuppte sich in Sekundenschnelle als »völlig losgelöste« Angelegenheit. Samt Haarschopf stürzte Irmchen zu Boden. Der Polizist, seiner schmucken Lockenperücke beraubt, tobte: »Scheißkater, Zirkus-Penner, Diebesgesindel! Ihr seid alle festgenommen. Ich buchte euch ein!«

Für den Bruchteil einer Sekunde herrschte Stille im Raum. Sofort waren sich Ladendiebe und Baldinis wortlos einig: Es ist Zeit zu gehen.

Die beiden Jung-Ganoven waren durch die Tür des Polizeireviers in die Freiheit entkommen.

Fluchend rannten zwei Polizisten hinterher: »Halt, stehenbleiben! Ihr seid verhaftet! Das ist Widerstand gegen die Staatsgewalt! So bleibt doch endlich stehen!«

Es nützte nichts! Die Beamten, ohnehin langsamer und nach wenigen Minuten außer Puste, gaben schnell auf.

Und außerdem! Die Mühe lohnte sich nicht: »Letztlich

sparen wir so den Schreibkram«, sagte der eine zum anderen. »Gehen wir zurück! Trinken wir einen Kaffee! In zwei Stunden ist sowieso Schichtwechsel, und bis dahin müssen wir uns erholen.«

Baldini, Pedro und Irmchen rannten zu ihrem Wagen, sprangen hinein und gaben Fersengeld.

Das war gerade nochmal gutgegangen! Baldini lenkte den alten VW-Bus durch den Elm in Richtung Autobahn: »Komm, wir fahren nach Berlin! Dort ist immer etwas los. Und auf dem Kurfürstendamm können wir mit unseren Kunststücken bestimmt ein paar Mark verdienen.«

*

Ein halbes Jahr war seit dem Auftritt im Polizeirevier vergangen. Die drei Freunde hatten in Berlin inzwischen ein richtiges Zuhause gefunden. Gemeinsam lebten sie in einer kleinen Kreuzberger Zwei-Zimmer-Wohnung an der Oranienstraße. Das Haus war frisch renoviert. Und nach acht Wochen hatten Baldini und Pedro mit Irmchen auf dem Ku'damm soviel Geld verdient, daß sie sich den ersten Fernseher leisten konnten. Die Möbel hatten sie bei Versteigerungen erstanden. Es gab sogar Gardinen, eine Tischdecke auf dem Tisch und Blumen in den Vasen. Die hatte Pedro allerdings auf einem Friedhof geklaut – mit der Rechtfertigung, die Toten könnten sie ohnehin nicht sehen. Und die Lebenden haben wenigstens etwas davon.

Berlin war schön, quirlig, lebendig, farbenfroh, voller Spannung. Die Menschen hier waren anders als auf dem Land: verrückter gekleidet, lustiger und vor allem spendabler.

Die Baldinis zeigten ihre Kunststücke vor dem Café Kranzler, dem Haupteingang eines großen Kaufhauses und auf dem Breitscheidplatz unter der Gedächtniskirche. Ja, hier tobte das Leben. Musikanten spielten auf ihren Instrumenten. Eine ältere Frau im langen bunten Kleid forderte die Passanten schmunzelnd zur freien Liebe auf. Punker und Penner traktierten sich betrunken mit Bierflaschen. Andere lagen dösend daneben, hatten eine ausgemergelte Hundefamilie dabei, bettelten um Geld für Futter – um dafür anschließend im nächsten Supermarkt Billig-Fusel zu kaufen.

Es war fast wie in einem riesigen Freiluftzelt. Horst Ehbauer, Weltmeister im Grimassenschneiden, brachte mit seinem Knautschgesicht die Leute ebenso zum Lachen wie der Clown, der ihnen hinterherlief und dabei jede Bewegung imitierte.

Und mittendrin: die Baldinis! Irmchen tanzte auf den Pfoten, balancierte auf einem schmalen Brett und versuchte sich, oftmals vergeblich –, im »Handstand«.

Das Geld klingelte fröhlich und unüberhörbar im Körbchen. Wenn das Wetter schön war und der blaue Himmel über der Stadt als Zirkuskuppel erstrahlte, zeigten sich die Berliner von der großzügigen Seite.

Und abends, in der Kreuzberger Wohnung, zählten die drei glücklichen Straßenkünstler ihre Einnahmen. Manchmal waren es bis zu dreihundert Mark, die sich auf dem Wohnzimmertisch zu einem kleinen Berg aus Groschen und Markstücken anhäuften.

Baldini strahlte: »Wir sollten etwas Geld zur Seite legen, als Reserve. Wenn wir sparen, können wir uns vielleicht mal einen kurzen Urlaub leisten, auf Mallorca oder so.«

Irmchen lag derweil zufrieden schnurrend auf dem Schoß von Pedro. So war das Leben wundervoll. Tagsüber die vielen Menschen und die Kunststücke, und abends das traute Beieinander mit den Freunden. Was noch niemand ahnte: Für Irmchen sollte bald wieder die Stunde des Abschieds kommen.

*

Es war Hochsommer. Der Kater und die Freunde lebten seit mehreren Monaten in Berlin, als sich Baldini im Wohnzimmer aufbaute und den Vorschlag machte: »Kommt! Wir fahren nach Wannsee! Ich lade euch zum Picknick ein!«

Baldini zauberte einen großen Freßkorb hervor, gefüllt mit Sekt, frischen Brötchen, Wurst, Marmelade, ja sogar Lachs und Aal – dessen Duft Irmchen verführerisch durch die Nase zog. Mit Decken und Kissen, Bechern, Messern und Gabeln fuhren die Freunde hinaus zur alten Mülldeponie, von der man eine herrliche Sicht bis nach Potsdam und Babelsberg hatte.

Zwischen dem hohen Gras, den Blumen und Bäumen, die sich im Wind auf dem bepflanzten Müllberg in eine Richtung neigten, breiteten Baldini und Pedro die Decken aus, ließen den Sektkorken knallen und machten sich über den Picknickkorb her. Was für ein schöner Tag! Keine Menschenseele weit und breit! Nur Sonne, blauer Himmel und duftende Blumen.

Es war am späten Nachmittag. Baldini und Pedro schlummerten im Gras und ließen sich von Insekten im Gesicht kitzeln, als Irmchen beschloß, einen Ausflug zu machen. Schließlich war alles neu. Und eine kleine Runde um den Berg, das würden die Freunde bestimmt nicht bemerken. Es sollte ja kein weiter Ausflug sein, nur eine Schnupper-Tour.

Irmchen streckte seine Pfoten, gähnte herzhaft und lief los. Immer weiter entfernte sich der Mallorca-Kater von seinen Freunden, kletterte den Berg hinab, verschwand zwischen Kiefern und Fichten. Plötzlich raschelte es. Irmchen, der auf seiner Insel das Jagen gelernt hatte, sah ein junges Kaninchen vorbeihuschen und fegte hinterher. Tiefer und tiefer geriet er dabei in den Wald hinein. Das Kaninchen hatte sich längst im Bau der Eltern verkrochen, als es zu dämmern anfing.

Irmchen hielt die schwarze Nase in den Wind, schnupperte, daß die Barthaare nur so tanzten. Der Kater blinzelte in den dunkelblauen Himmel, drehte sich um, lief ein paar Schritte in die eine Richtung, dann in die andere.

Verzweiflung machte sich in seinem Herzen breit. Wo waren nur Baldini und Pedro? Irmchen fühlte Angst. Er hatte sich verirrt. Plötzlich ein Geräusch, das immer näher kam. Ein Schatten löste sich aus dem Dickicht, bewegte sich auf den kleinen Mallorquiner zu: »Na, was bist denn du für einer?«

Irmchen blickte nach oben, war bereit, sofort die Flucht zu ergreifen. Doch irgend etwas in ihm sagte: Halt, warte ab!

Der Ausreißer sah sich den Mann genau an, der etwa zwei Meter entfernt vor ihm stand: Er trug zwei unterschiedliche Schuhe, die nicht mit Schnürsenkeln, sondern mit Paketschnüren zugebunden waren. Auch die Hosenbeine wurden unten mit Schnüren zusammengehalten. Die alte braune Hose war viel zu groß, wurde nur von einem breiten Gürtel am Herunterrutschen gehindert.

Artur, so hieß der Fremde, hatte eine verwaschene graue Jacke an, dazu ein weißes Hemd und eine Krawatte: »Hallo, kleiner Stromer, wem bist du denn davongelaufen?«

Die Stimme des Mannes flößte Irmchen Vertrauen ein. Aber näher als die zwei Schritte ließ der Kater den Fremden nicht herankommen.

Artur war 68 Jahre alt, hatte sein Fahrrad etwa zehn Meter entfernt an einen Baum gelehnt. Sein volles graues Haar trug er glatt nach hinten gekämmt. Aus seinem Gesicht blickten kluge und gütige Augen.

Der Mann, den alle nur den Waldmenschen nannten, weil er in einer kleinen selbstgebauten Holzhütte im Wald lebte, beugte sich vor, kniete sich auf den feuchten Waldboden, streckte seine rechte Hand aus: »Du bist wohl auch so ein Ausreißer, der kein Zuhause hat? Nun komm schon her! Ich tu' dir doch nichts!«

Irmchen tapste einige Schritte auf Artur zu, bereit, sofort die Flucht zu ergreifen. Zu viele Menschen hatten sich ihm schon mit falscher Freundlichkeit genähert. Und oft hatten sie zärtliche Worte geflüstert, um im nächsten Augenblick zuzupacken und Irmchen in irgendeinen Kasten zu sperren. Erfahrungen zählten auch für Katzen, und vor allem für Irmchen. Artur rutschte auf den Knien vorsichtig ein Stück näher: »An deinem zerfetzten Ohr sehe ich, daß du ein Raufbold bist. Ich glaube, wir haben manches gemeinsam.«

Irmchen machte noch einen Schritt nach vorn, und ganz langsam berührten sich Katzennase und Arturs Fingerspitzen. Kater und Mensch mochten sich auf Anhieb.

Artur hob Irmchen hoch, legte ihn sich rücklings wie ein Baby in den Arm, kraulte den Hals: »Was hast du denn da?«

Der Waldmensch sah die matt schimmernde Metallkapsel auf Irmchens Brust, öffnete mit den Fingernägeln die Hülse.

Neugierig las er die Worte, die dort standen.

»Woher stammst du? Von Mallorca? Das kann doch nicht wahr sein. Wie bist du nur hierhergekommen?«

Und plötzlich kullerten Freudentränen über die Wangen des Mannes, der so viele Jahre seines Lebens in Einsamkeit verbracht hatte. Er nahm Irmchens Kopf, hielt ihn fest und gab dem neuen Freund einen herzhaften Kuß auf die feuchte Nase.

Ich würde gern wissen, was dieser schwarze Teufel schon alles durchgemacht hat, dachte er. Aber er sieht kräftig und gesund aus. Bestimmt ist er oft Menschen begegnet, die es gut mit ihm meinten.

Artur lief zu seinem Rad, schob es auf den Waldweg: »Komm, kleiner Vagabund! Wir haben uns gefunden! Nun kannst du auch bei mir bleiben!«

Und wie ein braver Hund, der seinem Herrn folgt, lief Irmchen neben dem neuen Freund her, geradewegs zu dessen Waldhütte.

Es war schon dunkel, als Baldini und Pedro die Suche

nach ihrem Kater aufgaben. Beide waren todunglücklich, hatten sie doch nicht nur einen Partner, sondern auch einen Freund verloren.

Pedro schob seine Hand in die Hand von Baldini: »Warum ist er nur weggelaufen? Wir waren unzertrennlich! Wir haben unser Irmchen geliebt!«

Auch Baldini war niedergeschlagen: »Weißt du, mein Junge, so ist das bisweilen im Leben. Man trifft sich, geht ein Stück des Weges gemeinsam und sagt Adieu. Doch glaube mir, ich werde Irmchen nicht vergessen, genausowenig wie du. Er war schon ein außergewöhnlicher Kater. Aber sieh mal: Er war eben auch ein Abenteurer, auf der Suche nach etwas, das für ihn immer hinter dem Horizont liegen wird. Ich glaube, wir sollten uns keine Sorgen machen. Es geht Irmchen bestimmt gut. Er wird durch die Wälder streifen, die Freiheit genießen – und irgendwann und irgendwo wieder einen Menschen finden, der sich um ihn kümmert.«

Und während Baldini und Pedro traurig zurück nach Kreuzberg fuhren, lag Irmchen schon bei Artur in der kleinen Holzhütte, hatte es sich vor einem prasselnden Feuer auf ein paar alten Lappen gemütlich gemacht und schlummerte. Auch Irmchen dachte an die Freunde, träumte von Abenteuern und Geborgenheit, von bösen und guten Menschen, aber auch von Menschen, denen es genauso ging wie ihm: die oft überall dabei waren, aber doch nie dazugehörten.

Artur war ein Mensch, den das Schicksal hin- und hergestoßen hatte, der immer wieder die bittere Erfahrung hatte machen müssen, daß zwischen der Sonne und ihm vieles war, das lange Schatten warf. Und wann immer er sich bemühte, aus den Schatten herauszutreten, waren sie mitgewandert, hatten ihn schnell wieder eingeholt.

Artur stammte aus einer wohlhabenden Berliner Familie. Sein Vater hatte mehrere Konfektionsgeschäfte. Und als einziges Kind hatte der Junge eine gute Schule besuchen dürfen. Kurz vor dem Abitur holte ihn der Krieg, und Artur mußte an die Front. Er überstand die Jahre wie durch ein Wunder unverletzt.

Als junger Mann, der früh hatte erwachsen werden müssen, volontierte er bei einer Zeitung, schrieb große Geschichten und wurde schon mit fast 30 Jahren Chef einer Zeitungsredaktion. Artur heiratete, wollte für sich und seine Frau ein Häuschen bauen, wollte Kinder und nicht mehr als ein schönes Zuhause. Doch die Schatten seines Lebens breiteten sich schneller aus, als er seine Pläne verwirklichen konnte. Eines Tages kam er heim, fand nur noch einen Zettel: Ich habe die Nase voll! Lebe du dein Leben. Tschüß!

Artur kannte den Grund oder besser, er ahnte ihn.

Claudia, seine Frau, hatte es nicht ertragen können, daß er am Tag vierzehn und mehr Stunden arbeitete, ohne sich um sie zu kümmern. Sie wollte etwas vom Leben haben. Und er? Er hatte immer Pflichten gesehen, Verantwortung, Zeitung, Auflage. Artur war verzweifelt und hilflos.

Er ging am nächsten Tag wieder zur Arbeit. Aber seine Zähigkeit, die einzige wahre Qualität, die er besaß, schmolz dahin. Langsam begann er, seine Arbeit zu vernachlässigen, erst unmerklich, dann immer mehr. Schließlich kam der Alkohol. Wie in Jack Londons ›König Alkohol‹ machte er die Flasche zu seinem Freund und trank sich um das wenige, das er noch besaß. Die Schatten hatten sich wie ein schwerer Mantel um ihn gelegt, und Artur besaß nicht mehr die Kraft, daraus hervorzutreten.

Eines Tages eröffnete ihm sein Chef, daß er gefeuert sei. Zu diesem Zeitpunkt war Artur schon alles egal. Er verlor nicht nur seine Arbeit. Am Ende war er ohne Freunde und Wohnung, die er nicht mehr bezahlen konnte. Und schließlich hatte er nur noch die Sachen, die er am Leib trug.

Da beschloß Artur, alles hinter sich zu lassen und als Waldmensch zu leben. Nun hauste er in den Wäldern von

Wannsee, lebte unter Rehen und Füchsen, bettelte oder traf ab und zu einen Menschen, der ihm Zigaretten, ein Brot oder abgelegte Kleidungsstücke schenkte.

Es dauerte einige Jahre, bis sich Artur an sein neues Leben gewöhnte. Die Einsamkeit des Waldes, so sehr er sie genoß, war eine große Belastung.

Der Waldmensch, wie sie ihn nannten, stand bei Morgengrauen auf, putzte seine Hütte, sah nach, ob irgendwo etwas undicht war und machte sich auf die Nahrungssuche. Bald hatte Artur die besten Pilzstellen entdeckt, wußte, wo die saftigsten Himbeeren wuchsen und besorgte sich den Rest aus Supermärkten. Artur klaute nur in der höchsten Not. Meist stöberte er auf den Höfen der Supermärkte nach Eßbarem, fand ab und zu eine alte Apfelsine oder eine eingedrückte Büchse, die aussortiert worden waren.

Die Wintermonate waren immer eine schwere Zeit. Die Hütte, in der es an allen Ecken und Enden zog, war kaum warm zu bekommen. Und hatte er einmal kräftig durchgeheizt, war das Haus derartig verqualmt und verräuchert, daß er kaum noch Luft bekam. So gingen die Jahrzehnte ins Land. Artur kannte fast alle Tiere des Waldes, hatte ihnen sogar Namen gegeben. Er kannte auch die Spaziergänger, die fast täglich im Wald mit ihren Hunden Runden drehten.

Sein bester Freund war der alte Fritz geworden, der immer am Nachmittag mit seiner Hündin Anja, einem Mischling, spazierenging. Er war früher Oberamtsrat gewesen und wohnte mit seiner Frau Jutta in einem Reihenhaus ganz in der Nähe.

Fast immer hatten die Männer bei ihren Treffen dasselbe Gesprächsthema: Frauen. Stundenlang konnte Fritz von seinen Liebesabenteuern erzählen. Und gebannt hörte Artur zu, wenn der alte Schürzenjäger davon berichtete, wie er die Frauen verführt hatte. Es war eine Welt für sich, in der Artur lebte, bis – ja, bis Irmchen seinen Weg kreuzte.

Er hatte sofort das Gefühl, daß es ein besonderer Kater war. Irmchen schien ihm viel intelligenter als jedes andere Tier. Und Artur staunte nicht schlecht, als er sah, wie Irmchen die knarrende Tür von allein aufmachte und wenig später plötzlich auf den Vorderpfoten durch die Hütte lief. »Was bist du nur für ein Tier«, flüsterte Artur und nahm seinen schwarzen Liebling auf den Arm.

Und wann immer Irmchen so dalag, schloß er genießerisch die Augen, verdrehte den Kopf, ließ alle Pfoten hängen und begann, laut zu schnurren. Irmchen und Artur liebten einander. Sie waren beide Vagabunden, Ausgestoßene, Verlorene dieser Welt. Sie hatten nur sich, und sie wußten es.

Irmchen begleitete Artur überall hin. Bei den langen Ausflügen durch den Wald war der Kater stets an der Seite seines Menschen. Und Irmchen lernte auch bei Artur dazu. Der Waldmensch zeigte ihm, welche Früchte schmecken und Kraft geben. Er besuchte seine Freunde, die Rehe und Füchse, und mit allen schloß Irmchen Freundschaft.

Und nachts, wenn die Sonne über der Havel längst untergegangen war, schlummerte Irmchen auf Arturs Brust, leckte sein Gesicht und zwickte ihn im Schlaf liebevoll mit den Krallen.

Ein Jahr lebte Irmchen bei Artur, so glücklich und zufrieden, wie ein Kater eben nur sein konnte. Doch dann geschah etwas, womit keiner gerechnet hatte. Es war einer jener lauen Sommerabende, an denen man glaubt, im süßen schweren Duft einer Mittelmeerinsel zu ertrinken. Die Sonne stand orangefarben am Himmel. Nur noch wenige Stunden, und es würde Nacht werden.

Da machte Artur einen Vorschlag: »Komm, wir gehen zur Königstraße und beobachten die heimkehrenden Ausflügler.« Brav wie immer trottete Irmchen neben seinem Lieblingsmenschen her. Nach 40 Minuten hatten sie die Straße erreicht. Der Mann setzte sich auf eine Bank.

Der Kater sprang auf seinen Schoß, schloß die Augen und träumte.

»Das ist ja Irmchen! Sieh doch mal, der Mann dort hat Irmchen auf dem Schoß!«

Der Kater hörte seinen Namen, riß die Augen auf, daß sie kullerrund wurden, und schaute hoch.

Nein, das konnte nicht wahr sein! Direkt vor Artur, der verdutzt dreinschaute, standen Baldini und Pedro.

Irmchen war völlig durcheinander!

»Wie kommen Sie zu unserem Kater?« brüllte Pedro Artur an.

»Euer Kater? Der gehört mir! Der ist mir vor einem Jahr zugelaufen!« Artur hielt Irmchen fest, preßte ihn an seine Brust: »Wer seid ihr überhaupt? Wie könnt ihr behaupten, daß er euch gehört?«

Irmchen verstand überhaupt nicht mehr, was geschah. Mit einem Satz war der Mallorquiner vom Schoß gesprungen und auf einen Baum geflüchtet.

Pedro hatte Tränen in den Augen: »Geben Sie uns Irmchen zurück. Sie haben ihn entführt. Irmchen, komm runter! Komm mit nach Hause!«

Der Kater maunzte hilflos. Ja, das waren seine beiden Freunde, mit denen er soviel erlebt hatte. Aber da war auch Artur, den er über alles liebte.

Baldini brachte wieder Ruhe in die Situation: »Haben Sie Irmchen damals im Wald gefunden?«

Artur nickte stumm.

»Und Irmchen lebt jetzt bei Ihnen und ist glücklich.«

Artur – auch er hatte Tränen in den Augen – nickte wieder.

Baldini blickte zu Pedro: »Eine schwierige Angelegenheit. Was machen wir da nur? Offensichtlich fühlt sich Irmchen bei Ihnen durchaus wohl.«

Artur, der immer wieder hatte schlucken müssen, sah die beiden an: »Ihr wollt mir doch mein Irmchen nicht wegnehmen? Bitte, er ist der einzige Freund, den ich habe.«

Die Artisten setzten sich mit auf die Bank: »Weißt du, wir lieben ihn auch! Und wäre der kleine Strolch nicht einfach ausgerückt, würde er jetzt noch bei uns leben.«

Es war Artur, der den entscheidenden Vorschlag machte: »Ich zeige euch mein Haus. Ich lade euch zu einer Büchse Erbsen ein, die ich auf dem Hof eines Supermarktes gefunden habe. Und wenn ihr dann geht, muß Irmchen entscheiden, ob er bei mir bleiben will oder ob er euch folgen möchte.«

Der Mond stand hoch am Himmel, als Artur, Baldini, Pedro und Irmchen vor der kleinen Hütte saßen und in die Flammen des Lagerfeuers blickten. Die beiden Männer und der Junge hatten schnell Freundschaft geschlossen. Sie erzählten sich gegenseitig, was sie alles schon erlebt hatten, sprachen von den schönen Augenblicken und den traurigen.

Kurz vor Mitternacht sah Baldini auf die Uhr: »Komm, wir müssen gehen! Es ist spät!«

Es war der Moment der Entscheidung. Baldini und Pedro klopften ihre Hosen sauber, reichten Artur die Hände. Beide schauten sie zu Irmchen hinüber. Und als ob der Kater fühlte, was los war, wanderten seine Blicke immer wieder zwischen Baldini, Pedro und Artur hin und her. Es war einer der bittersten Augenblicke in seinem Leben.

Baldini und Pedro waren schon einige Schritte vorausgegangen. Kaum noch konnte man sie erkennen im Licht des verglimmenden Feuers. Irmchen rannte hinterher, blieb stehen, drehte sich um.

Und dann tat er etwas, was er in seinem Leben noch nie gemacht hatte: Irmchen fing laut an zu miauen.

Der Kater war hin- und hergerissen in seiner Liebe zu den drei Freunden. Zitternd lief er zurück zu Artur, blieb wieder stehen, blickte zu Baldini und Pedro. Er wußte, daß er Abschied nehmen mußte.

Baldini und Pedro kamen noch einmal zurück, nahmen Irmchen auf den Arm: »Okay, kleiner Teufel, bleib hier!

Wir lieben dich, wir werden dich vermissen. Aber vielleicht hast du es hier besser.« Auch Irmchen hatte sich entschieden – für Artur. Noch lange schaute er seinen beiden Freunden nach, bis sie im Dunkel der Nacht verschwunden waren.

Artur trat neben Irmchen, hockte sich nieder, streichelte seinem Kater das Fell unter dem Hals: »Danke, kleiner Teufel, danke, daß du mich nicht verlassen hast. Ich werde dich nie im Stich lassen, werde immer für dich sorgen.«

Artur lag schon in seiner Hütte und schlief, als Irmchen noch neben dem verglühenden Lagerfeuer saß und in den Wald hineinblickte.

Die Morgendämmerung ließ die Sterne am Himmel verblassen, als der Kater sich vor der Hütte einrollte und in einen tiefen Schlaf fiel. Seine Gedanken wanderten wie so oft zurück nach Mallorca, der Insel, auf der er zur Welt gekommen war. Und im Traum schnupperte er den süßlichherben Duft der mallorquinischen Wälder, sah er seinen alten Freund Juan vor sich stehen und spürte plötzlich das zarte Stupseln von Valentino.

Was für ein verrücktes Leben!

*

Es war im zweiten Jahr, das Irmchen bei Artur verbrachte, als der Mann aus dem Wald den Kater morgens sanft am Schwanz zog: »Komm, alter Ganove, wir besuchen unseren Kumpel Philip.«

Irmchen gähnte, blinzelte Artur verschlafen an. Philip war der Fuchs, der nahe der Havel seinen Bau hatte und gerade Vater geworden war.

Drei Fuchsbabys tobten ständig um den genervten Papa herum, balgten sich und trieben es oftmals auf die Spitze. Sie zerrten an Philips Schwanz, sprangen dem »Chef« übermütig auf den Rücken und bekamen dann und wann auch mal ein paar sanfte Schläge mit der Pfote, wenn das Gebalge gar zu heftig wurde.

Etwa gegen neun Uhr früh schlichen sich Mann und Kater durch die Schonung, kamen dem Fuchsbau immer näher.

»Horch mal, Katerli, was ist das für ein Geräusch?« Irmchen spitzte die Ohren, konnte aber nichts feststellen und erst recht nicht antworten.

»Das kommt aus dem Bau! Ich glaube, es ist die Mutter der Fuchsbabys. Oh je, sie heult ja fürchterlich!«

Artur kniete sich auf den feuchten Waldboden, versuchte sich Klarheit zu verschaffen. Unmöglich! Das Gewimmer wurde immer lauter. Doch zu sehen war nichts. Er richtete sich wieder auf, wischte sich die Hose sauber. »Irmchen, bleib hier! Ich hole eine Taschenlampe.« Nach 45 Minuten war Artur zurück, knipste die Taschenlampe an, leuchtete in den Fuchsbau. Nichts zu erkennen!

Der Mann legte die Stirn in Falten. »Ich muß da wohl hineinkrauchen. Der Eingang ist ja groß genug. Hoffentlich wird es hinten nicht enger.« Artur legte sich auf den Boden, schnappte die Lampe, robbte vorsichtig in die Erdhöhle.

Er war schon mit den Füßen verschwunden – Irmchen saß derweil draußen vor dem Eingang, kam sich als Wachtposten ungeheuer wichtig vor – als Artur unter einer Wurzel hängenblieb.

»Mist!« Er zerrte an der Wurzel herum, versuchte, sich davon zu befreien. Immer wieder rüttelte und ruckelte er. Da geschah es! Die Decke des Baus löste sich, begrub ihn fast bis zum Hals im Sand.

»So ein Dreck, verfluchter! Auch das noch! Irmchen, Irmchen, Hilfe!«

Artur wußte natürlich genau, daß der Kater nicht helfen konnte. Irmchen war zwar kräftig und talentiert. Doch ein verschüttetes Herrchen auszugraben, das war etliche Nummern zu groß.

Mühselig gelang es Artur, der Todesängste verspürte, sich ein wenig Luft zu verschaffen. Da! Hinter einer Biege entdeckte er Sekunden später die Füchsin. Schlimm sah sie aus. Ihre linke Vorderpfote hing in einer Falle. Blut tropfte aus der Wunde, und es schien, als sei die Pfote völlig zerquetscht.

Ohne auf sich selbst zu achten, versuchte Artur, bis zur Füchsin zu kriechen: »Hallo, mein Mädchen! Schön brav! Ich bin sofort bei dir und befreie dich.« Durch den kleinen Erdrutsch hatte sich auch die verhängnisvolle Wurzel etwas gelockert. Artur robbte bis zum Fuchsnest, versuchte, die Falle zu öffnen. Es funktionierte nicht. Er konnte die Kraft seiner Arme nicht einsetzen, weil der Platz fehlte. Zurück ging es auch nicht mehr, denn ein Umdrehen in dem engen Bau war unmöglich. Also blieb nur ein Weg: mit dem verletzten Tier durch die Decke.

Philip und die Fuchsbabys, die gemeinsam in einer Ecke saßen und keine Scheu vor dem Freund hatten, schauten gebannt und ängstlich zu. Im Liegen begann Artur, an der Höhlendecke herumzukratzen. Erdbrocken fielen ihm ins Gesicht. Immer wieder mußte Artur husten und Sand ausspucken. Ganz zu schweigen von den Krümeln, die ihm schon Augen und Ohren zukleisterten. Es war eine schmutzige Arbeit. Aber schließlich wollte er seine kleine Freundin nicht verletzt zurücklassen.

Während sich Artur durch das Erdreich buddelte, saß Irmchen immer noch am Eingang und döste vor sich hin. Nicht im geringsten erstaunt darüber, daß Herrchen nichts von sich hören ließ, geschweige denn aus dem Fuchsbau auftauchte, spielte Irmchen mit den Mücken, die über ihm in der Luft tanzten.

Arturs »Angriff« auf den Fuchsbau lag etwa eine halbe Stunde zurück, als sich plötzlich in sieben Metern Entfernung unter dem modrigen Blätterteppich etwas bewegte: Irmchen ließ die Mücken Mücken sein, lief neugierig zu der Stelle.

Zuerst bohrte sich eine Hand aus der Erde, dann folgte ein Arm. Am Ende, völlig verdreckt und über und über mit schwarzem Waldboden bedeckt, tauchte das Gesicht von Artur auf: »Hallo Irmchen! Nett, daß du mir geholfen hast. Bist ein echter Kumpel.« Irmchen legte den Kopf zur Seite, machte einen Schritt vorwärts und stupste Herrchen mit der Nase, fing laut an zu schnurren.

»Erdmännchen« Artur verdrehte die Augen: »Ich glaube, ich spinne! Da begebe ich mich in Todesgefahr, tauche wie ein Zombie mitten aus der Erde auf, und du fängst an zu schmusen.« Irmchens Freund vergrößerte das Loch, bückte sich, hob die verletzte Füchsin ans Tageslicht: »So, meine Maus, jetzt bist du gleich frei.«

Mit zwei schnellen Griffen hatte Artur die Falle geöffnet und die verletzte Pfote vorsichtig herausgezogen: »Oha, sieht nicht gut aus! Ich muß dich wohl mitnehmen. Hier hast du keine Chance.« Wie ein Kind trug Artur die Füchsin zu seiner Waldhütte. Im Gänsemarsch hinterher: Irmchen, Fuchspapa Philip und die flauschigen Fuchskinder. Irmchen war selig. So schön war es noch nie gewesen.

Obwohl Füchse und Katzen sonst so gut wie nichts gemeinsam haben – als die Pfote verheilt war, gab es vor der Hütte nur noch eine große Familie. Die Fuchsbabys tobten durchs Häuschen, rissen den einzigen Topf vom Herd, rollten sich in den alten Läufer ein. Und draußen vor der Tür saßen die Fuchseltern, spielten mit Irmchen und hielten sich schon fast für Haushunde, so zutraulich waren sie. Etwa drei Wochen leisteten Philip und seine Familie Artur und Irmchen Gesellschaft. Dann war die Pfote der Fuchsmama ganz gesund.

Artur stand vor seiner Hütte, schaute in die Runde: »Am liebsten würde ich euch alle hierbehalten. Aber das geht nicht. Ihr müßt zurück zu eurem Bau.«

Die Tiere blickten Artur an. Aha, mit dem Spielen in der Großfamilie ist es nun wohl vorbei, las man in ihren Gesichtern.

Der Mann fuhr mit der Hand durchs Haar: »Dann wollen wir mal!« Artur hob eines der Jungen hoch und lief los.

Und wie auf ein Signal hin setzte sich die ganze Familie in Bewegung. Am Fuchsbau angekommen, fühlten sich die Tiere gleich wieder wie zu Hause. Im Nu waren sie in der Erdhöhle verschwunden, kamen aber nach wenigen Minuten erneut zum Vorschein.

»Also dann, Freunde, ich wünsche euch alles Gute. Komm, Irmchen, wir müssen zurück.«

Waldmensch und Kater verbrachten den Abend wie so oft am Lagerfeuer vor der Hütte, blickten abwechselnd in die Flammen und hoch zum Sternenhimmel.

Artur griff sich an die Schulter, die seit Wochen schmerzte: »Irmchen, ich werde alt. Ich weiß'nicht, wie lange wir hier noch leben können.«

Artur dachte dabei an das Seniorenheim, das er vor wenigen Tagen besucht hatte und wo ein Zimmer auf ihn wartete. Vielleicht sollte er dorthin umziehen. Es gab ein warmes Zimmer, einen kleinen Fernseher, regelmäßige Mahlzeiten und die richtige Pflege. Aber was würde aus seinem Freund werden? Er konnte ihn nicht mitnehmen. Katzen waren dort verboten. Und Irmchen zurücklassen? Nein, das brachte er auch nicht übers Herz.

So heftete der alte Mann überall am Wannsee Zettel an die Bäume, hoffte auf ein neues Zuhause für Irmchen. Doch niemand wollte den Kater haben.

»Irmchen, was machen wir nur mit dir?«

Artur hatte eine verrückte Idee: »Ich bringe dich morgen in den Zoo. Da leben so viele Tiere. Vielleicht findest du dort eine neue Heimat!«

Am nächsten Tag nahm der Mann seinen Freund an die Leine und fuhr mit dem Bus in die City, schmuggelte sich durch den Lieferanteneingang des Wirtschaftshofes in den Zoo.

Irmchen kam aus dem Staunen nicht mehr heraus: überall die vielen Menschen und Tiere. Aber eines war komisch: Die Menschen liefen alle frei herum, während die Tiere eingesperrt in ihren Käfigen und Gehegen saßen.

Und was es da für Exoten gab: Neugierig betrachtete Irmchen die gewaltigen Giraffen, die Büffel, Affen, Antilopen, Bären und all die anderen Tiere. So viele fremdartige Lebewesen hatte der kleine Mallorquiner noch nie gesehen. Irmchen wurde nervös. Die unterschiedlichen Gerüche, die Laute, die die Tiere von sich gaben, all das machte ihm Angst.

Artur hielt seinen Kater auf dem Arm, kam eben am Raubtierfreigehege vorbei, als ein Tierwärter ihn ansprach: »He, was machen Sie denn mit dem Kater hier? Sind Sie von allen guten Geistern verlassen? Verschwinden Sie, Katzen sind hier verboten!«

Der Waldmensch bekam einen Schreck, ließ Irmchen fallen, als just in diesem Moment ein Tiger in seinem Gehege lauthals brüllte und fauchte. Das war zuviel für Irmchens Nerven. Er machte einen Buckel, kreischte. Sein Fell stand senkrecht, so daß er fast doppelt so groß wirkte.

Artur rief noch: »Irmchen, komm her! Es ist gut! Dir passiert nichts!« Doch es war schon zu spät. In panischer Angst fegte der Kater davon, verfolgt von Artur und dem Pfleger, der immer lauter schimpfte und brüllte.

Irmchen schlug genau die falsche Richtung ein: geradewegs zum Tigergehege. Der Kater war nicht mehr zu bremsen. Mit wenigen Sätzen saß er oben auf den Gitterstäben, raste von Käfig zu Käfig. Nun drehten auch seine großen Verwandten unter ihm durch. Die Pumas, Tiger, Geparden und Panther rasten und tobten in ihren Anlagen. Panik brach aus und machte alles noch viel schlimmer.

Väter rissen entsetzt ihre Kinder zurück, Mütter klammerten sich an ihre Männer, Kinder fingen an zu plärren, und irgend jemand brüllte voller Verzweiflung: »Holt die Polizei, erschießt die Tiere, sie brechen bestimmt aus und bringen uns alle um!«

Nichts dergleichen geschah, denn die Gitterstäbe bestanden aus massivem Eisen.

Aber das schien die Großkatzen keinesfalls zu stören.

Während Irmchen noch immer in Panik auf den Drahtabdeckungen hin und her rannte und vergeblich nach einer Fluchtmöglichkeit Ausschau hielt, sprangen die Pumas und Leoparden an den Gitterstäben hoch. Sie verkrallten sich im Maschendraht, versuchten, den Eindringling mit ihren Riesenpranken zu erwischen. Es wurde für den Kater der reinste Todes-Slalom. Überall tauchten die gewaltigen Krallen auf. Und nur um Haaresbreite entging Irmchen den messerscharfen Klauen.

Derweil stand Artur hilflos auf einem kleinen Stück Rasen vor dem Gehege, brüllte pausenlos: »Irmchen, du Idiot, beruhige dich doch!« Drei Tierpfleger, die mit einem Wasserschlauch angerannt kamen, brachten Rettung. In wenigen Sekunden hatten sie den Schlauch an einen Hydranten angeschlossen, jagten den kalten Strahl mitten ins Gehege.

Besucher, Pfleger, Raubtiere und Artur, alle waren sofort pitschnaß. Nur Irmchen, inzwischen auf das Dach des Raubtierhauses geflüchtet, war für den scharfen Wasserstrahl unerreichbar. Artur war ratlos. Als plötzlich auch noch der alarmierte Zoodirektor erschien, und die Raubtiere mit aller Kraft versuchten, die Gitterstäbe auseinanderzudrücken, rannte er völlig kopflos in die Richtung des Ausgangs.

Das war für Irmchen das Signal. Als der Kater seinen Freund davonlaufen sah, hechtete er mit großen Sprüngen über die Gitter hinweg, sprang in hohem Bogen auf den Rasen vor den Käfigen. Mit einem Affenzahn flitzte Irmchen hinter Artur her, nur mit einem Wunsch im pochenden Herzen: Bloß weg hier und zwar ganz schnell!

Artur hatte eben das Elefantentor erreicht, als Irmchen um die Ecke schoß und mit einem Satz auf seiner Brust landete.

Mit dem zitternden Kater auf dem Arm hastete Artur zur nächsten U-Bahnstation, rannte bei Rot über die Kreuzungen, so daß die Autofahrer gleich dutzendweise in die

Bremsen steigen mußten. Im letzten Augenblick sprang Artur auf einen anfahrenden Zug. Dann kehrte endlich Ruhe ein.

Und während die anderen Fahrgäste staunend das komische Duo betrachteten, streichelte Artur seinen Kater, bis dieser genüßlich vor sich hinschnurrte. Nach vier Stationen war die Welt für beide wieder in Ordnung: »Ich glaube, der Zoo ist nicht das richtige Zuhause für dich. Da ist zuviel los. Da sind zu viele Menschen und Tiere.«

An diesem Abend fanden die Freunde erst spät den Schlaf, so aufregend und hektisch war der Tag gewesen. Ihr Problem hatten sie nicht gelöst.

Artur fragte überall in Wannsee nach einer neuen Heimat für Irmchen. Aber alle schüttelten die Köpfe. Fritz, sein Freund, hatte einen Hund, und der haßte Katzen wie die Pest. Und dessen Tochter Annelie pflegte bereits zwei Katzen aus der Nachbarschaft. Auch da gab es kein Zuhause. Der Sohn von Fritz, der in der City lebte, hatte schon sechs Katzen.

Artur war verzweifelt: »Ich kann dich doch nicht einfach im Wald zurücklassen.«

Das Schicksal holte die beiden Freunde ein, viel schneller, als sie es geglaubt hatten. Es war nur wenige Tage später, als ein Mann vom Bezirksamt morgens vor der Waldhütte erschien: »Wir haben für Sie einen Platz im Seniorenheim. Packen Sie Ihre Sachen und kommen Sie bitte mit!«

So schnell verschwand Artur, der Waldmensch, aus Irmchens Leben. Sie hatten noch nicht einmal Zeit, um richtig Abschied zu nehmen. Artur hob seinen zerzausten Liebling auf den Arm, küßte ihn auf die feuchte, schwarze Nase: »Leb wohl, mein Freund! Mach's gut, du mallorquinischer Teufel. Ich kann nichts mehr für dich tun. Paß auf dich auf!«

Der Mann setzte Irmchen auf einen Stein, hatte Tränen in den Augen, als er ihm zum letztenmal das Fell kraulte.

Traurig nahm er seine alte Tasche und die Plastiktüten mit den wenigen Habseligkeiten, machte sich mit dem Mann vom Bezirksamt auf den Weg.

Irmchen war wieder einmal allein. Doch so groß der Abschiedsschmerz war, so ungewiß die Zukunft, der Kater fühlte instinktiv, daß es wohl irgendwie weitergehen würde. Eine letzte Nacht noch verbrachte er in der nun einsamen Hütte. Überall roch es nach dem Freund, der so plötzlich und schnell gegangen war. Und wie damals in Estellencs rollte sich Irmchen zusammen, vergrub das Katzengesicht unter den schwarzen Pfoten und schlief ein.

Als Tage später Waldarbeiter kamen und die kleine Holzhütte einrissen, war Irmchen schon längst unterwegs, auf der Suche nach neuen Abenteuern.

Irmchen empfand einen Riesenspaß dabei, allein durch den Wald zu streifen. Immer wieder traf er Spaziergänger, jung und alt, die ihm unbedingt das Fell kraulen wollten. Und so manches Kind bettelte seine Eltern an: »Schau mal, die Mieze dort! Die möchte ich haben!«

Wann immer er solche Worte hörte, flitzte der Kater schnurstracks um die nächste Ecke, verschwand hinter einem Gebüsch oder einem Baum.

Nein, eingesperrt in einer Stadtwohnung, bei irgendwelchen völlig normalen Menschen? Dafür war er nicht geeignet. Das Leben war bisher so abwechslungsreich, stürmisch und abenteuerlich. Und dann irgendwo bei einer braven Familie leben? Irmchen wäre verkümmert und vor Langeweile bestimmt gestorben.

Das Leben war für ihn ein großer Spaß, ein gefährlicher bisweilen, aber auch ungemein reizvoll.

Und wie das oft so ist: Wer mit den Gefahren lebt, gewöhnt sich daran, lernt, damit umzugehen, geht eben meist nicht daran zugrunde.

Irmchen hielt es, ohne es zu wissen, mit Jack London, dem amerikanischen Abenteuer-Schriftsteller.

Man mußte dem Leben ein Angebot machen, dem Leben und dem Schicksal. Die Höhen zählen nur, wenn man auch die Tiefen kennengelernt hat. Nur wer aus der Geborgenheit heraustritt und das Risiko eingeht, von der Gewalt des Schicksals vernichtet zu werden, entwickelt die Kraft, sich aus Niederlagen emporzukämpfen.

Nur der Kampf zählt im Leben. Es waren stets die Kämpfer, die durch das große Tor in die Geschichte dieser Welt eintraten. Kämpfer wurden geboren, oder sie machten sich selbst dazu.

Nein, so konkret dachte Irmchen nicht, konnte er gar nicht denken. Aber in der Tiefe seines Herzens empfand er so. Irmchen war wild, genau wie seine Eltern. Er besaß noch das, was heute so vielen Kreaturen auf dieser Welt fehlt: Ursprünglichkeit, Verwegenheit, Spontanität.

Ob Mensch oder Tier: So viele waren schwach, müde und verweichlicht. Die Zivilisation hatte Mensch und Tier gleichermaßen zu kaum noch belastbaren Geschöpfen gemacht. Immer mehr Menschen quälten sich mit Zivilisationskrankheiten. Sie litten unter Allergien, Erbkrankheiten, Umweltschäden, psychischen Störungen. Und die Tiere? Sie wurden entweder ausgerottet oder zu lebensunfähigen Nahrungslieferanten gezüchtet.

Was Irmchen dagegen spürte, war die Energie, die seine Vorfahren ihm vererbt hatten. Es war die wilde Kraft des Lebens, so rein und unverfälscht und ursprünglich.

Er war ein mutiger kleiner Kerl, stark, talentiert und sehr klug. Er wußte, daß Menschen böse und gut waren, und daß sie heute so und morgen so reagieren konnten.

Das bedeutete für den Kater: Man sollte nie zu vertrauensvoll sein und den Menschen lieber einmal mehr aus dem Weg gehen. So hielt er es und kam damit gut zurecht. Auf seinen Streifzügen ernährte er sich von Mäusen und Kaninchen, und ab und an gelang es ihm, einen Vogel zu fangen.

Es wurde Herbst, als Irmchen in Wannsee, gegenüber vom alten Strandbad, vor einem hohen Zaun stand. Er war grün gestrichen, hatte ein Steinfundament. Alle fünf Meter wurde er durch Steinsäulen gehalten. Irmchen, der keine Lust verspürte, sich in die Nähe menschlicher Behausungen zu begeben, steckte trotzdem seine Nase durch eine Lücke im Zaun, roch den süßen Duft von gebratenem Fleisch. Irgend jemand saß im Garten und grillte Würstchen über einem offenen Feuer.

Irmchen, sonst stets vorsichtig, war so sehr mit Schnuppern beschäftigt, daß er gar nicht merkte, wie jemand von hinten heranschlich. Blitzschnell schossen zwei Hände vor, packten ihn am Genick, umklammerten die Pfoten mit den gefährlichen Krallen. Der Kater wollte gerade wieder zum großen Freiheitskampf durchstarten, als er sah, wer ihn da so heimtückisch von hinten attackiert hatte: »Na, du bist ja einer! Du bist ja ein Süßer. Du bist genauso schwarz wie ich!«

Stimmte! Maria, die als Dienstmädchen in der Villa arbeitete, und die sich um die Kinder des Hausherrn zu kümmern hatte, war von dunkler Hautfarbe, strahlte Irmchen mit ihren braunen Kulleraugen an.

Der Raufbold stemmte sich gegen die Umklammerung, fuhr aber seine Krallen gleich wieder ein: Nein, das war kein böser Mensch. Das erkannte er sofort.

Maria trug ein blaues Kleid und eine weiße Schürze. Was fehlte, war ein Häubchen. Sonst hätte sie ausgesehen wie eine Krankenschwester.

Das Dienstmädchen lebte seit sieben Jahren im Haus von Heinz Weilandt, der als Filmproduzent Millionen verdiente. Maria war 28 Jahre alt, wohnte in einem kleinen Seitenflügel der 42-Zimmer-Villa. Sie hatte eine niedliche Zwei-Zimmer-Wohnung und einen direkten Ausgang zum Garten. Es ging ihr gut hier, und sie war glücklich.

Der Familienchef war selten zu Hause. Die beiden Kinder Sven und Margarete langweilten sich ständig oder ließen sich von Privatlehrern unterrichten. Sven, 13 Jahre alt, spielte Klavier, war ein As am Computer, sprach perfekt Englisch und Französisch und hatte für sein Alter eine ausgezeichnete Allgemeinbildung. Margarete war drei Jahre älter als Sven, träumte von jungen Männern und Abenteuern. Sie besuchte abends heimlich alternative Kneipen, diskutierte über sinnige und unsinnige Möglichkeiten, die Welt zu verändern. Sie rauchte ab und an Haschisch und gab ihr Taschengeld für Kosmetika, Cola und Kleidung aus.

So recht glücklich waren Sven und Margarete nicht, obwohl sie alles hatten. Aber vielleicht lag es genau daran. Sie besaßen alles, was man für Geld kaufen konnte. Was sie vermißten, war die Würze des Lebens. Ein wenig Not und Entbehrung hätten sie vielleicht gern mal kennengelernt. Aber so recht von Herzen kam dieser Wunsch denn doch wieder nicht.

Ihre liebste Freundin war Maria. Die Tochter eines US-Soldaten und einer Berlinerin war in Berlin geboren und in den Vereinigten Staaten aufgewachsen. Sie hatte sich nach der Schule allein durchboxen müssen und war nach vielen Umwegen im Haus von Heinz Weilandt gelandet. Oft saßen Sven und Margarete abends bei Maria im Wohnzimmer, erzählten von Kummer und Freuden, lachten, tobten und spielten miteinander.

Maria war die Seele des Hauses. Sie konnte alles. Obwohl nicht für die Küche zuständig, war sie eine perfekte Köchin. Und die größte Freude kam auf, wenn sie den Kindern ihre Lieblingsspeise zubereitete: Griespudding mit Mandeln, Rosinen und Marzipan. Dazu Blaubeeren und obendrauf eine Portion Schlagsahne.

Maria hatte sich sofort in Irmchen verliebt: »Komm, du schwarzer Feger. Ich nehme dich mit in meine Wohnung und gebe dir erstmal was zu futtern.« Irmchen kannte das. Was jetzt folgte, war durchaus zu ertragen: eine Schale Milch, ein Stück Fleisch und anschließend – vielleicht – ein Platz im warmen Kuschelbett.

Das mit der Milch und dem Futter traf ein. Aus dem Bett wurde nichts. Irmchen mußte auf der Couch schlafen. Auch gut!

Ach, war das schön, wieder ein richtiges Zuhause zu haben. Irmchen beschloß, eine Weile zu bleiben. Und wer Katzen kennt, der weiß, daß sie es sind, die sich ihr Herrchen oder Frauchen aussuchen, nicht umgekehrt.

So auch Irmchen: Der raffinierte Kater wußte genau, wie man einen Menschen becircen mußte. Erst stolz durchs Zimmer schreiten und den neuen Besitzer keines Blickes würdigen. Dann, wenn er verführerisch die Stimme hebt und anfängt zu säuseln, verstohlen einen Schmuseblick zuwerfen und um die Beine streichen. Schließlich, wenn der neue Besitzer liebevoll flüstert: Komm doch mal auf den Schoß, muß man sich als Kater etwas zieren. Aber Katzen sind wie Menschen, irgendwann bricht der Widerstand. Und am Ende gibt man dem neuen Herrchen oder Frauchen großzügig die Gelegenheit, das Katzenherz zu erobern. War der Platz auf dem Schoß erst einmal gesichert, mußte man als Katze nur noch die Augen zukneifen, herzhaft schnurren und mit dem Köpfchen stupseln. Das wirkte immer und hatte stets zum Erfolg geführt. Auch der Raufbold von Mallorca machte da keine Ausnahme.

Nach zwei Abenden hatte Irmchen sein Ziel erreicht, drehte sich am Fußende von Marias Bett, bis er die richtige Schlafposition gefunden hatte.

Maria, die wußte, daß fremde Tiere auf dem Grundstück verboten waren, fühlte Unbehagen: Da waren die Schäferhunde Rex und Ralph, die mit Irmchen kurzen Prozeß machen würden. Da war aber auch der Chef des Hauses, Heinz Weilandt, der keine Tiere außer seinen Hunden duldete.

Maria beschloß, erst einmal nur ihre beiden jungen Freunde einzuweihen. Hatte Irmchen die Herzen von Sven und Margarete erobert, würde auch der Rest kein Problem mehr sein.

Schon am nächsten Tag war es soweit. Irmchen machte seinen ersten Spaziergang durch den Garten, als plötzlich die beiden Hunde angerannt kamen. Der Eindringling hatte eindeutig die schlechteren Karten. Rex und Ralph, die Katzen haßten, jagten Irmchen sofort kreuz und quer über das Grundstück.

Der Kater war jedoch keine leichte Beute. Im Zickzack schoß er zwischen Hecken und Beeten hindurch, sprang im hohen Bogen über die Terrasse, fegte mehrere Male ums Haus herum, hechtete über Gartenmöbel, um im nächsten Augenblick wie ein geölter Blitz um den Swimmingpool zu kurven.

Rex und Ralph hatten es schwer. Irmchen war zwar nicht schneller, dafür aber wendiger. Und nach zehn Minuten japsten die Hunde schon nach Luft. Doch jetzt kam Irmchen erst richtig in Fahrt. Wann immer die Hunde aufgeben wollten, sauste er an ihnen vorbei, machte sie regelrecht verrückt. Nach weiteren zehn Minuten waren Rex und Ralph mit ihren Kräften am Ende.

Irmchen wurde übermütig. Um den Hunden zu zeigen, wer hier der Meister ist, schoß er mit einem Anlauf an ihren Köpfen vorbei und hechtete mit einem Riesensatz auf eine alte Eiche, die mitten im Garten stand.

Das war zuviel! Jaulend ließen sich die Hunde vor dem Baum auf die Seite fallen und fingen laut an zu knurren. Kaum außer Puste hüpfte der Kater von Ast zu Ast, trieb mit den Hunden ein wildes Spiel. Plötzlich verlor er den Halt, schwebte den Bruchteil einer Sekunde zwischen Himmel und Erde und plumpste direkt vor den Nasen der Hunde auf den Rasen.

Aus: Rex schnappte zu und erwischte Irmchen am Rükken. Wie ein Irrer schüttelte er seine Beute im Maul, wollte dem Kater die Wirbelsäule durchbeißen. Irmchen, der schon auf Mallorca gegen einen Hund hatte kämpfen müssen, drehte sich blitzschnell um und schlug Rex die Krallen in die Nase. Keinen Augenblick zu früh. Sekunden später hätte der Hund dem Kater mit der Kraft seines Kiefers das Rückgrat gebrochen.

Irmchen war noch leicht benommen, hatte nur einen Gedanken: Weg! Mit großen Sprüngen hechtete der Kater über die Wiese, als ein untersetzter kräftiger Mann mit Sonnenbrille und in Badeshorts aus dem Haus auf die Terrasse trat.

»Was ist denn hier los«, konnte Heinz Weilandt gerade noch sagen, als Irmchen mit einem Riesensprung auf seiner Brust landete, sich an der nackten Haut des Mannes emporhangelte und auf seiner Schulter Halt suchte.

»Aua, du verdammtes Mistvieh, Himmelarsch, wo kommt dieser Kater her?«

Irmchen zitterte am ganzen Körper. Von herzlicher Eroberung, Schmusen und Schnurren konnte da keine Rede sein. Zu verrückt war die Situation.

Heinz Weilandt schüttelte den Kater ab: »Hau ab! Raus hier! Oh, tut das weh! Pfui Teufel! Überall die Kratzer!«

Der Filmproduzent hatte den Satz kaum zu Ende gesprochen, als auch schon Rex und Ralph um die Ecke gerannt kamen. Der Filmboß reagierte instinktiv. Wie im Reflex bückte er sich, hob den Kater hoch: »Holla, holla, ganz ruhig! Platz! Rex, Ralph, sofort Platz!«

Die Hunde zögerten einen Augenblick und gehorchten.

Heinz Weilandt, dessen Kratzwunden heftig bluteten, rief nach seiner Frau: »Sophie, komm mal raus und hilf mir. Ich habe hier ein Problem!«

Doch Sophie Weilandt hörte nichts. Sie stand in der Küche, hatte das Radio laut gestellt. Statt dessen kam Sven aus dem Haus geflitzt: »Papa, was ist denn das? Ich dachte, du magst keine Katzen!«

Heinz Weilandt wischte sich mit einem Taschentuch das Blut von Brust und Schulter: »Was soll das dumme Gerede? Sperr die Hunde sofort ein. Du siehst doch, daß sie verrückt spielen.«

Maria, die den Lärm gehört hatte, kam ebenfalls aus

dem Haus gerannt: »Irmchen, mein Gott, Irmchen, was ist denn nur los? Oh je, Herr Weilandt. Was hat der Kater mit Ihnen angestellt?!« Maria sah richtig besorgt aus.

Heinz Weilandt riß die Augen auf, legte die Stirn in Falten, tobte los: »Sind Sie wahnsinnig? Sie haben diese verfluchte Katze angeschleppt? Sie wissen doch, daß ich dieses Viehzeug hasse! Nehmen Sie mir sofort den schwarzen Bastard ab und schmeißen Sie ihn vor die Tür. Ich dulde hier keine Dreckstiere!«

Hätte Irmchen die Worte verstanden, er wäre tödlich beleidigt gewesen. So aber sah der Kater nur seine Freundin Maria und beruhigte sich wieder.

Der Chef kannte kein Erbarmen. Als Maria versuchte zu erklären, wie sie an den Kater gekommen war, brüllte der Filmboß erneut los: »Hören Sie auf! Schmeißen Sie das Vieh raus! Und wenn Sie noch ein Wort sagen, können Sie Ihre Sachen packen!«

Eine schlimme Situation. Maria nahm den Kater, streichelte ihm das blutende Fell: »Aber er ist doch verletzt!«

Die Frau hatte Tränen in den Augen, hielt Irmchen vorsichtig auf dem Arm: So ein Scheißkerl, dachte sie. Wie kann er diesen armen Zausel nur vor die Tür setzen?

Aber sie mußte gehorchen. Weilandt war der Boß, nicht nur im Filmgeschäft, sondern auch zu Hause. Und er war nun mal auch ihr Brötchengeber und obendrein noch ein Katzenhasser.

Das waren genug Argumente gegen den zerzausten Irmchen-Kater. Maria brachte den derangierten Raufbold vor das große Gartentor: »Tut mir leid, Kleiner! Ich kann dir nicht helfen. Aber warte! Wenn es dunkel ist, bringe ich dir eine Schale Milch.«

Maria verschwand, und Irmchen saß wieder einmal mutterseelenallein draußen vor irgendeiner Tür.

Alle Knochen taten weh. Der Zausel fing an, sich zu putzen. Jede Bewegung schmerzte. Die Verletzungen bluteten stark, waren jedoch nicht lebensgefährlich. Müde rollte sich der Kater neben einem Steinpfosten zusammen und war überzeugt, erneut eine gehörige Portion Weltschmerz runterschlucken zu müssen.

So waren die Menschen. Einige mochten Tiere, andere wiederum nicht. Aber wie sollte man sie unterscheiden? Bei Heinz Weilandt war das kein Kunststück. Er hatte Irmchen schnell klargemacht, wer in seinem Herzen Platz hatte und wer nicht.

»Hallo, Katerli! Was machst du denn da?«

Die Stimme verriet, daß es sich in diesem Fall wieder mal um einen Katzenfreund handelte.

Margarete, die von einer Freundin kam, beugte sich zum schwarzen Raufbold hinunter: »Du bist bestimmt Irmchen, von dem Maria erzählt hat. Und was machst du hier draußen? Warum bist du nicht bei deiner Freundin?«

Irmchen konnte die Frage natürlich nicht beantworten, ging aber sofort auf Tuchfühlung, schmiegte den Kopf an Margaretes Oberschenkel, stupselte mit der schwarzen Nase.

Margarete, von ihren Freunden Maeggi genannt, hob den Kater hoch, drückte den automatischen Türöffner, verschwand im Haus. Die Tochter wußte nichts von der wilden Verfolgungsjagd am Nachmittag und erst recht nichts vom Zusammenstoß mit dem Vater. »Hast dich wohl verirrt«, flüsterte sie dem unerwünschten Besucher ins Ohr. »Komm mit auf mein Zimmer, leiste mir Gesellschaft.«

Maeggi nahm Irmchen mit nach oben.

Das Mädchen bewohnte mit seinem Bruder eine kleine separate Wohnung, die aus vier Zimmern, Küche, zwei Bädern, Fitnessraum und einem Privatkino bestand. Mit einem Satz war Irmchen vom Arm, schnupperte sich wie ein Hund durch die Räume und entdeckte sofort das Himmelbett von Maeggi.

»Wenn das der Papa merkt, gibt es Ärger«, sagte Maeggi mehr zu sich selbst. Als sie dann Irmchen bei Licht besah, stellte sie fest, daß es den Ärger schon gegeben hatte: »Au weia, du bist bestimmt Rex und Ralph in die Quere gekommen.«

Irmchen, der Schmerzen gewöhnt war, hatte die Verletzungen fast vergessen. Hauptsache ein warmer Platz, ein lieber Mensch, ein Bett und Futter. Das reichte zum Glücklichsein.

»Ach, du dickes Ei! Bist du irre, du blöde Kuh? Wenn das der Alte sieht.« Sven, der in diesem Augenblick das Zimmer betrat, hatte die Situation sofort richtig erkannt: »Du hast den Kater von Maria mitgenommen. Das gibt Zoff, da sei mal ganz sicher!«

»Psst! Halt den Mund!« Maeggi legte den Zeigefinger an die Lippen. »Dein bescheuertes Gebrüll muß ja nicht gleich jeder hören. Und schon gar nicht Papa.«

Sven beruhigte seine Schwester: »Ist ja gut. Ich sag nichts mehr. Aber verrate mir bitte, was du mit dem Kater anstellen willst?«

Margarete hatte ihre Entscheidung längst getroffen: »Irmchen bleibt bei uns! Papa und Mama müssen davon nichts wissen. Hauptsache, du verquatschst dich nicht. Unser Haus ist doch groß genug. Wir müssen Maria nur bitten, uns ab und zu Futter zu besorgen. Das funktioniert bestimmt. Ich mache das schon. Oder willst du diesen armen Teufel wieder vor die Tür setzen?«

Sven wollte nicht. Doch er war sich darüber im klaren, daß irgendwann alles auffliegen würde. Und dann würde es tierischen Ärger geben.

Es vergingen immerhin vier Wochen, bis alles herauskam und Irmchen entdeckt wurde. Die Kinder hatten sich in der Zeit viel und oft mit ihrem schwarzen Liebling beschäftigt und dabei herausgefunden, daß Irmchen nicht nur stark war, sondern darüber hinaus auch noch intelligent und mit seinem Kunststück-Repertoire ausgesprochen bühnenreif.

*

Es passierte beim Abendbrot, als die Familie im Speisezimmer beisammensaß. Heinz Weilandt, der den lästigen Kater längst vergessen hatte, löffelte in der Vorsuppe herum. Plötzlich senkte sich die Türklinke, die Tür sprang auf, aber dahinter war kein Mensch zu sehen.

Dem Filmboß stockte der Atem. Er verschüttete einige Tropfen Suppe, als er etwas schier Unglaubliches sah: Als gelte es, die beste Nummer seines Lebens hinzulegen, hatte Irmchen zunächst durch einen Sprung auf die Türklinke die Tür geöffnet. Schwupp, war der Kater wieder auf dem Boden, stellte sich auf die Vorderpfoten und kam so ins Zimmer gelaufen.

»Das kann nicht wahr sein! Nein, das gibt es nicht! So etwas können Katzen nicht. Und bestimmt nicht der schwarze Teufel!« Irmchen legte sich voll ins Zeug, setzte sich neben dem Hausherren auf den chinesischen Teppich und sprang auf die Hinterpfoten, um sofort wie ein Hund Pfötchen zu geben.

Heinz Weilandt blickte in die Runde: »Sagt, daß ich spinne! Sowas kann nur der Kater des Clowns Poppow. Und der, das weiß ich, kann's nicht so gut.«

Sven und Maeggi, die über den Auftritt zunächst genauso erstaunt waren, grinsten: »Dürfen wir vorstellen? Der klügste Kater der Welt! Irmchen von Mallorca!«

Der Kater hatte nicht nur eine Schlacht gewonnen. Er hatte dem Schicksal wieder einmal eine entscheidende Wendung gegeben.

Dieser Abend und die kommenden Wochen gehörten ganz Irmchen und dem Filmboß. Die Liebe auf den zweiten Blick war überwältigender als alles, was beide bisher erlebt hatten.

Heinz Weilandt konnte immer noch nicht fassen, was ihm da quasi mit schmerzhaftem Anlauf über den Weg gerannt war. Schade: Der Chef des Hauses konnte Irmchen nicht fragen, wo er die phantastischen Kunststücke gelernt hatte. Aber schließlich war es auch egal. Hauptsache, und er dachte jetzt als Geschäftsmann, Irmchen war ein Supertalent.

Zausels neuer Stammplatz war abends der Schoß von Heinz Weilandt. Wenn der Boß vor dem Kamin saß, döste der Kater schnurrend auf seinem Bauch, ließ sich kraulen und schmuste mit seinem neuen Besitzer liebevoll herum. So sehr der Chef erst gegen den Kater war, so schnell hatte er ihn nach seiner Supereinlage ins Herz geschlossen. Mann und Tier, Filmmensch und Kater, Heinz und Irmchen, sie waren von nun an unzertrennlich.

Der Herbstwind hatte längst die Blätter von den Bäumen gewirbelt, und es war schon kalt in Berlin, als Heinz Weilandt einen Entschluß faßte. Es war gegen zwei Uhr früh, der Mann und sein Kater saßen noch vor dem Kamin. Stundenlang hatte der Filmkönig gegrübelt und dabei Irmchen liebevoll und zärtlich das Fell gekrault. Dann setzte er den Kater vorsichtig auf den Fußboden, stand auf, hob Irmchen auf den angewärmten Sessel: »Warte! Ich trommle die Familie zusammen. Ich werde ihr etwas Wichtiges mitteilen.«

Heinz Weilandt holte seine Frau und die Kinder aus den Betten, bat sie ins Kaminzimmer: »Ihr werdet euch wundern, daß ich euch zu dieser Stunde zu mir rufe, aber ich muß euch was sagen. Ich werde mit Irmchen einen Film machen, einen richtigen großen Film. Ich werde ein Drehbuch schreiben lassen, und Irmchen wird in diesem Film die Hauptrolle spielen. Na, was haltet ihr davon?«

Die Familie war sprachlos.

Mutter und Kinder sahen den Familienchef erstaunt an.

Sven fand als erster die Fassung wieder: »Äh, ich denke, du magst keine Katzen.«

Margarete buffte ihren Bruder in die Seite: »Sei still! Ich bin froh, daß Papa Irmchen mag und der kleine Kerl bei uns bleiben kann.«

Heinz Weilandt warf seinem Sohn einen kurzen Blick zu:

»Ja also, ich habe meine Meinung eben geändert. Das ist doch was völlig Normales. Und außerdem ist unser Zausel so talentiert, daß man mit einem entsprechenden Film bestimmt viel Geld verdienen kann. Wie die Story laufen soll, weiß ich noch nicht. Aber da Irmchen ja wohl ein kleiner Abenteurer ist, werden wir ihn alles Mögliche erleben lassen. Dem kleinen Zettel nach zu urteilen, den er in der Hülse um den Hals trägt, kommt unser Freund offensichtlich aus einem kleinen gottverlassenen Nest auf Mallorca. Lassen wir unseren Film also dort beginnen. Der Rest sind spannende Abenteuer, die überall auf der Welt um Irmchen herum passieren. Die Drehzeit wird sicherlich lang sein. Aber dafür bekommt ja unser Hauptdarsteller keine Gage.«

»Typisch, der Alte«, flachste Sven. »Bei seinem Star spart er wieder das Geld, obwohl der Kater die meiste Arbeit hat. Sag mal, großer Boß, ohne uns hättest du doch jetzt nicht deinen Hauptdarsteller. Was fällt dabei für uns ab?«

Heinz Weilandt, der immer noch das Fell seines Katers kraulte, schaute zu seiner Frau hinüber: »Meine Damen und Herren Kinder leben hier seit etlichen Jahren wie die Maden im Speck. Sie haben ihr eigenes Dienstmädchen, bekommen viel Taschengeld, verkehren in den besten Kreisen, müssen sich um nichts Sorgen machen. Das, meine Lieben, ist eure Gage. Und nun ab ins Bett!« Sven und Maeggi wollten gerade das Zimmer verlassen, als ihr Vater noch hinterherrief: »Ihr könnt gern bei den Dreharbeiten auf Mallorca dabei sein. Wir fangen im nächsten Frühjahr in diesem Ort namens Estellencs an.«

Sven machte ein langes Gesicht, hielt es nicht einmal für nötig, sich zu bedanken: »Ach je! Da bin ich aber tierisch begeistert. Oh Maeggi, was fahre ich auf Mallorca ab, dieses blöde Inselchen mit seinen Idiotenbesuchern.«

Maeggi dachte da anders: »Irgendwie finde ich deine Reaktion beschissen. Ist doch toll, wenn wir dabeisein dürfen. Und außerdem – vielleicht erfahren wir dabei etwas über Irmchens Vergangenheit. Also, ich fahre mit!«

Heinz Weilandt, der schon viele erfolgreiche Filme produziert hatte, stürzte sich am nächsten Tag sofort in die Arbeit. Aus seinem Büro in der City telefonierte er mit Gott und der Welt, diktierte seinem Sekretär ein halbes Dutzend Briefe. Es folgten die Verhandlungen mit Geldgebern, Filmemachern, Verleihfirmen, Studios. Schließlich mußte aus Hollywood ein Tierausbilder eingeflogen werden, der Irmchen für seine Rolle trimmen sollte. Und das Wichtigste, das Drehbuch, bestand bisher nur aus weißen Blättern. Es dauerte Wochen, bis ein vernünftiges Rohkonzept entworfen war.

Der Film, so wollte es Weilandt, spielte am Ende des vorigen Jahrhunderts. Ein Seemann entdeckt Irmchen auf der Straße. Der Mann nimmt den Kater mit an Bord seines Segelschiffes. Und so reist er um die halbe Welt. Er ist als Rattenkiller auf den ersten Ozeanriesen zu Hause, lebt an Bord des Schiffes von Graf Luckner. Im Film lernt Irmchen die Piraten Malaysias kennen, die arabischen Kaufleute, die an der Ostküste Afrikas handeln. Der Kater umrundet in den wildesten Stürmen Kap Horn und landet wieder auf Mallorca, wo sich der Seemann zur Ruhe setzt. Ein Berliner Journalist, der bei einer großen Tageszeitung arbeitete, schrieb schließlich das Drehbuch.

Ach, hätte Heinz Weilandt nur geahnt, wie nahe er mit dieser Story der Wirklichkeit kam. Aber das wußte letztlich nur der Kater – und der konnte sein Geheimnis niemandem anvertrauen.

Derweil mußte sich Irmchen mit seinem Privatlehrer aus Hollywood rumquälen. Ron Halford hatte seine liebe Mühe mit dem Kater, denn der wollte nie so wie er. Vor allem mußte der Widerspenstige dazu erzogen werden, sich nicht von Kameras, Filmteam, Scheinwerfern und anderen Schauspielern irritieren zu lassen. Ein schweres

Stück Arbeit. Alles wurde in Berlin geprobt, bis ins Detail. Denn an den Drehorten kostete jeder Tag viel Geld. Und da mußte gespart werden. An die Umstände hatte sich Irmchen schnell gewöhnt. Der ganze Wirbel machte den Kater bald kaum noch nervös. Sauer wurde er nur, als eines Tages noch zwei andere Kater durch den Garten huschten, die genauso aussahen wie er. Irmchen verstand die Welt nicht mehr, suchte sich wieder das sichere Plätzchen auf der alten Eiche. Doch auch dieses Problem wurde gelöst.

Mister Hauptrolle freundete sich mit seinen beiden Doppelgängern an. Sie waren wichtig. Sollte Irmchen während der Dreharbeiten etwas zustoßen, würde man mit ihnen den Film zu Ende drehen. Damit die drei Kater auseinandergehalten werden konnten, bekamen sie unterschiedlich gefärbte Stofftupfer auf die Ohren geklebt. Keine sehr elegante Lösung. Aber eine, die funktionierte. Irmchen, Pauli und Mäxchen tobten oft lange durch den inzwischen verschneiten Garten. Und Maria, die alle Kater gleichermaßen liebte, brauchte nur »Happerli« zu rufen, und schon fegten sie ins Haus, schmiegten sich an ihre Beine und fraßen, was das Zeug hielt.

Wie sehr hatte sich Irmchens Leben wieder verändert. Nach den abenteuerlichen Monaten bei Baldini und dem kleinen Pedro, nach den Jahren mit Artur – nun das Leben in Reichtum bei den Weilandts. Doch für Irmchen war das alles nicht entscheidend. Was zählte, waren die Menschen, die Tiere liebten und die sie glücklich machen konnten. Eine Schüssel mit Milch, ein Stück Fleisch, vor allem aber eine Hand, die zärtlich das Fell kraulte, all das war viel wichtiger als satter Reichtum. Irmchen liebte die Freiheit, aber er brauchte auch Geborgenheit. Ihm ging es im Moment besser als vielen Katzen auf der Welt, die getreten, geschlagen und brutal gemordet wurden.

Millionenfach zählte das Leid, das Menschen den Tieren antaten. Sie züchteten sie zu Krüppeln, die kaum noch lebensfähig waren. Sie zerstörten den Lebensraum der Tiere, sie sperrten sie ein, machten mit ihnen Versuche. Sie zogen ihnen bei lebendigem Leib das Fell ab, warfen sie halbtot in Kochtöpfe oder schmissen sie aus Autos und Wohnungen, wenn sie als Spielzeug überflüssig geworden waren. Das Leid der Tiere: ein einziger stummer Aufschrei, der oftmals ungehört verhallte. Dabei wollten sie doch nur eines: friedlich mit den Menschen zusammen leben.

Nicht alle waren so intelligent wie Irmchen, dem im entscheidenden Augenblick immer wieder das Schicksal geholfen hatte. Es gab nur noch wenige Menschen, die diese verzweifelten, stummen Schreie hörten. Vereinzelt versuchten sie zunächst zu helfen und für die Tiere zu kämpfen. Doch unter der Jugend wuchs schließlich die Idee, die Welt und damit die Tiere zu retten. Erst nur vereinzelt, dann immer häufiger schlossen sich junge Männer und Frauen zusammen, demonstrierten gegen Tiermord und Quälerei und machten sich auf den Weg, aktiv zu helfen. Zunächst mit Protest, dann durch Aktionen. Sie kämpften gegen Robbenjäger und grausame Tierhaltung. Sie rebellierten gegen bestialische Tiermästereien, gegen die Ausrottung von seltenen Tierarten. Sie befreiten aber auch Tiere, die in engen Käfigen gehalten wurden, um bei Versuchen ihr Leben zu lassen.

Langsam, ganz langsam erreichte der stumme Schrei der Tiere die Ohren der Menschen. Jedoch – für einige Arten war es schon zu spät.

Anfang März war es soweit. Das Filmteam, fast 40 Männer und Frauen, flog nach Mallorca, um dort in Estellencs Außenaufnahmen zu machen. Heinz Weilandt, seine Frau Sophie und die Kinder freuten sich auf die Dreharbeiten, für die der Regisseur vier Tage angesetzt hatte. Irmchen, Mäxchen und Pauli saßen in geräumigen Boxen. Sie mußten während des Fluges nicht einmal in den Transportraum, sondern durften bei der Filmcrew bleiben.

Ron Halford paßte auf, daß es die drei Katzen gut hatten. Immer wieder steckte er die Hand durch die vergitterte Boxtür, kraulte seinen drei Freunden das Fell.

Auf Mallorca, am Flughafen, warteten schon drei Lastwagen, zwei Busse und mehrere Personenwagen auf das Filmteam.

Irmchen erkannte die Heimat nicht wieder. Zu viele Jahre waren seit damals vergangen. Zuviel war passiert. Doch der Kater fühlte sich wohl, genoß die Wärme, obwohl es im März, wenn häufig Regenschauer über die Insel fegen, noch recht kühl sein konnte. Das Wetter war schön. Der Himmel leuchtete blau, und die Temperatur lag in der Mittagszeit bei etwa 20 Grad.

Ein Voraus-Team hatte Wochen vorher die Drehorte besucht, Hotels gebucht und die nötigen Requisiten zusammengetragen, die nicht extra von Berlin mitgebracht wurden. So konnten alle sofort nach Estellencs fahren.

Nichts hatte sich dort in all den Jahren verändert. Das kleine Dorf mit seinen aus Naturstein gebauten Häusern sah noch genauso verträumt und malerisch aus wie vor sieben Jahren, als Irmchen hier in einer alten Scheune zur Welt gekommen war.

Estellencs, das etwa 200 Meter oberhalb des Meeres lag, klebte förmlich am Bergeshang. Überall duftete es nach Zitronen- und Apfelsinenbäumen, reckten knorrige, fast 1000 Jahre alte Olivenbäume ihre Äste in den Wind.

Maria, die Frau des Bürgermeisters, empfing die Filmleute vor dem kleinen Hotel, das noch immer am Ortseingang stand. »Was für eine Ehre! Wir sind glücklich, daß wir Sie bei uns begrüßen dürfen.«

Maria strich sich vor Nervosität mit den Händen über das Sonntagskleid: »Sehr geehrter Herr Weilandt, unser Ort wird alles tun, damit Sie sich hier wohlfühlen.«

Der Filmboß drückte Maria flüchtig die Hand: »Ja, ja, schon gut, alles sehr nett. Danke, danke! Machen Sie sich doch bitte keine Umstände.«

Ron Halford, der in Palma ein kleines schwarzes Kätzchen in einem Tierheim entdeckt hatte, las konzentriert das Drehbuch: »Wir fangen morgen früh mit den Probeaufnahmen an. Wir filmen die Geburt des Katers, einige Sequenzen aus seiner Jugend, und dann kann Irmchen in Aktion treten.«

Ein junges Mädchen, das etwas abseits stand, drängelte sich an Ron Halford und Heinz Weilandt heran: »Seien Sie bitte nicht böse! Ich heiße Carmen. Ich möchte gern dabei sein, wenn Sie filmen. Ich kenne mich hier gut aus. Und ich kenne die mallorquinischen Katzen sehr gut.«

Die beiden Männer hatten keine Lust, sich mit der Sechzehnjährigen zu unterhalten. Heinz Weilandt schob das Mädchen sanft beiseite. »Äh, wir haben nicht viel Zeit. Aber wenn Sie sich im Hintergrund halten, können Sie sich von mir aus die Dreharbeiten ansehen. Ach ja, ehe ich es vergesse! Unser Hauptdarsteller ist ein Kater, der hier wohl mal gelebt hat. Er trägt eine kleine Kapsel am Hals. Darin steckt ein Zettel, auf dem nur drei Worte stehen: Irmchen, Estellencs, Mallorca. Kann hier jemand was damit anfangen? Ich meine, kann sich jemand an einen Kater namens Irmchen erinnern? Ich weiß allerdings nicht, ob das alles stimmt und wie lange es her ist.«

Carmen erstarrte vor Schreck, wurde kreidebleich, ihre Augen wurden feucht: »Was haben Sie da gesagt?« Ein Kloß im Hals drückte ihr fast die Kehle zu: »Ich, ich – ja, ich, oh mein Gott, Irmchen! Ich dachte, du bist längst tot!«

Carmen, die Irmchen über alles geliebt hatte, kullerten Tränen über die Wangen: »Aber das kann doch nicht wahr sein! Ich verstehe das alles nicht. Irmchen, mein Irmchen! Bitte, was ist nur los?«

Heinz Weilandt war sprachlos und gerührt zugleich: »Nun beruhigen Sie sich mal wieder, mein kleines Fräulein! Wir machen doch hier nur einen Film. Da müssen Sie sich nicht gleich so aufregen. Oder kannten Sie einen Kater, der so hieß?«

Carmen wischte sich die Tränen ab: »Ja, ich hatte vor sieben Jahren ein Katzenbaby, das so hieß. Ich gab ihm damals den Namen meiner Puppe. Irmchen war kohlrabenschwarz und hatte einen weißen Fleck auf der Brust. Eines Tages war mein Liebling plötzlich verschwunden.«

Der Filmboß, den sonst nichts so leicht erschüttern konnte, staunte über sich selbst, als er Carmen spontan in den Arm nahm und an sich zog. »Aber, aber! Nun beruhige dich doch! Unser Irmchen könnte das Katzenbaby sein. Komm Mädel, komm mal mit. Wir klären das gleich. Ron, bring bitte mal Irmchen her!«

Ron Halford holte den Kater, nahm ihn auf den Arm.

Als Carmen Irmchen sah und die Kapsel entdeckte, konnte sie die Tränen schon gar nicht mehr zurückhalten: »Irmchen, Irmchen, mein Liebling! Ja, es ist mein Baby. Ja, ja, es ist mein Irmchen!«

Und während Carmen zitternd die Hand nach ihrem Kater ausstreckte, kehrten auch bei Irmchen die Erinnerungen an eine fast vergessene Zeit zurück. Tief in seinem Herzen hatte er die Liebe zu seiner ersten Freundin bewahrt. Und jetzt, wo das Schicksal beide erneut zusammenführte, brach alles wieder hervor, trat vor seine Augen und war wie damals.

Irmchen strampelte sich frei, drehte und wand sich aus Rons Griff und sprang Carmen in die Arme.

»Mein Liebling, ja, du bist es! Welche Fügung hat dich nur zu mir zurückgebracht?«

Ein Kreis hatte sich geschlossen. Irmchen liebkoste sein erstes Frauchen. Immer wieder stupselte der Kater Carmens Gesicht, leckte die Wangen des Mädchens und schnurrte. Hätte Irmchen weinen können, bestimmt wären auch über sein Gesicht in diesem Augenblick Tränen gekullert.

Heinz Weilandt wußte beim besten Willen nicht, wie er sich verhalten sollte. Verlegen beobachtete er Carmen, die Irmchen auf dem Arm hielt und ihm liebevoll die schwarze Nase küßte: »Wir machen hier mit Irmchen einen Film und bleiben nur vier bis fünf Tage, vielleicht eine Woche. Wenn Sie wollen, mein Fräulein, können Sie gern mit dabei sein.« Und schmunzelnd fügte der Filmboß hinzu: »Unser Star gehört ja auch Ihnen. Aber wir müssen ihn wieder mitnehmen. Irmchen ist der klügste Kater der Welt oder zumindest der klügste, den ich kenne. Es freut mich, daß Sie so Ihren Liebling wiedergefunden haben. Seien Sie sicher, es geht ihm bei uns gut.«

Carmen reichte Irmchen zurück an Ron Halford: »Wir werden wohl alle nie erfahren, wie Irmchen von Estellencs nach Berlin kam. Aber es ist letztlich auch unwichtig. Hauptsache, er lebt. Den Zettel habe ich damals geschrieben. Damit Irmchen den Weg zur mir zurückfindet.«

Und Carmen fand auch ihr fröhliches Lachen wieder: »Wer kann denn aber schon ahnen, daß mein Liebling gleich eine komplette Filmcrew mitbringt.«

Am Abend waren Heinz Weilandt, seine Kinder und Carmen noch lange zusammen. In einem Weinlokal, das an diesem Tag für Gäste geschossen hatte, saßen sie beisammen vor einem Kamin, blickten versonnen und träumend in die lodernden Flammen. Es wurde nicht viel gesprochen. Alle dachten darüber nach, was Irmchen wohl von Mallorca nach Berlin verschlagen hatte. Doch nur der Kater kannte das Geheimnis seines abenteuerlichen Lebens.

Irmchen lag auf Carmens Schoß, ließ sich das Fell kraulen. Und während spanische Gitarrenmusik aus dem Radio erklang, erträumte sich jeder seine eigene Irmchen-Legende.

Zehn Tage dauerten die Dreharbeiten in Estellencs. Schuld daran war Irmchen, der vor der Kamera partout nicht das tat, was er sollte. Wieder und wieder wurde geprobt. Viele Meter Film wurden abgedreht. Ron Halford war verzweifelt: »Wir müssen unbedingt die Szene in den Kasten kriegen, die unten am Meer spielt. Irmchen muß nur den Weg hinuntergerannt kommen, in das kleine Boot springen und von einem Matrosen zum Segelschiff hinübergerudert werden. Bitte, Irmchen, mach uns doch nicht solche Schwierigkeiten!«

Bei der achten Klappe passierte es!

Irmchen flitzte, von einer Stoffmaus am Bindfaden gelockt, zum Meer hinunter. Plötzlich bog der Kater nach links ab, sauste die Böschung hinauf und verschwand zwischen den Bäumen.

Seit Tagen schon war das Filmteam von einer jungen Katze begleitet worden, die eindeutig ein Katzenauge auf Irmchen geworfen hatte. Darin lag auch der Grund, warum der Kater bei der Arbeit so unkonzentriert war. Er fühlte sich verunsichert. Und er hatte sich verliebt.

Die Beleuchter schalteten die Scheinwerfer aus, Assistenten legten die Reflexfolien beiseite und Ron Halford fuhr sich durch die Haare: »Scheiße! Auch das noch! Irmchen, komm sofort zurück!«

Heinz Weilandt machte sich Sorgen: »Ron, Sie müssen das Problem lösen! Holen Sie Irmchen zurück! Es geht um viel Geld!«

Am Nachmittag machten sich Sven, Maeggi, Carmen und mehrere Assistenten auf die Suche. Stundenlang durchkämmten sie jeden Quadratmeter Wald, blickten hinter jedes Gebüsch. Ohne Erfolg! Irmchen und seine kleine Freundin waren buchstäblich über alle Berge.

Die Sonne ging eben im Meer unter, als sich die beiden Tiere oben am alten Ausflugslokal in einer winzigen Erdhöhle ein Liebesnest bauten. Und während der Mond schon hoch über der Insel stand, hörte man den zärtlichen Liebesschrei der jungen Katze. Hätte jemand in die Höhle geblickt, er hätte zwei Katzen beobachten können, die sich eng aneinanderkuschelten, gegenseitig Pfoten und Fell leckten und wenig später zufrieden und glücklich einschlummerten.

Am nächsten Morgen wartete Irmchen mit Unschuldsmiene vor dem Hotel, bat miauend um Einlaß.

Ron, der die Stimme sofort erkannte und hinuntereilte, wußte auch gleich, was los war: »Ach so! Du hast dich also verliebt.«

Der Mann nahm den Kater auf den Arm: »Dein Abenteuer hat uns 40000 Mark gekostet. Na gut, mein Süßer! Ich glaube, wir können jetzt weitermachen.«

Nach zwei Tagen waren alle wichtigen Szenen im Kasten. Das Team packte zusammen, bereitete sich auf die nächsten Aufnahmen in Singapur vor. Eine zweite Crew blieb noch einige Tage in Estellencs, um mit Pauli und Mäxchen noch ein paar Einstellungen, die nicht ganz so wichtig waren, abzudrehen.

Irmchen saß auf Carmens Schoß. Das Mädchen hatte sich mit seinem Liebling in die alte Scheune zurückgezogen, in der er geboren worden war: »Ach, mein Engel! Nun mußt du wieder gehen. Sieh mal, hier lagst du damals mit deinen Geschwistern. Ich hoffe, daß wir uns irgendwann noch einmal sehen werden. Paß auf dich auf, mein Freund! Ich wünsche dir alles Glück dieser Welt.«

Carmen brachte den Kater zurück zu Ron: »Hier! Er gehört ja doch Ihnen.« Wortlos drehte sie sich um, lief den Weg hinab zum Hotel. Tränen kullerten über ihre Wangen, als die Filmautos starteten und langsam zur Paßhöhe hinaufrollten.

Oben am alten Ausflugslokal saß eine kleine schwarze Katze am Wegesrand und schaute der Kolonne versonnen hinterher. Die Wagen waren kaum um die nächste Ecke verschwunden, als die Katze, die nicht mal einen Namen hatte, in ihre Höhle kroch und mit einer Metallkapsel spielte. Irmchen hatte sein Band mit der Kapsel genau da verloren, wo er es bekommen hatte: in Estellencs.

Neun Wochen später brachte die Katze fünf Babys zur Welt. Vier davon hatten ein graues Fell, obwohl beide Eltern kohlrabenschwarz waren. Ein Katzenbaby, ein Kater, sah aus wie sein Vater, hatte sogar den weißen Fleck am Hals.

Kurz bevor die Katzen ihre eigenen Wege gingen, entdeckte der Wirt des Lokals das Nest, fand auch die kleine Kapsel mit dem vergilbten Zettel: »Na, ihr seid mir ja eine Familie. Aber ihr könnt hier nicht bleiben. Sonst haben wir bald Dutzende von Katzen. Ich bringe euch in die Berge. Da könnt ihr leben und braucht vor den Menschen keine Angst zu haben.«

Und bevor der Mann die Katzenfamilie in sein Auto lud, nahm er das Band und legte es dem schwarzen Kater um den Hals. Er setzte die Tiere etwa zehn Kilometer entfernt wieder aus. Hier, an den Westhängen der Insel, die mehrere hundert Meter weit bis zum Meer hinabreichten, gingen die Kinder von Irmchen alle ihre eigenen Wege. Einige wurden bald weggefangen, andere überfahren und getötet.

Nur der kleine Kater, der bald genauso groß war wie sein Vater, streifte allein durch die Berge. Auch er lernte die ganze Insel kennen, wurde zum Abenteurer, Kämpfer, Vagabunden, hörte auf den Namen Moreno. Und viele Jahre später kam es oben in den Bergen zu einer ungewöhnlichen Begegnung: Ein alter, aber immer noch starker Kater traf seinen Sohn wieder, der ihm aufs Haar glich. Aber bis dahin sollten beide Tiere getrennt voneinander noch so manche aufregenden Erlebnisse durchstehen.

*

Die Filmcrew hatte den Flughafen von Palma erreicht, als Ron bemerkte, daß Irmchens Halsband weg war. Aus der Erinnerung ließ er sofort eine Originalkopie anfertigen, band sie dem Kater um den Hals: »Dein Anhänger ist ja schon fast so etwas wie ein Markenzeichen. Und ohne die Kapsel hätten wir auch nie erfahren, wo du herkommst.«

Ein halbes Jahr dauerten die Dreh- und Schneidearbeiten. Pauli und Mäxchen übernahmen die Aufnahmen in Singapur. Irmchen flog mit dem Hauptteam nach Kenia, um im Norden des Landes in den Ruinen einer alten Sklavenhändlerstadt zu drehen. Gedi war vor Jahrhunderten ein prächtiger Stützpunkt. Von hier aus zogen die Menschenschinder durch den Urwald, trieben die Eingeborenen zusammen, verschifften sie nach Nordafrika, um sie dort auf den Märkten zu verkaufen.

Irgendwann jedoch brach eine Seuche aus, deren Ursprung bis heute ungeklärt ist. Manche behaupten, Frischwasserbrunnen und Abwassergruben lagen zu dicht beieinander. Das Wasser vermischte sich. Die Bewohner der Stadt tranken es und starben. Doch das ist eine Legende.

Tatsächlich war die Stadt eines Nachts von Eingeborenen überfallen worden. Die wenigen hundert Bewohner, die noch übrig waren, konnten sich nicht mehr retten. Die schwarzen Krieger, die so das Joch der Sklavenhändler abschüttelten, brachten alle Einwohner um und kehrten nach Hause zurück. Langsam verfiel die Stadt, fraß sich der Urwald durch die Straßen.

Als das Filmteam rund vierhundert Jahre später hier seine Zelte aufschlug, gab es nur noch Ruinen, aus denen Blumen und Gras wucherten. Die Mauern der Badehäuser, Paläste und Schulen waren eingestürzt oder von Bäumen zur Seite gedrückt worden. Dort, wo einst der alte Marktplatz war, hatten sich Archäologen die Mühe gemacht, einen Teil der Stadt zu rekonstruieren. Nur ab und zu kamen Touristen in diese Gegend, die sich von Reiseleitern die dramatische Geschichte der Ruinen erzählen ließen. Und fast immer lief ihnen ein Schauder über den Rükken, wenn der Führer berichtete, daß die Eingeborenen damals ihre Opfer kurzerhand aufgefressen hatten.

Dieser Ort war die ideale Kulisse für ein weiteres Filmabenteuer. Drei Wochen lang wurde hier gedreht. Es ging in dieser Episode um den Kater, der mit seinem Herrn und dessen Schiffsbesatzung in einem Sturm gestrandet war und nun auf Rettung warten mußte.

Abends, wenn die Aufnahmen im Kasten waren, saßen alle um mehrere Lagerfeuer herum, lauschten den Stimmen der Urwaldtiere, blickten in die prasselnden Flammen.

Was für eine unwirkliche, fremde Welt, dachte Maeggi, die ganz dicht an ihren Bruder heranrückte: »Weißt du, ich habe mal gelesen, daß Afrika die Wiege der Menschheit gewesen sein soll. So gesehen sind wir genau da, wo alles begann.«

Irmchen hatte sich zwischen Svens Knien eingerollt, döste müde vor sich hin. Auch Sven träumte, stellte sich vor, wie das wohl vor vielen hunderttausend Jahren gewesen sein mußte, als sich die Urmenschen in der Steppe im hohen Buschgras aufrichteten, um so die Beutetiere besser erspähen zu können. Svens Gedanken wanderten im Dunkel der Nacht zurück in die Vorzeit. Und er sah im flakkernden Lagerfeuerlicht plötzlich die Gesichter der Ahnen. Wilde, behaarte Wesen schlichen geduckt durch den Dschungel, traten hinaus auf Lichtungen. Mit großen Augen schauten sie in die Ferne. Ihre Sinnesorgane waren weit besser ausgebildet als bei ihren Nachfahren. Sie hörten Geräusche, die wir heute kaum noch vernehmen. Sie rochen Düfte, die uns fremd sind.

Mensch und Tier existierten damals in Harmonie zwischen Leben und Todesgefahr. Was jedoch galt, war das erbarmungslose Gesetz der Stärke. Nur die konnten überleben und sich fortpflanzen, die schneller, ausdauernder und vor allem klüger waren. Dann krönte sich der Mensch zum König über die Tiere, machte sich die Erde untertan und unterwarf sie im gleichen Augenblick.

Vieles, auch die Harmonie, ging verloren. Die Menschen opferten ihre Instinkte zugunsten des Verstandes. Damals starb der Frieden zwischen Mensch und Tier. Die Harmonie war zerstört. So blieb es bis zum heutigen Tage.

Die Menschen jagten Tiere nun nicht mehr, um sich von ihrem Fleisch zu ernähren. Sie töteten plötzlich aus schierer Mordlust – und nannten es Sport. Sie raubten den Tieren die Felle nicht mehr, um sich zu wärmen, sondern um sich damit zu schmücken. So war es mit den Federn der Vögel und auch mit den Häuten der Reptilien.

Es war ein Krieg mit ungleichen Waffen. Und der Verlierer stand von vornherein fest. Es war der Mensch selbst.

Maeggi, die denselben Gedanken nachhing wie ihr Bruder, seufzte: »Du Sven, wenn die Menschen das letzte Tier getötet haben, dann werden auch sie zugrunde gehen.«

»Auf ins Bett! Wir haben morgen einen anstrengenden Tag.« Ron Halford löschte die Flammen, die den Kindern für eine kurze Ewigkeit das Tor zu einer geheimnisvollen Vergangenheit geöffnet hatten. Kaum zwanzig Minuten später wurden in den Zelten alle Lichter ausgemacht. Das Zirpen der Grillen und die vielen Geräusche der anderen Urwaldtiere, die ums Lager schlichen, begleiteten die Filmleute durch die Tropennacht. Sven, der sich mit Irmchen und seiner Schwester ein Zelt teilte, fiel sofort in einen tiefen Schlaf.

Zwei Stunden waren vergangen, als der Kater, der in Svens Armen schlummerte, plötzlich aufgeschreckt wurde und neugierig den Kopf in Richtung Zelteingang drehte. Kaum hörbar näherte sich etwas dem Lager. Sven erwachte: »Irmchen, komm, schlaf weiter«, flüsterte der Junge seinem Kater ins Ohr.

Alle Muskeln an Irmchens Körper waren gespannt. Er bemerkte, daß etwas Gefährliches auf das Zelt zukam.

Sven, der im Halbschlaf seinem Kater einen Kuß auf die schwarze Nase gab, erkannte die tödliche Gefahr zu spät. Eine Schlange, die ins Zelt gekrochen war, biß den Jungen in die Wade. Irmchen schnappte nach ihr, verjagte sie mit einem lauten Fauchen.

Von wahnsinnigen Schmerzen gepeinigt, schrie Sven laut auf. Die Schlange verschwand so schnell und heimlich, wie sie gekommen war, in der schwarzen Wand des Urwaldes.

Maeggi schlug sofort Alarm. »Hilfe, Hilfe! Papa, Ron! Schnell! Mit Sven ist irgendwas passiert!«

Der Schmerz in Svens Bein jagte wie glühende Lava durch den Körper. Der Junge erbrach sich, zitterte am ganzen Leib. Nach endlosen Minuten, als die ersten Filmmänner ins Zelt stürmten, fiel er schweißgebadet in Ohnmacht.

Heinz Weilandt, der die Wunde entdeckte, versuchte, seinen Sohn wachzurütteln: »Junge, komm, nicht einschlafen! Nicht in Ohnmacht fallen!«

Sven kam langsam wieder zu sich, verspürte erneut den rasenden Schmerz. »Papa, Papa, es tut so weh!«

Ron rannte zu seinem Zelt, schaltete das Funkgerät an, gab sofort Alarm. Im über 150 Kilometer entfernten Mombasa empfing ein Funker den Hilferuf, alarmierte einen Rettungsflieger: »In Gedi ist ein Junge in Lebensgefahr. Offensichtlich wurde er von einer giftigen Schlange gebissen.«

Das Morgengrauen zeichnete sich am Horizont ab, als ein Rettungsflugzeug startete, um nach Gedi zu fliegen. Ron, der sich mit Verletzungen dieser Art auskannte, versuchte, nachdem er das Bein des Jungen mit einem Messer geöffnet hatte, das Gift aus der Wunde zu saugen. Vermutlich war es diese erste Hilfe, die Sven das Leben rettete. Als das einmotorige Flugzeug am Strand von Gedi in einem waghalsigen Landemanöver auf dem weißen Sand aufsetzte, standen die Männer mit dem schwerverletzten Jungen schon bereit. Ron hatte ihm noch eine schmerzstillende Spritze gegeben.

Nach kaum fünf Minuten hob die Maschine wieder in Richtung Mombasa ab. An Bord außer dem Piloten: nur Heinz Weilandt und sein Sohn. Es war Rettung in letzter Minute. Die Ärzte analysierten das Gift, gaben sofort ein Gegenmittel, hängten den Jungen an den Tropf. Zwei Tage lang kämpften die Gifte im Körper, dann hatte Sven das Schlimmste überstanden.

Der Arzt nahm Heinz Weilandt beiseite: »Ihr Sohn hatte großes Glück. Die Schlange wurde genau im Augenblick des Bisses gestört. Dadurch floß nicht soviel Gift in den

Körper Ihres Kindes. Bei einer vollen Dosis hätte der Junge keine Chance gehabt.«

Als Heinz Weilandt dies seinem Sohn am Krankenbett erzählte, riß Sven die Augen weit auf: »Du Papa! Irmchen hat mir das Leben gerettet. Unser Kater hat die Gefahr gewittert, wollte mich warnen. Bloß ich habe darauf nicht reagiert. Irmchens Bewegung muß die Schlange erschreckt haben.«

Als der Filmboß Tage später mit seinem Sohn das Krankenhaus verließ, waren die Dreharbeiten bereits beendet. Das Filmteam war nach Mombasa zurückgekehrt, verlud die Ausrüstung in ein Flugzeug. Nach wenigen Wochen waren auch die Dreharbeiten an den anderen Schauplätzen abgeschlossen. Alle Teams kehrten nach Berlin zurück.

Was folgte, war die Arbeit in den Studios und am Schneidetisch. Es dauerte nochmal ein halbes Jahr, bis der Film fertig war.

Er trug den Titel: *Irmchen, der Abenteurer.*

Premiere war im Zoopalast in Berlin. Bundesweit startete der Film in mehreren Dutzend Kinos und wurde schon in den ersten Wochen ein Riesenerfolg.

Der Film lief gerade vierzehn Tage, als ein alter Mann an der Kinokasse eine Eintrittskarte kaufte und sich zur Kartenverkäuferin hinabbeugte. Mit wichtiger Miene flüsterte er der Frau ins Ohr: »Wissen Sie, der Kater da im Film, der gehört mir. Es ist mein Irmchen. Ich mußte ihn zurücklassen, als ich ins Altersheim ging.«

Die Frau an der Kasse schüttelte den Kopf, sah dem schrulligen Kauz verständnislos ins Gesicht: »Also entweder Sie gehen rein oder Sie lassen es bleiben!«

Artur, der Waldmensch, zuckte nur mit den Schultern, ließ sich von der Platzanweiserin seinen Platz zeigen und sah nach über einem Jahr seinen besten Freund wieder.

Überlebensgroß purzelte Irmchen im Film von einem Abenteuer ins nächste. Lange nachdem die Vorstellung zu

Ende war und alle Zuschauer das Kino verlassen hatten, saß Artur noch immer auf seinem Platz, starrte auf die leere Leinwand: »Ach ja, mein Freund! Nun lebst du in einer anderen Welt.«

»He, Sie da, Sie können hier nicht sitzenbleiben. Das hier ist doch keine Wartehalle. Sie müssen das Kino verlassen.«

Artur wurde aus seinen Erinnerungen gerissen, stand auf, knöpfte sich den Mantel zu. Langsam und ein wenig mühselig stieg er die Treppen hinab, trat in die Kälte, wurde von den bunten tanzenden Lichtern der City und der Dunkelheit der Nacht gleichermaßen verschluckt. Und während er so den verschneiten Ku'damm hinauflief und über seine Einsamkeit nachdachte, wanderten seine Gedanken zurück in den Wald am Wannsee, wo er mit Irmchen eine Zeit seines Lebens verbracht hatte.

*

Irmchens Abenteuerfilm wurde die erfolgreichste Tierproduktion der letzten Jahre. Produzent, Team und Verleih verdienten daran 24 Millionen Mark. Dazu kamen noch die Einnahmen aus dem Video-Verleih und mehrere Millionen Mark, die Fans für Aufkleber, T-Shirts und kleine Irmchen-Stoffkatzen ausgaben.

Und noch eine Folge hatte der Irmchen-Boom: Viele Menschen gingen in die Tierheime, holten sich dort Katzen, suchten natürlich nach Schmusekatern, die ein schwarzes Fell hatten und nach Möglichkeit auf der Brust einen weißen Fleck.

Irmchen lebte derweil in der Villa von Heinz Weilandt, wurde behandelt wie ein kleiner Pascha. Die beiden Hunde, die sich nicht an ihn hatten gewöhnen können, waren in gute Hände gegeben worden. Die Gefahr für Irmchen wäre zu groß gewesen. Dafür wurde der schmiedeeiserne Gartenzaun, der das Grundstück umgab, zusätzlich mit einem Maschendraht gesichert.

Heinz Weilandt, der davon ausging, daß Irmchen ein unruhiger Wandervogel war, wollte nicht, daß der Kater eines Tages das Weite suchte. Und er hatte recht.

Trotz der spannenden Filmarbeiten, die ganz nach Irmchens Geschmack waren, bekam der Kater bald Fernweh. Oft saß der Stromer, der das Haus nicht mehr verlassen durfte, am Fenster, blickte sehnsüchtig in den Garten hinaus. Es ging ihm gut. Es ging ihm sogar ausgezeichnet. Alles war okay. Aber er war eingesperrt. Manchmal schlüpfte er durch einen offenen Türspalt oder stahl sich aus einem angelehnten Fenster. Doch am Zaun war der Ausflug jedesmal zu Ende. Dann kletterte der Kater auf die alte Eiche, krabbelte bis fast in die Krone, schaute wehmütig in die Ferne. Er wollte Freiheit, wollte raus.

Traurig kehrte Irmchen jedesmal in das Zimmer zurück, das man für ihn eingerichtet hatte: Nein, das war kein Leben. Viele Tiere hausten eingesperrt in Wohnungen, waren nur dafür da, um einsame Frauchen und Herrchen zu trösten. Einige hatten sich vielleicht damit abgefunden und in ihr Schicksal gefügt. Bestimmt war es für viele besser, in der Obhut eines Menschen zu leben, als draußen herumzustreunen. Doch etliche litten unter der Gefangenschaft. Nur zu gern wären sie über Wiesen und durch Wälder gestreift, hätten sie in der Sonne gedöst oder nach anderen Tieren gejagt. Aber die Menschen hatten die Haustiere nun mal zu ihrem persönlichen Besitz erklärt. Und vielleicht war es auch gut so. Zu viele von ihnen waren schon ausgerückt, hatten auf irgendeiner Landstraße den Tod gefunden. Zu wenig wußten sie vom Leben in einer feindlichen Umwelt, die der Mensch ganz nach seinen Wünschen gestaltet hatte. Tödliche Gefahren lauerten überall und nicht nur für Katzen.

Aber daran dachte Irmchen nicht. Dem Kater waren diese Gefahren früh begegnet, und er hatte gelernt, damit umzugehen. Er litt sehr unter dem Leben in Gefangenschaft.

Sven war der erste, der die Veränderung bemerkte: »Mama, ich glaube, Irmchen ist krank. Er frißt kaum noch und macht einen völlig verstörten Eindruck.«

Sophie Weilandt winkte ab: »Ach wo. Er langweilt sich nur. Ihr solltet mehr mit ihm spielen. Das lenkt ihn ab. Du wirst sehen, das hilft.« Es half nicht!

Irmchen mochte weder spielen noch futtern oder im Garten rumtoben.

Sven kraulte seinem Retter den Hals: »Ich kann dich nicht einfach laufen lassen! Das geht nicht! Wir haben dich doch alle sehr lieb. Außerdem würde uns Papa den Hals umdrehen. Schließlich bist du sein billigster Filmstar. Du bist für ihn bares Geld. Also, du siehst, es geht nicht. Ich kann dich nicht rauslassen! Aber warte! Ich werde dich mit zur Schule nehmen. So hast du wenigstens etwas Abwechslung.«

Am nächsten Morgen setzte Sven sein erstauntes Irmchen in einen großen Korb, schlich sich hinaus zum Wagen, in dem schon der Chauffeur wartete, um die Kinder zur Schule zu bringen.

Maeggi schnappte nach Luft: »Mann, spinnst du? Wenn das Papa mitkriegt, ist die Hölle los. Bitte, Sven! Mach keinen Quatsch! Bring Irmchen sofort zurück. Das gibt nur Ärger. Du kannst den Kater nicht mit zur Schule nehmen. Was ist, wenn er mal aufs Klo muß oder Hunger hat?«

Irmchen, der Abenteuer und Abwechslung witterte, steckte das schwarze Schnäuzchen aus dem Korb, schnupperte erwartungsvoll im Wagen herum: Das sah schon mal alles gut aus, sehr gut sogar.

Sven rutschte im Lederpolster des Autos hin und her: »Ach, stell dich nicht so an. Immer mußt du rummeckern, alte Angstliese. Mach dir bloß nicht ins Hemd. Da kann überhaupt nichts schiefgehen. Irmchen ist ganz ruhig. Und außerdem gönn' ihm mal einen kleinen Spaß. Oder möchtest du Tag für Tag nur zu Hause rumsitzen? Also, halte die Gusche! Und laß uns zur Schule fahren.«

Der Fahrer setzte die Kinder fünf Minuten später an der Wannseer Schule ab. Doch kaum hatten sie das Gebäude betreten, sprang Irmchen mit einem Satz aus dem Korb und flitzte um die nächste Ecke.

Sven war wie gelähmt: »Herrgott! Das durfte nicht passieren. Irmchen, komm zurück!«

Die Geschwister jagten dem Kater hinterher. Und immer wieder setzte Maeggi ihrem Bruder zu: »Ich hab's ja gleich gesagt! Das hast du nun davon! Papa macht uns zur Schnecke.«

Sven hatte kaum den Nerv, seiner Schwester zuzuhören. Völlig außer Atem hastete er durch die Gänge, jagte treppauf und treppab, ohne eine Chance, seinen Kater zu finden.

Irmchen, der viel schneller war als die Kinder, hatte sich in den Kunstsaal geflüchtet. Der Lehrer ließ fassungslos einen Bilderrahmen fallen.

Durch den Krach und das Gejohle der Schüler bekam Irmchen so einen Schreck, daß er mit einem Satz auf den Tisch des Lehrers sprang und zwei Dutzend Flaschen mit unterschiedlichen Farblösungen umriß. Klirrend fielen die Flaschen zu Boden. Farbspritzer verwandelten den Raum in Sekunden in ein modernes Kunstwerk.

»Halt, halt, nicht erschrecken, das ist unser Kater!«

Sven und Maeggi stürmten eben in den Raum, als Irmchen zwischen ihren Beinen hindurch geradewegs zum Chemiesaal fegte.

Die rund zwanzig Schüler überließen die Kunst ihrem Lehrer und jagten dem Kater hinterher. Die Chemielehrerin, die ihren Kopf aus der Tür steckte, um nach dem Rechten zu sehen, wäre um ein Haar umgerissen worden. So schnell war ein schwarzer Schatten unter ihrem Rock hindurch in den vollbesetzten Raum gestürmt. Im Nu waren über fünfzig johlende Schüler beisammen, die über Tische und Bänke turnten, um den Kater dadurch noch verrückter zu machen.

Im Chemiesaal wechselte Irmchen vom Täter zum Opfer: Hatte er im Kunstsaal noch die Farben gemischt, wurde ihm im Laborraum ein Angriff auf ein Glas Buttersäure in die Schuhe geschoben, obwohl er damit überhaupt nichts zu tun hatte. Ein Schüler, der den Unterricht abkürzen wollte, hatte das Glas heimlich umgekippt.

In wenigen Minuten zog durch die Schule ein herber Hauch von faulen Eiern. Der Kater war an diesem Tag der große Glücksbringer für die fast 300 Schüler. Wegen des abscheulichen Gestanks bekamen sie unterrichtsfrei, durften schon kurz nach Schulbeginn wieder nach Hause. Und Irmchen?

Er wurde von Sven erwischt, als er gerade auf das Mädchenklo flitzen wollte.

Was für ein Spaß, welch ein Chaos! Irmchen fuhr sämtliche Krallen aus, wehrte sich mit allen Pfoten. Vergeblich! Sven wickelte den tollen Tober in seine Jacke und rannte, ohne auf die Schwester zu achten, heimwärts. Das Donnerwetter des Vaters stand schon am Horizont.

Heinz Weilandt war stocksauer. Aus seinem großen Ledersessel im Kaminzimmer hielt er den Kindern eine gepfefferte Gardinenpredigt: »Hat euch der Teufel geritten? Ich hätte nicht gedacht, daß meine Kinder solche Schwachköpfe sind. Ihr wißt genau, wie wertvoll Irmchen für uns ist. Stellt euch vor, dem Tier wäre was passiert. Allein der finanzielle Verlust.« Und mit einem Seitenblick zu seiner Frau setzte er das Tribunal fort: »Du hast die Kinder so erzogen. Es ist kein Wunder, wenn sie nicht gehorchen. Du läßt zuviel durchgehen. Außerdem, schau dir ihre Leistungen in der Schule an. Sie kommen ganz nach dir oder vielleicht besser nach deiner Familie. Dein Bruder war auch so ein schlimmer Typ. In der Schule ein Versager und schlechte Noten auf den Zeugnissen. Und ansonsten nur dummes Zeug im Kopf. Siehst ja, aus ihm ist auch nichts geworden. Da kann ich mir mit der Erziehung noch soviel Mühe geben. Wenn deine Erbmasse durchkommt und du zu lasch in der Erziehung bist, bringt mein Einfluß gar nichts. Also – ab heute laßt ihr die Finger von Irmchen. Ich will nicht, daß dem Kater etwas zustößt. Ich verdiene hier die Brötchen und nicht ihr. Wenn ihr die Füße unter meinen Tisch steckt, müßt ihr auch gehorchen! So, nun könnt ihr gehen!«

Sophie und die Kinder kannten diese Monologe. Es war immer dasselbe. Hinhören lohnte sich nicht. Aber andererseits hatte er recht. Das mit dem Schulausflug war wirklich eine dumme Idee gewesen.

Die Familie wollte eben das Kaminzimmer verlassen, als Heinz Weilandt seine Frau und die Kinder nochmal zurückrief: »Was ich euch sagen wollte: Ich gebe in etwa sechs Wochen eine große Katzenparty. Der Film war so erfolgreich, daß ich eine Fortsetzung plane. Und deshalb starte ich ein Fest. Ich habe so um die 400 Gäste einladen lassen. Übrigens, mein Freund John Roderick aus Hollywood kommt auch. Wir wollen bei dieser Gelegenheit über ein gemeinsames Projekt reden. Ich denke da an einen Film über Tierversuche und Gentechnologie. Ich habe schon ein gutes Drehbuch. Meine Firma finanziert das Projekt, und er macht den Film.«

Sven flüsterte seiner Schwester ins Ohr: »Sieh mal, wie schnell der Alte das Thema wechselt. Erst der große Anschiß und nun diese Neuigkeiten. Egal! Wenn die Party lustig wird, ist alles okay. Und John ist ein dufter Typ, ganz locker, nicht so verkrampft wie der Senior.«

Irmchen hatte sich in sein Schicksal gefügt. Das war es also! Aus und vorbei mit Abenteuern, Freiheit und spannenden Erlebnissen. Wie die Kinder gammelte er nun wieder den ganzen Tag im Haus herum. Zu nichts mehr hatte er Lust. Irmchen wurde träge und faul, setzte Fett an.

Sophie ermahnte den Koch, der auch für den Kater zu sorgen hatte: »Geben Sie ihm nicht soviel zu futtern! Sie sehen ja, daß er zu dick wird.« Und zu Maria und den Kindern sagte sie: »Spielt ab und zu mit Irmchen. Sonst ist er für Vatis Filme nicht einsetzbar. Und dann haben wir wieder schuld.«

Sven und Maeggi, die unter ihrem Vater, dem Reichtum und der Langeweile litten, wußten keinen Rat. Der Junge, der mehr Abenteuerlust als seine Schwester verspürte, hatte die Nase schon lange voll: »Man müßte einfach abhauen! Aber wohin? Und mit Irmchen sehe ich auch schwarz. Der Kater geht hier kaputt. Er ist viel zu munter, intelligent und vital, um dieses Leben zu ertragen. Er muß raus, und wir müssen es auch! Aber woher das Geld dafür nehmen? Und dann in unserem Alter. Eine ausweglose Situation.«

Drei Tage, bevor die große Party stattfand, holte Sophie Weilandt John Roderick vom Flughafen Tegel ab. Es wurde eine stürmische Begrüßung. Seit über zwanzig Jahren waren die Weilandts mit John befreundet. Er war damals Austauschschüler in Berlin, träumte davon, später große Filme zu machen.

John hatte sein Ziel erreicht, genau wie Heinz Weilandt. Beide waren erfolgreich und doch völlig unterschiedliche Typen, was sich auch in ihren Filmen widerspiegelte. Heinz Weilandt produzierte vorwiegend Abenteuerfilme. John Roderick hatte sich auf Komödien spezialisiert. Heinz war der knallharte Macher, John der Spitzbube, der ein Königreich für eine witzige Idee gab.

Sven und Maeggi liebten John, gerade weil er so anders als ihr Vater war. Und noch bevor sich die Filmmänner ins Kaminzimmer zu ihren Geschäftsgesprächen zurückzogen, besuchte John die Kinder in ihrer Wohnung: »Hey boys and girls, everything okay?«

John setzte sich auf die Couch, betrachtete die Poster der Popstars an den Wänden.

»Na ja, so so«, antwortete Sven und machte ein betrübtes Gesicht. »Es muß bei uns immer nach dem Alten gehen. Er bevormundet die ganze Familie und betont jeden Tag, daß er das Geld verdient. Aber sonst ist hier alles im grünen Bereich. Durch die Schule schleppen wir uns so durch. Aber es ist auch keine anspruchsvolle Schule. Woanders würden wir es bestimmt nicht schaffen.

Ach ja, wir waren bei den Dreharbeiten zu Papas letztem Film dabei. Ein starker Streifen, ganz anders und trotzdem ein Riesenerfolg. Er handelt von Irmchen, einem Super-Kater, der im vorigen Jahrhundert lebt und alle möglichen Abenteuer besteht. Vater hat viel Geld damit verdient. Aber der Kater ist hin. Er ist so ein Typ, der seine Freiheit braucht. Er kam eines Tages geradewegs in unseren Garten spaziert. So ein richtiger Rowdy. Und so ein Tier kannst du nun mal nicht einsperren. Dad paßt auf wie ein Luchs, daß seinem Kater nichts passiert. Schließlich soll er noch mehr Geld bringen. Ach, es ist schön, daß du da bist, John! Wir würden so gern mal bei dir in Malibu leben. Vater läßt uns nicht, wegen der Schule. – Warte mal, ich hole Irmchen. Er liegt irgendwo in Maeggis Zimmer und döst vor sich hin. Echt, John, der Kater ist völlig fertig. Es geht ihm so wie uns. John, es kotzt uns einfach an. Wir haben hier alles – und zwar unheimlich satt. Und wenn Mutti könnte . . . na, ich weiß nicht! Ich glaube, sie wäre bestimmt schon weg.«

John Roderick versuchte, seine jungen Freunde zu trösten: »Na, na! So schlimm wird es doch bestimmt nicht sein. Du übertreibst und bist undankbar. Seht mal, wie gut es euch geht! Ihr habt alles, was ihr euch wünscht. Es fehlt an nichts! Andere wären froh, wenn sie so leben könnten!«

Sven starrte zur Zimmerdecke: »Echt ätzend! Du sprichst schon genauso wie Papa. Du hast kein Wort kapiert. Na, wäre ja auch zuviel verlangt. Ich hole jetzt Irmchen, damit du unseren dukatenspuckenden Lieblingskater kennenlernst.«

Der Junge stand auf, lief nach nebenan, zog Irmchen unter dem Bett hervor. Früher wäre er bei so einer Behandlung unwirsch geworden, hätte gefaucht und die Krallen ausgefahren. Doch jetzt war ihm alles egal. Er ließ sich von Sven auf den Arm nehmen und zu John tragen: »Das ist er! Kannst du dir vorstellen, daß das mal ein verwegener Prachtkerl war?«

Sven schaute seinem Freund fragend und hilfesuchend in die Augen.

John ahnte, was Sven wollte: »Komm, Kleiner, heraus mit der Sprache! Du möchtest doch was von mir. Sonst würdest du nicht so herumreden.« Der Mann nahm den Jungen bei der Hand: »Los, alter Kumpel! Ich weiß, daß du was loswerden willst! Also spuck's aus!«

Sven streichelte seinen schwarzen Kater: »Weißt du, Maeggi und ich lieben Irmchen. Aber hier geht er ein. Und weil wir ihn lieben, möchten wir, daß du ihn mitnimmst. Du bist ein viel lockererer Typ als Vater. Bei dir könnte Irmchen am Strand toben, hätte seine Freiheit und wäre glücklich. Lieber trennen wir uns von ihm, als ihn hier sterben zu sehen.«

John war sprachlos: »Was soll ich? Das meinst du doch nicht im Ernst. Ich kann den Kater nicht einfach mit in die Staaten nehmen. Nein, das schminkt euch ab! Und außerdem! Euer Vater würde ihn nie herausrücken, für keine Summe der Welt.«

Sven kannte seinen Vater besser: »Ich glaube, du siehst das falsch. Wenn du Vater ein vernünftiges Angebot machst, willigt er bestimmt ein. Es muß nur ein Preis sein, den er akzeptieren kann. Vielleicht kannst du ihm einen gemeinsamen Film vorschlagen, den du in Amerika drehen würdest. Bitte, John, sprich mit ihm! Es geht um Irmchen! Du siehst selbst, was los ist.«

John nahm Irmchen auf den Arm: »Na, kleiner Superstar! Schaust wirklich sehr unglücklich aus! Okay, Sven, ich rede mit deinem Vater. Aber erhoffe dir nicht zuviel.«

Am nächsten Morgen, beim Frühstück, sprach John Heinz Weilandt auf den Kater an: »Sag mal, was hältst du davon, wenn wir mit Irmchen was Gemeinsames machen.

Ich dachte da an eine Kinderserie fürs Fernsehen. Ich habe einen Privatsender an der Hand, der sowas sofort einkaufen würde.«

Heinz Weilandt legte sein Brötchen auf den Teller zurück, blickte zu seiner Frau und den Kindern: »Was willst du?«

John fing die Frage auf, wiederholte den Vorschlag: »Eine Kinderserie! Wir würden die ersten fünfzehn Folgen in einem halben Jahr abdrehen. Die Produktionskosten wären nicht sehr hoch, weil wir keine teuren Schauspieler engagieren müßten. Und nach sechs Monaten hättest du deinen Kater wieder. Eine lohnende Sache für uns alle!«

Heinz Weilandt sah wieder zu seiner Frau: »Was meinst du?«

Sophie, die die Sorgen ihrer Kinder kannte, spielte die Begeisterte: »Nicht schlecht! Ich glaube, das könnte sich lohnen. Aber denk noch mal in Ruhe darüber nach. Du mußt dich ja nicht sofort festlegen!«

Er verschob die Entscheidung um einige Tage. Schließlich hatte er ja noch die Party auszurichten.

Das Fest wurde ein riesiger Erfolg. Außer dem Regierenden Bürgermeister und anderen Politikern kamen vor allem viele Schauspieler, Showstars und Paradiesvögel der Stadt. Gefeiert wurde fast im ganzen Haus. Drei Musikgruppen heizten den Gästen abwechselnd ein, und besonders die geladenen Journalisten tobten sich nach Herzenslust aus. Wer nicht mit gekonntem Rollgriff ein paar Zigarren im Jackett verschwinden ließ, trank ein Champagnerglas nach dem anderen leer.

Ausgehungerte Schreiber saßen in den Ecken und kämpften sich durch ihre mit Lachs, Kaviar und zartem Fleisch vollgepackten Teller. Wieder andere sammelten Trauben von Menschen um sich und erzählten, was sie alles im Leben – mehr oder weniger umgeschrieben – »im Blatt« hatten.

Heinz Weilandt legte die Stirn in Falten: »Na, hoffentlich lese ich morgen nicht aufgebauschte Schauergeschichten in den Zeitungen. Wir kennen die Brüder ja! Erst futtern sie sich voll, dann füllen sie sich ab und in ihren Redaktionen ziehen sie dann über meine Gäste her.«

Hans Koll, der für eine große Boulevardzeitung arbeitete, nahm den Gastgeber beiseite: »Warten Sie mal, bis Maren Müller kommt. Die goldbehangene Klimper-Fee arbeitet für einen Radiosender und ist ganz verrückt nach Katzen. Wenn sie Irmchen sieht, fängt sie sofort an zu singen und zu tanzen und hat den ganzen Abend nur noch Augen für den Hauptdarsteller.«

Heinz Weilandt prostete seinem Gast zu: »Ich kenne sie! Ein ganz verrückter Vogel. Ist überall Mittelpunkt und sofort beleidigt, wenn keiner mit ihr spielt. Na, soll sie! Hauptsache, sie fällt nicht zu sehr aus der Rolle.«

Der Filmkönig hatte seinen Satz kaum zu Ende gesprochen, als Maren, herausgeputzt wie ein Pfau, unübersehbar in den Saal flatterte. »Wo ist der Kater? Ich will sofort den Kater haben!«

Die Gäste, die ihre Auftritte kannten, machten kichernd Platz. Maren griff sich ein Glas Schampus, löschte den schlimmsten Durst. An ihren Ohren baumelten überdimensionale, unechte Ohrringe. Um den Hals trug sie dazu die unpassende Kette. Ihr knielanges, türkisfarbenes Abendkleid hatte sie sich extra für diesen einen Abend schneidern lassen. Alle wußten: Sie trug ein Abendkleid kein zweites Mal.

Heinz Weiland begrüßte Berlins verrückteste Klatschtante übertrieben mit einem Handkuß: »Welch eine Freude, Sie hier zu sehen! Meine Frau holt Irmchen sofort! Dann können Sie sich mit unserem Liebling anfreunden.«

Maren, die mit ihrem Sektglas unruhig hin- und herhüpfte, umarmte ein wenig zu theatralisch die Gäste, die sie kannte.

Und stets zog sie dasselbe aufgesetzte Zeremoniell ab: Woher kommst du, was machst du gerade. Ich mache zur Zeit das und das. Man sieht sich später.

Maren hatte sich für den Abend etwas Besonderes einfallen lassen. In ihr kurzes blondes Haar hatte sie sich eine Langhaarperücke gesteckt. Die Haare waren mit Spangen verknüpft. Das hält, dachte sie! Doch die Rundfunkreporterin hatte die Rechnung ohne Irmchen gemacht.

»Ach, da ist ja der süße kleine Kerl!« Maren stürzte der Frau des Gastgebers entgegen, die Irmchen auf dem Arm hereintrug. Und so unglücklich der Kater auch war, für kurze Zeit erwachten seine Lebensgeister. Die Augen funkelten. Wenn er etwas nicht mochte, dann waren das hektische Menschen.

Und Maren Müller war so ein Typ.

Sie schmiß die Arme hoch, rannte auf Sophie Weilandt zu und riß ihr den Kater regelrecht aus den Armen: »Ach, du bist ja so süß, so süß! Und du kommst von Mallorca, meiner Lieblingsinsel.«

Irmchen behagten solche Auftritte nicht. Mit seinen Pfoten stemmte er sich gegen das Dekolleté der Reporterin.

»Wirst du dich wohl nicht sträuben, du süßer Lümmel! Komm, wir tanzen! Macht doch mal einer Musik! Ich will mit dem Kater tanzen.«

Das war zuviel!

Als auch noch das Schlagzeug einsetzte, verkrallte sich Irmchen in Marens Kunstfrisur, zog und zerrte an dem Haarteil.

»Au, du Aas, hör auf!« Maren versuchte, die Krallen des Katers aus den Haaren zu ziehen.

Die Gäste, die sich so eine Einlage insgeheim immer schon mal gewünscht hatten, lachten und applaudierten.

Irmchen drehte durch. Mit aller Kraft riß er der Reporterin das Haarteil vom Kopf, so heftig, daß noch ein paar echte Haare mit auf der Strecke blieben. »Aua, du Scheißkerl.«

Irmchen verkrallte sich in Marens Rücken.

»Hilfe, der Kater ist verrückt geworden. Nehmt mir sofort den Kater ab!«

Doch keiner kam, um zu helfen. Zu groß war die Schadenfreude, zu schön war das Schauspiel. Maren machte zwei Schritte rückwärts, verlor den Halt. In hohem Bogen schleuderte sie die schwarze Klette von sich, kämpfte mit dem Gleichgewicht. Ein Absatz ihres Schuhs brach weg, und Maren knallte der Länge nach ins Kalte Buffet. Lachs, Kaviar, Fleisch, Aalstücke und die verschiedenen Soßen klebten an ihrem Kleid und dem tiefen Rückenausschnitt. Maren rutschte, riß die Schale mit Remouladensoße um, daß der Inhalt nur so über ihr Kleid schwappte. Weinend und fluchend rappelte sich die Reporterin auf und verlor vollends die Beherrschung. Sie griff sich die Perücke, schob die Gäste beiseite, rannte zum Ausgang, sprang in ihren Wagen und gab Gas.

Der Zwischenfall war noch Tage danach Gesprächsthema Nummer eins in Berlins Schickimicki-Szene.

Ein halbes Jahr lang sollte die sonst so partysichere Klatschreporterin jedes Fest meiden. Danach war Gras über die Sache gewachsen. Kater Irmchen jedoch sah sie nie wieder.

Zwei Tage nach dem Fest willigte Heinz Weilandt in den Vorschlag von John Roderick ein. Eine Woche später saßen Irmchen und sein neues Herrchen schon im Flugzeug nach Amerika.

Und während Sven ein großes Poster seines Lieblings über dem Bett an die Wand pinnte, kam seine Mutter in den Raum, legte ihren Arm um die Schulter des Sohnes: »Ich weiß, auch mir tut der Abschied weh. Aber ich glaube, es ist besser so für Irmchen. John will ›seinen‹ Kater am Strand spielen lassen und ihn erstmal auf Diät setzen. Vielleicht sehen wir ihn ja bald wieder.«

*

Irmchen fühlte sich sofort wohl in seinem neuen Zuhause. Der Bungalow, in dem John wohnte, stand im Villenvorort Malibu, direkt am Strand. Ein Holzsteg führte vom Wohnzimmer zum Wasser. John, der hier vor drei Jahren mit seiner Freundin eingezogen war, hatte die meisten Wände herausreißen lassen. So genoß er eine einzigartige Aussicht aufs Meer, die breite Straße mit den Palmen und die Klippen am Ende der Bucht.

John war ein verrücktes Huhn, ganz anders als Heinz Weilandt in Berlin. Bei der Arbeit in den Studios war er zwar ebenso diszipliniert. Aber privat spielte er oft den Spaßvogel. Keine Idee war ihm irre genug. Als Sohn italienischer Einwanderer sang und redete er fast den ganzen Tag. Wenn es ihn packte, rief er kurzerhand alle Freunde an, lud sie zur Hulaparty ein. Und jeder mußte, egal, wie er es anstellte, einen Bastrock auftreiben und damit zur Party kommen.

John liebte es auch, sich zu kostümieren und in den unmöglichsten Sachen im Studio aufzutauchen. Beim letztenmal wäre er um ein Haar hinausgeworfen worden. Er hatte sich als Bettler verkleidet in die Studios geschlichen, war mitten in die Aufnahmen geplatzt.

Der Co-Regisseur wollte eben durchdrehen, als John im letzten Augenblick den Bart abnahm und sich zu erkennen gab. Er schmiß eine Lage Champagner, und die Dreharbeiten gingen weiter.

John liebte die schönen Seiten des Lebens, besaß viel Geld, eine Motoryacht, mehrere Autos. Am meisten mochte er jedoch das Spiel. Oft saß er abends mit Freunden am Strand, direkt vor dem Haus, und spielte Karten. Und nicht selten ging es um Geld, viel Geld.

Irmchen war stets dabei. Er fühlte sich hier pudelwohl, hatte mit den Katzen der Nachbarschaft schnell Freundschaft geschlossen. Den ganzen Tag tobten die Tiere am Strand, spielten mit angeschwemmten Fischen, liefen zu den Klippen, um in den Felsen herumzuturnen. Das Klima behagte dem mallorquinischen Kater mehr als das Wetter in Berlin. Fast ununterbrochen schien die Sonne.

Nach wenigen Wochen war Irmchen wieder ganz der Alte. Das schwarze, seidige Fell spannte sich über den Muskeln. Die Sinne waren scharf und hellwach. Jede Reaktion kam wie aus der Pistole geschossen. Er war bald der König der Strandkatzen. Keiner konnte so gut toben, so blitzschnell am Strand entlanglaufen und auf Palmen klettern. So mancher Rivale, der Irmchen den Rang streitig machen wollte, bekam eine Tracht Prügel.

Es war ein besonders schöner Tag, als John seinen Kater von der Couch jagte und ihm ins Ohr flüsterte: »Wir bekommen Besuch! Also räume den Platz! Sonst denken die Leute noch, du bist überhaupt nicht erzogen.«

Der Gast, den John angekündigt hatte, war ein alter Bekannter von Irmchen. Ron Halford, der nur wenige Straßen entfernt wohnte und mit John befreundet war, riß die Augen auf, als er den Kater sah: »Hey, John! Wie kommst du an diesen Kater? Das ist Irmchen aus Berlin! Alter Zausel, du müßtest doch bei Heinz Weilandt leben. Ich kann es nicht fassen!«

Irmchen, der Ron sehr mochte, sprang sofort auf den Schoß des Mannes. Er stupselte mit der Nase, kniff vor Freude die Augen zu und fing an zu schnurren.

Ron war immer noch sprachlos, sah sich den Kater von vorn bis hinten an: »Eindeutig Irmchen! Er trägt ja auch die Messingkapsel, die wir ihm in Palma de Mallorca gekauft haben. Sag mal, John! Wie bist du denn an Irmchen gekommen?«

John zündete sich eine Pfeife an, trank einen Schluck Gin und erklärte alles. Am Ende berichtete er von seinen Plänen: »Ich werde mit Irmchen eine Serie machen, und Heinz Weilandt gibt Geld dazu. In einigen Monaten bringe ich den Kater wieder zurück.«

Ron setzte den unentwegten Schnurrer auf den Boden:

»Na, das wird dir bestimmt nicht gefallen, schwarzer Teufel. So gut kenne ich dich schon. Du fühlst dich doch hier viel wohler.«

Irmchen ließ sich auf den Rücken fallen, spielte mit den Schnürsenkeln an Rons Schuhen: »John, das ist der cleverste Kater, den du je gesehen hast. Er beherrscht Kunststücke, die man normalerweise einem Kater nie beibringen kann. Aber mit der Serie liegst du schief. Die letzten drei Tierfilme, die hier gedreht wurden, waren Flops. Sie spielten nicht annähernd die Herstellungskosten ein. Also, wie willst du da was machen?«

John kannte die Problematik: »Man wird sehen! Ich frage überall rum, mache Vorschläge. Und wenn keiner anbeißt, hat Irmchen wenigstens einige schöne Monate hier verbringen können. Ist der Kater wirklich so talentiert, gibt es keinen Grund, warum wir nicht einen Film mit ihm machen sollten. Was scheren mich die Flops vorher!«

John sollte sich irren!

Wochenlang rannte er den Studiobossen die Türen ein, unterbreitete sein Angebot und erntete überall nur Kopfschütteln. William Gold, der größte in der Branche, sagte es John am deutlichsten: »Die Leute wollen was anderes sehen. Action, Science Fiction, Abenteuer, Spaß, Ungewöhnliches, Special-Effects und vor allem richtige Stars. Nur das bringt Geld. Und wir wollen doch alle Geld verdienen. Okay, auch wenn Irmchen in Europa ein Erfolg war, hier haben wir Hollywood. Hier machen wir nur das Beste. Und einen Kater will niemand sehen. Schau dich um. Die Viecher findest du an allen Ecken. Fast jeder hat einen Kater zu Hause. Gut, Katzen sind was gegen Ratten. Aber mehr ist nicht drin!

Bring mir eine gute Story, den richtigen Drehbuchautor und Regisseur und vor allem einen Star, bei dessen Anblick das Publikum nicht gähnt. Dann machen wir einen Film. So, ich habe gleich den nächsten Termin. Man sieht sich! Mach's gut, alter Freund!«

Das war's! Aus! Mit Irmchen war hier nichts zu machen. Und den Film auf eigenes Risiko drehen, davor hatte John Angst. An einem finanziellen Reinfall hätte er viele Jahre zu knabbern gehabt. Entmutigt und traurig fuhr John wieder nach Malibu, goß sich einen Gin ein und kraulte seinem Kater den Nacken: »Irmchen, keiner will hier was von dir wissen. Was machen wir nun? Wenn die Jungs nur ahnen würden, welche Chance ihnen entgeht. Aber sie tun's nicht. Nun, dann werde ich wohl Heinz ein Fax schicken und ihm mitteilen, daß aus unserem Projekt nichts wird. Schade! Na, hoffentlich hast du dich hier wohl gefühlt. Ich glaube, ich muß dich zurück nach Berlin bringen.«

John trank an diesem Abend sehr viel, zu viel. Er trank die ganze kommende Woche, lud schließlich seine Freunde zum Kartenspiel am Strand ein. Peter Owen, der im Nachbarhaus wohnte, brachte einen Fremden mit. Der Hamburger lebte seit elf Jahren in Hollywood, veranstaltete regelmäßig Abenteuer-Safaris durch den südamerikanischen Urwald. Peter Kröger führte fünf bis sechs Mal im Jahr Touristen in den Dschungel, verdiente damit seinen Lebensunterhalt. Wenn er nicht unterwegs war, zeigte er den Hollywood-Besuchern die Studios oder arbeitete auch schon mal in einer Imbißstube, verkaufte Hamburger und Pommes.

Peter Kröger war vor allem ein ausgeschlafener Kartenspieler. Hätte John gewußt, welche Tricks der Hamburger auf Lager hatte, nie hätte er sich mit ihm auf ein Spiel eingelassen.

Aber John war durch den Alkohol nicht mehr Herr der Lage, fühlte sich unschlagbar und verlor. Erst nur ab und zu, dann pausenlos. Die Sonne war schon über dem Meer untergegangen, als John fast 100000 Dollar an den Hamburger verloren hatte.

Peter Owen rüttelte an Johns Arm: »Komm, Junge, laß uns aufhören! Es reicht! Du weißt nicht mehr, was du tust!«

Doch John wollte nicht hören, war sturzbetrunken: »Laß

mich! Man will meine Filme nicht. Man will Irmchen nicht. Vielleicht will man ja wenigens mein Geld.«

»Na gut, hören wir auf!« Peter Kröger, der auf diese Weise nicht noch mehr gewinnen wollte, legte seine Karten beiseite.

John wollte nicht hören: »Los, laßt uns weitermachen! Ich bin kein schlechter Verlierer. Ihr könnt mich jetzt nicht hängenlassen.«

Peter Kröger und Peter Owen sahen sich an. John wußte kaum noch, was er tat. Sie waren sich einig, wollten das Spiel auf keinen Fall fortsetzen.

John trieb es auf die Spitze: »Ich sage euch was! Mein Blatt ist so gut. Ich gewinne auf jeden Fall.«

Er konnte die Karten kaum noch halten. Seine Hände zitterten. Obwohl es sich schon merklich abgekühlt hatte, standen ihm Schweißperlen auf der Stirn. Er nippte an seinem halbvollen Glas: »Ich werde euch zeigen, wie gut mein Blatt ist. Ich setze Irmchen!«

Die Freunde waren entsetzt.

Peter Kröger winkte ab: »Nein, das kommt nicht in Frage! Du kannst doch nicht deinen Liebling aufs Spiel setzen!«

John hörte die Worte nicht mehr: »Ich muß wissen, was ich kann. Hier sind meine Karten.«

Er drehte die Spielkarten um, legte sie nacheinander auf die Decke, auf der die Männer saßen. Die Freunde zeigten ebenfalls ihre Blätter und nach Sekunden stand fest, wer gewonnen hatte. Peter Kröger war fassungslos. John hatte das schlechteste Blatt und damit Irmchen verloren.

Ratlos fragte der Safari-Führer Peter Owen: »Und nun? Was soll ich jetzt machen?«

Owen sah keinen Ausweg: »Du weißt ja, wie das ist. Spielschulden sind Ehrenschulden. Irmchen gehört dir.«

So verließ Irmchen noch in dieser Nacht John Roderick und kam zu seinem neuen Besitzer.

Als John am nächsten Morgen merkte, was er angestellt

hatte, gab es kein Zurück mehr. Immer wieder versuchte er, Peter Kröger telefonisch zu erreichen. Doch der war mit der ersten Frühmaschine nach San Francisco abgeflogen.

John war in einer schlimmen Situation. Nicht nur, daß er Irmchen über alles liebte. Wie sollte er darüber hinaus Heinz Weilandt erklären, was passiert war? Er rief in Berlin an, holte den Filmboß, der gerade schlafen gegangen war, aus dem Bett.

Der war fassungslos: »Weißt du, Geld hin, Film her. Aber es geht ja auch um Irmchen. Ich finde das sehr verantwortungslos von dir. Auch, daß du sturzbetrunken warst, ist keine Entschuldigung. Also sieh zu, wie du den Kater wiederbekommst. Ich kann ja wohl den Kindern schlecht mitteilen, daß Irmchen jetzt am Amazonas lebt.«

John legte den Hörer auf, ahnte nicht, daß Irmchen die nächsten Jahre genau dort verbringen sollte. Er telefonierte den ganzen Tag kreuz und quer durch Amerika, versuchte überall, Peter Kröger zu erreichen. Aber der Abenteurer war schon auf dem Weg nach Venezuela.

Der schwarze Kater mit dem weißen Fleck auf der Brust hatte sich in Malibu bestens erholt. Die silbernen Haare in seinem Fell schimmerten in der Sonne. Der buschige Schwanz wippte auf und ab, als Peter seinen neuen Gefährten über die Rollbahn des Flughafens von Caracas trug. »So, kleiner Stromer. Das hier ist dein neues Zuhause. Und wenn du wirklich von Mallorca stammst, wird dir die Wärme sicher nichts ausmachen. Es ist nur ein wenig feuchter. Aber egal! Du wirst dich schon daran gewöhnen.«

Peter, der eine neue Safari in den Urwald vorbereitete, besuchte in Caracas einen Bekannten, kaufte Proviant und Ausrüstungsgegenstände und ließ Irmchen derweil bei einer alten Freundin.

Felicitas, die im Armenviertel zu Hause war, lebte seit vielen Jahren allein. Ihr kleines Häuschen klebte am Berghang wie viele tausend andere Hütten rund um Caracas. Es gab weder Strom noch fließendes Wasser – mit vereinzelten Ausnahmen: Wenn Wolkenbrüche über der quirligen Millionenstadt niedergingen, rissen die Sturzbäche Hunderte von Hütten mit in die Tiefe.

Jedesmal gab es Verletzte und Tote. Doch niemand kümmerte sich darum. Die Verletzten kamen ins Krankenhaus, die Toten auf den Friedhof, und die Hütten wurden wieder aufgebaut. Zweimal schon war die Wellblechbehausung von Felicitas nachts fortgespült worden. Und beide Male hatte das Mädchen Glück gehabt. Die junge Prostituierte war jedesmal unterwegs gewesen, als es passierte.

Nun freute sie sich über den Kater. »Komm, kleiner Don Juan, leiste mir tagsüber Gesellschaft. Nachts laß ich dich allein. Da muß ich Geld verdienen. Du kannst dich in diesen Stunden um die vielen Katzenladys kümmern, die es bei uns am Berg gibt.«

Sie hätte Irmchen nicht extra auffordern müssen. Nachdem seine Kinder schon in Nordfrankreich und auf Mallorca herumstreunten, verdrehte er nun Nacht für Nacht den Katzen von Caracas die Köpfe. Und Irmchen machte zum erstenmal in seinem Leben Bekanntschaft mit Alkohol. Felicitas, die ständig eine Flasche billigen Champagner mit sich rumtrug, goß ihm einen Schluck davon in die Milch. Der Kater verdrehte die Augen, versuchte die Tropfen mit rollender Zunge wieder herauszuwürgen. »Du wärst mir vielleicht der richtige Liebhaber. Trinkst nicht mal das alte Sprudelgesöff. Aber bestimmt bist du ein viel besserer Kerl als all die Männer, die jede Nacht zu mir kommen. Doch sie bringen das Geld. Und du lehnst meinen Champagner ab. Ist schon gut, kleiner Don Juan. Du magst keinen Schampus und ich keine Milch. So kommen wir uns nie in die Quere.«

Als Peter Kröger den Kater Tage später abholte, verspürte Felicitas so etwas wie Abschiedsschmerz: »Schade, daß du ihn mitnimmst! Ich habe mich an ihn gewöhnt. Wenn du wieder mal in der Stadt bist, schau vorbei und bring Irmchen mit. Adios, ihr Weltenbummler. Paßt auf euch auf!«

Peter nahm Irmchen an die Leine, fuhr mit ihm zum alten Flughafen, wo schon Gepäck und Ausrüstung warteten.

Und während er hinter dem Steuer seines Jeeps saß, beugte er sich vor und sprach zu Irmchen, der auf dem Beifahrersitz Platz genommen hatte: »Gib acht, Kater! Das sind alles Irre, die du jetzt kennenlernst. Durchweg Menschen, die sich zu Hause langweilen und die einen Blöden suchen, der ihre Nerven kitzelt. Und dafür werde ich bezahlt. Sie empfinden in ihrer Welt kein Prickeln, keine Spannung. Sie suchen das Außergewöhnliche. Aber sie machen alles falsch. Sie sollten viel lieber in sich hineinschauen. Sie hetzen und jagen Abenteuern hinterher und finden dabei nie den Frieden in sich selbst. Was sie mit nach Hause nehmen, sind Erlebnisse und Fotos, mit denen sie vor Freunden angeben können. Und dann sparen sie das ganze Jahr und kaufen sich erneut ein Stück unerfüllbare Sehnsucht. Am Ende sind einige vielleicht klug. Die anderen lernen nicht dazu. Sie würden ihre Autos, Schmuck und all die anderen Reichtümer liebend gern auf den Müll werfen, könnten sie sich dafür nur Glück und Zufriedenheit kaufen. Aber so geht's nun mal nicht.

Viele Indianer, das sag ich dir, sind noch glücklich. Ich kenne einige Stämme, die kaum Kontakt zur Zivilisation haben. Sie leben in ihren Familien, haben sich seit Jahrtausenden kaum verändert und sind happy. Auch sie wirst du kennenlernen. Und wärst du nicht nur ein dummer Kater, sondern ein Mensch, dann hättest du jetzt alles verstanden. Aber leider ist dem nicht so!«

Peter Kröger trat auf die Bremse, parkte den Wagen vor

dem Flughafengebäude: »So, da wären wir! Nun wirst du dein blaues Wunder erleben. Die Abenteurer sehen bestimmt wieder so aus, als wären sie einem Panoptikum entsprungen.« Er sollte recht behalten.

Die Gruppe, die dem Charterruf der Wildnis folgte, bestand aus sieben Unbeirrbaren: David, der Maler, kam aus Israel. Smuel, sein Freund, war Schriftsteller. Betty, die fast 90 Kilo auf die Waage brachte, stammte aus Washington. Mario aus Rom war Weltmeister im Rollschuhlaufen. Seine Freundin Claudia arbeitete als Reporterin bei einer italienischen Zeitung. Zwei Hausfrauen aus Wuppertal standen weiter hinten. Sie hielten sich während der ganzen Reise so dezent im Hintergrund, daß sich Peter nicht einmal ihre Namen merken konnte.

Der Safari-Leiter setzte sein freundlichstes Lächeln auf: »Hallo, nennt mich Peter! Und das hier ist Irmchen, meine rechte Hand.«

Claudia klatschte in die Hände, riß den Fotoapparat hoch und machte sofort die ersten Bilder: »Ich werde einen Bericht über euch schreiben, aber nur, wenn der Abenteuerausflug spannend wird.«

Peter Kröger schüttelte allen die Hände: »Wir bleiben eine Woche zusammen. Ich bin sicher, daß es ein Riesenspaß für euch wird. Ihr müßt allerdings genau das tun, was ich sage. Keine Extratouren, sonst wird es gefährlich. Der Urwald sieht manchmal so harmlos aus. Aber wer die Gruppe verliert und sich verirrt, hat keine Chance.«

Die Wuppertaler Hausfrauen zuckten ängstlich zusammen: »Vielleicht hätten wir doch lieber in den Harz fahren sollen. Aber wir wollten ja unbedingt mal was erleben. Hoffentlich haben wir keinen Fehler gemacht!«

Peter Kröger führte die Passagiere zum Flugzeug, einer alten zweimotorigen Maschine, die schon mindestens 30 Jahre auf dem Buckel hatte. Rund 40 Personen hatten darin Platz.

Die Safari-Crew teilte sich die Plätze mit mehreren Indianern, einigen Schwarzen, die irgendwo im Busch arbeiteten, und Goldsuchern, die besonders finster aussahen.

Der Reiseleiter machte den Frauen aus Wuppertal Angst, flunkerte: »Die haben bestimmt jemanden umgelegt und verstecken sich jetzt im Dschungel. Denen sollten Sie nicht zu nahe kommen! Könnte gefährlich werden!«

Die Frauen hätten am liebsten auf dem Absatz kehrt gemacht. Aber dazu war es zu spät. Das Flugzeug rollte bereits zum Start, erhob sich, zog eine weite Schleife über Caracas. Zwei Stunden dauerte der Flug über die Berge an der Küste und den angrenzenden Urwald.

Peter, der dies alles kannte, schaute gar nicht mehr aus dem zerkratzten Fenster. Und während die Maschine brummend in Richtung Amazonas schwebte, breitete sich tief unten der unendlich grüne Teppich aus.

Es gab nur diese beiden Farben: Das Blau des Himmels und das Grün des Urwaldes. Ab und zu schlängelte sich ein Fluß in großen, weiten Bögen durch das Dickicht, um nach Sekunden am Horizont zu verschwinden.

Irmchen, der fast durch nichts mehr aus der Ruhe zu bringen war, hatte sich auf Peters Schoß eingerollt und schlummerte. Nicht einen einzigen Blick aus dem Fenster riskierte er. Wozu auch? In seinen Augen war die Welt überall gleich. Hauptsache, er hatte einen netten Menschen erobert und bekam was zu fressen. Peter Kröger erhob sich von seinem Platz, wandte sich an die Gruppe: »In fünfzehn Minuten landen wir in Canaima. Das ist unsere Basisstation. Sie liegt auf halber Höhe zwischen Amazonas und Orinoco. Eine Straße dorthin gibt es nicht. Wir sind also von der Außenwelt abgeschnitten. Unsere einzige Verbindung sind ein Funkgerät und das Flugzeug, das einmal wöchentlich landet. Also! Macht keinen Unsinn! Eine halbe Tagesreise von Canaima entfernt leben Indianer, die man für Menschenfresser hält. Ich rate aber keinem, es auszuprobieren.

Außerdem, paßt auf, wo Ihr hintretet! Es gibt hier Schlangen, deren Biß tötet. Und schließlich, steigt nicht in jeden Fluß. Ihr dürft nur da baden, wo ich es erlaube. Die Piranhas sind zwar nicht so schlimm wie in Horrorfilmen, aber sie haben eine Vorliebe für Weiße.«

Peter mußte schmunzeln, als er in die Gesichter der beiden Hausfrauen blickte: »Na, nun macht euch mal keine Gedanken! Die anderen haben es auch gut überstanden und hatten hier viel Spaß.«

Dröhnend und mit gedrosselten Triebwerken schwebte das alte Flugzeug mit der zerbeulten Außenhaut über Canaima ein. Der Pilot hätte die Strecke auch blind fliegen können, so gut kannte er sie.

Für jeden Fremden wäre Baum gleich Baum gewesen, nicht so für Miguel, der die Maschine behutsam nach unten drückte. Er kannte viele der über 40 Meter hohen Urwaldriesen, konnte sich an den Giganten hervorragend orientieren.

Peter Kröger kraulte Irmchen hinter den Ohren: »He, kleiner Herumtreiber! Aufwachen, wir landen!«

Er gab Irmchen einen sanften Stups. »Das scheint dich wohl überhaupt nicht zu berühren. Ich entführe dich ans andere Ende der Welt, und du pennst weiter.« Irmchen, noch immer nicht ganz wach, streckte die Pfoten von sich und gähnte. Dann drehte er den Kopf zur Seite und rollte sich erneut ein.

»Nein, nein! Kommt nicht in Frage!«

Peter versuchte, den Kater auf die Pfoten zu heben. Doch der wollte sich gerade wieder fallen lassen, als das Flugzeug rumpelnd auf der roten Sandpiste aufsetzte und wie ein Gummiball über den Boden hüpfte. Erst nach endlosen Sekunden rollte die Maschine von der Landebahn, verschwand zwischen Blechhütten und Bäumen.

Miguel, der Pilot und Stewardess in einer Person war, kam grinsend in die Passagierkabine: »Ladies and Gentlemen! Wir sind am Ziel! Bitte verlassen Sie das Flugzeug!«

Und mehr zu sich selbst murmelte er: »Verpißt euch

bloß, ihr blöden Touristen, bevor die alte Mühle auseinanderfällt.«

Peter nahm Irmchen, griff sich mit der anderen Hand den Seesack, in dem er sein Gepäck verstaut hatte. Dann drehte er sich zu seinen Begleitern um: »Na, denn wollen wir mal! Ich zeige euch die Unterkünfte, und gegen Sonnenuntergang treffen wir uns zum Abendessen. Da erkläre ich, wie es in den nächsten Tagen weitergeht.«

David und Smuel verschwanden ohne viele Worte in ihren Bungalows. Betty, die während des Fluges pausenlos Schokolade genascht hatte, entdeckte in den Bäumen Dutzende von Papageien und fing laut an zu jubeln: »Das ist ja wie im Film. Und es wirkt genauso echt.«

Fragend blickten die Hausfrauen aus Wuppertal in die Runde: »Können wir wohl mal zu Hause anrufen und sagen, daß alles in Ordnung ist?«

Peter mußte lachen: »Na klar, könnt ihr das! Aber bedenkt, daß ihr in Deutschland möglicherweise jemanden aus dem Bett holt. Da geht jetzt gerade die Sonne auf.«

Den Frauen war das egal. Sie wollten nicht, daß man sich daheim Sorgen machte, wo sie doch zu einem so großen Abenteuer aufgebrochen waren. Also warteten sie geduldig, bis sie über Caracas eine freie Funkleitung bekamen.

Peter brachte Irmchen aufs Zimmer, packte die Sachen aus, legte Pistole und Buschmesser aufs Bett. Dann trat er vor die Tür, schaute auf das kristallklare Wasser der Lagune und den weißen Sand, der vom Wind angeweht worden war. Einen Kilometer entfernt stürzte ein Wasserfall über eine Felswand 50 Meter in die Tiefe, verschwand brodelnd im See. Es war für Peter stets ein faszinierender Anblick. Das Wasser, das Grün der dichten Urwaldwand und dahinter die gewaltigen Tafelberge. Dort begann das Wagnis. Nur wenige Menschen hatten sich so weit gewagt. Kaum einer war je zurückgekehrt.

Peter wußte von den Indianern, die beim Dorf lebten, daß die Eingeborenen dieser Region noch Menschenfleisch aßen. Mehrere Forscher hatten in den vergangenen Jahrzehnten Expeditionen ausgerüstet. Das einzige, was man von ihnen fand, waren verzierte Knochen, die auf Indianermärkten gehandelt wurden. Später entdeckten Archäologen ein Tagebuch, in dem von Gold und versunkenen Städten die Rede war.

Handelte es sich um echte Aufzeichnungen oder Fälschungen? Waren es gar Hirngespinste von Sterbenden, im Delirium zu Papier gebracht?

Einer der wenigen, die zurückkehrten, war der alte Angel, nach dem der berühmte Wasserfall benannt wurde. Er berichtete von undurchdringlichen, zerklüfteten Urwaldregionen, in denen man sich zwangsläufig verirren mußte. Und auch er erzählte von Gold. Und der Weg dorthin? Niemand konnte ihn beschreiben. Niemand hatte ihn je gefunden. Auch Angel, der als Flieger hier jede Ecke kannte, war immer wieder Opfer des Irrgartens Dschungel geworden.

An all das dachte Peter, während er über die Lagune und den Wasserfall hin zu den Bergen schaute. Welche Geheimnisse mochten sie noch hüten? Ein zärtliches Stupseln riß Peter aus seinen Träumen. Irmchen war ihm gefolgt und bestand auf ein ausgiebiges Abendbrot.

»Komm her, schwarzer Prinz! Wir kaufen dir bei den Indianern einen großen saftigen Fisch. Den kannst du zum Abendbrot vernaschen.«

Irmchen erriet, was Peter meinte. Der Kater von Mallorca verstand aber vor allem die Sprache seines Magens. Und der signalisierte Bärenhunger.

Wie überall in den Tropen war die Sonne ohne lange Dämmerung am Horizont verschwunden. Peter saß noch mit seinem Kater auf der Terrasse, dachte über das Leben nach, das er führte. Schlecht war es nicht. Er verdiente gut, hatte seine Freiheit, kannte viele interessante Leute. Er hatte es immer warm, genoß ständig die Sonne, wußte nichts von Hektik, Streß, Terminplänen und ewigem Zeitmangel. Und trotzdem, irgend etwas fehlte. War es ein Zuhause? War es die Familie, die es nicht gab? Oder waren es die Freunde, die er nur alle Monate mal sehen und besuchen konnte?

Vielleicht mochte Peter Irmchen deswegen so sehr, vielleicht als Ersatz für all die Dinge, die er so vermißte.

Er traf eine folgenschwere Entscheidung: »Okay, Irmchen, wenn wir morgen zur Safari aufbrechen, nehme ich dich mit. Du begleitest mich in den Urwald. Ist nicht gefährlich. Ist ja nur eine harmlose Touristentour.«

Irmchen wußte nicht, was ihm bevorstand. Hätte er es geahnt, er wäre schnurstracks in die nächste Maschine gesprungen und nach Amerika zu John oder zurück nach Berlin geflogen. Statt dessen rollte er sich wieder mal auf Peters Schoß ein und döste vor sich hin.

Und nicht zum letztenmal wanderten seine Gedanken nach Mallorca zurück, in die Kindheit, zu den Freunden Juan und Valentino. So sehr Irmchen dieses Leben mochte, so groß war die Sehnsucht nach zu Hause. Und das war Mallorca.

Kurz vor Mitternacht schob Peter seinen Kater ans Fußende des Bettes und ging schlafen. Vier Nächte lang würden sie nicht mehr in einem richtigen Bett träumen können. So lange dauerte die Safari. Dann mußte er wieder am Lagerfeuer alle möglichen Geschichten erzählen, egal ob wahr oder erfunden. Das gehörte zum Programm. Dafür wurde er bezahlt, ja, auch dafür!

Vor allem mußte er aber aufpassen, daß nicht einer seiner Schützlinge vom Wege abkam und Bekanntschaft mit einem wilden Tier machte. Vor drei Jahren war eine Touristin aus Frankreich durch einen Schlangenbiß ums Leben gekommen. Sie hatte sich nur für wenige Minuten entfernt, als plötzlich ihr Todesschrei durch das Dickicht hallte.

Gegen sieben Uhr früh trafen sich die »Expeditionsteilnehmer« im Frühstücksraum. Die Frauen aus Wuppertal saßen zuerst am Tisch. Peter pfiff durch die Zähne – und konnte sich ein Lachen kaum verkneifen: »Holla, seht ihr fesch aus!«

Sie hatten sich daheim extra für den Dschungel-Ausflug neu eingekleidet. In einem Safari-Shop hatten sie spezielle Leinenhosen und -jacken gekauft. Auf den Köpfen trugen sie Hüte, wie man sie von der Camel-Reklame her kannte. Und an den Hüften baumelten – mehr lächerlich als gefährlich – riesige Fahrtenmesser. Obendrein hatten sie sich am Vorabend noch Lockenwickler in die Haare gedreht. Es sollte eben alles stilecht sein und darüber hinaus auch noch gut aussehen.

Peter schmunzelte: »Da werden die Menschenfresser einen riesigen Schreck bekommen. Laßt euch von David oder Smuel fotografieren. Einen schöneren Erinnerungsschnappschuß bekommt ihr so schnell nicht wieder.«

Nacheinander trudelten die anderen ein, David und Smuel noch etwas verschlafen. Betty, die sich aus der Heimat ein Glas Erdnußbutter und eine Tube Schokoaufstrich mitgebracht hatte, fragte sofort nach frischen Brötchen.

Und Mario schließlich hatte Freundin Claudia an der Hand und Irmchen im Gefolge: »Der kleine Ganove ist mir über den Weg gelaufen. Wenn er mitkommen soll, braucht er jetzt ein vernünftiges Frühstück.«

Peter übernahm den Kater, setzte ihn vor eine Schale mit frischem Hühnerfleisch.

Eine Stunde später ging es los.

In einem Kanu mit Außenbordmotor ließen sich die Hobby-Abenteurer den Fluß hinaufbringen. Die Vielfalt von Pflanzen und Tieren, Düften und Gerüchen, von Farben, Licht und Schatten verzauberte alle gleichermaßen. Sie blickten überwältigt auf die grünen, im Wind wogenden Urwaldwände, nicht in der Lage, auch nur mit einem einzigen Satz ihrer Bewunderung Ausdruck zu verleihen. Einen Tag sollte die Fahrt dauern. Ziel: die Orchideeninsel, wo sich der Fluß teilte und seine beiden Arme im Land der Indianer verschwanden.

Auf dem Weg dorthin konnte Peter seinen Begleitern viel zeigen und erklären: Wie Tupfer hingen überall feuerrote Bromelien in den Bäumen, Pflanzen, die den Stämmen und Ästen keine Nährstoffe entziehen, sondern die einen eigenen kleinen Wasserbehälter anlegen, aus dem sie sich ernähren. Metergroß die Nester, die Termiten aus Holzteilchen und Speichel bauten und in die Bäume klebten. Der Königsgeier, der einzige bekannte Aasfresser im Dschungel, entdeckte von einem Baumwipfel aus die Eindringlinge, und neugierig folgte sein rotgefiederter Kopf dem Einbaum.

Am Nachmittag hatten Peter und seine Schützlinge sogar das Glück, den größten Adler der Welt zu beobachten. Der Harqyjia schoß mit einer Geschwindigkeit von 80 Stundenkilometern aus den Wolken, verschwand hinter den Baumwipfeln, um Sekunden später mit einem Beutetier in den Klauen wieder in den Himmel zu steigen. Und zu allem, was das Freilufttheater Urwald seinen Besuchern darbot, konnte Peter Kröger etwas erzählen: »Es gibt hier 3000 verschiedene Baumarten. Es ist leichter, 50 Schmetterlinge unterschiedlichster Art zu finden als Schmetterlinge einer Gattung. Es leben rund 1,5 Millionen Tierarten im Urwald, von denen wir etwa ein Drittel kennen. Das heißt, von einer Million haben wir nicht den geringsten Schimmer.«

Eine der Frauen aus Wuppertal zuckte zusammen: »Was ist, wenn im Busch Riesenschlangen und Saurier überlebt haben?«

Ein hilfesuchender Blick traf die Freundin, deren frischgelockte Haare langsam die Façon verloren: »Was meinst du? Ist das nicht zu gefährlich für uns?«

Doch die Freundin, die ein wenig mehr Mut besaß, wies jeden Zweifel und den Anflug von Furcht von sich: »Schau nach vorn! Nun sind wir hier! Jetzt machen wir auch weiter! Unser Peter wird uns schon nicht zu großen Gefahren aussetzen. Schließlich kennt er sich hier aus.«

Irmchen, der sich unter einer Bank eingerollt hatte, machte sich vor Sonnenuntergang einen Spaß daraus, mit den Pfoten nach kleinen Flußfischen zu angeln. Das hatte er als Teenager von seinem Freund Juan gelernt. Außerdem hielt Irmchen ab und an seinen Schwanz ins Wasser, um Fische anzulocken. Da wird bestimmt einer anbeißen, hoffte der Kater, der fortwährend einen Riesenappetit verspürte.

Peter, der nicht ständig auf seinen Freund geachtet hatte, bekam einen Riesenschreck, als er sah, wie der Kater seinen Schwanz ins Wasser baumeln ließ: »Irmchen, komm sofort hierher! Oder willst du den Rest deines Lebens ohne Schwanz herumlaufen?«

Irmchen verstand kein Wort! Im letzten Moment riß Peter ihn vom Bootsrand. Ein Schwarm Piranhas hatte sich bis auf wenige Meter genähert, hätte den Kater Sekunden später am Schwanz über Bord gezogen und aufgefressen. Peter nahm seinen Liebling auf den Schoß, wo er während der nächsten Stunden blieb.

Die Sonne war schon hinter den wolkenverhangenen Bergen untergegangen, als das Boot mit den müden Abenteurern die Orchideeninsel erreichte.

Drei Indianer, die auf die Ankunft gewartet hatten, zogen das Boot an Land. Auch hier hatte der Wind seine Spuren hinterlassen und Sand angeweht. Das kristallklare Wasser schimmerte in einem zarten Rot, was von den Mineralien und Erzen im Boden kam.

Die Indianer, die in der Nähe lebten, hatten zuvor Fleisch über einem Lagerfeuer knusprig braun gebraten. Dazu servierten sie im Erdofen gebackenes Brot und Ananas aus der Büchse. Peter Kröger holte einen Kasten mit tiefgekühltem Champagner aus dem Boot, stellte ein paar alte Holztische und Stühle auf, und es gab das originellste Abendessen, das alle je erlebt hatten.

Gegen Mitternacht, im Lager herrschte Ruhe, riß ein fremdartiges Geräusch Irmchen aus dem Schlaf. Peter, sonst sofort hellwach, schlummerte friedlich weiter, eine Folge des Alkohols, den er nicht vertrug.

Irmchen, wieder mal von Neugierde und Abenteuerlust gepackt, schlich sich aus dem Lager und nahm damit Abschied von seinem Freund, ohne es zu ahnen. Jahre sollten vergehen, bis sie sich wiedertrafen.

*

Das geheimnisvolle Geräusch lockte den Kater in die Nacht hinaus. Ein schmaler Weg, der am Ufer entlangführte, schlängelte sich durch das Dickicht bis zum Ende der zwei Kilometer langen Insel.

Die Indianer, die hier lebten, hatten den Weg mit ihren Buschmessern freigehauen. Alle sechs Wochen mußten sie neue Lianen, die dick wie Taue waren, kappen, damit der Pfad nicht zuwuchs. Die Eingeborenen hatten durch Peter Kröger regelmäßigen Kontakt zur Zivilisation. Sie verdienten sich ein paar Dollar nebenbei, die sie in Canaima für Zigaretten, Nadeln, Messer oder Batterien für ihre Transistorradios ausgaben.

Aber davon wußte Irmchen nichts, als er im fahlen Mondlicht, das sich im Wasser des Flusses spiegelte, den Weg entlangschlich.

Das Geräusch, das ihn aus dem Lager gelockt hatte, war mal nah und mal fern.

Irmchen fühlte eine seltsame Unsicherheit in sich aufsteigen. Zurück zu Peter oder dem Geräusch nach – es gab nur die beiden Möglichkeiten. Der Kater wollte sich eben entscheiden, als ein Schatten auf ihn zuschoß und sofort im Steilflug in den Wipfeln der Bäume verschwand. Schallendes Gelächter kräuselte ihm die Nackenhaare. Dann plötzlich wieder Stille.

Die Pause war nur kurz. Ein tiefes Grunzen, ein schriller

Pfeifton und das Klicken eines durchgeladenen Gewehres ließen Irmchen zusammenzucken. Der Kater preßte sich flach auf den Boden, als er den Verursacher dieser Geräusche vor sich sah. Ohne zu zögern machte er einen großen Satz vorwärts. Und steckte im selben Augenblick in einer wilden Prügelei!

Scharfe Krallen bohrten sich in seinen Rücken. Ein spitzer Schnabel hieb auf den Kopf ein, so daß Irmchen das Gefühl hatte, jemand wolle ihm den Schädel durchlöchern. Doch der Mallorquiner wußte sich zu wehren. Mit seinen Vorderpfoten packte er das nächtliche Phantom, rammte ihm die Krallen seiner Hinterläufe in den Leib.

Blut spritzte, Federn wirbelten durch die Luft, als ein langgezogener Pfiff aus der Ferne den beinahe tödlichen Zweikampf beendete. Das fremde Tier verpaßte dem Kater noch einen schmerzhaften Hieb mit dem Schnabel, löste sich mit aller Kraft aus den Katzenkrallen und flatterte davon.

Irmchen war so außer Rand und Band, daß er alle Vorsicht vergaß und trotz der schmerzenden Verletzungen den Pfad entlanghetzte, immer auf der Suche nach dem unheimlichen Gegner. Über Wurzeln und Termitenhügel, durch Ameisenstraßen und modrige Pfützen fegte der Kater, als er plötzlich die Stimme eines Menschen hörte: »Chiko, komm her! Komm auf meinen Arm! Na, nun mach schon, alter Galgenvogel!«

Irmchen hatte das Ende des Weges erreicht. Wie festgenagelt blieb er stehen und preßte sich sofort flach auf den Boden.

Ein Mann mit schütterem blonden Haar hockte in einem Einbaum, hielt den linken Arm von sich gestreckt und pfiff eine Lockmelodie in die Nacht. Nach wenigen Sekunden flatterte ein dunkler Schatten auf seinen Unterarm, beschwerte sich laut gackernd bei seinem Herrchen. Anschließend spreizte er die Flügel, sortierte die zerzausten Federn.

Das Boot, das am Ufer des Flusses im seichten Wasser dümpelte, war mit einer kurzen Leine an einer Wurzel befestigt. Neben einem Paddel lagen eine Machete und ein Gewehr.

Der Mann streichelte seinem Vogel über das gerupfte Gefieder. »Hey Chiko, wer hat dich so zugerichtet?«

Vorsichtig spähte der Besitzer des Papageis in das dichte Buschwerk am Ufer. Langsam wanderten seine Blicke von einem Strauch zum anderen. Seine Augen waren so gut wie die eines Habichts. Trotz der Dunkelheit erkannte er jedes Detail: »Na, was haben wir denn da?«

Irmchen machte sich noch kleiner, versuchte, sich hinter dem kniehohen Gras zu verbergen. Vergeblich. Der Mann erhob sich, setzte einen Fuß ans Ufer, streckte seine Hand aus.

Chiko, der Papagei, krallte sich an seiner Schulter fest. Der Vogel ließ ein gefährliches Grunzen hören: »Schscht, sei still! Das ist nur eine Katze, die du hierher gelockt hast. Komm, wir sind jetzt beide ganz brav und sagen dem Stromer guten Tag.« Chiko fing an zu gackern und zu lachen, als der Mann Irmchen behutsam hochhob.

Jeglicher Mut hatte den kleinen Mallorquiner verlassen. Zu dramatisch waren die letzten zwanzig Minuten verlaufen. Doch als der Kater die Nähe des Mannes spürte, beruhigte er sich sofort. Er merkte, daß er es mit einem Freund zu tun hatte.

Wolf von Bergen streichelte Irmchen das ramponierte Fell: »So also sieht ein Kater aus, der sich mit Chiko einen Ringkampf liefert. Nicht uninteressant. Na, nun setz' dich erst mal ins Boot und komm zur Ruhe. Du bist bestimmt jemandem davongelaufen.«

Wäre Irmchen ein Mensch gewesen, er hätte sich vermutlich aus Angst irgendwo versteckt. Aber er war ein Kater, ein schlauer und furchtloser obendrein. Und da er feststellte, daß im Moment keine Gefahr drohte, schlich er sich an das rechte Bein des Mannes heran, machte Stupselchen und fing lauthals an zu schnurren. Wolf gab seinem gakkernden Papagei einen leichten Klaps auf den Schnabel und hob Irmchen auf den Schoß.

Die Welt war wieder in Ordnung. Jedenfalls fürs erste. Am liebsten jedoch hätte es der Kater gesehen, wenn der freundliche Fremde ihn zurück zum Camp gebracht hätte.

Wolf von Bergen dachte nicht daran. Er machte die Leine los, schob das Boot vom Ufer weg und paddelte hinaus auf den Fluß.

Irmchen ahnte, daß nun ein neues Abenteuer begann. Doch was sollte man machen, als armer Kater in einer fremden Welt? Über Bord springen? Nein, das war zu gefährlich! Schließlich lauerten da die gefährlichen Fische, die mit Vorliebe Schwanzspitzen anknabbern und zum Nachtisch ganze Katzen vernaschen. Also blieb ihm nichts anderes übrig, als sich in sein Schicksal zu fügen und abzuwarten.

Wolf von Bergen paddelte die ganze Nacht hindurch immer flußaufwärts. Und während sich Kater und Papagei mißtrauisch beäugten, dachte der Mann an längst vergangene Zeiten. Er war auf dem Gutshof seiner Eltern in Nordbayern aufgewachsen. Als Neunzehnjähriger mußte er 1943 in den Krieg. Nach zwei Jahren geriet er in russische Gefangenschaft, kam nach Sibirien. Viele seiner Kameraden starben damals den Kälte- und Hungertod. Es war 1947, als Wolf mit drei Freunden aus dem Lager ausbrach und über die Türkei zurück nach Deutschland flüchtete. 1951 kam er schließlich in München an. Vier Jahre hatte die Flucht gedauert, durch Eis und Kälte. Er war mit seinen Freunden durch die Hölle gegangen, hatte viele tausend Kilometer durch Steppen und Urwälder zurückgelegt. Die Kameraden waren unterwegs gestorben, an Erschöpfung, durch Kälte, an Verzweiflung oder einfach, weil sie ihre Lebensenergie verloren hatten.

Nicht so Wolf! Obwohl er sich in den endlosen eisigen Nächten sämtliche Zehen abgefroren hatte, obwohl er vor

Bären und Wölfen auf Bäume hatte flüchten müssen, brannte in ihm der unstillbare Hunger nach Leben. Er wollte nach Hause, zu seiner Familie, durchhalten und um keinen Preis aufgeben. In den Bergen des Ural mußte er Menschenfleisch essen, um nicht zu verhungern. In der Türkei mußte er in einem Männerbordell arbeiten und sich weit mehr demütigen lassen als je ein Mitglied seiner Familie zuvor.

Als Wolf seine Heimat erreichte, hatte sich dort alles verändert. Die Menschen in Deutschland, dem neuen Deutschland ohne Führer und Hakenkreuz, hatten genug zu tun mit dem eben einsetzenden Wirtschaftswunder. Für ihn gab es, wie für viele andere, keinen Platz mehr in dieser Gesellschaft. Jedenfalls glaubte das Wolf. Wann immer er an eine Tür klopfte, um Hilfe zu erbitten, stieß er auf Ablehnung. Und einer schließlich sagte es ihm endlich deutlich ins Gesicht: »Du warst zu lange fort. Deine Familie ist tot. Die Zeiten haben sich geändert. Und außerdem hast du bis zuletzt für deinen Führer gekämpft. Tut mir leid! Ich kann nichts für dich tun!«

Drei Jahre lang versuchte Wolf, sich mit Gelegenheitsarbeiten über Wasser zu halten. Dann gab er auf. Er kratzte sein weniges gespartes Geld zusammen, heuerte in Hamburg auf einem Schiff an und fuhr als Matrose um die Welt.

Wolf lernte die großen Häfen kennen, von Rotterdam über Hongkong bis Singapur. In Caracas ging er an Land, schlug sich zu den Indianern Venezuelas durch und beschloß: Hier bleibe ich! Hier verbringe ich mein Leben.

Ein feuchtwarmer Windhauch, der das Einbaum-Boot zur Seite drückte, riß Wolf aus Träumen und Erinnerungen. Seine Schützlinge Chiko und Irmchen hatten es sich im Boot bequem gemacht. Der Papagei schlummerte auf dem Gewehrkolben sitzend vor sich hin, während sich Irmchen unter einer alten Decke eingerollt hatte.

Es dämmerte schon, als das Boot eine kleine Urwaldlichtung erreichte. Knirschend bohrte sich der Rumpf in den roten Sand. Als Wolf sein Boot – die einzige Verbindung zur übrigen Welt – an Land gezogen hatte, erwachten die beiden so unterschiedlichen Tiere, die bald die besten Freunde werden sollten, aus dem Schlaf: »Na, ihr Radaubrüder, ausgeschlafen?«

Chiko spreizte die Flügel, fing laut an zu plaudern und flog schnurstracks auf seinen Lieblingsast vor der Hütte, in der Wolf lebte. Irmchen stand auf, streckte sich, setzte die Vorderpfoten zaghaft auf den Rand des Bootes. Das also war das neue Zuhause!

Mit einem Satz hüpfte der Kater aus dem Boot, blinzelte in die Sonne, die sich soeben über die Baumwipfel hangelte: Nur das monotone Rauschen des Waldes war zu hören. Kein Lärm von Menschen, keine Tierlaute störten die sanfte Ruhe an der Grenze zwischen Venezuela und Brasilien.

Wolf nahm seinen neuen Gefährten auf den Arm: »Komm, ich zeige dir mein Haus. Es ist zwar bescheiden, aber der Platz reicht auch für drei.«

Der Mann, der sein Gewehr, das Buschmesser und eine alte Pistole in einen Holzkasten vor dem Haus legte, öffnete die Tür. Alles war sauber und aufgeräumt. An der rechten Wand stand ein schiefes Bett, das sich Wolf aus Brettern gebaut hatte. Vor dem einzigen Fenster des Einraum-Hauses flatterte ein Stück Plastikfolie im Wind. Von der Decke hingen Tabakblätter zum Trocknen. Wolf, der sich hier draußen in der Wildnis vollständig selbst versorgen mußte, hatte nur wenige Meter vom Haus entfernt eine kleine Tabakplantage angelegt.

Auf der alten Kommode, die sich Wolf in Palma Sola, einem Küstenort, gekauft hatte, stand ein Bilderrahmen mit einem Foto seiner Familie. Von der Feuchtigkeit im Dschungel schon arg mitgenommen und vergilbt waren darauf Wolf, seine beiden Brüder, seine Schwester und die Eltern zu sehen.

Ein Foto aus glücklichen Tagen! Es war 1939 kurz vor Ausbruch des Krieges gemacht worden. Erinnerungen!

Eltern und Geschwister, so hatte Wolf erfahren, waren zum Ende des Krieges auf Umwegen nach Dresden gelangt und dort bei dem großen Angriff umgekommen.

Den Mittelpunkt des achtzehn Quadratmeter großen Raumes bildete ein Tisch, der jedesmal knarrte, wenn Wolf daran eine Mahlzeit zu sich nahm.

Das schwarze Näschen vorsichtig nach oben gestreckt, fast so wie ein Hund, machte Irmchen seinen ersten Rundgang. Alles war neu und fremd und wirkte doch, genau wie der Besitzer, vertrauenerweckend.

Wolf hob Irmchen wieder hoch und öffnete die kleine Metallkapsel am Hals: »Wollen mal sehen, was du da hast.« Heraus purzelte der Zettel mit den drei Worten *Irmchen, Estellencs, Mallorca.*

»Na sowas! Du bist ja um die halbe Welt gereist, um jetzt bei mir zu landen. Ich glaube, du bist ein Abenteurer, den es nie lange irgendwo hält.«

Wolf hatte so unrecht nicht, obwohl Irmchen gern ein Zuhause gefunden hätte, eines, wo man für den Rest seines Lebens hätte bleiben können. Aber das schien dem Kater wohl nicht vergönnt zu sein, jedenfalls jetzt noch nicht.

So erkundete er in Begleitung seines neuen Freundes Chiko erst einmal die Umgebung. Hier gab es die wundersamsten Tiere: Libellen, so groß wie Tauben, Schmetterlinge, so gewaltig wie die Möwen Mallorcas.

Irmchen war mit einem Satz wieder im Haus, als sich eine fast acht Meter lange Schlange von einem Baum herab zum Ufer schlängelte. Und so ruhig es noch am frühen Morgen war, so laut wurde es am Nachmittag. Chiko hatte offensichtlich sämtliche Freunde und Verwandte eingeladen, um den Neuankömmling zu begrüßen.

Als Irmchen vor der Hütte genüßlich einen Fisch verzehrte, fingen in den Wipfeln der Bäume über 60 buntgefiederte Papageien an, Klamauk zu machen.

Hinter dem Haus, und diese Tiere kamen Irmchen schon wesentlich vertrauter vor, dösten fünf Ziegen vor sich hin, die Wolf mit Milch, Käse und Fleisch versorgten. Dazu kamen noch zwei Dutzend Hühner, die aber in dem hohen Gras kaum zu sehen waren. Wolf hatte alles, was er brauchte. Strom, Fernseher, Radio, all das gab es hier nicht. Nicht einmal ein Funkgerät, mit dem er im Notfall hätte Hilfe holen können.

Der Deutsche, der dem normalen Leben schon vor Jahrzehnten Adieu gesagt hatte, war ganz auf sich allein gestellt. Ab und zu bekam er Besuch von Indianern, deren Sprache er mehr schlecht als recht verstand. Lange Zeit hatte es gebraucht, ehe sich so etwas wie Freundschaft entwickelte. Dafür waren die Gegensätze zu gravierend. Vor allem daß die Indianer noch Menschenfleisch aßen, ließ Wolf nie eine gewisse Vorsicht vergessen. Und so schlief er auch nie ein, ohne das durchgeladene und entsicherte Gewehr in Reichweite zu haben.

Es hätte ihm, und das wußte er, im Zweifelsfall nichts genützt. Die Indianer kamen und töteten lautlos mit vergifteten Pfeilen. Das einzige, das ihn ein wenig beruhigte, war die Tatsache, daß sie nur Angehörige feindlicher Stämme aßen. Und so, wie es bisher aussah, zählten sie den weißen Mann mit dem Gewehr eher zu den Freunden.

Den ersten gemeinsamen Abend verbrachten Irmchen, Chiko und Wolf draußen vor der Hütte am Lagerfeuer. Und in dem Kater wurden Erinnerungen an Artur wach, den Waldmenschen von Berlin. Wie mochte es ihm wohl gehen in seinem Seniorenheim? Aber das lag schon alles so weit zurück.

*

Die ersten drei oder vier Wochen mußte Irmchen in der Nähe des Hauses bleiben. Zu gefährlich war der glucksende, quakende und zirpende Dschungel für den Kater.

Überall im seichten Wasser der verschlungenen und überwucherten Flußnebenarme sah man die funkelnden Augen der Krokodile. Reglos lauerten sie unter der Wasseroberfläche, um im richtigen Augenblick zuzuschnappen. Horden von Affen turnten durch die Baumwipfel, warfen mit Steinen oder harten Urwaldfrüchten, die nicht einmal ein Papagei knacken konnte. Jeder einzelne hätte Irmchen mit Leichtigkeit den Schädel zerschmettert.

Also war es sicherer, zunächst in der Nähe des Hauses zu bleiben. Irmchen, dem die stickige Luft des Urwaldes zu schaffen machte, besaß auch gar nicht die Kraft für längere Ausflüge. Deshalb drückte er sich bei den Ziegen und Hühnern herum, wenn Wolf seine Streifzüge durch den Dschungel unternahm.

Auch am Haus gab es viel zu entdecken. Buntschillernde Eidechsen, so klein wie ein Maikäfer und manchmal so groß wie Irmchen selbst, huschten vorbei, um im selben Augenblick mit flinken Bewegungen im nächsten Gebüsch oder auf einem Baum zu verschwinden.

Dann waren da noch die Quälgeister, die Irmchen zu schaffen machten: Moskitos, die sich mit ihrem ewigen Appetit auf Blut auf den Kater stürzten, oder Heerscharen von kleinen roten Ameisen, die an den Pfoten hochkrabbelten und schmerzhafte Bißwunden hinterließen.

Wenn Irmchen von Stichen und Bissen genug hatte, versteckte er sich lieber im Haus und wartete, bis Wolf am späten Nachmittag von seinem Ausflug zurück war. Der Kater mochte diese Welt nicht sonderlich: Zu fremdartig war hier alles, zu gefährlich und obendrein kaum berechenbar. Irmchen, der in der zivilisierten Welt Europas aufgewachsen war, verspürte ständig ein drückendes Gefühl der Angst. Außerdem war die Ernährung beim besten Willen nicht nach seinem Geschmack. Die Früchte, die Wolf seinem neuen Freund vorsetzte, schmeckten meist widerlich. Also mußte er mit dem vorliebnehmen, was er gerade so hinunterbekam: Das waren die Milch der Ziegen und das Fleisch der Fische, die Wolf für seinen Gefährten am Fluß fing.

Abends, wenn der Einsiedler seine windschiefe Behausung aufgeräumt hatte, nahm er den Kater auf den Schoß, um ihm mindestens eine Stunde lang das Fell zu kraulen. Es war für Irmchen stets der schönste Augenblick des Tages. Nur dann vergaß er seine Einsamkeit, die sich immer wieder in sein Herz schlich.

Am liebsten wäre er heimlich davongelaufen. Aber er wäre keinen Kilometer weit gekommen. Mit Sicherheit aber hätte er nie Canaima und Peter Kröger erreicht.

Es kam der Tag, an dem Irmchen zum erstenmal mit in den Dschungel durfte. Wolf legte seinem schwarzen Begleiter aus Sicherheitsgründen eine selbstgebastelte Leine an, pfiff Chiko auf die Schulter. Dann stieg er mit den Freunden ins Boot und paddelte hinaus auf den Fluß. Das Ziel war ein kleiner Indianerstamm, der etwa fünfzehn Kilometer flußaufwärts wohnte.

Wolf war der einzige Weiße, den die Steinzeitmenschen kannten. Sie wußten nichts von Ackerbau und Zivilisation. Sie hielten sich einige Tiere, ernährten sich von Fischen, Affen, Vögeln und den Früchten des Dschungels.

Und obwohl diese Eingeborenen kein Menschenfleisch aßen, war es jedesmal gefährlich, sie zu besuchen. Eine falsche Bewegung, eine unachtsame Geste konnte den sicheren Tod bedeuten.

Wolf besuchte die Indianer einmal im Monat, tauschte Fett und Eier gegen Kräuter und Früchte, die in der Umgebung seines Hauses nicht wuchsen.

Als sich das Boot dem kleinen Naturhafen am Ufer näherte, standen schon zehn Indianer neugierig bereit. Staunend zeigte ein 15jähriger Junge auf den Kater, gab Laute in einer unverständlichen Sprache von sich.

Irmchen sträubte sich das Nackenfell. Am liebsten wäre er im Boot geblieben. Aber das hätte seine Angst gezeigt. Freundlich winkend kletterte Wolf ans Ufer, hob seinen

Kater aus dem Einbaum und setzte ihn auf den feuchten Sand.

Sofort wichen die Indianer zurück. So ein Tier, das wie der leibhaftige Teufel aussah, hatten sie noch nie gesehen. Wolf machte eine beruhigende Geste, streichelte Irmchen demonstrativ das Fell.

Der Junge, er hieß Xango, so wie der Gott der Männlichkeit, machte einen Schritt vorwärts, ballte die Faust. Wolfs Muskeln waren aufs äußerste gespannt. Das entsicherte Gewehr lag im nur zwei Schritte entfernten Boot. Im Notfall, das wußte er, mußte er schießen. Die Hoffnung, sich durch Flucht zu retten, war gering. Denn im Dickicht hatten noch mindestens zehn Indianer ihre Bögen griffbereit. Und waren die Pfeile vielleicht in diesem Augenblick auch nicht giftig, die Treffer wären mit Sicherheit tödlich gewesen.

Wolf griff in seine Tasche, holte ein Hühnerei hervor, machte Kikeriki und schenkte Xango das erste Ei. Sofort entspannte sich die Situation. Wolf zeigte auf Irmchen und machte eine Handbewegung, die den Indianern bedeutete, daß Irmchen der große Eierleger des weißen Mannes war.

Die Indianer fingen an, laut durcheinander zu reden und zu lachen. Und während sie sich zu Irmchen hinabbeugten, um sein Fell zu berühren, glaubten sie, nun endlich das Tier in ihrem Dorf zu haben, das die Eier für den weißen Mann legte.

Irmchen zitterte am ganzen Leib, als Xango nach der Öffnung suchte, aus der die Eier seiner Meinung nach herausgerutscht sein könnten. Der Kater machte gute Miene zum ungewöhnlichen Spiel. Als Xango am Hinterteil angelangt war, fing er laut an zu jubeln. Endlich glaubte er die Eieröffnung entdeckt zu haben.

Der etwa zweistündige Besuch verlief friedlich, zur großen Erleichterung von Wolf und auch von Irmchen. Allerdings war dem Deutschen nicht entgangen, daß das Interesse der Indianer an Irmchen größer war, als er es für angebracht hielt. Immer wieder erschien Xango, wollte den Kater in seine Hütte locken. Nur Wolfs Gesten, die besagten, daß der Kater ausschließlich bei Weißen Eier legen konnte, hielten den ältesten Sohn des Häuptling davon ab, Irmchen zu behalten. Beim Abschied mußte Wolf allerdings versprechen, seinen Eier-Kater zum nächsten Tauschbesuch wieder mitzubringen.

Am Abend, als Wolf bei seiner Hütte angelangt war, setzte er sich zum erstenmal seit Wochen an den Tisch, um sein Tagebuch fortzusetzen. Er hatte es irgendwann mal angefangen, konnte später jedoch nicht mehr jedes Ereignis festhalten, weil der Papiervorrat zur Neige ging.

»Ach ja, mein Irmchen, irgendwann sterbe ich hier. Dann werden sich die Tiere des Waldes das Fleisch meines Körpers holen. Vielleicht kommt später einmal jemand hierher, findet diese Aufzeichnungen und bringt sie entfernten Verwandten in Europa. Aber im tiefsten Innern glaube ich nicht daran. Die Feuchtigkeit frißt das Papier auf, schneller noch, als die Tiere meine Knochen abgenagt haben.«

Und während Wolf so schrieb, erinnerte er sich an einen Goldsucher, der hier vor vielen Jahrzehnten ums Leben gekommen war. Er hatte große Mengen Gold gefunden, wollte nach Hause, kam aber nie dort an. Also rüsteten Freunde eine Expedition aus, beschlossen, nach ihm zu suchen.

Eines Tages kamen sie an einen Strand, entdeckten dort ein hölzernes Kreuz, das halb eingegraben am Boden lag. Die Männer gruben im Sand und machten nach wenigen Stunden eine grausige Entdeckung. Sie fanden zwei Skelette, eng ineinander verschlungen. Es waren die Gebeine des gesuchten Mannes und das Skelett eines riesigen Krokodiles.

Die roten Ameisen hatten das Fleisch der beiden bis auf die letzte Faser abgenagt. Die Freunde untersuchten die Knochen und ihnen wurde klar, welches Drama sich hier abgespielt hatte.

Der Mann hatte das Krokodil erschossen, um es abzuhäuten. Plötzlich, mit der letzten Todeszuckung, erwischte das sterbende Tier den Oberschenkel des Mannes, biß sich mit aller Kraft darin fest. Der Unglückliche versuchte vergeblich, sich aus dem starren Kiefer des mörderischen Reptils zu befreien, verlor dabei immer mehr Blut. Am Ende verließen den Mann die Kräfte, und er wurde ohnmächtig. Der Goldsucher starb, bis zum letzten Augenblick bemüht, das tote Krokodil von seinem Bein zu reißen. Die roten Ameisen besorgten den Rest, verschlangen das ungleiche Paar in kurzer Zeit. Die Freunde begruben die im Tode ineinander verschlungenen Kämpfer, so wie sie sie gefunden hatten. Dann stellten sie das Kreuz wieder auf und kehrten zurück in die Zivilisation.

Wolf von Bergen hatte etwa zwei Stunden geschrieben, da übermannte ihn die Müdigkeit. Der Rücken tat ihm weh, als er sich in dem selbstgebauten, morschen Stuhl zurücklehnte. Mit seiner rechten Hand rieb er sich immer wieder die schmerzende Stelle, gähnte laut: »Hallo, ihr zwei! Wie wärs, wenn wir jetzt alle schlafen gingen?«

Wolf hätte es seinen Freunden nicht extra sagen müssen. Irmchen lag schon ausgestreckt neben einer Schale Ziegenmilch. Und Chiko, der genüßlich am Holz des Bettpfostens herumgeknabbert hatte, war mitten in seiner Lieblingsbeschäftigung eingeschlafen.

Der Einsiedler legte sich, ohne sich groß auszuziehen, aufs Bett und blickte an die Decke seiner Hütte. Er wußte, daß ihm nicht mehr viel Zeit bleiben würde. Über 60 Jahre war er jetzt alt, und die Kraft, auf die er sich früher stets hatte verlassen können, schwand langsam dahin. Das abenteuerliche Leben, die Jahre in Rußland, die Flucht, die Zeit auf See und schließlich der Dschungel, all das forderte nun seinen Tribut.

Wolf fühlte sich älter, als er war. Schon oft hatte er darüber nachgedacht, ob er in die Zivilisation zurückkehren sollte. Aber irgendwie spürte er, daß dort nach so vielen

Jahren kein Platz mehr für ihn sein würde: Nein! In irgendeinem Altersheim wie ein seniler Opa behandelt werden? Auf keinen Fall! Und am Ende im Krankenhaus liegen und vegetieren, an irgendwelchen Schläuchen qualvoll vor sich hinsterben?

Wolf bekam Angst bei dem Gedanken an den Tod. Er hätte am liebsten ewig leben mögen, stark und gesund, voller Tatendurst und Energie, hier draußen in einer Welt, die ihm allein gehörte. Gäbe es einen Jungborn, er wäre mit seinen Tieren dorthin gepilgert, hätte mit Irmchen und Chiko darin gebadet, um am Ende mit ihnen unsterblich zu sein. Aber davon träumten ja wohl viele Menschen!

Er drängte den unsinnigen Gedanken in seinem Kopf beiseite, blies die Kerze aus und drehte sich zur Wand: »Schlafen wir erstmal und sehen wir morgen weiter!«

Und bevor der Mann mit dem schütteren blonden Haar in die Welt der Träume hinüberglitt, dachte er an das Gewehr, das in der Ecke stand: Die letzten drei Patronen, Freunde, sind für uns! Auch der Urwald wird uns nicht so einfach holen. Wir werden Beelzebub im letzten Moment noch eins auswischen und selbst unseren Abgang inszenieren.

Wolf schlief schon zwei Stunden, als Irmchen von einem Geräusch erwachte. Vielleicht war es der Flügelschlag einer Riesenlibelle oder der Gesang eines Vogels. Weil Irmchen nicht mehr einschlafen konnte, sprang er auf das Fensterbrett, blickte hinauf in den sternenklaren Nachthimmel. Der Vollmond stand als silberne Scheibe über der Hütte. Und als würde seine Seele über Jahrtausende hinweg zurückwandern, sah der Kater seine Vorfahren schemenhaft als riesige Wildkatzen durch die Wälder einer anderen Zeit streifen.

Irmchen hatte, bestimmt ohne es zu wollen, einen Lebensweg eingeschlagen, der längst vergessene Verhaltensweisen und Instinkte in ihm wieder zum Vorschein brachte. Seine Augen waren schärfer als die anderer Katzen, die

Muskeln stärker, der Geruchssinn ausgeprägter. Kaum ein Kater konnte so schnell und entschlossen reagieren. Wie viele Kreaturen dagegen waren von den Menschen ihrer besten Eigenschaften beraubt worden. Wegen besonders schöner Augen oder eines bunten Felles hatte man die Tiere gezüchtet, bis sie kaum noch fähig waren, allein zu überleben. Hier draußen in der Wildnis wären sie eine leichte Beute der Indianer oder Raubtiere geworden.

Irmchen, der merkte, daß das Geräusch harmloser Natur war, rollte sich wieder ein. Und auch im Schlaf tauchten in seinen Träumen die Vorfahren auf. Hätte er gekonnt, er wäre ihnen aus der Wirklichkeit in den Traum hinein gefolgt. So aber erwachte Irmchen am nächsten Morgen kurz nach Sonnenaufgang mit dem Gefühl, das er immer um diese Zeit hatte: Hunger.

Wolf wußte das und stellte seinem schwarzen Liebling eine Schale Ziegenmilch hin: »Komm, Dicker, laß dich mal wieder so richtig vollaufen!«

Und während der Mann seinem Kater das Fell kraulte, stupselte Irmchen sein Bein und schlabberte genüßlich die mit Wasser verdünnte Milch. Ein Tag war jetzt für ihn wie der andere. Eine gewisse Monotonie machte sich breit. Langeweile überkam den Kater, der Abenteuer gewöhnt war.

Irmchen verspürte Lust, etwas zu unternehmen. Seit gut einem halben Jahr schon lebte der Kater nun bei Wolf und Chiko. Und so blendend die drei sich auch verstanden und vertrugen, die Tage waren einfach zu lang. Aber das sollte sich plötzlich ändern.

Es war an einem späten Nachmittag: Irmchen ärgerte übermütig die Hühner, als plötzlich ein lautes Gekreische aus den Baumwipfeln zu hören war. Der Kater blickte nach oben, konnte jedoch nicht genau erkennen, was los war. Mal klang es, als ob ein Flugzeug in den Sturzflug überging. Sekunden später knallten zuschlagende Türen und im gleichen Augenblick ertönte das Durchladen eines Gewehres. Diesen Lärm kannte Irmchen, und sofort war ihm klar, daß Freund Chiko in höchster Gefahr schwebte. Eine Herde Affen hatte sich auf den in der Sonne dahindösenden Papagei gestürzt.

Wäre Chiko aufmerksamer gewesen, er hätte noch davonfliegen können. Da er aber im Halbschlaf vor sich hin geplappert hatte, kam der Angriff völlig überraschend.

Seine Chancen standen schlecht. Der Anführer der Affen hatte dem Papagei einen Flügel ausgerenkt und obendrein auch noch Federn ausgerissen. Chiko war nicht mehr in der Lage zu fliehen oder anzugreifen. Mit den von Wolf erlernten Lauten versuchte er, sich die Affen vom Hals zu halten. Der Papagei saß auf einem Ast in etwa 20 Metern Höhe, konnte nur mit Mühe das Gleichgewicht halten. Der verletzte Flügel schmerzte fürchterlich. Und außerdem gingen Chiko in seiner Angst bald alle akustischen Waffen aus.

Irmchen, der die Gefahr erkannte, schoß senkrecht am Baum hoch. Die spitzen mallorquinischen Rundkrallen auf volle Länge ausgefahren, den schwarzen Schwanz zu einem dicken Büschel aufgeplustert, das dichte Fell gesträubt, war Irmchen kaum drei Sekunden später bei seinem Freund.

Ohne sich um Einzelheiten zu kümmern, sprang er dem Anführer direkt ins Gesicht, riß ihm die Nase auf und entging nur um Haaresbreite den mörderisch scharfen Affenzähnen.

Blutend und schreiend taumelte der Anführer rückwärts, konnte sich gerade noch an einer Liane festhalten. Derweil hatte sich Irmchen schon den nächsten Affen vorgeknöpft. Mit einem gezielten Sprung krallte er sich in den Rücken des Tieres und schlug wie wild mit den Pfoten auf den Affen ein. Er teilte Prügel aus wie noch nie im Leben vorher. Selbst die Hundeschlacht von Mallorca war nicht so turbulent wie der affige Ringkampf in den Bäumen.

Irmchen, der bisher keine einzige Blessur davongetragen hatte, machte die Rechnung jedoch ohne den Affenboß.

Der Anführer, der sich schnell vom ersten Schreck erholt hatte, konnte nicht zulassen, daß ein wildfremder Kater seine ganze Horde verdrosch. Blitzschnell war er hinter Irmchen, packte ihn am Schwanz und schwang ihn wie eine Steinschleuder über seinem Kopf.

Irmchen, der mit derartigen Karussellbewegungen keine Erfahrung hatte, wurde schwarz vor Augen, als der Affe plötzlich losließ. Wie eine trudelnde Rakete wirbelte der Kater durch die Luft, prallte gegen Äste und Lianen und stürzte in die Tiefe. In letzter Sekunde drehte er sich aus der Rückenlage in die Bauchlage, setzte zur Landung an.

Irmchen raste in Ufernähe auf den Fluß zu und erinnerte sich sofort der Piranhas, die im Wasser lauerten. Aus! Das war das Ende! Im letzten Augenblick schob sich ein dicker, grünlich schimmernder Baumstamm ins Uferdickicht. Irmchen schien gerettet, landete, wenn auch heftig, so doch sicher auf dem vermeintlichen Stamm. Geschafft! Da kam Leben in den Baumstamm.

Plötzlich öffnete sich ein Maul mit mörderischen Zähnen und versuchte, nach hinten zu schnappen. Der Baum, der Irmchen vor den hungrigen Fischen bewahrt hatte, war ein riesiges Krokodil mit Appetit auf Katzenfilet.

Blitzschnell mußte der Kater tödlichen Schwanzschlägen ausweichen. Wasserfontänen spritzten, Kieferknochen klappten laut aufeinander. Irmchen sprang vor Schreck auf der Stelle hoch und landete gleich wieder auf dem Rücken dieses Monstrums, das nun auch noch anfing, sich im Wasser zu drehen.

Wie ein Zirkusartist hüpfte der Mallorquiner vom Rükken auf den Bauch des unfreundlichen Gegners. Das war die Chance! Mit einem Satz war Irmchen auf dem weichen Hals des Krokodils und von da aus im hohen Bogen an Land. Keine Sekunde zu früh, denn das Riesentier schnappte Irmchen noch hinterher, verfehlte ihn nur um Zentimeter.

Ein Knall brachte Ruhe in das Chaos. Wolf, noch rechtzeitig hinzugekommen, konnte seinem Papagei mit einem Gewehrschuß das Leben retten. Die Affen, die dieses Geräusch kannten, stoben in alle Himmelsrichtungen auseinander.

Und Wolf, der Chiko mit einer Leiter aus seiner verzweifelten Lage befreite, mußte lachen, als er die beiden ramponierten Haudegen ins Haus brachte: »Na, Freunde, habt ihr mal den Dschungel von seiner etwas unfreundlicheren Seite kennengelernt?«

Irmchen erholte sich schnell von seinem Schreck. Bei Chiko dauerte der Heilungsprozeß etwas länger. Vierzehn Tage lang saß der Vogel mit seinem ausgerenkten Flügel und dem gerupften Gefieder auf dem Bettpfosten, murmelte leise und sichtlich unzufrieden vor sich hin. Wolf hatte den ramponierten Flügel geschient, so gut es ging. Zuvor hatte er noch warmen Brei auf die betroffene Stelle aufgetragen, der aus verschiedenen Heilkräutern und Wurzeln gemischt war. Obwohl der Flügel schnell heilte, war Chiko voller Ungeduld. Er wußte, daß wieder einmal ein Besuch bei den Indianern bevorstand. Doch sein Herrchen hatte ihm leider unmißverständlich klar gemacht, daß er diesmal würde hierbleiben müssen. Ein kranker Begleiter, meinte Wolf, würde im Fall einer Gefahr nur eine Belastung darstellen und eine möglicherweise notwendige Flucht erschweren.

So ließ Chiko denn auch lautstark seinem Unmut freien Lauf, als kurz darauf das Boot klargemacht wurde. Irmchen nahm wie immer bei Ausflügen ganz vorn Platz. Wolf setzte sich ans andere Ende und lenkte den Einbaum in die Mitte des Flusses. Noch minutenlang hörten Mann und Kater von Ferne den Papagei, der krächzend vor sich hin fluchte. Nachdem er in den letzten Tagen eher schweigsam in der Hütte gesessen hatte, spulte er nun sein komplettes Repertoire an Gemeinheiten ab.

Als sich der Einbaum beim Indianerdorf in den Ufersand bohrte, war Xango schon zur Stelle. Laut singend und wild mit den Armen gestikulierend hüpfte er am Ufer um einen Korb aus getrockneten Palmenblättern herum. Pausenlos verbeugte er sich dabei vor dem Korb, murmelte Unverständliches und streichelte irgendwelche Gegenstände, die von weitem nicht zu erkennen waren. Wolf, der wieder frische Eier dabei hatte, trat auf Xango zu, legte ihm die Hand auf die Schulter. Doch der Junge, der bisher jedesmal freudestrahlend den weißen Mann begrüßt hatte, riß nun die Augen weit auf. Dann nahm Xango Wolfs Hand und führte ihn zu dem Korb, der einige Meter entfernt stand.

Als der Einsiedler das Behältnis aus Palmenblättern erreicht hatte, glaubte er, seinen Augen nicht zu trauen. Darin lagen 15 bis 20 ausgepustete Eier mit einer hauchdünnen Schnur aneinandergeknüpft. Alle Eier waren bunt bemalt, zeigten Tiere, Symbole oder alte überlieferte Ornamente. An jedem Ei muß der Junge Stunden gearbeitet haben, dachte Wolf. Und gleichzeitig fragte er sich, was er damit wohl bezwecken wollte.

Xango konnte sich nur schwer verständlich machen, zog Wolf immer näher an den Korb heran. Schließlich ergriff er die Eierkette, hob sie vorsichtig aus einem Bett von Orchideenblüten und legte sie Wolf um den Hals. Der Einsiedler war gerührt. Das war das erste Geschenk seit vielen Jahren. Und dann hatte sich der Junge auch noch soviel Mühe gemacht.

Wolf war begeistert.

Damit nicht genug! Der Vater des Jungen, der Häuptling des kleinen Stammes, trat aus seiner Hütte und winkte den Gast zu sich. Als Wolf die dunkle, fensterlose Behausung betrat, zogen die fremdartigsten Düfte in seine Nase. In der Mitte des Raumes war der Fußboden mit Palmenblättern geschmückt, die auch als Tisch dienten. Darauf lagen in Blätter gehüllt die unterschiedlichsten Speisen, gekocht, gegrillt, gebraten. Wolf, der sich eher spartanisch ernährte und schon lange nicht mehr zu so einem Festmahl eingeladen worden war, hockte sich auf den Boden, begrüßte mehrere Stammesmitglieder und probierte von den Lekkerbissen.

Immer wieder forderte ihn der Häuptling zum Zulangen auf. Xango stand in der Tür und beobachtete den Schmaus. Nun reichte der Chef der Sippe Wolf einen Trinkbecher, der aus einem Affenschädel gearbeitet war. Darin schwappte eine milchiggrüne Brühe, die einen eigenartig süßlichen Duft ausströmte. Wolf blickte in die Runde, sah in die bemalten Gesichter der alten Männer, schielte nach seinem Gewehr, das neben ihm lag. Irgendwie beschlich ihn ein ungutes Gefühl. Andererseits war man ihm immer freundlich begegnet, hatte man Vertrauen zueinander gefaßt.

Wolf hatte einen Schluck genommen und den Gedanken kaum zu Ende gedacht, als eine feurige Hitze in ihm aufstieg, durch den Körper wanderte wie ein glühender Lavastrom. Das letzte, was er mitbekam, war die Bewegung des Häuptlings. Mit einem Griff hatte dieser das Gewehr an sich gebracht und außer Reichweite auf den Boden gelegt. Dann wurde es Nacht vor den Augen des Deutschen, und er versank in eine tiefe Ohnmacht.

Das war das Zeichen! Xango, der alles mitangesehen hatte, lief zum Einbaum, packte mit einem flinken Griff den Kater am Rückenfell und schleppte ihn in seine Hütte. Irmchen, vom Überfall im Schlaf überrascht, hatte keine Chance, sich zu wehren. Da nützten weder Fauchen noch ausgefahrene Krallen. Irmchen kam an den Jungen einfach nicht heran.

Mit seinen muskulösen Händen setzte er den Kater in einen dafür vorbereiteten Käfig, verschloß die Tür mit einer Bastschnur.

»Endlich«, triumphierte Xango, »endlich habe ich ihn! Jetzt gehört der eierlegende Kater des weißen Mannes ganz mir! Nun bin ich fast so mächtig wie der Häuptling.«

Irmchen, der sich zitternd in eine Ecke des winzigen Gefängnisses zurückgezogen hatte, bekam Platzangst. Auf so engem Raum hatte ihn noch niemand untergebracht. Der Kater versuchte, an den Holzstäben zu kratzen, wollte die Bastschnur zerknabbern und bekam als Antwort nur ein paar Hiebe mit einem dünnen Holzstock. Das tat weh! Sofort schwoll die Haut unter dem schwarzen Fell an, und Irmchen zog es vor, sich lieber etwas ruhiger zu verhalten. Xango, der allen Ernstes glaubte, den eierlegenden Kater gefangen zu haben, rannte auf den Dorfplatz am Ufer des Flusses. Dort war der Häuptling damit beschäftigt, zusammen mit drei jungen Männern den benebelten Gast aus der Hütte zu tragen. Vorsichtig hoben sie Wolf in seinen Einbaum, warfen ihm sein ungeladenes Gewehr hinterher und stießen das Boot hinaus auf den Fluß. Sie wußten, daß er in wenigen Stunden erwachen würde. Sie wußten aber auch, daß er sich durch die berauschende Wirkung des Getränks anschließend an nichts mehr erinnern würde.

Tatsächlich, als Wolf etwa vier Stunden später unweit seiner Hütte im Kanu erwachte, hatte er die Ereignisse des Tages vollständig vergessen. Benebelt faßte er sich an den schmerzenden Kopf: »Mein Gott, was war nur los? Wie komme ich auf den Fluß? Ich habe einen totalen Filmriß, kann mich an nichts mehr erinnern! Na, vermutlich wollte ich einen Ausflug machen und bin dabei eingeschlafen. Am besten, ich paddle zurück zu Chiko und Irmchen und verbringe mit ihnen den Nachmittag.«

Chiko, der Wolf hätte erzählen können, daß er am Morgen mit Irmchen zu den Indianern aufgebrochen war, brachte keinen Ton heraus. So gut können Papageien eben doch nicht sprechen. Der Vogel staunte nur, daß sein Herr ohne den Freund heimkehrte.

Und während Wolf überall nach seinem Kater suchte, weil dieser nicht zur Begrüßung ans Boot gekommen war, hockte Irmchen zitternd im Käfig, bestaunt von zweihundert großen Indianeraugen. Und alle glaubten – so hatte es ihnen Xango versprochen –, nun nie wieder Probleme mit frischen Eiern zu haben.

Irmchen machte erst gar nicht den Versuch, Eier zu legen. Und Wolf, der bald herausbekam, daß die Indianer ihn heimtückisch überlistet hatten, verzichtete künftig auf jegliche Tauschgeschäfte. Das aber brachte dem verzweifelten Kater in seinem Gefängnis keine Hilfe. Eine Woche saß er dort eingepfercht. Dreck verklebte sein Fell, und auch die Ernährung war schon mal besser gewesen. Irmchens Lage war ausgesprochen mißlich. Der Kater konnte sich in der engen Box kaum bewegen. Die Nahrung bestand aus einem undefinierbaren, stinkenden Brei. Nur das Wasser war einigermaßen frisch. Von Tag zu Tag verlor der Raufbold mehr an Gewicht. Dazu verfiel er in eine Lethargie, die ihn regelrecht lähmte. Ab und zu kamen ein paar Indianerkinder in die Hütte aus Lehm und Flechtwerk, hänselten Irmchen mit einem dünnen Ast und zogen ihn am Schwanz. Xango, der fast nur zum Schlafen in der Hütte war, quasselte ständig auf den Gefangenen ein, in der Hoffnung, er würde endlich Eier legen. Doch nichts geschah.

Es dauerte viele Tage, bis Xango einsah, daß Irmchen keine Eier legen konnte. Seine Enttäuschung war riesengroß. Wie gern wäre er zu einer der wichtigsten Personen im Dorf geworden. Aber daraus wurde nichts. Der Junge bat seinen Vater um Rat. Auch der wußte keine Hilfe. Ein Gespräch mit den Göttern des Urwaldes lehnte er ab. Dazu sei, wie er meinte, der Anlaß zu gering.

Statt dessen machte er einen Vorschlag, der seinem Sohn einen Riesenschreck einjagte: »Wenn der schwarze Eierleger keine Eier legen will, dann braten wir ihn und essen ihn auf.«

Xango, der eindeutig der Besitzer des Tieres war, winkte ab. Vielleicht könnte man den »Schwarzen«, wie er Irmchen nannte, mit auf die Jagd nehmen, quasi als Lockvogel oder so.

Nach einer weiteren Woche endlich durfte Irmchen seinen Käfig verlassen. Schlimm sah er aus: das Fell völlig verkrustet, Augen und Ohren entzündet. Dazu kamen ein gefährlicher Durchfall und eine Erkrankung der Nieren.

Irmchen tat dem Häuptlingssohn leid. Mit Kräutern und anderen geheimnisvollen Mitteln brachte er das geschwächte Tier wieder auf die Beine. Und trotzdem! Ganz erholte sich der Kater nicht von seinen Leiden. Im Gegenteil! Durch die Hitze und die völlig artfremde Ernährung verlor er mehr Kraft, als er durch die Pflege dazugewann.

Doch Irmchen war so leicht nicht zu erledigen. Sobald sich eine Gelegenheit bot, machte er das, was er sich bei Wolf von Bergen nie zugetraut hatte: Er ging allein auf die Jagd.

Irmchen war vier Wochen bei den Indianern, als er sich zu seinem ersten großen Streifzug auf den Weg machte.

Was für eine fremde Welt! In den vier Stockwerken des haushohen Dschungels wimmelte es nur so von Tieren. Papageien, Affen und Schmetterlinge waren Irmchen nicht mehr unbekannt. Auch mit Schlangen und Krokodilen kannte er sich aus. Jetzt aber lernte der schwarze Kater mit dem weißen Fleck die quirligen Kolibris, das Wasser-Opossum, die Faultiere und den Ameisenbären kennen. All den fremden Tieren ging Irmchen sicherheitshalber aus dem Weg. Man konnte nie wissen, über welche Waffen der Gegner verfügte. Aber Nahrung finden mußte er um jeden Preis. Also suchte er nach kleinen Urwaldgenossen, die er – ob schmackhaft oder nicht – verspeisen konnte.

Irmchen war schon mehrere Stunden durch den Wald gestreift, als er plötzlich vor einem kleinen Nebenarm des großen Flusses stand. Nun war guter Rat teuer! Zurück mit leerem Magen? Einen anderen Weg einschlagen und sich möglicherweise verirren? Durch den Fluß schwimmen und von Piranhas gefressen werden? Keine Lösung war gut.

Da hatte der Kater eine dreiste Idee, auf die ein Artgenosse bestimmt nie gekommen wäre. Er wollte einen Piranha angeln, in der Hoffnung, den gefräßigen Fisch überlisten zu können.

Irmchen kletterte an einer seichten Stelle auf einen stabilen Ast, ließ seinen Schwanz zwei Zentimeter tief ins Wasser baumeln, ein Unterfangen, dessen Ausgang höchst fragwürdig war. Mit aller Kraft hielt sich der Kater am Holz fest, schlug seine spitzen Krallen, so tief er konnte, in die weiche Rinde.

Nach zwanzig Minuten passierte es! Ein Fisch, zum Glück kein Piranha, schnappte nach dem Schwanzende und biß sich darin fest. Irmchen verspürte nur ein schwaches Zwicken und reagierte blitzschnell: Mit Schwung riß er sein Hinterteil hoch, machte eine leichte Drehung und schleuderte den Fisch ans Ufer.

Der Fisch, der sich unvermittelt außerhalb seines Elements sah, schnappte verzweifelt nach Luft, erstickte innerhalb weniger Minuten.

Irmchen sprang vom Ast, beschnupperte seine Beute. Es hatte geklappt. Er futterte fast den ganzen Fisch auf, ließ nur den Kopf übrig. Danach suchte er ein schattiges Plätzchen unter einem Baum und schlummerte zufrieden ein. Endlich war der Bauch wieder einmal so richtig voll.

Als Irmchen Stunden später ins Dorf zurückkehrte, schlich er sich sofort in Xangos Hütte und kuschelte sich an seinen neuen Freund. Der Kater war jetzt ein Tier des Dschungels. Neugierig, wie er war, wollte er seine neue Heimat genauer kennenlernen. Die folgenden zwei Jahre – so lange sollte Irmchen bei den Indianern leben – würden ihm dazu ausreichend Gelegenheit bieten.

Von nun an unternahm der »Schwarze« bis auf wenige Ausnahmen alle Ausflüge in den Dschungel allein. Manchmal blieb er Tage, ja Wochen fort, raubte Vogeleier aus Nestern, fraß Insekten und Würmer, angelte ab und zu Fische und machte einen großen Bogen, wenn ein Jaguar oder eine Schlange seinen Weg kreuzten. Am meisten Angst hatte der Kater jedoch vor den kleinen Tieren, die ihm schon oft böse zugesetzt hatten: Ameisen! Im Wald von Berlin waren sie noch harmlos und kaum furchterregend. Hier aber kamen sie auf eine Größe von über zwei Zentimetern, und sie traten oft zu Hunderttausenden auf. Wann immer Irmchen auf eine Ameisenstraße stieß, flitzte er in panischer Angst davon, so weit und so lange, bis er sich wieder sicher fühlte.

Die harmlosesten waren die Blattschneider-Ameisen, die zwar in Windeseile ganze Bäume leerfraßen, die aber mit dem Schleppen der Blattstücke so beschäftigt waren, daß sie keine ernsthafte Gefahr für Irmchen darstellten. Weit gefährlicher waren da schon die fleischfressenden Ameisen, die auch vor einem Kater nicht zurückgeschreckt wären. Sie überfielen ihre Opfer, krochen in sämtliche Körperöffnungen, rollten wie ein tödlicher Teppich über das zappelnde Tier.

Die größte Furcht aber hatten Menschen und Tiere im Urwald vor den blutroten Feuerameisen. Sie galten als der absolute Schrecken. Vor ihrer mörderischen Gier war niemand sicher. Sie fraßen Fleisch genauso gern wie Kleidungsstücke. Und es kam immer wieder vor, daß ganze Indianerstämme ihre Siedlungen verlassen mußten, weil Heerscharen von Feuerameisen im Anmarsch waren.

Ob Feuerameisen oder fleischfressende Artgenossen, die anderen Bewohner des Waldes hatten gegen sie keine Chance.

*

Es war gegen Ende des zweiten Jahres bei den Indianern, als Irmchen das gefährlichste Abenteuer seines Lebens zu bestehen hatte. Es wurde für ihn ein Kampf auf Leben und Tod. Es standen ihm aber auch die schlimmsten und qualvollsten Monate überhaupt bevor. Und nicht nur einmal hing das Schicksal des tapferen Katers am seidenen Faden.

Das Drama begann an einem Nachmittag im Spätherbst: Xango saß mit seinen Freunden vor einer neuen Hütte, die er sich mit Vaters Hilfe gebaut hatte. Irmchen, der von einem nächtlichen Dschungelausflug zurückgekehrt war, tapste mir nichts dir nichts durch eine Figur, die die Jungen in den Sand gemalt hatten.

»He, Schwarzer«, rief Xango, »paß doch auf!«

Der Kater blinzelte seinem Herrchen zu und ließ ein kurzes zärtliches Maunzen ertönen. Dann warf er sich in den Sand, streckte alle viere von sich und kniff verschmust die Augen zusammen.

Der kleine Mallorquiner, der so lange unter Heimweh gelitten hatte, war inzwischen ein echtes Mitglied des Stammes geworden. Und nicht nur das: Obwohl er keine Eier legen konnte, hatten ihn alle ins Herz geschlossen. Von vielen bekam er Extra-Futter-Rationen zugesteckt und so manche Streicheleinheit außer der Reihe. Den größten Spaß aber hatte Irmchen mit den Kindern. Sie durften ihn durchs Dorf tragen, spielten mit ihm Fangen und hatten ihre Freude, wenn Irmchen freche Papageien und Affen aus dem Dorf jagte.

Plötzlich, die Sonne zauberte schon lange Schatten auf den Dorfplatz, kam ein Indianer aus dem Unterholz gewankt, fiel stöhnend und gurgelnd in den Sand. Alle Dorfbewohner waren sofort in heller Aufregung, stürzten aus den Hütten, fingen an, mit den Armen zu gestikulieren. Xangos Vater, der die Unruhe in seiner Hütte bemerkt hatte, eilte aus dem Haus, sah die Menschentraube, die sich um den vor Schmerz fast Bewußtlosen gebildet hatte. Eine Frau holte eine Schale Wasser, gab sie dem Mann zu trinken.

Der Jäger, dessen Körper an vielen Stellen entzündet und angeschwollen war, hob mit letzter Kraft seinen Kopf, versuchte verzweifelt, Worte zu formulieren.

Irmchen, der alles aus einiger Entfernung beobachtet hatte, glaubte an einen Unfall. Er konnte sich beim besten

Willen keinen genauen Reim auf die ungewöhnliche Situation machen.

Da fingen alle Indianer gleichzeitig an, laut zu schreien und durcheinanderzulaufen. Der Mann, der zuckend auf dem Dorfplatz lag, hatte, bevor er unter höllischen Qualen starb, nur ein einziges Wort geflüstert. Dann war er zusammengesackt und gestorben.

Irmchen war fassungslos, wußte noch immer nicht, was los war. Mütter holten derweil ihre Kinder aus den Hütten, suchten einige Habseligkeiten zusammen. Männer trieben Haustiere zusammen, sammelten trockene Holzstücke. Andere wieder rannten in den Wald oder kletterten auf Bäume. Im Dorf herrschte ein heilloses Durcheinander. Panik brach aus. Mehrere Jungen wurden von ihren Vätern beauftragt, einen Graben auszuheben und mit Wasser vom Fluß zu füllen. Mit spitzen Gegenständen machten sie sich daran, den roten Boden aufzureißen.

Die Indianer waren kaum eine halbe Stunde damit beschäftigt, für Irmchen völlig sinnlose Vorbereitungen zu treffen, als die ersten Kundschafter aus dem Busch zurückkehrten. Schweiß perlte auf ihrer Haut. Und fast alle, die die Umgebung des Dorfes abgesucht hatten, erzählten voller Entsetzen, was sie gesehen hatten. Sofort gab der Häuptling den Befehl, den notdürftig ausgehobenen Graben zu fluten. Andere zündeten Feuer an, hielten Fackeln in die Flammen. Gespenstische Ruhe kehrte ein. Alle warteten auf das drohende Unheil.

Mütter und Kinder standen dichtgedrängt in der Mitte des Platzes. Die Jungen schaufelten immer noch Wasser in den Graben. Am Rande des Urwaldes warteten die Männer mit den Fackeln auf das, was wenige Minuten später wie eine Ausgeburt der Hölle über sie hereinbrechen sollte.

Plötzlich waren sie da, von allen Seiten! Raschelnd schob sich die rote Wand auf das Dorf zu. Die Augen der Indianer weiteten sich vor Entsetzen.

Sie kamen zu Millionen, wenn nicht zu Milliarden. Sie wälzten sich wie ein Lavastrom, wie ein tödlicher Teppich auf das Dorf zu. Sie fielen auch über Bäume, Sträucher und Lianen her. Und während die Männer ihre Frauen und Kinder in die Kanus drängten und die Einbäume vom Ufer abstießen, sah jetzt auch Irmchen den Grund für die Panik.

Hunderte von Ameisenvölkern hatten sich auf die Wanderschaft und die Suche nach neuen Nahrungsquellen gemacht. Es waren die gefürchtetsten Ameisen, die der Dschungel kannte: die blutroten Feuerameisen.

Nach wenigen Sekunden hatten die freßgierigen Todesbringer den Wassergraben erreicht. Hunderttausende ertranken – und ihre Leiber bildeten eine Brücke, auf der die Nachrückenden hinüberklettern konnten. Es ging ums nackte Überleben, für die Ameisen genauso wie für die Indianer.

Einige Männer versuchten, mit flachen Holzstücken auf die krabbelnde Flut einzuschlagen und wurden im selben Augenblick Opfer der mörderischen Angreifer. Zu Tausenden kletterten die Ameisen an ihnen empor. Schreiend stürzten die Männer zu Boden, wollten die Ameisen mit ihren Körpern zerquetschen.

Sofort floß die wogende Masse über ihnen zusammen. Für die Indianer gab es keine Rettung mehr. Sie starben unter den grausigsten Qualen. Andere schafften es bis zum Fluß, sprangen ins Wasser und wurden von Piranhas angegriffen. Der Tod hielt reiche Ernte im Indianerdorf. Wem die Piranhas nicht das Fleisch von den Knochen rissen, der wurde von Krokodilen angefallen und bei lebendigem Leibe zerfetzt.

Nur der Häuptling und Xango behielten die Nerven. Vater und Sohn ließen die Hütten anzünden und mit den brennenden Wänden und Dächern lodernde Schneisen in den Dschungel brechen. Bald hatten die Männer einen glühendheißen und prasselnden Feuerwall um sich aufgeschichtet. Millionen Ameisen verbrannten knisternd in der Flammenwand.

Xangos Vater wußte, daß auch das Feuer die Angreifer nicht lange aufhalten würde. Also gab er seinen Männern den Befehl, noch mehr brennendes Material in den Urwald zu schleudern. Man mußte eine Schneise durch die anrükkende Ameisenflut schlagen, um so zu entkommen.

Irmchen, der starr vor Schreck keine Sekunde von Xangos Seite gewichen war, sah nirgendwo einen Ausweg. Die Ameisen, die in ihrer Freßgier weder Tod noch Feuer fürchteten, hatten eine Lücke in der Flammenwand erspäht und stürzten sich in rasendem Tempo auf die letzten Indianer. Jeder kämpfte jetzt ums eigene Überleben, schlug mit qualmenden Holzteilen um sich. Xango, der trotz der Gefahr einen kühlen Kopf behalten hatte, nahm Irmchen und schleuderte ihn in hohem Bogen auf einen verkohlten Baum, auf dem noch keine Ameisen saßen.

Da ertönte die Stimme des Häuptlings: »Ausbruch, um jeden Preis!«

Die Indianer rissen mit Stangen die Flammenwand auseinander, erlitten schwerste Verletzungen, stolperten in den brennenden Wald hinein. Viele stürzten, wurden von den Ameisen zugedeckt, starben. Von den 40 Männern gelang nur fünfzehn die Flucht. Der Häuptling wollte eben noch ein brennendes Dach zur Seite schieben, als er strauchelte und zu Boden fiel. Ein gellender Schrei war das letzte, was die Indianer von ihm hörten. Xango, schon außerhalb der Flammenwand, schaute sich entsetzt um, sah, wie sein Vater im Todeskampf noch einmal auf die Beine kam und dann sterbend zusammenbrach. Der Junge, der in dieser Stunde vom Knaben zum Mann heranwuchs, wollte zurück, um seinem Vater zu helfen. Doch mit letzter Kraft gab dieser ihm ein Zeichen, das unmißverständlich war: Rette dich und rette unseren Stamm!

Xango kehrte trotzdem noch einmal um, trat mit nackten Füßen auf glimmende Äste, als sich sofort die Ameisen auf ihn stürzten. Er wich zurück und rannte in den Wald, wo sich noch einmal für Minuten eine Schneise durch die Ameisenwand auftat.

Ein letztes Mal wandte er sich um, sah sein ausgebranntes Dorf, den toten Vater. Dann schaute er zu dem verkohlten Baum, auf dem sein Kater saß, dem er nun nicht mehr helfen konnte. Mit Tränen in den Augen flüchtete er in den Urwald, bevor sich hinter ihm die todbringende Wand der Ameisen schloß.

Irmchens Lage schien absolut ausweglos: Zitternd und mit allen Krallen hielt er sich an dem rußgeschwärzten Stamm fest. Und als der Kater seinen Freund und die restlichen Indianer im Wald verschwinden sah, wußte er, daß ihm keiner mehr helfen würde. Ängstlich blickte er am Stamm hinunter und sah sie kommen. Zentimeter um Zentimeter krabbelten sie auf ihn zu.

Es dauerte keine fünf Sekunden, da saßen sie zu Hunderten auf seinem Fell, auf Augen und Nase, fraßen sich in die Ohren. Irmchen spürte die Qualen der Bisse, machte das Maul auf, um zu miauen. Ein verhängnisvoller Fehler! Sofort krochen die Peiniger hinein, verletzten mit ihren mörderischen Waffen die zarten Schleimhäute.

Dem »Schwarzen« schwanden die Sinne, so furchtbar war der Schmerz am ganzen Körper. Der Kater löste seine Krallen vom Baumstamm, versuchte, nach den Ameisen zu schlagen. Vergeblich! Immer mehr dieser freßgierigen Insekten stürzten sich auf ihn. Bald war auch er von einer dikken Schicht überzogen.

Irmchen, fast bewußtlos, wollte loslassen, als ein Krachen und Donnern den brennenden Wald erbeben ließ. Die ausgeglühten Urwaldriesen, mit den Wurzeln im Erdreich zu spärlich verankert, stürzten in einem Meer von Funken auf das Dorf, rissen den Baum, auf dem Irmchen saß, mit sich.

Durch den Luftzug wurden die Flammen von neuem entfacht. Krachend zerschmetterten die Bäume die Reste der

Hütten. Die Ameisen, die mit zu Boden regneten, zerschmolzen prasselnd in der Gluthitze. Das war Irmchens Rettung. Der Kater, mehr tot als lebendig, wurde vom Stamm geschleudert – geradewegs in die Flammenwand hinein. Der Mallorquiner versuchte, sich in der Luft zu drehen, hatte aber die Muskeln nicht mehr unter Kontrolle. Sein Körper, durch die Marter der Ameisen überall geschwollen, stürzte in die Glut. Er hatte jedoch so viel Schwung, daß er nicht dort liegenblieb und verbrannte, sondern bis ans Ufer des Flusses kullerte. Mit letzter Kraft schnellte er zu einem Baumstamm, der eben in Sprungnähe vorbeitrieb. Entkräftet sackte er auf der glitschigen Oberfläche in sich zusammen.

Langsam trieb der Stamm vom Indianerdorf fort. Noch einmal hob Irmchen den schmerzenden Kopf, blinzelte hinüber zu den Flammen. Immer mehr Bäume fielen, entfachten die Flammen von neuem, machten das ausgebrannte Indianerdorf nun auch zur tödlichen Falle für die Ameisen. Fast alle Insekten kamen in der Glut um. Kaum einer Ameise gelang die Flucht aus dem Höllenkessel.

Das Gift, das durch Irmchens Körper strömte, raubte ihm die Besinnung. Und während der Baumstamm mit seinem Passagier hinter der nächsten Flußbiegung verschwand, verspürte Irmchen ein letztes Kribbeln im Ohr. Der Kater schüttelte den Kopf, so daß eine Ameise im hohen Bogen herausgewirbelt wurde.

Obwohl Verstand und Wahrnehmungsvermögen unaufhaltsam in ein unendliches Loch stürzten, hob er noch einmal die Pfote und ließ sie auf die Ameise fallen. Dann versank er in eine tiefe Bewußtlosigkeit.

Die Indianerfrauen, die mit ihren Kindern noch rechzeitig hatten flüchten können, saßen am Ufer des Flusses, rund vierzehn Kilometer vom Dorf entfernt. Einige hielten weinende Babys auf den Armen, andere kümmerten sich um die Boote oder suchten im Wald nach Beeren und anderen Früchten.

Xangos Mutter war die erste, die ihre Fassung wiederfand: »Wir sollten hier auf unsere Männer und Söhne warten. Sie werden uns bestimmt suchen. Wenn wir jetzt irgendwo hingehen, finden sie uns nie. Morgen früh machen sich einige auf den Weg, um nach Spuren zu suchen. Andere paddeln wieder flußaufwärts, um zu sehen, was vom Dorf übrig ist.«

Und die Frau des Häuptlings machte noch einen Vorschlag: »Sollte es ein schlimmes Ende gegeben haben, gehen wir zu dem weißen Mann, dem wir damals den ›Schwarzen‹ weggenommen haben. Nur er kann uns noch helfen und die anderen Stämme in der Umgebung warnen.«

Jonsa, so hieß Xangos Mutter, hatte den letzten Satz kaum zu Ende gesprochen, als ihre Blicke an einem vorbeitreibenden Baumstamm in der Mitte des Flusses haften blieben. Die Häuptlingsfrau kniff die Augen zusammen, hielt die Hand an die Stirn: »Wartet mal! Da liegt was darauf. Es kommt aus der Richtung unseres Dorfes.«

Noch ehe die anderen Frauen etwas erwidern konnten, schob Jonsa den Einbaum ihres Mannes ins Wasser, paddelte zum Baumstamm hinüber. Kaum zehn Schläge waren nötig, und das Boot hatte den Stamm erreicht: »Das kann nicht wahr sein! Das ist ja der Schwarze von Xango. Oh, wie siehst du denn aus?«

Irmchen, seit Stunden bewußtlos, war übel zugerichtet. Neben den Schwellungen, die er den Ameisen zu verdanken hatte, war auch noch sein Fell versengt. Der Sturz in die Glut hatte ihn zwar vor den Beißern gerettet, aber auch auf das schwerste verletzt. Pfoten und Rücken waren verbrannt und von Blasen übersät. Der Schwanz sah aus wie eine entlaubte Weidenrute. Über der Nase klaffte ein blutender Riß. Außerdem hatte sich Irmchen eine Pfote verstaucht. Blut tropfte aus einer tiefen Wunde am Hinterteil. Vorsichtig hob Jonsa den Kater vom Baumstamm. Unter der einen Pfote klebte immer noch die tote Ameise. Behutsam legte die Indianerin das kranke und erschöpfte Tier auf den Boden des Bootes.

Jonsa war skeptisch: »Du mußt schon sehr kräftig sein, kleiner Schwarzer, wenn du das überleben willst! Wir werden Kräuter auf deine verletzte Haut legen und zu den Göttern beten. Aber helfen mußt du dir selbst.«

Viele Indianerinnen schlugen die Hände vors Gesicht, als Jonsa den Liebling des Dorfes an Land trug und auf ein Kissen aus Blättern bettete. Und eine Frau sprach das aus, was alle befürchteten: »Hoffentlich ist der Schwarze nicht der einzige Überlebende.«

Als der Abend kam und Jonsa sich unter ihrem Boot schlafen legte, hatte sie den Kater im Arm, streichelte ihm vorsichtig das verbrannte Fell. Die Metallkapsel an Irmchens Hals hing nur noch am dünnen Faden. Das Band war in der Gluthitze fast völlig verbrannt. Und während Jonsa Irmchen einen Kuß auf die zernarbte und geschwollene Stirn gab, flüsterte sie ihm leise ins Ohr: »Bitte, kleiner Teufel, werde wieder gesund! Du gehörst schließlich zu uns.«

Irmchen, der am nächsten Morgen aus der Besinnungslosigkeit erwachte, fühlte sich katzenmiserabel. Alle, aber auch wirklich alle Teile des Körpers schmerzten. Dazu verspürte der Kater einen höllischen Durst.

Jonsa, die mit den anderen Frauen die Kinder versorgte, hatte dem »Schwarzen« ein Blätterdach gebaut, so daß er nicht in der Sonne liegen mußte.

Irmchen wollte den Kopf heben und miauen. Aber er brachte nicht mehr als ein leises Krächzen heraus. Er fühlte ein Brennen in Magen und Darm, ihm war übel, und er litt obendrein noch unter Krämpfen.

Jonsa brachte ihm eine Schale Wasser. Weil er nicht in der Lage war zu trinken, öffnete sie ihm sein geschwollenes Maul, gab einige Tropfen auf die ausgetrocknete Zunge. Er fühlte sich mehr tot als lebendig. Und bestimmt hätte er den Tod als eine Erlösung empfunden, wäre sein Lebenswille nicht auch in diesem Augenblick stärker gewesen. So also nahm der Kater all seine Kraft zusammen und hob den Kopf, um Jonsa ein wenig entgegenzukommen.

Die Frau des Häuptlings war ratlos: »Ich weiß nicht, kleiner Teufel, wie wir dich wieder auf die Beine bekommen sollen. Es steht sehr schlecht um dich.«

Die Indianerin verschwand, kam mit einem Holzbecher zurück. Darin schwappte eine grüne milchige Creme aus Blättern und Kräutern, die sie behutsam auf die Wunden auftrug. Es handelte sich dabei um eine Heilsalbe, die nach überlieferten Rezepten hergestellt wurde. Irmchen verspürte schon nach wenigen Minuten eine angenehm kühlende und schmerzlindernde Wirkung. Danach zerrieb Jonsa Wurzeln und Beeren, vermischte den Brei und schob ihm einige Häufchen davon mit dem Zeigefinger ins Maul. Nein, nach Essen war ihm nicht zumute. Aber da er nicht die Kraft hatte, sich zu wehren, schluckte er die süßliche Medizin und rollte sich sogleich wieder entkräftet auf die Seite, um sofort einzuschlafen. Wilde Träume marterten Irmchen im Schlaf: Er sah Baldini und Pedro, die an einer Straße standen und immer wieder seinen Namen riefen. Dann tauchte das Centro Canino vor ihm auf, mit all den Katzen, die dort lebten und litten. Schließlich tobte er mit den Hunden von Familie Weilandt durch den Garten, flüchtete vor ihren messerscharfen Zähnen.

Eine Woche lang dämmerte der Kater zwischen Leben und Tod. Langsam, und nur dank der aufopfernden Pflege durch Jonsa, begannen seine Wunden zu heilen. Überall am Körper bildete sich Schorf. Die Fleischwunde am Hinterteil wuchs zu, und auch die verstauchte Pfote schwoll ab. Aufstehen und laufen aber konnte der Kater nicht. Trotz der Fürsorge hatte er in dieser Woche viel Gewicht verloren. Die Kraft begann aus seinen einst so starken Muskeln zu weichen.

Ständig versuchte Jonsa, ihn auf die Beine zu stellen.

Vergeblich! Irmchen kippte sofort zur Seite und mußte sich Sekunden später übergeben.

Die Indianerin zog die anderen Frauen des Stammes zu Rate. Eine Mutter, die als Kräuterfrau hohes Ansehen genoß, untersuchte den Kater und schüttelte den Kopf: »Er hat eine Krankheit, gegen die sein Körper keine Abwehrkräfte besitzt. Der Schwarze kommt aus einer anderen Welt. Er wird mit dem Leiden hier nicht fertig. Wir müssen ihn zum weißen Mann zurückbringen. Nur der kann helfen.«

Die Frauen, die nun seit sieben Tagen auf die Männer warteten, packten ihre Sachen in die Boote, hinterließen eine Nachricht am Waldrand und paddelten los. Und während Irmchen in Jonsas Schoß den Tod erwartete, näherte sich die kleine Flotte Kilometer für Kilometer der Hütte von Wolf von Bergen.

Knirschend bohrten sich die Boote in den Ufersand. Wolf, der die Frauen und Kinder schon von fern hatte kommen sehen, stand mit Chiko auf der Schulter an einen Baum gelehnt, hielt sein Gewehr schußbereit in den Händen.

Jonsa winkte dem Einsiedler zu, rief einen Gruß hinüber, von dem sie wußte, daß Wolf ihn verstand. Der Mann erkannte, daß nur Frauen und Kinder in den Booten waren. Er legte die Waffe beiseite, eilte ihnen entgegen, half, die Kanus an Land zu ziehen. Entsetzt prallte der Deutsche zurück, als er sah, was Jonsa in ihren Armen trug. Mein Gott, das war doch Irmchen! Aber nein, das konnte der Kater nicht sein! Das, was Jonsa auf den Boden legte, war nicht mal mehr der Rest eines Tieres.

Wolf sah sich den sterbenden Kater genauer an und erkannte die kleine Kapsel, die er um den Hals trug: »Mein armer Liebling, du bist es wirklich!«

Irmchen hörte die Stimme seines Herrchens, hob wie in Trance den Kopf, sah Wolf in die Augen. Sofort kamen dem Mann die Tränen. Und seine Blicke auf Jonsa gerichtet, fragte er, was passiert war.

Die Frau versuchte zu erklären. Mit einem Stock malte sie eine Ameise in den Sand, zeichnete die Umrisse des Dorfes, die Flammenwand. Wolf verstand! Eine offenbar gigantische Ameiseninvasion hatte das Dorf vernichtet. Die Eingeborenen hatten in ihrer Not die Hütten angesteckt und waren geflüchtet. Irmchen war, das konnte Wolf den Erklärungen entnehmen, dabei so übel zugerichtet worden.

Aber wo waren die Männer?

Wolf schaute wieder zu Jonsa hinüber. Die Frau schüttelte den Kopf, zuckte mit den Achseln.

Aha, die Männer waren also verschollen. Vielleicht waren sie beim Kampf gegen die Ameisen umgekommen oder in den Flammen gestorben.

Wolf kniete sich wieder nieder, untersuchte seinen Kater, fühlte das Herz in Irmchens Brust rasen und hämmern: »Da kann ich nichts machen. Mein Liebling hat eine Infektion, die er nicht besiegen kann.«

Der Einsiedler, der zu derselben Erkenntnis wie die Indianerinnen gekommen war, entschloß sich, noch an diesem Tag nach Canaima aufzubrechen. Jede Stunde zählte. Und wenn er Irmchen retten wollte, durfte er keine Minute verlieren.

Er wußte, daß er spätestens am nächsten Abend in Canaima sein mußte, weil dann von dort eine Maschine nach Caracas startete. Und nur im tiermedizinischen Zentrum konnte man Irmchen retten, falls nicht schon jede Hilfe zu spät kam.

Wolf lief zu seiner Hütte, holte alles, was er für die Fahrt brauchte, legte Irmchen ins Boot und paddelte sofort los. Es wurde ein Wettlauf mit dem Tod.

Mit einem kurzen Gruß verabschiedete er sich noch von den Frauen am Ufer, gestattete ihnen, so lange bei der Hütte zu bleiben, bis sie Nachricht von den Männern hätten. Dann steuerte er auf die Mitte des Flusses hinaus und verschwand mit der Strömung hinter der grünen Wand des Dschungels.

Gegen drei Uhr früh erreichte Wolf mit seinem Kater Canaima. Der Mond warf lange schwarze Schatten auf Fluß und Lagune, als der Mann die ersten Lichter am Ufer auftauchen sah.

Kaum eine Viertelstunde später hatte er die Siedlung erreicht. Ganz sacht hob er seinen Kater aus dem Boot, klopfte beim Bungalow von Peter Kröger an die Tür: »He, aufmachen! Bitte, machen Sie sofort auf! Ich brauche Hilfe! Es ist dringend!«

Peter Kröger, der am kommenden Tag zu einer neuen Expedition starten wollte, schreckte auf: Hatte da nicht jemand geklopft?

Wolf von Bergen trat mit dem Fuß gegen die Tür: »Nun machen Sie schon endlich auf, Sie Trottel! Oder soll ich die Tür einschlagen?«

Das reichte. Peter war mit einem Satz an der Tür, drückte auf den Lichtschalter und blickte im gleichen Augenblick in das Gesicht eines wildfremden zitternden Mannes, der von Kopf bis Fuß schweißüberströmt war.

Wolf, der zum erstenmal seit Jahrzehnten wieder einem Weißen und dazu noch einem Landsmann gegenüberstand, bekam vor Aufregung kaum einen vernünftigen Satz heraus: »Mein Kater! Er ist krank! Er hat eine schlimme Infektion! Er stirbt, wenn ihm keiner hilft! Bitte, lassen Sie mich rein!«

Peter glaubte an einen Spuk. Er hatte gehört, daß hinter den Tafelbergen ein irrer Einsiedler hausen sollte, der jedem aus dem Weg ging. War das der Mann, der jetzt hier vor seiner Tür stand?

Ohne weiter zu fragen, schob sich Wolf, der wirklich wie ein verkommenes Gespenst aussah, mit seinem Kater an Peter vorbei durch die Tür, legte Irmchen aufs Bett: »Mein Kater stirbt! Er braucht Medikamente.«

Peter rieb sich die Augen. Das ist kein Traum! Das passiert wirklich! »Nun beruhigen Sie sich mal. Was reden Sie da von einem sterbenden Kater!«

Er machte einige Schritte auf das Bett zu und prallte zurück: Was dort lag, war kein Kater, sondern sah aus wie eine überdimensional große Ratte, die sämtliche Krankheiten der Welt zur Tür hereingebracht hatte.

Peter schob Wolf, der vor der Lampe stand, beiseite und erkannte das Medaillon am Hals des Katers wieder: »Irmchen! Es ist mein Kater, den ich einst von John aus Amerika mitgebracht habe.«

Und während die Männer Freundschaft schlossen, erwachte Irmchen aus seiner Ohnmacht und blickte abwechselnd zu Wolf und zu Peter. Obwohl er ahnte, daß er dem Tod sehr nahe war, fühlte er sich in diesem Augenblick unendlich geborgen. Kraftlos, zaghaft hob er den Kopf und ließ ein klägliches Maunzen hören. Dann streckte er seine Pfote nach vorn, als wollte er die beiden Freunde berühren. Wolf und Peter nahmen gleichzeitig die Pfote ihres geliebten Katers und streichelten sie, bis sich die Morgensonne über dem Wasserfall an der Lagune erhob. Drei Stunden saßen sie so. Dann fielen ihnen vor Müdigkeit die Augen zu.

Irmchen, glücklich, wieder bei den Freunden zu sein, schlief die wenigen Stunden tief und fest.

Peter ließ sofort die Expedition platzen, sprach mit den Touristen: »Ich kann euch leider nicht begleiten. Ich habe nach Jahren einen alten Freund wiedergefunden, der schwer krank ist und den ich unbedingt nach Caracas begleiten muß. Aber die Expedition wird trotzdem stattfinden. Wolf von Bergen, der hier seit langer Zeit wohnt und der sich in der Umgebung bestens auskennt, wird euch durch den Busch führen. Ich hoffe, ich bin mit der nächsten Maschine wieder zurück.«

Wolf begrüßte die Teilnehmer, erzählte etwas über die Orchideeninsel und die Geheimnisse des Urwaldes. Und wie immer in solchen Momenten machten die Neuankömmlinge große Augen, ließen die Münder weit offen oder stellten die unmöglichsten Fragen.

Später setzten sich die Männer vor Peters Bungalow zum Frühstück auf die Terrasse. »Ich könnte mir vorstellen, daß wir künftig ein wenig zusammenarbeiten«, eröffnete Peter das Gespräch. »Das heißt nicht, daß ich dich nun partout aus deiner Hütte locken will. Aber wenn du Lust hast, können wir diese Touren abwechselnd machen. Du bekommst dafür natürlich Geld, und kannst dir dies und jenes kaufen.«

Wolf hörte schweigend zu. Peter war ihm sehr sympathisch, soweit man das nach der kurzen Zeit beurteilen konnte. Beide liebten Irmchen, was zusätzlich verband. Außerdem gefiel es Wolf nach den endlosen Jahren der Einsamkeit, wieder Kontakt zu Menschen und zur Zivilisation zu haben. Und schließlich: Wolf wußte, daß auch er nicht jünger werden würde.

»Und was wird aus unserem schwarzen Liebling?«

Wolf schaute durch das offene Fenster in den Bungalow. Obwohl der Einsiedler seinem Kater mit einem Löffel schlückchenweise Wasser eingeflößt hatte, war Irmchen fast am Verdursten. Die Infektion hatte das Fieber am Morgen derart hochgetrieben, daß es jetzt wirklich um Stunden ging, wollte man den Kater noch retten.

»Mach dir keine Sorgen«, beruhigte Peter Wolf von Bergen. »Gleich startet der alte Vogel nach Caracas. Ich bringe Irmchen schnurstracks zu einer deutschen Tierärztin, die dort das tiermedizinische Zentrum leitet. Wenn einer helfen kann, dann ist sie es. Ich bin, wenn es der Verkehr in Caracas zuläßt, in drei Stunden mit Irmchen bei ihr. So Gott will, hält unser schwarzer Kämpfer durch und hat eine Chance zu überleben.«

Brummend kletterte wenig später das alte Flugzeug in den blauen Himmel über Canaima, flog eine Schleife und wackelte, wie in den alten Zeiten von Angel, mit den Flügeln.

Unten, am Rande der roten Sandpiste, stand Wolf, winkte seinen Freunden hinterher. Er fühlte, daß er Irmchen, seinen braven und drolligen Kameraden, nicht mehr wiedersehen würde.

Und als die Maschine über den Baumwipfeln am Horizont verschwand, murmelte Wolf zu sich selbst: »Vergiß uns nicht! Chiko und ich werden ein Leben lang deine Freunde bleiben.«

Die Rettung kam für Irmchen in letzter Minute. Der Kater hatte Schaum vor dem Maul, litt durch die Krämpfe entsetzliche Qualen, als Dr. Anneliese Rosen ihn auf den Behandlungstisch hob: »Es sieht nicht gut aus, Herr Kröger! Er muß sofort an den Tropf. Ich behalte ihn heute nacht bei mir, weil ein Tropf mit Nährlösung schon nicht mehr reicht. Damit können wir ihn nur stabilisieren. Wie wir Ihr Irmchen wieder gesund machen, steht noch in den Sternen. Ich muß erst herausfinden, woran er leidet. Offensichtlich ist es eine Infektion, gegen die wir hier nichts machen können. Aber das wird man sehen!«

Als Peter Kröger am folgenden Morgen seinen Kater besuchte, ging es ihm schon ein wenig besser. Er saß in einem Korb, leckte sich die Wunden, schaute aus dem Fenster.

Dr. Rosen streichelte ihn am Nacken: »Machen Sie sich keine Illusionen! Der Kleine ist sterbenskrank! Ich kann ihn hier nur soweit stabilisieren, daß er transportfähig ist. Er muß nach Berlin, wo ein Mittel gegen diese Infektion gerade getestet wird. Wenn es Hilfe gibt, dann nur dort! Auf jeden Fall haben die Krämpfe aufgehört. Außerdem drücken die Spritzen das Fieber herunter. Wann fliegen Sie?«

Peter wollte seinen Kater auf keinen Fall allein lassen. Aber andererseits hatte er Termine, die er nicht verschieben konnte: »Tja, das ist ein großes Problem! Ich kann in den nächsten acht Wochen nicht nach Europa fliegen. Die Zeit reicht nicht! Was soll ich tun?«

Dr. Rosen machte ein noch ernsteres Gesicht: »Sie müssen sich entscheiden, was wichtiger ist. Ihr Job oder Ihr Kater.«

Peter war verzweifelt, wußte keinen Rat. Dr. Rosen, die verhindern wollte, daß Irmchen elendiglich zugrunde ging, machte einen Vorschlag: »Na gut! Ich fliege übermorgen sowieso nach Berlin, habe dort zwei Tage lang zu tun und komme anschließend zurück – allerdings ohne Ihren Kater. So kann Irmchen geholfen werden. Das bedeutet für Sie aber eine saftige Rechnung und einen Abschied für immer. Ich werde Irmchen dort, so schnell es geht, ein neues Zuhause bei Freunden suchen. Aber Sie können natürlich nicht erwarten, daß die neuen Besitzer ihren Kater, den sie dann gesund gepflegt haben, wieder rausrücken, nur weil Sie eines Tages aus dem Urwald dahergeflogen kommen.«

Peter wurde blaß, machte ein ratloses Gesicht: »Ich muß mich also jetzt und hier entscheiden.«

Die Tierärztin nickte.

»Gut! Nehmen Sie den süßesten Kater der Welt in Gottes Namen mit. Machen Sie ihn bitte, bitte gesund und finden Sie ein neues Zuhause für ihn. Es bricht mir das Herz, von ihm Abschied nehmen zu müssen, da ich ihn gerade erst wiedergefunden hatte. Aber sein Leben geht vor!«

Peter Kröger blickte noch einmal in das traurige Gesicht seines klugen Mallorquiners, kraulte ihm den Nakken und berührte vorsichtig die verheilenden Wunden: »He, alter Kamerad, mach's gut und paß auf dich auf! Und werd' gesund, hörst du!«

Als die Tierärztin drei Tage später mit dem Kater in Tegel das Flugzeug verließ und die rote Gangway hinauflief, waren fast vier Jahre vergangen, seit Irmchen auf der Party von Horst Weilandt für ein Riesenchaos gesorgt hatte.

Und was war in dieser Zeit alles geschehen! Um die halbe Welt war er gereist, von Nord- bis nach Südamerika. Als Filmheld hatte er damals die Stadt verlassen. Als müdes, krankes Tier mit zerschundenem Körper kehrte er jetzt zurück. Keiner seiner Freunde hätte ihn so erkannt: abgemagert, ausgebrannt, mit glanzlosem Fell, dafür aber übersät mit Wunden. Es war eine traurige Heimkehr, aber es war Irmchens einzige Chance, geheilt zu werden.

Dr. Rosen fuhr ins Hotel, telefonierte sofort mit ihrer Freundin. »Und morgen«, sagte sie zu Irmchen, bevor sie das Licht ausmachte, »bringen wir dich wieder auf die Beine.«

*

Es dauerte lange, bis Irmchen gesund wurde. Giesa Mai, eine Freundin von Anneliese Rosen, nahm den Kater bei sich auf, besuchte mit ihm alle zwei Tage die Tierklinik.

Irmchen bekam jedesmal eine Spritze, mußte an den Tropf und die unangenehme Prozedur des Fiebermessens über sich ergehen lassen.

Den ganzen Tag lag der früher so kräftige und robuste Kater bei Giesa im Schlafzimmer vor der Heizung oder kroch unter die Bettdecke. Das Leben war fast vollständig aus seinem Körper gewichen. Nur mühsam konnte er sich zum Futter in der Küche oder aufs Katzenklo schleppen. Bei jeder Bewegung schmerzten die schwachen Muskeln. Er schaffte es nicht einmal, aufs Fensterbrett zu springen oder auf einen Stuhl zu klettern. So müde war er, so hilflos und kaputt.

Giesa, die in einer Zwei-Zimmer-Neubauwohnung in Lichtenrade wohnte und tagsüber als Sekretärin im Finanzamt Tempelhof arbeitete, kümmerte sich rührend um den Kater.

Nach acht Wochen nahm der Arzt, der Irmchen behandelte, Giesa beiseite: »Die Krankheit ist zwar besiegt. Aber der Kater wird sich nicht mehr erholen. Das Leiden, sein abenteuerliches Leben im Busch und sein Alter – ich glaube, das war zuviel. Sie sollten ihn einschläfern lassen. Er quält sich sonst nur herum. Und das wollen Sie doch nicht. Glauben Sie mir! Das geht heute schon völlig schmerzlos. Er merkt überhaupt nichts.«

Giesa bekam einen Riesenschreck: »Ist denn da wirklich nichts zu machen?«

Der Arzt schüttelte den Kopf: »Sehen Sie selbst! Der Kleine hat keinen Funken Lebenswillen mehr. Geben Sie ihn her! Verabschieden Sie sich noch von ihm, und dann bringen wir es hinter uns. Es ist besser so!«

Giesa nahm ihren Kater, an den sie sich in den letzten Wochen schon so gewöhnt hatte, drückte ihn fest an sich: »Nein! Kommt überhaupt nicht in Frage! Er hat so gelitten und soviel durchgemacht. Das darf nicht umsonst gewesen sein!«

Es wurde ein trauriger Abend. Giesa saß auf dem Rand ihres Bettes, blickte in die müden und glanzlosen Augen von Irmchen, der reglos auf dem Kopfkissen lag: »Soll das alles gewesen sein, kleiner Schnurrteufel? Es muß doch irgendwo Hilfe für dich geben!«

Giesa erhob sich, lief ratlos im Zimmer auf und ab, sah aus dem Fenster: »Was mache ich nur, was mache ich nur? Warum fällt mir nichts ein? Mein Schnurrer darf nicht sterben!« Es half nichts. Sie sah keine Lösung, keine Rettung!

Ein Klingeln an der Wohnungstür riß sie aus ihren Gedanken: Es war Martin, der um die Ecke ein Fitness-Studio besaß. Er hatte sich Sorgen gemacht, weil Giesa so lange nicht zum Training erschienen war: »He, Mädel, was ist los? Hast du uns vergessen?«

Giesa bat den Freund herein: »Ach, weißt du, ich habe keine Lust! Mein Kater, den ich von einer Freundin zur Pflege bekommen habe, wird nicht gesund. Er hat sich im Amazonas-Urwald eine Infektion eingehandelt. Die ist zwar weg. Aber trotzdem kommt er nicht in die Reihe. Der Arzt will, daß ich ihn einschläfern lasse.«

Martin, der das Gemüt eines großen Kindes besaß und für alles eine Patentlösung wußte, ging ins Schlafzimmer, sah sich den Kater an: »Da hilft nur eins. Der Kleine braucht Aufbaunahrung. Verpasse ihm einige Vitaminspritzen, gib ihm Aminosäuren und Anabolika-Spritzen. Du wirst sehen, das wirkt Wunder. In drei Tagen ist er wieder auf den Pfoten.«

Martin hatte recht, obwohl Giesa an seinem Verstand zweifelte: »Irmchen ist doch kein Bodybuilder, sondern ein kranker Kater.«

Nach drei Tagen krabbelte er zum erstenmal wieder vom Bett und naschte am Katzenfutter. Giesa war baff. Irmchen machte tatsächlich an ihrem Bein Stupselchen, trank eine große Schale Wasser und sprang schon am folgenden Tag aufs Fensterbrett. Kaum eine Woche später tobte der Mallorquiner durch die Wohnung. Und nach drei Wochen war er ganz der Alte. Giesa bedankte sich bei ihrem Freund mit einem großen Blumenstrauß und einem herzhaften Küßchen: »Du hast ihm das Leben gerettet. Der Arzt hat mich zwar für verrückt erklärt, als ich ihm sagte, was wir gemacht haben. Aber Irmchen lebt. Und das ist die Hauptsache.«

Irmchen, inzwischen zwölf Jahre alt, hatte wirklich seine Kraft zurückgewonnen. Das Fell war überall nachgewachsen, hatte wieder seinen seidig-schimmernden Glanz. Die kaputten Krallen bekamen erneut ihre unangenehme Schärfe. Die Muskeln füllten sich unter der Haut mit Blut, und die Augen bekamen ihren frechen Ausdruck zurück. Es war, als hätte der Kater in einem Jungbrunnen geplanscht.

Täglich verdrückte er riesige Mengen von Schabefleisch, naschte ganze Hände voll Katzen-Milchbonbons. Doch damit nicht genug. Irmchen angelte wie in alten Tagen die Wurst vom Brot, futterte nach Herzenslust Vollmilch-Nuß-Schokolade und ließ sogar Marzipan auf seiner rauhen Katzenzunge zergehen. Auch das Rumtoben machte gewohnten Spaß. Ob Tischdecke oder Frauchens Unterwäsche aus dem Schrank: alles zerrte er durch die Wohnung, um damit zu spielen.

Die größte Freude aber hatte er in der Küche! Die Hydrokulturen auf dem Fensterbrett waren das ideale Spielzeug. Stein für Stein pfefferte der Kater die braunen Tonkügelchen durch die Küche, schoß sie unter die Spüle oder den Kühlschrank, um anschließend die Pflanzen aus dem Wasser zu angeln.

Die Welt war wieder in Ordnung!

Und wenn Giesa am Nachmittag von der Arbeit kam, saß Irmchen mit großen Augen an der Tür und wartete, bis Frauchen ihn auf den Arm nahm und für seine Missetaten belohnte. Denn Giesa konnte ihrem Liebling nichts übelnehmen. Er war viel zu drollig in seiner Art, als daß sie ihn hätte erziehen wollen. Es wäre auch kaum möglich gewesen.

Kam es ganz schlimm, tobte er über die Gardinenstangen, riß die Kerzenleuchter vom Tisch, rollte sich in den Teppich ein. Irmchen genoß das Leben in vollen Zügen. So wohl hatte er sich lange nicht mehr gefühlt. Das war seine Welt, das war sein Zuhause. Hier konnte er bleiben und mußte auf nichts verzichten.

Sogar Spaziergänge standen auf dem Programm. Irmchen mußte eine Leine tragen, obwohl er mit Unschuldsmiene Folgsamkeit bekundete. Wie ein Königstiger oder zumindest eine Rassekatze vom Züchter stolzierte er an allen Hunden vorbei. Jeder Blick zur Seite, jeder Buckel, ja, jedes Fauchen wären zuviel der Ehre gewesen. Kinder allerdings duften mit ihm machen, was sie wollten. Sie konnten ihm das buschige Fell kraulen, an den Ohren spielen, ja ihn sogar auf den Arm nehmen und auf den Rücken legen, obwohl Katzen das gemeinhin nicht mögen. Irmchen liebte Kinder und wußte, daß sie bis auf wenige Ausnahmen drollige und nette Spielgefährten waren. Und trieb es einer doch mal zu bunt, funkelte Irmchen ihn mit seinen goldgelben Augen an, verpaßte ihm einen zarten Hieb mit der Pfote und sprang schließlich davon. Das reichte, um sich überflüssige Streicheleinheiten vom Hals zu halten.

Er lernte auch bald die Katzen der Umgebung kennen. Fast jeden Abend trafen sie sich im Park am alten Steinbrunnen, der schon seit Jahren nicht mehr sprudelte. Einige hatten nur noch ein Auge, andere kaputte Pfoten. So mancher war schlichtweg zu gut im Futter, und die Rassekatzen benahmen sich alle so, als hätten sie früher an Königshöfen die Mäuse gejagt. Und Irmchen, der Abenteurer, genoß es, von allen anerkannt und respektiert zu werden. Schnell war er durch einige Raufereien in der Rangordnung aufgestiegen und durfte sich auch nach Herzenslust die Katzendamen aussuchen.

Was waren das für herrliche Ausflüge, die Irmchen nachts mit seinen Freunden unternahm: Es ging über Straßen, durch Gärten und verfallene Häuser, die einst verlassen, später von jungen Leuten besetzt und am Ende von der Polizei geräumt worden waren. Und irgendwie, obwohl er es sich nicht erklären konnte, kam Irmchen die Stadt bekannt vor. Lag es an der Luft, den Menschen, den Schwingungen, die sein siebenter Sinn wahrnahm?

Berlin war zu seiner zweiten Heimat geworden, und er spürte das. Aber da war noch etwas, das tiefer saß. Es war die alte Sehnsucht nach Mallorca. Eine innere Stimme sagte immer öfter zu ihm: Komm nach Hause, alter Bursche! Hier warten deine Freunde, die Kameraden der Jugend, die dich nie vergessen haben!

Irmchen hörte diese innere Stimme jetzt regelmäßig. Sie sprach zu ihm in seinen Träumen oder wenn er im Park lag und in den blauen Himmel über Berlin blickte. Sie schlichen sich aber auch in sein Herz, wenn er nachts bei Frauchen im Arm schlief, Nase an Nase, eingerollt und mit einem zufriedenen Schnurren auf den Katzenlippen. Er konnte das beim besten Willen nicht begreifen. Er hatte doch gar kein richtiges Zuhause. Wo gehörte er hin?

Die Frage war einfach zu beantworten: Überall und nirgends! Zu Hause war für ihn der Ort, an dem er Futter bekam, wo er gestreichelt und nicht getreten wurde.

Der »Schwarze« hätte viele Orte auf der Welt sein Zuhause nennen können. Ebenso wäre es für ihn eine Leichtigkeit gewesen zu sagen, das ist der Mensch, zu dem ich gehöre. Aber wie bei den Menschen, so war es auch für Irmchen: Alles war nur geliehen, Freundschaft, Zuneigung, Liebe und das viel wichtigere Futter. Auf nichts konnte man sich verlassen, nichts festhalten und zum Dauerzustand erklären. Wie bei einer Sanduhr war das Ende meist schon mit dem Beginn vorbestimmt. Was blieb? Eine Zeit, eine kurze Weile, ein Augenblick? Und die Summe des Lebens?

Das waren die vielen aufregenden Momente, die schönen und bösen, die wie Perlen auf einer Kette schimmerten. Die schönen, das waren die weißen Perlen, die im Sonnenlicht aus der Tiefe sanft leuchteten. Und die schwarzen? Von denen gab es weit mehr auf der Kette. Sie waren die Narben auf der Seele, die Stunden, Tage und Wochen der Traurigkeit. Sie waren der Schmerz, die Verzweiflung. Sie symbolisierten Not, Krankheit, Entbehrung und die Angst vor dem Morgen.

All das dachte Irmchen nicht, aber er fühlte und empfand es. Auch seine Seele hatte Narben, genau wie das schwarze Fell, das immer noch dicht wuchs und seidig glänzte.

Vom ersten Moment seines ungewöhnlichen Lebens an war er vom Schicksal heftig hin und her gewirbelt worden. Und wann immer er glaubte, eine Ecke zum Ausruhen gefunden zu haben, öffnete jemand die Tür, schmiß ihn auf die Straße und ließ ihn dort allein.

Oh, nein! Irmchen war kein sensibler Kater! Er war ein Kämpfer, Rowdy und Spaßvogel, der den Schalk im Nakken hatte und der keiner Rauferei aus dem Weg ging. Wie oft hatte er das Chaos regelrecht angezogen und sich einen Spaß daraus gemacht, den absoluten Irrsinn auch noch auf die Spitze zu treiben. Einige Menschen konnten ein mehrstrophiges Lied davon singen.

Aber da war auch der andere Kater, der Empfindsame, der die Schmerzen seiner Seele immer viel stärker und quälender empfunden hatte als die Pein, die man seinem Körper zugefügt hatte.

Schon damals, in der Scheune in Estellencs, als die Geschwister an den Zitzen der Mutter hingen, war für ihn kein Platz gewesen. Das Leben hatte ihn nie so recht gemocht, hatte ihm den eisigen Wind der Einsamkeit immer wieder ins Gesicht geblasen. Irmchen war stärker. Der Kampf vom ersten Tag an, der unbändige Wille zu leben, die Zähigkeit und die Kraft, am Ende doch wieder aufzustehen, hatten ihn geformt.

So war er: mutig, stark und dabei so herzlich und anschmiegsam. Ob Giesa oder all die anderen, die Irmchen in seinem Leben ein Stück des Weges begleitet hatten: sie mochten, ja, sie liebten den Kater mit den klugen, treuen Augen.

Bei Giesa wollte Irmchen nun endgültig bleiben. Berlin war schön, Giesa liebte ihn von Herzen, das Futter stimmte, und die Katzen der Umgebung respektierten ihn. Es kam wieder einmal alles anders.

»He, Pascha, aufwachen! Wir fahren morgen nach Waldmünchen in den Bayerischen Wald. Wir machen dort ein paar Tage Urlaub. Du wirst sehen, die Feldmäuse, die du da jagen kannst, sind genau die richtigen Spielgefährten.«

Irmchen, der auf der Bettdecke lag, hob müde den Kopf, blinzelte seinem Frauchen zu und streckte die Pfoten mit einem herzhaften Gähnen in alle Himmelsrichtungen.

Giesa, gerade von der Arbeit zurück, wedelte mit den Reisepapieren herum: »Wir fahren nachts. Also kannst du sowieso pennen. Und dann verbringen wir zwei wunderschöne Wochen im Grünen.«

Irmchen verspürte keine Lust auf Veränderungen.

Da aber sein Leben immer eine einzige Berg- und Talfahrt war, kam es auf diesen kurzen Ausflug auch nicht mehr an. Neue Gegenden versprachen neue Abenteuer.

Und obwohl der nicht mehr ganz junge Mallorquiner noch immer gut in Form war, machte es ihm neuerdings mehr Spaß, irgendwo herumzuliegen und zu dösen.

Waldmünchen war ein niedlicher Ort. Verwinkelte Häuser, ein abschüssiger Marktplatz, auf dem der alte Nepomuk-Brunnen sprudelte. Marktfrauen, die Blumen, Obst und Gemüse anboten, und Mistwagen, die Landluft garantierten.

Natürlich gab es auch Touristen, Wohnmobile und schaukelnde Reisebusse, die in den engen Gassen mit den Häuserwänden auf Tuchfühlung gingen. Und nicht jedes Lokal bot ausschließlich Hausmannskost an, sondern manches servierten den Gästen auch schnell Erhitzes aus der Mikrowelle. Unterm Strich aber hatte der Ort, über dem ein Schloß aus dem Mittelalter thronte, seinen liebenswürdigen, angestaubten Charme bewahrt.

Giesa, die hier als Kind mit ihren Eltern die Ferien verbracht hatte, kam alle paar Jahre zurück, um auszuspannen. Gern machte sie ausgedehnte Spaziergänge zum Stausee, wanderte hinauf zum Gibacht oder saß stundenlang am Rand der Felder, die sich vom alten Waldcafé bis zum Ort erstreckten.

Giesa liebte diese Idylle. Und auch Irmchen fühlte sich sofort wohl. Gemeinsam bewohnten sie ein Zwei-Zimmer-Appartement am Rande des Städtchens. Auf dem Balkon standen Blumenschalen mit Koniferen und winzigen Fichten. Abends, wenn die Sonne hinter den dunkelgrünen Hügeln versunken war, nahm Giesa ihren Kater, trug ihn ins Wohnzimmer und setzte sich auf eine Decke vor dem Fernseher.

Es war herrlich! Eng aneinandergekuschelt lagen Kater und Frauchen im warmen Zimmer, schmusten miteinander herum und waren rundherum glücklich. Fast jeden Abend schliefen sie so ein, erwachten erst, wenn der Fernseher rauschte. Dann nahm Giesa ihren fast acht

Kilo schweren Liebling, hob ihn aufs Bett und legte sich daneben.

Die Zeit hätte stehenbleiben können für beide, für immer!

Aber es war wieder mal die böse Sanduhr, die Korn für Korn durch den hauchdünnen Hals rinnen ließ und die umgedreht werden mußte, als das letzte Körnchen lautlos auf den winzigen Sandhügel gerieselt war.

*

Der Tag der Abreise war heran. Giesa stand ratlos vor dem Koffer, der sich einfach nicht schließen lassen wollte.

Gelangweilt hockte Irmchen auf dem Rand der Couch, sah seinem Frauchen zu. Himmel noch eins! Immer der gleiche Mist. Die Koffer sind am Ende der Reise immer kleiner als am Anfang. Blusen, Röcke, Jeans und der Mantel lagen noch daneben und fanden beim besten Willen keinen Platz mehr im Gepäck.

Giesa grinste zu Irmchen hinüber: »He, alter schwarzer Teufel! Du hast die Sachen verhext! Sie sind gewachsen! Und nun passen sie nicht mehr in den Koffer.«

Giesa ging die wenigen Schritte zu ihrem Kater hinüber, nahm ihn auf den Arm und drehte ihn in die Rückenlage.

So besonders scharf ist kein Kater der Welt auf diese hilflose Position. Aber irgendwie hatte sich Irmchen in seinem langen Leben daran gewöhnt. Wie viele Menschen hatten ihn schon so auf den Arm genommen, um dabei in einer fast dümmlichen Babysprache mit ihm zu reden. So waren die Menschen nun mal. Aber besser so als anders. Also ließ Irmchen diesen einseitigen Spaß über sich ergehen, kniff die Augen zu und wartete geduldig, bis das Spiel vorbei war.

Giesa setzte ihren Schatz auf die Couch zurück: »Also gut! Ich nehme die Wurst, den Käse und die Süßigkeiten wieder heraus und quetsche den Koffer mit meinem Hintern zu.« Das war das Zeichen für Irmchen: Mit einem Satz war er zur Stelle, schnappte sich die Wurst und flitzte durch die offene Tür in den Flur und auf die Straße. Irmchen liebte Wurst, zumal wenn er sie klauen konnte. Mit aller Kraft zerrte er den Leckerbissen über das im Laufe der Jahrzehnte abgewetzte Kopfsteinpflaster. Immer weiter entfernte er sich mit seiner Beute, die er in einem versteckten Winkel genüßlich verdrücken wollte. Das war das richtige Abschiedsmahl!

Irmchen hatte den kleinen Ort längst verlassen, als er es sich auf halbem Weg zwischen Waldcafé und Waldmünchen in einer alten Scheune gemütlich machte, um die Wurst quasi als krönenden Abschluß der Reise aufzufressen. Es wurde ein kurzer Schmaus. Er hatte eben ein Stück Pelle von der duftenden Landwurst gefetzt, als die verrottete Scheunentür zur Seite knallte und gegen die Wand aus gemauerten Feldsteinen schlug. »Hab ich dich endlich, du Mistvieh! Du hast mir die Wurst aus meinem Laden geklaut! Dafür bist du dran!«

Irmchen schoß wie eine Rakete unter einen alten Holzwagen, machte sich so platt wie möglich. Der Kater hatte im Laufe seines Lebens einen Instinkt für Gefahren entwickelt. Der Mann, der mit einer riesigen Mistgabel in der Tür stand, sah furchterregend aus. Die kurzen Haare auf seinem flachen Schädel wuchsen wild in alle Himmelsrichtungen. Die eng zusammenliegenden Augen blickten böse aus einem zerfurchten, mit Bartstoppeln gespickten Gesicht. Die Ärmel seines grauen Pullovers hatte er bis zu den Ellbogen hochgekrempelt. Vor seinem dicken Bauch spannte sich eine blutverschmierte, ehemals weiße Schürze.

»Du entkommst mir nicht, alter Teufel«, zischte der Mann, während er sich nach unten beugte, um zu sehen, wo Irmchen geblieben war.

Es ging blitzschnell! Der Mann schleuderte seine Mistgabel wie einen Speer. Wenn auch die spitzen Stahlenden

den Kater verfehlten, sie bohrten sich so ungünstig in den harten Boden, daß Irmchen mit seinem Schwanz festsaß.

Da half kein Toben und Zerren. Noch ehe es sich der Kater versah, hatte ihn der Mann mit seinen Pranken gepackt und in einen alten Ledersack gesteckt.

Irmchen, Opfer eines Irrtums, saß wieder einmal in der Klemme.

Es war völlig sinnlos, sich gegen das Schicksal zu stemmen, jedenfalls im Augenblick. Etwa eine halbe Stunde schaukelte Irmchen in dem stinkenden Ledersack hin und her. Und das einzige, was er mitbekam, war, daß in diesem Sack schon unzählige Katzen in der Falle gesessen hatten.

Der Mann, er war Fleischer, schlich in eine alte leere Schule, öffnete den Sack und schüttelte Irmchen auf den Boden. Der Kater glaubte zur Salzsäule zu erstarren. In dem total verdreckten Raum kauerten fast vierzig Katzen. Fauchend tobten einige auseinander oder drängten sich mit gesträubtem Fell in einer Ecke zusammen. Andere wiederum blieben reglos liegen, hoben gerade mal die Köpfe. Fast alle Rassen waren vertreten. Doch die meisten waren Wald- und Wiesenkatzen, genau wie Irmchen.

Was für eine traurige Gesellschaft! Es hätte zum Himmel stinken müssen, wenn der Raum einen Himmel gehabt hätte. Aber so kroch Irmchen vor allem der alte Schulduft in die Nase, der an Putzmittel und schwitzende Schüler erinnerte. Dazu kam der Gestank von bedauernswerten Kreaturen, die hier eingesperrt waren und die längst ihrem Putzinstinkt Adieu gesagt hatten.

Vorsichtig schlich Irmchen durch den düsteren Raum. Durch das Fenster fiel nur das schwache Licht der untergehenden Sonne. Futter? Woher bekam man hier eigentlich etwas zu essen? Die duftende Wurst, die Irmchen in diese prekäre Lage gebracht hatte, war längst vergessen.

Zwei Tage lang war Null-Diät angesagt. Irmchen machte das nicht viel aus. Zu oft schon im Leben hatte er hungern und leiden müssen, ohne gleich zu verzagen. Was ihn dagegen verwunderte, war die Situation an sich. Was sollte das alles? Wozu waren hier so viele Katzen eingesperrt? Was sollte mit ihm und den Artgenossen geschehen?

Fragen über Fragen, auf die es zunächst keine Antwort gab. Des Rätsels Lösung folgte erst drei Wochen später.

Der Fleischer, der Irmchen gefangen hatte, kam eines Abends mit einem fremden Mann. Gemeinsam sahen sie sich die Katzen an. Der Fremde ergriff zuerst das Wort: »Die sehen ja immer schlimmer aus! Die müssen wir erst mal aufpeppeln, ehe wir sie gebrauchen können.«

Adolf Anzenhuber, so hieß der Katzenfänger, riß die Augen auf und zeigte auf Irmchen: »Sehen Sie sich nur diesen Prachtburschen mal genauer an. Mit dem könnt ihr Stadtleute Versuche bis zum Sankt Nimmerleinstag machen. Also, entweder ihr holt sie morgen ab oder ich ersäufe sie alle im Bach. Dann könnt ihr zusehen, wo ihr eure Versuchskatzen herbekommt. Es lohnt sich sowieso nicht mehr. Sie machen nur Dreck und fressen mir meine Wurst weg. Also, was ist?«

Der Mann im dunklen Anzug nickte mit dem Kopf: »Na gut! Heute nacht kommt der Wagen, und dann machen wir es wie immer. Wir leiten das Betäubungsgas in den Raum und packen sie ein. Das Geld überweisen wir auf Ihr Konto. Aber beim nächstenmal müssen die Tiere besser in Schuß sein. Sonst können wir sie nur einschläfern oder gleich wegschmeißen.«

Irmchen, der zwar alles mitangehört, aber wie immer nichts verstanden hatte, ahnte, daß da Schlimmes auf ihn zukam. Unruhig lief er im Raum hin und her, blickte hoch zum vergitterten Fenster, kratzte an der morschen abgewetzten Tür, versuchte, auf die Klinke zu springen, um sie herunterzudrücken.

Aber nichts half! Es war gegen 23 Uhr, als sich der Mond ins Fenster schob und seine kühlen Strahlen in den Raum schickte. Was für ein bemitleidenswerter Anblick! Welche traurigen Katzenschicksale harrten hier ihres schrecklichen Endes. So mancher der Vierbeiner hatte schon bessere Zeiten erlebt, so wie die kleine weiße Katzendame, die eingerollt in der Ecke lag und es kaum wagte, den Kopf zu heben. Oder der braungetigerte Stubenkater, der neben Irmchen ängstlich zum Fenster schaute, als würde Beelzebub gleich höchstpersönlich durch die Öffnung gerauscht kommen.

Es waren aber auch alte Haudegen unter den Gefangenen. Der schwarze Kater, der mitten im Raum saß und aus einem Auge pausenlos auf die Tür starrte, um dem nächstbesten Menschen an die Gurgel zu springen. Und schließlich der riesige Main-Coon, der unruhig auf und ab lief wie ein gefangener Löwe in seinem Käfig. Ihnen allen sollte also heute nacht das letzte Stündlein schlagen. Allesamt sollten sie in einem Versuchslabor zu Tode gequält werden.

Das Quietschen von Autoreifen riß die Tiere aus ihrer Todeslaune. Stimmen hallten über den Hof. Sekunden später brach krachend die Tür des Schulhauses aus den Angeln. Autonome Tierschützer, die von dem Katzengefängnis gehört hatten, waren gekommen, um die Tiere zu befreien. Es ging blitzschnell!

Fünf junge Männer und drei Frauen hasteten den Gang entlang, rissen eine Tür nach der anderen aus den Scharnieren. Die Katzen gerieten in Panik, fauchten sich gegenseitig an, bissen und kratzten wie wild um sich. Die Todesangst machte aus dem traurigen Haufen einen tobenden Knäuel.

Donnernd flog die Tür in den Raum. »Da sind sie«, flüsterte der erste Mann, der ein Brecheisen in den Händen hielt, seinen Freunden zu. »Los, jetzt schnell! Der Wagen wird jeden Moment kommen! Und dann müssen wir hier weg sein!«

Fast irre vor Angst schossen die Katzen hinaus, rannten zwischen den Beinen ihrer Retter hindurch in die Freiheit. Fauchend und kreischend stürmten sie die Treppe hinunter, wirbelten, kullerten und flitzten durch die zertrümmerte Haustür der Schule. Nur Irmchen und der Main-Coon blieben ruhig im Raum sitzen, beobachteten alles mehr neugierig als ängstlich.

»Na, ihr zwei, wollt ihr wohl machen, daß ihr hier rauskommt? Oder möchtet ihr lieber im Labor das letzte Schnurren von euch geben?«

Die junge Frau, die das gesagt hatte, beugte sich zu Irmchen hinunter. »Schau mal, Sven! Die beiden hier scheinen überhaupt keine Angst zu haben! Komm, die nehmen wir mit und behalten sie.«

Corinna nahm Irmchen auf den Arm, drückte Sven den Main-Coon an die Brust. Und so schnell der Spuk, der den Katzen ein zweites Leben beschert hatte, gekommen war, war er auch wieder verschwunden.

Als zehn Minuten später der Lkw, der die Katzen abholen sollte, auf den Hof gerollt kam, saß Irmchen schon schnurrend im VW-Bus auf Corinnas Schoß, blinzelte zum Main-Coon hinüber und schlummerte alsbald friedlich vor sich hin.

Die ganze Nacht und fast den halben Tag war der Wagen unterwegs, immer in Richtung Westen. Am nächsten Mittag lenkte Sven den Bus durch die Einfahrt eines alten Bauernhofes bei Wiesbaden: »So, da wären wir! Jetzt brauche ich erst mal eine Runde Schlaf! Die Befreiungsaktion war verflucht anstrengend.« Corinna, seine Freundin, die wie Sven Biologie studierte und sich den Tierschützern angeschlossen hatte, erwachte auf der Rückbank des Autos.

»Hops! Beiseite, ihr Ganoven!« Behutsam schob sie die Kater von ihrem Schoß, wo sie sich eng aneinandergekuschelt hatten.

Corinna fuhr sich mit den Händen durch die Haare, streckte die Arme nach oben und gähnte herzhaft. Dann wischte sie über ihren dunkelblauen Overall, daß die Katzenhaare nur so wirbelten. Irmchen und der Main-Coon entschieden sich ebenfalls für Morgengymnastik. Erst schoben sie die Vorderpfoten weit nach vorn, machten sich lang und länger. Anschließend richteten sie sich kerzengerade auf und streckten die Hinterläufe. So, und nun hätte es Frühstück geben können! Aber es gab nichts!

Corinna zog die Seitentür des Autos auf und trieb die beiden Kater hinaus in den Hof. »Das ist jetzt fürs erste euer Zuhause. Das Futter müßt ihr euch allerdings verdienen, indem ihr Mäuse jagt.«

Danach war ihnen nicht zumute. Nach den Strapazen der letzten Tage und Wochen träumten sie viel eher von einem warmen Kopfkissen, auf dem sie vor sich hindösen konnten.

Corinna, die Katzen über alles liebte und die ahnte, was die beiden Schnurrer fühlten und wünschten, lief zum Haupthaus. »Na gut, kommt rein. Ich gebe euch was zu futtern. Ihr sollt ja schließlich nicht vom Fleisch fallen!«

Die Tür war kaum einen Spalt offen, als Irmchen und der Main-Coon in Windeseile hindurchgeschlüpft waren und im Nu durch die gemütliche Küchenstube tapsten. Es duftete nach Essen, das Corinnas Mutter für die Familie vorbereitet hatte, nach frischem Fleisch, Obst und Gemüse: »He, was ist denn das? Corinna! Corinnnnaaa! Ich habe dir doch gesagt, du sollst nicht schon wieder ein Tier mitbringen. Und nun hast du gleich zwei Kater angeschleppt! Vater wird durchdrehen, wenn er die Viecher sieht! Du kennst ihn ja!«

Corinna, die den Ruf ihrer Mutter gehört hatte und ins Haus geeilt war, nahm Irmchen auf den Arm: »Ist ja schon gut! Reg dich bloß nicht auf! Die beiden sollen ja nicht hierbleiben! Wir werden schon ein Zuhause für sie finden.«

Irmchen stubselte Corinnas Wange mit seinem schwarzen Kopf, versuchte mit allen Mitteln, Gut-Wetter-Stimmung an den Zimmerhimmel zu zaubern. Doch auch sein tiefstes Schnurren machte keinen sonderlichen Eindruck. Corinnas Mutter, die den riesigen Kopf des Main-Coon mit ihren rauhen Händen streichelte, zeigte auf Irmchen: »Der hier kann von mir aus bleiben! Der gefällt mir! Aber der Schwarze da, der muß weg! Der macht mir Angst!«

Irmchens Schmuse-Show war total daneben gegangen.

»Und wo soll er hin«, wollte Corinna wissen. »Wir können ihn nicht einfach auf die Straße setzen! Da ist die Überlebenschance gleich Null! Wir retten die Katzen nicht, um sie anschließend umkommen zu lassen! Nein, Mama, das kannst du nicht allen Ernstes verlangen!«

Corinnas Mutter, der Irmchen nun wieder leid tat, lenkte ein: »Na gut! Zunächst kann er hierbleiben. Aber irgendwann mußt du für ihn ein neues Zuhause finden.«

Die Frau hatte ihren Satz kaum zu Ende gesprochen, als sie das Medaillon an Irmchens Hals entdeckte: »Sieh mal, was er da hat! Vielleicht steht drin, wo er herkommt!«

Corinna öffnete das Medaillon mit ihren Fingernägeln, holte den Zettel heraus, faltete ihn auseinander. Und während ihre Mutter neugierig darauf wartete zu hören, was darauf stand, las Corinna vor: »Irmchen, Estellencs, Mallorca!«

»Du, ich glaube, wir haben uns einen kleinen Abenteurer ins Haus geholt.Warte mal, Mama! Gab es nicht vor fünf Jahren einen Kinofilm, der von so einem Kater handelte? Und der Kater war auch schwarz und hieß ebenfalls Irmchen. Ich wette, der Besitzer dieses Lausbuben hat seinen Liebling nach dem Kinokater benannt, weil er ihm ähnlich ist.«

Ach, hätte Irmchen nur die Sprache der Menschen gesprochen! Dann hätte er erklären können, daß er selbst Irmchen, der Kinokater, war. So aber mußte er damit leben, als Kopie angesehen zu werden, obwohl er das Original war.

Corinnas Mutter machte einen Vorschlag: »Du fliegst in vier Wochen sowieso nach Mallorca! Wie wär's, wenn du den Kater mitnimmst und ihm dort die Freiheit gibst. Da leben schon so viele Katzen! Da kommt es auf eine mehr oder weniger auch nicht mehr an!«

Corinna hatte einen berechtigten Einwand: »Woher willst du wissen, daß der Kater von Mallorca stammt? Wenn er lediglich von seinem Besitzer den Namen des Filmkaters bekommen hat, muß er noch lange nichts mit der Insel zu tun haben. Dann ist der Zettel nicht mehr als ein irreführender Spaß.«

Die Wirkung des Arguments war alles andere als durchschlagend. »Das ist mir egal«, antwortete die Mutter. »Der Kater kommt vom Hof! Sieh zu, wo du ihn läßt! Hier jedenfalls bleibt er nicht! Basta!«

Die vier Wochen auf dem Bauernhof vergingen wie im Flug. Irmchen machte sich erst gar nicht die Mühe, die Umgebung zu erkunden. Und selbst der Abschied von Charly, so hatte Corinna den Main-Coon getauft, fiel nicht sonderlich schwer.

In einem großen Katzenkorb aus Plastik trat Irmchen den Flug an, der ihn in seine alte Heimat zurückbrachte. Der Kater mit dem weißen Fleck auf der Brust ahnte nicht, daß er seine geliebte Insel wiedersehen, daß sich nun sein Schicksal erfüllen sollte. Viel hatte er von der Welt gesehen, so manches hatte er erlebt und ertragen. Und öfter als früher spürte er jetzt die Müdigkeit des alten Kämpfers in den Knochen, der sich nach Ruhe sehnte, der genug hatte von Abenteuern und Leid.

Die Mittagssonne stand hoch über der Insel, als die Maschine auf der Rollbahn des Flughafens aufsetzte. Ein leichter Wind wehte vom Meer her über die quirlige Stadt Palma. Corinna ließ sich mit ihrem Kater vom Bus in die City bringen. Und Irmchen, der in seinem Korb saß und neugierig die vielen Menschen beobachtete, spürte plötzlich, daß ihm hier alles irgendwie bekannt vorkam: die Luft, das Licht, die Düfte . . . Aber das Erlebte lag zu weit zurück. Der Kater konnte sich beim besten Willen nicht genau erinnern. Und doch – in seinem tiefsten Innern spürte er eine seltsame Erregung.

Corinna, die den Abschied so kurz wie möglich machen wollte, mietete sich am Platz der weißen Tauben einen Wagen, kaufte eine Straßenkarte und fuhr in Richtung Andraix. Irmchen, der aus dem Korb klettern durfte, saß zitternd auf dem Beifahrersitz, beobachtete mit Herzklopfen die Umgebung, die an ihm vorbeizog. Und als in seinem Unterbewußtsein die Erlebnisse vergangener Tage wie ein Mosaik langsam Gestalt annahmen, fühlte er, daß sich nun ein Kreis schließen würde. Irmchens Körper bebte. Immer wieder ließ er ein leises Miauen hören, kratzte mit seinen Krallen an der Windschutzscheibe.

Corinna, die den blauen Seat durch Andraix lenkte und dann nach rechts in die Berge abbog, beobachtete ihren Kater von der Seite. »Du kennst dich hier wohl aus? Warte! Bald sind wir in Estellencs. Wenn du wirklich hier geboren bist, dann, ja dann bist du vielleicht doch der Kater aus dem Film! Mein Gott, das wäre ja unglaublich.

Aber nein! Das kann gar nicht sein! Der echte Filmkater wäre nie in die tödliche Gefangenschaft von Waldmünchen geraten. Der sitzt jetzt bestimmt bei einem reichen Filmmenschen und frißt die teuersten Mahlzeiten. Aber, du kleiner schwarzer Lump, warum bist du nur so aufgeregt? Komm, gib mir eine Antwort!«

Corinna sollte nie erfahren, wer Irmchen war, sollte nie die ganze Geschichte kennenlernen. Vielleicht ahnte sie einen Bruchteil der Wahrheit.

Ein matter, orangefarbener Schimmer legte sich über die Insel, als der Wagen um die letzte Ecke bog und wenige hundert Meter tiefer Estellencs auftauchte. Kaum fünf Minuten später hielt der Seat an der alten Kirche in der Mitte des Ortes. Corinna stieg aus, machte die Beifahrertür auf, hob Irmchen aus dem Auto.

Eine seltsame Schwingung berührte Irmchens Herz. Plötzlich kehrten die Erinnerungen zurück, fanden sich von ganz allein zusammen wie ein Puzzle: die zerklüfteten

Berge, der Kamm, die Zitronen- und Apfelsinenbäume, die verwinkelten Gassen, das ferne Rauschen der Brandung. Irmchen setzte vorsichtig eine Pfote vor die andere, hob den Kopf, sog die Luft ein, die er als Katzenkind geschnuppert hatte. Gedanken und Gefühle rasten durch seinen Katerschädel, verwirrten ihn, machten ihn glücklich und traurig zugleich.

Langsam lief er die Straße hinab zum Meer. Erst als er eine Wagentür zuschlagen hörte und das Brummen eines Automotors, drehte er sich um und schaute dem blauen Seat hinterher, der fast wie ein Trugbild aus seinem Gesichtskreis und damit aus seinem Leben verschwand.

Corinna hatte den Abschied so einfach wie möglich gestalten wollen. Während sie beobachtete, wie der Kater den Weg hinablief, spürte sie, daß sich ein ungewöhnliches Schicksal erfüllt hatte. Ja, der kleine Schwarze, den sie aus den Fängen eines Versuchstierhändlers befreit hatte – er gehörte hierher! Er war vor langer Zeit aufgebrochen, und sie hatte ihn nun nach einem abenteuerlichen Leben zurückgebracht.

Und noch etwas stand für Corinna fest: Es mußte der Kater aus dem Film sein. Der kleine kluge Teufel, der die Herzen so vieler Katzenfreunde erobert hatte! Welch eine merkwürdige Geschichte! Nein, das würde ihr nie im Leben ein Mensch glauben. Und doch – es war die Wahrheit.

Irmchen war allein!

Als die rotglühende Sonne hinter den Bergen verschwand, um bald im Meer zu versinken, schlich ein altersmüder Kater durch eine quietschende und knarrende Holztür, die nach fast dreizehn Jahren noch immer schief in den verrosteten Scharnieren hing. Die Scheune war inzwischen fast verfallen. Lehmklumpen waren aus den Wänden gebrochen, hatten davor kleine gelbe Haufen gebildet. Der umgestürzte defekte Fuhrwagen lag wie einst in einer Ecke des seit Jahrzehnten unbenutzten Raumes. Und noch immer schwebten Spinnweben im Wind, der leise durch die Ruine zog. Silbern schimmerten sie im Mondlicht, das durch die schiefen Fenster fiel.

Irmchen lief, wie von unsichtbarer Hand geführt, auf eine kleine Mulde im Boden zu, die halb von einem losen Brett verdeckt wurde. Und während eine Spinne im Netz darüber neue Fäden an den alten, morschen Balken festmachte, legte sich der schwarze Kater in die Mulde, neben der er als unerwünschte Nummer sieben geboren worden war, und schlief ein.

Irmchen war nach einem langen und aufregenden Leben wieder zu Hause.

*

Die Flamme der Kerze war längst verloschen, als Juan weit nach Mitternacht von einem kühlen Windhauch aus dem Schlaf gerissen wurde. Noch immer lag der alte Kater eingerollt in seinem Schoß, träumte von längst vergangenen Abenteuern.

Juan faßte sich an den Hals, der von der unbequemen Haltung schmerzte: »He, Irmchen, mein Liebling, wach auf! Wir müssen ins Bett! Wir sind doch tatsächlich einfach so eingedöst.«

Irmchen hob seinen Kopf, blickte dem Freund verschlafen in die Augen. Erinnerungen zogen an seinem inneren Auge vorbei, lösten sich langsam auf, wie der Nebel, der aus dem Tal emporsteigt. Der Mann nahm den Kater auf den Arm, trug ihn in die Hütte, legte ihn an das Fußende seines Bettes. Dann warf Juan seine Sachen über die Lehne eines Stuhles, zog sein altes Baumwollhemd an und legte sich zu seinem Freund. Er fühlte sich müde, sehr müde! Das Leben hatte auch von ihm einen hohen Preis an Kraft gefordert.

Juan dachte zurück an die Jahre, die er auf See und in fernen Ländern verbracht hatte. Täglich bis zu vierzehn

Stunden hatte er arbeiten müssen, in Maschinenräumen, auf Werften, Plantagen und ab und zu auch in Fabriken. Tiefe Falten durchfurchten sein Gesicht. Die einst strahlend blauen Augen hatten ihren Glanz verloren. Die Hände, früher voller Kraft, waren jetzt schwach. Grau waren seine Locken im Laufe der Jahren geworden. Er wußte, daß ihm nicht mehr viel Zeit blieb. Ja, er hatte sich verrechnet! Er hatte sich überschätzt!

Als Juan hinaus in die Welt zog, um sein Glück zu finden, wie man so schön sagt, hatte er nur einen Wunsch: zurückzukehren nach Mallorca als gemachter Mann. Also ließ er sein Boot und die kleine Hütte am Strand zurück, heuerte auf dem nächsten Schiff an, das in Palma vor Anker ging. Und so wie sein Kater, der damals von einer Welle über Bord gespült wurde, purzelte er von einem Abenteuer ins nächste. Es ist schon okay so, dachte er. Du mußt nur das Geld sparen und dann kannst du dir den Wunsch deines Lebens erfüllen: ein schönes festes Haus auf Mallorca und nie wieder arbeiten. Doch das Geld zerrann ihm unter den Fingern. Er verlor es beim Spiel, ließ es in den Häfen und gab es für Frauen aus.

Als Juan am Ende müde und gebrochen auf seine Insel zurückkehrte, reichte sein Geld gerade noch für eine kleine Finca am Berghang über Estellencs. Nun denn, sagte sich der Mann, der auch im Herzen alt geworden war, so geben wir uns damit zufrieden.

Juan kaufte bei den Bauern ein paar alte Möbel, reparierte das Dach, pflanzte Blumen und blickte oft stundenlang aufs Meer hinaus. Manchmal war ihm wehmütig ums Herz, wenn er die weißen Segel der Boote am Horizont verschwinden sah. Aber die Kraft reichte nicht für einen Neubeginn.

So lebte er einsam und zurückgezogen in seiner Hütte, als eines Nachmittags ein blauer Seat um die Ecke gebogen kam und ein junges Mädchen, das offensichtlich nicht aus dieser Gegend war, etwas Schwarzes aus dem Wagen hob und auf die Straße setzte. Juan, der von seiner Veranda aus nicht alles genau verfolgen konnte, reckte seinen Kopf weiter nach vorn.

Das Mädchen stieg wieder in den Wagen, fuhr langsasm zur Paßhöhe. Und während das Auto den Paß erklomm und verschwand, beobachtete Juan, wie das schwarze Etwas den Weg zum Meer hinunterlief.

Ein eigenartiges Gefühl kroch in sein Herz, während seine Augen das schwarze Unbekannte verfolgten. Schließlich stand Juan auf, zog sich die Jacke über, nahm die Taschenlampe aus der Tischschublade. Bald würde die Nacht hereinbrechen. Und da war es besser, man hatte sein eigenes Licht dabei.

Vorsichtig lief er den Weg hinunter nach Estellencs. Er mußte aufpassen, daß er nicht auf einen größeren Stein trat. Eine falsche Bewegung auf dem steilen Pfad, und schnell war ein Knöchel verstaucht oder gebrochen.

Von dem schwarzen Etwas war weit und breit nichts zu sehen. Warum läufst du hier eigentlich durch die Nacht und suchst nach einem schwarzen Fleck in der Landschaft, fragte sich Juan, der mit der Taschenlampe den Weg ableuchtete.

Kopfschüttelnd schaute er zur alten Kirchturmuhr hinauf, die eben 19 Uhr schlug. Du bist schon ein alter Narr! Aber egal! Hier passiert sonst sowieso nichts! Also mach weiter und suche nach des Rätsels Lösung!

Fast eine Stunde war Juan von Haus zu Haus geschlichen, als er die alte Scheune des Bürgermeisters unten am Hang erreichte. Mit seiner rechten Hand schob er die Taschenlampe durch die windschiefe Tür, ließ den Scheinwerferkegel über den Fußboden wandern.

Halt, da war doch was! Der Lichtstrahl streichelte das schwarze Etwas, das sich in einer Erdmulde zusammengerollt hatte.

Juan drückte die Tür auf, löschte die Taschenlampe, lief im Licht des Mondes, der durch das Fenster schien, auf den schwarzen Haufen zu. Leise hockte er sich nieder, streckte seine Hand aus, um das schwarze Etwas zu berühren.

Es war der Moment, den beide insgeheim wohl immer herbeigesehnt hatten. Irmchen erwachte, da die Hand Juans sein Fell berührte. Endlose Sekunden lang blickten sich die Freunde in die Augen. Keinen Ton brachte Juan über seine Lippen. Und auch Irmchen, den so schnell nichts erschüttern konnte, ließ kein einziges Miau hören. Dann endlich hatte sich Juan gefaßt: »Irmchen? Bist du nicht mein Irmchen?«

Ja, es war Irmchen!

Juan hob den alten Kater hoch, preßte ihn fest an seine Brust: »Irmchen, Irmchen, ich dachte, du bist lange tot! Ich glaubte, du bist damals im Sturm ertrunken. Wie kommst du jetzt nur hierher? Wo warst du all die vielen Jahre? Ach, mein kleiner, schwarzer Teufel! Ich hatte immer Sehnsucht nach dir und unserem Freund Valentino.«

Irmchen war genauso ergriffen wie der Freund, den er nie vergessen hatte. Hier also, in Estellencs, sollte sich unser Schicksal erfüllen, dachte Juan, während er seinen Kater küßte und drückte. »Ach, sieh mal, du hast ja sogar noch dein Halsband mit dem Medaillon um.«

Der Mann, der seinen Freund wiedergefunden hatte, öffnete die Kapsel und entdeckte den Zettel mit den drei Worten: »Die Vorsehung wollte, daß du zurückkehrst. Also bleiben wir beide auch zusammen!«

Juan erhob sich vom Fußboden, lief in Richtung Tür: »Komm, alter Knabe! Wir gehen nach Hause! Ich wohne hier gleich um die Ecke!«

Und wie er im Licht der Taschenlampe den steilen Weg zu seiner Hütte hinauflief, folgte ihm sein Kater, als wäre es das Selbstverständlichste der Welt.

*

Ja, so war das damals, vor vier Jahren, als Juan seinen Kater wiederfand. Von Stund an waren sie unzertrennlich. Gemeinsam saßen sie auf der windschiefen Terrasse, führten lange Gespräche. Juan, der gern Monologe hielt, wartete stets, bis der Kater auf seinem Schoß mit den Augen blinzelte oder herzhaft gähnte. Das Blinzeln wertete er als Bestätigung des Gesagten. Ein Gähnen – so jedenfalls legte er es aus – war wohl als Widerspruch zu werten. Wehe aber, Irmchen schlief und schnurrte zufrieden vor sich hin. Sogleich hielt Juan einen Themenwechsel für angebracht. Der Kater war lieber in seinen Träumen unterwegs, als ständig den Erzählungen des Freundes zu folgen.

Die Anwesenheit Irmchens war für Juan die reinste Verjüngungskur. Der Mann, der mutlos und verbittert auf sein Ende gewartet hatte, gewann seine alte Energie zurück. Gemeinsam unternahmen sie Spaziergänge an der Küste, kletterten hoch in die Berge, stiegen hinab in die Täler, um mit Ziegen, Hasen und Kaninchen zu spielen.

Es waren die schönsten Jahre im Leben von Juan und Irmchen. Weit weg von den Alltagssorgen, den Ängsten und Nöten, aber vor allem unerreichbar für die Menschen, lebten sie glücklich in den Tag hinein. Doch nicht nur Juan, auch Irmchen war rund herum zufrieden. Auch wenn jetzt schon ab und zu mal die eine oder andere Narbe am Körper zwickte oder der Sprung auf den nächsten Baum etwas mehr Kraft kostete – Irmchen war noch immer ganz der Alte. Und wenn der Kater abends im Bett seines Freundes einschlummerte, dann hätte er am liebsten schnurrend die ganze Welt umarmt.

Juan riß sich von seinen Gedanken los: Du mußt schlafen, alter Junge, sagte er zu sich selbst, während er den eingerollten Kater am Fußende betrachtete. Sonst bist du morgen wie gerädert. Dabei willst du doch nach Valldemosa zum Einkaufen. Das schaffst du nie, wenn du jetzt nicht schläfst. Und den Speisezettel der nächsten Tage rauf und runter wandernd, fiel Juan in einen tiefen Schlaf.

Es war ein Jahr später, Juan saß vor seinem Haus und schnitzte an einem Wanderstab herum, als es plötzlich im Ginsterbusch neben der Terrasse raschelte.

Irmchen, dessen Sinnesorgane noch bestens funktionierten, richtete sich sofort auf und spannte alle Muskeln an.

»He, alter Depp, das ist bestimmt nur ein Kaninchen. Also gib Ruhe und kümmere dich nicht darum! Bring hier keine Unruhe in den Laden! Genieße lieber den schönen Tag! Du mußt nicht auf jedes Viehzeug Jagd machen!« rügte ihn Juan.

Irmchen, der gegen ein bißchen Bewegung nichts einzuwenden hatte, war schon vom Tisch und mit einem großen Satz im Gebüsch verschwunden. Das Tier, das ihn aus seiner Ruhe gerissen hatte, war tatsächlich ein Kaninchen. Im wilden Zickzack-Kurs ging die Verfolgungsjagd den Abhang hinauf, über dicke Grasbüschel, Steine, Geröllfelder, Baumstümpfe und durch Hecken. Aber eine Hatz bergauf war weiß Gott nichts mehr für den alten Kater, der nun schon fast achtzehn Jahre auf seinem schwarzen Buckel hatte. Andererseits, die Jagd machte doch zu viel Spaß. Und aufgeben und sich blamieren vor so einem kleinen Kaninchen – nein, das wollte Irmchen nun auch nicht.

Die beiden Tiere hatten schon fast den Kamm des Berges erreicht, als Irmchen plötlich wie angewurzelt stehenblieb. Ein riesiger Kater, unter dessen schwarz-weiß gezeichnetem Fell sich gewaltige Muskeln spannten, saß direkt vor ihm auf einem Stein. Böse und rauflustig funkelten seine Augen zu Irmchen hinab, der von einer Sekunde zur anderen das Kaninchen vergessen hatte. Der Riesenkater ließ ihm gerade noch Zeit, die Kampfhaltung einzunehmen. Dann sprang er, wie von einem Katapult abgeschossen, nach vorn, im hohen Bogen auf Irmchen zu. Im Flug ließ der Kater seine messerscharfen Krallen hervorschnellen, um den Feind damit zu packen. Das Maul weit aufgerissen, landete er auf Irmchens Rücken, rammte seine zentimeterlangen Eckzähne in dessen Nacken.

Aber der Schwung, der ihn so weit hatte fliegen lassen, war zu groß. So schnell er Irmchens Genick gepackt hatte, mußte er es wieder loslassen. Ineinander verkeilt und verkrallt rollten die Raufbolde den Hang hinunter, prallten gegen Steine, rutschten über feuchte Grasnarben, schleuderten gegen abgebrochene Äste, die am Boden lagen. In einer Dornenhecke waren Rutschpartie und Prügelei zu Ende. Von Dutzenden von Dornen aufgespießt, ließen die Kater voneinander ab, rollten sich am Boden, fingen laut an zu miauen und zu fauchen.

Die Dornen, die im Fell steckten, taten schrecklich weh. Der Schmerz war so groß, daß den Katern jede Freude am Kämpfen vergangen war.

»Na, was ist denn hier los? Irmchen, komm her, laß den anderen Kater in Ruhe!« Juan, der seinem Freund gefolgt war, besah sich dessen Wunden: »Du Dummer! Wie kannst du dich mit einem viel stärkeren Kater einlassen? Und sag mir bitte, was du in der Dornenhecke zu suchen hast?«

Irmchen, der sich noch immer nicht beruhigt hatte, fauchte zu seinem Gegner hinüber. Juan wollte eben etwas sagen, als er sich umdrehte, um Irmchens Raufkumpanen genauer zu betrachten: »Nein, das kann nicht sein! Lieber Gott, sag, daß es nicht wahr ist!«

Juan ließ Irmchen los, kroch auf den Knien zu dem anderen Kater hinüber. Vorsichtig streckte er seine Hand aus, berührte das Nackenfell des Schwarz-Weißen. Juan sah sich den Kater, der friedlich und majestätisch vor ihm saß, von allen Seiten an. Dann wandte er sich zu Irmchen, wischte Tränen aus den Augen und sagte: »Es ist Valentino, unser Valentino! Dein Freund ist zu uns zurückgekehrt! Nach all den Jahren! Jetzt sind wir wieder zusammen!«

Irmchen war völlig überfordert! Zentimeter für Zentimeter schlich der eine Raufbold auf den anderen zu, beschnupperte ihn von oben bis unten, von vorn bis hinten. Zu weit lagen die Erinnerungen zurück. Zuviel war seit damals geschehen. Doch das, was noch da war, kam aus der Tiefe des Herzens.

Zärtlich stupselte Irmchen den Kopf des alten Freundes. Und Valentino, der die ganzen Jahre in den Bergen verbracht hatte, erwiderte die liebevolle Berührung mit einem herzhaften Schnurren.

Es wurde ein Nachmittag der schmerzhaften Prozeduren. Auf der Terrasse hatte Juan alle Hände voll zu tun, seinen Freunden die Dornen aus dem Fell zu ziehen. Ständig maunzte einer der beiden auf, wenn Juan an einem Dorn zog, der allzu tief saß. Am Abend war es geschafft. Fast zwanzig Dornen lagen auf dem Tisch, der eine kürzer, die andere länger. Der Schmerz war bald vergessen. Viel größer war die Freude über das Wiedersehen. Und Juan, der zur Feier des Tages eine Flasche Wein köpfte, spendierte seinen Freunden je einen großen Fisch.

Es wurde die schönste, aber auch engste Nacht für Juan. Zu seinen Füßen im Bett lag nun nicht nur Irmchen, sondern auch noch Valentino. Dicht aneinandergekuschelt träumten sie von Liebe und Geborgenheit. Irmchen hatte seine Pfote auf die Schulter des Freundes gelegt und leckte ihm das Gesicht. Valentino, der seinen alten Weggefährten wie einst ins Herz geschlossen hatte, streckte die Pfoten von sich, riß sein Maul für ein herzhaftes Gähnen auf und schlief sofort wieder ein.

Juan, Irmchen und Valentino genossen das Leben in vollen Zügen. Viele Stunden saßen sie täglich auf den Klippen, schauten hinaus aufs Meer, in dem sich die Strahlen der Sonne brachen. Es waren die schönsten Momente, voller Frieden und Ruhe, nach denen sich alle drei immer gesehnt hatten. Keiner war nun mehr einsam. Weder Juan noch seine Freunde wurden von Ruhelosigkeit getrieben. Sie hatten sich wiedergefunden und wollten sich nie mehr verlieren. Abends, wenn Juan auf der Terrasse saß, warf er ein Stöckchen den Hang hinab, und die beiden Kater rannten los, um sie dem Freund zurückzubringen.

Wochen gingen so ins Land. Das Licht der Sonne wurde schwächer, die Tage wieder kürzer. Und je schneller der Winter nahte, desto mehr zog es die Kater in die Berge.

Valentino, der die Hügel und Täler wie seine Westentasche kannte, verschwand oft für Tage, um unerwartet in der Tür zu stehen und seinen Freunden mit einem langgezogenen Miau zu sagen: Seht her, ich bin wieder da!

Irmchen, der seinem Herrn nie wieder von der Seite weichen wollte, verspürte eine wachsende Unruhe im Herzen. Immer öfter hatte er den Wunsch, mit Valentino hinauszuziehen, frei, ungebunden, dem lauter werdenden wilden Ruf der Natur folgend. Doch da war der Freund! Und so kehrte der Kater stets zurück. Die Ausflüge dauerten zunächst nur Stunden. Aber aus den Stunden wurden Tage, aus den Tagen Wochen.

Juan ließ seine Freunde gehen. Er wußte, daß sie ihn liebten. Aber er verstand auch, daß es sie hinauszog. Schließlich kehrten sie ja immer wieder zurück.

Der Winter hatte die Insel längst erreicht, als Irmchen eines Nachmittags von einem Ausflug zurückkehrte und in Juans Haus Stimmen fremder Männer hörte. Es war ein lautes Gespräch, das Irmchen vom Stuhl auf der Terrasse aus mitverfolgte. Der Kater verstand die Worte nicht, die gesprochen wurden, aber er erkannte, daß Juan sehr aufgeregt war. Drohend klangen die Stimmen der Männer, die auf ihn einredeten. Durch einen Spalt in der Tür sah Irmchen einen älteren Mann mit einem Vollbart und einen jungen Begleiter, der Juan ein Blatt Papier vor die Nase hielt.

Juan, das konnte Irmchen beobachten, gestikulierte mit den Händen, drohte mit den Fäusten: »Nein und nochmals nein! Das lasse ich nicht zu! Da können Sie sich auf die Hinterbeine stellen!«

Die Männer schauten sich an, nickten: »Na gut, dann werden Sie sehen, was Sie davon haben! Es war unser letztes Angebot! Wenn Sie nicht freiwillig verkaufen wollen, werden wir uns das Grundstück nehmen. Wir werden das Berghotel hier bauen! Das können Sie gar nicht verhindern!«

Irmchen konnte gerade noch um die Ecke verschwinden, als die Tür aufflog und die beiden Männer hinausstolperten. Juan, dem die Nerven durchgegangen waren, hatte sie gepackt und aus seinem Haus geworfen: »Verschwindet! Macht, daß ihr hier wegkommt! Ich will euch nie wieder sehen!«

Mit hochroten Köpfen liefen die Fremden den Weg hinunter. Kurz bevor sie hinter einer Biegung verschwanden, drehte sich der Mann mit dem Bart noch einmal um und blickte Juan sekundenlang drohend in die Augen: »Okay, das war's.«

Irmchen, der nicht im geringsten ahnte, worum es ging, beobachtete sein Herrchen, sah, wie sich Juan mit zitternden Händen ein Glas Wein eingoß: »Sollen sie nur kommen! Ich habe keine Angst! Was habe ich schon zu verlieren?«

Es kehrte bald wieder Ruhe ein, obwohl das Ereignis wie ein dunkler Schatten über dem kleinen Haus lag. Juan und seine Freunde verbrachten die Abende jetzt in der Hütte am Kamin und kuschelten sich am Feuer eng aneinander, um sich von den lodernden Flammen wärmen zu lassen.

Der Winter auf Mallorca verging schnell. Schon war der Januar heran, und die Insel leuchtete im strahlenden Rosa der fast sechs Millionen blühenden Mandelbäume.

Der unheilvolle Besuch der Männer war längst vergessen, als Irmchen mit seinem Freund Valentino wieder in die Berge hinaufzog, um andere wild und frei lebende Katzen zu treffen. Manchmal streiften sie zu fünft oder zu sechst durch Täler und Schluchten, neckten Schafe, die an den Hängen weideten, oder scheuchten Ziegenherden auseinander, die an den Kurven der Bergstraßen vor sich hindösten. Irmchen und seine Freunde ernährten sich von Mäusen und Ratten, lauerten Eidechsen auf, tobten die Hänge hinauf und hinab.

So schön das Leben in den Bergen war, den schwarzen Kater mit dem weißen Fleck auf der Brust zog es immer wieder zurück zur kleinen Hütte von Estellencs, in der Juan sehnsüchtig auf seinen Freund wartete.

Es war an einem kühlen Nachmittag im März, als Irmchen müde und abgeschlagen den Hang heruntergelaufen kam, an dessen Fuß Juans Hütte stand. Der Kater war nicht mehr weit vom Haus entfernt, als er plötzlich ruckartig innehielt: Irgendwas war anders als sonst. Eine seltsame Ruhe lag über der Finca, deren Tür weit offenstand.

Irmchen sah sich mißtrauisch um. Seine Augen tasteten nervös die Umgebung ab. Kein Laut störte die Stille. Von fern drang nur das Rauschen der Brandung den Hang herauf. Irmchen wunderte sich. Wieso saß Juan nicht vor der Tür? Warum stieg kein Rauch aus dem Schornstein?

Nichts! Statt dessen wurde die Tür vom Wind gegen die Hauswand geschlagen. Der Kater lief vorsichtig auf das Haus zu, sprang auf die Terrasse, bewegte sich wie im Zeitlupentempo. Ganz behutsam machte Irmchen ein, zwei Schritte vorwärts, blickte um die Ecke in den dunklen Raum, in dem das Kaminfeuer schon seit Tagen erloschen war. Kein »Hallo« war zu hören, kein Freund zu sehen, der seinen Kater liebevoll begrüßte. Irmchen machte noch einige Schritte, als er plötzlich wie angewurzelt stehenblieb.

Gleich neben dem Tisch im Zimmer lag Juan am Boden. Um seinen Kopf herum hatte sich eine große Blutlache gebildet. Zitternd kam der Kater näher. Irmchens Fell sträubte sich, und ein leises trauriges Maunzen drang aus seiner Kehle.

Als wollte der Kater seinen Freund aufwecken, streckte

er eine Pfote aus. Zärtlich berührte sie das Gesicht des Mannes. Irmchen, der spürte, daß sein Freund ihn nicht mehr hörte, streichelte mit der Pfote Juans erstarrtes Gesicht, leckte ihm die Wange. Irmchen lief um den Freund herum, entdeckte das winzige Loch im Hinterkopf und konnte sich doch keinen Reim darauf machen, was passiert war.

Der größte Schmerz seines Lebens ergriff den alten Kater, der schon von so vielen Freunden hatte Abschied nehmen müssen. Während er mit den anderen Katzen in den Bergen gejagt hatte, war sein bester und treuester Kamerad ermordet worden. Irmchen fühlte einen Schmerz in sich aufsteigen, der ihm das Herz zerriß. Und als er noch einmal die Pfote auf die Wange des Toten legte, schrie er alle Verzweiflung, Trauer und Einsamkeit mit einem langen, lauten Miauen in die Welt hinaus.

In diesen Minuten verlor Irmchen alle Energie und Kraft. Zuviel hatte er in seinem turbulenten und stürmischen Leben ertragen müssen. Der Lebensmut, seine Stärke, die stolze Wildheit – alles versiegte im Angesicht des toten Freundes, den er wiedergefunden und nun für immer verloren hatte. Für Sekunden hörte das müde Herz des alten Katers auf zu schlagen. Und während die lähmende Kälte des hereinbrechenden Abends durch die Hütte zog, legte sich der schwarze Mantel des Todes über seine entfliehende Seele. Das schwere Leid, das ihn am Ende seines Lebens noch einmal eingeholt hatte, ließ ihn neben dem Freund zusammenbrechen.

Keine zehn Minuten waren vergangen, als eine warme Zunge über Irmchens Gesicht leckte und den nahenden Tod aus seinem Körper vertrieb. Valentino, der von fern den Schmerzensschrei des Freundes gehört hatte, war sofort losgerannt, ahnend, daß eine Katastrophe geschehen war.

Es war die Liebe des alten Gefährten, die Irmchen ins Leben zurückholte. Immer wieder leckte Valentino das

Gesicht des Freundes, bis Irmchen nach endlos scheinenden Minuten die Augen aufschlug und über sich die bebenden Barthaare des Kameraden sah.

Irmchen versuchte aufzustehen und brach sofort wieder zusammen. Der Schädel drohte vor Schmerzen zu zerplatzen, der Körper war eiskalt und zitterte. Ihm war so elend zumute, daß er sich übergeben mußte. Wäre Valentino auch nur fünf Minuten später gekommen, Irmchen wäre dem Freund in den Tod gefolgt. Immer wieder stupselte Valentino Irmchen mit der Nase am Rücken, zwang ihn zum Aufstehen.

Doch der Freund wollte nicht mehr leben, wollte endlich Ruhe und Frieden. Kraftlos kippte der Kater jedesmal zur Seite.

Valentino, der wußte, daß hier nur rasches Handeln half, reagierte, ohne lange zu zögern. Mit einem Biß hatte er Irmchen am Genick gepackt und trug ihn hinaus auf die Terrasse. Irmchen besaß nicht mehr die Kraft, sich zu wehren. Im fahlen Licht des aufgehenden Mondes blickte er noch einmal zurück, sah schemenhaft den Körper des toten Freundes.

Nein, Juan war nicht gestorben. Er war jetzt in einer anderen Welt, in der es weder Schmerz noch Einsamkeit gab. Sein Herz hatte auch nicht aufgehört zu schlagen. Es pochte weiter in der Seele des alten Katers. Irmchen fühlte, daß der Tod die Liebe der beiden zueinander nicht hatte besiegen können. Und Irmchen wußte, daß auch für ihn bald die Stunde des letzten Abschieds kommen würde. Ein Stein, der seinen Kopf streifte, riß den Kater aus den traurigen Gedanken. Noch immer hielt Valentino den Freund, hatte ihn nun fast den halben Berg hinaufgezogen. Nach Stunden erreichten sie das Katzenlager auf der anderen Seite des Berges. Völlig entkräftet ließ Valentino seinen halbtoten Freund fallen.

Wie er da lag, schlief Irmchen ein, umgeben von den Freunden der Berge, die über ihn wachten, und die ihr Miauen in den schwarzen Nachthimmel schickten, als die silberne Scheibe des Mondes am höchsten stand. So erwiesen sie auf ihre Weise Juan, dem Freund der Katzen Mallorcas, die letzte Referenz.

Ein alter, müder Kater, der etwas abseits saß, beobachtete stumm und mit großen traurigen Augen das Katzengebet. Auch er hatte ein abenteuerliches Leben hinter sich. Er war erst vor zwei Tagen zu den Bergkatzen gestoßen und sofort aufgenommen worden.

Wäre Irmchen in einer besseren Verfassung gewesen, er hätte den alten Kater vielleicht wiedererkannt. Damals im Centro Canino, als unbekannte Männer ins Tierheim einbrachen, um die Katzen umzubringen, hatte er sich todesmutig auf einen der Eindringlinge gestürzt und war ihm ins Hosenbein gekrochen. Blödi, so hatten ihn Jane und ihre Freundinnen getauft, weil er ein so drolliges Gesicht hatte, war ein Leben lang von Touristen, Polizisten, Kellnern und Hotelchefs gejagt worden.

Mit seinen traurigen Augen beobachtete er nun Irmchen, wie er so dalag, erschöpft, unendlich müde und mit gebrochenem Herzen. Ja, sie hatten wirklich so vieles gemeinsam: das Leid, die ewige Angst, das Gefühl, ausgestoßen zu sein und nie irgendwo hinzugehören. Sie hatten nichts zu verlieren, denn sie hatten nie etwas besessen. Was ihnen blieb, war die Freundschaft, die ihnen keiner nehmen konnte. Und mit einem letzten Blick hinüber zu Irmchen schloß Blödi die Augen und schlief ein.

Es gibt Erfahrungen, die machen Menschen und Tiere gleichermaßen: Die Zeit heilt die tiefsten und schlimmsten Wunden, auch wenn immer Narben zurückbleiben.

*

Der Frühling auf Mallorca verwandelte die Insel in einen blühenden, duftenden Garten. Die Touristen kamen wieder in Scharen. Dichtgedrängt quollen sie aus den Flugzeugen, um sich anschließend an den übervölkerten Stränden grillen zu lassen. Mit Reisebussen eroberten sie die Insel. Das kleine Paradies verlor seine winterliche Unschuld, putzte sich erneut heraus wie für einen Staatsempfang.

Nur noch oben in den Bergen, wo es nicht nach Imbißbuden und Sonnenöl roch, wo die Luft noch rein und klar war, herrschte unberührte Stille. Sechs Katzen, angeführt von einem schwarzen Kater und seinem riesenhaften Freund, kletterten über Felsen, ließen sich vom warmen Licht der Sonne streicheln.

Irmchen und Valentino, die Könige der Berge, schnupperten an Margeriten, schlichen durch unendliche rote Teppiche von Mohnblumen, als plötzlich das piepsige Maunzen von Katzenbabys an ihre Ohren drang. Irmchen hielt inne, hob den Kopf und sah in die Richtung, aus der die Laute kamen. Und wie einem heimlichen Ruf folgend, blieb er stehen, während die anderen weiterliefen.

Die Gruppe war schon zehn Meter entfernt, als sich Valentino noch einmal umdrehte und seinen Freund anschaute. Und als wolle er sagen: ›Tschüß, bis bald, alter Kumpel‹, kniff er kurz die Augen zusammen und setzte seinen Weg fort.

Irmchen, der nur noch der Stimme seines Herzens gehorchte, ging auf einen Ginsterbusch zu und entdeckte fünf flauschige Katzenbabys, die sich eng aneinanderkuschelten.

Er hatte die Katzenkinder nur wenige Augenblicke beobachtet, als plötzlich ein großer schwarzer Kater aus dem Gebüsch trat und Irmchen in die Augen sah.

Der Schicksalskreis eines Lebens hatte sich endlich geschlossen! Beide Kater sahen völlig gleich aus. Die Größe, das schwarze Fell, der weiße Fleck auf der Brust – alles stimmte überein. Und beide trugen eine abgeschabte Messingkapsel am Hals.

Regungslos standen sich die Tiere gegenüber, hörten nicht das Maunzen der Babys. Langsam und ganz vorsichtig berührten sich ihre schwarzen Nasen. Dann legten sie sich zu den Katzenkindern, um sie mit ihren Körpern zu wärmen und zu behüten.

Irmchen, der vor vielen Jahren bei Filmaufnahmen einen heißen Flirt mit einer Katzendame gehabt hatte, hatte Moreno, seinen Sohn, wiedergefunden.

Es gibt auf Mallorca die Legende von schwarzen Schatten, die oben in den Bergen ganz plötzlich auftauchen und schneller als ein Spuk verschwinden. Kein Mensch hat je erfahren, zu wem diese Schatten gehören. Sind es Ratten, Hunde, Katzen, um die sich die Legende rankt?

Ein alter Schäfer will oberhalb von Soller in weiter Ferne die Tiere mal gesehen haben, zu denen die Schatten gehören. Da sie ihn entdeckten, entflohen sie wie Geister, die sich im Morgengrauen zurückziehen. Und noch eins will der Mann beobachtet haben. Als die Tiere verschwanden, blinkte etwas Messingfarbenes auf ihrem Fell.

Doch wer weiß schon, was wahr ist und was Geschichte?

Der untrüglichste Gradmesser für die Herzensbildung
eines Volkes und eines Menschen ist,
wie sie die Tiere betrachten und behandeln.
(Berthold Auerbach)

Alexander Conradt

Irmchen 2

Moreno – die größte Liebe seines Lebens

Roman

Dieses Buch ist der Forscherin Dian Fossey gewidmet, die ihr Leben im Kampf für die Berggorillas Zentral-Afrikas opferte,

und

meinen Eltern, die es wahrlich nicht immer leicht mit mir hatten.

Alle Geschöpfe der Erde fühlen wie wir, alle Geschöpfe der Erde streben nach Glück wie wir, alle Geschöpfe der Erde lieben, leiden und sterben wie wir. Also sind sie uns gleichgestellte Werke des allmächtigen Schöpfers.

Franz von Assisi
1181/82–1226

Schwer lagen die dichten, schwarzen Wolken über Mallorca. Ein eisiger, schneidender Wind fegte durch die Straßen der Hauptstadt Palma. Die Mallorquiner hatten ihre Türen fest verschlossen und die Fensterläden dichtgemacht.

Es war Nacht, eine stürmische Nacht im April. Fast jedes Jahr um diese Zeit kehrte der Winter noch einmal zurück, berührte die Insel mit seiner kalten Hand. Hoch oben in den Bergen lag Schnee. Die Gebirgsstraßen waren zu lebensgefährlichen Slalomstrecken geworden. Ferne Blitze warfen ihr zuckendes Licht in den Nachthimmel. In den Pinien- und Olivenhainen brauste der Orkan, drückte gegen Felswände und einsame Fincas. Immer wieder peitschten Regenschauer durch die sonst so stille Stadt. Die wenigen Touristen, die in diesen Tagen Mallorca besuchten, verkrochen sich in den Hotelzimmern, in den Aufenthaltsräumen oder lagen schon in den Betten. Die Trauminsel des Mittelmeeres zeigte sich von ihrer wilden, unberechenbaren Seite.

Der Mann, der seinen alten Ford über die Autobahn lenkte, konnte kaum die Straße vor sich erkennen. Nervös schaltete er das Fernlicht an, fuhr mit einem Lappen über die Windschutzscheibe. Die Scheibenwischer schoben mit aller Kraft das Regenwasser beiseite und schafften doch kaum klare Sicht.

Axel von Berg hatte die linke Hand am Steuer, kraulte mit der rechten den Nacken eines großen schwarzen Katers, der auf dem Beifahrersitz saß. Gebannt starrte das Tier aus dem Seitenfenster, beobachtete die Lichter in der Ferne, die immer näher kamen.

»Ach, mein Moreno! Du weißt gar nicht, wie sehr ich dich liebe, wie mein Herz an dir hängt. Warum mußte alles nur so kommen? Wieso mußte das alles geschehen? Kannst du mir eine Antwort geben? Was habe ich denn getan, daß mein Traum nicht in Erfüllung ging?«

Tränen kullerten über das Gesicht des Mannes. Mit seiner Hand fuhr er sich durch die nassen Haare, wischte sich die Tränen ab. »Ich habe keine Kraft. Ich kann nicht mehr weiter. So muß ich es nun zu Ende bringen.«

Und während er unten am Hafen in die Innenstadt einbog, neigte er sich zu seinem schwarzen Liebling hinab, küßte ihn auf die Stirn und flüsterte: »Du wirst es gut haben, alter Freund. Es wird dir an nichts fehlen. Mein Sohn kommt in wenigen Tagen, und er nimmt dich mit nach Deutschland.«

Moreno ließ ein leises, trauriges Maunzen hören. Zärtlich blickte er seinem Herrchen in die Augen, als wollte er sagen: »Ich verstehe alles! Ich liebe dich! Bitte verlasse mich nicht!«

Des Katers silberfarbene Haare, die in seinem kohlrabenschwarzen Fell glänzten, erinnerten an seinen Vater Irmchen, den großen mutigen Kater, der so viele Abenteuer auf der ganzen Welt erlebt hatte.

Moreno glich seinem Erzeuger aufs Haar. Er war genauso gewaltig, stolz und tapfer. Und er war ebenso drollig, verspielt und gutherzig wie Irmchen. Doch nicht nur das: Moreno, der schwarze Teufel von Mallorca, hatte sogar den gleichen weißen Fleck auf der Brust, und er trug das messingfarbene Medaillon, das sein Vater bei einem Liebesabenteuer verloren hatte.

Axel von Berg hatte sein Ziel erreicht. Langsam fuhr sein Wagen in eine verwinkelte, dunkle Straße der Altstadt. Vor einer kleinen, halbverfallenen und heruntergekommenen Kneipe hielt er an. Über der Eingangstür leuchtete der Name »Bei ablo«. Das P von Pablo fehlte. Der Buchstabe war schon vor Jahren heruntergefallen. Und Pablo, der Wirt, hatte es nie für nötig gehalten, ein neues P anbringen zu lassen.

»Da sind wir«, sagte Axel von Berg zu seinem Freund Moreno, und sekundenlang trafen sich ihre Blicke: »Mach es mir nicht so schwer. Ich bin ja genauso unglücklich wie du.«

Der Mann nahm seinen Kater auf den Arm und packte ihn unter den Mantel. Die Straße, das Lokal – alles war menschenleer. Das Licht der alten Laterne spiegelte sich im nassen Kopfsteinpflaster. In der ersten Etage darüber schlug immer wieder polternd ein alter Fensterladen gegen den Rahmen. Begleitmusik für eine Nacht des Abschieds.

»Hallo, Pablo! Es ist lieb von dir, daß du gekommen bist. Ich muß dich sprechen, ich brauche deine Hilfe. Und ich muß dir etwas geben. Es ist sehr wichtig für mich.«

Pablo und Axel kannten sich seit vielen Jahren. Axel hatte den Freund kennengelernt, als er im Hafen Fische kaufte. Die Männer, sie waren beide Mitte Dreißig, hatten schnell Freundschaft geschlossen. Viele Abende lang hatten sie beieinander gesessen, gemeinsam getrunken und geredet.

»Na, Axel! Ich seh's dir an. Dir geht es nicht gut.«

Und während er mit einem Lappen die Tische putzte und die Ränder der Bier- und Schnapsgläser entfernte, blinzelte er seinem alten Freund zu: »Komm, alter Haudegen! Das Wetter ist so mies, da wärmen wir uns erst mal mit einem doppelten Espresso und einem doppelten Cognac auf. Du wirst sehen, das hilft ein wenig.«

Minuten später saßen die Männer an einem Tisch, tranken vorsichtig den heißen Espresso und kippten den Cognac hinunter.

Axel schüttelte sich: »Ah, das tut wirklich gut! Pablo, du bist ein Meister und weißt immer, was hilft!«

Moreno, der schnuppernd und mit zitternden Barthaaren das Lokal erkundet hatte, sprang auf einen Stuhl zwischen den beiden Männern, hob das Köpfchen, schaute ihnen abwechselnd ins Gesicht.

Axel von Berg setzte die Tasse ab: »Pablo, ich will mich

von dir verabschieden. Ich muß gehen! Ich weiß zwar nicht wohin. Aber meine Arbeit auf Mallorca ist getan. Ich ahne, was du jetzt sagen willst. Aber bitte laß mich ausreden. Ich habe alles gemacht, habe alles unternommen. Doch ich habe es nicht geschafft. Sie haben mein Lebenswerk kaputt gemacht. Und sie haben damit mich zerstört. Ich hatte alles auf eine Karte gesetzt – und ich habe verloren.

Avalon, mein geliebtes *Avalon,* ist nicht mehr! Sie kamen mit Planierraupen, walzten es nieder. Ich hatte mein ganzes Geld hineingesteckt, wollte den Tieren helfen. Aber Menschen haben es vernichtet.«

Pablo war entsetzt, hörte schweigend zu.

Und der Freund fuhr fort: »Ich weiß nicht mehr weiter. Ich vermag auch nicht zu sagen, ob ich den morgigen Tag noch erleben werde. Gott wird es wissen. Und vielleicht wird er es mir sagen. Ich bitte dich nur um zwei Gefallen: Ich schreibe noch einen Brief an meinen Sohn, den ich seit seiner Geburt nicht mehr gesehen habe. Und ich bitte dich, ihm diese Zeilen zu geben. Und noch etwas. Ich brauche ein neues Zuhause für meinen Moreno. Er war ein treuer Gefährte, und er soll es gut haben. Bitte, nimm ihn bei dir auf, gib ihn später meinem Sohn, und sei lieb zu ihm. Er hat es verdient.«

Pablo wußte, daß er seinen Freund nicht umstimmen konnte: »Gut, Axel! Ich nehme deinen Kater. Moment, ich bringe Papier und einen Stift, damit du deinem Sohn eine Nachricht hinterlassen kannst. Aber glaube mir, ein neuer Tag birgt neue Hoffnungen. Du darfst nicht aufgeben! Du bist noch viel zu jung dazu! Das Leben liegt vor dir! Überschlafe alles eine Nacht, und dann sehen wir weiter.«

Axel winkte ab: »Ist lieb von dir. Aber du kennst mich nun wirklich. Ich habe meine Entscheidung getroffen. Und ich glaube, es ist besser so. Vielleicht war für einen Menschen wie mich nie wirklich Platz auf dieser Welt. Möglicherweise waren meine Träume nur Trugbilder, an die ich glauben wollte, die mich hoffen ließen. Sei sicher, Pablo, jetzt finde ich Ruhe. Nun kann ich endlich schlafen und in Frieden gehen. Ich habe das Ende meines Weges erreicht. Und ich bin darüber sogar noch glücklich.«

Pablo ergriff Axels Hände. Minutenlang saßen sie so schweigend da, konnten sich nicht in die Augen schauen.

Das war also der Abschied!

Pablo stand auf, holte was zu schreiben: »Gut! Ich versteh' dich! Du mußt es tun! Hier, schreib an deinen Jungen. Ich werde ihm den Brief geben, wenn er kommt. Ich will ihm auch von seinem Vater erzählen. Vielleicht versteht er dich und verzeiht dir. Um Moreno mußt du dir keine Sorgen machen. Ich nehme ihn mit nach Hause. Ich lasse dich jetzt allein. Wenn du mit deinem Brief fertig bist, dann mach das Licht aus und schließe die Tür ab. Steck den Schlüssel in die alte Vase am Eingang. Ich werde ihn morgen früh dort finden.«

Pablo zog seine Jacke an, schlug den Kragen hoch und band den Schal um. Sekundenlang stand er in der offenen Tür, so daß der Wind die eisige Kälte dieser Nacht in den Raum wehte.

Es gab nichts mehr zu sagen, nichts hinzuzufügen. Ein letztes Mal trafen sich ihre Blicke, dann schloß Pablo die Tür und ging.

Leise murmelte Axel: »Adieu, mein Freund! Vielen Dank!«

Und wieder kullerten Tränen über sein Gesicht.

Still war es in der kleinen Kneipe. Moreno hatte sich auf dem Stuhl eingerollt und schlief. Axel schaute zu dem schwarzen Stromer hinüber, flüsterte: »Du bist mir am Ende geblieben, nur du, mein Freund. Ich danke dir für alles, was du mir gegeben hast.«

Axel von Berg schrieb fast die ganze Nacht. Immer begann er den Brief von vorne, zerknüllte das Papier, warf es weg.

Gegen fünf Uhr früh schließlich legte er den Brief auf den Tisch und schob den Stuhl beiseite. Einsam stand er in dem leeren Raum, betrachtete die Bilder an den Wänden. Totenstille herrschte. Und von ferne aus der Welt der Träume und Erinnerungen hörte er das Lachen der Gäste, die Musik, die Gespräche mit Freunden. Und er sah noch einmal die Gesichter der Menschen, die er so sehr geliebt hatte und die er nun für immer verlassen würde.

Dann fiel sein Blick auf Moreno. Nein, er wollte ihn nicht wecken. Er wollte ihn so in Erinnerung behalten, wie er da lag und schlief, friedlich, glücklich und am Ende doch allein nach einem abenteuerlichen Leben.

Ganz leise verließ Axel von Berg Pablos Kneipe, schloß die Tür und steckte den Schlüssel wie versprochen in die Vase. Noch ein letzter Blick zurück: »Leb wohl, mein kleiner Freund!«

Müde und traurig stieg er in sein Auto, fuhr los. Immer kleiner wurde die Leuchtschrift über Pablos Kneipe. Dann bog der Wagen um die Ecke, verschwand in der Dunkelheit. Der Sturm hatte sich gelegt. Die Sicht war klar, als Axel von Berg seinen Ford auf die Straße in Richtung Arta im Osten der Insel lenkte. Dort besaß er eine Finca nur wenige Minuten von der Altstadt entfernt.

Er hatte sich entschieden. Er wollte in dieser Nacht sein Leben beenden. Es war so sinnlos geworden. Und er hatte nichts bewirkt. Erinnerungen an die Jugend, an das Leben als Journalist, an seine Siege und Niederlagen wurden noch einmal wach. Ja, er hatte viel zu oft aufs falsche Pferd gesetzt, hatte bösen Menschen vertraut und war auf die Nase gefallen. Aber er hatte auch selbst viele Fehler begangen. Nun stand er also vor dem Scherbenhaufen und wußte, daß es nichts mehr zu kitten gab.

Die Fahrt nach Hause sollte etwa fünfundvierzig Minuten dauern. Vielleicht war er unaufmerksam oder auch nur übermüdet. Die Straße war glatt und an dieser Stelle unübersichtlich. Etwa in Höhe des Klosters von Bon Ani, in einer leichten Rechtskurve, passierte es. Axel von Berg hatte eben das Fernlicht eingeschaltet, als er plötzlich einen Schatten über die Straße huschen sah.

Er war sofort hellwach. Mehrere Gedanken rasten gleichzeitig durch seinen Kopf: Bremsen, ausweichen, gegenlenken, wieder bremsen. Katze, Tier, retten! Um Himmels willen, bloß nicht totfahren!

Axel tat alles gleichzeitig: Er trat mit voller Kraft in die Bremse, zog das Lenkrad herum – und verlor die Kontrolle über seinen Wagen. Das Auto schleuderte, die Reifen quietschten. Axel lenkte gegen, gab versehentlich Gas, bremste wieder. Zu spät!

Das Fahrzeug bäumte sich auf, schoß in die Höhe, wurde immer schneller. Krachend überschlug es sich, wieder und wieder. Der Aufprall riß den Sicherheitsgurt aus der Verankerung, Axel umklammerte das Lenkrad. Alles um ihn herum drehte sich im Licht der Scheinwerfer. Dann der kreischende Knall. Metall zerriß, Glas splitterte. Der Wagen wirbelte von der Fahrbahn, krachte mit fast voller Geschwindigkeit gegen einen Baum, brach auseinander. Der Fahrer wurde durch die Windschutzscheibe geschleudert, flog mehrere Meter weit, prallte auf den vom Regen aufgeweichten roten Inselboden und stürzte in ein endlos tiefes, schwarzes Loch. Aus!

Sekunden später loderte ein glühender Feuerball über dem Unfallort. Der Wagen war explodiert, kaum zwanzig Meter von der Stelle entfernt, an der Axel von Berg in seinem Blut lag. Bäume und Gras brannten lichterloh, schleichend ergoß sich eine brennende Benzinspur über die Fahrbahn. Von alledem bekam der Schwerverletzte nichts mehr mit.

So konnte er auch nicht die kleine Katze sehen, die nur wenige Meter entfernt unter einem Gebüsch saß und zitternd das Geschehen beobachtete. Sie war es, die kurz zuvor über die Straße gehuscht war. Gelbgrün funkelten ihre Augen im flackernden Licht des Feuers. Endlose Minuten hockte sie da, blickte aus sicherer Distanz in die Flammen, bemerkte nicht den sterbenden Mann in ihrer Nähe. Erst als ein Krankenwagen mit eingeschaltetem Blaulicht die Unfallstelle erreichte, lief sie davon, so, wie sie gekommen war: ein schwarzer Schatten, der zum Schicksal geworden war.

Axel von Berg war nicht tot, aber lebensgefährlich verletzt. Der Rettungswagen brachte ihn ins Krankenhaus von Palma. Nach knapp einer Stunde lag er schon auf dem Operationstisch.

Hatte ihm wohl der gelöste Sicherheitsgurt das Leben gerettet, so stand es doch schlimm um ihn. Beide Beine und ein Arm waren gebrochen. Der Verunglückte hatte eine Schädelfraktur, einen Beckenbruch, und die Zunge war ihm bei dem Unfall fast herausgerissen worden. Dazu kam der hohe Blutverlust.

Skeptisch legte der Operationsarzt nach dem ersten Eingriff, der Stunden dauerte, die Gummihandschuhe beiseite: »Ich weiß nicht, ob er es schaffen wird. Sein Herz ist stark, und er ist noch jung. Aber die Verletzungen sind erheblich. Zum Glück sind seine inneren Organe okay. Sonst hätte er keine Chance. Ich kann nicht sagen, ob wir ihn durchbringen. Sein Leben liegt in Gottes Hand. Wir müssen ihn noch einige Male operieren. Dann wird man sehen.«

Zwei Tage nach dem Unfall trafen Axels Mutter Margarethe und sein Sohn Jonas ein. Pablo hatte sie benachrichtigt, und sie waren von Berlin aus sofort nach Mallorca geflogen.

Unruhig ging die siebzigjährige Frau im Besucherzimmer der Intensivstation auf und ab, ergriff immer wieder die Hand ihres Enkelsohnes: »O Jonas, wie konnte das nur passieren. Axel ist doch sonst ein so besonnener Autofahrer. Ich habe zu Gott gebetet, daß er ihn nicht sterben läßt. Wenn er den Unfall nicht überlebt, dann will auch ich nicht mehr leben. Er war mein ein und alles.«

Jonas nahm seine Großmutter in den Arm, trocknete ihre Tränen mit einem Taschentuch: »Was heißt hier war? Papa lebt ja noch. Du mußt fest daran glauben, daß er es schafft. Wir brauchen ihn doch.«

Margarethe von Berg schaute ihrem Enkelsohn in die Augen, und sie sah im Geiste ihren Sohn vor sich: »Ihr seid euch beide so ähnlich. Als Axel in deinem Alter war, sah er aus wie du. Er hatte genauso viele Chancen bei den Mädchen, brach ihre Herzen reihenweise. Er war ein richtiger Draufgänger. Aber er war auch ein bißchen irre. Er machte wie ein Verrückter Bodybuilding, ließ sonst alles schleifen und hatte ständig irgendwelche schwachsinnigen Ideen. Hoffentlich kommst du nicht ganz nach ihm.«

Jonas sah verlegen zu Boden. Er liebte, aber er haßte auch seinen Vater, der sich nie um ihn gekümmert und seine Mutter nie geheiratet hatte. Im Gegenteil, als er erfuhr, daß sie schwanger war, hatte er sich kurzerhand von ihr getrennt. Ganz allein hatte die Mutter Jonas großgezogen, ohne Hilfe und ohne jede Unterstützung. Nie hatte sich sein Vater zu ihm bekannt. Er war seinen Weg stetig und ohne Rücksicht auf andere gegangen.

Auch Jonas hatte Tränen in den Augen: »Dabei fühle ich, daß ich wie er bin. Ich werde ihm jedoch nie verzeihen, daß er nicht bei Mutter war, als sie vor zwei Jahren starb. Sie hat ihn bis zum Schluß geliebt, obwohl er sie verlassen hatte. Ihre letzten Worte waren: Geh zu deinem Vater. Er braucht dich, und du brauchst ihn. Ihr seid euch so ähnlich. Haltet fest zusammen, mir zuliebe. Und sie flüsterte schon im Angesicht des Todes: Axel, ich liebe dich. Ich habe dich immer geliebt.«

Jonas von Berg wandte sich ab, konnte die Tränen nicht mehr zurückhalten. Ja! Trotz allem liebte er seinen Vater. Er liebte und bewunderte ihn. Denn Vater hatte alles aufgegeben, um den Tieren zu helfen. Viele Freunde hatten sich von ihm abgewandt, ihn für verrückt erklärt, ihn einen Irren, Spinner, einen Weltfremden genannt. Aber ihm war das egal. Er hatte eine Vision, einen Traum, wollte ein Lebenswerk schaffen. Sein *Avalon*!

Er war so deprimiert über sein eigenes Leben, daß er etwas bauen wollte, das anderen hilft. Und die anderen, das waren die Tiere. Oft hatte er es auf den knappen Nenner gebracht: »Wir leben in einer Welt der grausamen Ungerechtigkeit. Die Starken unterdrücken die Schwachen. Es geht nur um Macht und Geld. Und damit richten wir uns eines Tages zugrunde. Gottes Gnade ist erschöpft.«

So schwamm von Berg gegen den Strom und wurde ausgestoßen. Man wird zum Einzelgänger, wenn man den Menschen den Spiegel vorhält und ihnen ihre Fehler zeigt. Keiner mag das. Und Axel tat das, wie er alles im Leben angepackt hatte: kompromißlos, mit der Kraft eines ungebändigten Tieres und bisweilen auch rücksichtslos. Ja, so war er!

»Sind Sie die Mutter des Patienten?«

Der Arzt, der für Axel von Berg verantwortlich war, hatte den Raum unbemerkt betreten. Langsam ging er auf die Frau und den Jungen zu: »Ich bin Dr. Pedro Sanchez. Ich habe Ihren Sohn gleich nach dem Unfall operiert.«

Margarethe von Berg ergriff die Hände des Arztes, sagte mit zitternder Stimme: »Bitte, bitte, tun Sie alles, was in Ihrer Macht steht. Mein Sohn darf nicht sterben! Er wird doch überleben? Er muß leben! Sagen Sie, daß er nicht stirbt!«

Dr. Sanchez blickte die Frau mit ernstem Gesicht an: »Bitte nehmen Sie doch Platz. Beruhigen Sie sich. Wir tun unser möglichstes. Glauben Sie mir das, bitte. Aber wir müssen abwarten. So leid mir das tut. Es ist noch zu früh, um etwas zu sagen. Wir haben Ihren Sohn operiert und müssen noch mehrere Eingriffe vornehmen. Er wurde bei dem Unfall sehr schwer verletzt und hat seitdem das Bewußtsein nicht wiedererlangt. Sie dürfen jetzt auf keinen Fall die Nerven verlieren. Was ich Ihnen sagen kann ist: Haben Sie Geduld! In einer Woche hat er sich vermutlich so weit erholt, daß sein Zustand stabil ist. Bis dahin müssen wir warten. Aber seien Sie sicher, er ist bei uns in guten Händen. Bitte kommen Sie mit Ihrem Enkelsohn in einer Woche wieder.« Dr. Sanchez verabschiedete sich, ließ Großmutter und Enkelsohn zurück.

»Komm, Oma, wir gehen wieder ins Hotel. Wir dürfen uns jetzt nicht hängenlassen. Der Doktor sagt, wir können im Moment nichts machen.«

Margarethe von Berg nickt: »Du hast wohl recht. Ich weiß nur nicht, wie ich die nächsten Tage überstehen soll.«

Die folgenden achtundvierzig Stunden wurden schlimm für alle. Während der Schwerverletzte in tiefer Bewußtlosigkeit vor sich hin dämmerte, fanden der Junge und seine Großmutter keinen Schlaf. Unruhig liefen sie im Hotel auf und ab, sahen nicht die anderen Menschen, die auf Mallorca ihren Urlaub verbrachten, bemerkten nicht die Sonne, die die Insel wieder in ein blühendes Juwel verwandelte. Vier-, manchmal sechsmal pro Tag riefen sie im Krankenhaus an, um immer wieder dieselbe Antwort zu bekommen: »Wir können noch nichts sagen. Bitte haben Sie Geduld!«

Am dritten Tag schließlich riß sich Jonas aus seiner Verzweiflung, nahm seine Großmutter in den Arm: »Komm, wir mieten uns ein Auto und fahren kreuz und quer über die Insel. Wir müssen hier raus, weg von unseren traurigen Gedanken. Sonst gehen wir noch kaputt.«

Margarethe von Berg stimmte dem Jungen zu: »Na gut! Ich habe zwar keine Lust. Aber du hast vielleicht recht.«

Zwei Stunden später saßen sie schon im Auto, lernten jene Insel kennen, die Axel so sehr liebte. Sie fuhren hoch nach Soller, besuchten viele der verträumten kleinen Ortschaften, die, obwohl sich schon überall der Frühling ankündigte, noch ihren Winterschlaf hielten.

Am späten Vormittag schließlich erreichten sie Bon Ani, das alte Kloster, das auf einem Berg inmitten der Insel lag.

Man hatte von hier aus einen herrlichen Blick über Mallorca. Die grünen Täler, die Hügel, das Meer – alles lag zum Greifen nah. Beide ahnten nicht, daß dies auch der Lieblingsplatz von Axel war, daß er oft hier gesessen, in die Ferne geschaut und geträumt hatte. Auf einem kleinen Felsen ließen sie sich nieder und genossen die wunderbare Aussicht.

»Ich kann Vater verstehen, daß er dieses Paradies so sehr liebt. Es ist wirklich wunderschön.« Jonas nahm seine Großmutter in den Arm: »Sieh mal, die Katzenmutter, die dort mit ihren Jungen spielt. Lebt sie nicht im Garten Eden? Sie hat den blauen Himmel, die bunten Blumen, die Sonne. Sie hat ihre Kinder bei sich und ist bestimmt sehr, sehr glücklich. Vater hat recht mit seiner Tierliebe. Manchmal glaube ich, Tiere besitzen das Paradies, das wir längst verloren haben.«

Schweigend sah die Frau den Jungen an: War das nicht die einzig richtige Einstellung? Hatte ihr Sohn das nicht erkannt? Irrten nicht die anderen, die ihn blindwütig verurteilten und angriffen? Sie wußte keine Antwort.

Jonas erhob sich, ging einige Schritte zur steinernen Brüstung, die den Weg zum Kloster einfaßte. Und plötzlich drehte er sich um, kam zurückgelaufen und kniete vor seiner Großmutter nieder: »Bitte, Oma, erzähle mir alles über Papa. Alles! Über seine Kindheit, seine Jugend. Die Gedanken, Träume, sein Leben als Journalist. Ich will es ganz genau wissen. Ich möchte von dir erfahren, wer mein Vater ist.«

Margarethe von Berg sah dem Jungen in die großen blauen Augen, hielt einen Moment inne: »Ich soll dir alles über Axel erzählen? Jetzt? Einfach so? Ja, ich weiß nicht?« Minutenlang richtete sie ihre Blicke in die Ferne, so, als suchte sie am Horizont nach ihrer Erinnerung. Dann ergriff sie die Hände des Jungen und begann.

»Es war damals in Lübeck, oben an der Ostsee. Mein Mann Maximilian, dein Opa, arbeitete bei der Landesversicherungsanstalt für Angestellte. Er war Inspektor, verdiente nicht schlecht. Aber wie das so Ende der fünfziger Jahre war. Wir hatten die Nachkriegszeit überstanden und versuchten, eine neue Existenz aufzubauen. Damals wohnten wir in der Spillerstraße, einer kleinen verträumten Straße, nicht weit von der Altstadt entfernt.

Dein Großvater und ich, wir liebten uns sehr. Auch wenn wir bescheiden leben mußten, waren wir doch irgendwie sehr zufrieden. Die Welt war noch nicht so überdreht, wie du sie jetzt kennst. Wir freuten uns über Dinge, die wir heute links liegen lassen würden. Als Katharina, unsere erste Tochter, geboren wurde, waren wir über alle Maßen glücklich. Sie war ein bildhübsches Kind und machte uns immer viel Freude.

Drei Jahre später kam Axel zur Welt. Er war schon unruhig, bevor er geboren wurde. Ich wußte sofort, daß er immer ein hektisches Leben führen würde, getrieben von einer nicht zu bändigenden Energie. Und so kam es später ja auch. Als er dann in meinem Arm lag, bekam ich erst mal einen Riesenschreck. Nein, hübsch war er wirklich nicht. Er hatte Pickel auf der Stirn. Ein Ohr war leicht abgeknickt, der Kopf viel zu lang, und die Beine baumelten in der Gegend, als wenn sie gar nicht zu ihm gehören würden. Ständig übergab er sich, brüllte und machte uns das Leben schwer. Er war eher ein Alptraum als ein Traumkind. Und er war schon gar kein Wunschkind. Trotzdem liebte ich ihn sehr. Es ist eben so, daß einem die Sorgenkinder besonders ans Herz wachsen. Das wirst du verstehen, wenn du eines Tages selbst Vater bist und so einen Bengel wie ich in die Welt gesetzt hast.

Jener Bengel blieb eine Belastung für uns. Er schluckte einen Glasbucker runter und drohte fast daran zu erstikken. Er übergoß sich mit kochendem Wasser und wäre beinahe daran gestorben. Er hielt einen Finger in die Speichen seines Kinderwagens und trennte sich die Kuppe des Fingers ab.

Axel war ein richtiger Teufel. Wenn wir Besuch hatten, rammte er den alten Tanten lange Nadeln durch das Stuhlpolster ins Hinterteil. Einmal schubste er ein kleines Mädchen in eine Pfütze, ein andermal schmierte er einem Nachbarjungen Klebstoff in die Haare. Ich glaube, er mochte die Menschen nie besonders. Anders kann ich es mir nicht erklären.

Dafür liebte er die Tiere. Als wir noch in Norddeutschland wohnten, ließ er sich immer von den Anglern Fische für seine Lieblingskatze Maja mitgeben, die auf der anderen Straßenseite wohnte. Und im Urlaub in Bayern pflegte er ein Katzenbaby, das er halbtot auf einer Müllkippe gefunden hatte. Er nannte seinen Liebling Läuschen und wollte ihn unbedingt mit nach Hause nehmen. Aber Vater ließ es nicht zu. Und so brachten wir die kleine Katze am Tag vor unserer Rückfahrt zu einem Bauern, der uns versprach, für Läuschen zu sorgen.

Axel lief vor der Abreise noch mal zur Müllkippe, um von dem Ort Abschied zu nehmen, an dem er sein Katzenbaby gefunden hatte. Mit versteinertem Gesicht kam er wenig später zum Bus, der schon auf ihn wartete. Er sagte kein Wort, vergoß keine Träne. Während der ganzen Fahrt saß er mit großen traurigen Augen neben seiner Schwester, mucksmäuschenstill. Tagelang aß er nichts und zog sich mit seinen Büchern zurück. Wir wußten nicht, warum er sich so verhielt. Die Sache geriet in Vergessenheit. Für uns, aber nicht für ihn. Erst viele Jahre später erzählte er uns, was damals passiert war. Axel saß am Rand des Müllberges, lauschte dem Gesang der Vögel und dem Rauschen des Windes. Im Herzen war er bei seiner kleinen Katze. Und dann sah er sie. Mit gebrochenem Genick lag sie in einem Haufen von Unrat, die Augen weit aufgerissen. Der Bauer hatte sie totgeschlagen und auf den Müll geworfen.

In jenem Augenblick muß etwas in deinem Vater für alle Zeit zerbrochen sein. Ich habe ihn, wenn ich zurückdenke, nie wieder weinen gesehen. So groß mußte wohl sein

Schmerz gewesen sein. Mein Sohn konnte nicht mehr weinen. Sein Herz hatte sich, was die Menschen anbelangt, zu dieser Zeit in Stein verwandelt. Er verachtete alle mit der unbändigen Kraft seines ungestümen Charakters. Wir haben ihn lange nicht verstanden. Heute glaube ich, kann ich in seine verletzte Seele schauen. Und so wenig er die Menschen mag, so sehr liebt er die Tiere. Er hat das Gefühl, Tiere vor der Bestie Mensch beschützen zu müssen, weil diese alles zerstört, woran Axel so sehr hängt. Ich meine, Haß und Liebe zerren gleichermaßen an seiner Seele. Und irgendwann wird es ihn zugrunde richten.«

Jonas schwieg betroffen, schaute über die Täler bis hin zum Meer. Er hatte Tränen in den Augen, Tränen, die sein Vater nie hatte vergießen können. Vater gab sich selbst die Schuld am Tod von Läuschen, der kleinen Katze, die er im Vertrauen auf die Menschen zurückgelassen hatte.

Margarethe von Berg streichelte ihrem Enkelsohn das Gesicht: »Von diesem Augenblick an gab es im Herzen deines Vaters nur noch einen Wunsch: Rache! Rache für alles, was sie ihm angetan hatten, und für das, was sie ihm noch antun würden. Er wollte nie wieder unter den Menschen leiden, und ahnte wohl, was sie ihm alles noch zufügen würden. Sein Leben war ein einziger Krieg gegen alle und jeden, aber auch gegen sich. Und diesen konnte er nicht gewinnen.

Er fing an zu boxen, machte Bodybuilding, schlug sich, wann immer und wo immer er nur konnte. Dann wurde er Journalist und zerstörte gleich reihenweise Existenzen von Menschen, die böse und schlecht waren. Er machte sich zum Richter und seine Lebenseinstellung zum Gesetz.

Dadurch wuchs zwangsläufig die Zahl seiner Feinde. Sie wollten ihn ruinieren, mit allen Mitteln. Er prügelte sich durch die Universität, flog aus mehreren Jobs. Kollegen wollten ihn kippen, Chefredakteure kündigten ihm. Aber er hielt durch. So traurig er in seinem Herzen war, so gerissen, hinterhältig und brutal wurde er im Umgang mit seinen Mitmenschen. Nachts las er wie ein Besessener. Er wollte mehr wissen als die anderen, wollte allen überlegen sein. Dann begann er, ziellos durch die Stadt zu laufen. In ihm brodelte es, gleich einem gefährlichen Vulkan. Nie brachte Axel diesen Vulkan zum Erlöschen.

Seinem gnadenlosen Haß aber stand grenzenlose Liebe gegenüber. Es gab keinen Freund, dem er in der Not die Hilfe verwehrte. Begegneten ihm auf der Straße Bettler oder wurde er mit dem Leid anderer Menschen konfrontiert, half er bedingungslos. Waren sie nicht genauso Opfer wie er? Hatte man sie nicht ebenfalls ausgestoßen, getreten und erniedrigt?

Sein Haß auf die Schuldigen wuchs ins Unermeßliche. Und die Liebe zur Natur, die seine Feinde zerstörten, wurde zur Quelle aller Kraft, die er entwickelte. Manchmal nahm das sogar groteske Züge an. Wann immer er am Wegesrand oder in Mülltonnen ausgerissene und weggeworfene Pflanzen fand, trug er sie nach Hause, pflanzte sie ein. Am glücklichsten war er, wenn sie überlebten und von neuem blühten. Seine Wohnung war voll davon. Dabei machte er die Rechnung ohne den Wirt, wie man so schön sagt. Denn all das raubte ihm immer mehr den Frohsinn und die Lebensfreude. War er in früheren Jahren noch ein fröhlicher Junge mit sehr viel Witz und Humor, wuchs er nun zu einem verbitterten, einsamen Mann heran. Dazu wurde die Unruhe in ihm immer größer. Oft sagte er: ›Ich muß endlich etwas unternehmen! Sie machen die Welt kaputt. Wenn sich keiner wehrt, ist es bald zu spät. Aber wo anfangen?‹ Er war eben ein Einzelgänger, der sich keiner Organisation anschließen wollte.

Und er verlor langsam die Kraft zu kämpfen. Magengeschwüre plagten ihn, eine Nervenlähmung entstellte sein Gesicht für Wochen, und sein Rücken begann fürchterlich zu schmerzen. Schließlich nahm das Schicksal eine Wende. Er fand eine halbtote Katze, nahm sie mit, pflegte sie zu

Hause gesund. Am Ende hatte er zwölf Katzen in seiner Wohnung und kümmerte sich rührend um sie. Doch auch das reichte ihm nicht. So kam er eines Tages auf diese Insel, um sein Lebenswerk anzupacken.«

Jonas war sprachlos. Er hatte viel gehört, zuviel, um es in so kurzer Zeit zu verarbeiten. Er wollte mehr wissen: »Erzähl weiter! Ich möchte alles erfahren. Wie war das mit Antonio, seinem besten und einzigen Freund? Was weißt du über Moreno, seine geliebte Katze? Wann traten sie in Vaters Leben?«

Margarethe von Berg dachte lange nach. »Willst du das wirklich alles hören? Es ist eine merkwürdige Geschichte. Axel hat sie mir einmal, in einer Nacht in Berlin, erzählt.

Er lebte damals schon auf Mallorca, schwärmte von der Insel und ihrer Schönheit, die ihn so verzaubert hatte. Dann kam er zu mir zu Besuch. Und als Vater mal nicht zu Hause war, erzählte er mir von seinem neuen Leben. Als guter Journalist hatte er alle Einzelheiten dieser seltsamen Freundschaft zusammengetragen. Die Geschichte hört sich an wie ein Abenteuerroman, handelt von Freude und Leid, von Liebe, Haß, Verzweiflung und Tod. Und – ja, vielleicht auch von Hoffnung.«

*

Es begann alles mit Irmchen, einem Kater, der hier auf Mallorca zur Welt gekommen war und der die ungewöhnlichsten Abenteuer erlebt hatte. Ein Filmproduzent drehte vor vielen Jahren einen großen Film mit ihm, der ein Riesenerfolg wurde. Für die Dreharbeiten flog das Filmteam auch nach Mallorca, wo die ganze Geschichte im Film, aber auch in Wirklichkeit anfing.

Irmchen war ein Traumkater, intelligent, munter, verspielt, aber auch groß und stark, fast unbezwingbar. Er hatte ein schwarzes Fell und einen weißen Fleck auf der Brust.

Mitten in den Dreharbeiten passierte es dann. Irmchen verschwand plötzlich über alle Berge. Während das Filmteam in Estellencs unruhig wurde und nervös auf seinen Hauptdarsteller wartete, hatte sich der Kater aus dem Staub gemacht und war einer kleinen, rolligen Katzenlady in die Wälder gefolgt. Beide verbrachten eine stürmische Liebesnacht in einer winzigen Höhle oberhalb des Ortes, da, wo die Straße sich über die Paßhöhe windet. Der Wirt eines Lokales, das es heute noch an dieser Stelle gibt, entdeckte viele Wochen später die Katze mit ihren Jungen und brachte sie weit weg. Einem Katerbaby band er eine Messingkapsel um, die er auf dem Liebeslager gefunden hatte. Irmchen hatte sie in jener Nacht bei seinen Annäherungsversuchen verloren. Der kleine Kater wurde später Moreno getauft. Er sah aus wie sein Vater, wurde genauso groß, kräftig, stürmisch und abenteuerlustig. Aber bis dahin sollten noch viele Jahre vergehen.

Die Katzenmutter brachte ihren Kindern bei, wie man Mäuse jagt, sich anschleicht und im richtigen Augenblick sein Opfer schnappt. Vier der fünf Kätzchen waren grau, woraus ich schließe, daß Kartäuser unter den Vorfahren gewesen sein müssen. Einzige Ausnahme war der kleine Schwarze mit dem weißen Fleck auf der Brust und der Messingkapsel seines Vaters um den Hals.

Die Katzenfamilie lebte in den Bergen über Soller. Hier, wo die schönsten Orangenhaine der Insel blühen, verbrachten die Kätzchen eine unbeschwerte Kindheit. Moreno war von allen der mutigste Draufgänger. Bald wagte er sich hinab in die Stadt, lauerte den größeren Hunden auf, jagte neben der Bimmelbahn her, die zwischen Soller und Puerto de Soller verkehrte. Er versteckte sich aber auch in der alten Eisenbahn, die bis nach Palma fuhr, um dort auf Mäusejagd zu gehen.

Moreno wurde größer und kräftiger als alle Katzen der Umgebung. Bald führte er mehrere streunende Katzen an, die mit ihren abenteuerreichen Streifzügen die Gegend unsicher machten. Er war wirklich ein Teufel. Über die Dächer schlich er in die Höfe der alten Häuser, kletterte in die Fenster und klaute den Bewohnern das Mittagessen vom Tisch.

Auf einen Bäcker hatte er es besonders abgesehen. Wenn jener morgens nach der Arbeit aus der Backstube kam, schossen acht oder neun Katzen ins Haus, tobten in halboffenen Mehlsäcken herum, zertraten die frischen Torten, schnappten sich Brötchen und Kuchenstücke und flitzten davon. Der arme Bäcker konnte kaum so schnell hinschauen, wie die Katzen ihn überfielen. Da halfen auch kein Fluchen und Toben. Moreno und seine Bande waren flinker und klüger. Mit ihrer Beute zogen sie sich zurück in die Berge und genossen dort im warmen Licht der Sonne erst einmal ihr Frühstück.

Und dann passierte es! Moreno war wieder einmal zerzaust von einer Diebestour zurückgekehrt, als er bemerkte, daß zwei seiner Geschwister fehlten. Unruhig und laut maunzend suchte seine Mutter das Katzenlager ab. Immer wieder schaute sie in die Ferne, spähte nach ihren Kindern. Vergeblich! Auch Moreno machte sich erneut auf den Weg. Doch er kehrte ohne die Geschwister zurück.

Irmchens Sohn verspürte keine Lust mehr, den Bäcker zu ärgern oder mit den anderen Katern durch Soller zu hetzen. Traurigkeit hielt Einzug ins Katzenlager. Wo waren sie nur? Moreno, der für sein Alter außergewöhnlich groß und kräftig war, hatte bald die Vaterrolle übernommen, führte die Familie. Doch seine Geschwister waren noch nicht soweit. Sie wollten spielen, waren unerfahren – und leider auch unachtsam.

So wagten sich ein Brüderchen und ein Schwesterchen eines Tages viel zu weit vor. Übermutig tobten sie die Felsen und Wiesen hinauf und hinunter. Die Sonne streichelte ihr Fell. Die Blumen dufteten. Da verloren sie die Orientierung und erreichten die Straße, die von Soller nach Puerto de Soller führt.

Es dämmerte schon, als die Katzenkinder am Straßenrand spielten und die Welt um sich herum völlig vergaßen. Eine Maus, die sich seit Stunden nicht aus ihrem Erdloch gewagt hatte, flitzte plötzlich über die Straße, hoffte das Gebüsch gegenüber heil und sicher zu erreichen. Die Katzen reagierten, ohne auf den Verkehr zu achten. Mit einem Satz waren sie auf der Fahrbahn. Sie hörten nicht mehr das Quietschen der Lkw-Reifen, das Fluchen des Fahrers, der Apfelsinen geladen hatte. Sie vernahmen nicht einmal das Splittern ihrer zarten Knochen. Ein schwerer Vorderreifen überrollte die übermütigen Geschwister. Sie waren sofort tot. Kein Schmerz, kein Leid, kein langes Katzenleben, das noch hätte vor ihnen liegen können.

Der Lkw-Fahrer machte sich nicht die Mühe, auszusteigen. Er gab sofort wieder Gas und fuhr weiter.

Ein Tourist, der alles mit angesehen hatte, lief hinüber zu Irmchens Kindern, rief seine Frau herbei: »O Gott, meine Süßen! Ihr wart doch noch so jung, habt nicht einmal gelebt. Warum mußtet ihr auch direkt in den Laster laufen?«

Der Mann hob die toten Katzenkinder auf, brachte sie an den Straßenrand, grub mit einem Ast ein kleines Loch. Dann legte er die kleinen wuscheligen Körper hinein und schaufelte mit den Händen Erde auf ihre zerschmetterten Leiber.

Nur wenige Tage später kam Moreno auf der Suche nach seinen Geschwistern an dieser Stelle vorbei. Der Bruder roch sofort den Duft des Todes, entdeckte den Erdhaufen, scharrte, bis eine kleine graue Pfote zum Vorschein kam, und wußte Bescheid. Der junge Kater saß noch lange an dieser Stelle. Und als die Sonne hinter den Bergen verschwunden war und der Himmel sich erst rosa, dann violett färbte, stimmte er laut und traurig seinen Katzengesang an, den man noch oft auf der Insel hören sollte.

Das Schicksal der Katzen Mallorcas war seit jeher grausam

und traurig. Nur wenige erlebten mehr als einen oder zwei Sommer. Die meisten der Kätzchen kamen schon kurz nach der Geburt um. Herzlose Hotelchefs warfen sie lebendigen Leibes in den Müllschlucker, schleuderten die Babys, die noch nicht einmal das Licht der Sonne gesehen hatten, auf den Steinboden, drehten ihnen die Hälse um oder ertränkten sie in der nächsten Wassertonne. Gelang es einer Katzenmutter, ihre Kinder irgendwo versteckt großzuziehen, lauerten wenig später die nächsten tödlichen Gefahren.

Wer Mallorca und die anderen Baleareninseln besucht, sieht immer wieder tote Hunde und Katzen am Wegesrand liegen. Auf ihren Streifzügen laufen sie blindlings ins nächste Auto. Kein Mensch weint ihnen eine Träne nach.

Und überhaupt: Millionenfach zählt das Leid der Tiere, das sich wie ein Gürtel des Grauens um diese Erde spannt. Die Menschen in ihrer maßlosen Überheblichkeit genießen Konsum und Fortschritt jeglicher Art, ohne an jene zu denken, die mit ihrem Leben dafür bezahlen müssen.

Doch langsam werden die Stimmen derer immer lauter, die warnen: Hört auf mit dieser Bestialität, die so weit entfernt von jeder Menschlichkeit ist. Laßt das grausame Morden, das Abschlachten aller, die sich nicht wehren können. Und bedenkt: Am Ende seid ihr Menschen selbst an der Reihe. Es ist nicht fünf vor oder nach zwölf. Es ist bereits drei Uhr früh. Bald beginnt der Morgen, der in der Menschheitsgeschichte vielleicht der letzte sein könnte. Und dann folgt die immerwährende Nacht.

Aber wer denkt so weit?

Nicht die Alten! Sie haben ihr Leben gelebt, die Welt nach den Weltkriegen neu aufgebaut. Sie haben aber auch oft die Not vergessen, die sie in den fünfziger Jahren hatte zusammenrücken lassen. Ihr Leben ist kaum noch mehr als der Tanz um das goldene Kalb.

Nicht die Jungen! Sie leiden schwer unter den Zivilisationskrankheiten, wissen nichts vom Gestern und denken nicht ans Morgen. Was zählt, sind eine eigene Wohnung, ein sicherer Job und die neueste Markengarderobe. Sie wollen spielen, ohne zu erkennen, daß sie mit dieser Sucht nach immer mehr alles verspielen.

Bleiben jene zwischen vierzig und fünfzig! Viele von ihnen waren in den sechziger Jahren auf die Barrikaden gegangen. Sie wollten die Welt verändern, glaubten, sie verbessern zu können. Einige wurden kriminell, andere diskutierten sich die Köpfe heiß. Doch am Ende wurden auch sie satt und selbstzufrieden. Der Alltag hatte sie eingeholt.

Aber nicht alle resignierten. Einige wenige lauschten in sich hinein, hörten den Ruf des Gewissens und dachten nach. Sie informierten sich und suchten die Ursachen. Aber dann handelten sie auch. Zunächst nur einzeln, später in Gruppen. Überall auf der Welt wurden Proteste laut gegen Tierversuche, das Leerfischen der Meere, die Verseuchung von Wasser, Luft und Erde. Doch das Morden ging unaufhaltsam weiter. Das Ozonloch wurde ständig größer, die Wälder wurden niedergebrannt, die Atmosphäre erwärmte sich, die Wüsten fraßen sich ihren Weg.

Das Leid, der Tod – sie kamen immer näher.

Und jene ohne Gewissen, die die Macht hatten und noch haben? Diese Männer in den Vorstandsetagen der Industrie setzen die meist farblosen, korrupten Politiker unter Druck. Auf Teufel komm raus wird zum Wegwerfen produziert.

Die Fratze des Verderbens kam aus ihrem Versteck gekrochen, frech grinsend und mit einer heimtückischen Botschaft: Folgt mir, ich will euch alles geben! Ihr müßt nur zugreifen. Ich schenke euch Wohlstand und Reichtum, Macht und Luxus. Und ich will dafür nicht viel: nur eure Seelen.

Ja, so war es! Und die es sagten und schrieben, wurden mundtot gemacht, weil keiner die Wahrheit wissen wollte.

*

Hoch oben in den Bergen Mallorcas gab es diese apokalyptischen Gedanken nicht – weder bei den Katzen noch bei den Menschen. Die Welt war hier noch friedlich und rein, die drohenden Schatten des Zivilisationstodes waren noch kurz. Doch sie krochen auch hier schon ab und an durch Schlupflöcher, um sich ihre Opfer zu holen. Morenos Geschwister hatten sterben müssen unter den Reifen eines Lastwagens. Aber das kümmerte niemanden.

Einige Tage suchte die Katzenmutter noch nach ihren Kindern, dann hatte sie sich in ihr Schicksal gefügt. Die Gnade des Lebens liegt im Vergessen, hier wie dort. Moreno zog mit seiner Bande wieder los, für Stunden, Tage und länger. Die Bande der Liebe innerhalb der Katzenfamilie zerrissen langsam, aber sicher.

Im Hochsommer, als die Insel wieder den braungebrannten, eingeölten Touristen gehörte, schlug die Stunde des Abschieds. Schmerzlos und ohne Tränen, anders als bei den Menschen, ging jede Katze ihres Weges, stürzte sich in ihr eigenes Abenteuer. Moreno leckte seiner Mutter noch einmal liebevoll das Fell, machte Stubselchen an ihrem zarten Körper. Ein leises Maunzen, das war alles. Mit seinen Freunden stürmte er den Berg hinunter – und purzelte in das verrückteste Katzenleben, das es wohl jemals auf der Insel gegeben hatte. Als er schon mehrere hundert Meter entfernt auf einem Felsen stehend noch mal das Köpfchen hob und hinauf zu seiner Mutter und den Geschwistern blickte, sah er sie im Sonnenlicht stehen. Ein letztes Mal erklang sein leises Miau. Und als wollte er »Danke« sagen, kniff er die grüngelben Augen zusammen, die er von seinem Vater geerbt hatte.

Es war ein Abschied für immer!

Moreno sollte nie erfahren, was aus seiner Familie später wurde. Seine Mutter lebte lange. Eine Bäuerin nahm sie zu sich, ließ sie kastrieren, schenkte ihr viel Liebe und ein schönes Zuhause. Die Geschwister wurden bald vom Tierfänger geschnappt und in ein Tierheim gebracht. Ein Brüderchen infizierte sich mit Katzenleukose und starb zwei Jahre später einsam in einer Ecke des Katzengeheges. Das andere Brüderchen hatte mehr Glück. Brigitte, die Reiseleiterin eines Berliner Touristikunternehmens, holte den Kater zu sich, nahm ihn in ihrem Haus in Cala Millor auf und flog mit ihm eines Tages zurück nach Berlin, wo er ein glückliches Leben führte.

Moreno jedoch schickte sich an, seine Insel zu erkunden und zu erobern. Sie war sein Paradies. Mit der Bande streifte er über Berge und durch Täler. Er sonnte sich auf den grünen Wiesen, spielte mit den Mohnblumen, döste unter den jahrhundertealten Olivenbäumen. Der Stromer schmuste mit Touristen, fischte in Bächen, stibitzte Wurstscheiben und Fleischbrocken aus den Küchen der Hotels.

Als Mensch wäre Moreno sicherlich ein Meisterdieb gewesen. Aber auch als Kater brachte er es zu erstaunlichen Fertigkeiten. Er war klug, ja sogar durchtrieben. Und er lernte schnell. Auch das hatte er von Irmchen, seinem Vater, geerbt.

Noch größer waren jedoch seine Schnelligkeit und seine außergewöhnliche Kraft. Moreno war ein Kämpfer. Es gab keinen Hund, den er nicht besiegte. Blitzschnell fiel er ihn von hinten an, biß sich in seinem Gesicht fest, lief weg, lockte ihn ins Verderben. Er wollte der König der Insel sein. Und dazu mußte er den Hunden klarmachen: Ich bin der Beste!

Am Ende hatte es sich bei den Hunden Mallorcas herumgesprochen: Fürchtet Moreno. Er ist gewitzter und klüger als wir.

Dabei war er beileibe kein böser Kater. Im Gegenteil! Er liebte vor allem die Menschen, obwohl sie ihm noch soviel Leid zufügen sollten. Er konnte sanft und verschmust sein, tolpatschig und verspielt. Doch er mochte nun mal keine Hunde, vielleicht, weil er hatte mit ansehen müssen, wie ein Gefährte aus seiner Rasselbande, ein kleiner argloser Kater, von einem großen Hund totgebissen worden war.

Morenos Stützpunkt wurde der quirlige Touristenort Cala Ratjada an der Ostküste der Insel. Auf einem Hügel, im Park der alten Villa March, hatten die Katzen ihr Lager. Und wann immer Touristen einen Ausflug zum Leuchtturm machten und einen riesigen schwarzen Kater mit buschigem Schwanz und weißem Fleck auf der Brust trafen, hatten sie das unheimliche Vergnügen, Moreno gegenüberzustehen. Ruhig und majestätisch zog er sich meist zurück, ließ sein unüberhörbares Mauz ertönen und war mit einem Satz auf der großen Mauer, die das Grundstück umgab.

Cala Ratjada bot Irmchens Sohn das, was er vor allem zum Leben brauchte: genügend Futter. Die Cala Guya, die große geschwungene Sandbucht, war im Winter und in den Monaten außerhalb der Saison der ideale Platz zum Spielen und Herumtoben.

Was scherten ihn die Tierfänger und Katzenmörder, die jedes Jahr kurz vor Weihnachten ihrem schrecklichen Handwerk nachgingen. Zu klug waren Moreno und seine Bande, um ihnen in die Falle zu gehen. Denn sind die Touristen fort, legen die Männer vergiftetes Fleisch aus und warten, bis die ausgehungerten Tiere sich gierig darauf stürzen. Einhundertsechzigtausend Hunde und Katzen sterben so alljährlich auf Mallorca einen grausamen Tod. Jene, die überleben, zeugen neue Nachkommen. Und nach einem Jahr wiederholt sich das schlimme Morden.

Moreno und seine Katzen futterten nie von den ausgelegten Ködern. Zu klug war ihr Leittier, als daß sie auf diesen Trick hereinfallen konnten. Zwei Jahre gingen so ins Land. Ob in Capdepera, Cala Ratjada oder Arta, die Katzen genossen ihr Leben in Freiheit in vollen Zügen. Ihre Lieblingsbeschäftigungen waren Schlafen, Dösen, Futtern und vor allem Spielen. Die Festungsruine oberhalb von Capdepera hatte es ihnen besonders angetan. Dort blühten die farbenprächtigen Blumen, die so herrlich in den Nasen kitzelten. Es gab aber auch Schildkröten, die im Schneckentempo über die Felsen krochen und sich nicht wehren konnten, wenn die Katzen mit ihnen ihren Schabernack trieben.

Die Festung aus dem Mittelalter bestand aus einer kleinen Kapelle, einem bewirtschafteten Haupthaus und aus einer gewaltigen restaurierten Mauer, auf der herumzutoben den größten Spaß brachte. Abstürzen war natürlich verboten. Aber dazu waren die Katzen ja auch viel zu geschickt. Und trieb sich Moreno nicht gerade im Garten der Villa March herum, residierte er hoch oben auf dem Mauerkranz der Festung von Capdepera. Der König der Insel hatte seine eigene Burg.

Im Sommer ging es oben besonders lustig zu. Die Touristen brachten das Futter im Gepäck mit auf den Berg und verwöhnten die Katzen nach Strich und Faden. Wer keine Schmuser mochte und dies durch ein unwirsches »hau ab« auch deutlich zu verstehen gab, wurde kurzerhand angefaucht und gekratzt. So schnell ging das.

»Scheißvieh, blödes! Mach, daß du wegkommst. Hau ab, du verlauster Kater! Sch, sch, verschwinde endlich!«

Moreno duckte sich, machte einen Buckel, fauchte und ließ seine Augen böse funkeln. Die ältere Dame, die sich mit ihm angelegt hatte, war offensichtlich keine Katzenfreundin. Immer wieder fuchtelte sie mit ihrem Stock herum, um den aufdringlichen Kater zu verscheuchen. Moreno zog sich einige Meter zurück, nicht gewillt, das Opfer in Menschengestalt so einfach entkommen zu lassen.

Der Tag war bisher so wunderbar verlaufen, daß diese böse Alte ihm unter Garantie nicht die Laune verderben konnte. Moreno, der viel gefährlicher als sein Vater Irmchen war, startete von einem Mauervorsprung seinen Angriff. Es war der Zeitpunkt für eine Lektion – für beide. Die Katzenhasserin machte einen Schritt zur Seite, und Moreno bekam noch im Flug ihren Stock zu spüren. Ein fürchterlicher Schmerz durchfuhr seinen Körper. Mitten im Sprung stürzte er zu Boden, landete auf dem Rücken.

»Jetzt hab ich dich, du Biest, du Bastard!« Die Frau, die völlig die Beherrschung verloren hatte, wollte Moreno gerade mit einem gezielten Hieb ihres Stockes den Schädel einschlagen, als plötzlich ihr Arm von hinten gepackt und zur Seite gedreht wurde: »Aber, wer wird denn mit einem Stock auf ein wehrloses Tier einschlagen?«

Die Frau hatte sich kaum von dem Schreck erholt, als sie laut anfing zu toben: »Was heißt hier wehrloses Tier? Sehen Sie sich dieses gemeingefährliche Riesenbiest doch an! Hauen Sie ab!«

Wild fuchtelte sie mit ihrem Stock, als wolle sie den Mann gleich mit totschlagen.

Der Retter mußte lachen: »Ruhig, ruhig! Keiner will Ihnen was tun. Lassen Sie doch mit sich reden. Was sollen die Spanier von uns Deutschen denn denken? So beliebt sind wir hier sowieso nicht. Mal abgesehen von unserem Geld.«

Die Frau riß sich los, rückte ihre Brille auf der Nase zurecht: »Ich habe Ihnen doch gesagt, Sie sollen sich nicht einmischen!«

Moreno zitterte am ganzen Körper. Vorbei war es mit der friedlichen Stille und dem Spaß. Neugierig beobachtete er den Fremden, der ihm im letzten Augenblick das Leben gerettet hatte.

Es war eine schicksalhafte Begegnung für Moreno. Aber das wußten weder der Kater noch der Mann in diesem Augenblick. Wie zwei Glieder einer Kette sollten ihrer beider Leben künftig miteinander verbunden sein. Es würde eine Zuneigung zwischen ihnen wachsen, die stärker sein sollte als alle Gefühle, die Mensch und Tier miteinander verbanden.

In Liebe und Haß, Mut und Verzweiflung, Trennung, Einsamkeit und großer Not sollte diese Zuneigung alles andere überdauern. Moreno hatte oben auf der Festung von Capdepera seinen Freund Axel von Berg getroffen. Und wenn es so etwas zwischen Tier und Mensch gibt, dann traf es in diesem Fall ohne jede Einschränkung zu: Es war Liebe auf den ersten Blick!

Die fuchsteufelswilde Frau durchbrach die Sekunden der Stille mit ihrem Geschrei: »Ich werde mich bei der Polizei beschweren. Die wirft Sie ins Gefängnis. Und den Scheißkater gleich mit.«

Axel von Berg ließ die Frau stehen, bückte sich, hob Moreno auf den Arm. Zum ersten Mal trafen sich ihre Blicke. Eine kleine Ewigkeit sahen sie sich an. Morenos kluge Augen verschmolzen mit den blauen Augen des jungen Mannes. Ganz liebevoll hielt Axel den Kater und streichelte ihm zärtlich das Fell. Jeglicher Haß, der soeben noch zum Ausbruch gekommen war, schien verflogen. Axel setzte sich auf einen Stein, kraulte Morenos rabenschwarzen Kopf: »Na, mein kleiner Teufel! Was bist denn du für einer? Wohl ein süßer Raufbold?«

Axel von Berg gab Moreno einen zärtlichen Kuß auf die feuchte schwarze Nase: »Du warst aber nicht sehr nett zu der alten Lady! War wohl nicht dein Typ? Na, meiner auch nicht! Zeig mal her, hat sie dir irgendwelche Knochen gebrochen?«

Hatte sie nicht! Und obwohl der Kater starke Schmerzen spürte, fing er sofort an zu schnurren. So lieb klang die Stimme des Mannes, so wohltuend war sein Streicheln. Und Moreno, der sich sonst so nie hatte auf den Arm nehmen lassen, ließ sich etwas gefallen, was Katzen nur bei allergrößter Zuneigung mit sich machen lassen. Er ging freiwillig in die Rückenlage, zeigte seinen ungeschützten Bauch und streckte »alle viere« von sich.

Fast eine Stunde saßen sie so in der Hitze, Kopf an Kopf. Immer wieder flüsterte der Tierfreund seinem Kater Zärtlichkeiten ins Ohr. Und lautstark erklang als Dankeschön ein verzücktes, genießerisches Schnurren. Diesen Augenblick sollten sie beide nie vergessen. Und wieviel Schmerz ihnen das Leben auch noch bereiten würde, ihre Liebe blieb größer, mächtiger und stärker. Axel setzte den Kater auf die Erde: »So, Raufbold! Ich muß jetzt zurück ins Hotel. Meine Eltern warten schon. Und außerdem will ich noch ins Fitneßstudio, um dort mit Gewichten zu trainieren.«

Natürlich verstand Moreno kein Wort. Wie sollte er auch! Die Hotels kannte er. Dort gab es immer Futter. Und dort lebte auch die alte Katze Spatzimama, der man immer die Jungen wegnahm. Aber vom Eisenstemmen hatte er noch nie etwas gehört. Solchen Unsinn machten offensichtlich nur die Menschen. Wie komisch sie doch waren! Anstatt sich auszuruhen, rackerten sie sich sinnlos ab!

Auf dem Rückweg drehte sich Axel immer wieder um, blickte hoch zur Festung. Da oben saß »sein« Kater. Er beschloß, am nächsten Morgen wiederzukommen, um ihn zu füttern und um mit ihm herumzuschmusen. Der junge Mann und der Kater verbrachten den Abend in eigenartiger Stimmung. Sie träumten voneinander, hätten am liebsten ganz dicht beieinander gesessen. Und als der Mond sein kühles silberfarbenes Licht über Capdepera und dem Nachbarort Cala Ratjada ausbreitete, schauten beide in die laue, schwarze Nacht hinaus, waren sie sich in ihren Herzen ganz nah.

Axel von Berg hatte mit seinen Eltern einen dreiwöchigen Urlaub gebucht. Der junge Mann, der bald hinauszog, um erwachsen zu werden, hatte versprochen, noch einmal mit ihnen zu verreisen. Danach sollte er in Hamburg bei einer großen Zeitung ein Volontariat beginnen.

Er mochte Cala Ratjada. Die Cafés, die Strandpromenade, die heißen Discos, das Fitneßstudio im Hostal Gili, das war so alles richtig nach seinem Geschmack. Und dann waren da noch die vielen Mädchen, die immer wieder ein Knistern in ihm auslösten, wenn sie oben ohne vorbeiliefen und ihm einen verlockenden Blick zuwarfen.

Axel war kein Kostverächter. Und er sah blendend aus, trug einen frechen Schnurrbart, hatte den Kopf voller dunkler Locken und einen braungebrannten, durchtrainierten Körper. Er besaß viel Humor, konnte ausgezeichnet reden und die Frauen mit seinen Worten und seinem überragenden Allgemeinwissen faszinieren. Die Herzen flogen ihm reihenweise zu.

Und die Mädchen machten es ihm leicht. Zu leicht meist. Irgendwann im Leben wird alles zum Spiel. Am häufigsten wohl ist die Liebe dieser Gefahr ausgesetzt. Man verletzt andere Menschen, tut ihnen weh und merkt am Ende nicht, daß man selber der Verlierer ist. Diese Erfahrung hatte Axel von Berg noch vor sich. Nach Jahren erst stellte er fest, wie ausgebrannt seine Seele war. Aber da war es schon zu spät. Zunächst einmal genoß er seine zahlreichen Chancen und hatte Freude daran.

An jenem Abend jedoch waren ihm die Frauen gleichgültig. Er saß am Strand, blickte aufs Meer hinaus, hoch zu den Sternen, und dachte an seinen Kater, den er auf der Burg gerettet hatte.

»Ich werde dich mit nach Berlin nehmen. Du sollst es gut bei mir haben. Und ich werde immer für dich dasein. Doch morgen komme ich erst mal und bringe dir dein Frühstück, mein schwarzer Teufel.«

Es wurde für Axel der erste wahre Katzenurlaub seines Lebens. Nichts anderes beschäftigte ihn nun mehr. Jeden Tag war er einer der ersten Kunden im Supermarkt, kaufte Fertig- oder Trockenfutter und kleine Näpfe. Er besorgte sich einen Büchsenöffner, Gabel und Löffelchen. Nebenan in der Pharmacia holte er Ohrstäbchen, Watte und ein Mittel, um Moreno von seinen Milben zu befreien.

Davon aber war der Kater überhaupt nicht begeistert. Was sollte bloß dieser Unsinn? Warum bohrte der neue Freund ständig in seinen Lauschern herum? Immer wieder schüttelte der kleine König von Capdepera den schwarzen Kopf, wollte damit sagen: »He, du, schmuse lieber mit mir, statt mich dauernd zu ärgern!«

Es half nichts! Axel nahm beim nächsten Mal sein Badehandtuch mit, wickelte den störrischen Kater darin ein und putzte ihm die Ohren. Der sonst so stolze Burgherr zappelte und maunzte, daß Axel unweigerlich lachen mußte: »Na, du bist mir ja ein schöner Held, beim Ohrenputzen führst du dich auf wie eine Memme. Komm, mein Kleiner, halt still! Sonst bekomme ich deine Ohren nie sauber.«

Fast zehn Minuten dauerte die scheußliche, aber notwendige Prozedur. Und der arme Moreno mußte sie in den folgenden Tagen immer wieder über sich ergehen lassen. Der Zuneigung zum neuen Freund tat diese Sonderbehandlung keinen Abbruch. Stundenlang spielten sie alsbald zwischen den Büschen der alten Festung, jagten sich gegenseitig auf dem Wehrgang der Mauer und lagen sich anschließend schmusend im Arm. Und der schönste Augenblick war jedesmal, wenn Axel seinen geliebten Kater auf den Rücken drehte. Vertrauensvoll und genießerisch streckte Moreno die Pfoten von sich, kniff die Augen zusammen und ließ sich den schwarzen Bauch kraulen.

Hätten beide in diesem Augenblick die Zeit anhalten können, die Kirchturmuhr von Capdepera wäre nie wieder zu hören gewesen. So aber schlug sie bald ein Uhr, und Axel mußte zurück ins Hotel, wo seine Eltern schon zum Mittagessen auf ihn warteten.

»Sonderbar«, sagte seine Mutter, »du warst den ganzen Vormittag fort. Wir haben dich am Strand und in den Geschäften gesucht. Aber du warst nirgendwo zu finden. Hast du etwa eine Freundin?«

Axel, der sich schnell ein frisches Hemd anzog und die Katzenhaare von seiner Hose wischte, schmunzelte: »Nein, äh ja! Nun, wie soll ich es sagen? Ach, ist ja auch egal!«

Margarethe von Berg bohrte nach: »Nun komm, sag schon! Ist es eine Touristin oder eine Einheimische?«

Axel grinste über das ganze Gesicht: »Eine Einheimische gewissermaßen . . . und eine sehr süße obendrein!«

»Na also, warum wolltest du nicht gleich mit der Wahrheit rausrücken. Und, spricht sie deutsch?«

Axel kicherte: »Kein Wort!«

»Kommst du denn mit ihrem Spanisch klar?«

»Nö!«

»Und wie unterhaltet ihr euch?«

»Überhaupt nicht! Ich lege sie auf den Rücken, kraule ihr den behaarten Bauch und kitzle sie an dem weißen Fleck, den sie auf der Brust hat. Mehr nicht! Das mag sie am meisten.«

Die Mutter sah ihren Sohn ungläubig an: »Junge, ist dir nicht gut? Hast du einen Sonnenstich? Ist dir irgendwas nicht bekommen?«

Axel von Berg nahm sie liebevoll in den Arm: »Aber Mama, laß dich doch von mir nicht aufziehen. Es ist gar kein Mädchen, mit dem ich so rumschmuse. Es ist . . .«

Er hatte den Satz noch nicht zu Ende gesprochen, da verlor seine Mutter zum ersten Mal in diesem Urlaub die Fassung. Und Schlimmstes ahnend, hakte sie nach: »Herrgott, Junge, was ist es denn dann?«

»Ganz einfach, eine Katze!«

Das war zuviel! Ihr Sohn, der Schürzenjäger, der nur Bücher, Bodybuilding und Frauen im Kopf hatte, schmuste den lieben langen Tag mit einer Katze herum, die er sonstwo aufgelesen hatte. Also doch ein Sonnenstich!

»Halt, Mama, so ist es nicht! Es ist nicht irgendeine Katze! Es ist ein großer schwarzer Kater, den ich vor einer hysterischen Urlauberin gerettet habe. Und er ist ganz süß und lieb. Ich habe ihm sogar schon die Ohren geputzt.«

Margarethe von Berg blickte zu ihrem Mann hinüber: »Und was sagst du dazu?«

Axels Vater schüttelte den Kopf: »Was fragst du mich? Es ist dein Sohn. Von mir hat er solche Macken nicht. Denk mal an deine liebe Tante Dora in Dresden. Die besaß am Ende elf Katzen. Nun weißt du, nach wem er kommt. In meiner Familie waren alle vollkommen normal. Du solltest besser auf ihn achten. Er kümmert sich sowieso nur um unsinnige Dinge, die nichts einbringen. Es wird Zeit, daß er etwas Vernünftiges lernt. Und dieser Unsinn mit dem Journalismus ist auch so eine fixe Idee. Er will eben nichts richtig lernen. Das ist es! Seine Lehrer waren ja auch dieser Meinung. Wenn ich bedenke, wie seine Schulzeit verlaufen ist. Ständig die blauen Briefe. Dann das Sitzenbleiben. Schließlich runter von der Schule und wieder rauf. Fünfzig Fünfen und sechs Sechsen hatte er in seinen Zeugnissen. Hast du vergessen, was uns das alles für Nerven gekostet hat? Und jetzt spielt dieser Idiot auch noch tagelang mit einer Katze. Als wenn es im Leben nichts Wichtigeres gäbe. Nein, nein! Haltet mich da raus! Es ist, wie gesagt, dein Sohn. Rede ihm diesen Katzenirrsinn gefälligst aus!«

Mutter und Sohn sahen sich in die Augen. Axel hätte lachen, heulen und toben können – und zwar gleichzeitig. Dabei hatte er noch nicht einmal zum Gegenschlag ausgeholt: »Es ist mir völlig gleichgültig, ob ihr die alten Kamellen immer wieder auftischt. Ich mache sowieso, was ich für richtig halte. Und damit ihr es wißt! Ich nehme den Kater mit nach Berlin. Hier geht er nämlich ein. So!«

Das saß! Und es sollte noch öfter sitzen in seinem turbulenten Leben. Aber erst mal mußte diese bittere Pille verdaut werden. Wie festgeklebt saß sie im Hals der Eltern.

Maximilian von Berg wirbelte herum. Drohend funkelten seine blauen Augen, als wäre er zu einem Mord fähig: »In mein Haus kommt keine Katze! Und wenn du nach Hamburg gehst und sie mitnimmst, sind wir geschiedene Leute. Das sage ich dir . . . und überhaupt: Wenn du dort wieder versagst, so wie du dein ganzes Leben lang alles versaut hast, brauchst du mir nie wieder unter die Augen zu treten.«

Das war deutlich. Und es war endgültig.

Axel, den seine Mutter irgendwann mal »Erzwinger« getauft hatte, war mit seinem Latein am Ende. Jedes weitere Wort war überflüssig. Es brachte sowieso nichts. Vater war der Boß. Und leider hatte er ja in so vielen Dingen recht. Vor allem aber in der Beurteilung seines Sohnes. ». . . Aus dir wird nie etwas! Du endest bestimmt als Penner! Sieh dir deine Schwester an! Sie war stets fleißig und ordentlich. Sie brachte nie schlechte Zensuren nach Hause. Und wenn doch, war sie darüber wenigstens betrübt . . .«

Solche Moralpredigten hatten Axel sein Leben lang begleitet. Und er mußte sich eingestehen: Sie waren gerechtfertigt. Brachte er eine Fünf nach Hause – und das kam regelmäßig vor, erzählte er entweder nichts davon oder er beichtete alles und ging anschließend ins Kino, anstatt zu lernen. Ja, so war er!

Später, viel später, sollte er sein Verhalten und all den Kummer, den er den Eltern bereitet hatte, bitter bereuen. Aber da konnte er nichts mehr ungeschehen machen. Andererseits hatte seine Lebenseinstellung auch etwas Positives. Früh lernte er zu tricksen und zu kämpfen. Er entwikkelte sich zum exzellenten Redner, der mit seinen Worten andere Menschen begeistern und faszinieren konnte. Bei der Eroberung von Frauenherzen war ihm das jedesmal eine große Hilfe.

In diesem Moment jedoch nützte es ihm herzlich wenig.

»Ihr könnt mich mal, und zwar kreuzweise rauf und runter. Ihr wart immer gegen mich. Und Tiere mögt ihr auch nicht.«

Traurig wandte sich Axel ab. Er wollte zu seinem Kater, den er so sehr liebte. Ich kann ihn nicht einfach zurücklassen, dachte er, der Kater gehört doch zu mir.

Axel ließ ihn zurück. Und er machte wieder einmal die Erfahrung, was es heißt, beim Spiel zwischen Macht und Ohnmacht die schlechteren Karten zu haben. Es sollte noch oft in seinem Leben so sein. Er haßte die Macht, weil sie die brutale Waffe der Herrschenden war. Keiner kam dagegen an. Nur Revolutionen änderten die Verhältnisse. Für kurze Zeit. Die neuen Herren lernten jedesmal schnell. Bald übten auch sie wieder die Macht aus, mal direkt, mal getarnt durch demokratische Spielereien. So ging es durch die Jahrtausende der Geschichte. Das hatte Axel inzwischen begriffen. Diese Gedanken begleiteten ihn auf seinem Weg hinauf zur Festung von Capdepera.

Und da saß er, stolz, majestätisch und süß zugleich: sein Kater! Das schwarze Fell schimmerte im Sonnenlicht. Mit einem langgezogenen Miau begrüßte er den Freund, sprang von der Mauerkrone und machte Sekunden später einen Schmusebuckel an Axels Beinen.

»Mein kleiner geliebter Raufbold! Ich würde dich so gern mitnehmen. Aber sie lassen mich nicht. Sie halten mich für verrückt. Und selbst wenn . . . Ich bin noch lange nicht blöd im Kopf, nur weil ich eine Katze liebe.«

Vorsichtig hob Axel den Kater hoch, setzte sich auf einen Felsvorsprung, legte den Zausel in seinen Schoß: »Du mußt auf mich warten, hörst du! Ich komme wieder und hole dich! Irgendwann, eines Tages! Ganz bestimmt! Aber sag mal, was trägst du da eigentlich um deinen Hals? Zeig her! Komm, halt still! Ich will mal nachsehen.«

Behutsam streifte Axel seinem Kater das Bändchen ab und hielt eine alte, abgeschabte Messingkapsel in den Händen: »Seltsam, sieht aus wie ein Medaillon. Was mag wohl darin stecken?«

Mit seinen Fingernägeln öffnete Axel die Kapsel, und heraus purzelte ein vergilbter, zusammengefalteter Zettel. Darauf stand »Irmchen, Estellencs, Mallorca«. Mehr nicht!

»Aha, du stammst also von dieser Insel. Habe ich mir fast gedacht. Aber Estellencs, den Ort kenn ich nicht. Na, wer weiß, wo das liegt. Und was ist das? Da steht ja Irmchen! Hat dich jemand so getauft? Das kann ja wohl nicht wahr sein! Der muß blind auf beiden Augen gewesen sein. Wie kann man einen so stolzen Kater wie dich ›Irmchen‹ nennen?«

Axel ahnte nicht im entferntesten, was es mit diesem seltsamen Namen auf sich hatte. Er wußte nicht, daß Irmchen einer der bekanntesten Kater der Insel war. Er sollte auch erst viel später erfahren, daß einst ein kleines Mädchen namens Carmen diesen Zettel mit den drei Worten in die Kapsel gesteckt hatte.

»Nein, Irmchen ist kein Name für dich! Der paßt nicht zu dir!«

Axel überlegte eine Weile, schaute in die Wolken, grübelte: »Wie nenne ich dich bloß? Herrgott noch mal! Die deutschen Katernamen sind alle so blöd und abgegriffen. Es sollte schon was Spanisches sein. Ein Name, der zu dir paßt. Ich hab's! Ich nenne dich ›Moreno‹! Das heißt übersetzt soviel wie der Dunkle. Und dunkel ist dein Fell ja nun wirklich. Ein wunderbarer Name! Moreno! Hallo, mein kleiner Moreno. Na, findest du den Namen gut?«

Moreno war das alles ziemlich egal. Ob er nun Irmchen oder Moreno hieß, wen kümmerte das? Ihn bestimmt nicht. Es gab andere Dinge, die wichtiger waren: spielen, jagen, dösen und vor allem futtern. In diesem Moment aber spürte er, daß er seinem Freund aus Deutschland würde lebe wohl sagen müssen.

Wer glaubt, daß Katzen nicht traurig sein können, hat keine Ahnung. Sie empfinden den Schmerz der Seele genauso wie Menschen, vielleicht sogar noch viel intensiver. Es gibt Katzen, die sind ihren Geschwistern über viele hundert Kilometer gefolgt. Andere starben vor Kummer, weil man sie zurückgelassen hatte. Und es gibt Geschichten von Katzen, die warteten jahrelang auf die Rückkehr ihres menschlichen Freundes und erkannten ihn sofort wieder, als er vor ihnen stand.

Wer konnte zu diesem Zeitpunkt ahnen, daß es Axel und Moreno ähnlich ergehen sollte . . .

*

Es wurde Abend. Seit Stunden saßen Axel und Moreno hoch oben auf dem Berg, schauten gedankenversunken und traurig über die Insel.

Der Himmel hatte sich lila gefärbt. Die Sonne, die Mensch und Tieren so viel Kraft spendet, war längst hinter dem Horizont untergegangen. Die Schildkröten hatten sich in kleine Mulden zurückgezogen, die Blumen ihre Blüten geschlossen. Mallorca begab sich zur Ruhe. Wabernde Nebel stiegen aus den Tälern, verliehen allem einen matten, hauchzarten Schimmer. Unten im Ort warfen die Straßenlaternen ihr Licht in die engen Gassen.

Einen Kilometer entfernt, in Cala Ratjada, verdrückten die Touristen ihr Abendbrot, bestellten Wein, beklagten ihren Sonnenbrand und plauderten über die Erlebnisse des Tages. Und Spatzimama, die alte Katze, der man die Kinder weggenommen hatte, hockte vor einer Hoteltür, wartete auf eine kleine Portion Futter.

Ja, so war das! Die Katzen, die wenigstens ab und zu mal einen Brocken abbekamen, konnten sich noch glücklich schätzen. Wie viele aber schleppten sich hungrig und krank durch ihr kurzes und qualvolles Leben? Sie wurden geboren, um zu leiden. Der Tod war nur allzuoft eine schäbige Erlösung aus einem ungeliebten Dasein. Und schuld daran waren die Menschen, die sich in ihrer maßlosen Überheblichkeit die Erde unterworfen hatten.

Irgendwann einmal, aber das wußte die alte Katze noch nicht, würde ein Mensch kommen und sie mit zu sich nach Hause nehmen. So würde sie am Ende doch noch die Liebe und Geborgenheit finden, auf die sie immer so sehnsüchtig gewartet hatte.

Für Axel und Moreno aber war jetzt der Augenblick des Abschieds gekommen. Nur das Zirpen der Grillen war zu hören, als der Junge aus Berlin seinen Freund noch einmal an sich drückte, um ihm adieu zu sagen: »Mein Katerli, ich muß gehen und kann dich nicht mitnehmen. Sie erlauben es nicht!«

Tränen kullerten über sein Gesicht, benetzten das Fell des schwarzen Freundes. »Hörst du, ich liebe dich! Ich werde in meinem Herzen immer bei dir sein. Du darfst mich nicht vergessen. Paß auf dich auf! Eines Tages komme ich zurück, und wir werden für immer zusammenbleiben, das verspreche ich dir.«

Axel nahm Moreno, setzte ihn auf den Boden. Der Kater gab ein leises, trauriges Miau von sich. Dann lief er langsam davon. Mit einem Satz war er auf der Mauerkrone. Ein letztes Mal schaute er noch zurück, und ihre Blicke trafen sich. Sekunden, eine Ewigkeit! Diesen Moment konnte man nicht mehr vergessen.

Noch oft dachte Axel an diesen vorerst letzten Abend auf der Insel, die er so sehr liebte, und sein Herz war bei seinem Kater, dem Sohn Irmchens. Auf beide wartete ein turbulentes Leben, geprägt von Höhen und Tiefen, Schmerz, aber auch Freude, menschlicher Wärme und eisiger Kälte.

Denn – sie würden sich wiedertreffen. Das Schicksal, das uns nie verrät, ob alles Vorbestimmung oder Zufall ist, hatte ihnen eine besondere Aufgabe zugedacht.

Axel saß am Strand, sah hinaus aufs Meer, in dem sich das Licht des Mondes brach. Die Sterne am Himmel funkelten hell, und er fragte sich, wie tief wohl das Universum sein mochte. Wie klein war er dagegen, wie nichtig vielleicht sein Schmerz, wie groß dagegen das Leid anderswo? Aber diese Überlegungen halfen ihm wenig. Er hatte Sehnsucht nach seinem Kater, fürchtete, daß er ihn nicht wiedersehen würde. Und zum ersten Mal in seinem Leben betete er zu Gott, daß er ihm helfen möge.

Als am nächsten Abend das Flugzeug die Urlauber zurück in ihre Heimatstadt brachte, saß Axel am Fenster und schaute hinunter zur Insel. Immer kleiner wurden die erleuchteten Orte, immer höher schraubte sich die Maschine in den Himmel. Moreno hockte wieder auf der Mauer, sah hinauf, hörte das ferne Dröhnen des Fliegers. Er hatte den

Schwanz um sich gelegt und das schwarze Köpfchen erhoben. Er wußte, daß sein Freund nicht zurückkehren würde. Und doch wartete er auf ihn. Immer leiser wurde das Geräusch, bis es schließlich verstummte.

Moreno verbrachte die ganze Nacht an diesem Platz. Vielleicht hielt er stumme Zwiesprache mit den Sternen oder träumte still vor sich hin. Wir wissen nicht viel über Katzen. Wir kennen sie zuwenig, um beurteilen zu können, was in ihren Seelen vorgeht. Blind und taub sind wir in all den Jahrtausenden geworden. So vieles, was uns einst mit anderen Geschöpfen verband, haben wir verloren. Vor allem aber die Schwingungen unserer Herzen.

Als sich der Kater von Capdepera kurz vor Morgengrauen in eine Ecke zurückzog, lag sein schwarzer Kopf auf der Messingkapsel, die Axel von Berg ihm wieder umgebunden hatte. Der Junge aus Berlin hatte mit einem Stift den Namen Irmchen auf dem Zettel durchgestrichen und Moreno darübergeschrieben. So also sollte der künftige König Mallorcas die wildesten Abenteuer unter dem Namen erleben, den ihm sein Freund gegeben hatte: Moreno!

*

Nur wenige Wochen später packte Axel seinen Koffer, um nach Hamburg zu ziehen. Mit einem mulmigen Gefühl im Magen stand er vor dem großen Verlagsgebäude in der Kaiser-Wilhelm-Straße: »Hier also sollst du arbeiten und zu einem vernünftigen Menschen umerzogen werden. Bin mal gespannt, wie die das anstellen wollen. Die Norddeutschen! Und ich als Berliner! Na, das kann ja heiter werden. Bloß keine blöden Witze machen. Nachher denken sie, du willst sie verscheißern. Man weiß ja nie, wie humorvoll die andere Seite ist.«

Nicht sehr, sollte er bald erfahren!

Sein Lokalchef nahm ihn sofort beiseite: »Vergessen Sie ganz schnell, daß Sie aus Berlin kommen! Und gewöhnen

Sie sich Ihren scheußlichen Dialekt ab. Den schätzen wir hier gar nicht. Dann noch was: Da Sie kein Studium haben, sehen Ihre Chancen hier ganz mies aus. So bekommen Sie nie einen leitenden Posten. Wir haben Sie sowieso nur genommen, weil Sie uns durch eine Empfehlung aufs Auge gedrückt wurden.«

Diese schroffe Begrüßung ließ keine Mißdeutung zu. Man war auf seine Anwesenheit nicht sonderlich scharf. Das allein hätte ihn nicht weiter gestört. Kein Mensch war auf ihn jemals sehr gut zu sprechen gewesen. Hätte es ihn nicht gegeben, er wäre bestimmt von niemandem so richtig vermißt worden. Aber nun war er mal da, kräftig, unternehmungslustig und total unerfahren. Also wollte er etwas daraus machen. Und er dachte an die Abschiedsworte seines Vaters. »Wenn du versagst, brauchst du nie wieder den Fuß über meine Türschwelle zu setzen.«

Diesen Satz sollte er sein Leben lang nicht vergessen.

Axel bewohnte ein kleines Zimmer in Eimsbüttel in der Unnastraße. Es war an Schlichtheit nicht zu überbieten: ein Klappbett, Schrank, Tisch, Stuhl. Das war's! Das Zimmer lag zum Hof hinaus. Hinter einer alten Steinmauer rauchten die Schornsteine einer Chemiefabrik, in der Hautcreme hergestellt wurde. Und ein eigenartiger Geruch, der nicht mal unangenehm war, kroch durch die undichten Fenster. Chemie!

Das schlimmste aber war die Wirtin, die ihm für das Zimmer von seinen fünfhundert Mark Volontärsgehalt gleich zweihundert Mark abknöpfte: »Junge Leute brauchen nicht so viel Geld. Damit können sie sowieso nicht umgehen. Und die Heizung stelle ich ab, es ist warm genug.«

»Klar«, dachte sich Axel, »die alte Schachtel wohnt zum Süden raus. Da heizt die Sonne das Wohnzimmer. Und ich muß hinten frieren.«

»... und daß Sie mir nicht zuviel Klopapier verbrauchen. Wir müssen hier alle sparen.«

Axel grinste: »Dir werd' ich was! Ich putz' mir den Hintern, bis er sauber ist. Das kannst du gar nicht verhindern. Und als erstes bringe ich mir einen Elektroheizer aus Berlin mit. Ich denke nicht daran, im Bett festzufrieren.«

Er hatte die Rechnung ohne seine Wirtin gemacht. Wenn er abends seinen Heizapparat anstellte, beobachtete Madame den Zähler mit der Taschenlampe. Prompt stellte sie ihn am folgenden Tag zur Rede: »Ich habe Ihnen doch gesagt, Sie sollen das lassen! Ich erzähle alles Ihrem Vater, der wird schon für Ordnung sorgen!«

So schnell ließ sich der angehende Journalist aber nicht kleinkriegen. Und da seine Wirtin obendrein noch durch die Milchglasscheibe der Zimmertür schaute und fortwährend den roten Glühdraht des Heizkörpers leuchten sah, kletterte Axel kurzerhand mit dem Gerät in den riesigen Schrank und schaltete dort den rettenden Wärmespender an.

Die Folgen waren fatal. Sein Pyjama wurde so heiß, daß sich braune Streifen bildeten, und Axel verbrannte sich dazu noch den Bauch. Das war also nicht die Lösung. Die fand er, als er am nächsten Morgen im Supermarkt eine Flasche Cognac entdeckte, die im Rahmen seiner finanziellen Möglichkeiten als innere Wärmequelle dienen konnte.

Sturzbetrunken wankte er am selben Abend ins Bett. Alles um ihn herum drehte sich. Doch seine Gedanken waren noch klar. Er dachte an seine Eltern, die nun so weit von ihm entfernt waren. Er schloß die Augen und sah vor sich Moreno, seinen Kater. Ach, wäre er in diesem Augenblick doch nur bei ihm. Er hätte ihn in den Arm nehmen und abbusseln können. Axel erinnerte sich an die Pinienwälder, Orangenhaine und alten Olivenbäume. Und im Traum blickte er über die Küsten und Berge, schaute er hinauf in den Himmel, der so wunderbar blau und klar war.

Axel von Berg sollte dies noch oft in den folgenden Jahren tun. Immer, wenn er gehetzt wurde und für die Fehler der anderen den Kopf hinhalten mußte. Immer, wenn der oft vierzehnstündige tägliche Leistungsdruck ihn fast in die Knie zwang und die Magengeschwüre aufbrachen. Viele hundert Male würde er sich dann fragen: Wozu das alles? Was treibt dich? Ist es die Macht? Das Geld? Läufst du mit, weil alle in dieselbe Richtung streben? Was um Gottes Willen ist es?

Dabei kannte er die Antwort nur zu gut. Es war die Angst vor dem Versagen. Die Suche nach Anerkennung. Der Wunsch, dazu zu gehören.

Axel war aber auch ein Spieler. Und er spielte ein verteufeltes Spiel gegen sich. Er wollte vor allem sich selbst besiegen und vernichten. Er wollte den Schwächling und Verlierer in sich töten mit all der unbändigen Kraft, die er besaß.

Damals, nein, damals suchte er noch nicht nach Freiheit. Er bekannte sich nicht zu seinen Schwächen und seiner Empfindsamkeit. Es gab in seinem Kopf nur einen Gedanken. Du mußt der Beste sein! Und du mußt bereit sein, alles dafür zu geben.

Viele Jahre später erst sollte er lernen, loslassen zu können und aufzugeben. Und indem er dies tat, wurde sein Herz wirklich frei. Andere Dinge wurden für ihn wichtig: die Liebe, der Glaube an Gott, die Natur und vor allem die Tiere.

Bald nach der Abreise des Freundes kehrte der Kater zu seiner Katzenbande zurück. Er schmuste wieder mit den Touristen, bettelte sie um Futter an, jagte Hunde und döste in der Sonne. Miguel, der freundliche Kellner vom Hostal Gili, verwöhnte den Schnorrer mit Essensresten, kraulte ihm das seidige Fell und nahm ihn ab und an mit zu sich nach Hause.

Ein Jahr verging so. Immer wieder gesellten sich rauflustige Stromer zu seiner Bande. Unter ihnen waren sogar reinrassige Kartäuser und Perser. Ihre Besitzer hatten sie aus dem Haus gejagt oder bei der Abreise zurückgelassen.

Eine Weile blieben sie beim Clan, um dann eines Tages wieder eigene Wege zu gehen.

Morenos Ausflüge wurden immer ausgedehnter. Oft machte er sich auch allein auf den Weg. Einsam streifte er durch die Gärten und über die Felder, zerpflückte Mohnblumen oder ärgerte die Schafe, die auf den Wiesen an Pflöcke gekettet waren. An einem Sommertag im August schließlich erreichte er die Höhlen von Arta hoch über dem Meer. Es dämmerte schon, als er vorsichtig zwischen zwei Ginsterbüschen durch einen Spalt in eine der Höhlen kroch. Es roch muffig und feucht. Von den Wänden tropfte Wasser, das in kleinen Rinnsalen ins Freie floß. In einer Ecke war ein Durchgang zu einer weiteren Felskammer, die größer und auch ein wenig heller war. Im Fels klaffte ein Schlupfloch, durch das sich gerade ein Mann zwängen konnte.

Moreno hob den Kopf, schnupperte. Die Luft war rein. Keine Gefahr! Alles war ruhig und sicher. Es gab nicht einmal Ratten und Mäuse. Obwohl ihm ein entsprechendes Abendbrot sicher gepaßt hätte. Aber was soll's! Er war es gewohnt zu hungern.

Aufmerksam erkundete Moreno die Höhle. Ein weiterer Gang führte zu einem hinteren Gewölbe. Dieses versteckte Labyrinth hatte noch nie ein Tourist betreten. Das war offensichtlich. Und doch lag jetzt plötzlich der Geruch von Menschen in der Luft.

Der Kater, der Gefahren drei Meilen gegen den Wind roch, spannte all seine Muskeln an. Er war stets bereit zu kämpfen, oder, falls nötig, zu flüchten. Nicht immer war Angriff die beste Lösung. Das hatte er gelernt.

Langsam setzte er eine Pfote vor die andere, lief an den bizarren Wänden entlang. Überall standen Dinge, mit denen sein Katzenverstand nichts anfangen konnte: große Pappkartons, Videorecorder, Radios, aber auch Handtaschen, Geldbörsen, Fotoapparate, Filmkameras. Eine seltsame Fundgrube. In einer Ecke lagen halbverkohlte Holzstücke, Papierreste und ein Benzinkanister. Der Boden, auf dem man die Spuren von Schuhabdrücken erkennen konnte, war mit Zigarettenkippen übersät. In einer Kiste stapelten sich leere Wein- und Schnapsflaschen.

Moreno war irritiert. Was mochte es mit dieser Höhle auf sich haben? In einer anderen Ecke entdeckte er noch seltsamere Dinge, die wesentlich älter schienen. Dolche, verrostete Helme, Kupferbecher, Münzen und gekrümmte Schwerter. Was war dies nur für ein Ort, an dem er sich befand?

Der Kater hatte kaum die Lage gepeilt, als er sich plötzlich selbst fauchen hörte. Die Haare standen ihm zu Berge. Die Augen wurden zu Schlitzen, und er machte einen fürchterlichen Buckel. Mit einem gewaltigen Satz war er auf der Kiste mit den Flaschen. Sein Schwung war so groß, daß die Kiste polternd umstürzte und die Flaschen scheppernd über den Steinboden kullerten. Panik in höchster Vollendung und vom Feinsten! Moreno rannte wie von tausend Teufeln gehetzt durch die Höhle, fegte über die Waffen und Helme, riß die aufgeschichteten Videorecorder um und war pausenlos am Fauchen. So etwas hatte er noch nie erlebt.

Dann passierte es! Er verlor den Halt, kullerte durch den Raum, kam einfach nicht mehr auf die Pfoten. Wie eine Kutsche ohne Räder trudelte er in einen Haufen, der mit trockenem, hölzernem Geräusch auseinanderwirbelte. Des Satans Orgelkonzert hätte nicht schauerlicher klingen können. Staub drang dem armen Kater in die Nase, so daß er in all seiner Panik auch noch kräftig niesen mußte. Und sein sehnlichster Wunsch »nur raus hier« ging leider nicht in Erfüllung.

»Na, hallo, was ist denn hier los?« Eine gespenstische Stimme hallte von den Wänden wider. »Wer hat sich denn da in meine Höhle verirrt?«

Wenn Katzen wahnsinnig werden können, dann stand Moreno kurz davor. Der Schein einer Taschenlampe erhellte die wahrhaft gruselige Szene. Der Kater kauerte dicht am Boden zwischen den Resten von drei menschlichen Skeletten. Sie waren alt, für einen Kater uralt. Zwei Schädel lagen links und rechts neben ihm. Ein dritter war nur noch zur Hälfte vorhanden. Zu allem Überfluß kickte der Besitzer der Stimme und der Taschenlampe den Hohlkopf wie einen verknöcherten Fußball gegen die nächste Wand. Ein gräßliches Geräusch. Es machte plock, plock, plock!

Das war also das Jenseits! Das mußte es sein! Moreno war so mit den Nerven fertig, daß seine Blase ihm einen peinlichen Streich spielte. Unschicklich für so einen tapferen Kater. Aber was soll's! Außer der unheimlichen Stimme war sowieso niemand im Raum.

Eine klare Fehleinschätzung der Sachlage, denn die Stimme meldete sich erneut zu Wort: »Ja, da haben wir ja einen blinden Passagier an Bord. Wie bist du denn hier hereingekommen?«

Moreno blieb die Antwort zunächst einmal schuldig. Damit konnte er auch noch warten. Viel wichtiger war, daß ihm diese Stimme beim zweiten Anlauf gleich viel sympathischer vorkam. Ein Mensch aus Fleisch und Blut. Das war ihm nun klar. Aber was für einer? Das mußte noch getestet werden.

Dazu sollte es erst später kommen. Im selben Moment fegten zwei kreischende Schatten durch den Raum, verschwanden in der Nachbarhöhle, kehrten zurück, rannten Moreno über den Haufen, verbissen und krallten sich in sein Fell.

Das war zuviel. Mit einer geschickten Drehung und einem ebenso wirksamen Hieb hatte er die Angreifer abgeschüttelt. Ein Satz genügte, und er saß dem menschlichen Eindringling auf der Schulter, rammte ihm seine spitzen gekrümmten Krallen ins Genick. Egal, irgendwo mußte er sich ja in diesem Augenblick festhalten.

Sein fester »Griff« wurde mit einem langgezogenen »aauuuaaa« belohnt. So so, das Wesen konnte also Schmerz verspüren und dies auch in der bekannten, vernünftigen Form zum Ausdruck bringen.

Es war nur ein Mensch, ein ganz normaler Mensch, eine Sorte, von der es ja bekanntlich genug auf dieser Erde gab. Davor mußte man nun wirklich keine allzu große Angst haben.

Der Mann reagierte nicht wie erwartet. Er schleuderte Moreno nicht einfach ab, was bei den festsitzenden Krallen auch schwierig gewesen wäre. Nein! Er nahm die Hände nach hinten und kraulte dem Kater ganz zärtlich das Fell: »Aber, aber, mein kleiner Freund. Du brauchst doch vor mir keine Angst zu haben. Ich bin doch der Antonio. Und von dem weiß hier jeder, daß er Tiere mag und ihnen nichts zuleide tut. Komm, mein Süßer, klettere jetzt ganz brav von meinem Rücken und laß dich erst einmal anschauen.«

Antonio nahm Moreno auf den Arm, betrachtete ihn eingehend: »Na, du bist ja ein kräftiger Bursche. Und kohlrabenschwarz bist du auch noch. Aha, und da ist noch ein weißer Fleck auf der Brust und ein Medaillon. Du hast also einen Besitzer.«

Antonio öffnete die Kapsel und las die Worte auf dem Zettel: »Du heißt Moreno. Ein schöner Name. Und er paßt zu dir.«

Im selben Moment stieg in Moreno wieder die Angst hoch. Die beiden Angreifer waren zurückgekehrt, hatten zu Antonios Füßen Platz genommen. Antonio lachte: »Vor denen mußt du dich nicht fürchten. Das sind meine Freunde. Darf ich bekannt machen. Sissi und Ludwig, die frechsten, vorzogensten, rüpelhaftesten Katzen, die ich kenne. Und das ist Moreno, der Schlauberger, der unsere Höhle entdeckt hat.«

Das klang schon alles viel besser. Moreno sprang von Antonios Arm, begrüßte die beiden übermütigen Katzen.

Ludwig, der Kater, war nicht sehr groß, schlank, und

hatte ein süßes Katergesicht. Ständig maunzte er herum, schmuste mit allem und jedem, der ihm über den Weg lief. Sein Fell war getigert, das Köpfchen hübsch gezeichnet. Am niedlichsten aber waren seine munteren Augen, die immer einen fragenden Ausdruck hatten. Sissi, seine Schwester, war etwas kleiner und genauso niedlich. Auch ihr Fell war getigert. Sie hatte ein richtiges Babygesicht, ließ sich für ihr Leben gern den Bauch kraulen und plapperte und miaute, sooft sie nur konnte. Und sie konnte immer. Sissi und Ludwig waren unzertrennlich. Nie sah man sie einzeln. Sie tobten, schmusten und spielten immer zusammen. Wo der eine war, da hielt sich auch die andere auf.

Antonio hatte sie vor einem Jahr an der Promenade von Cala Ratjada gefunden. Ein Katzenhasser hatte ihre Mutter erschlagen und die kaum zwei Wochen alten Babys einfach liegenlassen. Antonio machte damals gerade einen Nachmittagsspaziergang, als eine tierliebe holländische Touristin auf ihn zugerannt kam. Aufgeregt zog sie ihn zu einer kaum einen Meter hohen Hanfpalme, die an der felsigen Uferböschung wuchs. Und da lagen die beiden hilflosen Katzen. Die Augen waren verkrustet, das Fell struppig, die Nase verklebt. Noch eine Nacht und sie wären gestorben.

Der junge Mallorquiner beugte sich hinab, streichelte die beiden Babys. Hilflos und schwach hoben sie ihre Köpfchen, schauten ihn aus ihren traurigen Augen an. Er brauchte keine drei Sekunden, dann stand seine Entscheidung fest: »Die kannst du hier nicht liegenlassen. Du doch nicht!«

Behutsam hob er sie hoch, wickelte sie in sein T-Shirt und trug sie nach Hause. Mit einem feuchten Lappen putzte er ihnen Augen und Nasen. Mit der entsprechenden Medizin vom Tierarzt zauberte er in wenigen Wochen zwei putzmuntere süße Kätzchen aus ihnen.

Isabella, seine Freundin, war natürlich dagegen. »Was

soll das? Was willst du mit den Katzen? Wer soll sie pflegen?«

Und ihre Mutter stieß in dasselbe Horn: »Dein Freund ist verrückt. Die machen doch viel zuviel Arbeit. Kann ihm denn keiner die Katzen ausreden?«

Konnte niemand. Dazu mochte er die beiden Findelkinder viel zu sehr. Außerdem: Wo sollten sie bleiben? Wieder aussetzen kam nicht in Frage. Und was seine künftige Schwiegermutter darüber dachte, war ihm sowieso nicht so wichtig.

So also fanden die Kätzchen ihr neues Zuhause. Und weil Antonio damals gerade ein Buch über Kaiserin Sissi von Österreich und König Ludwig von Bayern las, nannte er seine Lieblinge Sissi und Ludwig.

*

So wohnten sie nun also alle bei Antonio. Moreno, Sissi und Ludwig wurden bald die besten Freunde. Gemeinsam dösten sie in der Sonne, spielten mit Fliegen oder Mücken und tobten über die Wiesen. Die beiden Geschwister waren das Ungezogenste, was der Kater jemals kennengelernt hatte. Wenn er sein Mittagsschläfchen hielt, bissen sie ihm ohne Vorwarnung in den Schwanz. Sie knabberten an seinen Schnurrbarthaaren, sprangen ihm vom Schrank auf den Rücken, stießen die Blumentöpfe von der Fensterbank und die Gläser vom Tisch. Sie steckten ihre Pfoten in die Marmeladentöpfe, klauten Herrchens Vitaminpillen und Frauchens Schmuck. Und nicht nur das! Sie lauerten Moreno an jeder Ecke auf, um ihn sogleich in eine wilde Rauferei zu verwickeln.

Armer Moreno! Er konnte sich ihrer kaum erwehren. Da halfen weder ein Fauchen noch ein Katzenbuckel. Sissi und Ludwig machten mit ihm, was sie wollten.

Antonio war, bevor er die außergewöhnliche Bekanntschaft mit Moreno machte, schon immer ein Katzennarr gewesen. Daß ihn die anderen im Ort deswegen schief ansahen, störte ihn wenig. Jede freie Minute hatte er früher unten an der Promenade verbracht, um die Katzen zu füttern und mit ihnen zu spielen. Gingen sie jedem anderen Mallorquiner aus dem Weg, so hatten sie zu ihm großes Vertrauen. Nein, sie mochten ihn nicht nur, sie liebten ihn. Er war mehr als ein Katzenliebhaber. Er war ein Katzenmensch!

Oft hatte er oben am Leuchtturm gesessen und davon geträumt, wie es wäre, als Katze zu leben. Vielleicht, dachte er sich, war ich in einem früheren Leben ein Kater. Bestimmt war es so. Dann hatte er hinaus aufs Meer geblickt, die Wolken und die Segelboote beobachtet, und sich vorgenommen, eines Tages soviel wie möglich für die Tiere zu tun.

Antonio war dreiundzwanzig Jahre alt, arbeitete in einer Bar in der Hauptstraße des Ortes als Kellner. Er war froh über jede Mark Trinkgeld. Doch das Geld reichte vorn und hinten nicht. Seine kleine Zwei-Zimmer-Neubauwohnung war nur spärlich eingerichtet. Jedes neue Möbelstück mußte er sich mühsam zusammensparen.

Isabella, die in einer Boutique arbeitete, machte ihm ständig Vorhaltungen: »Du bist nichts! Und du hast nichts! Mit dir komme ich nie auf einen grünen Zweig. Warum hast du nichts Vernünftiges gelernt? Die anderen kommen ja auch voran. Du könntest schon längst einen eigenen kleinen Laden oder eine Bar haben, wenn du nicht die ganze Zeit bei den Katzen verbringen würdest. Offenbar sind dir die Viecher wichtiger als alles andere. So bist du. Wenn nicht bald etwas passiert, dann kannst du auf mich verzichten, Amigo.«

Antonio liebte Isabella. Sie sah sehr süß aus, hatte wunderschönes langes lockiges Haar, tiefschwarz mit einem leichten rötlichen Schimmer. Ihre Augen sprühten regelrecht Funken, so feurig war ihr Temperament. Doch sie wollte mehr vom Leben. Das, was sie beide besaßen, reichte ihr nicht. Und die Katzen störten sie obendrein.

Das hatte Antonio eines Tages auf eine fatale Idee gebracht. Als die Bar zur Mittagszeit geschlossen war, sah er auf einem Stuhl eine Geldbörse liegen. Er war allein im Raum, zögerte wenige Sekunden. Dann nahm er das Portemonnaie und steckte es ein. Zu Hause sah er nach, was drinnen war. Dreihundert Mark, Ausweis, Papiere, und einige unwichtige Zettel. Antonio fühlte sich hin- und hergerissen.

»Das kannst du nicht machen«, dachte er. »Du bist kein Dieb. Bring es zurück. Bleib ehrlich!«

Doch andererseits! Da war Isabella, die er nicht verlieren wollte. Und es gab die Katzen, denen er Futter kaufen konnte.

An diesem Tag sollte sich sein Leben verändern.

Antonio begann bald, betrunkenen Gästen die Geldbörsen zu stehlen. Schließlich schlich er sich in die Hotels, knackte die Zimmerschlösser, raubte Geld, Fotoapparate, Uhren und Videokameras. Antonio wurde zum Dieb und zum Einbrecher. Nachts zog er los, überfiel Geschäfte, räumte andere Bars und Restaurants leer. Er hatte sein Ziel erreicht, wenn auch auf sehr fragwürdige Weise.

Isabella staunte über das viele Geld, das er plötzlich besaß. »Wo hast du das nur her?« wollte sie wissen.

Und ihr Freund drückte sich um eine Antwort: »Frag nicht soviel. Ich habe eine Gehaltserhöhung bekommen. Außerdem mache ich ab und zu einige Geschäfte. Das bringt was ein. Es kann dir ja wohl egal sein. Du wolltest Geld, und du bekommst es von mir. Das muß reichen.«

Diese Antwort genügte ihr auch.

Auf seinen Spaziergängen hatte Antonio dann eines Tages die Höhlen am Meer entdeckt und sie zum Zwischenlager für sein Diebesgut gemacht. Antonio bekam Spaß am Stehlen und Einbrechen. Die anderen nahmen sich ja auch, was sie wollten. Nur gingen sie dabei geschickter vor, immer hübsch im Rahmen des Gesetzes. So hatte er sein Gewissen beruhigt.

Doch er hatte auch seine Katzen vernachlässigt. Immer seltener hatte er mit ihnen am Meer und auf den Klippen gespielt. Antonio war längst habgierig und brutal geworden. Wer sich nicht freiwillig ausrauben lassen wollte, den schlug er nieder.

Dann war die Guardia Civil auf den unbekannten Räuber aufmerksam geworden. Die Polizisten gingen häufiger Streife, kontrollierten auf den Straßen die Autofahrer, machten Razzien in Wohnungen. Ohne Erfolg!

Antonio war geschickt und gerissen. Und er brachte sein Geld ins Ausland, kaufte davon Gold, Aktien und Wohnungen.

Von alledem wußte Isabella nichts. Antonio war zu vorsichtig, um sich in die Karten schauen zu lassen. Ein neuer Wagen, eine größere Wohnung – das reichte fürs erste.

Dann trat Moreno in sein Leben. Und wie Axel von Berg liebte er den stolzen Kater vom ersten Augenblick an. Der schwarze Bursche mit den grüngelben Augen, dem weißen Fleck auf der Brust und dem alten Medaillon hatte es ihm gleich angetan. Gemeinsam wanderten sie hoch zur Radarstation über Cala Ratjada, träumten, dösten in den Tag hinein. Ab und an besuchten sie die geheimnisumwitterte Höhle, in der sie sich kennengelernt hatten. Stundenlang saßen sie dort beim flackernden Licht eines Lagerfeuers, versteckten sich vor der Welt.

Der Dieb von Mallorca kannte nicht die Geschichte dieser Gewölbe. Vor vielen hundert Jahren lebten die Mauren Nordafrikas auf Mallorca und machten daraus ein blühendes Reich. Sie erschlossen von hier aus Handelswege, brachten Kultur, Kunst und Architektur, legten Felder an, gründeten Städte und Dörfer.

Palma war im zwölften Jahrhundert die schönste Stadt im Mittelmeerraum. Reichgeschmückte Paläste und Moscheen, Gärten mit Wasserspielen, vergoldete Türme und farbenprächtige Basare grüßten die Kaufleute und Matrosen, die übers Meer kamen. Im alten Hafen lag die gewaltige Flotte. Und jeden Tag gingen neue Schiffe vor Anker. In ihren Bäuchen lagerten Gold, Edelsteine, Gewürze, teure Seidenstoffe und vor allem auch Sklaven. Bildschöne schwarzhäutige Frauen waren darunter, Prinzen, gefangengenommene Soldaten und Gelehrte aus dem Morgenland. Sie brachten das Wissen der Welt mit, schrieben Bücher, schufen Gesetze. Was für eine märchenhafte Insel!

Dann kamen die Spanier. Mit einem waffenstarrenden Heer segelten sie unter König Jaime von Spanien los mit dem festen, unerschütterlichen Willen im Herzen, die Insel dem Mutterland zu unterwerfen. Die Mauren machten Friedensangebote, wollten diese Perle des Mittelmeeres nicht der grausamen Zerstörung preisgeben. Sie willigten sogar ein, Mallorca kampflos zu räumen, hatten nur den sehnlichen Wunsch, die Hauptstadt zu erhalten. Die Spanier gingen zunächst darauf ein, vertrieben jedoch bald die Bewohner und zerstörten Palma.

Nichts blieb von der alten Pracht, von Würde, Schönheit und Anmut. Ein Juwel wurde ausgelöscht und dem Erdboden gleichgemacht.

Schließlich entschlossen sich die Araber zum Kampf. Allein: Die Überlegenheit der neuen Herren war so groß, daß alles in einem sinnlosen Gemetzel, in einem Meer von Blut unterging. Nur wenigen Männern gelang die Flucht vor König Jaime. Als Piraten griffen sie immer wieder an, hofften, die geliebte Heimat zurückerobern zu können.

Die neuen Herren wußten sich zu wehren. Sie errichteten entlang der Küste Wachtürme, entfachten Feuer, sobald sich die Piratenflotte näherte.

In Windeseile war die Armee zur Stelle und vertrieb die kleine Schar der mutigen Männer, noch während sie ihre Boote auf den Strand zogen. Überall auf der Insel wird heute noch dieser Schlachten mit Festen gedacht.

Bald kam es zum letzten Kampf. In der Nähe von Capdepera, auf der Festung S'Heretat schlug Jaime sein Kriegslager auf, lockte die Piraten an der Küste in eine Falle.

Viele tausend Männer verloren an diesem Tag ihr Leben. Als die Sonne über den Bergen unterging, war alles entschieden. Mallorca gehörte endgültig und bis zum heutigen Tag den Spaniern. Nie wieder sollten Männer, die aus der Ferne kamen, diese Insel erobern. Eine neue Zeit war angebrochen.

Drei Männern jedoch war es gelungen, dem grausamen Gemetzel zu entgehen. Sie waren im Schlachtengetümmel in eine verborgene Höhle geflüchtet, verfolgt von mehreren spanischen Soldaten. Die Eroberer entdeckten nicht den geschickt getarnten Eingang, schlugen ihr Lager vor der gewaltigen Felswand auf. Dort verbrachten sie die nächsten Wochen. Hatte doch der König befohlen, daß jeder Pirat getötet werden sollte.

Die Männer in der Höhle suchten verzweifelt nach einem anderen Ausgang, leckten das Wasser von den Felswänden, aßen den Stoff ihrer Kleidung. Und sie beteten zu ihrem Gott, daß er sie erretten möge. Doch Gott hörte ihre stillen Schreie der Verzweiflung nicht.

Die drei Tapferen wurden schwächer und schwächer. Traurigkeit und Mutlosigkeit hielten Einzug in ihre Herzen. Aber sie gaben die Hoffnung nicht auf. Viele Tage gingen ins Land. Die Feinde ringsum lauerten überall, bereit, sofort zuzuschlagen. Es gab kein Entkommen. Das Ende war gnädig. Ihrer Kräfte beraubt, ausgezehrt von Hunger und Durst, schliefen sie eines Nachts gleichzeitig in den Tod hinüber, dicht beieinander, sich gegenseitig die Hände haltend.

So fand sie viele Jahrhunderte später Antonio, der Dieb von Mallorca. Hätte er nur gewußt, welches Drama sich hier vor langer Zeit ereignet hatte. Bestimmt wäre er losgelaufen, um einen Spaten zu holen, um die Toten zu ihrer letzten Ruhe zu betten. So aber räumte er nur ihre Gebeine ein wenig zur Seite und stapelte sein Diebesgut übereinander.

War es die Aura dieser Höhle, die Verpflichtung der drei Seelen, die in ihr wohnten? War es der Ruf des Herzens, der aus der Tiefe drang? Wer vermag das schon zu sagen?

Je häufiger Antonio und sein Kater jedenfalls diesen traurigen Ort besuchten, desto mehr nahmen Schwingungen von ihnen Besitz, deren Herkunft sie sich mit dem Verstand nicht erklären konnten.

Moreno saß oft vor den flackernden Flammen des Lagerfeuers. Die Augen zusammengekniffen, die Wärme auf seinem seidigen Fell spürend, sah er dunkle Schatten über die bizarren, feuchten Wände huschen. Und je öfter er über Zeit und Raum hinweg in die Welt seiner Ahnen zurückkehrte, desto intensiver nahmen die Schatten Gestalt an.

Da waren sie: gewaltig, erschreckend, würdevoll! In ihren riesigen Köpfen funkelten groß und drohend dunkle Augen. Sie trugen furchteinflößende Reißzähne. Ihre Körper dampften vor Erregung, wenn sie von der Jagd zurückkehrten. Als ihnen, den Säbelzahntigern, noch alles Land weit und breit gehörte, schickte sich der Mensch gerade erst an, die Welt zu erobern.

Eine grausame, harte, aber gerechte Welt. Nur der Bessere gewann und überlebte. Kreatur kämpfte gegen Kreatur.

Und die Katzen waren die Besten! Noch zählten sie die Menschen nicht zu ihren Freunden. Sie lebten in den Tälern, kletterten bis in die Wipfel der Bäume und kannten – wie alle Lebewesen – nur ein Gesetz: Kämpfe und gewinne – oder stirb. So folgten sie ihren großen Artgenossen. Über Flüsse und Wiesen, hohe Berge und durch zerklüftete Schluchten.

Dann schlossen sie sich eines Tages jenen Wesen an, die sich erhoben, die aufrecht gingen, Waffen entwickelten und erste kleine Hütten bauten. Es wuchs eine tiefe, echte Freundschaft. Jahrtausende später erst wurden die Katzen zu Haustieren. Sie gaben ihre Freiheit auf, um künftig in der Obhut des Menschen zu leben. Sie kamen freiwillig. Aber sie opferten nicht ihren Stolz und Eigensinn. Sie wurden Gefährten der Menschen, nicht Sklaven und Diener.

All dies sah Moreno im Licht des Feuers. Nie würde er einem Menschen gehören. Sein Herz jedoch, das hatte er verschenkt, an Axel von Berg und jetzt auch an Antonio. Ihre Schicksale würden auf ewig miteinander verknüpft sein.

Auch Antonio spürte die sonderbare Kraft, die von der Höhle ausging. Er konnte es sich nicht erklären, er spürte es. Und er begann sich zu verändern. Erst ganz langsam nur, dann immer deutlicher. Seine Gedanken lösten sich aus den Nebeln, formten sich zu neuen Strukturen: »Mein kleiner Kater. So kann es nicht bleiben. Mein Leben hat sich zum Schlechten gewendet. Ich muß etwas dagegen tun. Ich weiß zwar noch nicht, wie es weitergehen soll. Aber willst du mir dabei helfen?«

Moreno spürte den Sinn der Worte. Er erhob sich, schaute seinem Freund in die Augen. Und mit einem Satz war er auf Antonios Schoß. Mit seinem Kopf machte er Stubselchen an Antonios Wange und fing an zu schnurren. Das Feuer war heruntergebrannt. Wie Rubine leuchteten die rotglühenden Holzreste unter der Asche.

»Ich werde mich von nun an wieder um die Tiere kümmern. Mein Leben kann und darf nicht sinnlos vorübergehen. Wir Menschen haben euch benutzt und ausgebeutet. Wir haben euch gequält und verraten. Ab heute werde ich für euch kämpfen. Und wenn es mich mein Leben kostet.«

Die Gelegenheit zum Kampf sollte sich bald ergeben.

Jedes Jahr kurz vor Weihnachten fährt ein Wagen über die Insel. Im Dienst der Verwaltung hält er in den Touristenorten. Manuel, der hinter dem Lenkrad sitzt, hat einen grausamen Auftrag: Er muß alle streunenden Hunde und Katzen vergiften. Wenn die Touristen fort sind, fordert er per Lautsprecher die Einheimischen auf, ihre Haustiere in ihre vier Wände zu holen und in den nächsten drei Tagen nicht herauszulassen.

Dann, im Morgengrauen, wenn die Hunde und Katzen, die kein Zuhause haben, auf Futtersuche gehen, legt er vergiftetes Fleisch aus. Die Mallorquiner nennen diesen Tag den Tag des Todes.

Ausgehungert stürzen sich die Tiere auf die Fleischbrokken, schlingen sie hinunter. Schon wenige Minuten später beginnt der Todeskampf. Das Herz pumpt das Gift durch ihre geschwächten, ausgemergelten Körper. Sie brechen zusammen, ringen nach Luft, erbrechen sich. Auch Tiere wollen in Frieden sterben. Mit ihren letzten Kräften schleppen sie sich in verborgene Winkel, um dort dem Tod gegenüberzutreten.

Das ist der Augenblick, in dem Manuel aktiv wird. Bevor sich die sterbenden Tiere verkriechen können, packt er sie am Genick und wirft sie in hohem Bogen auf die Ladefläche seines Wagens. Er kennt keine Gnade, weder Menschlichkeit noch Barmherzigkeit.

Der Tod kommt still zu jenen, die nie ein wirkliches Leben besaßen. Die unten liegen, ersticken in Sekunden. Jene, die oben liegen, verenden, indem ihr Kreislauf versagt.

Noch nie hat jemand einen Hund oder eine Katze im Angesicht des Todes klagen gehört. Kein Laut, kein Miauen, kein letztes Wuffeln. Man konnte ihnen alles nehmen – doch nicht ihre Würde.

*

Die Wolken hingen tief über der Insel an jenem Tag. Die Geschäfte und Bars hatten geschlossen. Verwaiste Mietautos standen eingepackt in den Garagen. Mallorca bereitete sich auf die kurze Verschnaufpause bis zur nächsten Saison vor. Handwerker behoben Schäden an Häusern, junge Männer strichen Gartenzäune oder reparierten Tische und Stühle. Die Yachten und Fischerboote im Hafen waren an Land geholt worden.

Nur vereinzelt traf man Touristen. Sie genossen die schönste Zeit des Jahres. Mallorca ist im Spätherbst wahrlich eine Insel der Stille. Wer immer, wenn auch nur für ein paar Tage, vorbeischaute, erlebte sie in all ihrer lieblichen, andächtigen Schönheit. Kein Lärm, keine Hektik, kein Kampf ums Geld der Touristen störten diese Harmonie. Man traf sich auf ein Schwätzchen, schaute in den mattblauen Himmel, beobachtete die Kinder der Einheimischen am Strand.

Die herrenlosen Katzen und Hunde in den Straßen suchten Futter, spielten mit zerknülltem Papier, huschten von einer Hecke zur anderen. Die meisten waren erst in diesem Jahr geboren worden. Viele waren schon krank, hatten im Kampf ums Überleben ein Auge verloren. Einige plagten sich mit Schnupfen. Und dann waren da noch die alten Haudegen. Sie hatten schon drei, vier, fünf oder mehr Jahre auf dem Buckel, ahnten drohende Gefahren und gingen selbst den freundlichsten Touristen aus dem Wege. Nur Wachsamkeit und Vorsicht garantierten ihnen das Überleben.

An jenem Tag bog Manuel mit seinem Wagen an der kleinen Bucht Son Moll um die Ecke, fuhr auf den Parkplatz, schaltete den Motor ab.

»He, Manuel, ist es mal wieder soweit?« fragte Fernandez, der Fischer.

Dem alten Mann tat es jedesmal im Herzen weh, wenn er die Tiere sterben sah. Aber was sollte man machen. Sie vermehrten sich so rasant, daß es wohl keine andere Lösung gab. Ein Tourist hatte mal vorgeschlagen, die Tiere der Reihe nach kastrieren zu lassen. Doch keiner wollte es bezahlen. Und schließlich ging es auch so.

»Ja, Fernandez, es muß wieder sein. Ich weiß, es ist schrecklich. Aber die Regierung bezahlt mich gut dafür. Es will ja auch kein anderer die Drecksarbeit machen.«

Manuel öffnete die Wagentür, holte einen Plastikbeutel mit Fleisch hervor. Zögernd griff er hinein, angelte ein paar Brocken.

Überall unter den Büschen saßen sie. Neugierige Blicke verfolgten jede seiner Bewegungen. Endlich gibt es wieder was zu Fressen, dachten sie ahnungslos in ihren kleinen süßen Katzenköpfen. Und ob Hunde oder Katzen – allen lief gleichermaßen das Wasser in den Mäulern zusammen.

Manuel hatte noch nicht einmal die ersten Stücke aus der Plastiktüte gezogen, da legte sich eine Hand auf seine Schulter: »Nein! Heute nicht, mein Freund! Pack alles wieder schön brav ein und verschwinde! Oder du mußt diesmal dein Gift selber fressen.«

Manuel fuhr der Schreck in die Glieder. Sekundenschnell war er herumgewirbelt und schaute in das Gesicht von Antonio.

»Komm, laß es! Ich sage es dir im Guten. Es werden keine Tiere mehr ermordet. Ab jetzt nicht mehr, nie wieder, hörst du, nie wieder! Von nun an schütze ich die Tiere. Und ich meine es ernst!«

Manuel war sprachlos. Er bemerkte das Funkeln in Antonios Augen und beobachtete die drei Katzen, die zu seinen Füßen saßen. Sie schauten ihn abwartend an, hatten die Schwänze um ihre Körper gelegt. Nein, sie wichen seinen Blicken nicht aus. Sie sahen ihm direkt ins Herz.

Manuel wurde unsicher: »Aber ich muß doch ...!«

»Nein, Manuel, du mußt nicht!«

Antonios Stimme war fest und bestimmt.

Moreno erhob sich als erster, maunzte, machte einen Schmusebuckel. Dann legte er sich auf den Rücken, zeigte seinen Bauch und fing an zu schnurren. Sissi und Ludwig liefen zu ihm, leckten sein Fell.

»Siehst du, Manuel, so ist das! Sie wollen dir ihre Zuneigung zeigen. Und du willst sie töten. Was glaubst du, sagt Gott dazu, wenn du heute und in Zukunft dein schreckliches Werk fortsetzt? Was ist, wenn du eines Tages stirbst und in einen Raum kommst, in dem alle Lebewesen auf dich warten, die du getötet hast? Hast du daran mal gedacht? Soll dann der Sinn deines Lebens ein einziges Morden und Vernichten gewesen sein? War es das, wozu dein Gott dich auf diese Welt geschickt hat?«

Antonio nahm die Hand von Manuels Schulter, wollte sie ihm reichen. Eine Geste des Vertrauens, der Versöhnung! Doch Manuel schlug sie beiseite: »Laß mich! Was faselst du da? Es sind doch bloß Tiere. Misch dich nicht in meine Arbeit ein!«

Der Tierschlächter verlor die Nerven. Mit einem gezielten Fußtritt stieß er Moreno beiseite. Fauchend fuhr der Kater hoch. Seine Augen funkelten jetzt ganz anders als noch vor Sekunden. Haß wurde in ihm wach und die Stärke des wilden Tieres!

Da waren sie wieder, die Schwingungen der Höhle. Er wollte Freundschaft und Liebe geben und bekam als Antwort nur Boshaftigkeit und Verachtung. Die Tiere dieser Erde, sie hatten sich den Menschen im Vertrauen anschließen wollen. Aber sie würden sich ihnen nicht unterwerfen. Nie! Der Augenblick des Kampfes war gekommen!

Antonio packte Manuel bei den Haaren, zog seinen Kopf nach unten, schmetterte ihn auf sein Knie. Manuel hörte eine Auswahl der schönsten Inselglocken läuten. In seinem Schädel wirbelte alles durcheinander. Ein vernünftiger Gedanke war allerdings nicht darunter.

Da schlug Antonio erneut zu. Mit aller Kraft rammte er seine Fäuste in den Magen des Gegners. Und während dessen Kopf noch etwas rasanter als vorher auf Talfahrt ging, verpaßte Antonio ihm einen fürchterlichen Kinnhaken. Das saß!

Mit einem Griff hatte Antonio die Gifttüte gepackt und auf die hintere Ladeplattform des Wagens geworfen. Und dann sah er sie: Dutzende von Hunden und Katzen, die Manuel an diesem Morgen schon in Cala Millor getötet hatte.

Antonios Herz krampfte sich zusammen. Tränen der Wut kullerten über seine Wangen: »Du Schwein, du erbärmliches Schwein! Was haben sie dir getan, daß du sie umbringen mußtest. Sie hatten nie eine Chance. Du hast das wenige, das sie besaßen, ihr armseliges Leben, das hast du Bastard ihnen genommen.«

Manuel kam wieder zu sich, und seine Gedanken kehrten zurück wie nach einem langen, freudlosen Ausflug. Bloß weg hier, schoß es durch seinen schmerzenden Schädel. Der Kerl ist ja irre geworden. Und während er sein Heil in der Flucht suchte, stürzten sich Moreno, Sissi und Ludwig auf seine Waden. Das war so richtig nach ihrem Herzen. Endlich konnten sie dem Lümmel zeigen, was in ihnen steckte. Und sie leisteten ganze Arbeit. Zu dritt verbissen sie sich in seinen Beinen, rammten ihre fürchterlich gekrümmten Krallen tief ins Fleisch. Er hing wie ein Fisch an der Angel, fluchte und brüllte den halben Ort zusammen.

»Hilfe, Hilfe! Die bringen mich um! Hört mich denn keiner in diesem gottverlassenen Kaff?«

»Doch, mein Freund, ich höre dich. Und zwar sehr gut. Ich habe dich ja gewarnt. Aber du wolltest nicht hören.«

Antonio packte Manuel erneut und verpaßte ihm links und rechts ein paar Backpfeifen: »Wann siehst du endlich ein, daß du keine Chance hast? Schau sie dir nur gut an, die lieben Schnurrer. Jetzt hast du Angst vor ihnen.«

Wie auf Bestellung ließen Moreno, Sissi und Ludwig das gefährlichste Grummeln und Fauchen ihres Lebens hören. Antonio drehte Manuel einen Arm auf den Rücken, schleifte ihn zu seinem Auto. Und dann folgte die Lektion! Antonio übergoß Manuel mit einer klebrigen Brühe aus ranzigem Fett, faulen Eiern und Tapetenkleister. Mit einem Griff hatte er ein altes Kopfkissen vom Beifahrersitz gezogen und den wirbelnden Inhalt über seinem Opfer entleert.

Manuel hatte genug. Mit letzter Kraft kam er auf die Beine und flüchtete in Richtung Ortsmitte. Ein wahrhaft seltener Anblick und ein Ereignis, von dem bald die ganze Insel sprach.

Doch auch jetzt ließen die vier Unerschrockenen nicht locker. Sie trieben den armen Kerl einmal die Hauptstraße rauf und runter, tanzten um ihn herum, schubsten und bissen ihn, daß es nur so eine Freude war. Am Ende hatte Manuel seinen Wagen wieder erreicht. Mit einem Satz landete er hinter dem Steuer, gab Gas und raste aus dem Ort.

Antonio aber setzte sich auf den Rand des Promenadenbrunnens, lachte, daß der ganze Ort es mit anhörte: »Der bringt nie wieder ein Tier um. Der nicht!«

Er ahnte nicht, wie sehr er recht behalten sollte. Und mehr. Manuel kündigte noch am nächsten Tag, suchte sich eine neue Arbeit und schloß sich später Antonio an. Sie wurden Freunde und Weggefährten, kämpften gemeinsam gegen das Tiermorden bis, ja bis sich am Ende ihre Wege auf traurige Weise trennten.

An diesem Tag aber hatte Antonio einen großen Sieg errungen. Weniger gegen Manuel, dafür mehr über sich selbst. Er hatte einen Weg eingeschlagen, von dem es kein Abweichen mehr gab. Und er wurde geführt von einer Hand, die von nun an schützend über ihm sein sollte.

Am Abend desselben Tages kehrte er noch einmal zu dem kleinen Parkplatz zurück. In einer Tasche hatte er eine Tüte mit kleingeschnittenem Fleisch, ein paar Schälchen und eine Flasche Milch. Natürlich waren seine drei Mitkämpfer mit von der Partie. Fröhlich miauend sprangen sie um ihn herum, liefen vor, kehrten zurück, rangelten miteinander, spielten mit kleinen Steinen und Stöckchen.

Antonio setzte sich auf die Steinstufen eines Hotels, sah hinauf in den dunkelblauen Himmel, an dem die Sterne funkelten. Leise rauschten die geschwungenen Kronen der

Palmen, die den Platz umsäumten. Und während er die Fleischstückchen auspackte, die Schälchen bereitstellte und die Milch hineingoß, kamen sie vorsichtig aus allen Ekken und Winkeln. Erst nur wenige, dann immer mehr. Unter Sträuchern kamen sie hervorgekrochen und aus Schuppen und Verschlägen. Andere wiederum schlichen vom Strand herauf, sprangen aus Hecken und krabbelten aus den Motorhauben geparkter Autos. Schon ein wenig müde reckten sie ihre Glieder, gähnten, maunzten in die Nacht hinaus – und berichteten so den Katzen der Insel von ihrer wundersamen Rettung. Und alle waren gekommen: die Einäugigen, die mit den kaputten Pfoten und zerhauenen Ohren, junge, alte, erfahrene und clevere Katzen. Die einsamen und jene, die ein Zuhause hatten. Alte Kämpfer und frühreife Katzenmamis mit ihren Kindern. Sogar Spatzimama mit ihren tolpatschigen Babys: Alle!

Sie hatten sich eingefunden, nicht um zu essen, obwohl ewig der Magen knurrte. Nein! Sie wollten »Danke« sagen. In dieser Welt der Herzlosigkeit und Rücksichtslosigkeit hatten sie nach langem Warten und endlosem Hoffen die Seele gefunden, die nur für sie da war. In dieser Nacht wollten sie ihrem Freund zeigen, daß sie ihn liebten, daß ihre Schicksale für immer miteinander verknüpft sein würden.

Fast vierzig Katzen aus dem Ort und der Umgebung verbrachten diese Stunden mit Antonio. Zu viele für das wenige Futter, das er mitgebracht hatte. Es blieb nur ein Bissen für jede einzelne Katze. Und es war doch viel mehr, als Menschen den Katzen jemals gegeben hatten. Mit jedem Stück Futter verband sich die Liebe. Es reichte für alle. So wenig es war, so viel war es doch.

Nie wieder sollte es anders sein. Nie wieder!

Noch Jahre später berichteten Einheimische über diese seltsame Versammlung, die sie heimlich beobachtet hatten. Antonio aber verbrachte die ganze Nacht mit seinen Freunden bis zum Morgengrauen. Dann erst kehrten sie heim zu ihren Revieren. Als der junge Mann schließlich aufstand, um mit seinen drei Katzen nach Hause zu fahren, schaute er noch einmal in die Runde. Stille herrschte wieder. Und die ersten Strahlen des Lichtes kündeten vom baldigen Aufgang der Sonne über dem Meer. Antonio richtete seine Blicke in die Ferne und wußte, er mußte nun nicht mehr nach seiner Aufgabe auf dieser Welt suchen. Er hatte seine Bestimmung gefunden!

*

Die folgenden Tage und Wochen gehörten in Cala Ratjada ausschließlich den Katzen und Hunden. Übermütig spielten sie an der Promenade, fegten über die Mauer, jagten durch die Straßen. Sogar Bobby, der schwarze Kater, der in einem Haus an der kleinen Bucht wohnte und der genau wie Irmchen und Moreno einen weißen Fleck auf der Brust hatte, tobte voller Freude mit. So viel war seit Jahren nicht los gewesen in dem kleinen Touristenort. Am ärgsten aber trieben es Sissi und Ludwig. Keinen üblen Scherz ließen sie aus. Keine Gemeinheit war ihnen boshaft genug.

Die letzten Gäste, die gekommen waren, um die Ruhe zu genießen, hatten wahrhaft ihren Spaß an den beiden. Ein junges verliebtes Paar bekam ihren Übermut am deutlichsten zu spüren. Laut maunzend hatte Ludwig, der ein rechter Casanova war, mit der Dame seines Herzens angebändelt. Es dauerte kaum zwei Minuten, da saß er bei ihr auf dem Schoß, durfte aus dem großen Eisbecher naschen. Doch das war ihm nicht genug. Ludwig hatte es auf die Waffel abgesehen. Verführerisch stubselte er die Wange der Eisbecherbesitzerin, ließ laut ein zufriedenes Schnurren hören. Die Waffel wollte er, sonst nichts. Mit einem Hieb hatte er der gutmütigen Katzenfreundin die süße Waffel aus der Hand gehauen, wollte gerade das Weite suchen, als er sich im Tischtuch verhedderte.

»Du dummes Ding! Paß doch auf!«

Das hätte der Freund des Mädchens nicht sagen dürfen.

Ludwig fühlte sich nicht nur beleidigt, sondern auch angegriffen. Im Sprung verfing er sich mit seinen Krallen im Tischtuch, schlug einen Salto und landete mit Eis, Kaffee, Kuchen und Schlagsahne auf dem Schoß des Mannes. Eine kinoreife Tortenschlacht! Der Mann schoß hoch, und die Kaffeetafel wirbelte der jungen Frau aufs Kleid. Nun war es an der Zeit für Ludwig, Fersengeld zu geben.

Da spielte ihm das Schicksal einen unerwarteten Streich. Denn im selben Moment kam Sissi mit einer Horde junger Katzen um die Ecke gefegt, die sich einen Spaß daraus machten, ein Rentnerehepaar aus Hamburg, das seinen Rauhhaardackel mitgebracht hatte, die Promenade einmal rauf- und runterzujagen.

Der Zusammenprall war unvermeidbar. Katzen, Dakkel, Ehepaar und Liebespaar purzelten durcheinander. Eis, Kuchen, Kaffee und Schlagsahne machten klecksend und spritzend noch einmal die Runde, so daß gerechterweise jeder etwas abbekam vom süßen Nachmittagsvergnügen. Mehrere Hunde, die herbeigeeilt waren, mischten kräftig mit. Es ging zu wie in der schönsten Hollywood-Klamotte.

Der Kellner des Restaurants beendete die Torten-Sahne-Eisschlacht auf seine Weise. Mit aller Kraft schüttete er einen Eimer voll Wasser in die Menge und hatte Erfolg. Die beiden Pärchen saßen pitschnaß am Boden, die Hunde und Katzen suchten ihr Heil in der Flucht. Und die frechen Geschwister?

Ludwig und Sissi saßen zufrieden auf dem Ast eines nahen Baumes und knabberten genüßlich an ihrer Waffel.

Am nächsten Tag sollten sie es noch toller treiben. Julio, der Polizeichef, hatte die Parole ausgegeben: Wenn ihr einen Hund oder eine Katze ohne Besitzer trefft, dann schießt sie über den Haufen. Eine folgenschwere Anordnung. Denn ständig liefen die Polizisten mit gezogenen Waffen durch den Ort, immer bereit, das aufsässige Katzen- und Hundepack sofort zu erledigen.

Die Ordnungshüter hatten jedoch nicht mit dem ausgeklügelten Informationssystem der Tiere gerechnet und mit deren unglaublicher Dreistigkeit. Natürlich waren sie sofort weg, wenn sie einen bewaffneten Sheriff sahen. Verstecke, Winkel und Abkürzungen gab es genug. Wann immer ein Mann der Guardia Civil sich an einer Pommes-Bude, beim Bier oder Plausch mit dem ebenso erfolglosen Kollegen von der sinnlosen Jagd ablenken ließ, waren sie zur Stelle. Ein Biß in die Wade, ein Kratzer von frisch gewetzten Krallen, ein unerwartetes Knurren ließen die Beamten jedesmal aus der Haut fahren.

Am ärgsten aber trieben es natürlich wieder Sissi und Ludwig.

Gar nicht Lady, schlich sich die Katze, die den Namen einer österreichischen Kaiserin trug, an einen dösenden Polizisten heran, hockte sich auf seine Schuhe und ließ fröhlich ein warmes Bächlein plätschern. Ja, so war sie, die kleine Kaiserin mit den großen kullerrunden Augen.

Und Ludwig, den alle nur Ludi nannten? Er veranstaltete eine Hatz der besonderen Art. Schon seit Tagen hatte er es auf Alesandros, den Lackaffen unter den Polizisten, abgesehen. Ständig bändelte dieser nämlich mit Touristinnen an, wobei sich die blonden Mädels seiner so gut wie gar nicht erwehren konnten. Das wäre nicht so schlimm gewesen. Zu allem Überfluß scheuchte er jedoch in Anwesenheit der Damen auch noch die Katzen, wenn sie seinen Weg kreuzten. Und damit ging er wohl einen Schritt zu weit. Jedenfalls, was Ludi anbelangt. Der Herzensbrecher unter den Katern fühlte sich in seiner Ehre beleidigt und obendrein im Revier gestört. Also geschah, was geschehen mußte.

Am Tag, als die Schießprügel bei den Männern besonders locker saßen, flirtete Alesandros genüßlich und mit verdrehten Augen mit einer vollbusigen Dame aus Winsen an der Luhe. Mit Händen, Füßen und einer überölten schmierigen Stimme schilderte er seine Vorzüge in allen schillernden Regenbogenfarben. Natürlich war nichts von dem, was er sagte, wahr. Genau das Gegenteil traf zu. Dies aber schien die Vollbusige weder zu bemerken noch zu stören. Aufmerksamkeit und Interesse vortäuschend benetzte sie mit ihrer Zunge immer wieder die schreiend roten Lippen, ließ staunend den Mund weit offen stehen, wie ein jappender Karpfen, und sagte pausenlos nur: »Ach ja? Na so was! Sieh an, sieh an!«

Das war zuviel des Schlechten! Dicht an den Boden gepreßt, schlich sich Ludi unter den Tisch, kauerte sich zwischen die Füße der Vollbusigen. Seine Augen wanderten nach oben, und er hätte bei diesem Anblick am liebsten vor Freude geschnurrt. Doch dies war heute nicht der Tag dafür. Einmal mußte er vergessen, daß er ein gesunder Kater war und ein großes Herz für niedliche Frauchen hatte. Er war gekommen, um zu zeigen, daß er auch anders konnte.

Schließlich ist es bei den Katzen wie bei den Menschen. Wer immer nur nett und freundlich ist, den hält man bald für einfältig. Ludi schlug zu, ohne lange zu fackeln. Mit einem Satz war er zwischen den Schenkeln des gelackten Alesandros und biß zu. Eine Rakete hätte nicht schneller starten können. Alesandros stand sofort kerzengerade und schleuderte vor Schmerz den ganzen Tisch vors Nachbarlokal. Wie bei einem Rockkonzert jagte er die Verstärker seiner Stimmbänder auf volle Kraft voraus und brüllte wie am Spieß.

Die Vollbusige, die den fliegenden Tisch ein Stück seines Weges begleitet hatte, versenkte ihr volles Weinglas im großzügig bemessenen Ausschnitt und taufte ihre volle Pracht mit echtem und auch billigem mallorquinischen Tafelwein.

Das alles irritierte Ludi keineswegs. Immer noch hing er verbissen an des Mannes wertvollstem Stück und dachte nicht im Traum daran, auch nur ein wenig locker zu lassen. Im Gegenteil! Er nahm seine Krallen zu Hilfe und strampelte nach Herzenslust mit den Hinterpfoten.

Alesandros war außer sich vor Entsetzen. Ein schäbiger Kater hatte es gewagt, ihn derart lächerlich zu machen. Und dann der Schmerz! Er fuhr ihm nicht bis ins letzte Glied. Nein! Er ging von demselben aus und raste durch den ganzen Körper. Der schmierige Polizist ging zu Boden, prügelte auf Ludi ein, erst mit den Handflächen, dann mit den Fäusten.

Das tat weh! Der Kater biß noch kräftiger zu, wollte endlich mal einen kompletten Engelschor singen hören.

Wutentbrannt zog Alesandros seine Pistole, entsicherte, zielte. Ludi hörte das unheilvolle Klicken, ließ los, fegte seinem Opfer übers Gesicht und verschwand fauchend unter dem nächsten Auto. High-noon in Cala Ratjada. Da war es auch völlig egal, wem das Auto gehörte. Der Besitzer des Lamborghini, der Berliner Immobilienkaufmann Klaus Culmann, war nicht dabei, als Alesandros, wild nach dem Kater schießend, die Tür seines Wagens durchsiebte und gleich zwei Reifen zerschoß. Daß sich der Schießwütige von der Schadenssumme spielend einen VW-Cabrio hätte kaufen können, stellte er erst am Abend fest.

Unter dem Nobelwagen hielt es Ludi keine zehn Sekunden aus. Sofort huschte er in die nächste Straße, fegte über den Pinienplatz und flitzte in Richtung Kirche. Im Hause Gottes würde er sicher sein. Doch der blamierte Dorfpolizist wollte den Feind stellen, um jeden Preis. Sich im Laufen immer wieder die schmerzende Stelle reibend, hastete er hinter dem frechsten Kater der Insel her. Mit einem Satz war Ludi auf einem Baumstumpf, und von dort sprang er in das offene Fenster der Kirche.

Da war Alesandros schon heran. Rennend ballerte er durchs Fenster und verfehlte um ein Haar den Gekreuzigten. Mit aller Wucht warf er sich gegen die jahrhundertealte schwere Pinienholztür, stürmte in die Kirche und brüllte: »Du Bastard, wo steckst du? Zeig dich, damit ihr dir dein versautes Katzenhirn auspusten kann.«

Diese Aussichten fanden nicht unbedingt Ludis gesteigertes Interesse. Wie ein geölter Blitz raste er die Holzstufen des Kirchturms hinauf, wartete mit glühender Nase auf seinen Verfolger. Auf der dritten Empore kam es zur Entscheidungsschlacht – eine Herbstoffensive der unangenehmen Art. Alesandros sah den Kater und setzte, natürlich ohne zu überlegen, zum Sprung an. Und – ebenso natürlich – wich Ludi geschickt aus. Es war das erste Mal in der Geschichte des Ortes, daß die Glocken nicht zur vollen Zeit läuteten, sah man von ein paar Bränden vor Jahrhunderten ab.

Alesandros schoß mit der Eleganz eines Pfeiles durch die Luft und landete mit der Schwerfälligkeit eines Nilpferdes auf dem Holzboden. Sein Schwung war so groß, daß er in den Glockenschacht rollte und in die Tiefe stürzte. Unter lauten Schreien ging es abwärts. Armer Alesandros! Sollte dies das Ende für den Schmalspur-Gigolo bedeuten?

Sollte es nicht. Denn wenige Meter über dem Boden bekam er das Glockenseil zu packen, mit dem sonst Hochwürden seine Schäfchen zur Andacht rief. Bim-bam, bimbam, bim-bam machte es im Ort, und alle hielten andächtig inne.

Nur Ludi nicht. Der saß immer noch oben bei den Glokken und schaute in die Tiefe. Von dort aus konnte er beobachten, wie der Herr des Hauses hereingerannt kam, den Polizisten vom Seil prügelte und aus der Kirche zerrte: »Wie kannst du es wagen, diesen heiligen Ort zu entweihen. Die Muttergottes wird dich dafür durchs Fegefeuer scheuchen. Alesandros, du Sünder! Was hat Satan bloß aus dir gemacht?«

Der Kirchenmann zeigte dem verlorenen Sohn, was er sogleich mit ihm zu tun gedachte. Er drosch ihn kreuz und quer über den Pinienplatz, daß die Taxifahrer dort sich vor Lachen auf die Schenkel klopften.

Es kam, wie es kommen mußte. Heulend humpelte der Held der Geschichte zur Wache, mußte einen Bericht schreiben und alles erklären. Sein Chef verzichtete auf Beförderung und Gehaltserhöhung, und am Abend gab es zu Hause noch einmal ein Feuerwerk, als Alesandros seiner Frau erzählte, was sich zugetragen hatte.

Und Ludi, unser kleiner Freund? Er verbrachte den Abend dort, wo für ihn die Welt noch in Ordnung war: bei seiner Sissi, bei Moreno und seinem Herrchen Antonio.

*

Von diesem Zeitpunkt an herrschte wieder gepflegte Ruhe im Ort. Die Polizisten durften ihre Waffen einstecken und ließen die Tiere friedlich ihres Weges ziehen. Selbst Alesandros hielt sich erst einmal zurück. Wußte er doch nun, wozu sie fähig waren.Wann immer er aber Ludwig und Sissi begegnete, wechselte er vorsichtshalber die Straßenseite. Der unausgesprochene Waffenstillstand funktionierte. Wie lange würde er halten?

Moreno zog es in diesen Tagen wieder häufiger in die Berge. Allein oder mit seinen Katzenfreunden streifte er durch die Wälder, genoß die unberührte Stille der Natur, das Spiel mit anderen Tieren. Oft saßen sie auf Felsenvorsprüngen hoch über dem Meer, ließen sich vom Wind streicheln und von den milden Strahlen der Sonne wärmen.

Moreno war ein stolzer, kräftiger Kater. Zwei übergroße Fangzähne zeigten jedem Gegner, daß er im Zweifelsfall auch zubeißen konnte. Die Hunde konnten ein trauriges Lied davon singen. Die Einwohner Cala Ratjadas liebten den schwarzen Kater mit dem weißen Fleck. Wenn er durch die Straßen lief, riefen sie ihn, durften ihm das Fell kraulen und das Köpfchen streicheln. Ein Küßchen auf die feuchte schwarze Nase ließ er sich jedoch nur von den Kindern geben. Sie mochte er am meisten, sah man einmal von Antonio, Axel und der Rasselbande ab.

Es war schön, jemanden zu haben, dem man seine Liebe schenken konnte. Moreno wußte nicht, daß viele ihn um diese Liebe beneideten, Menschen vor allem, die einsam waren und keine Freunde hatten. Sie suchten Geborgenheit und fanden so oft nur Ablehnung, Kälte und Gleichgültigkeit. So waren und sind die Zeiten! Hektik, Erfolgsdenken, Geld, Ansehen und der Druck der Leistung hat die Armut in unsere Welt und unsere Herzen gebracht.

Das ist wohl der Preis, den wir zahlen müssen. Viele erkennen dies. Trotzdem, am nächsten Morgen stehen sie auf wie immer, gehen zur Arbeit wie immer, spannen sich selbst ins Joch wie immer, kehren abends müde und geschlagen heim. Wie immer. Und wofür? Lohnt es sich, für tote Gegenstände das eigene Leben zu opfern? War es das wert? Schmuck, Kleider, neue Möbel, Autos, teure Reisen – das sind die Götter, die man heutzutage anbetet. Und so verhallt der stille, verzweifelte Aufschrei des Herzens, das nach Liebe und Wärme verlangt. Es ist letztlich so wie beim goldenen Kalb. Wir tanzen drumherum und bemerken nicht, wie sich neben uns der Abgrund auftut. Dabei ist diese Erde so reich. Wir müßten nur die Augen öffnen, um zu erkennen, was Gott uns geschenkt hat. Sind die Lieder der Vögel, die Farben einer blühenden Wiese, die Wolkenbilder am Himmel nicht viel mehr wert, als all der Tand, der sich in unseren schon viel zu vollen Schränken anhäuft?

Nein, wir können nicht mehr unterscheiden, was Recht und Unrecht ist. So werden wir in unseren Herzen ärmer und trauriger. Wer hat schon den Mut, alles hinzuwerfen, zu sagen, nein, ich will nicht mehr! Ich höre auf, heute, jetzt, sofort! Wir stecken drin in der großen Maschine, die wir Fortschritt nennen, und kommen nicht mehr heraus. Am Ende laufen wir durch die Straßen, einsam, mutlos, und haben die Liebe zu den Tieren und zur Natur verschenkt für eine Handvoll Geld.

Antonio, der Dieb von Mallorca, hatte seine Lektion gelernt. Und seine Lehrmeister waren die Katzen. Oft begleitete er sie auf ihren Streifzügen, und er nahm zum ersten Male richtig die Schönheit seiner Insel wahr.

Er begann aber auch zu lesen. Große Philosophen und

Männer der Zeitgeschichte hatten alles vorhergesagt. Es mußte so kommen, weil wir Menschen so waren. Eines Tages, und der Zeitpunkt war nicht mehr weit entfernt, würden die Ereignisse uns zur Umkehr zwingen. Doch das Leid, das damit über die Erde und die Menschheit hereinbrechen würde, sollte ein unvorstellbares entsetzliches Ausmaß annehmen. Die Natur würde zurückschlagen und uns in die Knie zwingen. Erst dann sollten wir begreifen. Aber da war es für die meisten schon zu spät.

Antonio sah dies alles. Und während er in den Bergen über Cala Ratjada mit Moreno und seinen Freunden spielte, genoß er die friedliche Stille der Küste. Seine Aufgabe hatte er gefunden. Und danach mußte er sofort handeln. Er verkaufte sein Diebesgut für mehrere zehntausend Mark, hob Geld von seinen Konten ab und ließ die Katzen, die er vor Manuel gerettet hatte, beim Tierarzt in Capdepera kastrieren. Ein großes Unterfangen. Tagelang war er damit beschäftigt, die störrischen kleinen Biester einzufangen. Moreno, Sissi und Ludi halfen ihm dabei. Sie lockten die Artgenossen an, und schwubs – saßen sie im Katzenkorb und wachten wenige Stunden später, ohne Schmerzen, aber kastriert wieder auf. Kranke Katzen ließ Antonio beim Veterinario gesund pflegen und impfen. Dann knipste er ihnen ein kleines Loch ins Ohr als Zeichen, daß sie behandelt waren. Schließlich legte er ihnen ein rotes Bändchen um den Hals, das den Menschen signalisierte: Diese Katzen gehören Antonio!

Er ging noch weiter. Der Freund der Katzen fuhr von Hotel zu Hotel, setzt überall drei Schmuser aus, sammelte auch dort wieder die kranken und unkastrierten Tiere ein. Die Hotelbesitzer waren froh über seinen Einsatz, wenn sie auch erstaunt mit den Köpfen schüttelten und dachten: »Ein Irrer! Aber er meint es gut. Und uns nützt es. Also lassen wir ihn tun, was er will.«

Obendrein überwiesen sie ihm auch noch hundert Mark pro Jahr auf ein Konto, das er extra für diesen Zweck eingerichtet hatte. Von dem Geld wollte er eines Tages ein Tierheim bauen.

Wochen vergingen. Antonio war mit seiner neuen Aufgabe voll beschäftigt. Selten hatte er noch Zeit, die versteckte Höhle am Meer zu besuchen. Er kam nur noch, um Diebesgut zu holen und zu verkaufen. Sogar auf seine Beutezüge mußte er verzichten. Er besaß zum Glück noch genügend Geld, um seine Arbeit zu finanzieren. Isabella bemerkte bald die Veränderung an ihm: »Du bist nicht mehr wie früher. Du bist anders geworden. Aber ich finde, das steht dir gut. Ich möchte zu gern wissen, was in deinem Dickschädel vorgeht?«

Antonio wagte nicht, ihr sein Geheimnis anzuvertrauen. Er war sich nicht im klaren, wie sie reagieren würde. Von seinen Diebestouren hatte er ihr nie erzählt. Und die Katzenaktion kannte sie nur aus den Erzählungen der anderen Leute im Ort. Vielleicht eine Marotte, die schnell vergeht, dachte sie. Daß er sich von nun an im Tierschutz engagieren wollte, ahnte sie nicht. Doch sie wollte zu ihm halten. Er war in den letzten Wochen zum erwachsenen Mann geworden.

Eines Abends, sie saßen mit Moreno an der großen geschwungenen Bucht Cala Guya, nahm Antonio Isabellas Hand: »Ich muß mit dir reden. Mein Leben verläuft in neuen Bahnen. Und ich will, daß du alles weißt, die ganze Wahrheit. Dann sage mir, wie du darüber denkst. Ob du bei mir bleiben und mich unterstützen wirst. Ich sage dir aber gleich, ich gehe meinen Weg, egal, was passiert.«

In den folgenden zwei Stunden schilderte er, was in den zurückliegenden Wochen geschehen war. Keine Einzelheit ließ er aus. Antonio fügte auch nichts hinzu und beschönigte nichts.

Es war kühl an diesem Winterabend. Sterne und Mond standen hell am Nachthimmel, funkelten und leuchteten über der einsamen Bucht. Isabella hörte aufmerksam zu, kuschelte sich eng an ihren geliebten Freund. Kein einziges

Mal unterbrach sie ihn. Langsam und unmerklich wurde sie von seinen Worten verzaubert. War das ihr Antonio? Welche Macht, was für eine unbekannte Kraft hatte von ihm Besitz ergriffen?

Die junge Frau, die das Leben bisher nie von dieser Seite betrachtet hatte, stand auf, lief zum Wasser. Minutenlang blickte sie hinaus aufs Meer, als suchte sie eine Antwort nur für sich allein. Sie wußte, daß sie in diesem Moment am Scheideweg stand. Wollte sie so leben? Wollte sie mit ihm seinen Weg gehen? Eine Umkehr, das fühlte sie in ihrem Herzen, konnte es später nicht mehr geben.

Isabella hielt in diesem Augenblick die Waage ihres Schicksals in den Händen. Ihr Herz pochte bis zum Hals. Es war so schwer, die richtige Antwort zu finden. Das Mädchen, das bis zu diesem Zeitpunkt nur von Geld, Luxus und einem sorglosen Leben geträumt hatte, fühlte, wie es in seiner Seele bebte und tobte. Es gab so viele Männer, die ihr den Hof machten, die keine Gelegenheit ausließen, mit ihr anzubändeln. Da waren Wolfgang, der Architekt aus Berlin, und Burghard, der Statiker, die ihr die eindeutigsten Angebote machten. Und ihre Freundin Susi, die immer sagte: »Laß doch den Trottel sausen. Probier die Männer der Reihe nach aus, und nimm dir den besten. Bedenke, du hast nur ein Leben. Genieße es! War es das? War es das wirklich?«

Ihre Mutter hatte sie immer wieder gewarnt: »Mädel, sei vernünftig! Dieser Mann wird dir nur Unglück bringen. Er taugt zu nichts. Er ist ein Träumer.«

Isabella drehte sich um.

Da saß er mit seinem Kater. Und schon wieder war er mit seinen Gedanken in einer anderen Welt. Ihr Antonio hatte sich auf den Weg gemacht, das letzte Einhorn zu suchen, den Menschen und Tieren ihre verlorenen Träume zurückzubringen. Er suchte auch den Schlüssel für das Reich der Phantasien, und langsam wurde ihr klar: Große Taten erwachsen nur aus großen Träumen. Und sie werden nur von großen Männern vollbracht. Das war der Mann, den sie von nun an mehr lieben würde als alles andere auf der Welt. Er war aufgebrochen, gegen das Böse zu kämpfen und am Ende den Preis dafür zu bezahlen.

Ein weiser Chinese schrieb vor vielen Jahrhunderten: Es ist besser ein Licht anzuzünden, als über die Dunkelheit zu klagen.

War er dieses Licht in der Dunkelheit? Eine Dunkelheit, die sonst bald zur schwarzen Nacht werden würde? Konnte ein Mensch allein und einsam diesen Weg gehen?

Die Lautlosigkeit des unendlichen Universums umhüllte die Schwingungen ihrer Seele. Wie klein waren wir Menschen doch auf dieser wunderbaren Erde. Wir sollten sie uns untertan machen. Wir sollten sie aber vor allem behüten und bewahren. Es war die Nacht der Entscheidung!

Plötzlich spürte Isabella eine zärtliche Berührung an ihren Beinen. Moreno, der bis zu diesem Augenblick ganz dicht bei seinem Freund gesessen hatte, war aufgestanden und zu ihr hinunter gelaufen. Liebevoll stubselte er mit seinem schwarzen Köpfchen ihre Wade, ließ ein leises Miau hören. Isabella wurde aus ihren Gedanken gerissen, schaute in die Augen des Katers: »Moreno! Willst du mir sagen, was ich zu tun habe?«

Irmchens Sohn setzte sich neben sie, legte ruhig den Schwanz um den Körper, sah sie herausfordernd an. In seinen großen Katzenaugen brach sich das Licht des Mondes.

Isabella spürte in diesem Blick den Rausch der Tiefe. Und die Antwort ihres Lebens, nach der auch sie wie alle anderen Menschen suchte, schrieb sich Buchstabe für Buchstabe in ihr Herz: »Ja, Antonio, ich folge dir auf deinem Weg!«

Die junge Frau nahm den schwarzen Kater mit dem weißen Fleck auf der Brust auf den Arm, trug ihn zurück zu ihrem Freund: »Antonio, ich habe mich entschieden. Dein Traum ist auch meiner. Es ist der richtige! Eines Tages werden es die anderen verstehen. Für uns ist es dann vielleicht zu spät. Aber was wir taten, wird bleiben. Es wird nie vergehen. Und es wird vielen Mut geben und die Kraft, weiterzumachen. Laß mich an deiner Seite kämpfen.«

Antonio erhob sich, umarmte seine Isabella, die immer noch Moreno in ihren Händen hielt. So standen sie am großen Strand von Cala Ratjada, Wange an Wange. Dazwischen der Kater, der diesen wunderschönen Augenblick mit einem glücklichen Schnurren begleitete.

In den folgenden Tagen verkauften Antonio und Isabella die Dinge, die sie in den letzten Wochen angeschafft hatten. Sie waren plötzlich sinnlos und überflüssig geworden. Stereoanlage und Fernseher verschenkten sie. Was sollte man mit diesen Sachen, die nichts Vernünftiges hergaben? Ob Schmuck, Anzüge, teure Kleider: Alles wurde zu Geld gemacht. Antonio trennte sich auch von seinen Aktien, den Wohnungen und dem Gold, das er im Ausland deponiert hatte. Von dem Erlös kauften sie sich einen Bauernhof, eine alte Finca in den Bergen südlich von Cala Ratjada. Hier nun wollten sie in Zukunft leben.

Und indem sie sich von Hab und Gut getrennt hatten, bekamen sie ein Geschenk, das viel mehr wert war: Sie wurden glücklich!

Keine Sekunde wollte der eine künftig ohne den anderen sein. Alles taten sie gemeinsam. Die wunderbare Fröhlichkeit, die die Menschen verlieren, wenn sie vom Kind zum Erwachsenen werden, erblühte neu. Im Garten, den sie angelegt hatten, spielten sie mit ihren Katzen, lagen sie sich verliebt in den Armen, ließen sich von den Blumen kitzeln. Antonio hatte eine hohe Mauer um das Grundstück gebaut, und diese verhinderte neugierige Blicke. Und so tobten die beiden oft nackt unter den Bäumen, bespritzten sich übermütig mit Wasser oder ärgerten ihre kleinen frechen Raufbolde. Am Nachmittag dösten sie in Hängematten, die sie zwischen den Bäumen aufgespannt hatten. Es war ihr Garten Eden, ihr Paradies.

Abends trafen sie sich bisweilen mit Freunden zu einem Glas Wein. Manchmal saßen sie auf der Terrasse, blickten über die Wiesen und Felder bis zur Bergfestung von Arta, über der rotglühend die Sonne versank. Oder sie bummelten durch die Touristenorte, amüsierten sich über Gäste. Es kam auch vor, daß sie mit ihren Autos nach Palma hineinfuhren und bis zum Morgen durchmachten. Es war ohne Frage die schönste Zeit in ihrem Leben.

Trotz allem vergaßen sie nie die Katzen, denen sie ihr künftiges Leben widmen wollten. Wann immer sie einen halbtoten Schnurrer am Strand fanden, pflegten sie ihn gesund, ließen ihn kastrieren und setzten ihn an einem sicheren Ort wieder aus.

Dies blieb nicht unbemerkt. Vor allem Alesandros, der eitle Dorfpolizist, verfolgte argwöhnisch das Treiben von Antonio und Isabella. Er mochte diese Weltverbesserer nicht. Hatte er doch selbst mal ein Auge auf Isabella geworfen und war bei ihr abgeblitzt, weil er als Polizist nicht genug verdiente. Das jedenfalls glaubte er. In Wirklichkeit war er nicht ihr Typ. Seine dummen, oberflächlichen Reden hatten auf das Mädchen keinen Eindruck gemacht. Im Gegenteil! Wann immer er sie und ihre Freundin Roxane anflirtete, erntete er nur Gelächter und Körbe. Was wollte sie bloß mit diesem versponnenen Träumer von Antonio? Was hatte er außer seinen Katzen und der Arbeit, die diese Viecher machten, zu bieten? Nichts!

Die Katzen jedoch haßte er regelrecht. Allen voran Ludwig. Den Biß und die schmerzhaft-peinliche Verfolgungsjagd hatte er nie vergessen und verziehen. »Dafür knalle ich dich irgendwann ab«, schwor sich der rachsüchtige Polizist. Und der Tag kam!

Es war ein milder, sonniger Morgen im Mai. Antonio saß mit Moreno an der Bucht Son Moll in Cala Ratjada, spielte mit seinem Kater im Sand. Nur wenige Touristen waren gekommen, um im Meer zu baden. Das Wasser war noch zu kalt.

Alesandros machte eben seinen Rundgang, als er die beiden am Strand sah: »Da ist ja dieser Penner! Und seinen Lieblingskater hat er auch dabei! Was für eine Gelegenheit! Dir Dreckskerl werd' ich's zeigen!«

Alesandros war ein hervorragender Schütze. Er wollte Antonio eine Lektion erteilen: »Dem Kater brenne ich ein saftiges Loch in den Pelz. Ich ziele einfach auf die Messingkapsel auf der Brust. Das ist der beste Weg. Mal sehen, ob ich mich nicht auf diese Weise rächen kann.«

Alesandros schlich am Hostal Gili vorbei, versteckte sich hinter einem Gebüsch oberhalb der Klippen: »Ich warte, bis die nächste Wolke vorbei ist. Wenn das Medaillon im Sonnenlicht glänzt, ist es aus mit dir, stolzer Kater!«

Moreno witterte die Gefahr. Er lag auf Antonios Brust, als Alesandros die erste Patrone im Lauf seiner Waffe klikken ließ. Die Muskeln des Katers spannten sich an. Blitzartig fuhr sein Kopf in die Höhe. Mit einer kurzen Bewegung saß er auf den Hinterpfoten, blickte zu Alesandros hinüber.

»He, mein Freund, was ist los? Hast du eine kleine Katzenlady entdeckt und willst sie vernaschen? Kommt gar nicht in Frage! Du bleibst hier und schmust mit mir rum! Die Frauen müssen auch mal warten können!«

Moreno sprang von der Brust seines Herrchens, drückte sich flach in den Sand, ließ ein gefährliches Fauchen hören.

Antonio richtete sich auf: »Was soll das, alter Raufbold? Oder hast du gar einen Hund erspäht und willst ihn über die Promenade jagen. Komm, sei lieb und genieße die Ruhe! Man kann ja nirgendwo mit dir hingehen! Immer gibt es gleich Ärger.«

Als Moreno ein zweites Mal fauchte und sein Schwanz den Umfang eines funkelnagelneuen Flaschenreinigers annahm, war Antonio schon auf den Beinen. Seine Blicke wanderten über die Felsen, blieben am Gebüsch hängen, hinter dem Alesandros hockte. Irgend etwas stimmte nicht. Und sein Kater wollte ihn warnen.

Antonio entdeckte über den Blüten des Strauches die

Polizeimütze von Alesandros, sah wenig tiefer die Mündung des Revolvers. Mein Gott, wer ist der Irre? Er hatte den Satz kaum gedacht, da knallte der erste Schuß und peitschte zwischen seinen Beinen hindurch in den Sand.

Das kann nicht wahr sein. Da schießt ein Polizist auf mich? Sie müssen meine Diebestouren und Einbrüche herausbekommen haben. Und jetzt wollen sie mich fertigmachen, dachte Antonio.

Der zweite Schuß verfehlte Antonios Kopf nur um Millimeter. Alesandros hatte es nun nicht mehr auf den Kater abgesehen. Der blanke Haß richtete sich jetzt gegen Antonio. Tobend vor Eifersucht kam der Polizist aus seinem Versteck hervor und zielte erneut: »Ich mache euch fertig, ihr Schweine! Dich und deinen verfluchten Kater!«

Antonio rollte sich blitzschnell hinter einen kleinen Felsen, der nur unzureichend Schutz bot. Die dritte Kugel prallte mit einem metallischen Geräusch am Felsen ab. Das Projektil flog hinaus aufs Meer. Wieder nicht getroffen! Der Polizist sieht rot – dunkelrot. Er springt den Felsen herunter, läuft über den Sand, erreicht mit wenigen Schritten Antonio: »Verabschiede dich, Bastard! Fahr zur Hölle! Um deine kleine Freundin kümmere ich mich in Zukunft!«

Die vierte Patrone klickt, er senkt langsam die Waffe und zielt auf Antonios Kopf. Winzigste Bruchteile von Sekunden verändern bisweilen den Lauf der Welt. Hier spielten sie Schicksal.

In dem Augenblick, da die Kugel aus der Mündung jagte, sprang Moreno mit aller Kraft los. Die Pfoten weit von sich gestreckt, jeden Muskel bis aufs äußerste gespannt, schoß sein schwarzer Körper direkt auf Alesandros zu.

Antonio beobachtete es mit Entsetzen. Moreno flog genau in die Kugel hinein. Sie prallte am Medaillon ab, durchdrang seinen Körper, trat am Rückgrat heraus und verfehlte Antonio nur um Zentimeter.

Moreno, von der Wucht des Aufpralls herumgewirbelt,

fiel zu Boden. Endlose Sekunden lag er im Sand, der sich von seinem Blut rot färbte. Immer wieder versuchte der Kater, der seinem Freund das Leben gerettet hatte, auf die Beine zu kommen. Doch kraftlos sackte er zusammen.

»Moreno, mein Moreno! Du Drecksbulle! Was hast du gemacht? Was hat dir dieser Kater getan?« Antonio hörte nicht das letzte klägliche Miauen des mutigen Freundes. Seine Fäuste zerschmetterten Alesandros den Unterkiefer und das Nasenbein. Mit gurgelndem Geräusch ging der Polizist zu Boden. Dann wirbelte Antonio herum, fiel neben seinem Kater auf die Knie. Zu spät!

Moreno hob noch einmal das schwarze Köpfchen, sah seinem Herrchen in die Augen. Dann fiel der Kopf zur Seite. Sein Herz hatte aufgehört zu schlagen.

»O Gott, mein Gott! Warum hast du das zugelassen?« Und er schrie seinen Schmerz hinaus: »Ich hasse dich! Ich hasse dich! Warum er, warum gerade er?«

Wut und Verzweiflung brachen aus Morenos Herrchen heraus. Zitternd hob er seinen geliebten Kater hoch, küßte ihm das Gesicht, drückte dessen Kopf an seinen. Und leise flüsterte er, während ihm die Tränen über die Wangen kullerten: »Mein Moreno, mein Freund, bitte gehe nicht von mir! Ich brauche dich, ich liebe dich doch so sehr.«

Antonios Seele stürzte in ein tiefes, tiefes Loch. Alles um ihn herum drehte sich. Er hockte im Sand, hielt seinen Kater im Arm. Alles war aus!

So bemerkte er auch nicht, wie Alesandros auf die Beine kam, zum Wagen lief und davonbrauste.

Da riß eine Stimme Antonio aus seiner Verzweiflung: »Er hat noch eine Chance! Auch wenn er schon tot ist!«

Antonio wandte sich um. Neben ihm stand Manuel, der Katzen- und Hundemörder von Mallorca.

»Komm, gib ihn mir! Gib mir deinen Kater! Vielleicht kann ich ihn retten.«

Wortlos legte er dem Mann seinen Freund in die Arme.

Manuel, der alles mit angesehen hatte, öffnete das

Hemd, zog es aus, legte es in den Sand, bettete Moreno darauf. Dann zog er ihm die Zunge aus dem blutenden Maul, holte tief Luft, blies dem Tier Sauerstoff in die Lungen. Antonio mußte sich abwenden. So schlimm war der Schmerz, den er empfand. Schließlich legte Manuel seinen Zeigefinger und den Daumen um den Brustkorb Morenos – und fing an zu massieren. Immer wieder, mit denselben rhythmischen Bewegungen. Währenddessen pustete er ihm pausenlos Luft in die Nase.

Die Sekunden wurden zur Unendlichkeit. Ein Wettlauf gegen die Zeit und den Tod. Antonio bekam nicht mit, was neben ihm geschah. Er fühlte nur unermeßliche Traurigkeit.

Dann folgte ein Moment, den er sein Leben lang nicht vergessen sollte. Benommen hörte er von Ferne ein leises Röcheln, ein noch kläglicheres Miau. Spielten seine Empfindungen ihm einen bösen Streich?

Trotzdem drehte er sich um – und glaubte seinen Augen nicht zu trauen. Noch immer massierte Manuel den Brustkorb des Katers. Doch als Antonio genau hinschaute, sah er, daß sein Moreno die Augen aufgeschlagen hatte und zu ihm herüberblickte. Nein, das konnte nicht sein! Ein Wunder! Gott hatte ein Wunder geschehen lassen!

Manuel beendete die Erste-Hilfe-Aktion und grinste: »Nun sitz nicht so faul herum, du blöder Katzenfreund! Dein Moreno braucht dich jetzt. Bring ihn sofort zum Tierarzt, damit er ihn wieder zusammenflickt.«

Das kräftige Niesen seines Katers riß ihn schließlich endgültig aus seiner Erstarrung: »Das ist ein Traum. Ich kann nicht glauben, daß es wahr ist!«

»Doch, mein Freund, es ist so! Dein Gott wollte, daß ich ein wenig von meiner Schuld abtrage. Deshalb hat er deinem Kater wohl das Leben gerettet. Nun mach zu! Er ist noch lange nicht übern Berg. Du weißt ja, wo der Tierarzt wohnt. Mach schnell!«

Antonio wickelte Moreno in sein Hemd, rannte zum

Auto, raste nach Capdepera. Zehn Minuten später lag der Kater auf dem Operationstisch. Antonio wartete im Flur. Die Zeit wollte nicht vergehen. Unendlich langsam bewegte sich der schwarze Sekundenzeiger der im Flur hängenden elektrischen Uhr. Endlich kam der Tierarzt.

Mit einem dicken weißen Bündel im Arm ging er die fünf, sechs Schritte auf Antonio zu, drückte es ihm in die Hand: »Sagen Sie Ihrem Bekannten, er hat Moreno das Leben gerettet. Ich habe ihn nur wieder zusammengeflickt.«

Und aus dem Paket schaute oben eine feuchte schwarze Nase heraus, ein paar Ohren und eine Schnute, die ein zärtliches Miau von sich gab.

*

Armer Moreno! Wie sahst du nur aus? Wie ein kleines eingewickeltes Findelkind. Abgesehen von den Pfoten schauten hinten nur der Schwanz und vorn der Kopf heraus. Sogar das leicht verbeulte Medaillon hatte der Tierarzt abgenommen und es Antonio in die Hand gedrückt.

Der kleine Held, der seinem Freund das Leben gerettet hatte, litt unter starken Schmerzen. Jede Bewegung tat ihm weh. Nur mit äußerster Mühe konnte er sich zum Wassernapf schleppen. Ansonsten lag er den ganzen Tag auf der Couch im Wohnzimmer und döste vor sich hin.

Isabella kümmerte sich liebevoll um ihn, verwöhnte Moreno mit kleinen Leckerlis, streichelte ihn, sooft sie nur konnte.

Sie hatte sich in den letzten Wochen sehr verändert. Dinge, die für sie früher von Wichtigkeit waren, interessierten sie nicht mehr. Ihr neues Leben, fernab von den fragwürdigen Attributen unserer Zivilisation, machte sie frei und glücklich. Sie wollte mit ihrem Antonio dieses neue Leben genießen, das für sie nun viel inhaltsreicher war.

Jede freie Minute verbrachte sie bei Moreno. Allerdings:

Wenn sie ihn auf den Arm nehmen wollte, bekam sie ein leises Fauchen als Antwort. Die Schmerzen des Katers waren noch zu groß. Trotzdem – Moreno genoß die Liebe, die Fürsorge und die Zärtlichkeiten in vollen Zügen, sofern das bei seiner Verpackung überhaupt möglich war.

Am niedlichsten jedoch waren Ludi und Sissi, die Spaßvögel der Familie. Ludi besuchte seinen Freund fast jede halbe Stunde, machte Stubselchen an Morenos Kopf, leckte ihm die Ohren und Pfötchen, legte sich ganz dicht daneben, um ihn zu wärmen. Sissi, seine Schwester, brachte Moreno sogar ihr Futter, ließ es ganz vorsichtig auf seine Pfoten fallen und schob es mit ihrer süßen Schnute zu ihm hinüber. So ungezogen die beiden draußen waren, so liebevoll versuchten sie, ihren Freund gesund zu pflegen. Morenos Genesung machte nur langsam Fortschritte, zu langsam. »Irgendwie müßte es ihm schon bessergehen.« Antonio fühlte die heiße Nase, bemerkte sorgenvoll die Nickhaut in den Augen des Katers, Zeichen dafür, daß es um ihn nicht zum besten stand.

Die Verletzungen waren doch erheblich. Gottlob hatte die Kugel im Körper des Katers, wie durch ein Wunder, keinen allzu großen Schaden angerichtet. Außerdem war Irmchens Sohn kräftig und von Natur aus sehr gesund. Aber die Wunden wollten einfach nicht heilen. Der Grund war schnell gefunden. Katzen, die krank sind, wollen sich zurückziehen, um wieder auf die Beine zu kommen. Und das war im Hause Antonios nicht möglich.

Da hatte der Katzenfreund die rettende Idee: »Ich bringe ihn in unsere Höhle und versorge ihn dort. Vielleicht hilft das.«

Am selben Abend fuhr Antonio los. Auf dem Beifahrersitz lag eingepackt sein dösender Kater. Antonio hatte Decken, Kissen, etwas Brennholz und natürlich Futter und Wasser für seinen Liebling mitgenommen. Nach etwa 25 Minuten waren sie in der Höhle angekommen. Antonio wollte die nächsten Tage dort mit seinem Freund verbringen, hoffte, daß es ihm hier bald bessergehen würde. Er wußte nicht einmal genau, wieso er auf diese Idee gekommen war. Aber einer inneren Stimme folgend, hatte er sich zu dieser Entscheidung durchgerungen.

Es war schon weit nach Mitternacht, als beide eng aneinandergekuschelt einschliefen. Und wie vor Wochen zog es sie in ihren Träumen im Bauch des Berges über die Jahrtausende hinweg zurück in die Welt ihrer Vorfahren.

Aus den Nebeln, die sich um das flackernde Feuer gebildet hatten, trat im Traum ein Jäger, der mit einem Fell bekleidet war und in der Hand einen Bogen hielt. Neben ihm saß mit funkelnden Augen eine riesige Wildkatze. Sie war nicht größer als Moreno und wirkte doch viel gewaltiger. Der Kopf war breiter, die Pfoten kräftiger und der Schwanz buschiger. Ihr Blick zeigte Stolz und Würde.

Langsam erhob sich die Katze, schlich auf Moreno zu. Eine Handbreit entfernt blieb sie vor ihm stehen, setzte sich hin, legte majestätisch den Schwanz um ihren Körper. Dann neigte sie leicht ihren Kopf und berührte mit ihrer Nase die Nase Morenos. »He, du, wach auf! Ich bin gekommen, um dir deine alte Kraft zurückzugeben. Es ist die Kraft deiner Väter, die auch meine Väter sind. Es sind ihr Stolz und ihr Mut. Du, Moreno, bist einer von uns. Und du bist einer der letzten auf der Welt. Es gibt nur noch wenige Katzen mit unserer Stärke. Dein Vater besitzt sie – und du. Besinne dich und kämpfe – gegen deine Mutlosigkeit und die Schwäche deines zivilisierten Ichs. Drum steh auf und werde gesund.«

Ein Funke, der geradenwegs aus dem Feuer auf Morenos Nase geweht worden war, riß ihn aus diesem merkwürdigen Traum. Nur mit Mühe konnte er sich erheben. Behutsam befreite er sich aus der zärtlichen Umarmung seines Freundes, kroch ganz dicht ans Feuer. Die flackernden, züngelnden Flammen spiegelten sich in seinen Augen. Sie besaßen fast hypnotische Wirkung. Und noch einmal rissen sie Moreno aus der Gegenwart in die Vergangenheit zurück.

Da war sie wieder, die Freundin aus fast vergessenen Zeiten. Sie stand nun hoch oben auf einem Berg, war umgeben von den Wildkatzen ihres Clans. Unten im Tal trottete eine Herde Mammuts. Riesige Schmetterlinge und Bienen tanzten über den Wiesen. Löwen mit ihrem Gefolge streiften durch das fast mannshohe Gras. Was für eine bizarre Welt. Die Wildkatze rief mit einem Fauchen ihre Familie zusammen. Im Halbkreis ließen sich die anderen Tiere nieder, blinzelten erwartungsvoll die Führerin an. Und mit der Kraft ihrer Gedanken sprach sie zu ihnen: »Höret! Es werden dereinst Wesen die Welt regieren, die uns zu ihren Freunden machen. Sie sind fähiger, doch nicht klüger und weiser als wir. Ihnen werden wir uns anschließen. In ihre Obhut wollen wir uns begeben. Eines Tages dann werden sie aufbrechen, um die Erde zu erobern. Sie werden sich ihres Geistes bewußt sein. Aber indem sie lernen, werden sie verlernen. Sie werden das Licht der Erkenntnis suchen und dabei den Schatten und schließlich die Dunkelheit finden. Sie werden sehen und erblinden zugleich. Auf ihrem Weg durch die Zeit machen sie uns zu Freunden und schließlich zu ihren Sklaven, so wie all die anderen Geschöpfe. Irgendwann kommt der letzte Tag, dem eine lange Nacht folgt. Viele von uns werden dann nicht mehr sein. Und doch! Unsere Träume werden bleiben. In ferner Zukunft nehmen sie erneut Gestalt an, werden wiedergeboren. Und mit diesen Träumen werden wir zurückkehren. Ein großes Chaos wird die Menschen ins Verderben stürzen. Die Kraft, die alles auf der Welt schuf, wird sie bestrafen für ihre Untaten. Sie werden jammern und beten und vergehen wie die letzte Stunde, die der Nacht weicht.

Doch nicht alle. Einige werden bleiben und erwachen nach dieser Schicksalsnacht. Und sie sind die ersten, die wirklich wissend sind. Nie wieder sollen sie andere Geschöpfe ins Unglück stürzen. Im Gegenteil. In ihren Herzen wird es nur noch Frieden und Harmonie geben. Dann, meine Freunde, wollen wir zu ihnen zurückkehren. Es kommt der Augenblick, da brauchen sie uns, weil sie von uns lernen wollen. An diesem Tag müssen wir bei ihnen sein. Die Seelen und Herzen der Menschen und Tiere werden sich verbinden zu einer großen Kraft. Wir, die wir am Anfang mit dabei waren, werden dann zur Stelle sein. Unsere Körper müssen vergehen, aber nicht unsere Träume. Und nicht die Kraft. Sie wird erwachen in unseren Nachfahren. Jene, die uns folgen, machen sich dereinst auf einen gefahrvollen Weg. Am Ende wird der Sieg stehen. Darum laßt uns die Seelen vereinigen und auf eine lange Reise schicken. Auf daß wir wiedergeboren werden am Anbeginn einer neuen Zeit.«

Moreno erwachte aus seinem merkwürdigen Traum. War es ein Traum? Oder war es die Kraft seiner Ahnen, die er in diesem Augenblick spürte?

Seine Zähne zerfetzten die Binden, die den kranken Körper umhüllten. Wie in Trance leckte er seine kaum verheilten Wunden. Und mit einem Male spürte er, wie die alte Stärke zurückkehrte. Noch ein wenig mühevoll streckte er die Glieder, hob das schwarze Köpfchen, schnupperte die nach verbranntem Holz riechende Luft der Höhle. Langsam schritt er die Wände der Katakombe ab, blieb schließlich vor seinem schlafenden Herrchen stehen.

Und noch ein letztes Mal hörte er in seiner Seele die Stimme der Vorfahrin, wie sie sagte: »Er wird das Feuer neu entfachen. Er wird euch die Zukunft zeigen. Folgt ihm auf seinem Weg.«

Moreno leckte Antonio liebevoll das Gesicht, berührte zärtlich mit seiner feuchten Nase die Wange des Mannes. Dann ließ er ein leises Miau hören.

Antonio wachte auf, rieb sich die Augen: »Moreno! Was ist los? Wo ist dein Verband?«

Der Kater antwortete mit einem lauten Schnurren, sprang seinem Herrn, der sich ein wenig aufgerichtet hatte, in den Schoß.

»Aber du bist ja fast völlig gesund. Das kann doch nicht wahr sein!«

Und während er ihm den schwarzen Kopf kraulte, erinnerte auch er sich des eigenartigen Traumes, den er kurz zuvor gehabt hatte. Es war derselbe Traum.

Mit seinem Kater im Arm verbrachte er die Stunden bis zum Morgen in der Höhle. Das Feuer war schon fast niedergebrannt, als er aufstand, um nach Hause zu fahren. Am Eingang sah er sich noch einmal um. Und dabei horchte er tief in sich hinein, hörte von fern Worte, die ihn nie wieder loslassen sollten: »Von nun an mußt du kämpfen!«

Isabella kam aus dem Staunen nicht mehr raus, als sie wenig später ihren Geliebten mit dem fast gesunden Kater auf dem Arm durch die Toreinfahrt kommen sah: »Antonio! Moreno! Das ist ein Wunder. Was ist nur in dieser Nacht geschehen?«

Keiner konnte die Antwort geben. Die Zukunft würde sie ihnen bringen.

Antonio hatte in den nächsten Tagen viel zu tun. Er suchte Manuel, fand ihn schließlich in einer Kneipe am Hafen. Was folgte, waren lange Gespräche.

»Manuel, ich will von nun an für die Tiere kämpfen, für die Harmonie unter allen Geschöpfen dieser Erde. Und auch für die Menschen, die ihre Liebe zu den Tieren nicht verloren haben. Komm mit, folge mir. Wir müssen handeln, bevor es zu spät ist.«

Wann immer Menschen einen neuen Sinn ihres Lebens finden und reinen Herzens sind, folgen sie einem Stern, der für sie leuchtet und der sie führt. So geschah es auch in diesen Tagen.

Manuel sprach mit Alesandros, dem Polizisten, der auf Antonio geschossen hatte. Und die geheimnisvolle Kraft jener Nacht ging auch auf ihn über, wuchs und wuchs. Wenige Tage später trafen sich acht Männer in der Höhle und schworen, sich künftig für die Tiere Mallorcas einzusetzen. Das Geld wollten sie sich von den reichen Villenbesitzern holen, die sowieso genug davon hatten. Sie wollten es zusammentragen und davon ein Katzenheim bauen. Gemeinsam gaben sie ein Versprechen, das sie bis ans Ende ihres Lebens verpflichten sollte.

Die kommenden Wochen brachten viel Arbeit. Die Männer um Antonio bauten Fangboxen, sprachen mit Tierärzten, ließen Hunderte von streunenden Katzen und nun auch Hunden kastrieren. Das sprach sich herum unter den Inselbewohnern, aber auch bei den Touristen. Viele packten mit an und halfen. Die Männer hatten eine Lawine losgetreten, die immer größer wurde und mehr und mehr an Kraft zunahm.

Die Behörden wurden auf das eigenartige Treiben aufmerksam. Doch die Beamten machten sich keine Gedanken. Ein paar Verrückte. Davon gab es genug. Auf einige mehr oder weniger kam es nicht an.

Nachts aber fuhren die Männer los, überfielen die Autos der Reichen, wenn diese angetrunken aus den Nachtclubs kamen. Sie raubten den Frauen den Schmuck und den Männern das Bargeld. Sie brachen aber auch in deren Villen ein, plünderten die Tresore, nahmen alle Wertgegenstände mit. Nicht nur das! Sie fuhren hinaus auf See, überfielen die Yachten und räumten ab. Jedesmal spritzten sie ihre Kaperboote um, verpaßten ihnen neue Anstriche. So waren es mal blaue Boote, die auf Piratenfahrt gingen, mal rote, gelbe, grüne oder weiße.

Die Inselpolizei und die Küstenwache wurden in Alarmbereitschaft versetzt, Kontrollen verstärkt. Den Geldsäkken rutschten die Herzen in die Hosen. Die Zeitungen und das Fernsehen berichteten darüber. Selbst der König, der viele Wochen auf Mallorca verbrachte, ließ sich unterrichten.

Natürlich mußte dem Treiben ein Ende bereitet werden. Der Ruf Spaniens stand auf dem Spiel. Doch andererseits mußte der König auch schmunzeln. Wer hatte da den Mut, sich mit Spanien und der Krone anzulegen? Und ohne die

Zusammenhänge zu kennen, spannte er einen Bogen von den Dieben zu den Tierschützern: »Wir leben in verrückten Zeiten. Die einen klauen wie die Raben, und andere fangen an, die Katzen und Hunde zu retten, von denen wir nun bestimmt genug haben.«

Alesandros hatte die Idee zu dem bisher größten Coup: »Wir müßten eine Bank in Palma leerräumen. Dann haben wir ein schönes Polster.«

Antonio winkte ab: »Viel zu gefährlich! Die Banken werden bestens bewacht. Und die Fluchtwege sind schlecht. Das schaffen wir nie.«

Der Polizist hatte eine beachtenswerte Lösung: »Die großen Banken in der Altstadt werden nie mit einem Überfall rechnen. Sie fühlen sich viel zu sicher. Du müßtest es allein riskieren. Sieh mal, ich trage eine Uniform. Die ziehst du an. Und damit stellst du dich vor die Bank und bewachst sie brav. Dann gehst du rein, kurz bevor die Banken zur Siesta schließen, und räumst ab.«

Das klang gut und verblüffend einfach. Zu einfach natürlich! Aber immerhin. Es war eine Idee.

Zwei Wochen lang beobachteten die Ganoven die Bank, registrierten jedes Kommen und Gehen und wechselten sich bei ihren Einsätzen ab. Dann kannten sie alle Einzelheiten. Schließlich kam der Tag des Überfalls, und alles sollte nach Plan verlaufen – fast jedenfalls.

*

Antonio saß auf der Terrasse vor seiner Finca, aß frische Brötchen, trank dazu Milch. Moreno, der völlig fit war und auch wieder sein Medaillon trug, räkelte sich genüßlich daneben auf der Bank. Sorgfältig putzte er sich das schwarze Fell, spreizte seine Pfoten und knabberte daran herum.

»Na, mein kleiner Freund! Während du hier liegst und dir einen faulen Tag machst, muß dein Herrchen bald los, um Geld zu verdienen. Aber es ist schon okay. Ich tu es ja für dich und deine Freunde. Es kann ja auch nichts danebengehen, bei dem Job heute. Wir haben an alles gedacht. Selbst den Zufall haben wir nicht außer acht gelassen.«

Während Antonio im Kopf noch einmal den genauen Ablauf des Coups durchspielte, gähnte Moreno so herzhaft, daß er dabei sein Maul ganz weit aufriß und die Zunge nach oben rollte. Er hatte wirklich eine süße Schnute, in der links und rechts messerscharfe weiße Zähne funkelten. Wehe, wer sie zu spüren bekam. Moreno konnte damit einer Ratte mit einem Biß das Genick brechen. Doch heute war ihm nicht nach Kampf zumute. Dazu war der Tag einfach zu friedlich.

Wären da nicht die ungezogenen Geschwister Ludi und Sissi gewesen. Schon den ganzen Morgen hatten sie versucht, Unruhe zu verbreiten. Erst waren sie über das Dach gefegt, daß die Ziegel nur so tanzten. Dann hatten sie an den Gardinen Salto mortale geübt. Isabellas Versuche, sie mit kaltem Wasser zur Räson zu bringen, waren eindeutig fehlgeschlagen. So jagten die Katzen kreuz und quer durch den Garten, zerfetzten die Blumen und ärgerten die anderen Tiere. Ihre wilden fünf Minuten hielten nun schon einige Stunden an.

Antonio schien das nicht im geringsten zu stören. Er war mit seinen Gedanken sowieso beim Überfall auf die Bank. Immer wieder ging er die einzelnen Punkte durch. In fünf Minuten mußte er losfahren. Seine Freunde waren bereits vor Ort. Einen alten Wagen, der extra für diesen Zweck gekauft worden war, hatte er eigenhändig schwarz lackiert. Das Fahrzeug stand vorn am Tor. Damit das Auto nicht zu heiß wurde, hatte er die Türen und die Kofferraumhaube offengelassen. Schließlich wollte er nicht mit einem Hitzschlag zusammenbrechen.

So war es auch nicht verwunderlich, daß Sissi und Ludi sich den Wagen als Spielplatz auserkoren hatten. Außer Rand und Band tobten sie über die Sitze, fegten über das Dach, setzten den Scheibenwischer in Bewegung und spielten Versteck im Kofferraum. Rums! Sissi hatte sich dort eben unter einer alten Decke verkrochen, als Ludi auf die Klappe sprang und sie mit dem Gewicht seines Körpers zuschlug.

Antonio, der sich gerade die Uniform Alesandros' überzog und die Dienstpistole umschnallte, blickte herüber: »Ihr kleinen Penner! Werdet ihr wohl mein Auto in Ruhe lassen.«

Und nicht ahnend, daß Sissi im Kofferraum saß, dachte er sich: »Ist auch egal. Ich muß sowieso los. Sollen sie sich doch austoben.«

Ludi hatte sich vor Schreck einen sicheren Platz auf dem Dach gesucht, beobachtete, wie sich Antonio von Isabella verabschiedete, in den Wagen stieg und losbrauste. O je! Da fuhren sie. Sissi als blinder Passagier an Bord und Herrchen vor dem gefährlichsten Coup seines Lebens.

Sissi, die mit dieser dramatischen Entwicklung des fröhlichen Spiels nicht gerechnet hatte, kauerte sich ganz dicht an den Boden, versteckte ihr Köpfchen unter der Decke und wimmerte leise vor sich hin. Zu leise! Denn Antonio konnte sie nicht hören. Sonst wäre er schnell zurückgefahren und hätte sie zu Hause abgesetzt. So aber lenkte er seinen Wagen schnurstracks in Richtung Palma.

Natürlich machte sich bei ihm ein flaues Gefühl in der Magengegend bemerkbar. Hoffentlich ging alles glatt! Hatten sie sich nicht zuviel vorgenommen? Wer war schon so vermessen und überfiel eine der größten Banken der Insel. Aufgeben, abbrechen, kneifen? Nein, das kam nicht in Frage. Die Jungs verließen sich auf ihn. Er konnte sie nicht im Stich lassen. Und was sollte aus ihrer Arbeit, dem Tierschutz, werden? Ohne Geld lief da gar nichts.

Antonio ließ Arta, Manacor und Bon Ani hinter sich, sah bald von ferne den Flughafen von Palma. Dahinter also lag das Ziel. Da mußte er hin.

Kurz vor zwölf Uhr bezog er seinen Posten am hinteren

Eingang der Bank. Die kleine Gasse war verwinkelt und kaum überschaubar. Kein Tourist und kein Polizist weit und breit. Der Mann, der hier noch vor Minuten Wache gehalten hatte, war betäubt und weggebracht worden, ohne daß es jemand bemerkt hatte. Antonio bekam feuchte Hände, fingerte nervös an seiner Pistole herum. Es konnte nichts schiefgehen – schoß es durch seinen Kopf. Es mußte klappen.

In etwa zehn Minuten würden die Einnahmen der letzten Tage abgeholt werden. Es waren wie immer zwei Stahlkoffer mit zirka neunhunderttausend Mark. Die beiden Sicherheitsbeamten waren bewaffnet, verzichteten darauf, die Koffer mit Handschellen am Handgelenk zu befestigen. Hoffentlich auch diesmal. Das war entscheidend. Der Rest war ein Kinderspiel.

Die Bank hatte über die Mittagszeit geschlossen. Die Angestellten saßen in den umliegenden Cafés, aßen zu Mittag, tranken etwas oder waren für drei Stunden nach Hause gefahren. Nur der Chef und sein Stellvertreter befanden sich in den Räumen, um das Geld zu übergeben.

Antonio bekämpfte die aufkommende Panik, wischte sich Schweißperlen von der Stirn. In diesem Augenblick rollte der Wagen um die Ecke, langsam, vorsichtig. Links und rechts waren nur wenige Zentimeter bis zu den Wänden der alten Häuser. Der Panzerwagen hielt genau vor dem Eingang.

»Scheiß Hitze heute. Möchte einmal im Leben das Geld haben, das wir hier durch die Gegend fahren. Nur einmal. Dann könnten wir uns zur Ruhe setzen.«

Der Fahrer tippte mit seinem Zeigefinger an die Mütze: »Hallo, Kollege! Na ja, reich werden wir alle nicht! War irgendwas besonderes los? Nicht! Na gut. Holen wir das Geld. Vielleicht ist anschließend noch eine kurze Pause drin, bevor wir zur Staatsbank zurückfahren. Das schöne Geld. Es ist ein Jammer, daß es immer den falschen Leuten gehört.«

Antonio erwiderte den Gruß, versuchte lässig zu grinsen: »Ist mir recht, wenn es schnell geht. Dann kann ich mir noch an der Ecke eine Cola holen. Bis gleich!«

Die beiden Männer kehrten schon nach wenigen Minuten zurück, wollten sich mit einem dummen Spruch verabschieden, als sie in den Lauf von Antonios Pistole blickten.

»Scheiße! Gottverdammte Scheiße!«

Sie kamen nicht dazu, ihre Gedanken zu Ende zu denken. Zwei Komplizen von Antonio drückten ihnen von hinten mit Äther getränkte Handtücher aufs Gesicht. Die Gegenwehr dauerte nur Sekunden. Dann lagen die Männer besinnungslos auf dem Kopfsteinpflaster.

»Los, hau ab! Schnell! Heute abend in der Höhle! Hals- und Beinbruch!«

Antonio griff sich die beiden Stahlkoffer, wollte eben zum Auto laufen, als er über sich am Fenster das Schreien einer Frau hörte: »Hilfe, Hilfe, Banküberfall! Polizei! Polizei! Ruft die Polizei!«

Das hätte nicht passieren dürfen!

Die Männer rannten los, jeder in eine andere Richtung. Der Bankchef, der den Hilferuf gehört hatte, schlug sofort Alarm. Fenster wurden aufgerissen, Geschäftsleute und Kunden rannten auf die Straßen. Sirenen heulten. Zwei Polizisten, die vorn am Haupteingang Wache geschoben hatten, zogen ihre Pistolen, stürmten durch die Schalterhalle und sahen gerade noch, wie Antonio um die nächste Ecke verschwand.

Die Räuber rannten um ihr Leben, stießen Passanten zur Seite. Antonio stolperte über einen Hund, der gerade an einem Steinsockel sein Bein hob und sofort anfing, laut zu bellen.

»Ich muß zum Auto. Das ist die einzige Chance. Hoffentlich sind meine Jungs auf ihrem Posten, um meinen Rückzug zu decken.« Sie waren es, noch. Doch sie konnten die Katastrophe nicht verhindern. Es war Sissi, die alles scheitern ließ.

Die glühende Hitze auf der schwarzen Kofferraumhaube hatte ihr die Luft zum Atmen genommen. Die kleine Katze, die sich noch nie in einer derartigen Situation befunden hatte, drehte durch, tobte in ihrem stickigen, heißen und engen Gefängnis. Sie miaute, schrie und fauchte so laut, daß ein Streifenpolizist darauf aufmerksam wurde. Neugierig und erstaunt betrachtete er den Wagen, versuchte vergeblich, den verschlossenen Kofferraum zu öffnen.

In diesem Augenblick kam Antonio um die Ecke gerannt, gejagt von seinen Verfolgern. Er sah den Polizisten am Fluchtauto stehen. Zu spät! Es war alles zu spät! Sein Herz pochte bis zum Hals. Die Uniform war klatschnaß. In seinen Augen standen Panik – und Tränen. Denn er wußte, daß er verloren hatte.

Sofort verlangsamte er seinen Schritt. Eine Flucht zurück war nicht mehr möglich. Er mußte zum Auto. Die Waffe ziehen und den Weg freischießen? Das wollte er nicht. Dazu hätte er auch die Koffer absetzen müssen. Es war die schlechteste Show seines Lebens. Und die traurigste.

Er versuchte, sich möglichst ruhig zu verhalten. Seine Augen suchten die Freunde, die ihn hätten retten können. Doch in ihrer Angst waren sie davongelaufen. Er war allein. Und das Schicksal nahm seinen Lauf.

»Na, Kollege! Was ist denn mit Ihrem Kofferraum los? Darin schreit und tobt es nur so!«

»Ach, nichts! Wer weiß, wo die Geräusche herkommen.«

Armer Antonio! Er konnte sich beim besten Willen keinen Reim darauf machen. Von Sissis Gegenwart wußte er nichts. Woher auch? Statt dessen hätte er jede Sekunde gebraucht. Rein in den Wagen und weg. Doch es sollte nicht sein!

Gott allein weiß, warum er bisweilen das Ruder des Leben herumreißt und die Schicksalslinien wie bei einem Mikadospiel in neue Bahnen zwängt. Und sooft Menschen heute nach dem Warum fragen, gibt er ihnen die Antwort erst morgen oder übermorgen. Macht es immer einen Sinn? Oder ist unser Leben vorherbestimmt wie der Lauf der Stahlkugel in einem Flipperautomaten?

Der Polizist am Wagen registrierte alles auf einmal. Das nervöse Flackern in Antonios Augen. Die Aufschrift *Staatsbank* auf den Koffern und die beiden Kollegen, die in diesem Augenblick um die Ecke gestürmt kamen. Mit einer halben Drehung nach links zog der Mann seine großkalibrige Pistole.

Antonio hatte nicht einmal mehr Zeit für den nächsten Atemzug. Das Spiel war aus. Drei Pistolen richteten sich jetzt auf ihn. Er stellte die Koffer ab, hob die Hände, leistete keine Gegenwehr. Dann klickten die Handschellen. Es war die Schuld einer kleinen Katze! Oder waren es die Mikadostäbchen? Wer weiß das schon?

»Na dann, Kollege! Mach doch wenigstens noch den Kofferraum auf, damit wir wissen, was du darin versteckt hast.«

Der gehässige Unterton der Polizisten war kaum zu überhören. Antonio steckte den Schlüssel ins Schloß, drückte auf den Schnappknopf, hob die Klappe hoch. Kochende, feuchte Luft dampfte ihm entgegen. In der Ecke lag schweißgebadet die kleine Sissi. Mit glasigen Augen sah sie ihr Herrchen an, hatte nicht einmal mehr die Kraft, sich zu erheben. Der Kreislauf war zusammengebrochen, das Herz schlug nur noch unregelmäßig.

»Sissi, meine kleine Prinzessin! Was ist nur passiert? Wie kommst du in den Kofferraum?«

Er konnte sich zunächst keinen Reim darauf machen. Dann fiel ihm das wilde Spiel der Katzen am Morgen ein. Das war es also! Sissi war in den Kofferraum gesprungen, und Ludi hatte ihn zugeschlagen. Welch eine Ironie des Schicksals. Er war losgefahren, um für die Katzen zu stehlen. Und sie hatten ihm einen Strich durch die Rechnung gemacht.

Antonio hob mit seinen gefesselten Händen die zu Tode erschöpfte Katze aus dem Wagen. Sissi hechelte wie ein Hund. Ihre Nase glühte, und ihr Rachen war vollkommen ausgetrocknet.

Die echten Polizisten glaubten ihren Augen nicht zu trauen. Da hatten sie einen Bankräuber geschnappt, der für viele Jahre hinter Gitter kommen würde. Und er hatte nichts Besseres zu tun, als sich im Augenblick seiner Festnahme um eine halbgegrillte Katze zu kümmern.

Antonio drückte das kleine Köpfchen der Freundin zärtlich an seine Wange, flüsterte ihr Worte ins Ohr, die die anderen nicht hörten und die sie auch nicht verstanden hätten: »Du schaffst es, meine Prinzessin. In wenigen Minuten hast du dich wieder erholt.«

Liebevoll kraulte er ihr dabei das nasse Fell, gab ihr Küßchen auf die Nase.

»Das reicht, du Irrer!«

Diese Worte eines Polizisten rissen Antonio aus seinen Gedanken. Und während er sich umdrehte, kullerten Tränen über seine Wangen. Mit seinen gefesselten Händen hielt er die Katze vor der Brust. Langsam ging Antonio auf den Beamten zu, sah ihm tief in die Augen. Und wie schon so oft bewirkte er mit seinem Blick eine Veränderung in der Seele des Menschen, der ihm gegenüberstand: »Ich bitte nicht für mich, sondern für meine Katze. Bringt sie meiner Isabella, damit sie sie gesund pflegt. Und sagt ihr, ich tat es für die Tiere – und auch für sie. Ich tat es aber auch, weil ich einem Traum folgte.«

Der Polizist brachte kein Wort heraus. Stumm nahm er die Katze auf den Arm und streichelte ihr das Fell. Er nahm Sissi mit in sein Büro, legte sie auf den Stuhl neben sich, während er seinen Bericht schrieb. Am Abend nahm er die Katze mit nach Hause, erzählte seiner Frau und den

Kindern von dem ungewöhnlichen Banküberfall und von Antonio. Aufmerksam hörten sie zu. Und als er alles berichtet hatte, sagte seine Frau: »Es gibt seit kurzem eine Gruppe von jungen Männern, die schützen die Tiere auf unserer Insel und retten ihre traurigen Seelen. Vielleicht war er einer von ihnen. Auf jeden Fall hat er es für die Tiere getan und nicht für sich. Bringe seiner Isabella morgen die Katze und erfülle ihm diesen Wunsch. Ich glaube, es ist deine Pflicht.«

Als der Polizist wenig später ins Bett ging, konnte er noch lange nicht einschlafen. Ständig sah er das verweinte Gesicht Antonios vor seinen Augen, erlebte die Sekunden, als jener ihm die Katze in die Hände drückte. Und während der Schlaf ihn behutsam aus seinen Erinnerungen und Eindrücken erlöste, dachte er noch: »Was für ein seltsamer Mensch.«

*

Antonio wurde stundenlangen Verhören unterzogen. Die Kripobeamten wollten alles von ihm wissen: Wer hatte ihm die Tips gegeben? Woher hatte er die Uniform? Wer waren seine Helfer und Komplizen?

Aber der Dieb von Mallorca schwieg. Er wollte und konnte seine Freunde nicht verraten. Auch wenn sie ihn am Ende allein gelassen hatten. Sie sollten ihre Arbeit fortsetzen und sich um die Katzen kümmern. Wieder und wieder bombardierten die Beamten Antonio mit ihren Fragen. Vergeblich! Er gab die Namen der anderen nicht preis.

Es wurde eine schlimme Woche. Die Zelle des Untersuchungsgefängnisses war klein und stickig. Das Essen war schlecht und stank fürchterlich. Wenigstens war er allein und fand so ab und an ein wenig Ruhe, um zu schlafen. Nachts lag er auf seinem harten Bett, betrachtete die grüngetünchten Wände, die alte verrostete Lampe, den billigen Kunststofftisch und das brillenlose Klo in der Ecke. Er hatte wohl zuviel gewagt und verloren.

Wie würde es nur Isabella und den Katzen gehen? Und in seinen Träumen verließ er die Zelle und kehrte zurück auf seine Finca. Da sah er sie alle. Isabella stand vor dem Haus. Die Katzen spielten unter den Palmen. Wie schön war doch die Welt, die er riskiert und verspielt hatte. Aus! Vorbei!

Und wie ging es wohl der kleinen Sissi, die ja alles mitverschuldet hatte? Nein, nein! Nicht sie war für den traurigen Ausgang des Banküberfalls verantwortlich. Das Schicksal hatte es wohl so gewollt. Aber warum nur? Antonio zog sich die Wolldecke über die Schultern. Irgendwann würde er die Antwort bekommen. Heute nicht, aber morgen, übermorgen! Vielleicht?

Die Verhöre wurden immer härter, und Antonios Widerstand und seine Kräfte ließen rapide nach. Die Beamten hatten alle Überfälle der letzten Zeit zusammengetragen. Die Zahl der Raubtaten war in den Wochen und Monaten zuvor sprunghaft angestiegen. Jedoch – sie paßten nicht zum Banküberfall. Das war in ihren Augen eine andere Handschrift. Wer aber kam dann für alles in Frage? Was folgte, waren die ewigen Fragen nach dem Alibi.

Schließlich gab Antonio auf. Er gestand und unterschrieb das Protokoll. Doch er verriet nicht die Namen seiner Freunde. Lieber wäre er gestorben.

Schließlich kam der Tag der Verhandlung. Antonio durfte sich von seiner Mutter einen Anzug bringen lassen. Weinend saß die Frau im Gerichtssaal, als das Urteil verkündet wurde: Neun Jahre Haft!

Antonio hörte das Urteil, doch sein Verstand konnte die Worte des Richters nicht verarbeiten. Er war in seinen Gedanken längst bei seinen Katzen, die er so sehr liebte. Hoffentlich würde sich jemand um sie kümmern. Das alte Leid der Tiere, es durfte nicht zurückkehren. Seine Arbeit! Sein ganzer Einsatz! Es durfte nicht alles umsonst gewesen sein.

Die Worte des Richters rissen ihn aus seinen Gedanken: »Haben Sie noch etwas zu sagen?«

Antonio drehte sich um, blickte in die glanzlosen Augen seiner Mutter, sah das Achselzucken seines Verteidigers: »Ich möchte dem Gericht für die faire Verhandlung danken. Und ich will eines hinzufügen: Was ich gemacht habe, tat ich für die Tiere. Hätten diese Tiere heute über mich geurteilt, wäre der Spruch sicherlich anders ausgefallen. Ich werde aber Ihre richterliche Entscheidung annehmen und meine Strafe absitzen. Vor Gott und den Geschöpfen jedoch bin ich unschuldig. Wenn dereinst die Tiere über uns Gericht halten, dann bitte ich sie für Sie und alle anderen hier in diesem Raum um Gnade.

An diesem Tag des Gerichts der Tiere geht es um das Walschlachten auf den Weltmeeren genauso, wie um die Millionen Tiere, die zu Pelzen verarbeitet werden aus dümmlicher Eitelkeit. Man wird uns Menschen anklagen, weil wir sie für Lippenstiftversuche mißbrauchen, weil wir sie als Stiere in die Arenen schicken, um sie chancenlos abzuschlachten, oder weil wir sie auf grausigen Viehtransporten verenden lassen. Der Schmerzensschrei der Kreaturen, die gentechnologisch zu Krüppeln gezüchtet werden, die in freier Wildbahn für billige Souvenirs abgeknallt werden, wird Sie alle hier verfolgen bis in Ihre Träume. Ich bete für Sie, daß Sie am letzten Tag Ihres Lebens nicht all diesen Geschöpfen in die Augen schauen müssen.

Aber ich bin sicher – Ihre Kinder und Enkelkinder, denen Sie dereinst eine öde und traurige Welt hinterlassen, werden fragen, warum Sie das getan haben. So gesehen, Hohes Gericht, bin ich unschuldig. Und wenn alles, was ich gemacht habe, auch vor dem Gesetz falsch war, so würde ich es doch wieder so tun.«

Als sich an diesem Abend seine Zellentür schloß, trat er an die vergitterten Fenster, sah über der Gefängnismauer den blauen Himmel Mallorcas. Still, einsam faltete er die Hände und betete für seine Katzen. Das Schicksal hatte hinter ihm die Tür zugeknallt.

*

»Hallo! Hallo! Ist jemand zu Hause?«

Der blasse junge Mann mit der sportlichen Figur stellte sich auf die Zehenspitzen. Seine Augen suchten das Grundstück ab, wanderten am Haus entlang. Nur knapp konnte er über die Mauer aus ineinandergeschichteten Feldsteinen blicken.

»Hallo! Ich suche einen alten Freund! Kann mir denn niemand weiterhelfen?«

Die junge Frau mit den verweinten Augen blickte ängstlich aus der Tür, als plötzlich etwas Schwarzes an ihr vorbeischoß und schnurstracks auf die Mauer zuraste: »Bleibst du wohl hier, du Satansbraten. Schscht! Komm sofort zurück!«

Zu spät! Der Wirbelwind saß schon auf der Mauer und miaute so laut, daß neugierig die anderen Katzen angerannt kamen.

»Moreno! Mein geliebter Moreno!«

Die Frau, die ebenfalls die Grundstücksmauer erreicht hatte, rief erneut ihren Kater. Es nützte nichts. Mit einem Satz war Moreno von der Mauer geradewegs in die Arme des Mannes gesprungen. Das war der Augenblick, auf den dieser zwei Jahre gewartet hatte. Endlich! Endlich hatte er seinen Moreno wieder!

Der Kater schnurrte und miaute, leckte seinem Freund das Gesicht, stubselte mit seinem Köpfchen den Kopf des Mannes: »Oh, mein Moreno! Ich habe dich so sehr vermißt! Ich habe dich nicht vergessen! Du bist doch mein ein und alles. Aber ich konnte nicht früher kommen. Ich mußte erst meine Ausbildung abschließen.«

Der Kater sprang vom Arm des Mannes auf den staubigen Feldweg, schmiegte sich immer wieder an dessen

Beine, warf sich auf den Rücken und streckte alle viere von sich.

»Darf ich fragen, wer Sie sind?« Die junge Frau war durch die Tür hinaus auf die Straße getreten. Mit einer Geste der Verlegenheit strich sie sich durchs Haar, knöpfte die Bluse zu.

»Oh, ja, entschuldigen Sie. Ich bin hier einfach so reingeplatzt. Das war nicht meine Absicht. Aber der Kater und ich sind alte Freunde. Darf ich mich vorstellen: Ich heiße Axel von Berg und komme aus Deutschland.«

Die Frau sah den Fremden mißtrauisch an: »Hier in diese entlegene Gegend kommen nicht oft Touristen. Haben Sie was mit der Polizei zu tun?«

Axel schüttelte den Kopf: »Nein, privat nicht. Als Journalist ab und zu mal. Aber das tut hier nichts zur Sache. Ich wollte nur meinen Freund Moreno wiedersehen und ihn mit nach Deutschland nehmen. Aber wie ich sehe, hat er bei Ihnen ein Zuhause gefunden. Haben Sie vielleicht was dagegen, daß ich auf eine Zigarettenlänge reinkomme?«

Die Frau schüttelte den Kopf: »O nein, natürlich nicht. Ach ja, ich heiße Isabella. Das Haus hier gehört meinem . . .!«

Sie sprach den Satz nicht zu Ende. Tränen kullerten über ihre Wangen. »Das Haus gehört meinem Antonio.«

Axel fühlte so etwas wie Verlegenheit in sich aufsteigen, wäre am liebsten davongelaufen. Was war hier nur passiert? Warum war die Frau so verzweifelt und traurig? Wo war jener Antonio, von dem sie sprach?

»Ich möchte wirklich nicht stören. Wenn es Ihnen recht ist, komme ich morgen wieder. Ich sehe ja, wie Ihnen zumute ist.«

Axel wollte sich umdrehen und gehen, als die Frau einen Schritt auf ihn zu machte: »Nein, nein, ist schon gut! Ich bin ja ganz froh, daß jemand den Mut besitzt und hierherkommt. Alle anderen im Ort meiden unser Haus, seitdem es in den Zeitungen stand.«

Axel von Berg konnte sich aus den Worten Isabellas keinen Reim machen. Aber er hielt es auch für taktlos, danach zu fragen. So rücksichtsvoll war er als frischgebackener Journalist sonst nicht.

»Kommen Sie doch ins Haus. Und trinken Sie mit mir ein Glas Wein. Es ist so staubig und heiß hier draußen. Außerdem ist es besser, wenn die anderen Sie nicht mit mir zusammen sehen.«

Axel folgte der Einladung. Zwei Stunden blieb er im Haus Antonios und Isabellas. Moreno saß auf seinem Schoß und schnurrte die Tonleitern rauf und runter. Sissi und Ludwig hatten sich auf der Couch eingerollt, und die anderen Katzen beobachteten den Besucher neugierig vom Fensterbrett aus.

Furcht und Mißtrauen in Isabellas Herz wichen dem Bedürfnis, sich alles von der Seele zu reden. Sie berichtete von ihrem Leben mit Antonio, seinen Diebestouren, der Verwundung Morenos. Sie erzählte ihm aber auch von jenem Abend am Strand, als sie ihn und seine Träume verstehen lernte. Am Ende wußte Axel alles. Schweigend saßen sie sich gegenüber. Jedes Wort, alles Gerede von Anteilnahme und Bedauern – es wäre so sinnlos und überflüssig gewesen.

Axel erhob sich, setzte Moreno vorsichtig auf die Erde. Dann lief er zur Tür, schaute sich noch einmal um: »Ich komme morgen wieder. Du bist nicht allein. Vielleicht kann ich euch helfen.«

Stundenlang saß der Berliner an diesem Abend in einer kleinen Bar am Hafen von Cala Ratjada, dachte über das nach, was ihm Isabella erzählt hatte.

Ein komischer Kauz, dieser Antonio. So radikal und konsequent. Er wollte sein Leben den Tieren widmen und überschritt dabei alle Grenzen. Es gab für ihn keinerlei Rücksichten. Übertrieb er, oder erkannte er als einziger klar die Not ringsum? Und dabei dachte Axel von Berg auch an seine eigene Weltanschauung. Wollte er nicht Karriere machen, Geld verdienen, Frauen kennenlernen? Sollte nicht sein Name möglichst oft unter den Schlagzeilen seiner Zeitung stehen? Die Katzen konnte man doch trotzdem lieben. Und nicht jede war so süß wie Moreno.

Was war dieser Antonio nur für ein Mensch? Ein Spinner? Ein verrückter Weltverbesserer? Ein Außenseiter, der den Kontakt zu den Menschen verloren hatte und sich nun in die Welt der Katzen flüchtete? Oder hatte er recht? War sein Handeln vielleicht wirklich der einzige Ausweg aus diesem schrecklichen Kreislauf, in dem Leid immer wieder neues Leid erzeugte und nach sich zog?

Axel trank ein Bier nach dem anderen. Seine Gedanken kreisten um diesen merkwürdigen Tag. Er fand beim besten Willen keine Ruhe. Immer tiefer bohrte sich das Gehörte in seine Seele. Dieser Antonio! Er macht uns alle zu Narren. Er hält sich für den großen Retter, den Wohltäter. Er ist nicht mehr als arrogant und überheblich. Er da oben und wir hier unten. Er hat das Gute gepachtet und wir das Schlechte. Ganz schön einfach. Und doch so leicht zu durchschauen. Er will sich feiern lassen als der gute Mensch von Mallorca. Dabei geht er an all den anderen Problemen auf dieser Erde vorbei. Für ihn gibt es nur die Katzen und sonst nichts. Er ist ein purer Egoist, ein geschickt getarnter, zugegebenermaßen.

Nach vier Gläsern Bier fand der Journalist so endlich seinen Seelenfrieden wieder. Leicht benebelt schlenderte er zurück zum Hotel, ging sofort ins Bett. Gegen vier Uhr früh wachte er schweißgebadet auf, wälzte sich von einer Seite auf die andere. Schließlich stand er auf, stieg unter die Dusche, zog sich an und lief hinunter ans Meer.

»Ich muß wissen, was richtig ist. Ich muß herausfinden, wer recht hat. Er oder ich und all die anderen.«

Axel beobachtete das Schimmern, das die Sonne über den Horizont schickt, bevor sie als rotglühende Scheibe aus dem Meer auftaucht. Fast wie in Zeitlupe erhob sie sich aus dem Ozean. Und ihre feurigen Strahlen ergossen sich über das Meer, den Strand und den erwachenden Ort. Die Erde hob den Vorhang für das faszinierendste Schauspiel, das sich seit Millionen Jahren wiederholte und das an Schönheit durch nichts erreicht wurde. Die Sonne war das Leben. Sie war die gleißende Pracht und die Unsterblichkeit. Sie war die Mutter und die Freundin.

Axel dachte an Antonio. Er hatte sein Leben eingesetzt und seine Freiheit verloren. War er vielleicht doch auf dem richtigen Weg? Und während sich die Sonne vom Horizont löste, erkannte Axel die volle Wahrheit. Wir sind es, die irren! Heuchlerisch lügen wir uns in die eigene Tasche, halbherzig, feige. Lippenbekenntnisse bestimmen unser Leben. Wer wagt schon den vollen Einsatz? Wir quatschen und hoffen, daß andere handeln. Es geht uns um Standpunkte, Redewendungen und Diskussionsbeiträge. Aber wo waren die Taten? Es ist nicht einmal Trägheit. Nein, wir haben Angst, das zu verlieren, was wir als Wohlstandsattribute zusammengekratzt haben. Nur kein Risiko! Und bloß nicht raus aus den gewohnten Bahnen. Was immer war, mußte ja in Ordnung sein.

Doch wie sollte er sich selbst verhalten? Das Lager wechseln? Einen Neuanfang probieren? Sich für die Tiere einsetzen und von allen anderen für verrückt erklärt werden? Nein, das ging zu weit.

Axel beschloß an jenem Morgen, Antonio im Gefängnis zu besuchen. Er wollte den Mann genauer kennenlernen und sich ein eigenes Bild von ihm machen.

Um elf Uhr stand er wieder vor dem Haus Antonios. Wie groß war die Freude, als er seinem Liebling Moreno einen herzhaften Kuß auf die feuchte schwarze Nase gab. Er war schon ein rechter Genießer, der freche Zausel. Voller Wonne kniff er seine Augen zusammen, stellte den »Schnurrmotor« an und ließ sich, den sinnlichen Freuden hingegeben, auf Wolke sieben heben. Dort blieb er so lange, bis Axel ihn am Haus auf den Tisch setzte, um ihn den Späßen seiner Freunde Sissi und Ludi zu überlassen.

»Ich bin richtig froh, daß du wiedergekommen bist. Eigentlich hatte ich es nicht erwartet.« Isabella gab ihm einen Kuß auf die Wange. »Ich habe noch etwas Kaffee und frische Brötchen. Komm, wir frühstücken zusammen.«

Antonios Freundin verwöhnte den Gast mit hausgemachter Marmelade und selbstgeerntetem Obst: »Sie wollen uns die Finca und den Garten wieder wegnehmen. Sie sagen, ich muß den Schaden gutmachen, den er angerichtet hat. Zum Glück arbeiten die Behörden in Spanien langsam. Es kann also noch eine Weile dauern.«

Axel kramte seine Zigaretten hervor, zündete sich eine an und kam sofort zur Sache: »Ich habe die halbe Nacht über deinen Antonio nachgedacht. Und ich komme zu keinem klaren Ergebnis. Ist er ein Verrückter, ein Weltverbesserer? Oder hat er wirklich recht. Ich sehe die Sache im Prinzip wie er, aber bin mir einfach nicht sicher. Als Journalist bekomme ich sofort eine Besuchserlaubnis im Gefängnis. Isabella, ich möchte mit ihm reden. Hast du was dagegen?«

Schweigend saßen sie sich minutenlang gegenüber. Wieder kullerten Tränen über das Gesicht der Frau: »Du willst mit ihm reden? Du willst wissen, ob er richtig gehandelt hat? Er hat es! Ich hätte alles genauso gemacht wie er. Aber bitte, besuche ihn. Es wird ihm helfen und dir auch. Und sage ihm auch, wie sehr ich ihn vermisse und daß ich in meinen Gedanken bei ihm bin. Sage ihm, daß . . .«

Isabella wandte sich weinend ab, vergrub ihr Gesicht im Fell Morenos.

Axel fühlte sich so hilf- und machtlos. Hätte er sie doch nur trösten können. Aber wie so oft im Leben ist man im größten Schmerz fast immer allein. Keine Stimme erreicht das leidende Herz in seiner Not. Es wünscht sich Hilfe und Erlösung und kann sie doch nicht annehmen.

Axel erhob sich, nahm Isabella in seine Arme: »Ich lasse

dich jetzt allein. Aber ich werde Moreno mitnehmen. Vielleicht darf er mit hinein. Dein Antonio würde sich bestimmt freuen.«

Mit einem Kopfnicken willigte Isabella ein.

Axel hob Moreno auf den Arm, lief zum Wagen, setzte Moreno auf den Beifahrersitz und fuhr los. Nach einer Stunde hatte er das Gefängnis am Stadtrand von Palma erreicht. Eine hohe Mauer mit Wachtürmen und Starkstromleitungen machte für die Häftlinge eine Flucht unmöglich. Das war offensichtlich.

Also stoppte er sein Auto auf dem Gefängnisparkplatz, lief mit Moreno zum gepanzerten Tor und zeigte den Polizisten dort seinen Paß und den Presseausweis: »Ich möchte einen Gefangenen besuchen. Wo bitte bekomme ich eine Besuchserlaubnis?«

Einer der Beamten verschwand in einem kleinen Häuschen, telefonierte, kehrte wenig später zurück: »Geht klar! Aber den Kater dürfen Sie nicht mit reinnehmen. Das ist hier verboten. Lassen Sie ihn bei uns. Wir passen solange auf.«

Axel wußte, daß daran nicht zu rütteln war: »Geben Sie Obacht. Ich hänge sehr an ihm. Lassen Sie ihn auf keinen Fall ausreißen.«

Der Beamte winkte müde und verständnislos ab, schob Axel durch das Tor in den Gefängnisvorhof. Dort wartete schon ein Kollege, der ihn durch ein Gewirr von Gängen erst zum Büro, und dann zur Zelle von Antonio führte.

»Mein Gott, hier möchte ich nicht begraben sein«, schoß es Axel durch den Kopf. Die Anlage war alt, und es roch nach billigem Linoleum, nach Putzmitteln und Männerschweiß. Zwischen den einzelnen Stockwerken waren Stahlnetze aufgespannt worden zur Sicherung gegen Selbstmörder. Doch sie hatten sich an verschiedenen Stellen aus der Verankerung gelöst. Wer hier seinem Leben ein Ende bereiten wollte, der konnte sicher sein, daß er es schaffte.

Dann stand er vor Antonios Zellentür. Der Etagenwärter steckte zwei Schlüssel hinein, öffnete und schob Axel in den verwahrlosten engen Raum. Mit einem lauten Poltern krachte hinter ihm die Tür zu.

Antonio wirkte müde, musterte mißtrauisch den Fremden: »Man sagte mir, Sie seien von einer deutschen Zeitung. Was wollen Sie von mir? Eine Sensationsstory? Ich bin keine Sensation. Ich bin ein Dieb und Räuber. Verschwinden Sie!«

Er hatte die beiden letzten Worte kaum zu Ende gesprochen, da bemerkte Axel, wie der Mann mit seinem Fuß irgend etwas unter das Bett zurückstieß und leise »schscht« machte.

Doch das »irgend etwas« ließ sich weder durch den Fuß noch das »schscht« beeindrucken. Zuerst kam eine schwarze Pfote zum Vorschein, dann eine zweite. Und schließlich schaute Axel in das freche Gesicht eines großen schwarzen Katers mit einem weißen Fleck auf der Brust.

»Nein! Das kann nicht wahr sein! Das ist unmöglich! Ein Trugbild! Eine Halluzination!«

»Ich weiß zwar nicht, wer Sie sind. Aber das ist kein Gespenst, sondern mein Kater Moreno, der vor drei Minuten durchs Fenster gekrochen kam. Und ich bin Antonio. Aber das wissen Sie ja bestimmt!«

»Ich, äh! Ich, äh – ich heiße Axel von Berg. Nein, ich komme nicht wegen einer Story. Ich soll Ihnen Grüße von Isabella überbringen. Und ich wollte Ihnen mit Moreno eine Freude machen. Leider mußte ich ihn am Tor abgeben. Aber irgendwie scheint es der Teufelskerl ja geschafft zu haben, zu Ihnen zu kommen.«

Mit einem Satz war Moreno auf dem alten Zellentisch und reckte sein Köpfchen nach vorn. Dann sprang er Antonio geradewegs in den Schoß und ließ sich auf die Seite fallen. Mit den Vorderpfoten machte er am Bauch seines

Herrchens Milchtritt, und dabei sabberte er vor Wonne, daß Axel aus dem Staunen nicht herauskam.

»Darf ich mich setzen?«

Axel kam sich in diesem Augenblick sehr hilflos vor.

Antonio zeigte mit der Hand auf das Bett: »Na gut, mach's dir bequem. Du hast sowieso nur eine halbe Stunde Besuchszeit. Komm am besten gleich zur Sache.«

Der Berliner suchte nach Worten. Er wußte, wie sensibel und verletzlich Antonio war. Das Gespräch kam nur mühsam in Gang. Das Mißtrauen zwischen den Männern war groß. Moreno lief nervös hin und her. Mal schmiegte er sein Köpfchen an Antonios Beine, mal an die von Axel. Der Dieb und der Journalist – zwei Welten waren hier aufeinandergestoßen, die unterschiedlicher nicht hätten sein können.

Allein Moreno und die Liebe zu den Katzen verband sie auf schicksalhafte Weise. Es war zunächst nur ein Bindeglied. Doch bald sollte daraus eine Kette werden, massiver und stärker als Stahl. Und sie sollte sie zusammenschmieden bis in alle Ewigkeit – im Leben wie im Tod.

Axel, der eine Sondergenehmigung erwirkt hatte, durfte den Gefangenen jeden Tag besuchen. Und immer war Moreno dabei, der ja seinen eigenen Weg ins Gefängnis gefunden hatte.

Axel kraulte seinem Kater, der auch Antonios Liebling war, den Hals und sagte: »Ich habe beobachtet, wie er sich reinschleicht. Er springt von einem Baum aus auf die Mauer, kriecht unter den Stromdrähten hindurch und schleicht geduckt im Laufgang bis zum letzten Wachturm. Von dort aus springt er auf ein dickes Rohr, das an der Außenwand des Sicherheitstraktes entlangläuft. Die Wachen haben ihn bestimmt schon beobachtet . . .«

Antonio nickte und ergänzte: ». . . aber sie denken sich nichts dabei. Moreno ähnelt nämlich dem Kater des Gefängnisdirektors. Vermutlich verwechseln die Wachposten ihn mit dem dicken Knastkater.«

Trotzdem war der Besuch für Moreno jedesmal ein gefährliches Abenteuer. Um bis zum Zellenfenster zu gelangen, mußte er jedesmal in den Lüftungsschacht des gegenüberliegenden Gebäudes springen. Es gab nichts, woran sich seine spitzen, scharfen Krallen festhalten konnten. Eine Winzigkeit zu viel Schwung und er wäre in den Schacht gestürzt. Von dort aus hätte es kein Entrinnen gegeben. Doch Irmchens Sohn schaffte das waghalsige Unterfangen. Vom Lüftungsschacht aus erreichte er einen kleinen Sims direkt vor Antonios Zelle. Und schwubs – war er bei seinem Herrchen.

Die beiden Männer schlossen schnell Freundschaft. Sie hatten in so vielen Dingen die gleiche Auffassung. Am meisten aber verband sie die Liebe zur Natur.

Antonio war in einer schlimmen Verfassung. Er hatte über zwanzig Pfund Gewicht verloren. Seine Augen besaßen ihren alten Glanz nicht mehr. Wenn er sprach, kamen die Worte nur flüsternd über seine Lippen: »Ich halte es hier nicht mehr lange aus. In meinen Gedanken und Träumen bin ich immer bei Isabella und den Tieren. Sie brauchen mich. Bald ist wieder Weihnachten, und dann fährt erneut der Todeswagen über die Insel.«

Axel, der neue Freund, war ratlos. Er hätte ihm so gern geholfen. Doch er wußte nicht wie. Außerdem war sein Urlaub bald rum, und er mußte zurück nach Deutschland.

Antonio stand am Fenster, beobachtete die Vögel hoch oben am Himmel. Mit seinen Händen umklammerte er die alten, rostigen Eisenstäbe so fest, daß die Haut über seinen Knöcheln ganz weiß wurde. Und in seiner Verzweiflung zerrte und rüttelte er daran, bis die Innenflächen der Hände anfingen zu bluten. Tränen kullerten über seine Wangen, und ganz leise sagte er, daß Axel es kaum verstehen konnte: »Vater im Himmel! Wenn du mir nicht helfen willst, dann erlöse mich wenigstens. Ich flehe dich an! Schicke mir einen schnellen Tod und hilf den Katzen, die ich so sehr liebe.«

Axel war erschüttert. Wie konnte er ihn nur retten? Es mußte doch einen Weg geben. In Filmen und Büchern war das immer so einfach. Doch hier, in der Wirklichkeit? Nein, er sah keine Lösung.

Als er am nächsten Tag wieder den Freund besuchte, saß dieser mit fest verbundenen Händen auf dem Bett: »Da, nun haben sie mich auch noch bandagiert. Als wenn das mein Leid mindern könnte. Mir wäre lieber, ich bekäme eine Blutvergiftung und würde daran sterben. Sie haben meinen Verband schon dreimal erneuert. Und schlampig, wie sie nun mal hier im Gefängnis sind, lassen sie sogar die blutigen Verbände im Abfalleimer liegen. Ständig habe ich jetzt Fliegen in meiner Zelle. Es stinkt in der Hitze bestialisch. Sieh! Selbst Moreno verkriecht sich in der äußersten Ecke und rümpft seine empfindliche Katzennase. Morgen bitte ich sie, die alten Verbände endlich mitzunehmen.«

Die Männer verbrachten die halbe Stunde stumm miteinander. Sie hatten sich alles erzählt, was zu erzählen war. In vier Tagen mußte Axel ohnehin abreisen. Er wollte von Deutschland aus versuchen, wenigstens einige Hafterleichterungen zu erwirken. Der deutsche Botschafter in Madrid und der spanische Justizminister waren alte Freunde. Und der Pressesprecher des Botschafters war ein Freund von Axels Vater.

An diesem Abend saß Axel mit Moreno hoch oben auf der Mauer der alten Festung von Capdepera. Die Nacht war so klar wie seit langem nicht. Das Band der Milchstraße zog sich über das tiefschwarze Firmament. Unten im Ort sah man im Licht der Laternen Menschen durch die engen Gassen huschen, jeder auf dem Weg nach Hause oder zu einer Verabredung. Sie hatten die Schlagzeilen nach Antonios Verhaftung längst vergessen. Das Leben verlief wieder in den gewohnten Bahnen. Nichts störte die Ruhe des kleinen Ortes, der durch die Touristen im nahen Cala Ratjada zu bescheidenem Wohlstand gekommen war. Das war die Welt Antonios, nach der er sich so sehr sehnte. Ach, hätte er doch nur das Band der Milchstraße ans Zellenfenster des Freundes knüpfen können. Wie leicht wäre jenem die Flucht gelungen. Statt dessen ließen sie die stinkenden Verbände bei ihm liegen, um ihn so noch mehr zu quälen.

Und während er träumte, wie sein Freund auf der glitzernden Milchstraße in die Freiheit schwebte, rekelte sich Moreno im Schlaf und verhakte sich mit den Krallen in seinem Oberschenkel.

»Aua! Du dösender Strolch! Kannst du nicht wenigstens die Krallen drinlassen. Nachher müssen sie mich genauso bandagieren wie dein Herrchen. Und wenn du wieder mal ganz übermütig bist, dann packst du ein Stück des Verbandes und spielst damit Tarzan.«

Axel schoß hoch wie eine Rakete, daß Moreno von der Mauer auf den feuchten Rasen geschleudert wurde: »Alter Ganove! Na klar! Das ist es! Das ist die Lösung! Die Milchstraße, das Band, der Verband! Mein Gott, wieso bin ich nicht gleich darauf gekommen? Es ist so simpel. Er muß nur genügend Verbandsstoff haben. Moreno, so holen wir ihn raus! Nachts! Wenn die Wachposten auf ihren Türmen dösen.«

Aber wie kommt er durch die Gitterstäbe? Sie durchsuchen jeden Besucher. Eine Feile reinzuschmuggeln ist unmöglich. Und werfen, über die Mauer, in den Hof? Und dann auch noch das Zellenfenster treffen? Ein Sechser im Lotto wäre ein Kinderspiel dagegen.

Mit einem Satz war Moreno wieder auf der Mauer und stubselte mit seinem Köpfchen die Wade von Axel. Der Berliner schoß ein zweites Mal hoch – und wieder landete Moreno im Gras: »Dickerchen! Mein schwarzer Superkater! Du wirst ihm die Feile reinbringen! Dich kontrollieren sie nicht!« Natürlich! So muß es funktionieren!

Axel wagte nicht, Isabella und die anderen Freunde einzuweihen. Sie hätten ihn ausgelacht, die Idee verworfen und ihn für einen Spinner gehalten. Wem konnte man außerdem trauen? Am besten niemandem!

Schon um zehn Uhr früh war Axel bei Antonio, diesmal ohne Moreno. Er wollte kein Risiko eingehen. Zum Glück waren die alten Verbände noch nicht abgeholt worden. Antonio machte große Augen, als er von dem Plan erfuhr.

Axel erklärte ihm jedes Detail: »Du brauchst etwa einundzwanzig Verbände. Die mußt du zu einem Zopf flechten. Macht sieben Meter Länge. Du wirst dann zwar noch einmal sieben Meter abstürzen. Aber das ist nicht zu ändern. Wenn du unten angekommen bist, kriechst du sofort um die Ecke. Dort ist Schatten. Die Scheinwerfer reichen nicht so weit. Und dann rennst du direkt auf die Mauer zu, und zwar im Winkel von fünfundvierzig Grad. Ich werfe dir pünktlich um einundzwanzig Uhr elf ein Seil mit Knoten rüber. Damit mußt du es schaffen. Die Wachablösung ist um einundzwanzig Uhr zwanzig. Das habe ich herausgefunden. Die Schlafmützen auf dem Turm werden hoffentlich erst kurz vorher munter. Du hast also alles in allem neun Minuten Zeit. Komm, laß uns die Uhren vergleichen. Und sieh zu, daß du genügend Verbände hortest.«

»Aha! Und wie kriege ich die Eisenstäbe durch? Soll ich vielleicht Herkules spielen oder sie durchnagen wie ein Biber? Komm, vergiß es! Du schaffst es nie, eine Feile reinzuschmuggeln. Das ist noch keinem gelungen.«

»Moreno wird sie dir bringen. Er kennt den Weg und bei ihm schöpft niemand Verdacht. Klasse, was?«

Axel strahlte stolz und war richtig begeistert von seiner Idee. Der Plan konnte funktionieren, wenn Antonio nur mitmachen würde. Doch der winkte wieder ab: »Ich habe nicht die Kraft dazu. Schau dir meine Hände an. Sie sind hin.«

Der Journalist setzte alles auf eine Karte: »Nicht deine Hände sind hin. Du bist es in deinem Kopf, in deinem Herzen. Das Gefängnis hat dich weichgeklopft. Und du willst hier noch neun Jahre aushalten? Du? Keine neun Wochen machst du das noch mit. Und dann quetschen sie die Namen deiner Freunde aus dir heraus. Ach ja! Ich vergaß, dir zu sagen: Sie wollen Isabella das Haus und das Grundstück wegnehmen. Dann sitzt sie auf der Straße, und die Katzen muß sie wohl einschläfern lassen. Aber bis dahin ist noch Zeit. Weihnachten kommt ja sowieso wieder der Todeswa . . .!«

Axel hatte den Satz noch nicht zu Ende gesprochen, da wirbelte Antonio herum, packte ihn an der Kehle und keuchte: »Nie! Nie werden sie mir das Haus wegnehmen und Isabella auf die Straße setzen. Und ich bringe jeden um, der meinen Katzen etwas antut . . . Gut! Ich mache mit! Sag mir, wann es soweit ist!«

Der Plan war zwar schnell zusammengeschustert worden, doch ihm lag ein Konzept zugrunde. Axel verabschiedete sich nur kurz, ging zur Tür, und drehte sich ein letztes Mal um: »Morgen besucht dich Moreno. Übermorgen ist es soweit.«

*

Moreno der Teufelskerl!

Am folgenden Mittag kam er durchs Fenster gekrochen. Unter seinem Bauch die titanbeschichtete Feile, die Alesandros mal aus Polizeibeständen geklaut hatte. Axel hatte sie ihm mit schwarzem Klebeband unter dem Bauch befestigt. Zuerst wehrte sich der Kater mit allen Krallen gegen diese ganz und gar unkätzische Tortur. Doch allmählich gewöhnte er sich an den Ballast. Auch wenn ihm das Laufen sichtlich schwerfiel. Nach mehreren Dutzend Versuchen im Garten hatte sich Axel aus der Hocke erhoben und zufrieden festgestellt: »Ich bin sicher, er schafft es. Jetzt brauchen wir nur noch ein bißchen Glück.«

Antonio war sprachlos, als er seinen Kater breitbeinig vor sich stehen sah: »Moreno! Du bist kein Kater! Du bist der Leibhaftige in Katzengestalt. Komm her, ich befreie dich von der Feile. Und dann schnell zurück. Wir treffen uns morgen in Freiheit.«

Der Gefangene gab seinem Kater noch schnell einen Kuß auf die schwarze Nase – und mit einem Satz war Moreno draußen vor dem Gitter.

Der Ausflug dauerte nur Sekunden. Im Nu war Moreno wieder in der Zelle, mit blutenden Ohren und einer zerkratzten Nase. Sultan, der schwarze Kater des Gefängnisdirektors, hatte seit Tagen Morenos Geruch in der Nase. Jetzt endlich war ihm der Konkurrent in die Falle gelaufen.

Antonio hatte keine Wahl. Ein Kampf zwischen den beiden Katern hätte zuviel Unruhe gebracht. Das konnte er nicht riskieren. Der Wärter würde erst später noch einmal reinschauen. Da konnte er seinen Liebling unter dem Bett verstecken. Okay! Also würden sie die Flucht zusammen wagen.

Die nächsten Stunden waren die reinste Qual. Mit seinen zerschundenen Händen feilte Antonio an einem der Gitterstäbe. Zum Glück war das Eisen schon sehr verrostet. Er hatte sein Hemd um das Werkzeug gewickelt, um das Feilgeräusch zu dämpfen. Es funktionierte tatsächlich. Langsam fraß sich die Feile durch das alte Metall, Millimeter um Millimeter. In den kurzen Pausen, die der Gefangene einlegte, flocht er aus den blutigen und verschmierten Verbänden den Zopf, an dem er sich in den Hof hinablassen wollte. Schweißperlen traten auf seine Stirn, die Hände fingen wieder an zu bluten. Er zitterte am ganzen Körper. Moreno, der alles neugierig beobachtete, lag auf der Pritsche und staunte, daß sein Herrchen ihm kein Futter hinstellte. Aber er kannte das ja schon. Wie oft im Leben war er mit knurrendem Magen eingeschlafen, hatte nachts von fetten Ratten geträumt – und war am nächsten Morgen wieder hungrig aufgewacht.

Antonio arbeitete pausenlos. Seine Arme und die Schultern schmerzten. Immer wieder wischte er sich mit seinen blutenden Händen den Schweiß von der Stirn. Er sah zum

Fürchten aus. Die Augen brannten von dem Schmutz, die klatschnassen Haare klebten am Kopf. In seinem Gehirn pochte es wie wild. Nicht aufgeben! Nur nicht aufgeben! Du kannst es schaffen! Du mußt es schaffen!

Vor seinen Augen sah er die Gesichter der Freunde, die mit ihm so viele Gefahren durchgestanden hatten. Er hörte das Lachen Isabellas und erkannte in der unendlichen Weite seiner wirren Tagträume die Gesichter der Katzen, die er gerettet hatte. Und er hörte den Wagen um die Ecke kommen, den Todeswagen, der bald wieder die vergifteten Katzen abtransportieren sollte.

Du mußt es schaffen! Für sie, für sie alle! Endlich, am nächsten Mittag hatte er das untere Ende des Eisenstabes durchsägt. Dann kam der Zellenwärter. Antonio schmierte die Lücke im Fensterstab mit seinem Blut und den Eisenspänen zu. Sein Herz schlug wild in der Brust. Wenn der Mann doch etwas bemerkte? Dann war alles aus. Und Moreno! Hoffentlich blieb er ruhig unterm Bett und kam nicht plötzlich neugierig zum Vorschein.

Es lief wie am Schnürchen. Der Wärter ließ scheppernd den Teller auf den Zellentisch knallen, stellte mißmutig einen Topf Orangensaft daneben. Ohne einen Blick auf Antonio zu werfen, verließ er den Raum, zog die Tür wieder ins Schloß.

Geschafft! Morgen um diese Zeit würde der Trottel schon eine leere Zelle vorfinden. Wenn alles klappte! Wenn ...

Die Stunden verrannen. Die Sonne versank über dem Haupthaus, wo auch das Büro des Direktors lag und die Unterkünfte der Bewacher. Der Himmel über Mallorca färbte sich dunkelblau, dann violett. Die Schwalben flogen hoch in den Wolken, Zeichen dafür, daß der nächste Tag sehr schön werden würde. Es sollte für ihn der erste Tag in Freiheit sein.

Gegen neunzehn Uhr hatte Antonio den Eisenstab auch am oberen Ende durchsägt. Vorsichtig band er den Zopf an einer Eisenstange fest. Hielt die Konstruktion? Das Seil war ohnehin fast einen Meter kürzer als geplant. Durch das Flechten hatte es an Länge verloren. Aber daran war nun nichts mehr zu ändern. Acht Meter würde er in die Tiefe stürzen. Hoffentlich brach er sich dabei nicht die Beine oder zog sich andere Verletzungen zu.

Antonio verdrängte die Gedanken, die sich immer wieder neu in seinem Verstand bildeten. Nur nicht nervös werden! Jetzt nicht! Eine Kirchturmuhr irgendwo in der Nähe schlug zwanzig Uhr. Gottlob hatten sie ihm seine Armbanduhr gelassen. Sonst hätte er sich auf den Glockenschlag verlassen müssen. Wenigstens da gab es keine Probleme.

Antonio hob seinen Kater hoch, setzte ihn auf den Schoß: »Hör zu, mein Liebling! Du schleichst dich jetzt wieder in die Freiheit! Egal, was passiert. Draußen wartet unser Freund. Bringe ihm diesen Zettel. Wenn ich es nicht schaffen sollte, dann weiß er wenigstens, was los ist.«

Antonio befestigte Moreno den Zettel unter dem Bauch, benutzte dafür das alte Klebeband, mit dem Axel die Feile reingeschmuggelt hatte. Dann gab er seinem Kater einen Kuß auf die Nase und setzte ihn ins Fenster. Noch einmal drehte Moreno sein Köpfchen zu ihm, schaute dem Freund in die Augen. Dann war er im Dunkel der heraufziehenden Nacht verschwunden.

Nervös blickte Antonio aus dem Fenster. Es war jetzt kurz vor einundzwanzig Uhr. Zur selben Zeit stellte Axel von Berg drei Straßen weiter seinen Leihwagen in einer dunklen Hauseinfahrt ab, schlich vorsichtig zur Gefängnismauer. Der Countdown lief!

Antonio schob den Tisch und das Bett leise vor die Zellentür, verkantete sie gegeneinander. Das würde ihm im Fall einer Entdeckung wertvolle Sekunden schenken. Dann machte er Kniebeugen und Liegestütze, dehnte seine Muskulatur, pumpte sie voll Blut. Er wußte, daß er jedes Fünkchen Kraft brauchen würde. Schließlich kritzelte er einige Worte auf einen Zettel und legte ihn auf den Tisch. Die Kirchturmuhr schlug einundzwanzig Uhr. Es ging los!

In Sekunden hing Antonio draußen am Seil, rutschte blitzschnell in die Tiefe. Dann der Fall! Ein Sturz in die Unendlichkeit! Mit Händen und Füßen, wie eine Katze, schlug er auf den Schotter des Hofes auf. Schmerzen durchrasten seinen Körper. Die kleinen Steine bohrten sich in die Wunden an den Händen, zerfetzten ihm die Knie. Antonio rollte sich sofort zur Mauer, suchte Dekkung, biß sich auf die Lippen, um nicht vor Schmerz zu schreien. Stille! Keiner hatte bisher etwas mitbekommen.

Leise kroch er bis zur nächsten Ecke, eine Blutspur hinter sich herziehend. Dann der Schatten, der ihn verschluckte. Er spürte, wie das Blut durch den Körper jagte und sich alles um ihn herum drehte.

Nur nicht schlappmachen! Jetzt nicht! Du darfst nicht hinschmeißen!

Die Mauer war kaum zwanzig Meter entfernt, der nächste Wachturm etwa dreimal soviel. Sie mußten ihn entdekken. Und wenn ihn die Scheinwerfer erfaßt hatten ...! Im Geiste hörte er das Klicken der Maschinengewehre, die auf den Türmen entsichert wurden.

Da brach das Inferno wirklich los! Die Suchscheinwerfer flammten auf, tanzten über den Hof und die ockerfarbenen Wände des Haupthauses. Männerstimmen brüllten durcheinander. Schüsse peitschten durch die Nacht. Eine Alarmsirene fing laut an zu heulen. Kommandos hallten von den Wänden wieder. Zwei Polizeifahrzeuge rasten quietschend aus ihren Garagen. In Sekunden rannten etwa zehn Männer mit Gewehren im Hof auf und ab.

Antonio kauerte sich in eine Nische, vergrub den Kopf unter seinen blutenden Armen. Aus! Es ist aus! Nein! Sie sollen dich nicht kriegen! Nicht lebend! Es hat sowieso keinen Sinn mehr. Sollen sie dich auf der Flucht erschießen. Mein Gott, warum stehst du mir nicht bei, warum hast du mich verlassen?

Antonio erhob sich, wollte loslaufen, als er plötzlich wie gebannt stehenblieb. Die Männer hatten ihr Feuer eingestellt, blickten wie hypnotisiert hoch zur Mauer. In den Lichtkegeln von zwei Scheinwerfern wirbelten dort kämpfend schwarze Schatten durcheinander, fauchend, kreischend und sich immer wieder blutige Wunden schlagend.

Sultan, der Kater des Gefängnisdirektors, hatte auf der Mauerkrone auf Moreno gewartet und ihn von hinten angegriffen. Eine Prügelei auf Leben und Tod! Auf der nur dreißig Zentimeter breiten Mauer schlugen die beiden Kater eine mörderische Schlacht.

Ein häßliches Knistern wurde zur grausamen Begleitmusik. Die Wachen hatten die Fangdrähte auf der Mauer unter Strom gesetzt. Nur etwa vierzig Zentimeter blieben den kämpfenden Katzen zwischen Draht und Mauerkrone. Wer dagegen kam, war unweigerlich verloren.

Die Männer im Hof applaudierten, lachten, grölten, feuerten Sultan an: »Los, zeig's ihm! Zerreiß ihm die Kehle, röste ihn. Er hat dein Revier betreten.«

Moreno kämpfte um sein Leben und um das von Antonio. Immer wieder stieß Sultan die Reißzähne in seinen Nacken, rammte ihm die Krallen der Hinterpfoten in den empfindlichen Unterleib. Irmchens Sohn blutete aus mehreren Wunden. Ständig streiften die Katzen mit ihrem Fell die Stromdrähte. Silberfarbene Funken tanzten über der bizarren Szene, um in Sekundenschnelle zu verglühen.

Antonio war fassungslos, ratlos. Dort oben focht sein geliebter Kater ums Überleben. Er konnte ihn doch nicht einfach im Stich lassen und sich selbst retten.

Einundzwanzig Uhr elf: Antonio wollte eben Moreno zu Hilfe eilen, als Axel das Seil über die Mauer warf, so geschickt, daß es zwischen den Stromdrähten und dem Mauerkranz hindurchrutschte.

Eine Stimme im tiefsten Innern seines Herzens schrie: »Mein Gott, hilf meinem Moreno.« Dann rannte Antonio los, packte das Seil, zog sich hoch und sprang über die

Mauer. Halb stürzend, halb rutschend landete er auf der anderen Seite, fiel in die Arme Axels.

»Moreno! Dort oben! Axel, sieh! Moreno kämpft auf der Mauer.« Axel von Berg stieß Antonio ins Auto, griff blitzartig eine volle Cola-Büchse und schleuderte sie in Richtung der Katzen. Das war Morenos Rettung. Die Büchse traf die Stromdrähte. Ein Zischen riß die Kater aus ihrer tödlichen Umklammerung. Sultan, der bei dem Kampf ein Auge eingebüßt hatte, verlor das Gleichgewicht und stürzte in den Hof. Laut miauend flüchtete er um die nächste Ecke und verkroch sich unter einem der Polizeifahrzeuge.

Moreno sprang mit einem Satz von der Mauer, kullerte über das Straßenpflaster, rannte auf das Auto zu, kletterte Antonio geradewegs in die Arme. Sekunden später verschwand der Wagen in den engen Gassen Palmas. Die Wachmänner begossen diesen Abend in ihrer Stube mit Unmengen von Wein. Zu fröhlich war der Kampf der Kater für sie gewesen.

Am nächsten Vormittag kam das böse Erwachen. Alle durften in Reih und Glied beim Gefängnisdirektor antreten und sich die schlimmste Abreibung ihres Lebens abholen. Er brüllte und tobte wie nie zuvor. In zwölf Monaten wäre er, nach dreißig Dienstjahren, ohne einen einzigen Ausbruch in Pension gegangen. Sie hatten ihm durch ihre Trotteligkeit diesen ehrenvollen Abschied gründlich vermasselt.

Wutschnaubend las er die Worte vor, die Antonio kurz vor seiner Flucht auf einen Zettel gekritzelt hatte: »Ich bedanke mich für die freundliche Aufnahme, werde aber Ihr Haus nicht weiterempfehlen. Herzlichst: Ihr Dieb von Mallorca!«

Und während der Gefängnisdirektor mit hochrotem Kopf den Zettel zerfetzte, lag Sultan völlig verstört in der Ecke, blickte mit seinem verbliebenen Auge in die Runde und leckte sich das zerschundene Fell.

Die gelungene Flucht erschien den Männern wie ein Wunder. Die einstündige Fahrt nach Hause verlief ohne Zwischenfälle, keine Verfolger, weder Zivilstreifen noch Straßensperren. Die erste Sorge der Freunde galt Moreno. Schlimm sah er aus. Das Fell zerzaust, der Hals, die Ohren und der Bauch – alles war blutig. Doch der kleine Held, der seinem Freund den Ausbruch auf ungewöhnliche Weise ermöglicht hatte, schien bester Dinge. Zwar zitterte er am ganzen Körper. Aber der Wagen der Flüchtenden hatte kaum Manacor erreicht, da begann der unverwüstliche Kater schon wieder, auf Antonios Schoß zu schnurren. Die Wunden waren zum Glück nicht sehr tief, obwohl sie höllisch weh tun mußten. Ein paar Tage nur, und er würde sich von dem Kampf erholt haben.

Axel lenkte den Wagen auf Antonios Geheiß nicht zum Haus, sondern zur Höhle an der Küste. Hier war er sicher und konnte sich erholen. Vorräte gab es genügend. Nach fünfzehn Minuten hatten die Männer ein Lagerfeuer gemacht. Und Axel, der eine Flasche Sekt eingepackt hatte, ließ den Korken knallen: »Komm, du Tierfreund, wir stoßen auf die Freiheit an.«

Bis weit nach Mitternacht saßen sie so beisammen, tranken und wiederholten immer wieder alle Einzelheiten des Ausbruchs. Ohne ihren Moreno, da waren sie sich einig, hätten sie es nie geschafft. Manchmal spielte doch der Zufall eine große Rolle. Oder war es das Schicksal, das seine Hände im Spiel hatte? Egal, Antonio war frei. Und nur das zählte.

Antonio trank das letzte Glas leer, nahm seinen Kater auf den Schoß, starrte nachdenklich in das herunterbrennende Feuer: »Ich kann unmöglich bleiben. Sie werden mich überall suchen. Und sie werden mich finden. Hörst du! Isabella darf vorerst nichts davon erfahren. Sie werden sie ausquetschen wie eine Zitrone. Und irgendwann verrät sie sich. Dann ist es vorbei, und sie haben mich. Ich muß die Insel verlassen. Am besten verschwinde ich ins Ausland.

Dort bin ich zunächst einmal sicher. Wenn Gras über die Sache gewachsen ist, kehre ich unter falschem Namen zurück und nehme meine Arbeit wieder auf. Geh du nach Deutschland, mache deinen Job und hilf mir von dort aus, indem du dich für die Tiere einsetzt. Ich werde ab und zu schreiben und dir mitteilen, wie es mir geht. Moreno nehme ich mit. Er ist zu bekannt. Wenn sie ihn entdecken, wissen sie, daß ich nicht weit sein kann. Das ist zu riskant. Ich versuche, auf irgendein Schiff zu kommen, das morgen nacht Palma verläßt. Bestimmt kann ich mich an Bord verstecken oder einen Matrosen mit ein paar Peseten bestechen. Bin ich erst einmal weg, wird es schon irgendwie weitergehen.«

Antonio besah seine blutenden Hände: »Der Schmerz ist nichts gegen die Qual, die ich empfinde, weil ich meiner Isabella nicht adieu sagen kann. Bitte, mach du das später für mich, und sage ihr, wie sehr ich sie liebe. Ich weiß bei Gott nicht, wieso alles so kam. Warum ich diesem Ruf folgen mußte. Vielleicht verstehst du mich, Axel. Ich konnte nicht anders. Die Tiere haben uns vertraut. Und sie tun es noch. Ich sehe nachts im Schlaf immer ihre fragenden, traurigen Augen. Und es quält mich, daß wir sie so mißhandeln. Keine Anklage, keine Feindschaft erkenne ich in ihren Gesichtern. Nur stilles Leid und Angst. Ich könnte nicht mehr leben, ohne für sie zu kämpfen. Natürlich bin ich nur ein Nichts. Ich weiß das. Doch ich bin sicher, eines Tages werden es viele sein, die sich auf denselben gefahrvollen Weg machen, um für die Tiere und die Natur alles zu wagen.

Wir hatten einst einen Vertrag mit den Tieren. Er beruhte auf gegenseitiger Achtung. Auf grausame, schreckliche Weise haben wir ihn gebrochen. Die Menschen müssen erneut lernen und erkennen, wie faszinierend und lieb die Tiere sind. Unser Miteinander muß wieder von Harmonie geprägt sein.«

Der Tierschützer klopfte Axel auf die Schulter und fuhr fort: »Mein Freund! Wir sind neben allen Grausamkeiten auch arrogant und überheblich geworden. Dabei sind wir nicht mehr als das Glied einer Kette. Ohne die Natur, die uns um so vieles überlegen ist, müssen auch wir zugrunde gehen. Ich weiß nicht, ob ich jemals Kinder haben werde. Doch was sollte ich ihnen antworten, wenn sie eines Tages auf einem leeren, zerstörten und öden Planeten leben müßten und mich fragten, wo warst du damals? Was hast du dagegen unternommen? Seht, was ihr uns hinterlassen habt.«

Axel war betroffen, schaute verlegen zu Boden: »Antonio, du hast recht. Aber was soll man als einzelner machen? Und ...! Schau dich doch um! Die Wälder sind noch da, die Vögel am Himmel und die Fische im Wasser. Es ist vielleicht gar nicht so schlimm, wie du sagst!«

Antonio sah dem Freund in die Augen: »Doch, Axel, viel schlimmer und schrecklicher. Die wilden Tiere sterben zu Millionen in Afrika und anderswo, weil wir in ihre Lebensräume eindringen und sie aus schierer Mordlust abknallen. Wir überhitzen die Erde mit unserem sinnlosen Energieverbrauch. Die Flüsse trocknen aus, und die Tiere und Menschen verdursten. In den Tropen vernichten wir ihre Wälder, und in den Meeren lassen wir die Fische und Wale in den Netzen verenden. Die Walfänger sprengen ihre Opfer mit Explosivgeschossen in die Luft. In Italien sterben zu Millionen die niedlichsten Singvögel in haarfeinen, aber tödlichen Fängen. In Asien bekommt man in Feinschmeckerlokalen lebende Affen serviert. Der Küchenchef schiebt ihre kleinen Köpfe durch Öffnungen im Tisch. Dann schlägt er ihnen bei lebendigem Leib die Schädeldecke ab, und die Gäste löffeln das Gehirn.«

Und mit zitternder Stimme fragte er den Freund in jener Nacht: »Findest du das human? Sind das die Kultur und Zivilisation, auf die wir nach Jahrtausenden stolz zurückblikken dürfen? Ich frage dich, nennst du das Menschlichkeit? Schau mich an! Und gib mir die Antwort! Ist das Menschlichkeit?«

Es war die Nacht, die auch Axels Seele veränderte. Er

spürte die Verzweiflung ebenso wie Antonio. Was war nur aus uns geworden? Wo war der Gott, der dies verhinderte? Wieso ließ er es geschehen? War er denn kein Gott der Gnade?

Antonio, der die Gedanken des Freundes erriet, gab ihm die Antwort: »Nein, mein Freund, er ist kein Gott der Gnade. Nicht mehr! Zu verwerflich waren unsere Taten während all der Jahrtausende, zu grausam unsere Herrschaft. Er ist ein Gott der Gerechtigkeit. Und seine Gnade ist erschöpft. Er wird bald Gericht halten und uns vernichten, wenn wir nicht endlich aufwachen und umkehren.

Die Erde wird überleben und sich erholen. In einigen Jahrtausenden ist sie wieder ein blühender Planet. Aber uns wird es dann nicht mehr geben. Zuerst trifft es die Ärmsten der Armen. Sie werden zu Millionen sterben. Jene, die überleben, werden loswandern, dorthin, wo es noch Nahrungsmittel gibt: Zu uns!

Diese Massenwanderung bringt Krankheiten und Seuchen mit sich, die auch uns dahinraffen. Die Militärs, die man aus gutem Grund unter Waffen hält, werden Europa zur Festung erklären, entlang der Pyrenäen, Alpen und entlang des Ural. Es wird nichts nützen!

Die Zahl der Einwanderer ist dann zu groß und ihre Verzweiflung noch größer. Sie haben nichts mehr zu verlieren. Hier, an den Grenzen der Festung Europa, wird die letzte Schlacht geschlagen. Und sie wird sich fortpflanzen bis ans Ende der Welt. Überall wird das Strafgericht Einzug halten, und die Ausgebeuteten üben Rache für das, was wir ihnen angetan haben.

Ich sehe die aufgedunsenen Leiber der Toten. Und aus ihnen kriechen Krankheiten, die wir längst besiegt glaubten. Seuchen werden uns vernichten in unseren Städten und Wohnungen. Keine Kunst der Medizin kann uns mehr retten. Im Gegenteil!

Unsere von Antibiotika, anderen Medikamenten und

Umweltgiften geschwächten Immunsysteme werden zusammenbrechen. Die Krankheiten werden wüten wie nie zuvor und unendlich viele Opfer finden. Spätestens dann, wenn nicht viel früher, brechen unsere Wirtschaftssysteme zusammen. Und auch bei uns wird der Hunger seine Klauen ausstrecken. Am letzten Tag dieser Tragödie wird es zunächst die Kinder treffen, die ohnehin zu den Schwächsten zählen. Schau sie dir an, wie zart, empfindlich und krank sie schon heute sind. Sie sterben zuerst. Und das Klagegeschrei der Mütter, die ihre toten Kinder in den Armen halten, wird ungehört um die Welt gehen. Und dann? Ja, dann wird es Nacht!

Unsere Zivilisationsdecke, die immer dünn war und eine einzige Lüge darstellt, reißt auf. Jeder wird sich auf jeden stürzen, vielleicht nur wegen eines einzigen Stückchens verschimmelten Brotes. Bestie Mensch! In dieser Nacht wird jeder seinen Nächsten morden, und die Schrecken des Kannibalismus kehren zurück aus grauer Vorzeit. Der Sohn wird die Mutter töten, der Mann die Frau, der Bruder die Schwester. Das, Axel, ist das Inferno, die Apokalypse. Das ist das Ende!«

Axel von Berg war erschüttert: »Ich kann es nicht glauben! Ich will es nicht glauben! Sag, daß es nicht wahr ist! Bitte, sag es! Deine Seele und dein Verstand sind krank. Die Gefangenschaft! Die Flucht! Das war alles zuviel für dich. Bitte sag, daß es so nicht kommen muß!«

Antonios Stimme bebte, und ganz leise antwortete er: »Nein, so muß es nicht kommen, wenn wir jetzt umkehren. Bisher meinten die Menschen immer, es wird schon irgendwie weitergehen. Und damit hatten sie wohl recht. Doch in der Vergangenheit waren alle Probleme immer nur lokal, regional oder schlimmstenfalls kontinental. Diesmal aber haben sie eine globale Größenordnung, gleich wie die Kraft unserer Zerstörung global ist, und es wird die ganze Welt betreffen. Wenn wir jetzt innehalten und uns mit aller Kraft dagegen wehren, ist vielleicht noch was zu retten.

Nur bedenke, der Mensch ist ein fortschrittsgläubiges, konsumsüchtiges Raubtier, das alles haben muß, und zwar sofort. Allein der Fortschrittsgedanke ermöglichte bislang unsere Entwicklung.

Es gibt nur eine Lösung, und die heißt gezielter, planmäßiger Rückschritt, mit Vernunft und Verantwortungsbewußtsein. Nicht bis zur Steinzeit. Aber zurück in eine Zeit, in der die Katastrophen noch nicht global waren. Falls uns das gelingt, haben wir eine Chance. Wenn wir leben wie vor fünfzig Jahren, aber mit den technischen Errungenschaften der Gegenwart, könnte es klappen. Aber sag das mal deinen Freunden und Kollegen. Sie werden dich auslachen und als Spinner abstempeln.

Was wir brauchen, sind Einsicht, Besinnung, Rücksichtnahme und Liebe unter allen Geschöpfen. Frage die Menschen! Kaum einer fühlt sich noch wohl in seiner Haut. Viele sind geplagt von psychischen Leiden, Allergien, Ängsten, Leistungsdruck und Hoffnungslosigkeit. Die meisten sind ruhelos, überreizt und erschöpft, sind verzweifelt, suchen Besinnung und Geborgenheit.

Die ganze Werbung – geht ihnen das nicht in Wirklichkeit alles auf den Geist, was da vorgeplappert wird? Sind sie nicht nur noch überforderte Opfer, die kaufen sollen, obwohl sie schon alles haben.

Immer mehr Menschen träumen von den Schönheiten der Natur, von den Wäldern, Wiesen, unberührten Buchten am Meer. Und viele fühlen sich wieder zu den Tieren hingezogen, weil sie ihnen in diesen verrückten Zeiten Zärtlichkeit und Liebe schenken.

Warum gehen denn so viele Ehen und Beziehungen kaputt? Warum drehen immer mehr Jugendliche durch und werden gewalttätig? Ich will es dir sagen, Axel! Weil dieses Leben ihnen keinen Sinn mehr gibt, weil sie alles ankotzt. Wir sind Marionetten eines riesigen Vergnügungsparks, der von seelenlosen Menschen geführt wird, die nur auf das eine programmiert sind: uns auszubeuten, kaputtzumachen und dann wegzuwerfen.

Die Politiker können all dem keinen Einhalt gebieten. Nicht alle, aber viele sind zu lasch und korrupt, und außerdem sind die meisten nur noch dritte Garnitur. Die Macht haben ganz andere, internationale Interessengruppen, die zusammenhalten, sich aufblähen und die Erde überwuchern wie ein unersättliches, gieriges Krebsgeschwür. Doch auch sie sind dumm wie die Menschen leider schlechthin. Denn wenn sie alles gefressen haben, bleibt nichts mehr übrig, und auch sie müssen sterben. Sterben, weil man Geld nicht essen kann.

Nein, es gibt nur eine Möglichkeit! Die Völker der Erde müssen wachgerüttelt werden. Sie müssen sich erheben und kämpfen. Und sie brauchen jemanden, der sie führt, der klaren Verstandes ist, aufrichtig und herzlich. Er muß gut, intelligent, weise und stark zugleich sein. Nur wenn die Menschheit dies erkennt und demjenigen folgt, der vielleicht schon unter uns ist, haben wir eine Chance. Möge Gott uns den richtigen Weg zeigen.« Antonio hatte seine letzten Worte nur noch geflüstert.

Dann saßen die Freunde schweigend in dieser Schicksalsnacht beieinander. Es war alles gesagt worden. Jeder hing in den verbleibenden Stunden bis zum Morgen seinen Gedanken nach. Das Feuer war längst niedergebrannt.

Moreno, der ab und zu im Schlaf zuckte, weil ihn eine der Wunden zwickte, hatte es sich zwischen den Männern bequem gemacht. Nie wieder würde ein Kater solche Freunde finden, das fühlte er instinktiv. Ach, hätte er nur für immer mit ihnen zusammenbleiben können. Sein Leben wäre vollkommen gewesen.

Aber er war Moreno, der Sohn Irmchens. Und wie sein Vater sollte er Stürme und Orkane erleben, mußte er Leid und Freud am eigenen Leib zu spüren bekommen. Wer wußte schon, was die Zukunft für ihn bereithielt? Waren wir nicht alle weniger als ein Staubkorn, das der Wind vor sich her blies und mit anderen Staubkörnern durcheinanderwirbelte. Am Ende, wenn Stille einkehrte, würden all jene Staubkörner zu Boden schweben und sich verdichten. Schicht auf Schicht behüteten sie sich so gegenseitig im unendlichen Schlaf, um dereinst durch die Kraft unserer Mutter Erde als Fels emporgehoben zu werden.

Dann warteten all die Staubkörner, die sich nun Gestein nannten, auf den Meister, der ihnen neue Form, Gestalt und Inhalt geben würde. Sie sollten erwachen und von den Wahrheiten dieser Welt künden, die da hießen Liebe, Güte, Freundschaft, Herzlichkeit, Weisheit und Verstand.

So waren auch Axel, Antonio, Moreno und Irmchen Staubkörner dieser Erde. Ihre Seelen waren miteinander verbunden auf alle Ewigkeit. Und es waren die Kraft und Gottes Wille, die dahinterstanden, die alles so gefügt hatten. Doch der Wind der Welt fegte auch durch die kleine Höhle von Mallorca. Es hieß Abschied voneinander nehmen. Axel mußte zurück nach Deutschland. Der ungewöhnlichste Urlaub seines Lebens war zu Ende.

Antonio wollte in der folgenden Nacht als blinder Passagier auf einem Schiff die Insel verlassen. Bevor sich die Männer lebe wohl sagten, bat Antonio noch seinen Freund, Isabella von Deutschland aus anzurufen und ihr zu erzählen, was alles passiert war. Er wollte sich bei ihr melden, sobald es ging. Noch einmal umarmten sich die Freunde. Sie hatten ihren geliebten Moreno hochgehoben und hielten ihn so zwischen sich, Sekunden, endlose Sekunden.

Kurz darauf nahm Antonio seinen Kater, lief den Hügel hinab, verschwand zwischen den Ginsterbüschen, Zwergpalmen und Felsen, die den steilen Weg zum Strand säumten. Dort wartete er bis zum Einbruch der Dunkelheit, um mit einem Fischerboot, das kurz zuvor vom Fang zurückgekehrt war, den Hafen von Palma zu erreichen.

Axel und Antonio – auf jeden wartete das Abenteuer seines Lebens. Der Journalist sollte in den kommenden

Jahren die schönen und traurigen Seiten dieses quirligen Berufes kennenlernen. Der Dieb und sein Kater dagegen purzelten von einer heiklen Situation in die nächste.

*

Antonio und Moreno versteckten sich in einem Lagerhaus am Hafen. Die Zeit dehnte sich endlos, wollte überhaupt nicht vergehen. Immer wieder sah sich der Dieb von Mallorca ängstlich um, fürchtete, jeden Moment entdeckt zu werden. Männer kamen, verstauten Kisten, schoben sie auf kleinen alten Loren hinaus zum Ankerplatz, wo die Schiffe nach Übersee festgemacht waren. Antonio verspürte quälenden Durst. Doch er wagte es nicht, aus seinem Versteck zu kommen. Die Polizei suchte ihn auf der ganzen Insel, hatte auch die Hafenbehörde verständigt. So saß der Ausbrecher hinter einem Stapel von Stoffballen, hoffte, sich nach Einbruch der Dunkelheit auf einen Frachter schleichen zu können.

Moreno, der dies alles für einen großen Spaß hielt, tobte zwischen den Kisten hin und her, fing Mäuse und Ratten und brachte sie sogar brav seinem Herrchen. Allein – als Antonio die Katzenkost vor die Füße gelegt bekam, verging ihm der Appetit so nachhaltig, daß er auf ein Abendbrot guten Gewissens verzichtete.

Und während er seinem Katerfreund den Nacken kraulte, flüsterte er ihm ins Ohr: »Schlag dir nur ruhig den Magen voll. Ich weiß nicht, wie reichhaltig in den nächsten Tagen der Tisch für uns gedeckt sein wird. Die Ratten an Bord machen bestimmt einen großen Bogen um dich. Und dann sieht es schlecht aus mit dem Katzenschmaus.«

Kurz nach Mitternacht war es soweit. Antonio belauschte das Gespräch von zwei Männern, die eine Kiste in seiner Nähe aufluden: »Los, mach zu! Wir hängen! In zehn Minuten legt die Taifun ab. Dann muß alles an Bord sein. Sie bringt Autoersatzteile nach Tunis. Pack an! Ich will endlich nach Hause.«

Das war die Chance, auf die Antonio gewartet hatte: »Moreno, komm, es geht los! He, Zausel, wir müssen uns auf den Weg machen!«

Doch Moreno war nicht da. Vielleicht war er wieder hinter einer Maus her oder auf der Suche nach einer niedlichen mallorquinischen Katzendame. Antonio wurde nervös: »Moreno, alter Ganove, wo bist du? Komm, wir müssen abhauen!«

Nichts! Weder ein Schnurren noch Miauen. Der Kater war spurlos verschwunden. Antonio verspürte Panik. Der Erste Offizier würde jeden Augenblick losmachen lassen. Und dann war es zu spät. »Moreno! Moreno! Wo steckst du?«

Verzweiflung kroch in Antonio hoch. Er wollte und konnte nicht ohne seinen Kater flüchten. Sein Puls und die Zeit rasten um die Wette. Schließlich rannte er los, jeden Schatten ausnützend. In letzter Sekunde erreichte er die Taifun, einen uralten Achttausend-Tonnen-Frachter. Die niedrige Bordwand war nur zwei Meter entfernt. Noch einmal sah er sich um, suchend, hilflos. Dann sprang er hinüber zum Schiff. Mehr flüsternd rief er nach seinem geliebten Kater, der ihm das Leben gerettet und zur Freiheit verholfen hatte.

Ein tiefes, gleichmäßiges Grummeln ließ das Schiff erzittern. Langsam begann sich die Schiffsschraube zu drehen. Meter für Meter entfernte sich die Taifun von ihrem Ankerplatz.

Moreno! Mein kleiner Freund! Ich liebe dich!

Das Schiff schob sich bedächtig ins Hafenbecken hinaus, nahm immer mehr Fahrt auf. Antonio suchte mit seinen Augen ein letztes Mal die Ankerplätze ab.

»Adieu, mein Freund! Ich danke dir! Paß auf dich auf, hörst du!«

Da! Die Taifun hatte schon fast die Hafenausfahrt erreicht. In diesem Moment huschte ein schwarzes Etwas wie ein geölter Blitz die Mole entlang.

Moreno, der sich tatsächlich ein kurzes Liebesintermezzo gegönnt hatte, war ins Versteck zurückgekehrt und hatte sein Herrchen nicht mehr gefunden. Voller Panik suchte er alle Ecken und Winkel ab. Vergeblich! Seinem Instinkt folgend rannte er hinaus, jagte wie ein Wirbelwind an den anderen Schiffen vorbei bis zum äußersten Punkt der Hafenmauer.

Antonio war im Herzen hin und her gerissen. Was sollte er nur machen? Zurück? Unmöglich! An Bord bleiben und den Freund seinem Schicksal überlassen?

Plötzlich änderte die Taifun ihren Kurs. Der Kapitän steuerte das Schiff ganz dicht an der Hafenausfahrt vorbei.

Da saß er! Moreno hatte den Schwanz um seine Pfoten gelegt, blickte gebannt in die Nacht hinaus. Wollte sich sein Freund ohne ihn verdrücken? Wollte er ihn einfach so zurücklassen? Antonio sah im matten, blassen Licht der Hafenlaternen das schwarze Fell Morenos schimmern. Seine grüngelben Augen reflektierten die silberfarbenen Strahlen des Mondes. Sekundenlang blickten sie sich an. Der Dieb von Mallorca – und sein Kater. Und wieder einmal rollten die Würfel des Schicksals.

Moreno nahm einen kurzen Anlauf und sprang ins Wasser. Er wollte bei seinem Freund sein, auch wenn es ihn das eigene Leben kostete. Die tiefschwarzen glitzernden Wellen schlugen über ihm zusammen. Wasser drang in seine Nase. Halb benommen kämpfte er sich an die Oberfläche, um sofort von den Bugwellen der Taifun überrollt zu werden. Der Sog der Schiffsschrauben zog ihn unweigerlich unter Wasser. Immer näher kam er den alles zermalmenden Schrauben.

Antonio reagierte keine Sekunde zu früh. Mit einem Satz war er über die Reling. Das stinkende Hafenwasser schäumte und brodelte. In seinem Kopf gab es nur einen Gedanken: »Du mußt deinen Moreno retten.«

Auch Antonio geriet in den Sog der Schrauben, schwamm verbissen dagegen an. Moreno! Endlich hatte er sich aus den mörderischen Strudeln befreit. Im selben Augenblick sah er vor sich den Kopf seines Lieblings aus dem Wasser auftauchen. Mit letzter Kraft hatte er sich an die Oberfläche gekämpft. Antonios Arm schnellte vor. Und mit einem Griff packte er den Freund am Nacken, zog ihn zu sich heran. Doch von Rettung keine Spur. Die Taifun verschwand langsam im Dunkel der Nacht. Nach wenigen Minuten konnte man nur noch die Positionslichter erkennen. Die Mauer der Hafeneinfahrt bot keine Gelegenheit, daran emporzuklettern. Zu glatt waren die Steine, keine Stufen oder Eisengriffe. Und der Weg zurück mit einem Kater im Arm? Unmöglich!

»He! Ist da jemand im Wasser?«

In seiner Aufregung und Verzweiflung war es Antonio entgangen, daß sich eine große Motoryacht unbemerkt von hinten genähert hatte.

»He, Sie da unten! Nehmen Sie Ihr Bad immer nachts im Hafenbecken?« Der Mann, zu dem die Stimme gehörte, stoppte die Maschinen, warf eine Strickleiter hinunter: »Halten Sie sich fest! Ich hole Sie heraus!«

Klaus Culmann, der Immobilienmakler aus Berlin, dem Alesandros auf der Jagd nach Ludi den Lamborghini zerschossen hatte, wollte im Schlepptau der Taifun ebenfalls nach Tunesien. Lachend streckte er Antonio seine Hand entgegen: »Pack zu, Wassermann, ich hab nicht viel Zeit. Mach schnell, sonst entwischt mir die Taifun!«

Doch statt der Hand eines Ertrinkenden hielt er plötzlich einen pitschnassen Kater in den Armen: »Na, was ist denn das? Ihr seid mir ja ein komisches Paar.«

Kurz darauf war die Valeria, so hieß seine achtzehn Meter lange Millionenyacht, wieder auf Kurs. Ein paar Dekken, eine Rubbeleinheit mit Frotteehandtüchern und ein leckeres Abendbrot brachten Antonio und Moreno bald zu Kräften.

»Ich kann euch leider nicht zurückbringen, sonst verliere ich die Taifun. Aber in fünf Tagen gehe ich in Tunesien vor Anker. Von dort aus könnt Ihr das nächste Flugzeug zurück nach Mallorca nehmen. Macht es euch derweil gemütlich an Bord und betrachtet euch als meine Gäste.«

Klaus Culmann war ein liebenswerter Kerl. Er hatte es mit Fleiß und Intelligenz vom kleinen Bauarbeiter zum Immobilienkönig von Berlin gebracht, besaß Mietshäuser, eine Pferderanch, Diskotheken und eine Kette von Nachtclubs. Jedes Jahr verbrachte er mehrere Wochen auf Mallorca, lebte stets an Bord seiner Valeria, mit der er sich einen Jugendtraum erfüllt hatte. Und er mochte Katzen.

Antonio, der dem gutherzigen Berliner mehr Vertrauen entgegenbrachte, als es sonst seine Art war, erzählte ihm in den langen Nächten auf See alles, was sich in seinem Leben bisher zugetragen hatte. Und er ließ nichts aus. Die Karriere als Dieb, seinen Einsatz für die Katzen, den Banküberfall, die Verhaftung und seine Flucht aus dem Gefängnis.

Und während die Valeria die Wellen des Mittelmeeres kreuzte, goß Klaus Culmann sich ein Glas Cola mit Rum ein, lehnte sich zurück und sagte nur: »Hm, ganz schön verrückt. Aber ein toller Kater.«

Antonio half an Bord, wo er nur konnte. Er putzte, hielt das Schiff auf Kurs, machte das Essen und wusch sogar das Geschirr ab. In der letzten gemeinsamen Nacht, das Meer war ruhig und der Himmel sternenklar, holte Klaus eine Flasche Champagner aus dem Kühlschrank, um mit seinen Freunden Abschied zu feiern: »Weißt du, Antonio, ich kannte mal einen Mann, der war genauso wie du. Er liebte die Tiere nicht weniger und verlor am Ende alles, was er besaß. Er hieß Günter, hatte eine große Baufirma in Berlin, war erfolgreich und wechselte die Frauen häufiger, als ein guter Kapitän den Kurs seines Schiffes. Es fehlte ihm an nichts. Eines Tages nun machte er Urlaub auf Mallorca, deiner Heimatinsel. Und da passierte es! Kurz vor seiner

Abreise sah er am Strand von El Arenal einen Fotografen, der ein Löwenbaby auf dem Arm trug. Er fotografierte damit die Touristen und verdiente sich auf diese Weise den Lebensunterhalt. Ein gut florierendes Geschäft.

Aber auch Löwenbabys wachsen. Und weil die kleine Löwendame für die ängstlichen Touristen zu groß geworden war, wollte der Fotograf sie kurzerhand einschläfern lassen. Wen scherte es? Niemanden!

Günter, und so war er nun mal, reagierte, ohne groß nachzudenken. Er kaufte dem Mann die Löwin für tausend Mark ab und nahm sie mit nach Berlin. Kannst du dir vorstellen, was daraus wurde? Nein, kannst du nicht!

Ich will es dir hier zwischen Afrika und Europa erzählen. Keka, so taufte er seinen Liebling, wuchs und wuchs, fraß Unmengen von Fleisch. Bald wurde die riesige Kurfürstendammwohnung zu klein. Nein, nein, Keka war nicht etwa ungezogen. Sie war halt nur eine Löwin. Manchmal schaute sie neugierig aus dem offenen Fenster. Und unten auf der Straße gab es regelmäßig Auffahrunfälle, weil die Autofahrer glaubten, ein Gespenst zu sehen. Dann liefen meinem verrückten Freund die Frauen davon. Kein Wunder! Wach du mal als Frau bei einem Mann auf und schau in das Gesicht eines ausgewachsenen Löwen. Kekas größter Spaß aber war es, den Küchenschrank und den Kleiderschrank auszuräumen.

Günters Geschichte machte bald in der ganzen Stadt die Runde. Die Zeitungen stürzten sich voller Freude auf die phantastische Story.

Günter wollte sich um keinen Preis von seiner Keka trennen. Also kaufte er ihr einen Spielgefährten, einen Hirtenhund namens Gitano. Gemeinsam bezogen sie eine Traumvilla in Zehlendorf. Es wurde ihre schönste Zeit. Die Frauen machten zwar von nun an einen großen Bogen um das eigenartige Gespann. Aber das war meinem Freund egal. Er war mit seinen Lieblingen glücklicher als jemals zuvor. Denn sie liebten ihn wirklich. Und er sie.

Er baute ihnen ein doppelwandiges Gehege mit eigenem Häuschen, mit Kletterbäumen, Planschbecken, Wiese. Er ließ sogar einen Sandwall aufschütten, damit sich die Nachbarn nicht gestört fühlten, wenn Keka mal ihre gewaltige Stimme ertönen ließ. Günter, der zugegebenermaßen eine Schwäche für öffentliches Ansehen hatte, ließ sich von der Schicki-Micki-Szene als Exot feiern. Wer besaß schon einen eigenen Löwen?

Und alle kamen sie: Schauspieler, Politiker und die unvermeidlichen Reporter. Der Bürgermeister seines Bezirkes versprach ihm in die Hand, daß Keka bleiben könne. Ganze Schulklassen machten Ausflüge zur Löwin, um sie zu besuchen. Den Nachbarn machte dies alles nichts aus.

Irgendwann jedoch klagte einer von ihnen gegen meinen Freund. Ein Mensch, der sich als Naturschützer aufspielen wollte. Es kam zum Prozeß. Günter verlor, obwohl er die Presse auf seiner Seite hatte und die anderen Nachbarn sich für ihn und seine Tiere einsetzten. Monatelang ging es hin und her. Er bat um Aufschub, wollte in einen anderen Bezirk ziehen, bettelte um Nachsicht und Hilfe. Vergeblich!

Der Bürgermeister kippte um, konnte sich nicht mehr an das Versprechen erinnern. Immer mehr Menschen zogen sich von Günter zurück. Am Ende war er mit seinen geliebten Tieren allein.

Es kam, wie es kommen mußte. Er schluderte in der Firma, fing an zu trinken. Schließlich sah er keinen Ausweg mehr. Von den einzigen Freunden in seinem Leben wollte er nicht lassen.

All das, Antonio, kostete ihn viel Kraft, zuviel. Mit seiner Gesundheit ging es rapide bergab. Er vernachlässigte sich und seine Umgebung, verlor an Gewicht, wurde nun öfter sturzbetrunken an irgendeiner Bar gesehen. Auch ich konnte ihm nicht helfen. Ich riet ihm, die Tiere in einen Tierpark zu geben. Doch keiner wollte ihm Keka und Gitano abnehmen.

Schließlich schleppte er sich erschöpft ins Krankenhaus.

Die Ärzte diagnostizierten unheilbaren Knochenkrebs. Günter wußte, daß er nur noch wenige Wochen zu leben hatte. Mit letzter Kraft raffte er sich auf und suchte ein neues Zuhause für seine Freunde. Man sah ihn noch einmal in einer Kneipe in Innsbruck, allein, verlassen, am Ende. Ein Journalist fand heraus, daß er tatsächlich eine Bleibe für Keka und Gitano in Österreich gefunden hatte.

Ja, so war das damals! Günter verkaufte die Reste der Firma, sein Zehlendorfer Haus und gab das ganze Geld dem Bauern, der seine Tiere aufgenommen hatte. Dann kehrte er nach Berlin zurück und starb allein in einem Krankenhaus. Wir erfuhren erst viel später davon, so einsam war er zum Schluß. Er liegt im Norden Berlins auf irgendeinem Friedhof begraben, ein Mann, ein Freund, der seinen Tieren treu blieb bis über den Tod hinaus.«

»Was aus Keka und Gitano wurde, willst du wissen?« fragte der Kapitän, während er sein Glas austrank. »Ich kann es dir sagen. Günters Herzenswunsch ging in Erfüllung. Sie leben noch heute in den Alpen Österreichs und sind glücklich und zufrieden, weil ein Mensch, der alles zu opfern bereit war, es so wollte.«

*

Was für eine unwirkliche, fremde Welt. Noch nie hatte Antonio afrikanischen Boden betreten. Und nun stand er hier am endlosen Strand von Djerba, der südlichsten Insel Tunesiens, die durch einen alten Römerdamm mit dem Festland verbunden war. Über ihm die Sterne am tiefschwarzen Himmel, deren Licht nicht ausreichte, um sich in den leichten Wellen des Mittelmeeres zu brechen. Allein der zarte Schimmer der Mondsichel zauberte glitzernde Zipfel auf die Spitzen der Wogen.

Antonio hob die Hand, winkte kleinen Lichtpunkten, die sich in weiter Ferne verloren, nach: »Auf Wiedersehen, Klaus, und vielen Dank für deine Hilfe!«

Klaus Culmann hatte das ungewöhnliche Paar nahe dem Strand der Insel abgesetzt und mit seinem Schlauchboot an Land gebracht. Die Männer reichten sich die Hände, sahen sich in die Augen.

»Paß auf dich auf, mein Freund«, hatte Klaus zum Abschied gesagt. »Kämpfer wie du leben gefährlich. Ihr Weg ist steinig und führt direkt am Abgrund entlang. Riskiere nicht zuviel für deine Ideale. Lebe dein Leben, so gut es geht. Du hast nur eins. Und bedenke, in der höchsten Not bist du meist allein.«

Der Dieb von Mallorca hatte die Worte des Berliners noch im Ohr, als die Valeria langsam wieder Fahrt aufnahm und schließlich am Horizont verschwand.

In der höchsten Not bist du meist allein. Nein, er hatte nicht recht. Sein bester Freund saß neben ihm und schnupperte neugierig die fremde Luft ab. Anders roch es hier, ganz anders als zu Hause.

Dieser Freund hatte ihn vor einer Polizeikugel bewahrt und aus dem Gefängnis befreit. Und waren da nicht noch Axel von Berg und Klaus Culmann selbst. Beide waren ein Risiko eingegangen, um ihm zu helfen. Es gab Freunde! Man mußte halt nur vorsichtig sein und die richtigen von den falschen unterscheiden können.

Ein ungeduldiges Miau riß Antonio aus seinen Gedanken: »Komm, Moreno, wir können ja hier nicht ewig bleiben. Obwohl es für eine Spätsommernacht noch richtig schön warm ist.« Von weitem drang Lärm aus einer gewaltigen Hotelanlage herüber. Orientalische Musik und Diskosound mischten sich mit den Stimmen der Urlauber. Überall waren bunte Lampions zu sehen, und vereinzelte Liebespärchen amüsierten sich im Wasser oder in den Stranddünen im hohen Gras.

»Aha, die gleichen Typen wie auf meiner Heimatinsel. Genießen ihre schönsten Wochen des Jahres und kehren bald braungebrannt und nicht erholt an ihre Arbeitsplätze zurück, um den neidischen Kollegen zu erzählen, was sie

Tolles erlebt haben. Na, sollen sie! Ohne ihr Geld wären die meisten Mittelmeerländer immer noch so arm wie vor Jahrhunderten. Außerdem waren sie in ihrer unbekümmerten Art irgendwie nett. Sie wollten was erleben, und das am besten unter südlicher Sonne. Er konnte es ihnen nicht verdenken. Er hatte diese wunderbare Sonne ja ein Leben lang genossen.«

Antonio nahm Moreno, lief zur Straße, die gleich hinter dem Strand an der Küste entlangführte. Dort würde bestimmt bald ein Wagen vorbeikommen, der sie mitnehmen konnte.

Viele Autos kamen. Doch erst das zehnte oder zwölfte hielt an. Ein junger Mann saß hinter dem Steuer und lachte das ungewöhnliche Paar an. Auf seinem weißen T-Shirt stand in blauen Buchstaben *Bauknecht weiß, was Frauen wünschen*. Achmed, so hieß der freundliche Bursche, arbeitete als Verkäufer in einem Souvenirgeschäft in der kilometerlangen Hotel- und Bungalowanlage Dar Djerba.

Neugierig begutachtete er Moreno, zog die Augenbrauen hoch: »Das ist aber ein gewaltiger Kater. Bei uns sind die Katzen viel kleiner und dünner. Ihr seid wohl nicht von hier und gehört auch nicht zu den Touristen?«

»Wir sind quasi auf der Durchreise und suchen für die Nacht eine Bleibe in der nächsten Stadt«, antwortete Antonio wahrheitsgemäß.

Achmed, dessen Spezialität es war, deutsche und englische Touristinnen zu verführen, setzte erneut sein unbekümmertes Grinsen auf: »Es gibt keine nächste Stadt hier. Es gibt nur Houmt-Souk. Aber da ist alles dicht um diese Zeit. Ich bringe euch zu meinem Bruder Hassan. In seinem Lokal könnt ihr übernachten.« Die Fahrt dauerte etwa 45 Minuten, dann bog der Wagen Achmeds in die Hauptstraße des alten orientalischen Städtchens ein. Von wegen alles dicht! Überall saßen noch Touristen in den Bars, standen Tunesier vor den Cafés und diskutierten laut. Es roch nach süßen Gewürzen, Fisch und billigen Parfüms. Die

Jungen röhrten auf ihren aufgemotzten Mofas durch die Straßen, und ab und an sah man kichernde Mädchen hinter windschiefen grünen Holztüren verschwinden. Sie kehrten heimlich von verbotenen Rendezvous zurück, hofften, daß niemand sie vermißt hatte. Im Orient war alles erlaubt, vorausgesetzt, keiner merkte es, und Allah sah weg. Und das tat er häufiger zu vorgerückter Stunde.

Hassan, der ältere Bruder, hatte nichts gegen den späten Gast einzuwenden, knöpfte ihm dafür den Wahnsinnspreis von umgerechnet hundert Mark ab und verlangte noch mal einen Aufschlag von zwanzig Mark für Moreno. Antonio wußte nicht, daß er den Preis auf höchstens zwanzig Mark hätte herunterhandeln müssen. Deshalb machte er sich auch keinen Reim darauf, daß Hassan das Geld mit großen erstaunten Augen einsteckte. Ein Fehler, der dem sonst so cleveren Mallorquiner nie wieder unterlaufen sollte. Von nun an würde er handeln, daß die Einheimischen vor Wut platzen sollten. Das schwor er sich, als er gegen drei Uhr früh auf einer harten Holzbank in der verräucherten Kneipe mit seinem Kater im Arm einschlief.

Antonio fand schnell einen Job. Er kaufte sich am nächsten Morgen ein altes Auto und zwei Sofortbildkameras. So fuhr er von Hotel zu Hotel, von Strand zu Strand. Unermüdlich besuchte er die größten Restaurants der Insel und schloß sich Reisegruppen an, um sie zu fotografieren. Ein einträgliches Geschäft. Manchmal verdiente er bis zu dreihundert Mark täglich. So konnte er sich ein Häuschen am Rande von Houmt-Souk mieten und sogar noch zwei Jungen einstellen, die für ihn arbeiteten.

Es lief prächtig. Abends saß er auf der Terrasse, schrieb lange Briefe an Isabella, Axel, seine mallorquinischen Freunde und an Klaus Culmann. Oft besuchte er in seinen Gedanken und Träumen die geliebte Insel oder dachte zurück an die Zeit der gemeinsamen Raubzüge. Und fast immer lag Moreno auf dem Nachbarstuhl, hatte alle viere von sich gestreckt und döste zufrieden vor sich hin.

Fast immer! Denn manchmal war er auch unterwegs, gepackt von Übermut und Abenteuerlust und besuchte die vielen zierlichen Katzendamen der Umgebung. Er war eben ganz der Sohn seines stürmischen Vaters. Kein Wunder, daß bald überall flauschige Katzenkinder herumtobten, die kohlrabenschwarz waren und einen weißen Fleck auf der Brust hatten.

Ein halbes Jahr ging so ins Land. Die Geschäfte florierten. Antonio hatte inzwischen vier Angestellte, fuhr ein neues Auto und war in ein größeres Haus umgezogen. Er hätte glücklich sein können. Er war es nicht. Die Trennung von Isabella, das Heimweh und das Wissen, daß jetzt wieder der Todeswagen über die Insel fuhr, machten ihn im Herzen traurig.

Hinzu kam die Einsamkeit. Moreno, der wie sein Vater ständig den Ruf der Freiheit spürte, war oft tagelang, ja manchmal Wochen unterwegs. Völlig zerzaust und abgemagert stand er irgendwann wieder in der Tür, ließ sein lautes Miau hören und futterte sich durch alle Etagen des Kühlschranks. Dabei war Antonio bisweilen ganz froh, wenn er sich nicht blicken ließ. Der Freund war überall als der »Schwarze« bekannt, dessen Auftritte man fürchten mußte. Vor allem die Hunde konnten ein Lied davon jaulen. Ständig beschwerte sich jemand. Und fast immer hatte der »Jemand« einen Hund mit zerhauener Nase oder zerfetzten Ohren an der Leine.

Zum Glück konnte Antonio das Problem stets orientalisch regeln, mit einem Griff in die Brieftasche. Bisweilen kamen ihm Zweifel, ob es wirklich sein Kater war, der für die Streiche mit der Krallenhandschrift verantwortlich zeichnete.

Moreno hatte beileibe nicht nur Feinde. Er fand auch Freunde. In einer kleinen, armseligen Siedlung, kaum acht Kilometer von Houmt-Souk entfernt, jagte er eines Tages Mäuse, als unvermittelt ein Junge vor ihm stand. Abu trug nur eine verschlissene kurze Hose, die er sich von Urlaubern erbettelt hatte. Weder Hemd noch Schuhe besaß er. So arm war seine Familie. Der Vater und die Mutter arbeiteten in einer großen Teppichknüpferei in Houmt-Souk, verdienten zusammen nicht einmal dreihundert Mark im Monat. Auch seine beiden Schwestern lernten dort, obwohl sie erst zwölf und dreizehn Jahre alt waren. Jedes Mädchen brachte dreißig Mark mit nach Hause. Es reichte für alle nicht zum Leben und zum Sterben.

Abu war sieben Jahre alt, hütete das Haus und die beiden Ziegen, formte ab und an daumengroße Figuren aus Messing, die er auf dem Markt der Inselhauptstadt verkaufte. Abu konnte weder lesen noch schreiben und wartete sehnsüchtig auf den Tag, da auch er in der Teppichknüpferei anfangen durfte.

»He, große schwarze Katze, was machst du denn hier?«

Moreno blieb regungslos stehen, beobachtete sein Gegenüber mißtrauisch. Kinder konnten gut oder gemein sein. Die einen ärgerten ihn, die anderen kraulten das Fell. Abu, dessen schwarze Locken bis über die Augen fielen, hockte sich in den feinen, staubigen und immer klebrigen Wüstensand, streckte seine Hand aus: »Du mußt keine Angst haben. Ich bin Abu. Und Abu ist ein Freund der Tiere. Komm her, große Katze, komm zu mir.«

Natürlich verstand Moreno die Worte nicht. Aber ihr Klang signalisierte ihm: ein Freund, ein kleiner Freund. Sekunden später lag er in Abus Arm, machte Milchtritt und kniff genüßlich die Augen zusammen. Und dort, wo Morenos Krallen die Haut des Jungen trafen, bildete sich jedesmal ein winziger roter Fleck. Nach wenigen Minuten sahen Abus Arme aus, als wäre er in einen Kaktus gestolpert. Es machte ihm nichts aus. Im Gegenteil. Er ließ Moreno gewähren und küßte ihm dafür sogar noch zärtlich die schwarze Nase.

Abu erhob sich, wischte den Staub von den Knien und lief in das kleine weiße Haus, das aus drei Räumen bestand und aussah, als würde es den nächsten Sturm nicht überstehen: »Komm, große Katze, ich will dich meinem besten Freund vorstellen.«

Moreno hatte das Haus kaum betreten, als er auch schon einen gefährlichen Buckel machte, sein Fell sträubte und den Schwanz aufplusterte. In der Ecke saß ein Hund oder so etwas Ähnliches. Gerade wollte er sich auf den vermeintlichen Feind stürzen, als Abu ihm das Köpfchen kraulte und leise sagte: »Das ist Mustafa, mein Liebling. Er ist ein Wüstenfuchsbaby. Ich möchte so gern, daß ihr Freunde werdet.«

Moreno hätte diesem Wesen mit den großen Ohren und der spitzen Nase am liebsten ein paar saftige Ohrfeigen verpaßt. Doch die Worte des Jungen klangen so herzlich, daß er einfach nicht konnte. Ganz gegen seine sonstige Gewohnheit ging er vorsichtig auf Mustafa zu, setzte sich zu ihm und putzte ihm das Köpfchen. Mustafa zitterte am ganzen Körper, war fast starr vor Angst. Doch er lief nicht davon. Ratlos und unschlüssig ließ er die erste Katzenwäsche seines Lebens über sich ergehen. So schnell hatten ein Wüstenfuchs und ein mallorquinischer Kater noch nie Freundschaft geschlossen.

In dieser Nacht blieb Moreno bei seinen neuen Gefährten. Glücklich kuschelte sich Abu auf der Matratze an die Tiere, die beide dann auch bald in seinem Arm einschliefen. Die folgenden Tage gehörten ganz dem fröhlichen Spiel. Abu tobte mit den Lieblingen am Strand, warf Steine in die Brandung, daß Mustafa und Moreno stürmisch hinterherrannten und mit Entsetzen feststellten, wie naß Wasser doch war. Für Moreno war es nach dem Hafen von Palma die zweite Begegnung mit diesem unsympathischen Element. Übermütig fegte er die Dattelpalmen hoch und runter, apportierte Stöckchen wie ein Hund, biß Mustafa zärtlich in den Schwanz und jagte ihn kreuz und quer durch die Dünen. Danach sahen beide aus wie frisch paniert. Abu war anschließend jedes Mal eine halbe Stunde damit beschäftigt, den Sand aus dem Fell zu bürsten.

Immer ausgelassener wurden die Spiele der drei. Und weiter und weiter entfernten sie sich dabei vom Dorf der Eltern. Auf Entdeckung gehen hieß das Abenteuer, das sie gleichermaßen faszinierte. So kamen sie eines Tages am Strand in die Nähe eines Geschützbunkers aus dem letzten Krieg, der sich durch sein Gewicht und die unermüdliche Gewalt der Gezeiten tief in den Sand gegraben hatte. Etwas Spannenderes konnte es nicht geben.

Abu und seine Freunde kletterten über eine verfallene und halb von Sand verwehte Treppe ins Innere der Anlage. Es roch muffig, war kalt und unheimlich. In den Ecken lagen Papierfetzen, Essensreste, verrostete Colabüchsen und die Skelette von toten Ratten. Abu fühlte, wie die Kälte in ihm hochkroch, bekam eine Gänsehaut: »Laßt uns hier verschwinden! Ich mag diesen Spielplatz nicht.«

Moreno, der die Bedrohung, die von diesem Raum ausging, spürte, brauchte keine zweite Aufforderung. Im Nu war er dem Jungen die Treppe hinauf gefolgt, setzte sich neben ihm in den Sand und genoß die milden Strahlen der afrikanischen Wintersonne.

Abu hatte sich hingelegt, war gerade eingeschlafen, als er von Morenos feuchter Nase geweckt wurde. Immer wieder stubselte der Kater das Gesicht des Jungen, kratzte ihn schließlich mit seinen Krallen am Arm. Abu sprang wütend auf: »He, schwarze Katze, was soll das? Warum tust du mir weh? Mustafa ist viel lieber. Komm, Mustafa, wir gehen nach Hause. Mustafa! Mustaaffaaa!«

Nichts. Der Freund war nicht zu finden. Abu suchte mit seinen Augen die Dünen, den Strand, die ganze Umgebung ab. Keine Spur. So bemerkte er erst nach Minuten, daß Moreno die Stufen zum Geschützbunker hinuntergelaufen war. Angst ergriff den tunesischen Jungen. Mit zwei, drei Sätzen war er die Treppe hinabgestürmt und stand verloren in dem düsteren Gewölbe. Und da sah er ihn. Seine

Pfötchen zitterten. Aus Maul und Nase tropfte Blut. Ängstlich wimmernd blickte er zu Moreno, der ganz dicht neben ihm saß und sein Gesicht leckte.

Ein letztes Mal! Eine kleine Ewigkeit später hörte das Herz Mustafas auf zu schlagen. Die Pfötchen sanken zu Boden, und Friede kehrte in seine Augen ein, die eben noch verzweifelt nach Hilfe gesucht hatten.

Abu begann laut zu weinen, kniete neben dem toten Freund nieder, streichelte ihm das Fell und flüsterte: »Mein Freund, du darfst nicht tot sein. Ich brauche dich. Bitte, bitte lebe!«

Der Junge hatte seinen Liebling für immer verloren. Während er mit Moreno draußen in der Sonne saß, hatte Mustafa neugierig den Raum abgeschnuppert. Wie unerfahren er doch war. Unter einem Berg alter Zeitungen lag versteckt eine Rattenfalle. Als Mustafa seinen Kopf hineinsteckte und damit den Mechanismus auslöste, schnellte der Eisenbügel nieder und brach ihm das Genick.

Vorsichtig bog der Junge den Bügel zurück und zog seinen toten Gefährten aus der Falle. Noch einmal hielt er den warmen Körper an seiner Brust, streichelte zärtlich das Fell. Dann drückte er ihm die Augen zu und trug ihn aus dem Bunker. Abu grub ein Loch unter einer uralten Dattelpalme. Behutsam bettete er Mustafa auf Palmenblättern und deckte ihn mit weiteren Palmenblättern zu. Der traurigste Tag im jungen Leben des kleinen Jungen.

Er hockte sich neben das offene Grab, legte den Kopf auf die Knie. Lange saß er so dort, sehr lange. Der Tag neigte sich dem Ende zu. Die feuerrote Sonne tauchte alles in ein rosafarbenes Licht. Der Wind, der von Westen her wehte, trocknete die Tränen des Kindes. Suchend blickte Abu hinaus aufs Meer. Er beobachtete die Vögel am Himmel in ihrer grenzenlosen Freiheit. Ganz allein für sich nahm er Abschied von dem Liebsten, das er je hatte. In seinen Träumen sah er sich mit seinen Freunden am Strand spielen. Er spürte noch einmal die Geborgenheit, die sie ihm schenkten, als sie sich nachts an ihn schmiegten und wärmten. Er würde den Schmerz, den er an jenem Tag empfand, nie vergessen.

Viele Jahre später erst sollte er erkennen, daß der Tod des Freundes nicht umsonst gewesen war. Viele Jahre später.

Das Schicksal! Wie oft empfinden wir es als grausam. In den Augenblicken des Kummers fragen wir nach dem Sinn – und bekommen keine Antwort. Kein Schmerz dieser Welt ist vergeblich. Alles bewegt sich, fügt sich, führt auf unsichtbaren Bahnen zu einem Ziel. Im Angesicht des Leides sind wir blind, ohne Hoffnung. Jenes Leid – ist es nicht manchmal auch die Quelle des Guten? Gedanken, die der arme Junge von Djerba nicht dachte, nicht denken konnte.

An diesem Tag, da er den Freund verlor, war in ihm etwas geboren worden, das ihn ein Leben lang begleiten sollte: eine Kraft, die sein Schicksal werden sollte. Und diese Kraft hieß Liebe, Opferbereitschaft und Demut.

Mit seinen Händen schaufelte er das Grab zu. Aus Muscheln fügte er einen Stern, den er in den Sand drückte. Dann stand er auf und lief nach Hause. Moreno blieb noch lange neben dem Hügel sitzen, unter dem sein Freund, der Wüstenfuchs, nun schlief. Als er im ersten Morgenlicht durch einen Türspalt in das Haus von Abus Eltern schlüpfte, kam Wind auf. Er wehte den Hügel fort und auch den Stern. Am Strand von Djerba – aber nicht im Herzen eines Kindes.

*

Die Wochen vergingen, und es wurde wieder Frühling. Moreno verbrachte die Zeit mal bei Antonio, mal bei Abu. Auf seinen Streifzügen besuchte er aber auch die einzelnen Hotelanlagen, in denen sich Hunderte von Katzen tummelten. Zu einem Liebesabenteuer konnte er sich jedoch nirgendwo aufraffen. Zu erbärmlich, abgemagert und runtergekommen sahen die Miezen dort aus. Überall streunten einäugige Kater umher. Manche besaßen nur einen Stummelschwanz oder hatten riesige rosafarbene Löcher im Fell. Kaum einer nahm Notiz davon, daß kleine Katzenmädchen auf drei Beinen durchs Leben humpelten und keine Ohren mehr besaßen. Moreno hätte fraglos jede Schönheitskonkurrenz gewonnen. Djerba war, was die Touristensilos anbelangte, eine Insel der traurigen Katzen. Sie vermehrten sich noch stürmischer als auf Mallorca, und sie bekamen noch weniger zu fressen.

Wie auf Mallorca wurden sie mit vergiftetem Fleisch beseitigt. Man tränkte die Köder mit einer Säure, die den bemitleidenswerten Wesen die Magenwände verbrannte. In ihren Todesqualen stürzten sie sich in die Swimmingpools und ersoffen dort jämmerlich. Ein deutscher Tierarzt soll vor Sonnenaufgang mal Zeuge dieses Dramas geworden sein. Er fischte elf noch lebende Katzen aus dem Wasser, gab ihnen in seinem Bungalow ein Gegenmittel und konnte ihnen in letzter Sekunde das Leben retten. Nicht nur das. Er erwirkte eine Sondergenehmigung, durfte alle Tiere mit nach Deutschland nehmen und schenkte ihnen hier ein schönes Zuhause.

Ein Liebesabenteuer war also für Moreno nicht drin – bei solch ausgemergelten Geschöpfen. Aber die Küchen und Backstuben der Hotels waren wahrlich ein »gefundenes Fressen«. Sich seiner alten Abneigung gegen Bäcker erinnernd, räuberte er nur so durch die Regale mit frischem Kuchen, Brötchen und Brot.

Die Bäcker und ihre Gesellen waren bald auf der Hut. Sie bauten Fallen, legten vergiftete Köder aus, verschlossen die Türen, ließen, ganz gegen ihre Gewohnheiten, nichts mehr herumliegen. Allein – Moreno war cleverer und gewitzter als sie. Er kam durch den Keller, kroch unter Lieferfahrzeugen hindurch in die Backstuben und schlich sich durch den Lüftungsschacht. Nicht nur das. Er zeigte auch anderen Katzen den Weg ins Schlaraffenland, und regelmäßig gab es die wildesten Hetzjagden kreuz und quer über die Torten und vorbereiteten Teigwaren.

Den Bäckermeister packte am folgenden Morgen jedesmal die schiere Verzweiflung. Und wie Vorgesetzte oftmals sind, ließ er seine Wut an den Mitarbeitern aus, schikanierte sie den lieben langen Tag, nörgelte an ihrer Arbeit und war mit einem Auge immer unter den Tischen auf der Suche nach dem gerissenen Störenfried. Moreno war nicht zu kriegen und zu schlagen. Auch die nächtlichen Wachen hielten ihn nicht von seinen Raubtouren ab. War die Backstube in dem einen Hotel bewacht, suchte er sich kurzerhand ein anderes aus.

Moreno kannte Ulrike nicht und hatte demzufolge auch nichts gegen sie. Daß sie eitel und putzsüchtig war, hätte ihn nicht im geringsten gestört. Und daß sie geschminkt am Strand erschien, wäre ihm als Kater mit Sicherheit nicht aufgefallen. Leben und leben lassen war die Devise, mal abgesehen von seinem belasteten Verhältnis zu Bäckern.

Ulrike kam aus Deutschland, arbeitete als Lehrerin in Minden und hatte sich im letzten Sommer in der Hotelanlage Dar Djerba in einen glutäugigen Tunesier verliebt. Obwohl schon einunddreißig Jahre alt, war sie mit Männern noch recht unerfahren. So wußte sie auch nicht, daß ihr braungebrannter Schatz in jeder Saison Dutzende von Freundinnen hatte, die alle wiederkamen, um mit ihm verträumte Nächte zu verbringen. Probleme gab es immer dann, wenn eine der Damen den Urlaub verlängern wollte, um noch einige Tage und Nächte beim Schatz zu bleiben. Schließlich sollte er ja nicht einsam sein.

Doch davon konnte nie die Rede sein. Der Anreisetermin der nächsten Verehrerin stand nämlich schon fest. Und der Zeitplan war oft eng, sehr eng. Jedesmal, wenn so ein Fall einzutreten drohte, bat er die Reiseleiterin, die

Verlängerungswoche abzulehnen. Natürlich hatte er damit Erfolg und brachte anschließend die Angebetete unter Tränen zum Flughafen. Als dann, bis zum nächstenmal!

Wie gesagt, Moreno hatte nichts gegen die fesche Ulrike aus Minden. Und dennoch sollte er in ihrem Leben eine kurze, stürmische und schicksalhafte Rolle spielen.

Es passierte in ihrer letzten Urlaubswoche. Ulrike hatte die Reise so gebucht, daß ihr Geburtstag genau in diese Zeit fiel. Sie hatte in Deutschland heimlich Verlobungsringe gekauft, wollte sich im Rahmen der Feier mit ihrem vielseitigen »Glutauge« verloben. Ein amouröser Überraschungsangriff unter südlicher Sonne!

Die Bäcker und Köche hatten an diesem Tag alle Hände voll zu tun. Ulrike hatte zum Abendessen fast 30 Gäste eingeladen, Freunde, Tischnachbarn, die Familie des Angebeteten und den Ahnungslosen selbst. Und genau für diesen Nachmittag hatte Moreno seinen ersten Einsatz bei Tageslicht geplant. Er wollte dem sensiblen Bäcker eine besondere Lektion erteilen.

Doch wie das Leben so spielt! Eine arglose Ratte, dick und fett, kreuzte des Katers Weg und hauchte ihr Leben zwischen seinen Zähnen aus. Stolz und ein wenig unvorsichtig trug Moreno sie auf einem Balken unter der Decke der Backstube spazieren, als der Bäcker einen seiner Mitarbeiter fragte, ob denn die Lammportionen im Teig schon fertig seien. Der Junge log gewissenhaft, brüllte unüberhörbar »ja« durch den Raum und ließ versehentlich einen Topfdeckel fallen. Rums! Ein Geräusch, das Moreno für den Bruchteil einer Sekunde aus der Fassung brachte. Zu spät! Die Ratte rutschte aus seinem Maul – und plumps – landete sie im fertigen Teig, versank wie ein U-Boot in der zähen Masse.

Der Junge, der die vertrödelte Zeit aufholen wollte, nahm den Teig, drückte ihn mit der Ratte in eine Form und schob alles in den Ofen. Geschafft! Das Unheil nahm seinen Lauf!

Es war schon eine festliche Gesellschaft. Alle hatten sich ins Zeug gelegt und die schönsten Sachen angezogen. Den Männern spannten die Hemden über den Bäuchen. Die Frauen hatten beim Friseur der Anlage Schlange gestanden und ihren Schmuck aus dem Tresor geholt. Am meisten aber strahlte Ulrike. Das war ihr Tag. Darauf hatte sie zwar nicht ein Leben, so doch aber Wochen gewartet. Sie trug ein schneeweißes Kleid, Blüten im hochgesteckten Haar und einen frivolen Hauch von Reizwäsche für die erwartete Nacht. Es mußte klappen. Nichts konnte schiefgehen.

Erwartungsvoll glänzten ihre Augen, sahen immer wieder in die Runde. Ein Kribbeln in der Magengegend verpaßte ihr in rhythmischen Wellen eine Gänsehaut. Fast wie im Rausch registrierte sie die orientalische Schönheit des von Hotelangestellten geschmückten Raumes. Auf den Tischen lagen lila Blütenblätter, an den Wänden schimmerten bunte Lichterketten, und überall leuchteten rosa Duftkerzen. Ein Traum sollte wahr werden. Doch es wurde ein Alptraum, über den noch Jahre später die Jungs von Dar Djerba lachen sollten.

Eine Drei-Mann-Band spielte dezent Hintergrundmusik, während die Ober den Wein, die Vorspeisen und verschiedene erlesene Leckereien servierten. Ulrikes Zimmernachbar filmte und fotografierte das Ereignis der Woche. Sie sollte diesen Tag stets in Erinnerung behalten.

Endlich nahte der Hauptgang: Lammbraten in Blätterteig. Während die lukullische Spezialität auf silbernen Tabletts serviert wurde, saß unbemerkt ein schwarzer Kater in einem der orientalischen Fenster, putzte sich genüßlich die Pfoten. Dabei blinzelte er verträumt in die Runde, beobachtete das fröhliche Treiben der Geburtstagsgesellschaft.

Einer der Ober stellte ein Tablett direkt vor Ulrike auf den Tisch, und galant erbot sich ihr Traummann, den Braten in Portionen zu zerteilen. Scheibe für Scheibe legte er auf die Teller der Gäste, die ihm am nächsten saßen. Glücklich beobachtete ihn dabei die Herzdame aus Minden. Nach dem Hauptgang, das hatte sie sich fest vorgenommen, wollte sie ihm den Verlobungsring auf den Finger stecken.

Ulrike prostete ihrem Schatz zu, trank einen Schluck Wein, stach mit der Gabel in das von Blätterteig umhüllte Fleisch, als plötzlich ein lauter Schrei durch den Raum hallte. Dort, wo eben noch die angehende Braut gesessen hatte, kippte ein leerer Stuhl nach hinten, fiel krachend zu Boden. Von einer Sekunde zur nächsten lag die fesche Lehrerin ohnmächtig unter dem Tisch.

Ihr Fastverlobter schoß hoch, ging in die Knie, öffnete ihr unter dem Tisch das Kleid. Ratlosigkeit stand in den Gesichtern der Gäste. War es die Aufregung, die Sonne, das brennende Verlangen nach Liebe? Der Tunesier kam unter dem Tisch hervorgekrochen, verhedderte sich mit dem Kopf im Tischtuch, stieß das Weinglas um. Der Inhalt plätscherte über den vermeintlichen Lammbraten. Und da sah er den Grund des Desasters. Inmitten des roten Weines schwamm fein gegart der Kopf einer toten Ratte. Das war zuviel!

Der Ober, der den Braten serviert hatte, bekam links und rechts ein paar Ohrfeigen, flog der Länge nach über die Tafel. Die anderen Gäste sprangen auf, drängten zur Tür oder zum Teller der Gastgeberin. Die einen wollten flüchten, die anderen sehen, was los war.

Neugierig beobachtete der schwarze Kater im Fenster das bunte Treiben. Die Menschen hatten schon eigenartige Angewohnheiten. Wenn Katzen futterten, ging das im allgemeinen viel ruhiger über die Bühne.

Der nächste, der sich eine Tracht Prügel abholte, war der Küchenchef. Mit seinen Fäusten jagte ihn der verhinderte Verlobte durch den Raum. Nun war Schluß! Das konnte der Koch bei seiner Ehre nicht auf sich sitzen lassen. Sofort waren Gäste und Hotelangestellte in eine wilde Prügelei verwickelt. Alles, was nicht niet- und nagelfest war, mußte als Schlagwaffe oder Wurfgeschoß herhalten: Braten, Gläser, Flaschen, Obst, Beilagen, Lampions und Kerzen.

Das war dem schwarzen Kater im Fenster denn doch zu aufregend. Mit einem Satz war er vom Sims und um die nächste Ecke verschwunden.

Der Hotelchef und ein halbes Dutzend Polizisten schließlich klärten die Lage und sorgten für Ruhe. Die Gäste wurden allesamt zur nächsten Polizeiwache gebracht und bekamen dort Anzeigen und Geldstrafen aufgebrummt. Allesamt? Nicht ganz!

Denn die arme Ulrike hatte man unter dem Tisch übersehen und vergessen. Dort lag sie, immer noch ohnmächtig, und entging so der unverdienten Strafe des Gesetzes. Sie erwachte auch nicht, als sich eine Horde ausgehungerter Katzen in den Raum schlich und sich, geführt von einem riesigen schwarzen Kater, über die duftenden Bratenstückchen hermachte. Der Anführer entdeckte neben dem Täschchen der Ohnmächtigen ein halboffenes Etui mit zwei wunderschönen Ringen. Sie glänzten und funkelten, daß es nur so eine Freude war. Mit seinen Krallen hob er den einen Ring auf, klemmte ihn zwischen seine Zähne und jagte hinunter zum Meer. Eine andere Katze versenkte den zweiten Ring draußen vor der Tür in einer Ritze hinter einem Kellerfenster.

Es war ein schönes Spielzeug, mit dem sich der Kater am Strand vergnügte. Immer wieder schleuderte er den Ring hoch in die Luft, rannte drum herum oder vergrub ihn halb im Sand. Schließlich kullerte er ins Wasser, wurde mit den kleinen Steinchen von der Brandung überrollt, durchgewirbelt und hinausgespült. Ende! Das Spiel war vorbei!

Und Ulrike? Sie reiste kurz darauf ab und kehrte nie mehr zurück.

*

Moreno, der bald auf der ganzen Insel bekannt war, fühlte sich in seiner Liebe zwischen Antonio und Abu hin- und hergerissen. Nachts schlief er regelmäßig in den Armen seines mallorquinischen Freundes. Tagsüber spielte er mit dem Jungen am Strand, mied dabei aber jedesmal die Nähe des alten Geschützbunkers. Abu war oft traurig, dachte ständig an seinen kleinen Wüstenfuchs. Vor allem abends, wenn der Wind auffrischte und der Junge sich auf seiner Matratze die Decke über die Ohren zog, vermißte er den Freund.

Eines Tages nahm Abus Vater den Sohn beiseite, setzte sich mit ihm an den alten Tisch vor der Tür, ergriff seine Hand: »Mein Junge, ich muß mit dir reden. Ich sehe, wie dir zumute ist. Wir haben Mustafa alle sehr gemocht. Doch sieh! Das Leben geht weiter. Und für dich hat es gerade erst begonnen. Ich spreche mit dir, weil die Familie deine Hilfe braucht. Du weißt, wie wenig wir verdienen. Es reicht gerade, um die Lebensmittel und das Wasser zu bezahlen. Oder besser, es reicht nicht. Der Firmenchef hat gestern unsere Löhne gekürzt. Nun weiß ich nicht mehr, wie ich die Familie durchbringen soll. Ab jetzt mußt du mitarbeiten. Deine kleinen Figuren gefallen den Leuten. Verkaufe davon so viele du kannst im Basar in Houmt-Souk. Das ist wichtig, hörst du. Denn ab jetzt mußt du deinen Lebensunterhalt selbst bestreiten. Ich kann nicht mehr so wie bisher für dich sorgen.«

Abu hatte verstanden. Nun würde er lernen müssen, erwachsen zu werden. Noch in derselben Nacht bastelte er sechs wunderschöne Figuren und ließ sich am folgenden Tag in der Hauptstadt absetzen. Abu suchte sich einen Platz am Rande des großen Marktes, direkt neben den Hallen. Es roch nach Gewürzen, frischem Fisch und Fleisch. Bauern aus der Umgebung boten Ziegen, Pferde und Esel zum Kauf an. In Reih und Glied standen die halboffenen Gewürzsäcke, manche so groß, daß ein ausgewachsener Mann sich darin hätte verstecken können. Sie waren gefüllt mit Paprika, Curry, aber auch mit Mandeln, Datteln, Bohnen und Muskat. Auf Haken gespießt, baumelten die Köpfe von Rindern, Ziegen und Schafen an den Wänden. Sie hatten die Augen weit geöffnet, ihre Zungen hingen aus den Mäulern, und Fliegen krabbelten darauf herum.

Gleich daneben verkauften Händler bunte Stoffe, süße, triefende Backwaren oder gehämmerte Messingteller mit orientalischen Motiven. In den Straßen des Basars gab es die schönsten Schmuckgeschäfte. Echt oder billiges Blech – wen interessierte das schon. Unter dem heißen Licht winziger Halogenlämpchen funkelte sich das Geschmeide in die Herzen der Damen und die Brieftaschen der Herren hinein. Wer eine billige Fälschung gekauft hatte, merkte es sowieso erst zu Hause. Und da war der Basar aus Tausendundeiner Nacht schon wieder weit entfernt.

Die Händler wußten, wie sie die Touristen ködern konnten. Spezialpreis lautete das Zauberwort, das vor allem auf die Frauen einen magischen Zauber ausübte. Es gab so gut wie keinen Touristen, der den Preis nicht um achtzig Prozent runterhandelte und anschließend stolz den Laden verließ.

»Den hab ich naßgemacht. Den hab ich aber anständig beschissen. Mich behumst hier im Orient keiner. Mich nicht!«

Alle dachten so. Und keiner war wirklich der Gewinner. Die Könige des Basars zogen jeden über den Tisch, egal, wie clever er war. Und nachts, wenn sie ihre hölzernen Türen und Fensterläden verschlossen hatten, saßen sie beisammen, tranken duftenden Pfefferminztee, lachten über die Touristen und dankten Allah für den guten Tag.

Dort also suchte sich Abu ein Plätzchen, breitete einen winzigen Teppich, den ihm seine Schwester geknüpft hatte, aus, und stellte seine Figuren auf. Drei Tage saß er dort, unbeachtet, eingestaubt, enttäuscht. Niemand wollte seine Figuren. Er hatte Durst und Hunger, mußte dringend aufs Klo. Aber er traute sich nicht, den Platz zu verlassen. Wäre er auch nur für fünf Minuten fort gewesen, hätte ein anderer Junge ihm vielleicht die Stelle streitig gemacht.

Am Mittag des vierten Tages, Abu war mit seinem Preis schon von zwei auf einen Dinar pro Puppe heruntergegangen, stand plötzlich Moreno vor ihm. Glücklich hob der Junge seinen Freund auf den Arm, drückte ihn an sich, küßte ihm vor Freude das Gesicht ab, daß der Kater nur so den Kopf schüttelte. Manchmal war sein Spielgefährte doch etwas stürmisch.

»Na, kleiner Mann, du kennst wohl meinen Moreno?« Antonio, der mit seinem Liebling über den Basar und anschließend durch die Hallen geschlendert war, hockte sich hin, reichte Abu die Hand.

Der Junge richtete sich auf, wischte den Staub von der Hose, erwiderte den Händedruck: »Ja, die schwarze Katze ist meine Freundin. Ich heiße Abu und habe sie sehr lieb. Sie spielt mit mir immer am Strand. Sie ist das einzige, was ich besitze, was ganz mir gehört.«

Abu hielt mitten im Satz inne: »Ist meine Katze auch deine Katze? Bist du ihr Herr? Darf ich sie nicht behalten?«

Antonio setzte sich zu dem Jungen, nahm ihn in den Arm: »So, Abu heißt du. Und Moreno ist dein Freund. Also, ich heiße Antonio. Und deine Katze ist ein Kater, stammt von einer fernen Insel namens Mallorca. Du hast recht. Ich bin ihr oder besser sein Herrchen. Tja, Abu! Außerdem hänge ich sehr an ihm, weil er auch mein bester Freund ist. Sag mal, hast du denn heute schon was verkauft?«

Der Junge schüttelte den Kopf: »Nein, keiner will meine Figuren haben. Ich weiß nicht, warum!«

Antonio sah die traurigen Augen des Kindes, seine dünnen Arme und Beine: »So, so, schlechte Geschäfte also. Zufälligerweise brauche ich solche Figuren. Wie wär's, verkaufst du mir alle, die du hier hast, sagen wir für drei Dinar das Stück.«

Abu glaubte zu träumen: »Du findest sie gut? Du willst sie mir alle abkaufen?«

Antonio nickte: »Ja, kleiner Freund. Und da wir nun Partner sind, kleide ich dich erst einmal richtig ein.«

Antonio nahm Abu an die Hand und verschwand mit ihm in einem der vielen Basargeschäfte. Habib, der Chef, kannte Abu. Er ließ ihn die schönsten Sachen anprobieren – ein türkisfarbenes Hemd, eine neue Hose, Jacke, Strümpfe, Schuhe. Als Antonio anschließend die Rechnung bezahlte, staunte er über den niedrigen Preis. Fragend schaute er Habib in die Augen. Doch der winkte nur ab: »Macht, daß ihr rauskommt, ihr Lumpen. Durch euch gehe ich noch pleite.«

Antonio mußte schmunzeln. Der gute alte Habib. Er hatte tatsächlich nur zehn Prozent des normalen Preises berechnet. Abu betrachtete seine neuen Kleider im Sonnenlicht, stellte erst jetzt fest, daß sie aus reiner Seide waren. Staunend befühlte er den glänzenden, weichen Stoff, konnte das Wunder, das ihm widerfahren war, nicht fassen. Und während er so dastand, glücklich, sprachlos, aufgewühlt in seiner kindlichen Seele, scheuchte Habib einen schwarzen Kater aus seinem nach Parfüm duftenden Geschäft und flüsterte mehr zu sich selbst: »Hab's gern getan, mein Junge. Hol's beim nächsten Touristen wieder rein.«

Abu und Antonio liefen die enge, halbüberdachte Gasse zurück. »Wenn du willst, kann Moreno dir tagsüber Gesellschaft leisten. Dann fühlst du dich nicht mehr so allein. Nachts schläft er allerdings bei mir im Bett. Ich fahre jetzt für vier Wochen hoch nach Sousse, um dort eine Zweigstelle meiner Firma aufzubauen. Was ist? Möchtest du meinen Freund in dieser Zeit vielleicht sogar ganz bei dir aufnehmen? Du würdest mir damit einen großen Gefallen tun.«

Abu strahlte. Dankbar küßte er seinem Partner die

Hand. Doch Antonio zog sie sofort zurück. »Das sollst du nicht tun. Wir sind Freunde.«

Der Junge bastelte in den folgenden Nächten viel Puppen. Und siehe da – in seinen schönen neuen Sachen verkaufte er jeden Tag drei bis vier Stück davon. Auch die Töchter der Touristen ließen sich plötzlich mit ihm fotografieren, und ihre Mütter spendierten dem Jungen sogar noch Trinkgeld für seine große, stolze Katze. An manchen Abenden brachte er soviel Geld nach Hause wie seine Schwestern im ganzen Monat. Der Vater staunte über die Geschäftstüchtigkeit seines Sohnes. Mit den Dinaren konnte er seine Familie durchbringen, wenn der Chef der Teppichfirma nicht wieder den Lohn kürzen würde.

Eine Woche lief alles wunderbar. Doch wer Erfolg hat, weckt die Neider. Im Orient geht das besonders schnell. Abu hatte an einem Abend eben seine Sachen eingepackt, wollte zur Bushaltestelle laufen, als plötzlich drei große Jungen ihm den Weg versperrten. Er war ganz allein in der verwinkelten Gasse, die zur Hauptstraße führte.

»Los, rück alles raus, was du hast. Sonst schlagen wir dich tot, kleiner Bastard!«

Gegenwehr war zwecklos. Stumm zog der Junge seine neuen Sachen aus, auch die Schuhe, Strümpfe – alles! Er gab den Dieben die Tageseinnahmen und sogar seine beiden letzten Puppen, die er nicht verkauft hatte.

»Den Dreck kannst du behalten. Was sollen wir mit dem billigen Mist?« Der Anführer nahm die Figuren, ließ sie verächtlich in den Sand fallen und zertrat sie. Wie ein Spuk verschwanden die drei Diebe in der Nacht. Abu, der nicht mehr am Leib trug als seine alte verschlissene Hose, bückte sich, hob die kaputten Puppen auf, trug sie nach Hause. In dieser Nacht kuschelte sich Moreno ganz eng an seinen Freund. Und er leckte ihm die Tränen von den Wangen – so lange, bis er eingeschlafen war.

Von nun an mußte der Junge wieder in seiner alten Hose am Straßenrand sitzen. Obwohl Moreno den einen oder anderen Dinar einbrachte, war alles wie vorher. Keiner wollte etwas von Abu kaufen oder wissen. Und auch sein Vater war nicht mehr so lieb zu ihm wie vor Tagen. Der Traum, etwas mehr Geld zu besitzen, war zerplatzt wie eine Seifenblase.

Abu hatte oft Hunger und fror. Noch schlimmer aber war der Schmerz in seiner Seele. Er hätte der Familie so gern geholfen. Aber wie sollte er als kleiner Junge diesen Teufelskreis durchbrechen. Armut zeugte immer wieder Armut. Wer nach oben wollte, mußte intelligenter, cleverer, stärker, leistungsbereiter sein als die anderen. Und wer es schaffte, gehörte trotz allem nicht dazu. Diejenigen, die Macht, Geld und Einfluß hatten, fürchteten die Emporkömmlinge wie der Teufel das Weihwasser. Ihre Waffen waren Überheblichkeit und Arroganz, Tricks und Intrigen. Versager in den eigenen Familien wurden dagegen mit durchgezogen, in Positionen gehievt und hoch bezahlt. Oben, an der Spitze, hielt man zusammen. Die Kinder der Reichen wurden oftmals seelisch krank, nahmen Rauschgift, tranken Alkohol, suchten verzweifelt nach Werten, die ihnen die Eltern nicht gaben. Die anderen Söhne und Töchter mogelten sich durch Schule und Ausbildung, wurden später Mitglieder in exklusiven Clubs. Diskret ging man darüber hinweg, daß sie wenig im Oberstübchen hatten. Wer gab schon gern zu, daß der Firmenerbe eine Null war. So lautete in den Führungsetagen stets die Devise: Bringst du meine Tochter in deiner Firma unter, nehme ich deinen Sohn bei mir auf. Es funktionierte – meist mit einem Bombengehalt, für das die anderen sich abrackern mußten. Man blieb unter sich.

»He, ich will deinen Kater!«

Abu hörte die Stimme nicht, so sehr war er in seine Gedanken versunken.

»Du, Straßenjunge, ich will deinen Kater! Wie oft muß ich das noch sagen?«

Ein Fußtritt gegen seinen Oberschenkel ließ Abu hochschnellen. Vor ihm stand ein etwa gleichaltriger Junge im weißen Anzug, mit weißen Schuhen und einem goldenen Ring im linken Ohr. Der Junge wollte noch einmal ausholen, als ein Mann neben ihn trat und sagte: »Bitte laß ihn! Du siehst doch, daß er sich nicht wehrt.«

Der Junge im weißen Anzug schenkte dem Mann keine Beachtung. Er verschränkte die Arme vor der Brust, hob den Kopf und antwortete: »Ich bin Said. Meinem Vater gehört die größte Teppichknüpferei Tunesiens. Und ich will deinen Kater!«

Said machte eine Handbewegung. Sofort nahm der Begleiter Moreno hoch, hielt ihn am Nacken fest und trug ihn zum Auto. Ein Griff, gegen den sich der sonst so kampferfahrene Kater kaum wehren konnte. Sein Zappeln half ihm nicht viel. Said ließ Abu einfach links liegen, lief ebenfalls zurück zum Wagen und setzte sich neben den Chauffeur, sagte nur: »Nach Hause.« Wenig später war das Auto im Gewirr der menschenüberfüllten Gassen verschwunden.

Abu war schockiert. Das Blut wich aus seinem Gesicht. Die Hände begannen zu zittern. Er nahm nicht mehr wahr, was um ihn herum geschah. Langsam, ganz langsam glitt er zu Boden. Er hörte sein Herz aus großer Entfernung pochen, spürte, wie eisige Wellen durch seinen Körper jagten. Dann wurde es Nacht um ihn herum.

Habib, der von dem Vorfall gehört hatte und Abus Heimatdorf kannte, brachte den bewußtlosen Jungen nach Hause zu seinen Eltern. Rund um die Uhr blieb die Familie an seinem Bett. Abu wurde krank, sehr krank, nicht nur am Körper, sondern vor allem an seiner Seele. Er aß nichts mehr, verließ nicht das Bett, bekam hohes Fieber und Durchfall. Wenn die Eltern ihn fütterten, mußte er sich sofort wieder erbrechen. Der Arzt wurde gerufen. Doch auch er konnte nicht viel ausrichten.

»Sie haben ihm zweimal sein Liebstes genommen. Erst den kleinen Mustafa und jetzt Moreno. Seine Seele verlangt nach Ruhe. Eine Stimme tief in ihm drin ruft ihn. Ein

Schatten aus einer anderen Welt winkt ihm zu. Seine Seele, die Stimme und der Schatten wollen, daß er ihnen in diese Welt folgt, wo er endlich glücklich sein kann. Dort, glaubt er, warten Mustafa und Moreno. Abu möchte nicht zurück. Er hat Angst, noch mehr verletzt zu werden. Deshalb erreichen wir ihn nicht. Wenn Allah nicht hilft, stirbt Ihr Kind.«

Tage vergingen. Moreno, der in einer riesigen Villa am Meer eingesperrt war, spürte instinktiv, wie der Lebenswille seines Freundes erlosch. Unruhig lief er hin und her, fauchte, kratzte, verweigerte das Futter. Doch diesmal konnte er nicht so einfach rein- und rausspazieren, wie beim Gefängnis von Mallorca. Said hatte die Diener angewiesen, ihn nicht in den Garten und schon gar nicht aus den Augen zu lassen. Böse funkelten Morenos Augen, wenn er nachts durch die reichverzierten und teuer möblierten Räume schlich, in denen überall auf Marmorfußböden wertvolle Seidenteppiche lagen. Sofort wäre er geflüchtet und zu seinem Abu gerannt. Doch es war unmöglich. Selbst die hohe, weißgetünchte Mauer hätte er irgendwie überwunden, wäre ihm nur der Weg in den Garten nicht versperrt gewesen.

Abu wurde von Tag zu Tag schwächer. Ins Krankenhaus konnten die Eltern ihn nicht bringen. Dafür hatten sie kein Geld. Außerdem hofften sie, daß er wieder sein Bewußtsein erlangen würde. Immer mehr fielen seine Wangen ein. Fragend, manchmal starr, blickten seine großen braunen Augen gegen die Zimmerdecke. Mit Mühe konnten ihm seine Geschwister etwas Tee einflößen. Es war wohl schon in der zwölften Nacht, als das Wunder geschah, von dem Abu später als Mann noch oft berichtete.

Fatima, die Schwester, hatte sich zu ihm gelegt, um den Bruder zu wärmen und zu trösten. Sie war gerade eingeschlafen, als sie mit einer Handbewegung zwei kleine, plattgedrückte Figuren vom Tisch stieß. Sie kullerten geradewegs vor Abus Gesicht, wirkten wie ein Blitz, ein Lichtstrahl in seiner dämmernden Seele. Sekundenlang blickte der Junge die Figuren an. Es waren jene, welche die Diebe ihm zertreten hatten. Plötzlich schloß er die Augen und schlief ein. Der erste richtige, gesunde Schlaf nach fast zwei Wochen. Fatima, die dies alles bemerkte, kroch leise in ihr eigenes Bett im Nebenzimmer. Am Morgen wollte man weitersehen.

Etwa zwei Stunden später lief ein zitternder Junge barfuß aus dem Haus, eingehüllt in eine Kameldecke. Stolpernd tastete er sich zur Hauptstraße. Manchmal stieß er mit seinen Füßen gegen Felssplitter oder trat auf Glasscherben. Er wollte, er mußte zu seinem Moreno. Die Kälte quälte erbarmungslos seinen entkräfteten Körper. Nichts, nichts konnte ihn halten, er mußte zu der weißen Villa am Meer, die jeder auf Djerba kannte, und wo sein Moreno gefangengehalten wurde. Nur selten fuhr nachts ein Auto diese Strecke. Zu abseits lag das Dorf, aus dem Abu stammte. Der Junge war kaum eine halbe Stunde gelaufen, als zwei Lichter am Horizont aus der Dunkelheit auftauchten und sich auf ihn zu bewegten. Abu hielt die Hände vor die Augen, so blendeten ihn die Scheinwerfer. Dann ein leises Quietschen, das Knirschen der Reifen im Sand.

Abu bekam Angst. Was sollten sie ihm nun noch rauben außer seinem Leben? Im Licht erkannte er die Umrisse eines Mannes: »Bist du nicht der Junge mit der schwarzen Katze?«

Ein Nicken war die Antwort.

»Ich habe dich in den letzten Tagen gesucht, überall. Und nun finde ich dich hier auf der Straße, nachts, allein. Wo willst du hin? «

»Zu meinem Moreno!«

Der Mann ging in die Knie, legte Abu seine Jacke um die Schultern, hob ihn in den Wagen. Da erkannte ihn der Junge wieder. Es war der Diener Saids, der ihm Moreno gestohlen hatte: »Ich hatte Gewissensbisse. Jetzt bin ich froh, daß ich dich gefunden habe. Ich bringe dich zu Said und deinem Kater.«

Nach zwanzig Minuten fuhr der Wagen in den Hof der Villa. Alles schlief. Nirgendwo brannte mehr Licht. Der Mann führte Abu ins Haus, zeigte mit dem Finger nach oben: »Dort ist Saids Zimmer. Und da findest du auch Moreno. Lauf! Ich drück dir die Daumen.«

Abu öffnete vorsichtig die Tür. In einem riesigen Himmelbett schlief der andere Junge. Davor, hellwach, saß Moreno. Keinen einzigen Ton gab er von sich. Er sprang auf, stubselte die Beine des Jungen und begleitete ihn zum Bett.

Still setzte sich Abu auf den Rand des Bettes, nahm die Hand des Schlafenden, streichelte sie. Wieder und wieder. Und wie in Trance fing er an zu sprechen: »Said, mein armer, reicher Freund! Ich bin gekommen, um das Liebste zu holen, das ich besitze. Bitte gib mir meinen Freund zurück! Bitte! Wenn er nicht bei mir ist, möchte ich nicht mehr leben. Dann will ich lieber bei meinem Mustafa im Himmel sein. Sieh, du hast so viel. Jeder Wunsch wird dir erfüllt. Du mußt ihn nur denken, träumen, aussprechen. Du hattest nie Hunger und Durst, trugst immer feine Kleider. Ich freue mich für dich. Denn all das besaß ich nie. Aber ich hatte zwei Freunde, mit denen ich sehr glücklich war. Einen nahm Gott zu sich. Den anderen Freund holtest du dir. Warst du einsam, Said? Warum hast du nichts gesagt?«

Abu hatte nicht bemerkt, daß Said längst aufgewacht war. Plötzlich spürte er, wie ihn behutsam eine Hand berührte. »Es tut mir leid, mein Freund! Ich war böse und nahm dir deinen Kater, weil ich dich um die Liebe zu ihm beneidete. Geh und nimm ihn wieder mit. Er gehört dir – dir allein!«

Und während sich die Jungen im fahlen Licht des Mondes in die Augen sahen, wurde eine Freundschaft besiegelt, die ein Leben lang halten sollte.

Said führte Abu und Moreno in den Nachbarraum: »Dort könnt ihr schlafen. Morgen frühstücken wir gemeinsam, und dann verbringen wir den ganzen Tag zusammen.«

So geschah es!

Abu und Said wurden die besten Freunde, die allerbesten. Saids Vater bezahlte Abus Schulausbildung, schickte ihn anschließend auf die Universität. Die Freunde hielten zusammen, in den schönen, aber auch in den traurigen Stunden.

Said wurde Arzt der Humanmedizin, leitete später mehrere Krankenhäuser und wurde schließlich Gesundheitsminister. Abu wurde Tierarzt, gründete mehrere Pflegestationen in der Sahelzone und bemühte sich um die Erhaltung der natürlichen Lebensräume. Oft dachte er in den Jahren an seinen kleinen Wüstenfuchs zurück. Und wenn er die Eltern besuchte, lief er jedesmal hinunter zum Strand, wo sein Liebling begraben war. Die alte Palme stand noch immer an ihrem Platz.

Da wußte Abu, daß der Freund nicht umsonst gestorben war. In seinem Herzen hat er die Liebe zu ihm und zu den anderen Tieren stets bewahrt, sie zu seinem Beruf und zu seiner Berufung gemacht.

*

Es war ein befreiendes, fast melodiöses Geräusch: das tiefe, donnernde Brummen der Triebwerke, das immer mehr anschwoll, schließlich in ein ohrenbetäubendes Röhren überging. Die Landschaft raste am Fenster des startenden Flugzeugs vorbei, gleich einem Film, der mit Lichtgeschwindigkeit abgespielt wurde. Windschiefe Palmen mit abgeknickten Blättern, Wolken spiegelten sich in den Wasserbecken der Flughafenfeuerwehr, verbranntes Gras und im Hintergrund einmotorige Privatflugzeuge. Am Horizont verschmolzen die Farben Tunesiens, unvermittelt, hart, übergangslos. Blau der endlose Himmel, der so viele Touristen anlockte, ocker- und beigefarben der Boden im Süden des Landes.

Mit einem leichten »Rums« rastete das Fahrwerk ein.

»Geschafft! Wir sind in der Luft. Nun können sie uns nichts mehr anhaben.«

Der Mann, der diese Worte mehr zu sich selbst sagte, zog einen Flachmann aus der Jackentasche, drehte den Verschluß ab, trank einen Schluck und reichte die Flasche seinem Nachbarn: »Komm, probier mal! Lockert und gibt Wärme von innen.«

Der Nachbar nahm einen kleinen Schluck, verzog das Gesicht: »Grauenvoll! Ich werde mich nie so richtig daran gewöhnen. Diesen Cognac trinke ich nur, wenn ich total fertig bin. Da hilft er mir beim Einpennen. Schau mal! Moreno! Ich glaube, er ist froh, daß es woanders hingeht. Obwohl – er vermißt bestimmt seine Freunde Abu und Said.«

Antonio, der im Flugzeug einen Fensterplatz hatte, blickte hinaus, sah, wie alles immer kleiner wurde: »Es ist schon eigenartig. Vor fast einem Jahr ging ich hier heimlich an Land. Ich habe das Gefühl, es wäre erst gestern gewesen, als Klaus Culmann mich vor Djerba absetzte. Nun bin ich erneut auf der Flucht. Und wieder hast du mir dabei geholfen, alter Journalisten-Schmierfink.«

Axel von Berg, der den Cognacgeschmack mit einem Schluck Wasser hinunterspülte, öffnete Morenos Transportbox, nahm den Kater zu sich auf den Schoß und sagte zu seinem Nachbarn: »Mußtest du unbedingt in einem orientalischen Land öffentlich gegen das Tiermorden protestieren? Und dann auch noch in Afrika. Manchmal glaube ich wirklich, du spinnst.«

Antonio strahlte: »Na, immerhin konnte ich einen Artikel in die Zeitung bringen, der das Tiermorden anprangert. Einigen hundert Katzen durfte ich so wenigstens das Leben retten.«

Axel von Berg kraulte Moreno, dessen Hals immer länger wurde, den Nacken: »Ja, und ich mußte dir die Tickets besorgen, dich abholen und jetzt nach Senegal bringen.«

Die Freunde grinsten sich an. Unter ihnen erstreckte sich die Sahara. Mal schroffe, bizarre Berge, dann wieder riesige Dünen, die sich wie die Schatten einer Schlange gegen das Licht abzeichneten. Bis zum Horizont ein einziges Meer aus Sand. Der Schatten des Flugzeuges huschte darüber hinweg, als würde ein kleiner Vogel mit dem Flugzeug um die Wette fliegen. Während sich die Maschine weiter in den flirrend blauen Himmel bohrte, tauchten im endlosen Gelb der Wüste kleine grüne Tupfer auf – Oasen, die funkelnden Smaragden auf einem fließenden Gewand ähnelten.

Axel und Antonio hatten in Senegal ein Haus am Meer gemietet. Dort wollten sie sich erholen, gemeinsam fischen, baden und faulenzen. Außerdem hatten sich die Männer viel zu erzählen. Die größte Überraschung wartete in einem Brief, den Axel von Isabella erhalten hatte.

»Na, alter Freund, rate mal, was da drin steht!«

Antonio war überrascht: »Wieso bekommst du einen Brief von Isabella? Mir hat sie nie geschrieben.«

Der Journalist zeigte dem Dieb einen Vogel: »Na, überlege mal, du Schwachkopf! Die spanischen Behörden haben dir den Ausbruch nie verziehen. Sie suchen dich überall. Mit dem Brief und der Anschrift darauf hätten sie dich sofort gehabt. So, nun halte die Schnauze und bestell bei der Stewardeß eine Flasche Champagner. Aber kein billiges Zeug, sondern etwas Vernünftiges. Sonst bekommst du den Brief nicht.«

Minuten später knallte ein Korken gegen die Decke der Kabine, und Antonio durfte den Brief öffnen und lesen.

»Nein, das kann nicht wahr sein!«

Antonio ging Axel an die Kehle und würgte ihn lachend, daß der Champagner aus dem Glas schwappte. »Du Lump, du Schuft, du Verbrecher! Du hast es gewußt! Gib's zu, sonst schmeiße ich dich ohne Fallschirm ab.«

Axel von Berg fing ebenfalls laut an zu lachen. Und übermütig wie ein großer Junge kitzelte er den Freund ab, daß dieser vom Sitz rutschte und immer wieder vor Freude kichernd die Stewardeß rief: »Champagner für alle! Mädel, hörst du, Champagner für alle im Flugzeug! Und vergiß die Crew vorn in der Kanzel nicht.« Mit hochrotem Kopf kletterte er aus den Sitzen, stellte sich in den Gang und brüllte laut wie ein Löwe, daß die Passagiere zusammenzuckten und glaubten, er sei irre geworden. »Ich bin Vater geworden! Isabella hat mir zwei Jungs geschenkt. Und die Schlingel sind schon ein halbes Jahr alt.«

Zitternd las er immer wieder die Zeilen, küßte den Brief. Und während das ganze Flugzeug ihm zuprostete, drehte er die Seite um. Dort stand, daß Isabella seine Söhne Diego und Fernando getauft hatte und daß sie ihrem Vater wie aus dem Gesicht geschnitten waren.

Fast ohnmächtig vor Erregung ließ sich Antonio auf seinen Sitz fallen. Alles um ihn herum drehte sich. Die Botschaft, die Spannung der letzten Woche – all dies explodierte wie ein bunt schillerndes Feuerwerk in seinem Kopf.

»Moreno, alter Haudegen! Komm her, laß dich küssen!« Antonio beugte sich vor, blickte unter den Sitz, schaute den Mittelgang hinauf und hinab. »Schwarzer Satan, wo steckst du? Komm zu Papa! Ich will dich busseln!«

Nichts! Moreno war weg! Von einer Sekunde zur anderen wurde Antonio wieder klar im Kopf: »Axel, Moreno ist abgehauen! Los, hör auf zu saufen! Wir müssen ihn suchen!«

Der Freund schien sich keine Gedanken zu machen: »Hör doch auf! Weit kann er nicht sein. Er wird schon nichts anstellen. Oder hast du draußen einen Kater vorbeifliegen sehen?«

Hätte Axel geahnt, was in den folgenden Minuten alles passierte, er wäre nicht so sorglos gewesen.

Moreno hatte sich im Trubel aus dem Staub gemacht. Soviel Lärm um nichts, nein, das war zuviel für ihn. Die Menschen machten doch ganz schön Wind um ihren

Nachwuchs. Bei Katzen war das eine alltägliche Angelegenheit, über die man kein Wort verlor. Aber so waren sie nun mal. Sie nahmen sich wichtiger als alles andere auf der Welt.

Vaterfreuden hin, Vaterfreuden her. Das war der richtige Augenblick, um im Flugzeug auf Entdeckungstour zu gehen. Von Sitz zu Sitz schlich sich der Kater durch den Passagierraum, vorbei an Handtaschen, Fotoausrüstungen, Zeitschriften und Provianttüten. Menschen glaubten wohl immer, sie müßten gleich verhungern, wenn sie mal nicht zu einer geregelten Mahlzeit kamen. Reihe für Reihe arbeitete sich der Kater nach vorn durch. Während hinten noch gefeiert wurde und Herrchen lautstark alle Passagiere über sein unverhofftes Vaterglück aufklärte, braute sich am anderen Ende, gleich hinter der Pilotenkanzel, das Unheil zusammen.

Moreno hatte die erste Reihe erreicht, als er unvermittelt vor ihm saß, klein, ängstlich, rundherum süß – aber leider ungemein verspielt und unvorsichtig. Der drei Monate alte Dackel entdeckte den viel größeren Kater eine halbe Sekunde früher, machte einmal freundlich »wuff« und stürzte sich in der Hoffnung auf ein fröhliches Spiel auf den überraschten Besucher. Ach, hätte er doch nur gewußt, wie Moreno zu Hunden stand, er hätte sich mucksmäuschenstill auf Frauchens Schoß verzogen. Doch nun war es zu spät. Moreno, der die freundliche Begrüßung für einen hinterhältigen Angriff hielt, schrie und fauchte wie am Spieß, prügelte dem Dackel die Nase blutig, rammte ihm die Hinterpfoten in den Leib und fegte anschließend in Kopfhöhe über die Passagiersitze.

Die Katastrophe nahm ihren Lauf. Mehrere Fluggäste bekamen blutende Kratzer verpaßt, versuchten den Leibhaftigen zu fassen. Zeitungen flogen durch die Luft, Gläser und Hüte. Ein Mann in der fünften Reihe packte den Kater am Genick und ließ ihn sofort wieder los. Seine Hand sah aus wie ein frisches Holzfällersteak. Das Blut lief ihm in den Ärmel, und er saß so schnell, wie er sich erhoben hatte. Moreno schleuderte zurück, düste wieder nach vorn in Richtung Kanzel.

Peng! Mit voller Geschwindigkeit prallte er auf den Dakkel, der sich gerade in Frauchens Arm hatte trösten lassen wollen. Die Besitzerin, eine Rentnerin aus Berenbostel bei Hannover, bekam einen Tobsuchtsanfall. Ihr Hund riß sich los, und es kam auf ihrem Schoß zu einer grausamen Rauferei. Moreno und der Dackel hatten sich vollständig ineinander verbissen. Hundehaare und Katzenfellflocken wirbelten durch die Luft. Die Frau schrie verzweifelt um Hilfe.

Aber diese konnte nicht kommen. Denn die Stewardeß hatte soeben damit begonnen, das Essen zu servieren, blokkierte mit ihrem Wagen den Gang. Chaos brach aus. Antonio und Axel kamen angerannt, wollten ihren Kater einfangen. Andere Passagiere flohen aus ihren Reihen, stolperten im Gang, fluchten, schlugen um sich. Im Nu sah es aus wie in einem Wildwest-Saloon. High-noon über den Wolken, wo die Freiheit nun nicht mehr grenzenlos war.

Sabine, die Chefstewardeß, versuchte erst gar nicht, die Fluggäste über Mikrofon zur Ruhe aufzufordern. Dazu war es ohnehin zu spät. Überall wurde gehauen und getreten, daß die Fetzen nur so flogen. So also fällte sie die bisher folgenschwerste Entscheidung ihres Lebens. Sie eilte in ihrer Ratlosigkeit zum Flugkapitän, um ihn um Hilfe zu bitten.

Das war der Moment für Moreno! Der Kater, der endgültig die Nerven verlor, jagte mit einem Affenzahn in die Pilotenkanzel, verfolgt von dem Dackel, der ihm in seinem jungen Leben alles heimzahlen wollte, was er später noch abbekommen sollte.

Chefpilot Archibald Sachs hatte sich eben einen Plastikbecher mit heißem Kaffee genehmigt, als die schwarze Katastrophe aus Mallorca auch über ihn hereinbrach. Wie ein durchgedrehter Steilwandfahrer tanzte Moreno über Hebel, Schalter und Knöpfe. Anzeiger drieselten, Lämpchen blinkten auf, Bildschirme fingen an zu flackern. Zum Glück flog die Maschine mit Autopilot, sonst hätte sie in diesem Augenblick ihren Kurs geradewegs Richtung Weltall geändert. So aber schwebte sie sanft dahin, völlig unberührt von der Schlacht, die in ihrem Inneren tobte.

Archibald Sachs, der Mann mit den besten Nerven an Bord, schoß wie eine Leuchtrakete aus seinem Pilotensessel, wollte sich auf den Kater stürzen. Fehlanzeige! Moreno, kampferprobt und schnell wie der Wind, flutschte ihm zwischen den Beinen hindurch, stürzte sich auf den Co-Piloten. Auch der ließ sich nicht zweimal bitten. Gemeinsam mit seinem Chef versuchte er, den Kater zu fangen.

Moreno, der sich längst wieder des Dackels angenommen hatte, balgte sich bei den hin und her pendelnden Türen von Pilotenkanzel und vorderem Klo. Hinten, im Kabinenraum, hatte die Schlacht inzwischen ihren Höhepunkt erreicht. Antonio und Axel bezogen die Prügel, die an sich Moreno hätte einstecken sollen. Langsam geriet das Flugzeug in echte Gefahr. Es wackelte und bebte, kam vom Kurs ab, ging mal in die Tiefe und dann wieder in die Höhe.

Archibald Sachs erkannte die Gefahr und tat etwas, was er ein Leben lang bereuen sollte. Er schaltete den Autopiloten aus, ging in eine Rechtskurve und gleichzeitig in den Sturzflug. Tabletts, Eßwagen, Flaschen, schreiende Kinder, erwachsene Passagiere flogen durch die Gegend oder wurden in ihre Sitze gepreßt. Stewardessen knallten der Länge nach hin. Schweigendes Entsetzen trat an die Stelle des bisherigen Chaos. Die Fluggäste fühlten ihre Mägen zwischen den Ohren und deren Inhalt auf den Oberschenkeln. Todesangst ließ sie zittern, weinen, beten. Doch keiner prügelte mehr oder tobte.

Moreno und der Dackel aber flogen wie Springbälle durch den Gang, landeten vor den offenen hinteren Klotüren – und schub – stieß eine Stewardeß sie links und rechts in den Toilettenraum und schloß ab.

Die letzten zwei Flugstunden waren dem Großreinemachen an Bord gewidmet. Alle packten mit zu, vor allem aber Axel und Antonio. Unter den bösen Blicken der anderen Fluggäste sammelten sie Essensreste auf, putzten mit feuchten Lappen die Garderobe der Passagiere, ordneten deren Handgepäck und beruhigten die Besitzerin des Dackels erst einmal mit einem Fünfhundert-Mark-Schein. Daß beim großen Einsammeln der Tascheninhalte so mancher Lippenstift und manches Schlüsselbund beim falschen Besitzer landete, war noch zu verkraften. Viel schlimmer waren die Strafen, die dem überirdischen Schlachtengetümmel folgten.

Kapitän Sachs wurde auf eine kleinere Linie versetzt, mußte für alles die Verantwortung übernehmen. Die Stewardessen landeten für ein Jahr beim Bodenpersonal. Die Sanierung des Flugzeugs kostete mehrere tausend Mark. Axel und Antonio bekamen Dutzende Anzeigen von Passagieren und ein Strafverfahren von der Fluggesellschaft. Mit über dreißigtausend Mark war es der teuerste Flug ihres Lebens.

Ach ja, Moreno! Der ging übrigens straffrei aus. Wie hätte er auch die Verantwortung übernehmen und bezahlen sollen? So saß er noch am selben Abend am Sandstrand von Senegal, blinzelte in das Licht der untergehenden Sonne, hörte das Rauschen der Wellen und des Windes und beobachtete am Himmel in weiter Ferne ein winziges Flugzeug, das losgelöst von aller irdischen Last seine Bahn zog, still, schwerelos, friedlich und ganz weit weg.

*

Axel und Antonio saß der Schock in den folgenden Tagen noch tief in den Knochen. Das Haus, etwa achtzig Kilometer südlich von Dakar, der Zwei-Millionen-Metropole, der Traumstrand, die Palmen – nichts davon konnte ihr Herz so richtig erfreuen. Stundenlang lagen sie am Meer, beobachteten die Fischerboote, bohrten mit ihren Füßen Löcher in den Sand. In einem waren sie sich zumindest einig: Der andere war schuld an der Misere.

Moreno dagegen hatte den turbulenten Vorfall längst vergessen. Er fühlte sich in seinem Element, tobte den Strand hinauf und hinunter, schärfte seine Krallen an Palmen und fand bald Freunde unter den Kindern eines nahen Dorfes. Wenn er gerade keine Streifzüge unternahm, kuschelte er sich an seine Gefährten, streckte alle viere von sich oder döste unter einem Gebüsch. Für seine fröhliche Katerseele war es hier genauso schön wie auf Mallorca oder in Tunesien. Die Sonne schien, Mäuse gab es reichhaltig, und wenn sie, was ab und zu vorkam, schneller waren als er, ließ er sich von den Einheimischen und deren Kindern mit Fischen oder Hühnchenresten verwöhnen.

Die Männer mußten mehrere Male zur Polizei, zum Konsulat und zur Flughafenverwaltung. Sie unterschrieben Protokolle am laufenden Band, gaben alles zu und versprachen, den Schaden zu bezahlen. Nach einer Woche kehrte endlich wieder Ruhe ein.

Einen Monat wollten die Freunde in Senegal bleiben, das Hinterland erkunden, Safaris machen und vor allem ausruhen.

Antonio, der in Tunesien nebenbei viel Sport getrieben hatte und sich körperlich total fit fühlte, bemerkte bei Axel erste Spuren der Erschöpfung: »Dein Job als Journalist ist hart, nicht wahr? Ihr Nordeuropäer müßt immer arbeiten bis zum Umfallen. Wir Südländer arbeiten auch. Aber wir vergessen nie, das Leben zu genießen. Ihr schuftet manchmal zwölf und mehr Stunden am Tag, laßt euch von den Vorgesetzten treiben und hetzen und fallt abends müde ins Bett. Klar, ihr seid dadurch auch reicher und könnt euch mehr leisten. Aber das Geld, das ihr verdient, ist nicht soviel wert wie das Leben, das euch dadurch entgeht. Und mal ehrlich! Die meisten Menschen kaufen sich dafür doch sowieso nur sinnlosen Plunder, mit dem sie vor den Nachbarn angeben können. Und den Rest bringt ihr als Urlauber dann brav zu uns. Wir, mein Freund«, und Antonio zeigte mit dem Finger auf sich, »arbeiten, um zu leben. Ihr dagegen plagt euch, weil ihr schon gar nicht mehr anders könnt. Am Ende, wenn eure Kräfte verbraucht sind, werdet ihr sowieso ausrangiert und durch jüngere ersetzt. Und für sie beginnt dann das grausame Spiel von neuem. Schlau werdet ihr immer erst, wenn euch eine Krankheit umhaut. Aber da ist es für viele zu spät. Mach nur so weiter. Irgendwann gibst du mir recht.«

Axel sah Antonio mit großen Augen an: »Du verstehst das nicht. Wie solltest du auch? Deine Welt besteht darin, anderen Leuten das Geld zu klauen und Katzen zu retten. So einfach möchte ich es mir auch mal machen. Nein, ich möchte was aufbauen. Ich will mir beweisen, daß man alles im Leben schaffen kann, wenn man es nur will. Und außerdem macht der Erfolg zufrieden. Er ist mehr als eine Bestätigung. Es ist wie ein Rausch. Du packst etwas an, bemühst dich, kämpfst und schaffst es. Du besiegst die Konkurrenz, wirst besser, lernst dazu. Außerdem wirst du vom Chef gefördert und bekommst mehr Geld. Wer bei uns nicht gut ist, rutscht unten durch. Und ich will nicht nur besser sein – ich habe vor, der Beste zu werden. Aber das verstehst du nicht.«

Antonio hatte sich zurückgelehnt und die Augen geschlossen: »Soso! Aha! Erzähle nur weiter! Ich höre dir aufmerksam zu, kleiner dummer Karrierist.«

Axel versetzte dem Freund einen sanften Fußtritt in die Hüfte: »Da, du blöder Dieb, verscheißern kann ich mich allein. Ich mache das alles, weil man mich früher immer für einen Versager hielt. Aber ich bin kein Versager. Ich weiß es. Und nun zeige ich es allen. Ich schreibe die besten Geschichten, kriege jede Story rund, und mein Name steht ständig auf der ersten Seite. Das ist Erfolg!«

Antonio kratzte sich am Fuß, gähnte herzhaft: »Kann ich

nicht beurteilen. Ich lese keine Zeitungen. Und wenn, merke ich mir nie die Namen der Autoren. Wozu auch? Muß man solche armen Typen wie dich unbedingt kennen?«

Axel sprang auf, fühlte sich in seiner Ehre gekränkt und entlarvt: »Du hirnverbrannter Vollidiot! Ich will nach oben. Sie sollen alle wissen, daß ich grenzenlos belastbar bin. Was meinst du, warum ich morgens vor der Arbeit Gewichte hebe, durch die Straßen jogge, Vitaminpillen, Leberextrakt, Aminosäuren, Eisen und Magnesium schlucke und anschließend noch ins Solarium gehe? Ich will es dir sagen! Die Kollegen müssen glauben, daß ich unverwüstlich bin, daß mich zwölf oder vierzehn Stunden Arbeit nicht umhauen. Und wenn mein Chef mir noch mehr Arbeit draufpackt, sage ich okay, gib her, ich mach's! Ich, Axel von Berg, bin der Größte. So, Antonio, und nur so funktioniert es. Am Ende kann ich sagen, ich habe im Leben was erreicht.«

Antonio richtete sich auf, spuckte den Grashalm aus: »Einen Dreck hast du. Kapierst du denn nicht, daß du Opfer in einem bösen Spiel bist. Merkst du nicht, daß sie solche Typen wie dich ständig nachzüchten, damit das System funktioniert und sie da oben die große Mark machen. Da, wo die sind, kommst du sowieso nie hin. Sie reden es dir ein. Aber sie lügen, wenn sie das Maul aufmachen. Warte mal ab, wie es ausschaut, wenn du nicht mehr kannst. Ruckzuck bist du weg vom Fenster. Sie finden sofort wieder einen neuen Dummkopf, der sich freiwillig vor ihren Karren spannen läßt. Aber du bist fertig und raus aus dem Spiel.«

Axel hatte die Nase voll von dem Gespräch: »Komm, wir wollen uns deswegen nicht streiten. Wir werden ja eines Tages sehen, wer recht hat.«

Die Männer verbrachten traumhafte Tage in Senegal. Mit gemieteten Jeeps aus alten französischen Beständen erkundeten sie das Landesinnere, sahen sich die Dörfer der

Einheimischen an, die noch genauso gebaut wurden wie vor Jahrhunderten. Vor allem aber besuchten sie mehrere der rund zwanzig Nationalparks, Wild- und Forstreservate. Sie beobachteten Gazellen, Antilopen, Pelikane, Hirsche und Wasserböcke. Ab und zu entdeckten sie bis zu fünf Meter lange Krokodile. Am Rande der staubigen Pisten spazierten afrikanische Schlangenhalsvögel und Sekretäre auf der Suche nach Erdhörnchen, Wüstenrennmäusen und Reptilien. Um die meisten Flüsse und Sumpfgebiete machten sie einen großen Bogen. Dort lebten meterlange Pythonschlangen, die als ausgezeichnete Schwimmer galten.

In der kargen Savanne wuchs der mächtige Baobab, der Affenbrotbaum, dessen Stamm oft einen Umfang von 30 Metern erreichte. Er überlebte längere Dürreperioden genausogut wie Buschbrände. Weil seine knorrigen Äste wie Wurzeln aussahen, besagte eine senegalesische Legende, der Teufel müsse den Baum entwurzelt und umgekehrt wieder in die Erde gesteckt haben. Viele Bäume waren schon mehr als tausend Jahre alt. Es gab kaum ein Dorf, wo nicht ein alter Baobab stand.

Seine duftendweißen Blüten werden noch heute zu Dekorationszwecken verwendet. Seine Blätter, ob frisch oder getrocknet, dienen als Nahrung. Zu Pulver gestoßen, werden sie zur Linderung von rheumatischen Beschwerden und gegen Entzündungen eingesetzt. Die Dorfbewohner machen aus den Früchten brauseartige Erfrischungsgetränke, und das Fruchtfleisch gilt als Heilmittel gegen verschiedene Beschwerden. Die kürbisähnlichen Schalen dienen als Behälter. Aus der Rinde macht man Verpackungsmaterial, Kleider und sogar Musikinstrumente. Man schreibt ihr sogar chininähnliche Eigenschaften zu, um damit die Malaria zu bekämpfen. Und aus dem Samen schließlich macht man Seife und Dünger.

Axel und Antonio lernten viel über Senegal. So war das Land über Jahrhunderte hinweg Umschlagplatz für den

Sklavenhandel. Rund vierzig Millionen Menschen wurden von hier aus nach Amerika gebracht. Nur zehn Millionen überlebten den Transport. 1960 ging die Kolonialzeit zu Ende. Die Franzosen entließen das Land in die Freiheit – und die Demokratie.

Am schönsten aber waren für die Freunde nach wie vor die Entdeckungsfahrten kreuz und quer durch die unberührte Natur. So manchen Abend schlugen sie ihr Lager am Rand der Savanne auf, machten ein Feuer, blickten in das Licht der untergehenden Sonne. Moreno saß im hohen Gras. Von Zeit zu Zeit hob er sein schwarzes Köpfchen, schnupperte den unverfälschten Duft Afrikas. Dieses Land hatte sich in den Millionen Jahren kaum verändert. Einsamkeit und Stille wurden nur unterbrochen durch den Ruf wilder Tiere. Von weit her drang er an die Ohren der Männer.

Zeitlos! Gegenwart und Vergangenheit wurden eins, verschmolzen unter einem unendlichen Dom aus Farben und Licht. Der Wind wisperte uralte Geschichten, und sie verbanden sich mit den Träumen vollkommenen Glücks und friedvoller Einsamkeit. Die Harmonie von Raum und Zeit, Sein und Vergehen – hier nahm sie Gestalt an als göttlichste Schöpfung des Universums. Das Wunder des Lebens, der Beginn aus dem Nichts. Und schließlich die Vollendung in ihrer genialen, schlichten, unbeschreiblichen Schönheit. Ewigkeit!

»Axel, ich bleibe hier!«

Antonio sah den Freund nicht an. Seine Augen, die Seele, blickten hinaus in die Unendlichkeit: »Es gibt Antworten auf viele Fragen. Hier in Afrika werde ich sie finden.«

Axel von Berg stocherte mit einem Ast in der Glut des Feuers herum: »Das habe ich erwartet. Du mußt nichts sagen. Ich verstehe dich. Wir gehen wohl unterschiedliche Wege. Verzeihe mir, wenn ich noch nicht soweit bin wie du. Aber die Welt, in der ich lebe, ist anders. Laß uns trotzdem

Freunde bleiben. Und versuche auch, mich zu verstehen. Ich kann nicht so sein wie du. Noch nicht. Ich habe viel von dir gelernt. Aber es ist für mich nur die halbe Wahrheit. Sieh mal, ich kann doch nicht zurückkehren, alles hinschmeißen und meinem Chefredakteur sagen, der Job ist verlogen und Sie sind ein gottverdammtes Arschloch. Ich empfinde einfach nicht so. Die Arbeit macht mir Spaß, und ich mag meinen Chef. Er gab mir eine Chance, die ich nie zuvor hatte. Das alles ist ein Teil von mir. Es steckt in mir drin. Mein Gott, warum ist es nur so schwer? Warum kann das Leben nicht klar und eindeutig sein? Wieso ist alles immer so kompliziert?«

Antonio erhob sich, lief einige Schritte, lehnte sich an den Stamm eines verdorrten Baumes: »Es ist gut so! Ich bleibe und du gehst. Wir haben beide unser Ziel noch nicht erreicht. Quäle dich nicht. Es hilft weder dir noch mir. Wenn du einen Stern hast, dann folge ihm. Suche deine Bestimmung auf dieser Welt.«

Der Dieb von Mallorca machte eine lange Pause. Dann ging er zum Feuer zurück, hockte sich hin. Und im roten Schein der Glut sagte er einen Satz, den Axel immer im Herzen bewahren sollte: »Ich weiß, daß du eines Tages zurückkehren wirst, zu mir, zu meinen Träumen – und zu dir selbst.«

Sie waren Freunde für ewig, auch wenn sie aus unterschiedlichen Welten stammten. Der eine verstand, was der andere meinte. So viel lag noch vor ihnen, gute wie schlechte Erfahrungen. Der Preis, den sie dafür zahlen sollten, würde hoch sein. Es war der Ozean in ihren Seelen, auf den sie hinausschauten. Der Ozean, in dem alles Leben versank, aus dem es von neuem geboren wurde. Antonio umarmte seinen Freund wenige Tage später ein letztes Mal: »Paß auf dich auf, bleib gesund. Übertreibe nicht. Das Leben gibt dir viel Kredit. Aber irgendwann fordert es den Preis. Sieh zu, daß du dann zurückzahlen kannst – und noch was übrig behältst für dich. Wann immer du mich brauchst, schreibe! Du weißt, wo du mich findest.«

Axel nickte. Als er im Flughafengebäude die Koffer aufgab, drehte er sich noch einmal um. Da waren sie, seine Freunde, Antonio und Moreno. Er liebte sie beide: »Paß auf meinen stürmischen Kater auf, hörst du! Und wenn du mit ihm wieder mal in ein Flugzeug steigst, laß ihn um Himmels willen nicht aus der Box!«

Kaum eine halbe Stunde später sah Antonio das Flugzeug über den Wipfeln der Palmen verschwinden. Zärtlich gab er Moreno einen Kuß auf die schwarze Nase, setzte ihn im Jeep auf den Beifahrersitz: »So, Dicker, jetzt machen wir es uns hier gemütlich. Es wird eine schöne Zeit.«

Antonio bezog in den nächsten Tagen ein Strandhaus hundertfünfzehn Kilometer südlich von Dakar an der Petite Côte, der Kleinen Küste. Nur wenige Minuten entfernt lag das Städtchen Joal mit seinen fünftausend Einwohnern. Der Asphaltbelag der Straße endete hier. Weiter ging es mit einer Straßendecke aus Austern- und Muschelschalen.

Die Geschichte des Ortes reichte zurück bis in die Zeit der portugiesischen Entdecker im fünfzehnten Jahrhundert. Eine breite Straße beherrschte das Bild. Überall gab es noch halbverfallene Häuser aus der Kolonialzeit. Über eine Brücke erreichte man die Fadiouth-Insel, die ausschließlich aus Muschelschalen bestand. Das kleine Eiland wurde von Mangroven-, Schilf- und Baobabwurzeln zusammengehalten. Sogar die Häuser der Bewohner bestanden aus Muschelschalen. Diese wurden gemahlen und zu einer Art Zement verarbeitet, den die Fischer zum Bau ihrer runden Häuser verwendeten. Tagein, tagaus fuhren sie mit ihren Pirogen aufs Meer, um spät am Nachmittag mit dem Fang zurückzukehren. Derweil pflückten die Frauen, bis zu den Hüften im Wasser stehend, die Austern, die wie Perlen auf den Wurzeln der Mangroven wuchsen. Antonio sah ihnen oft bei der Arbeit zu. Es waren hochgewachsene, schöne Frauen. Sie lachten viel, planschten im Wasser herum, kannten weder Hetze noch Streß.

In der ersten Woche nach Axels Abreise kaufte sich Antonio ein Pferd, taufte es auf den Namen Cid. Stundenlang ritt er so am Strand entlang, um anschließend im Schatten eines Felsens auszuruhen. Oft kaufte er Bauern Erdnüsse ab, die zu den wichtigsten Erzeugnissen des Landes gehörten. Einen großen Bogen machte er jedoch stets um die Häfen der kleinen Küstenorte. Vor allem im M'Bour, fünfunddreißig Kilometer weiter nördlich, roch es so intensiv nach Fisch, daß er sich die Nase zuhalten mußte. Überall wurde der Fang an Ort und Stelle geräuchert oder getrocknet. Die Einheimischen verdienten durch den Verkauf des Fischs ihren Lebensunterhalt.

Das brachte den Mallorquiner auf eine Idee. Er charterte mehrere Pirogen samt Besatzung, besorgte sich illegal eine Arbeitserlaubnis und veranstaltete Küstenausflüge und Angeltouren für die Touristen. Ein Riesenspaß für die Urlauber, die sich jedesmal über ihr Anglerglück freuten. Abends ließen sie sich ihren Fang im Hotel zubereiten und konnten jedem Tischnachbarn erzählen, wie sehr sie um ihren Fisch hatten kämpfen müssen.

Über einen Strohmann beteiligte sich Antonio auch an Fotosafaris, machte mehrtägige Ausflüge in die Wüste, die Sumpfgebiete und den dichten Urwald der Nationalparks. Eine Erwerbsquelle kam für ihn nicht in Frage, die Jagd. Er liebte die Tiere, fühlte sich als ihr Beschützer. Außerdem waren die Bestände einiger Arten schon so sehr dezimiert, daß jedes weitere Abknallen einer Ausrottung gleichgekommen wäre.

Die Behörden in Dakar richteten sich streng nach den Vorschriften, meistens. Sie stellten jedem eine Jagderlaubnis aus, der Versicherungsnachweis, Waffenschein und die notwendigen Papiere vorlegte. Die sogenannte kleine Erlaubnis berechtigte zu einem eintägigen Jagdausflug, bei dem nicht mehr als fünfzehn Rebhühner, Perlhühner,

Trappen oder Hasen erlegt werden durften. Mit der mittleren Erlaubnis konnte man eine Gazelle, einen Wasserbock, ein Warzenschwein oder zwei Großtrappen schießen. Die Genehmigung zur Großwildjagd bekam man nur über autorisierte Jagdführer oder hintenherum für viel Geld in den Bars der großen Hotels.

Antonio hatte vor, mindestens zwei Jahre in Senegal zu bleiben. Schon nach den ersten drei Monaten liefen die Geschäfte so gut, daß er sich ein kleines Konto anlegen konnte. Abends saß er mit den jungen Männern Joals zusammen, lernte ihre Sprache, erfuhr viel über ihre Sitten und Gebräuche. Am liebsten unterhielten sie sich über Frauen. In ländlichen Regionen hatten die Männer meist mehrere Ehefrauen, in den größeren Städten setzte sich zunehmend die Einehe durch, was zu Problemen führte, wenn ein junger Mann vom Dorf in die Stadt zog.

Überhaupt waren die Städte, vor allem Dakar, kein ungefährliches Pflaster. Überall am Straßenrand saßen Bettler herum, versuchten den Touristen Diebesgut anzudrehen oder sie zu beklauen. Viele waren von Tuberkulose, Lepra oder Kinderlähmung gezeichnet. So war es ratsam, nie allein die Medina von Dakar zu besuchen. Die Tatsache, daß Diebe Gefahr liefen, von der Menge zu Tode geprügelt zu werden, hielt sie meist nicht davon ab, Handtaschen und Fotoapparate verschwinden zu lassen.

Die wichtigsten Männer im Land waren nicht etwa die Politiker, sondern die Geschichtenerzähler. Es waren die Ältesten eines Dorfes oder Stammes, die all die Sagen und Mythen aus vergangenen Zeiten kannten. Afrikanische Geschichte und Kultur wurden fast immer nur mündlich überliefert. Starb ein Erzähler, dann war das schlimmer als ein Feuer in einer Bibliothek. Antonio schrieb viele der Geschichten auf, sammelte sie, fuhr abends in die Medina, traf dort die bekanntesten Erzähler, die ihm ihr Wissen anvertrauten.

Moreno wußte, daß sein Herrchen an solchen Abenden

sehr spät kam. Dösend verbrachte er die Zeit auf der Terrasse, schlich sich zu Cid in den Stall oder wärmte das Bett Antonios für dessen Rückkehr an.

Es war gegen Ende des zweiten Jahres, als Antonio die Vergangenheit einholte. Mit Freunden verbrachte er den Abend in einer Bar in der Medina. Die Straße, in der die Bar lag, war eng und verwinkelt. Schatten huschten hin und her, schwarze Liebesmädchen boten ihre Dienste an, Matrosen verloren beim Spiel in einer Nacht, was sie in den letzten Monaten auf See verdient hatten. Antonio schmiß eine Lage nach der anderen, und so manche Geschichte, egal ob wahr oder unwahr, machte die Runde.

Plötzlich kam Momar, der Ober, legte ihm eine Visitenkarte auf den Tisch. Der Mallorquiner war ratlos, schaute Momar verwundert an: »Alter Schurke, was soll das? Möchte da jemand einen Drink spendiert haben? Komm, sag, wer dir die Karte gegeben hat.«

Momar zeigte auf denTisch rechts hinten in der Ecke. Dort saß ein Mann im weißen Anzug. Er hatte schwarzes Haar, trug einen gepflegten Schnurrbart und einen großen Siegelring an der rechten Hand. Der Fremde, der ihm die Karte an den Tisch geschickt hatte, hob sein Champagnerglas, prostete ihm grinsend zu.

Antonio fühlte sich unsicher, grübelte nach. Woher sollte er den Mann kennen? Wo war er ihm begegnet? Er fand keine Antwort. Nach einer Erklärung suchend, schaute er auf die Visitenkarte, las, was darauf stand: Raoul Felippe Alvarez, Valencia. Er konnte sich beim besten Willen keinen Reim darauf machen. Wieder sah er zum Nachbartisch. Der Fremde hob die Hand zum Gruß, grinste noch aufdringlicher als zuvor.

»Freunde, wartet einen Moment auf mich. Ich will mal klären, was es mit dem Ganovengesicht in der Ecke dort auf sich hat.« Antonio erhob sich, ging zum Tisch des Fremden. In fließendem Englisch sagte er: »Mein Herr, Ihr Verhalten erstaunt mich. Kennen wir uns irgendwoher?«

Die Antwort ließ ihm das Blut in den Adern gefrieren: »Komm, mein Junge, zieh hier keine Show ab, und spiel nicht den feinen Engländer. Du bist Antonio, der Dieb, Räuber und Ausbrecher von Mallorca. Mein Onkel ist der Polizeichef der Insel und außerdem hängt dein Fahndungsplakat überall in Spanien. Dich zu kennen ist kein Kunststück. Ich finde es nur äußerst amüsant, dich hier in dieser Spelunke in Dakar zu treffen. Was für ein wunderbarer Zufall.«

Das war's also! Doch so schnell wollte Antonio nicht aufgeben. Sofort fand er die Fassung wieder: »Sie müssen sich irren. Ich kenne den Mann nicht, von dem Sie sprechen. Ich . . .«

Raoul Felippe Alvarez unterbrach ihn mitten im Satz: »Komm, mein Kleiner, setze dich hin und höre mit den Albernheiten auf! Ich weiß, wovon ich rede. Wozu sollen wir Versteck spielen.«

Antonio fühlte Panik. Sein Herz raste. Sollte er den Mann niederschlagen, fortlaufen, so tun, als sei er das Opfer einer Verwechslung? Die Gedanken jagten nur so durch seinen Kopf.

Alles sinnlos! Wenn er jetzt flüchtete, würden sie ihn in drei Tagen haben. Und dann säße er in einer Woche spätestens wieder in der Zelle des Gefängnisses von Palma. Außerdem – hätte dieser Kerl ihn anzeigen wollen, er hätte es längst tun können. Also wollte er was von ihm. Aber was? Antonio zog den Stuhl zurück, setzte sich.

»Na also, mein Junge, ich sehe, du bist für dein Alter recht vernünftig.«

Wut über die eigene Hilflosigkeit stieg in dem Mallorquiner hoch. Er war diesem Mann total ausgeliefert: »Was wollen Sie von mir?«

Alvarez ließ ein zweites Glas bringen, goß Champagner ein: »Hör zu! Ich habe kein Interesse daran, dich zu verpfeifen. Ich züchte zu Hause Stiere für den Stierkampf und mache damit genug Geld, um mir jeden Spaß zu leisten. Ich bin hierhergekommen, um auf Elefantenjagd zu gehen. Doch da es davon nur noch hundert gibt, stellt mir die Regierung keinen Jagdführer. Nun habe ich aber keine Lust, als Trottel zurückzukehren, über den sie alle lachen. Das wirst du sicher verstehen. Du, Antonio, wirst mir helfen. Du bist ein Abenteurer. Finde heraus, wo die Elefanten sind, und bringe mich zu ihnen. Ich brauche die Stoßzähne eines Bullen, mehr nicht. Danach bist du frei. Ein Angebot, das du nicht ausschlagen wirst.«

Antonio wurde kreidebleich. Das Blut pochte in den Adern. Schweißperlen traten auf seine Stirn. Mit einem Satz war er hoch vom Tisch. Polternd krachte der Stuhl auf den Steinfußboden. Die Gäste und seine Freunde schauten neugierig herüber.

»Nein, das können Sie von mir nicht verlangen!«

Die Gespräche im Raum verstummten. Es war mucksmäuschenstill.

»Ich lasse keine Elefanten abknallen. Nicht für alles in der Welt. Lieber gehe ich . . .«

»Aha, du hast also kapiert!«

Der Fremde, der ihn voll in der Hand hatte, gab Antonio die Adresse seines Hotels: »Morgen abend um acht Uhr treffen wir uns auf meinem Zimmer. Kommst du nicht, holt dich die Polizei!«

In dieser Nacht vergrub Antonio sein Gesicht im Fell Morenos. Er schämte sich seiner Hilflosigkeit. »Mein Süßer, was soll ich nur machen? Ich kann doch nicht zum Mörder werden. Ich habe nicht das Recht, mein Leben über alles andere zu stellen. Wenn ich ihm heute helfe, die Elefanten abzuknallen, kommen morgen andere und erschießen die Löwen, Geparden, Nashörner und all die Tiere, von denen es nur noch so wenige gibt. Sage ich aber nein, stecken sie mich wieder ins Gefängnis. Dann kann ich nichts mehr für die Tiere Mallorcas tun. Und du, mein Moreno, kommst in diesem fremden Land irgendwann um.«

Moreno mußte die Antwort schuldig bleiben. Er folgte seinem verzweifelten Herrchen hinaus an den Strand, setzte sich neben ihn. Überall huschten kleine Krebse durch den Sand.

Antonio legte den Kopf auf die Knie: »Axel, mein Freund, was würdest du jetzt tun? Die Tiere verraten und den eigenen Hals retten? Kneifen? Zu den Idealen stehen? Ich muß mich entscheiden zwischen zwei schlechten Lösungen, zwischen zwei Katastrophen. Gott im Himmel, wenn du mich prüfen willst, so hilf mir auch, das Richtige zu tun!«

Als die Morgensonne über den Palmen emporkletterte und ihre Strahlen aufs Meer hinausschickte, stand sein Entschluß fest: »Ich bringe ihn zu den Elefanten! Möge dort draußen in der Wildnis die Entscheidung fallen, was richtig und was falsch ist.«

Die nächsten Tage waren von hektischer Betriebsamkeit geprägt. Antonio besorgte Waffen, Lebensmittel, Wasservorräte, Benzin, einen Allrad-Geländewagen, Hängematten, Medikamente, Ersatzteile. Drei Wochen sollte die Jagd dauern. Sie konnten in keinem Dorf, in keiner Lodge Rast machen. Überall lauerten Wildhüter, die sofort von ihren Waffen Gebrauch machen würden. Es blieb ihnen nur übrig, nachts zu fahren und tagsüber in der Savanne oder im Busch zu rasten.

Dann war es soweit! Die Wolken hingen tief am Himmel, als Antonio den Geländewagen auf der Highway Richtung Tambacounda lenkte. Die zwanzigtausend Einwohner zählende Stadt lag vierhundertachtzig Kilometer von Dakar entfernt. Bis dorthin würde man gut vorankommen. Von da ab sollte der Weg in den Niokolo Koba Nationalpark nur noch über Pisten und Trampelpfade führen.

Antonio saß am Steuer. Moreno lag auf seinem Schoß. In der Dämmerung beobachtete er die Umgebung, die schattengleich am Wagen vorbeihuschte. Raoul Felippe

Alvarez hatte auf dem Beifahrersitz Platz genommen, überprüfte die Proviantliste: »Du hast an alles gedacht. Mein Kompliment! Ich habe mit dir die richtige Wahl getroffen. Allerdings muß ich dich warnen. In meinem Hotelsafe liegt ein Schreiben, aus dem hervorgeht, mit wem ich unterwegs bin. Ich will's dir nur sagen, falls du da draußen auf dumme Gedanken kommst.«

Antonio hatte mit einer derartigen Vorsichtsmaßnahme gerechnet. Er konnte sich nur fügen, mehr nicht. Die Wildnis würde in den kommenden Tagen Gericht halten über sie. Wozu also sollte er sich billige Tricks einfallen lassen.

Sie fuhren durch eine unbeschreiblich schöne Landschaft, von der sie jedoch nachts nicht viel mitbekamen. Mal war das Land flach und wüstenähnlich, mal gab es nur endlose, mit Elefantengras bewachsene Savanne. Dichter tropischer Wald säumte die Läufe der drei großen Flüsse, die diese Region durchflossen. Der Park war eine gewaltige Arche Noah. Flußpferde, Büffel, Krokodile, Warzenschweine, über dreihundert Vogelarten, Affen und die größten Löwen Afrikas lebten hier friedlich und in Harmonie. Und – hier gab es die letzten Elefanten Westafrikas!

Nur wenige Kilometer hinter Tambacounda bog Antonio von der Hauptstraße ab. Der aufgewirbelte Sand der Piste nahm ihnen fast den Atem. Ein hauchdünner Film hellbraunen Staubes bedeckte bald alles im halboffenen Wagen. Der Stierzüchter hatte sogar eine Foto- und Filmausrüstung dabei. Er wollte sich zu Hause nicht vorwerfen lassen, er hätte das Elfenbein bei einem Wilddieb gekauft.

Antonio schüttelte den Kopf: »Ich werde Sie nie verstehen. Warum machen Sie das? Lassen Sie die Tiere in Ruhe. Es wird doch schon genug gemordet auf unserer Welt.«

Alvarez winkte ab, bohrte sich dabei in Ohren und Nase herum: »Verfluchter Staub! Egal! Du hast recht! Du wirst es nicht verstehen, und du mußt es auch nicht. Mache deinen Job, und du kannst gehen, wohin du willst.«

Nach fünf anstrengenden Tagen hatten sie endlich das Gebiet der Elefanten erreicht. Moreno, der sich längst unter den Fahrersitz verzogen hatte, sah aus wie gepudert. Sein schwarzes Fell war von Kopf bis Schwanzspitze mit einer ockerfarbenen, klebrigen Sandkruste überzogen. Als nicht sonderlich reinlicher Wildkater machte er sich gar nicht mehr die Mühe, den Staub abzulecken. Was raufging, würde auch irgendwann von allein wieder runtergehen.

Antonio lenkte den Geländewagen zum Eingang einer Schlucht, die an drei Seiten von etwa zwanzig Meter hohen, steil aufragenden Felsen eingefaßt war: »Hierher kommen die Elefanten in der Dämmerung. Wir gehen jetzt rein und machen ein Feuer.«

Alvarez fühlte Angst in sich aufsteigen: »Mein Junge, wenn sie kommen, sitzen wir in der Falle. Ist das nicht zu riskant?«

Ein Kopfschütteln war die Antwort: »Nein, sehen Sie da hinten den kleinen Pfad, der den Berg hinaufführt? Im Falle eines Angriffs können wir jederzeit flüchten.«

Das schien einleuchtend. Die Männer und der Kater blieben die Nacht und den folgenden Tag im Felskessel. Kein Elefant weit und breit.

Der Jäger wurde ungeduldig: »Antonio, ich will hier keine Wurzeln schlagen! Wo sind deine verfluchten Elefanten? Scheuche mir einen Bullen vors Gewehr und dann ab nach Hause!«

Antonio nahm einen Schluck Wasser aus dem Tornister: »Hören Sie zu! Ich kann nicht zaubern! Aber wenn es recht ist, klettere ich hinauf zum Felsrand und halte Ausschau.«

Alvarez war einverstanden. Die ganze Angelegenheit war ihm inzwischen sowieso viel zu mühselig geworden. Antonio hangelte sich an Wurzeln den schmalen, brüchigen Pfad empor. Immer wieder gab das Erdreich unter ihm nach. Oben auf dem Plateau suchte er mit seinem Feldstecher die Umgebung ab. Er hätte keinen Augenblick später kommen dürfen!

»Elefanten, da vorn! Sie sind nur noch wenige hundert Meter vom Eingang der Schlucht entfernt.«

Der Jäger rannte zum Wagen, riß sein Gewehr aus der Halterung, entsicherte. Da waren sie! Zwei Elefantenkühe und ein Junges stampften in den Kessel. Sekundenlang hielten sie inne. Die Mutter des Jungen hob den Kopf. Ein lautes, warnendes Trompeten hallte von den Wänden des Kessels wieder. Zu spät! Das Elefantenbaby, unvorsichtig, unerfahren, lief auf Alvarez zu. Der wich zurück: »Antonio, komm runter! Es geht los! Los, mach schnell, feiger Dieb!«

Und da stand er plötzlich vor ihm. Ein riesiger Elefantenbulle. Angriffslustig, gefährlich fächelte er mit seinen Ohren, hob den Rüssel, riß das Maul auf. Seine Augen funkelten böse. Der Spanier glaubte den heißen Atem zu spüren. Panische Angst regierte das Geschehen. Der Bulle rannte los, rammte den Geländewagen. Das Elefantenbaby wurde zur Seite geschleudert. Alvarez legte an und schoß. Doch er traf nicht den Bullen, sondern das Baby. Mit einem Schmerzensschrei brach es zusammen, keine vier Meter vom Schützen entfernt.

Was nun folgte, sollte Raoul Felippe Alvarez für sein restliches Leben prägen. Moreno, der sich auf einem Baum in Sicherheit gebracht hatte, beobachtete das ergreifendste Naturschauspiel seines Lebens.

Ein Donnern erfüllte von einer Sekunde zur anderen den Kessel. Die Felswände vibrierten, das Laub an den Bäumen zitterte, und Gesteinsbrocken regneten in die Schlucht. Über hundert Elefanten schoben sich in das kleine Tal, bildeten eine gewaltige Mauer aus tonnenschweren Leibern.

Der »mutige« Jäger war starr vor Entsetzen. Hysterisch kreischte er um Hilfe, rannte kopflos hin und her, versuchte vergeblich, das Gewehr nachzuladen: »Antonio, Antonio! Hilfe! Sie bringen mich um. Hol mich raus!«

Der Mallorquiner war genauso sprachlos. So also hielt

die Natur Gericht über einen feigen Mörder. Doch nichts geschah! Die Elefanten versperrten den Fluchtweg, bildeten einen undurchdringbaren Halbkreis. Alvarez spürte die Blicke der Giganten. Ihre Augen waren auf ihn gerichtet. Eine falsche Bewegung, das wußte er, konnte den Tod bedeuten. Sie würden ihn zertrampeln wie eine Fliege. Die Riesen standen still, regungslos. Worauf warteten sie? Warum machten sie nicht Schluß mit ihm? Er bekam die Antwort!

Das Dickicht neben dem Eingang der Schlucht neigte sich zur Seite, wurde niedergewalzt. Äste und Stämme splitterten, das Geräusch berstenden Holzes erfüllte den Kessel.

Dann war er da! Das Licht der untergehenden Sonne hüllte ihn in einen zarten, feurigen Schein. Er war so groß wie ein Berg. Seine Stoßzähne ragten aus einem Schädel, der so riesig war, wie der eines Sauriers. Majestätisch stapfte er in das Tal. Die anderen Elefanten wichen zur Seite, machten ihrem König Platz. Noch nie hatte ihn ein Mensch jemals zu Gesicht bekommen, den Herrscher aller Tiere, den weißen Elefanten Senegals. Der Boden bebte unter jedem seiner Schritte, als er fast im Zeitlupentempo auf Alvarez zulief. Und während sich hinter ihm die Mauer aus Elefantenleibern schloß, blieb er nur zwei Meter vom Spanier entfernt stehen, sah ihm in die Augen.

Das war zuviel für den Jäger. Jammernd wie ein Kind ging er in die Knie, faltete die Hände und betete. Keinem Menschen der Welt sollte er später erzählen, daß seine Nerven versagten und er gleich doppelt in die Hose machte. Es war die Lektion seines Lebens.

Als er bemerkte, daß der Elefant nicht angriff, rannte er nach endlosen Minuten auf den kleinen Pfad in der Felswand zu. Aber der Boden rutschte weg. Der letzte Fluchtweg war abgeschnitten.

Die Nacht brach herein. Es wurde für den Spanier die längste Nacht aller Zeiten. Er wagte nicht, sich zu setzen.

Er traute sich aber auch nicht, unter dem demolierten Geländewagen Schutz zu suchen. So verbrachte er die Stunden stehend neben dem Lagerfeuer, beobachtet von der Elefantenherde und ihrem weißen Anführer.

Antonio, der alles aus sicherer Entfernung miterlebte, fragte seinen Landsmann später nie, was in dieser Nacht in ihm vorgegangen war. Es blieb sein Geheimnis, das er bis zum Lebensende für sich bewahrte. Irgendwann in den Morgenstunden, es dämmerte schon im Osten, lief Alvarez zum Wagen, holte einen Wasserkanister aus Kunststoff, schnitt ihn auf und schlich zum verletzten Elefantenbaby. Vorsichtig wusch er dem Tier die Wunde, nahm ein Messer und schnitt die Kugel heraus. Dann griff er den Rüssel des Elefantenkindes, führte ihn zum Kanister und tauchte ihn ins Wasser.

Antonio konnte im Schein des Feuers alles nur schemenhaft erkennen. Was geschah da unten? Es war ein Wunder!

Zögernd begann der kleine Elefant zu trinken. Liter für Liter pustete er mit dem Rüssel in seinen Rachen – bis der Wassertornister schließlich leer war. Und während er dies tat, streichelte ihm der Mann liebevoll den Kopf.

Wenig später kletterte die Sonne über den Felsrand. Der Jäger kniete noch immer neben dem Elefantenbaby, als wie auf ein Zeichen Bewegung in die Mauer aus grauen Leibern kam. Tier für Tier zog sich die Herde zurück. Alvarez glaubte an Halluzinationen. Spielten seine Sinne ihm einen bösen Streich?

Es war wie ein Spuk. Und hätte Antonio nicht alles mit angesehen, kein Mensch hätte ihm geglaubt, was er in dieser Nacht und am Morgen erlebte. Der letzte Elefant hatte eben die Schlucht verlassen, als sich das Junge erhob und sich auf wackligen Beinen der Herde anschloß. Da wußte er, daß es überleben würde. Glücklich beobachtete der Mann, wie das Tier von der Herde aufgenommen wurde und hinter den Felsen am Eingang verschwand.

Doch der weiße Elefant stand noch immer reglos vor Felippe. Es war der Moment der Entscheidung. Der Koloß machte einen Schritt auf ihn zu, hob den Kopf und trompetete so laut, daß seine Stimme kilometerweit zu hören war. Gebannt schauten sie sich für wenige Sekunden in die Augen, und der Jäger glaubte nun nicht mehr Haß und Verachtung in ihnen zu lesen. Dann wandte sich der König der Niokolo Koba langsam um und folgte seinem Clan.

Er hatte den Ausgang des Kessels schon fast erreicht, als er noch ein letztes Mal zurückblickte. Er wußte, daß dieser Mann nie wieder im Leben ein Tier töten würde, nie wieder. Und während er hinaustrat in sein Reich, ins Leben, ließ er hinter sich einen Menschen zurück, der leise ein einziges Wort flüsterte: Danke!

*

Raoul Felippe Alvarez steckte die Angst noch nach Tagen in den Knochen. Das Erlebnis in der Elefantenschlucht hatte ihn im Herzen tief verändert. Die ganze Fahrt zurück saß er schweigend neben Antonio, sah gedankenversunken auf die staubige Piste. Moreno hatte es sich auf seinem Schoß bequem gemacht, mußte immer wieder niesen, wenn der Sand seine empfindliche Nase kitzelte.

Erst kurz vor der Küste brach der Spanier sein Schweigen: »Ob der kleine Elefant wohl überlebt?«

Antonio, der sich auf die Straße konzentrierte, blickte aus dem Augenwinkel zu seinem Beifahrer hinüber. Da saß er also, der große Jäger. Was mochte wohl in dieser Nacht in ihm vorgegangen sein?

Der Stierzüchter kraulte Moreno den kräftigen Nacken: »Es ist eigenartig. Ich habe die Tiere nie so betrachtet wie du. Für mich waren sie keine Lebewesen, sondern eine Art von Ware. Ich bemaß ihren Wert immer nur daran, wieviel Geld oder Freude sie bringen. Seit dieser Nacht in der Schlucht ist alles anders. Ich werde nie den Anblick des kleinen Elefanten vergessen. Ich sehe es immer noch vor mir, das Tier, in seinem Schmerz und in seiner stummen Verzweiflung. Warum haben mich die großen Elefanten nicht zertrampelt? Wieso ließen sie mich am Leben? Sie hätten es mit Leichtigkeit gekonnt. Hast du dafür eine Erklärung?«

Antonio sprach ihn zum ersten Mal mit seinem Vornamen an: »Ich will es dir sagen, Felippe. Sie wollten dir eine Chance geben. Und du siehst es ganz richtig. Sie hätten dich mit einem Tritt ins Jenseits befördern können. Ich glaube, sie spürten, daß der Jäger in dir nicht alles ist. Manchmal sind die Tiere klüger als wir. Aber um dich zu beruhigen. Der kleine Elefant wird überleben. Da bin ich ganz sicher.«

Antonio nahm Felippe an diesem Abend mit in sein Haus. Bei Wein, Erdnüssen und Datteln saßen sie auf der Veranda, beobachteten Moreno, der mit den Kindern der Fischer am Strand spielte.

Mehr und mehr begann sich Felippe für das abenteuerliche Leben seines Safariführers zu interessieren. Und Antonio, der zunehmend Vertrauen entwickelte, erzählte, wie er zum Tierfreund und Beschützer geworden war. Er berichtete von der Flucht, seiner Zeit in Tunesien und von seinem Freund Axel.

Felippe sah ihn erstaunt an: »Und das hast du alles für die Tiere getan. Wie anders doch mein Leben bisher verlief. Am drolligsten aber finde ich deinen Moreno. Ich habe noch nie gehört, daß ein Kater seinem Herrchen so oft aus der Patsche half.«

Felippe besuchte den neuen Freund fast jeden Tag. Stundenlang gingen sie am Meer spazieren, aßen in den kleinen Restaurants der Fischerorte. Und sie redeten, redeten, redeten!

Es war der letzte Tag vor der Abreise des Stierzüchters, als Felippe seine Hände auf Antonios Schultern legte: »Hör mir zu, mein Freund. Du hast mir mehr geholfen, als je ein Mensch zuvor. Du hast mir die Augen geöffnet und mich mehr gelehrt, als ich es für möglich gehalten hätte. Ich werde künftig vieles anders machen als bisher. Zum Dank dafür möchte ich dich auf meinen Sommersitz in Andalusien einladen. Das heißt dich und deinen schwarzen Freund. Was hältst du davon? Ich würde mich freuen, wenn du kommst. Außerdem habe ich mit dir einiges zu bereden.«

Antonio war überrascht und winkte ab: »Es geht nicht! Ich komme mit meinen Papieren nie durch die Paßkontrolle. Nein! Mein Heimatland bleibt vorerst für mich unerreichbar. Leider!«

Felippe dachte eine Sekunde nach. »Kein Problem! Ich besorge dir im Handumdrehen einen neuen Paß und eine neue Identität. Wozu hat man einen vielseitigen Polizeichef in der Familie?«

Das war deutlich und unmißverständlich. So leicht konnte alles im Leben sein, wenn man die richtigen Leute kannte: »Gut, abgemacht! Aber ich möchte zuvor noch einen Freund auf Gran Canaria besuchen. Paß auf, wir machen das so: Ich breche hier meine Zelte ab, fliege rüber nach Gran Canaria, komme dann zu dir und kehre anschließend nach Mallorca zurück. Ich glaube, so könnte es gehen.«

Felippe war einverstanden. Der Abschied der Männer war kurz und herzlich. Antonio drückte dem Freund vor dessen Abflug noch ein kleines Päckchen in die Hand. Grinsend nahm er ihm das Versprechen ab, das Geschenk erst im Flugzeug auszupacken.

»Na gut, du geheimnisvoller Witzbold. Aber wehe, es steckt eine Gemeinheit dahinter!«

Antonio schwor bei seiner Fingerfertigkeit als Dieb, daß es bei dem Präsent keinen Hintergedanken gab. Schmunzelnd blickte er dem Flugzeug nach, das sich durch die tiefhängende Wolkendecke bohrte. Und ebenfalls schmunzelnd packte ein liebenswerter Felippe zwei winzige Stoßzähne aus Gold aus, die provozierend an einer Kette baumelten. Auf dem einen stand Felippe, auf dem anderen Antonio.

»Ja, ja«, dachte der Mallorquiner, während das Dröhnen der Triebwerke immer leiser wurde, »traue nie den Worten eines Diebes.«

Antonio fiel der Abschied von Senegal schwer. Wäre er nicht im Herzen ein echter Baleare gewesen, er hätte hier bestimmt eine neue Heimat gefunden. Die meisten Sachen, die er in den letzten zwei Jahren gekauft hatte, schenkte er den Fischern, auch Cid, sein Pferd. Er nahm ihnen das Versprechen ab, seinen Freund liebevoll zu pflegen. Noch einmal streichelte er ihm den Nacken, führte ihn traurig hinunter zum Meer: »Cid, ich muß dich verlassen. Es tut mir weh. Aber ich weiß, du wirst es gut haben.«

Das Pferd scharrte mit den Vorderhufen im Sand, fühlte, was in seinem Herrn vorging. Immer wieder hob es den Kopf, wieherte. Auch Cid war traurig, spürte, ahnte, daß es ein Abschied für immer sein würde. Vielleicht fragte er sich, warum?

Aber kannten viele Geschöpfe auf dieser Erde nicht instinktiv die Antworten, nach denen wir Menschen so oft vergeblich suchen?

»Komm, mein Freund, mach es uns nicht so schwer.«

Antonio gab Cid einen Klaps aufs Hinterteil. Dann führte ein Junge das Pferd am Meer entlang zum nächsten Ort. Noch lange verfolgte der Mann mit seinen Blicken das Paar. Eine Welle, die sich über den Strand ergoß, verwischte die Spuren im Sand.

Eine Stunde blieb ihm noch bis zur Abfahrt. Der Dieb, der ausgezogen war, um für die Tiere zu kämpfen, blickte schweigend auf den Ozean hinaus. Er dachte an Isabella, seine Kinder, die Freunde daheim, die er bald in die Arme schließen würde. Was für ein seltsames Leben er doch führte. Wieviel Stärke es von ihm forderte. Und wie einsam er oft war. Doch eine innere Stimme sagte ihm, daß er recht handelte. Was immer kommen und geschehen würde – er wollte seinen Weg gehen. Er mußte ihn gehen, auch wenn ihn niemand richtig verstand.

Moreno ließ seinen Herrn und Freund in diesem Augenblick allein. Er wußte, daß Antonio niemanden bei sich haben wollte. Geduldig wartete er beim Wagen, nahm auf seine Weise Abschied von Afrika.

»Komm, mein Süßer, wir müssen los!«

Antonio schmiß die Reisetasche auf den Rücksitz, legte seinen Kater auf eine Decke zu seinen Füßen. Ein letztes Mal erlebten die Freunde den Zauber dieses geheimnisvollen, verlorenen Kontinentes. Das Licht, der Duft, die friedvolle Stille, all dies würde er bis ans Ende seines Lebens immer im Herzen bewahren. Wer Afrika für sich entdeckt, wird, wann immer, den unergründbaren Schwingungen dieses Erdteils erliegen. Er wird sie aufnehmen und zu einem Teil seines Ichs machen. Er wird nie ganz fortgehen und immer wieder zurückkehren. In seiner Seele. Als Antonio an diesem Abend mit seinem neuen Paß abflog, blieb ein Stück von ihm in Afrika, für immer.

Es war schon dunkel, als die Maschine auf Gran Canaria landete. Urlauber saßen zu Hunderten in der Ankunftshalle, warteten auf ihr Gepäck. Sie unterschieden sich nicht von denen, die jedes Jahr Mallorca überrollten: billige Sonnenhüte, Unmengen von Gepäck, bunte Hemden über dikken Bäuchen.

»Nein, nicht du schon wieder!« Antonio wollte gerade die Halle verlassen, wirbelte herum. Moreno, der sicher in seiner Reisebox saß, gab ein ehrfürchtiges Miau von sich. Vor ihnen stand die Stewardeß, die auf dem Flug nach Senegal so sehr unter Morenos Temperament hatte leiden müssen.

»Daß ich ausgerechnet euch hier treffen muß! Ich habe noch von damals die Nase voll. Der Dienst beim Bodenpersonal war eine echte Strafe für mich.«

Doch lachend beugte sie sich zu Moreno hinunter,

steckte ihren Finger durch das Gitter: »Du kleiner Teufel! Was hast du bloß angerichtet! Konntest du nicht ein bißchen netter sein? Der Ärger hat uns alle noch lange beschäftigt.«

Wenn auch verspätet, kam Antonio endlich dazu, sich bei der Stewardeß zu entschuldigen: »Wissen Sie, er konnte im Grunde genommen nichts dafür. Es war meine Schuld. Aber ich freue mich, daß Sie schon wieder darüber schmunzeln können. Ich muß runter nach Puerto Rico. Wenn Sie wollen, nehme ich Sie ein Stückchen mit.«

Die Frau lehnte ab: »Nein, danke! Es ist sehr nett von Ihnen. Meine Maschine startet in vier Stunden. Ich esse nur eine Kleinigkeit in Las Palmas, und das war's dann auch schon.«

Lachend verabschiedeten sich die beiden.

Nach etwa einer Stunde hatte Antonio das Haus seines Freundes erreicht. Kapitän Werner Blomfield wohnte an einer kleinen Bucht kurz vor Puerto Rico. Das Haus, von einem verwilderten Garten umgeben, war in den Hang hineingebaut, der bis hinunter zum Meer führte.

Werner Blomfield mußte so etwa siebzig Jahre alt sein. Auch er hatte ein abenteuerliches Leben hinter sich. Nach dem Krieg war er als Matrose zur See gefahren, hatte fast alle Länder und Häfen der Welt kennengelernt. Tatsächlich sah er aus wie Hans Albers, sprach als gebürtiger Hamburger norddeutschen Dialekt, in dem er immer eine Geschichte zu erzählen wußte. Er hatte als Croupier in einer Spielbank gearbeitet, war Ölsucher in Kanada gewesen, und hatte jahrelang mit einem Kapitänspatent die Yachten reicher Deutscher um die Welt gesegelt. Blomfield konnte eine Flasche Wodka in fünfzehn Minuten austrinken, ohne mit der Wimper zu zucken. Schließlich verschlug ihn das Schicksal nach Gran Canaria. Von seinen Ersparnissen kaufte er sich ein großes Motorboot und fuhr mit den Touristen hinaus zum Haifang.

Wobei von einem echten Fang keine Rede sein konnte.

Blomfield warf Köder an mörderischen Haken ins Wasser, markierte die Stellen mit Bojen und kehrte am nächsten Tag mit sensationslüsternen Urlaubern zurück, um das grausige Werk zu vollenden. Die Tiere zappelten halbtot an den Haken, die ihnen schon den Schlund aufgerissen hatten. Sie mußten bei ihrem langsamen, qualvollen Sterben höllische Schmerzen ertragen.

Der Tod kam in Form eines armdicken Knüppels als Erlösung. Blomfield und seine Männer hievten die gepeinigten Tiere mit einer Winde an Bord und zerschmetterten ihnen mit Knüppelschlägen die Schädel.

Antonio, der einst als siebzehnjähriger eine derartige Fahrt mitgemacht hatte, war den Anblick der leidenden Tiere nie losgeworden. Sogar trächtige Weibchen hatte man an Bord gezogen. Im Todeskampf zappelnd, brachten sie noch ihre Babys zur Welt. Die Tiere, kaum länger als dreißig Zentimeter, wurden noch lebend in alkoholgefüllte Glasflaschen gesteckt und an die Feriengäste verkauft.

Die Geschäfte von Werner Blomfield liefen gut, ja ausgezeichnet. Er wurde reich, konnte sich ein größeres Schiff leisten und noch mehr Touristen mit hinausnehmen. Doch auch er wurde älter. Das gleißende, vom Meer reflektierte Sonnenlicht zerstörte bald seine Augen. Der Alkohol tat den Rest. In seiner Jugend ein wahrer Seebär, verfiel er immer mehr und wäre ohne die liebevolle Pflege seiner Frau bestimmt bald gestorben. So saß er nun viele Stunden täglich im Schatten seines Hauses, dämmerte vor sich hin. Er konnte nicht mal mehr aufstehen und die wenigen Meter bis zum Gartentor laufen.

Still und traurig war es um ihn geworden. Das Schicksal zeigte keine Gnade, erlöste ihn nicht aus seinem würdelosen Leben, das keins mehr war.

»He, hallo, Käpt'n Blomfield! Sind Sie zu Hause?«

Antonio schaute über die Hecke aus wild wuchernden Kakteen. Im spärlichen Licht verrosteter Eisenlampen erkannte er den Sandweg, der zum Haus führte, Blumen in

Terrakottatöpfen und verdorrte Palmen. Im Schein der Gartenleuchten tanzten Falter, Mücken und Glühwürmchen. Im Haus war es dunkel.

»Käpt'n Blomfield! Ich bin es, Antonio! Sind Sie zu Hause?«

Seine Augen suchten die Dunkelheit ab. Auf der kaum einsehbaren Terrasse neben dem Haus bewegte sich etwas. Ein gequältes Husten drang herüber. Behutsam setzte er Moreno auf den Boden, drückte die Klinke des Gartentores herunter. Quietschend gab die Tür nach. Unsicher betrat er das Grundstück. War es die richtige Adresse? War es das Haus des alten Freundes? Lebte der Käpt'n überhaupt noch?

»Blomfield?«

Seine Stimme klang verhalten. Zögernd bog er die Büsche beiseite, die über den Weg wuchsen. Schritt für Schritt näherte er sich der Terrasse, auf der auf einem Tisch eine Kerze flackernd fast heruntergebrannt war.

Und da saß er, in eine Decke gehüllt. Der ausgemergelte, müde Oberkörper war weit vorgebeugt. Graue Haarsträhnen hingen ihm ins Gesicht. Seine einst so starken, braunen Seemannshände umklammerten das vordere Ende der Stuhllehnen. Sie waren blaß, kraftlos. Unter der dünnen, transparenten Haut waren die Knochen zu erkennen. Ausdruckslos starrten seine Augen ins Leere.

»Wer ist da?«

Antonio lief auf den Freund zu, kniete sich neben ihn, ergriff dessen Hand. Schmerz und Entsetzen bohrten sich in sein Herz, als er sah, was aus dem verwegenen Haudegen geworden war.

»Ich bin es, Antonio! Der Junge von damals! Können Sie mich hören? Erinnern Sie sich, Käpt'n Blomfield?«

Der alte Mann hob langsam den Kopf. Seine glanzlosen Augen blickten in die Richtung, aus der er die Worte vernommen hatte: »Du?«

Antonio spürte, wie sich seine Kehle zuschnürte: »Käpt'n, was ist mit Ihnen los? Sind Sie krank?«

Der Mann richtete sich ein wenig auf, fuhr mit der Hand durch die Haare: »Ach, mein Junge! Daß du noch mal den Weg zu mir finden würdest! Es ist alles so lange her. Ja, damals, auf der San Miguel. Weißt du noch?«

Zitternd streckte er die Hand aus, ergriff die Hand des Mallorquiners: »Ich bin nicht krank. Ich bin nur am Ende meines Weges angelangt. Die Kraft ist versiegt. Den Käpt'n, den du kanntest, gibt es nicht mehr. Er starb vor vielen Jahren. Ich bin alt und müde. Die Sonne und das Meer haben mir mein Augenlicht genommen. Der Alkohol hat meine Organe und das Gehirn zerfressen. Ich kann mir nicht einmal mehr das Leben nehmen. So sitze ich hier, erbärmlich, ausgelöscht und hoffe auf die Gnade der ewigen Nacht, die mich von mir selbst erlöst.«

Antonio suchte nach Worten. Er empfand endlose Trauer. Warum ließ man es zu, daß sich der alte Freund so quälen mußte? Was hatte er verbrochen, um mit diesem Leid gestraft zu werden?

»Blomfield, Sie unverwüstlicher Draufgänger! Es ist spät, und Sie müssen schlafen. Ich bringe Sie ins Bett. Morgen früh komme ich wieder. Dann reden wir über die alten Zeiten. Vielleicht können wir einen kleinen Ausflug machen.«

Die Augen des Seebären schimmerten im Licht der Kerze: »Das ist sehr lieb von dir. Morgen! Ja, morgen! Das ist gut! Das ist gut!« Kaum vierzig Minuten später lag Antonio im Bett eines Bungalows, den er für eine Nacht gemietet hatte. In der Dunkelheit sah er das Gesicht des Mannes, den er nach so vielen Jahren wiedergetroffen hatte. Angst stieg in ihm auf. Angst davor, daß sein Ende eines Tages ebenso mitleidlos sein könnte. War es aber nicht das Los so vieler Menschen? Von ihren Familien vergessen, von den Freunden verlassen, warteten sie auf den Tag der Erlösung. Nein, so wollte er nicht aus dieser Welt gehen. Wenn es die Gnade eines schnellen Abschiedes gab, dann hoffte er, würde sich das Schicksal seiner erbarmen.

Antonio entschloß sich, schon am kommenden Tag nach Malaga zu fliegen. Vorher würde er mit Käpt'n Blomfield den versprochenen Ausflug machen. Der Schlaf entführte ihn aus seinen traurigen Gedanken. Und während er sanft hinüberglitt in die Welt der Träume, hörte er ganz nah das Schnurren des besten Freundes, spürte er die Wärme seines geliebten Moreno.

Gegen zehn Uhr war er beim Käpt'n, hob ihn vorsichtig in den offenen Wagen, fuhr mit ihm den Weg hinab zur Hauptstraße, die an der Küste entlang um die Insel führte. Es war ein wunderschöner warmer Herbsttag. Schneeweiße Wolken zauberten dunkle Tupfer auf das glitzernde Meer. Segelschiffe gaben auf hoher See ihr Geleit. Die Vögel am Himmel ließen sich vom Wind tragen. Möwen, die über den Wellen schwebten, schimmerten im Sonnenlicht. Eine Insel im Atlantik sagte dem alten Käpt'n adieu.

Stundenlang dauerte die Fahrt, fast bis zum Abend. Antonio beschrieb dem Freund, was er sah: die Schönheit seiner Insel, die Farben des Meeres und der Blumen. Und der blinde Mann lauschte der Stimme des Windes, der ihm vom Abschied, unendlicher Ruhe, der ihm vom Vergessen und Verzeihen erzählte. An einer kleinen, menschenleeren Bucht hielt Antonio den Wagen an, machte den Motor aus. Schweigend saßen sie so da, lange, sehr, sehr lange.

Und während seine traurigen Augen aufs Meer gerichtet waren, öffnete sich die Seele des Mannes, vertrieb Licht die Dunkelheit in seinem Herzen: »Es ist gut, wie es gekommen ist! Meine Reise ist zu Ende! Ich gehe in Frieden!«

Ein glückliches Lächeln lag auf dem Gesicht des müden Abenteurers: »Antonio, ich muß dir etwas sagen. Ich habe anderen Lebewesen viel Leid zugefügt. Du weißt, was ich meine. Zu Tausenden habe ich die Tiere abgeschlachtet. Ich tat es ohne Überlegung, war hart, dachte nicht darüber nach. Doch nichts im Leben vergeht. Das, was man tat, bleibt bestehen. Es holt einen ein, irgendwann. Wer es in dieser Welt nicht begreift, nimmt die Schuld mit hinüber. Ich habe es erkannt, hier, heute, jetzt! Obwohl meine Augen blind sind, sehe ich. Ich fühle meine Schuld. Vielleicht mußte es erst so kommen. Ich hoffe, daß ich Vergebung finde und die Geschöpfe mir verzeihen. Mir bleibt nicht mehr viel Zeit. Ich kann nicht wiedergutmachen, was ich getan habe. Tu du es für mich, Freund!«

Immer langsamer schlug das Herz des Mannes. Immer schneller wich das Leben aus seinem Körper. Noch einmal erhob er seine Stimme: »Ich habe eine letzte Bitte! Bring mich hinaus zu ihnen. Bring mich dorthin, wo ich glücklich war. Erfülle deinem Freund diesen Wunsch. Ich möchte, daß die Fische im ewigen Ozean mich auf meiner letzten großen Fahrt begleiten. Zu ihnen gehöre ich. Das Meer war mein Leben. Nun ist es mein . . .«

Der Kopf des Mannes sank nach vorn. Seine Hand, die einen Haifischzahn hielt, öffnete sich. Er hatte es überstanden. Werner Blomfield war tot.

Antonio legte den Freund auf die Rückbank, fuhr zum nächsten Hafen, mietete ein altes Fischerboot. Dann kaufte er ein kleines Beiboot. Die rubinrote Sonne berührte eben den Horizont, als er auf hoher See den toten Freund in das Boot hob und mit einem Hammer eine Planke zerschlug. Dann stieß er ab, hielt ein letztes Mal in kurzer Entfernung. Langsam versank das Boot im Meer, schwebte der Tiefe, der Ewigkeit entgegen. Käpt'n Blomfield hatte seinen Frieden gefunden.

*

»Haltet den Dieb! Schnell! Laßt ihn nicht entwischen! Das ist der gefährliche Bankräuber und Ausbrecher von Mallorca!«

Antonio, der soeben das Flughafengebäude von Malaga

verlassen hatte, zuckte zusammen. Scheppernd polterte die Katzenbox mit dem armen Moreno auf den Steinfußboden. Das war's! Jetzt hatten sie ihn! Eine Flucht war aussichtslos. Und verstecken? Es wimmelte im Flughafen nur so von Polizisten.

Etwas Hartes bohrte sich in seinen Rücken. »Nehmen Sie die Hände hoch! Und versuchen Sie nicht zu entkommen!«

Antonio wirbelte herum und strahlte übers ganze Gesicht. »Felippe, du Oberganove und Paßfälscher! Na warte! Mich so zu erschrecken!«

Die Männer, die sich vor kurzem erst in Senegal verabschiedet hatten, fielen sich in die Arme.

»Es ist schön, dich wiederzusehen! Hat alles geklappt mit dem Paß?«

Der Dieb wischte sich die Schweißperlen von der Stirn, lachte: »Klar, mein Fälscher. Ich heiße jetzt Alfonso Gonzales. Du glaubst nicht, wie mir das Herz in die Hose rutschte, als ich die Stimme hörte. Ich habe dich beim besten Willen nicht erkannt.«

Felippe nahm ihm den Korb mit Moreno ab, führte den Freund zum Auto: »Solltest du auch nicht! Nun sind wir quitt für den kleinen Scherz mit den goldenen Stoßzähnen. Komm, meine Frau wartet schon mit dem Essen. In fünfzig Minuten sind wir in meinem Ferienhaus.«

Antonio, der erst vor wenigen Stunden Abschied von seinem Freund Käpt'n Blomfield genommen hatte, stieg in den Wagen, packte den Korb mit Moreno auf den Rücksitz, verstaute das übrige Gepäck im Kofferraum. Nach kurzer Zeit waren sie auf der Straße in Richtung Norden. Antonio hatte noch nie diese Gegend hier besucht. Seine Augen versuchten die Umrisse der Landschaft zu erkennen. Immer weiter entfernten sich die Lichter des Flughafens und der Stadt Malaga. Bald hüllte die Dunkelheit die Reisenden ein. Nur wenige Autos kamen ihnen entgegen. Ab und zu sahen sie Tiere über die Straße huschen, die schnell hinter Bäumen und Büschen Schutz suchten.

»Komm, fahr vorsichtig! Ich möchte nicht, daß du eine Katze erwischst.« Antonio spürte Müdigkeit in seinen Gliedern, streckte sich, gähnte herzhaft: »Es war ein schlimmer Tag! Ich traf nach Jahren jenen Freund wieder, von dem ich dir erzählte. Er unternahm früher Haifischfahrten in den Gewässern vor Gran Canaria, war ein stolzer, kräftiger Mann. Als ich ihm gestern begegnete, war er kaum noch ein Schatten seiner selbst. Es schien, als habe er nur auf jemanden gewartet, der ihn auf seinem letzten Weg begleitet. Ich fuhr mit ihm noch mal über die Insel, und er nahm Abschied von seinem Leben. Am Ende starb er friedlich neben mir. Ich erfüllte ihm den letzten Wunsch und bestattete ihn auf dem Meer.«

Felippe, der aufmerksam zugehört hatte, nickte: »Ja, so ist das manchmal. Gott läßt uns bisweilen erst abtreten, wenn sich unser Schicksal ganz erfüllt hat. Dein Freund sollte wohl zuvor seine Taten erkennen. Es ist gut, daß er nun Ruhe gefunden hat. Antonio, ich bin froh, daß mir dies erspart blieb und ich früher lernen durfte, was richtig und was falsch ist. Doch laß uns jetzt nicht darüber reden. Ich habe dir ja bei meiner Abreise gesagt, daß ich mit dir sprechen muß. Laß uns bis morgen warten. Ich hoffe, du kannst ein paar Tage bleiben!«

Der Wagen fuhr durch ein altes Dorf mit schiefen, weißen Häusern. Kein Mensch war mehr auf der Straße. Ausgetretene Steintreppen endeten vor verschlossenen Türen. Die Fensterläden waren zugeklappt. Auf dem Marktplatz, zwischen Kirche und Rathaus, wuchs ein jahrhundertealter Baum, unter dem eine Bank stand. Es gab einen Supermarkt, eine Tankstelle und einen Bäckerladen, mehr nicht.

Felippe schaltete den Motor aus, zeigte auf den Ort: »Das ist mein Zuhause. Hier bin ich aufgewachsen. Ich liebe diese Gegend, die grünen Hänge, Wälder und Gärten. Sooft ich kann, komme ich mit meiner Frau hierher. Wir finden hier das, was die Großstädte mit ihrem schrecklichen Verkehr, dem Gestank und der Hektik längst verloren haben: Ruhe, Zufriedenheit und Besinnung. Warum fingen die Menschen nur irgendwann mal an, Städte zu bauen? Ich verstehe es nicht. Komm, schnuppere die Luft. Ist sie nicht herrlich würzig und rein? Unsere Nasen sind sie kaum noch gewöhnt. Wenn ich in Madrid die Kinder an den Kreuzungen sehe, tun sie mir jedesmal leid. Ihre Augen tränen, sie husten, sind zart und anfällig. Die Kinder hier im Dorf sind gesund und fröhlich. Sie spielen unbeschwert miteinander, spüren im Herzen noch die Liebe zu den Tieren, und die Eltern müssen sich keine Sorgen machen.«

Felippe startete den Wagen erneut. Er bog in eine Seitenstraße ab, die aus dem schlafenden Ort hinausführte. Nach Minuten erreichten sie einen großen Bauernhof, der vor wenigen Jahren restauriert worden war. Langsam rollte das Auto durch die Toreinfahrt, hielt vor dem Hauptgebäude.

»Nicht schlecht! Hier könnte ich auch leben.« Antonio begutachtete das Anwesen, nahm Moreno aus der Box und begrüßte die Hausherrin, die auf der Empore wartete.

»Darf ich bekannt machen? Das ist Antonio, und das ist Maria, meine Frau.«

Felippe führt den Freund ins Haus: »Ich bringe deine Sachen aufs Zimmer, und anschließend nehmen wir in der großen Halle unser Abendessen ein. Du bist bestimmt hungrig.«

Antonio verspürte tatsächlich einen gewaltigen Appetit. Er hatte seit dem Frühstück nichts mehr gegessen. Bis weit in die Nacht saßen sie so beisammen. Felippe erzählte von der Stierzucht, seinen riesigen Obstplantagen, den Immobiliengeschäften in Valencia: »Unsere Familie ist sehr reich. Ich bin der Patron und bestimme, was geschieht. Doch mit dem Geld kam auch die Unzufriedenheit. Die Kinder meiner Brüder und Schwestern gammeln in den Schulen und auf den Universitäten herum, hängen nachts in den Bars von Marbella oder langweilen sich auf den

Yachten von Freunden. Meine Frau und ich haben leider keine Kinder. So weiß ich nicht, wem ich eines Tages dies alles hier vermachen soll.«

Am folgenden Morgen trafen sich die Gastgeber und ihr Besucher auf der Terrasse zum Frühstück. Am blauen Himmel schien die Sonne mit der milden Kraft des Herbstes. Das Haus stand auf einem Hügel, war umgeben von Pinienhainen, Wiesen und Obstplantagen. Die Sicht reichte über die Berge und Täler tief ins Land hinein.

Antonio war sprachlos: »Ein Paradies, Felippe, ein richtiger Garten Eden. Jetzt verstehe ich, warum uns die Mauren damals dieses Land abgenommen haben und nicht wieder rausrücken wollten. Deine Heimat ist genauso schön wie mein Mallorca, nur ruhiger.«

Felippe kam bald zur Sache: »Wenn ich sagte, daß die Welt hier friedlich und harmonisch ist, so ist das nur die halbe Wahrheit. Was ich meine, sind die Tiere. Du weißt, daß wir Spanier sie nach der Bibel für seelenlose Wesen halten. Ich dachte bisher genauso. Aber seit unserer Begegnung empfinde ich anders. Es sind Wesen, die unserer Hilfe bedürfen. Du oder besser die Elefanten öffneten mir in jener Nacht die Augen. Seitdem ist alles anders. Ich habe mit meiner Frau und meiner Mutter darüber gesprochen. Wir lassen die Stiere künftig auf unseren Weiden leben, verkaufen sie nicht mehr für den Stierkampf. Wir können es uns leisten. Mach dir da keine Gedanken. Wir möchten uns aber darüber hinaus im Tierschutz engagieren. Wer etwas tun will im Leben, sollte immer bei sich zuerst anfangen und nicht auf die anderen zeigen.«

Antonio war gerührt, suchte nach Worten. Doch Felippe redete einfach weiter: »Du gehst den richtigen Weg, hast weder Amt noch Position zu verlieren. Das macht dich frei. Aber was du bisher tatest, kann nur ein Anfang sein. Was du vor allem brauchst, sind Macht und Geld. Viel Geld! Sieh es ein! Schau, es sind nicht nur die Katzen. Bei uns werden die Tiere aus regelrechter Lust grausam gefoltert.

Die Proteste der Tierschützer verhallen ungehört. In manchen Orten werden Ziegen an Seilen aus Kirchturmfenstern gestoßen. Junge Männer, die damit ihren Mut beweisen wollen, lassen das Seil los, und die Tiere zerschmettern unten auf dem Kopfsteinpflaster.

Bei Fiestas werden Stieren die Hörner angezündet. Sie brennen lichterloh. Die armen Kreaturen brüllen laut vor Schmerz. Ihre Hörner sind genauso empfindlich wie unsere Finger. Sind sie nach endlosen Minuten abgebrannt, werfen sie das Geschöpf ins Wasser und ertränken es. Erst dann darf es endlich sterben.«

Der Mallorquiner war erschüttert: »Bitte hör auf! Ich kann doch allein nichts dagegen unternehmen!«

Felippe stand auf und fuhr fort: »Ich muß es dir sagen! Du sollst wissen, wie groß deine Aufgabe ist. In einem anderen Ort gibt es sogenannte Reiterspiele. Man hängt lebende Gänse an einem Seil auf. Die Männer des Dorfes reiten im Galopp vorbei, ergreifen den Kopf der Gans und brechen dem Tier das Genick. Allzuoft reißen sie ihn ab. Das ist fast noch eine Erlösung. Manchmal aber ist das Opfer nur verletzt und muß sich lange quälen.

In Tordesilla werden Hühner regelrecht aufgeknüpft. Junge Frauen mit verbundenen Augen schlagen ihnen mit Schwertern die Köpfe ab.

Oder Estremadura! Dort werden Stiere mit Pfeilen zu Tode gespickt. Bevor das wehrlose Tier stirbt, schneidet man ihm bei lebendigem Leibe die Hoden ab. Antonio, das ist nur ein kleiner Teil der unvorstellbaren Grausamkeiten. Die Kirche unterstützt diese Bestialität, und manche Dorfpfarrer begrüßen das schreckliche Ritual als Krieg der Menschen gegen die Sünde.

Hier, ganz in der Nähe, fast unter den Augen der Touristen, ist das Morden am schlimmsten. Tausende von Hunden und Katzen werden jedes Jahr an der Costa del Sol eingefangen und in die Perrera gebracht. Dabei handelt es sich nicht um ein Tierheim, wie der Name glauben machen soll, sondern um eine Vergasungsanstalt. Die weißgetünchte Anlage liegt versteckt hinter hohen Betonmauern außerhalb der Stadt. Sie ist umgeben von grünen Hügeln, von denen die Todesschreie der Tiere widerhallen. Die Fänger greifen jeden Hund und jede Katze, die sie auf der Straße finden. Ich habe mal mit ansehen müssen, wie einer Frau sogar der Hund samt Leine entrissen und auf den Wagen zum Abtransport geworfen wurde.«

Felippe war am Ende. Er trank seinen Kaffee aus, lief einige Schritte, setzte sich auf die oberste Stufe der Terrasse: »Da, mein Freund, werden wir beginnen! Die Welt muß darauf aufmerksam gemacht werden. Nur so kann man die Behörden zwingen, ihr schändliches Treiben zu beenden.«

Antonio setzte sich daneben, legte seinen Arm um die Schulter des Freundes: »Ich glaube dir! Aber ich werde es nie verstehen! Dieses Leid, dieses endlose Leid! Wozu sind wir Menschen nur fähig? Aber bedenke, ich bin allein!«

Felippe sah ihn an: »Nein! Ab jetzt bist du nicht mehr allein. Ich werde dir helfen. Und ich habe Freunde. Hier, nimm das! Errichte damit dein Tierheim. Sammle die Katzen ein, kastriere sie, so, wie du es begonnen hast. Trage deine Idee über die Küsten Mallorcas hinaus in die Welt. Es gibt heute schon viele Menschen, die so denken wie du. Führe sie zusammen, organisiere sie. Dann werden sie eine Macht, an der keiner mehr vorbei kommt. Aber bedenke, es ist ein langer und gefährlicher Weg!«

Der Mallorquiner nahm das Päckchen, das ihm Felippe in die Hand gedrückt hatte, und öffnete es. Fassungslos starrte er auf den Inhalt: »Was ist das? Das ist ja Geld!«

Felippe schmunzelte: »Es ist genau eine Million Mark. Damit kannst du deinen Traum, unseren Traum, verwirklichen. Steck's ein, bevor ich es mir anders überlege!«

Die Männer verbrachten den Vormittag damit, Freunde und Nachbarn zu besuchen. Überall wurden sie mit Liebenswürdigkeit empfangen, zu Wein und Kaffee eingeladen. Doch so richtig konnten sie sich über die Offenherzigkeit der Dorfbewohner nicht freuen. Zu sehr waren sie ergriffen von dem morgendlichen Gespräch.

Endlich, am Nachmittag, hatten sie sich wieder beruhigt. Scherzend saßen sie auf dem Marktplatz, auf dem um diese Zeit, wie jeden Tag, geschäftiges Treiben herrschte. Die Männer standen beieinander und diskutierten über die große Politik einer Welt, die sie nicht kannten. Die Frauen trafen sich in den Hauseingängen, unterhielten sich über den Haushalt, die Mode oder ihre Männer. Vor der Kirche saßen die Jungen auf ihren Motorrädern oder aufgemotzten Mofas, begannen jedesmal zu raufen oder zu pfeifen, wenn ein Mädchen vorbeikam. Die Stimmung hätte nicht friedlicher sein können – bis zu diesem Augenblick!

Überall, fast wie auf ein Zeichen, wurden plötzlich die Türen und Fenster aufgerissen. Männer fluchten, Frauen tobten oder heulten. Spanisches Temperament und südliche Lautstärke verwandelten den stillen Ort von einer Minute zur anderen in einen brodelnden Hexenkessel. Und dann kam es! Antonio sah es zuerst!

Wahre Sturzbäche von Wasser ergossen sich aus den Türen, plätscherten über die Steinstufen. Die Mädchen kicherten, die Jungen gaben auf ihren Maschinen Gas, drehten übermütig Slalomrunden durch die Pfützen. Aus war es mit der Ruhe! Männer rannten zu ihren Häusern, um sofort wieder auf die Straßen zu flüchten. Ihre Hosen und Schuhe waren pitschnaß. Keiner wußte genau, was los war. Alle standen ratlos vor dem gleichen Malheur. Aus sämtlichen Klos, Waschbecken und Badewannen sprudelte braunes, stinkendes Abwasser. Vor den Häusern trafen sich die Rinnsale, vereinigten sich in Straßenmitte zu kleineren, dann größeren Bächen. Gurgelnd schoß die Flut zum Ortsausgang hinaus, um irgendwann die Straße zu verlassen und ein Tomatenfeld in einen stetig wachsenden See zu verwandeln.

Antonio hatte als einer der ersten die Fassung wiedergewonnen: »Da muß irgendwo das Hauptrohr verstopft sein. Wenn ich nicht genau wüßte, daß Moreno hier in der Nähe rumdöst, würde ich sagen, er hat seine unseligen schwarzen Katerpfoten im Spiel.«

Felippe, der seinen Heimatort noch nie unter Wasser erlebt hatte, drehte sich suchend um. Und lachend stellte er fest: »Dein Kater ist nicht da!«

Antonio schoß hoch wie eine Silvesterrakete: »Verflucht! Moreno!«

Doch der war spurlos verschwunden!

»Los, Felippe, wir müssen an dieses Rohr ran! Der Teufel steckt da irgendwo drin und kann nicht raus!«

Panik ergriff die Männer. Während die anderen Dorfbewohner wie aufgescheuchte Hühner hin und her liefen, rannten die Freunde zum Pumphaus, wo das Wasser in eine Kläranlage geleitet wurde. Dort endete das besagte Rohr. Da mußte auch der Schalter sein, mit dem alles unterbrochen werden konnte. Keuchend stürzten sie in den Maschinenraum, sprangen die glitschigen Eisenstufen hinunter.

Von weitem hörten sie schon ein herzergreifendes Kreischen, Fauchen und Miauen. Da war er, oder besser, dort steckte er! Moreno, über und über beschmiert mit einer schleimigen, braunen Masse, zappelte mit den Vorderpfoten in der Öffnung des Rohres, kam weder vor noch zurück. Scharfe Wasserstrahlen schossen an seinem Kopf vorbei, ergossen sich ins halbleere Auffangbecken. Der arme Kater stand kurz vor dem Kollaps.

»Der Haupthahn! Felippe, wo ist der Haupthahn? Los, wir müssen ihn abstellen, sonst ersäuft mein Dicker in eurer stinkenden Brühe.«

Während Antonio seinen Kater bei den Vorderpfoten packte und versuchte, ihn aus dem Rohr zu ziehen, sprang Felippe wieder die Stufen hinauf zum Maschinenraum, suchte verzweifelt nach dem Hahn. Endlich hatte er den richtigen gefunden. Seine Kraft reichte nicht aus, das Wasser abzustellen. Immer wieder rüttelte er an dem verrosteten Stück Eisen. Vergeblich!

»Antonio, schnell, ich brauche deine Hilfe!«

Morenos Herrchen ließ die auf doppelte Länge gezogenen, glitschigen Pfoten des Katers los, rannte nach oben. Im Nu hatte er eine Eisenstange gepackt, hinter einer Stahlverstrebung verkantet und gegen den Hahn gedrückt. Wie in Zeitlupe begann er sich zu drehen, bewegte knirschend den Riegel, der die Wasserzufuhr regelte.

Ohne eine Sekunde zu verlieren, liefen sie erneut die Treppe hinunter. Nichts geschah! Moreno hing inzwischen fast besinnungslos in der Öffnung des Rohres, gab keinen Mucks mehr von sich. Endlich versiegte das Wasser, wurde über ein anderes Rohr abgeleitet. Pitschnaß und stinkend zogen Antonio und Felippe an Morenos Fell und Pfoten. Mit seinem Taschenmesser brach Antonio Kalksteinstücke aus dem Rohr, in denen Moreno hängengeblieben war. Auf einmal gab der Körper nach, ließ sich aus der tödlichen Umklammerung befreien.

Zum zweiten Mal in seinem verrückten Leben mußte der Kater eine Mund-zu-Nase-Beatmung über sich ergehen lassen. Antonio spürte den fauligen, beißenden Geschmack des Dreckwassers auf seiner Zunge. Tapfer machte er weiter. Schließlich schlug sein Liebling die Augen auf, nieste, hustete, erbrach sich. Und wie bei den Menschen hob der Mann das Tier an den Hinterpfoten hoch, ließ es in der Luft baumeln und verpaßte ihm ein paar kräftige Schläge auf den Rücken. Das half! Moreno hustete den Rest aus. Zitternd gab er sein erstes Miau von sich.

Felippe öffnete wieder den Hahn, während Antonio seinen Kater hinaus ins Sonnenlicht trug. Die Retter wurden von einer aufgebrachten Menge empfangen. Männer und Frauen brüllten und schnatterten durcheinander, verlangten Schadenersatz und Entschuldigungen. Felippe versprach, alle Kosten zu übernehmen.

Wenig später legte Antonio den erschöpften Kater auf eine Decke auf der Terrasse von Felippes Haus. Da erst wurden sie gewahr, daß sie wie die Pest stanken. Nacheinander stiegen sie unter die Dusche, zogen sich frische Sachen an. Wohlweislich ließen sie den Ausreißer nicht aus den Augen. Als Moreno sich weitestgehend erholt hatte, mußte auch er noch mal ins Wasser und sich eine schaumige Abreibung verpassen lassen. Erst am frühen Abend, die Sonne verschwand gerade hinter den Bergen, hatten sich alle von dem Schreck erholt.

Maria mußte herzhaft lachen, als ihr Mann berichtete, was sich zugetragen hatte. »So, so, daher stammt also euer ungewöhnliches Parfüm. Ich schätze, ihr werdet es noch einige Tage mit euch herumtragen. Wißt ihr denn überhaupt, wie es zu dem Vorfall kam?«

Wußten sie nicht. Der einzige, der es hätte erzählen können, wäre Moreno gewesen. Da dies nicht möglich war, erfuhren die Männer nichts von seiner ungewöhnlichen Rattenjagd.

Der Kater hatte sich aus Langeweile auf dem Marktplatz aus dem Staub gemacht, war von Haus zu Haus, von Keller zu Keller geschlichen, als er plötzlich unter den Stufen des Rathauses die Chefratte des Ortes entdeckte. Eine wilde Verfolgungsjagd setzte ein, so richtig nach Morenos Geschmack. Es ging durch Flure, Speicher, Kellergewölbe, rein in fremde Häuser und wieder heraus. In der Rumpelkammer des verwinkelten Rathauses schließlich verschwand die Ratte in einem Abflußrohr, verfolgt vom viel größeren Moreno.

Das Rohr war eng, aber nicht zu eng für den Kater. Es mündete in ein größeres Hauptrohr. Alles hätte klappen können, wäre da nicht am Ende diese heimtückische Kalkablagerung gewesen. Wie ein Kranz hatte sich dort in den Jahrzehnten Wasserstein abgesetzt. Es war wie der zugezogene Strick eines Henkers. Die Ratte, wesentlich schlanker als Moreno, schlüpfte spielend hindurch. Doch der unachtsame Verfolger blieb mit seinem Hinterteil hängen. Er kam weder vor noch zurück. Und während sich die Ratte blitzschnell aus dem Staub machte, begann in den Häusern das feuchtfröhliche Drama.

Wie gesagt, all diese Einzelheiten blieben Morenos Geheimnis. Kein Mensch sollte sie je erfahren! Oder doch?

Als sich Antonio nach wenigen Tagen von seinen Gastgebern verabschiedete, um nach Mallorca zurückzukehren, waren seine Gedanken mehr in der Zukunft als in der Vergangenheit. Zum zweiten Mal innerhalb kürzester Zeit sagten sich die Männer Lebewohl. Diesmal war es Felippe, der zurückblieb. Eine böse Vorahnung beschlich ihn. Er verdrängte den Gedanken. Es gab viel zu tun.

*

»Sehr verehrte Fluggäste, bitte stellen Sie das Rauchen ein, überprüfen Sie Ihre Sicherheitsgurte und richten Sie die Rücklehnen auf! Wir setzen in wenigen Minuten zur Landung an.«

Die Stimme der Stewardeß klang freundlich und monoton, wie in allen Flugzeugen dieser Welt. Antonio fühlte sein Herz klopfen. Moreno saß sicher in der Box. Er spürte, daß er auf seine Insel zurückkehrte.

Immer schneller näherte sich die Maschine der Wasseroberfläche. Kleine Segler, Motoryachten und die Boote der Fischer tanzten auf den dunkelblauen Wellen. Das Flugzeug sank tiefer und tiefer. Schließlich tauchten am Horizont die Berge Mallorcas auf. Der Flieger ging in eine Rechts-, dann in eine Linkskurve. Polternd schob sich das Fahrwerk heraus, rastete ein. Wenig später berührten die Räder quietschend die Rollbahn. Zu Hause!

Niemand wartete auf die Freunde am Ausgang. Antonio nahm sich einen Mietwagen. Drei Jahre war er nun fort gewesen, und er erinnerte sich an die aufregende Nacht seiner Flucht. Vorbei, vergessen! Endlich war er wieder auf seiner geliebten Insel. Glücklich betrachtete er die alten Windmühlen in der Ebene, die Mandelplantagen, fuhr vorbei am Kloster von Bon Ani. Nach fast einer Stunde bog er in Arta am Monument in Richtung Cala Ratjada ab. Nichts hatte sich verändert. Alles war so wie damals. Am Ortseingang von Capdepera wurde gebaut. Er schaltete herunter, wollte die Heimkehr genießen.

Was würde Isabella sagen? Und vor allem, wie sahen seine Kinder aus, die er noch nie zu Gesicht bekommen hatte? Fünf Minuten später stoppte er den Wagen vor der Finca, die Isabella hatte behalten dürfen.

»Komm, mein Süßer, raus aus der Box! Das hier ist dein Revier!«

Moreno hatte den Korb kaum verlassen, als er auch schon in eine wilde Rauferei verwickelt war. Sissi und Ludi, die auf der Grundstücksmauer spielten, hatten sich sofort auf ihn gestürzt. Moreno wirbelte sie durch die Luft, warf sie auf den Rücken, jagte sie kreuz und quer durchs Gelände. Fauchend und maunzend stürmten die Geschwister zurück in den Garten.

»He, was ist da draußen los? Werdet ihr wohl artig sein, ihr kleinen Chaoten!«

Isabella, die das Essen für ihre Kinder zubereitete, kam vorgelaufen, blieb wie angewurzelt stehen. Vor ihr saß ein großer schwarzer Kater.

»Aber nein, das kann nicht wahr sein! Moreno! Du bist doch Moreno!«

Ihre Blicke fielen auf das Auto, wanderten zurück zum Kater. Und plötzlich stand er vor ihr! Sie sahen sich in die Augen, sagten kein Wort. Zu schmerzlich und schön zugleich war der Moment. Drei Jahre hatte sie an ihn gedacht, für ihn gebetet. Drei Jahre Hoffen, Bangen, Warten.

»Antonio!«

»Isabella!«

Alles um sie herum versank in endloser Nichtigkeit.

Glücklich fielen sie sich in die Arme, küßten sich. Keiner konnte seine Tränen zurückhalten.

»Endlich, endlich bin ich wieder zu Hause!«

Arm in Arm betraten sie den Garten. Wie sehr hatte er dieses Paradies vermißt. Die Bäume und Büsche waren gewachsen. Das Haus schien völlig unverändert.

»Mama, Mama! Wo bist du? Mama!«

Zwei kleine Jungen, nicht einmal drei Jahre alt, kamen aus dem Haus gerannt, wären beinahe über Moreno gestolpert. Sie trugen lange weiße Baumwollhemden, hatten die Köpfe voller schwarzer Locken. Mit ihren braunen Augen suchten sie nach der Mutter.

»Onkel? Wer bist du, Onkel?«

Antonio, der in seiner turbulenten Jugend so viele Höhen und Tiefen durchgemacht hatte, dem Leid und Freude widerfahren war, erlebte den schönsten Augenblick als Vater. Wie im Traum kniete er nieder, vergaß alles um sich herum. Und mit bebender Stimme flüsterte er: »Diego, Fernando!« Ein Mann, ein Heimgekehrter – das höchste Glück auf Erden! Antonio breitete seine Arme aus. Langsam kamen die Jungen näher, legten ihre Köpfe auf seine Schulter. Noch nie im Leben war er so ergriffen. Er heulte wie ein kleines Kind und schämte sich seiner Tränen nicht.

Ganz leise, zaghaft flüsterten sie ihm ins Ohr: »Papa? Bist du unser Papa?«

Der Dieb, der Kämpfer, der Vater!

Zärtlich streichelte er ihre schwarzen Locken, küßte sie auf die Wangen: »Ja, ich bin euer Papa! Und ich werde euch nun nie wieder allein lassen!«

Antonio nahm seine Söhne auf die Arme, trug sie ins Haus. Es war sein Zuhause. Hier wollte er bleiben, bei seiner Familie. Lange saß er mit Isabella an diesem Abend auf der Terrasse. Sie hielten sich die Hände, wollten sie nicht loslassen. Keiner konnte jemals mehr ohne den anderen sein. Aller Reichtum der Welt bedeutete nichts gegen die Geborgenheit, die sie in diesem Augenblick verspürten.

»Hörst du den Gesang der Vögel, das Zirpen der Grillen? Riechst du den Duft deiner Heimat? Fühlst du das Glück im Herzen?«

Isabella schaute dem Mann ihres Lebens in die Augen. »Ich hätte eine Ewigkeit auf dich gewartet!«

Das Frühstück am nächsten Morgen zog sich bis in die Mittagsstunden hinein. Immer wieder zeigten Diego und Fernando dem Vater ihr Spielzeug, plapperten fröhlich durcheinander oder saßen verschmust auf seinem Schoß.

Moreno, Sissi, Ludwig und die anderen Katzen tobten über das Dach, jagten die Bäume hinauf oder balgten sich im Gras – wie früher. Fast schien es, als sei die Zeit seit damals stehengeblieben.

Am Nachmittag telefonierte Antonio seine Freunde zusammen, verabredete sich mit ihnen für den Abend in einer kleinen Kneipe an der Promenade von Cala Ratjada. Es wurde ein stürmisches, feucht-fröhliches Wiedersehen. Die Männer lachten, plauderten, erzählten den neuesten Klatsch und staunten über Antonios Erlebnisse. Schließlich kam er zum entscheidenden Punkt: »Wir machen da weiter, wo wir aufgehört haben. Ich habe einen neuen Paß und viel Geld. Die Menschen hier haben mich vergessen. Diesmal wird aber nicht mehr geklaut. Was wir jetzt tun, hat Hand und Fuß. Alesandros, du wirst künftig das Geld verwalten. Manuel, du organisierst das Einsammeln der Tiere und ihre Kastration. Ich verhandle mit der Verwaltung, den Hotels und anderen Tierschützern der Insel. Wir müssen sie unter einen Hut bekommen und alles straff organisieren. Sonst wird es ein Gewurschtel. Morgen früh mieten wir ein Büro am Hafen, lassen Telefonleitungen legen, und ich spreche mit dem Bürgermeister. Dann mache ich mich auf den Weg und kaufe ein Grundstück in der Nähe von Palma. Wir brauchen Tierärzte und Studenten, die bei uns ihr Praktikum machen, Helfer und viele Menschen, die uns unter die Arme greifen. Mein Freund Felippe, von dem ich euch erzählte, organisiert Katzensouvenirs und Zubehörartikel, die wir verkaufen können. So läßt sich unsere Arbeit langfristig finanzieren. Außerdem besuche ich die Journalisten in Palma. Sie müssen über uns berichten. Sonst bleiben wir anonym und haben keinen Erfolg.«

In den folgenden Wochen gab es viel zu tun. Die Männer und Frauen waren rund um die Uhr damit beschäftigt, das Projekt zu realisieren. Antonio gründete einen Verein, aus dem später eine Stiftung werden sollte. Noch bevor es ihn gab, wurden die künftigen Mitglieder angeworben. Die Organisation lief wie am Schnürchen. Obendrein machte er eine Fotoagentur auf, verkaufte Sofortbilder an die Touristen in den Urlaubszentren.

Isabella und die Kinder sahen ihn nur am Morgen und Abend, so sehr war er beschäftigt. Fast jeden Tag traf er sich zu Verhandlungen mit Geschäftsleuten. Viele wollten ihn über den Tisch ziehen. Sehr schnell mußten sie feststellen, daß er mit allen Wassern gewaschen war und sich nicht auf's Kreuz legen ließ. Drei seiner neuen Freunde waren Anwälte, die ihn in juristischen Belangen berieten.

Es war im Hochsommer des kommenden Jahres, als Isabella ihrem Antonio ein kleines Geheimnis anvertraute: »Paß auf, Manuel macht mir seit kurzem eindeutige Angebote. Ich reagiere zwar jedesmal ablehnend und gebe ihm keinen Grund zur Hoffnung. Aber er ist außergewöhnlich hartnäckig. Ich glaube, er hat sich in mich verliebt. Du solltest vielleicht mit ihm reden!«

Antonio war mit seinen Gedanken ganz woanders: »Morgen treffe ich mich mit Architekten, Statikern und Bauleuten. Mit ein bißchen Glück können wir unser Katzenheim in einem Jahr hochziehen. Du siehst, es nimmt Form an.«

Isabella hakte nach: »Hast du nicht gehört, was ich dir gesagt habe? Manuel stellt mir nach. Du mußt mit ihm sprechen.«

Ihr Schatz winkte ab: »Ach Unsinn! Warum sollte er nicht in dich verschossen sein? Ich bin es ja auch! Mach dir deswegen keine Gedanken.«

Und schmunzelnd fügte er hinzu: »Liebe kommt, Liebe geht! So ist das nun mal!«

Isabella hatte die Spitze verstanden: »Du Schuft, du Scheusal, du Katzenmensch! Willst du damit sagen, daß es bei dir auch so ist?«

Antonio konnte gerade noch den Kopf einziehen. Die Tomate, auf der Isabella eben noch herumgekaut hatte, flog dicht an seinem rechten Ohr vorbei: »Du bist süß, wenn du so bist! Wie schön, daß du so ein feuriges Temperament besitzt. Was hältst du eigentlich von einem kleinen Mittagsschläfchen?«

Und ehe sie sich versah, trug er seine Geliebte auf den Armen ins Haus. Das Problem mit Manuel war damit nicht aus der Welt. Es blieb auch in den folgenden Wochen.

Der Herbst kam, die Touristen verließen die Insel. Ende Oktober machten die meisten Hotels dicht. Antonio und seine Freunde fuhren mit mehreren Wagen die Ostküste entlang. Es gab kaum noch streunende Katzen. Die meisten Tiere hier waren kastriert und markiert.

Zufrieden lud Antonio die Männer zum Essen in ein Lokal in Cala Millor ein. Derweil sie gemeinsam Wein tranken und Salat aßen, verriet er ihnen sein neuestes Projekt: »Sobald das Katzenheim steht, bauen wir ein Asyl für Hunde. Ihnen geht es genauso schlecht. Ach ja, und noch was! Ich fliege demnächst nach Malaga rüber. Dort werden die Tiere auf die brutalste Weise eingefangen und vergast. Ich habe von Felippe Papiere bekommen, mit denen ich mich einschleichen kann. Nach Möglichkeit will ich alles auskundschaften und später dagegen vorgehen. Das kann ich aber nur, wenn ich die Gemeinheiten auch belegen kann. Was haltet ihr davon?«

Die Männer diskutierten das Vorhaben, waren unterschiedlicher Ansichten. Einige stimmten dagegen: »Laß uns erst das eine in die Reihe bringen. Wenn du alles gleichzeitig machst, gelingt nichts richtig.«

Andere waren dafür: »Die Sache hier läuft. Das Leid drüben sollte uns nicht kalt lassen. Wir finden die Idee gut!«

Manuel, der neben seinem Freund saß und ihn aus den Augenwinkeln beobachtete, hielt sich zurück.

Antonio reichte ihm ein Stück Weißbrot, hob das Glas mit Rotwein, stieß mit ihm an: »Du hast einst meinem Moreno das Leben gerettet. Du bist mein engster Vertrauter. An deiner Meinung liegt mir viel. Wie denkst du darüber?«

Manuel drückte das Brot mit den Fingern zu einem klebrigen Ball zusammen, sah nicht auf. Er wich dem Blick des Freundes aus: »Nun ja! Ich weiß nicht so recht ... Schlecht ist die Idee mit Malaga nicht ... Ich würde an deiner Stelle aber wirklich allein fahren. Sonst erregst du zuviel Aufsehen. Wir machen hier inzwischen weiter. Zur Zeit ist eh nicht so viel zu tun. Ich vertrete dich derweilen. Lange wirst du wohl nicht fortbleiben!«

Eine innere Stimme warnte Antonio. Arglos wischte er den Zweifel hinweg. »Hirngespinste!«

Am selben Abend weihte er Isabella in den Plan ein.

Die Frau verspürte eine eigenartige Unruhe, erhob sich, lief auf und ab: »Und wenn ich dich bitte, nicht zu fliegen? Sieh mal, es läuft hier alles bestens. Gönne dir nach den Jahren etwas Ruhe. Du hast sie verdient. Bleibe bei mir und den Kindern. Überlaß anderen Malaga. Wir haben in den letzten Monaten so wenig voneinander gehabt.«

Antonio nahm sie in den Arm: »Erinnerst du dich an unseren Abend an der Cala Guya? Ich folge meinem Herzen. Es ist überhaupt nicht gefährlich. Was habe ich schon alles überstanden. Da ist das Rumspionieren ein Kinderspiel dagegen.«

Er versuchte, vom Thema abzulenken: »Ich habe mir vorhin auf der Rückfahrt Gedanken über den Namen unseres Katzenheimes gemacht. Weißt du, wie ich es nennen möchte?«

Isabella schüttelte den Kopf: »Nein, wie?«

Ihr Freund ging an den Bücherschrank, kramte ein altes Sagenbuch hervor: »Ich taufe es *Avalon*!«

»*Avalon?*«

»Ja, das stammt aus der englischen Sagenwelt, bedeutet soviel wie das Land der Seligen. König Artus entschwand am Ende seines Lebens nach *Avalon*. Dort wartet er noch heute auf seine Rückkehr. *Avalon* soll für die Katzen ein Land der Seligen werden.«

Während Antonio und Isabella an diesem Abend mit ihren Kindern noch einen Spaziergang unternahmen, saß Manuel in seinem Wohnzimmer, führte ein langes Telefongespräch mit dem Festland. Immer wieder verhaspelte er sich, bat ständig um Entschuldigung, lehnte es strikt ab, seinen Namen zu nennen. Am Ende sagte er nur: »Bitte, keine Ursache! War doch selbstverständlich!«

Danach ging er an seine Hausbar, nahm die Cognacflasche, trank sie halb leer. Betrunken fiel er ins Bett und schlief ein.

Eine Woche später fuhr Antonio zum Flughafen. Neben ihm hockte Moreno, der sich vom Fahrtwind kitzeln ließ. Isabella hatte mit den Kindern hinten Platz genommen. Es war ein wunderschöner, sonniger Tag. Die Insel war unbeschreiblich um diese Jahreszeit. Keine Urlauber, weder Souvenirläden noch stinkende Imbißbuden.

»Komm, ich will mal schauen, was im Radio läuft!« Antonio suchte die Skala rauf und runter. Die meisten Sender brachten an diesem Tag ununterbrochen Nachrichten.

»Hörst du, der ganze Ostblock gerät aus den Fugen. Gestern abend sind die Ostdeutschen zu Tausenden in den Westen gewandert. Und nichts ist passiert. Keiner hat geschossen. Auch die anderen Länder lösen sich aus der kommunistischen Umklammerung. Es geht ganz ruhig vor sich. Ich sage dir, das ist das Ende der Sowjets und der DDR. Nun kehrt Frieden ein.«

»Armer Axel! Dein Freund hat jetzt als Journalist bestimmt viel zu tun.« Isabella, die Axel sehr mochte, sprach oft von ihm: »Ich dachte, er würde uns mal wieder besuchen. Aber bei seinem letzten Anruf klang er völlig durchgedreht. Er scheint hart arbeiten zu müssen.«

Bald tauchte in weiter Entfernung der Tower des Flughafens auf. Antonio wollte auf jeden Fall noch Felippe besuchen, der in diesen Wochen wieder auf seinem Bauernhof Urlaub machte. Nach fünfzehn Minuten hielt er den Wagen auf dem Parkplatz vor dem Hauptgebäude: »Ich werde kein Risiko eingehen! Das verspreche ich euch! Zwei Tage bleibe ich in der Vergasungsanstalt. Morgen werden die Tiere umgebracht. Am Abend bin ich schon bei Felippe. Und am nächsten Tag habt ihr mich wieder.«

»Mußt du wirklich fliegen? Kannst du nicht hierbleiben? Ich bitte dich nochmals von ganzem Herzen!«

Isabella wandte sich ab, wollte ihren Kummer verbergen.

Antonio spürte einen Kloß im Hals: »Ich rufe dich an, sobald ich aus der Perrera raus bin. Dann mußt du dir keine Sorgen machen.«

Er gab ihr zärtlich einen Kuß auf den Mund, hob seine Söhne Diego und Fernando hoch, küßte auch sie. Ganz fest hielt er sie im Arm. Isabella trat hinzu, umarmte ihren Mann und die Kinder. Sekundenlang standen sie so in der großen Halle. Und ihre Seelen vereinten sich – auf ewig.

Moreno, der seit zwei Tagen nichts gefuttert hatte, hockte neben Fernando, beobachtete traurig sein Herrchen.

»Na, na, kleiner Held, wer wird denn so ein Gesicht machen?«

Antonio nahm ihn, küßte die Schnute, die Nase, die Stirn. Keinen Ton gab Moreno von sich. Zärtlichkeit,

Liebe und Schutz suchend klammerte er sich an seinen Freund, verhakte die Krallen in dessen Jacke. Er wollte ihn nicht loslassen, nicht gehen lassen. Mit Moreno im Arm lief Antonio zum großen Fenster der Eingangshalle, schaute hinaus, flüsterte ihm leise ins Ohr: »Gott wird uns beschützen, das weiß ich. Nichts auf der Welt kann uns jemals trennen. Was wir gemeinsam erlebt haben, das bleibt – tief in unser beider Herzen. Ich liebe dich!«

Als Antonio die Rolltreppe zur Paßkontrolle hochfuhr, drehte er sich noch einmal um. Da waren sie! Isabella und die Kinder winkten ihm nach, noch lange, lange!

Moreno aber saß stumm zu ihren Füßen –, stumm und einsam.

Noch am selben Nachmittag stellte sich Antonio im Büro des Veterinäramtes vor. Der Personalchef sah ihn mißtrauisch an: »Von Mallorca kommen Sie? Arbeiten wollen Sie hier? Verstehe ich nicht. Ist kein schöner Job! Und die Bezahlung ist auch schlecht. Haben wohl Spaß daran, Tiere umzubringen? Na gut! Ihre Papiere sind okay. Die Perrera liegt oben in den Bergen. Sie können gleich hinfahren.«

Antonio hatte die Bürotür kaum hinter sich zugemacht, da griff der Mann sofort zum Telefonhörer, wählte eine Nummer. Das Gespräch war kurz. Er beendete es mit den Worten: »Er kommt!«

Die Vergasungsanstalt war umgeben von einer etwa drei Meter hohen Betonmauer. Darauf war Maschendraht befestigt. Ganz oben war zusätzlich Stacheldraht gespannt. In den drei weißen, etwa siebzig Meter langen Häusern waren die Hunde untergebracht. Im Quergebäude, in engen Boxen, saßen die Katzen. Jeden Tag fuhren die drei Spezialfahrzeuge zum Fang aus. Die Hunde griff man mit Schlingen, die Katzen mit Netzen. Im hohen Bogen wurden sie in die von Rolläden verschlossenen Container geworfen. Sechs Männer begleiteten ein Fahrzeug, ein Fahrer, vier Fänger, ein Polizist.

Antonio ahnte nicht, daß man ihn erwartete. Er ließ sich einen blauen Overall aushändigen, bekam seinen Spind gezeigt und das Büro mit den Schlüsseln.

»Morgen ist wieder der Schlummertag! Da helfen wir unseren Lieblingen beim Einschlafen. Was tun wir nicht alles gegen ihre Schlafstörungen.«

Rodrigo, Chef der Abteilung, nahm einen kräftigen Schluck aus der Schnapsflasche, die er im Spind versteckt hatte: »Diese Drecksviecher vermehren sich schneller, als wir sie abmurksen können. Na, auch gut! Haben wir wenigstens immer was zu tun und verdienen so auf anständige Weise unsere Brötchen. Sei gefälligst um sieben Uhr hier! Da sammeln wir die neue Fuhre ein. Anschließend kommen die anderen, die schon drei Tage hier sind, in die Kammern. Und in die leeren Boxen stecken wir die Neuankömmlinge. Es geht alles hübsch ordentlich nach Plan.«

Antonio schlief schlecht in dieser Nacht. War er der Belastung gewachsen? Hielt er es nervlich durch? Aber er mußte das miterleben! Wie sollte er sonst dagegen vorgehen?

Pünktlich erschien er am nächsten Tag vor dem Haupteingang der Perrera. Das Tor wurde geöffnet. Die Fangautos standen zur Abfahrt bereit. Rodrigo, dessen Alkoholfahne man auf drei Meter Entfernung roch, rülpste laut vor sich hin: »Heute klappern wir die Strände und Badebuchten ab. Da lungert das meiste Viehzeug herum. Irgendein Trottel hat gestern abend noch alle Hunde und Katzen in die Kammern gesteckt. Wir können also heute mit den Bastarden gleich kurzen Prozeß machen.«

Antonio fühlte Übelkeit aufsteigen. Innerlich aufgewühlt stieg er in den letzten Wagen. Zehn Minuten später rollten die Fahrzeuge in Richtung Torremolinos. Es wimmelte nur so von Hunden und Katzen. Die Saison war vorüber. Die Touristen hatten wie die Verrückten gefüttert. Überall sah man Hunde- und Katzenbabys am Straßenrand, in den Parkanlagen und am Strand spielen.

»Bringen wir die auch um?«

Er beobachtete seinen Nebenmann, der genüßlich auf einer Hühnerkeule herumkaute.

Der Fänger, dem das Fett aus dem Mund triefte, wischte sich mit dem Ärmel das Kinn sauber: »Aber klar! Das macht sogar den größten Spaß. Sie quieken so niedlich, wenn es soweit ist. Außerdem bereiten sie weniger Arbeit. Wir werden pro Tier bezahlt. So ein Haufen läßt fröhlich die Kasse klingeln.«

Die mörderische Aktion begann. Der Wagen fuhr rechts ran. Die Männer sprangen ab, griffen sich mit den Schlingen die ausgewachsenen Hunde, schleuderten sie in die Boxen. Eine Colliehündin versuchte um ihre Babys zu kämpfen. Rodrigo schlug ihr mit einer Eisenstange den Schädel ein, warf die Jungen in einen Katzenkäfig: »Die Alte geht auch mit! Gilt als vergast!«

Vier Stunden waren die Wagen unterwegs. Jeder bot Platz für maximal fünfzehn Hunde und zwanzig Katzen. Rodrigo zählte auf dem Hof der Vergasungsanstalt ab: »Stolz, stolz! Wir haben dreiundachtzig Hunde und sechsundsiebzig Katzen, die meisten davon sind Babies. Der Tag hat sich gelohnt!«

Während die Tiere in ihre Zwinger gestoßen wurden, bereiteten die Männer die Gaskammern vor. Laut Gesetz sollte erst ein Betäubungsgas eingeleitet werden, damit die Tiere keine Schmerzen empfanden. Doch in der Perrera verzichtete man schon lange darauf. Das Gift-Luft-Gemisch war so gemixt, daß die Opfer besonders langsam und qualvoll starben. Lachend standen die Fänger meist vor den Glasfenstern, beobachteten Witze reißend den Todeskampf. »Es ist soweit! Los, Mallorquiner, heute ist dein Tag! Gib deinen Einstand und bringe die ersten Hunde!«

Rodrigo stand auf dem betonierten Platz vor den Kammern. Nacheinander wurden die Tiere geholt.

Ein bildschöner Schäferhund zog und zerrte an der Leine, versuchte, sich gegen sein Schicksal zu wehren. Ein altes Pudelmädchen, das kaum noch laufen konnte, wurde am Nackenfell in eine der Kammern getragen und in die Ecke geschleudert. Ein Mischlingsmädchen, dem man die Jungen fortgenommen hatte, lief brav neben dem Tierfänger her. Hoffte es vielleicht, durch artiges Verhalten dem grausamen Tod zu entgehen? Vierzig Hunde wurden in die Kammern gezwängt, die nur für die Hälfte der Tiere ausgelegt waren.

»So, und nun schmeißt die alten Katzen hinterher! Das gibt einen Heidenspaß!«

Rodrigos Anweisungen wurden blind befolgt, wie immer. Wer nicht gehorchte, bekam seine Fäuste zu spüren.

Antonio versuchte heimlich, die Tiere zu beruhigen, streichelte und kraulte sie. Rodrigo, in alles eingeweiht, brüllte ihn sofort an: »Wohl ein weiches Herz! Das hier ist kein Sanatorium für Schmarotzer! Beeil dich, und sing den Bastarden keine Arien vor!«

Einige Tiere wurden schnell von ihren Qualen erlöst. Die meisten Katzen wurden von den Hunden totgebissen. Ältere Hunde starben an Kreislaufversagen. Die Hitze, der Gestank der Kreaturen, die in der Todesangst ihre Notdurft verrichteten, zerfetztes Fleisch, herausgeschlagene Augen – all das mußte Antonio ertragen.

»Das Gas!«

Rodrigos Kommando bohrte sich in seine Seele.

»Macht ja langsam! Sonst gibt's ein paar auf die Fresse! Ich will meinen Spaß haben!«

Was nun folgte, überstieg jedes menschliche Vorstellungsvermögen. Die eng gepferchten Tiere hinter den Glasfenstern begannen zu hecheln und sich zu erbrechen. Gleichzeitig drängten sie zur Tür. Ihre Augen quollen hervor. Verzweifelt kratzten sie an den Scheiben, schlugen und traten um sich. Die Zeit dehnte sich bis zur Endlosigkeit. Hunde und Katzen rannten in den Kammern hin und her, blieben mit zerschmetterten Köpfen in den Ecken liegen. Die Kräftigsten mußten am längsten leiden.

Antonio sah in das Gesicht der kleinen Mischlingshündin, die hinter der Scheibe ein qualvolles Ende nahm. Immer schwächer werdend, hob sie bittend ihr Pfötchen. In ihren Augen las er Schmerz, Verzweiflung und grenzenlose Traurigkeit. Endlich fiel ihr weißes Köpfchen mit der schwarzen Nase zur Seite. Die Pfote rutschte an der beschlagenen Scheibe herunter. Keine Schreie mehr, kein Leid, nur Stille! Die Tiere hatten es ausgestanden!

Antonio wandte sich ab, lief hinter das Katzenhaus. Er weinte wie noch nie in seinem Leben. Isabella hatte recht gehabt. Er hätte hier nicht herkommen dürfen. Er würde diesen Anblick nie vergessen. Raus hier, nur raus! Zu spät! Das klatschende Geräusch auf dem Steinfußboden kam unvermittelt, riß ihn aus seinem Schmerz.

»Ha, du Tierschützer! So geht es hier zu! Da, schau hin!«

Rodrigo hielt in der einen Hand eine Holzkiste, in der anderen ein vier Wochen altes Katzenbaby. Er holte kurz aus, zerschmetterte es auf dem Steinfußboden. Bevor er das nächste Kätzchen greifen konnte, war ihm Antonio schon an der Kehle, stieß ihn zu Boden und rammte ihm seinen Ellenbogen ins Gesicht. Das häßliche Geräusch der zersplitternden Nase wurde vom gurgelnden Schrei des Mannes übertönt.

»Das hast du mallorquinisches Schwein nicht umsonst getan!«

Torkelnd kam Rodrigo wieder auf die Beine, wollte Antonio greifen. Doch der trat ihm mit voller Kraft in den Unterleib. Erneut ging der Tierpeiniger zu Boden. Antonio nutzte die Zeit, griff die Kiste mit den Babys, stürzte zu einem winzigen Loch in der Mauer, stopfte die Kätzchen hindurch. Das letzte Tier war eben auf der anderen Seite und in Freiheit, da packten ihn vier Hände von hinten, rissen ihn herum.

Rodrigo, über und über mit Blut besudelt, stierte ihn haßerfüllt an. Zwei Männer hielten Antonio fest, drückten ihn gegen die Mauer. Die anderen standen im Halbkreis, feuerten ihren Chef an: »Los, mach ihn fertig, diesen Schnüffler!«

Stöhnend holte er aus, rammte dem Wehrlosen seine Fäuste in den Magen, ins Gesicht, trat ihm in den Unterleib. Antonio wurde schwarz vor Augen. Immer wieder schlug und trat der Irre zu. Der Freund der Tiere nahm kaum noch wahr, als ihm Rodrigo mit einer Eisenstange den Brustkorb zerschmetterte und die Beine zertrümmerte. Tiefer und tiefer wurde er in ein Loch gerissen, in dem er nichts mehr spürte.

»In die letzte Kammer!«

Rodrigo gab den grausigsten Befehl seines Lebens. Die Männer schleiften Antonio zur Gaskammer, warfen ihn hinein, knallten die Tür zu. Der Chef der Perrera drehte den Gashahn auf, hockte sich vor die Glasscheibe. Die Fratze des Wahnsinns starrte Antonio an.

Doch der nahm nicht mehr wahr, was um ihn herum geschah. Einer der Schläge hatte ihm die Hauptschlagader zerfetzt. Langsam, schmerzlos, glitt er hinüber in eine Welt, in der er endlich Frieden fand. Noch einmal sah er die Gesichter all jener, die er liebte – Felippe, Axel, Isabella, Fernando, Diego. Und während er auf eine lange, ewige Reise ging, flüsterten seine Lippen nur zwei Worte: »Moreno, *Avalon*!«

*

Isabella hatte den ganzen Tag über eine tiefe innere Unruhe verspürt. Nervös blickte sie auf die Uhr in der Küche. Am späten Nachmittag wollte Antonio die Perrera verlassen haben und bei Felippe sein. Es war schon gegen siebzehn Uhr, und noch immer hatte sich ihr Mann nicht gemeldet. Sie versuchte, die Sorgen zu verdrängen. Er war ein vorsichtiger Mensch, ging kein Risiko ein. Und er hatte eine große Aufgabe vor sich. Außerdem gab es eine Familie, für die er dasein mußte. Nein, sie hatte keinen Grund, sich Gedanken zu machen. Alles würde gut werden. Da war sie sicher.

Doch die Angst blieb! Warum meldete er sich nicht? Wieso rief Antonio nicht an, wie versprochen? Vielleicht saß er mit Felippe beim Wein und berichtete von seinen Erlebnissen in der Vergasungsanstalt.

Die Zeiger der Uhr rückten weiter, unaufhaltsam. Die Zeit verging, dehnte sich wie ein Gummiband: achtzehn Uhr, neunzehn Uhr, zwanzig Uhr! Nichts geschah! Kein Lebenszeichen! Sie rief bei Alesandros und Manuel an. Doch keiner der beiden hatte etwas von Antonio gehört.

Es war kurz vor Mitternacht, Isabella hatte die Kinder längst zu Bett gebracht, als draußen vor dem Gartentor ein Auto hielt. Sie legte das Buch beiseite, mit dem sie sich abzulenken versucht hatte, rannte hinaus: War das Antonio? War er direkt nach Hause geflogen, um schnell bei ihr zu sein? Nein! Die Geräusche stammten nicht von seinem Wagen!

»Antonio, Liebster, bist du es?«

Alesandros kam den Weg hinaufgelaufen. Die Augen waren gerötet, sein Gesicht todernst. Alles Blut schien aus ihm gewichen zu sein, so blaß wirkte er im Licht der Gartenleuchten. Schweigend, erschüttert stand er vor ihr, sagte kein Wort. Nur das Rauschen des Windes war zu hören.

Isabellas Mundwinkel zuckten, ihre Hände suchten nach Halt. Alles um sie herum begann sich zu drehen. Wild hämmerte das Herz in der Brust. Alesandros mußte sich abwenden. Er konnte ihr nicht in die Augen schauen. Isabella sah ihn fassungslos an, spürte, wie die Seele zerriß.

»Nein!«

»Neeiinn!«

»Antonio, Antonio!«

Kraftlos sank sie zu Boden, schlug die Hände vors Gesicht. »Antonio, warum? Warum du? Mein Gott, warum er?«

Alesandros lief auf sie zu, kniete sich neben sie.

»Laß mich, laß mich in Ruhe! Ihr seid alle schuld! Wieso habt ihr ihn nicht davon abgehalten. O Gott im Himmel, ich hasse dich! Weshalb hast du mir das Liebste genommen? Was hat er denn getan, daß du ihn sterben ließest?«

Der Freund legte seine Arme um die Frau, versuchte sie zu trösten. Er wußte, daß es zwecklos war.

Isabella schrie ihren Schmerz in die Nacht hinaus: »Mußtest du alles nehmen? Gab er nicht genug? Seine Liebe zu den Tieren, zur Natur. Brauchtest du sein Leben als Opfer?«

Und leise, ganz leise schluchzte sie, während die Welt um sie in Leid und Finsternis versank: »Bist du nun zufrieden? War es das, was er noch geben mußte, für seinen Traum?«

In dieser Nacht starb etwas in ihr, was nie mehr zurückkehren sollte. So sehr hatte sie ihn geliebt, seinen Kampf, seine Güte und seine Träume von einer besseren Welt. Noch spürte sie nicht die Leere, die bald von ihr Besitz ergreifen sollte. Zu groß waren Verzweiflung und Schmerz.

Ausgebrannt erhob sich Isabella, ging zurück zum Haus. Sie ließ Alesandros einfach stehen. Der Freund setzte sich auf der Terrasse in einen Korbsessel, zündete eine Zigarette an. Er wollte hier bleiben in dieser Nacht.

Bis zum Morgengrauen hielt er Wache, für den Freund, für sie.

Das Licht des neuen Tages vertrieb die Dunkelheit, als Isabella aus der Tür trat. Ihre Augen blickten in die Ferne, suchten Antworten auf quälende Fragen. Dann wandte sie sich um, begann zu sprechen: »Ich muß bleiben auf dieser Welt wegen der Kinder! Sie brauchen mich! Und ich möchte, daß wir seine Arbeit fortführen! Er hätte es so gewollt! Bitte helft mir dabei! Sein Werk darf nicht zerstört werden!«

Oft ging Isabella in den folgenden Tagen mit den Kindern spazieren. Sie besuchte die Orte, an denen sie mit ihm glücklich war – die Berge, die kleinen Buchten, das Kloster von Bon Ani.

Die Polizei stellte in den nächsten Wochen Ermittlungen an, befragte Freunde und Angehörige. Dabei kam heraus, daß Antonio unter falschem Namen nach Mallorca zurückgekehrt war. Der Polizeichef besuchte Isabella und versprach ihr, daß sie nicht mit Schwierigkeiten zu rechnen habe. Felippe, mit dem er verwandt war, hatte ihn darum gebeten.

Die Männer, die Antonio umgebracht hatten, wurden zu hohen Freiheitsstrafen verurteilt. Alle Mittäter mußten für zwölf Jahre ins Gefängnis wegen gemeinschaftlichen Mordes. Rodrigo bekam einundzwanzig Jahre Haft. Er sollte das Gefängnis nie wieder verlassen. Drei Jahre nach seiner Verurteilung erhängte er sich in seiner Zelle.

Zeitungen, Rundfunk und Fernsehen berichteten groß über den Fall. Der spanische König setzte sich für ein Gesetz ein, das erstmalig seit Jahrhunderten den Tierschutz garantierte. Die Perrera wurde geschlossen. Die Tierheime Malagas bekamen den Auftrag, nur noch kranke Hunde und Katzen einzuschläfern. Die anderen Tiere wurden vermittelt oder bekamen ihr Gnadenbrot in artgerechten Heimen.

Felippe übernahm persönlich die Organisation auf dem Festland, rettete Tausenden von Hunden und Katzen das Leben, sorgte überall dafür, daß sie kastriert wurden.

Antonio war nicht umsonst gestorben. Als er auf einem kleinen Friedhof in den Bergen beigesetzt wurde, gaben ihm fast dreitausend Menschen das Geleit. So sehr hatten sie ihn geliebt. Noch während in der Kirche des Ortes die Glocken läuteten, trat Felippe an das offene Grab, hielt in seinen Händen einen Stein. Aus Lautsprechern erklang »Keiner schlafe« von Puccini. Bewegt sagte er dem Freund adieu: »Ich traf einmal einen Menschen, der war ausgezogen, um für das Gute in der Welt zu kämpfen und zu leben. Er gab nie auf, ging konsequent seinen Weg. In Zeiten höchster Not hielt er an seinen Träumen und Idealen fest. Wir haben dich alle verlacht. Wir verschlossen vor dir die

Augen – und vor uns. Unbeirrt führtest du uns zum Licht. Du liebtest die Tiere mehr als die Menschen. Du warst für sie Freund, Streiter und Anwalt. Noch im Sterben schenktest du ihnen Leben und mußtest dafür bezahlen. Antonio, du bist von uns gerissen worden durch gemeine Mörderhand. Aber du bist nicht von uns gegangen. Deine Träume und Ideale bleiben in unseren Herzen. Uns, die wir dich nicht verstanden oder verstehen wollten, hast du sie zum Geschenk gemacht. Was für die Ewigkeit geboren wurde, kann nicht vergehen – die Liebe unter allen Geschöpfen. Dafür werden wir in deinem Namen eintreten.«

Viele Frauen, die gekommen waren, um Antonio »Lebe wohl« zu sagen, weinten. Sie verstanden ihn und seine Träume oft besser als die Männer.

Und während der Sarg hinabgelassen wurde, legte Felippe den Stein ins offene Grab: »Dieses sollte der erste Stein für dein *Avalon* sein, mein Freund. Ich gebe ihn dir mit auf den Weg, den du nun gehst. Wir werden dein Haus bauen, weil du es so wolltest – für die Tiere.«

Als am Abend wieder Stille auf dem Friedhof und davor eingekehrt war, sah man einen jungen Mann allein auf das mit Kränzen geschmückte Grab zugehen. Er hatte keine Blumen dabei, trug winterliche Kleidung. Schweigend stand er an der Stelle, wo man seinen Freund beigesetzt hatte.

Im Ort waren überall die Lichter angegangen. Rosafarbene Wolken schimmerten am blauvioletten Himmel. Eine Insel im Mittelmeer begab sich zur Ruhe.

Der Mann hielt ein Päckchen in den Händen. Vorsichtig entfernte er das Papier. Ein schwarzer Rahmen mit einem Foto kam zum Vorschein. Es zeigte ihn mit einem schwarzen Kater im Arm. Darunter stand: In Liebe – von deinen Freunden Axel und Moreno.

Der Mann kniete nieder, stellte das Bild zwischen die Blumen. Lange verweilte er so vor dem Grab Antonios. Die Gedanken wanderten zurück. In seinen Erinnerungen sah er, wie sie sich zum ersten Mal trafen. Er dachte an die Flucht aus dem Gefängnis und die Nacht in der Höhle. Traumbilder von Senegal und dem verrückten Flug dorthin nahmen Gestalt an.

Warum hatten sie nur so wenig Zeit miteinander gehabt? Wieso durften sie nicht ein Leben lang Freunde bleiben? Sie hätten sich noch soviel zu sagen gehabt. Axel setzte sich auf eine Bank in der Nähe des Grabes. Er konnte nicht verstehen, daß sein Freund nie wieder mit ihm reden, mit ihm lachen würde. Was für Träume er doch hatte. Was für ein großartiger Mensch er war.

Der Schmerz des Abschieds – er bleibt niemandem erspart. Wann immer ein geliebtes Wesen von uns geht, verspüren wir Einsamkeit und Hilflosigkeit. Wir fragen, warum mußte es so sein? Würden wir nicht alles geben, um die schönen gemeinsamen Stunden zurückholen zu können? Wir sind verzweifelt und mutlos, wollen festhalten, was nicht festzuhalten ist.

Es ist schwer, unsagbar schwer, ohne das zu leben, was man liebte. Die Leere, die uns gefangenhält, quält uns Tag und Nacht. Doch sie birgt auch eine Chance – sich zu fangen, aufzustehen und zu erkennen. Zu sehen, daß die gemeinsame Zeit ein Geschenk war, für das man dankbar sein mußte.

Antonio hatte uns ein Vermächtnis mit auf den Weg gegeben, einen Stern, dem wir folgen sollten. Der Reichtum seines Herzens und seiner Güte, die Tierliebe und die Träume von einer Welt, in der Mensch und Natur wieder in Einklang lebten, blieben für alle Zeit. Er hatte die Saat ausgebracht. Und wir sollten das Feld bestellen und sein Werk fortsetzen, um es in ferner Zukunft zu vollenden.

Weit nach Mitternacht verließ Axel den Friedhof, auf dem der Freund nun ruhte. Immer kleiner wurde das Licht am alten Eingangstor. Nein, Antonio war nicht gestorben! Er lebte in vielen Herzen auf der ganzen Welt weiter. Und kein Mensch konnte es mehr verhindern!

Als Axel von Berg in die Redaktion zurückkehrte, ging seine Sekretärin mit den niedlichen Kulleraugen auf Tauchstation: »Du sollst sofort zum Chef kommen. Es sieht nicht gut aus. Geh mal schnell rein! Ich glaube, er ist stinksauer.«

Damit hatte er gerechnet.

Es war wie ein Orkan aus heiterem Himmel. Der Chef hielt sich nicht lange bei der Vorrede auf. »Sie gottverdammtes Arschloch! Sie haben die Redaktion drei Tage im Stich gelassen.«

»Stimmt!«

»Sie sind das letzte, was mir je begegnet ist. Und Sie halten sich für einen guten Journalisten? Wenn wir so Zeitung machen, können wir gleich einpacken!«

»Stimmt!«

»Der ganze Osten explodiert. Die Leute latschen zu uns in den Westen und kaufen alles leer, und der Herr fliegt mal eben für drei Tage nach Mallorca!«

»Ja, stimmt auch!«

Das Maß war voll! Der Chefredakteur, der soeben noch auf seiner durchgesessenen Couch hin und her gerutscht war, schoß mit hochrotem Kopf aus dem Polster. Tabakkrümel und Reste der Käsestulle klebten an seinen Lippen. Das Hemd hing wie immer hinten aus der Hose, seine Haare standen zu Berge. Donnernd knallte er die Tür zum Chefsekretariat zu und beruhigte sich wieder: »Mensch, Axel! Was ist mit dir los? Mach nicht so einen Mist! Deine Katzenmacke nervt uns schon genug! Du kannst nicht einfach abhauen, ohne jemandem Bescheid zu sagen!«

Wie oft in solchen Situationen war er ohne Vorwarnung zum »Du« übergegangen. Jeder wußte, daß sich in diesem Moment sein Adrenalinspiegel normalisierte.

Axel von Berg nutzte die Atempause: »Sie haben natürlich recht! Aber ein Freund von mir wurde umgebracht, und ich flog sofort zur Beerdigung.«

Der Chefredakteur, der mit Vornamen Josef hieß, aber

von seinen Kollegen bisweilen Josefine genannt wurde, hob die Augenbrauen: »Umgebracht? Hast du Fotos? Ist es 'ne Story? Wir haben noch keine Schlagzeile!«

Der Reporter winkte ab: »Nein, ich schreibe nicht darüber! Er war mein Freund!«

Ein Einwand, der nicht zählte: »Dann kann es trotzdem eine Geschichte sein. Haben wir sie allein? Vielleicht können wir ja mehrere Tage davon leben.«

Axel wollte entrüstet das Büro verlassen, als der Chef seine gewaltigen Arme um seine Schultern legte und ihn an sich zog: »Vergiß unsere fröhliche Begrüßung! Der Lokalteil ist in Not. Ich mußte mich vom Lokalchef trennen. Ab sofort schmeißt du den Laden! Alles klar?«

Der eben ernannte Ressortleiter war sprachlos: »Ich bin doch noch viel zu jung!«

Mit der Antwort hätte er rechnen müssen: »Wart ab, wie schnell du auf dem Schleudersitz alt wirst! Es geht ruckzuck! So, und nun raus! Was machen wir noch mal als Schlagzeile morgen?«

Dies war der Druck, der Axel in den folgenden Jahren begleiten sollte. Er klebte an ihm, kroch in seine Seele, sein Hirn. Axel dachte Zeitung, war Zeitung, lebte Zeitung und machte sie obendrein auch noch, bis zu vierzehn Stunden am Tag.

Ununterbrochen quälten ihn Geschichten, Schlagzeilen, Umfänge und die »Saure-Gurken-Zeit«. Er hatte Zettel in allen Zimmern seiner Wohnung, ja, sogar auf dem Klo. Überall und ständig hörte er Radio oder sah fern. Zeitung war das Maß seines Lebens – und die Fehler der Reporter, für die er laufend Prügel bezog.

Wenn er die Konkurrenzblätter las und eine verpennte Geschichte entdeckte, grübelte er den ganzen Morgen nach, suchte eine überzeugende und noch frische Ausrede. Der ständige Druck begleitete ihn bis in den Schlaf, vor allem im Urlaub träumte er unentwegt von verpatzten Storys. Selbst wenn er nachts eine Frau im Arm hielt, flatterten seine Gedanken aus dem Fenster geradewegs in die Redaktion. Aber diese Erfahrungen lagen noch vor ihm. Er war mit Leib und Seele Journalist, wollte endlich zeigen, daß er es drauf hatte. Aber Lokalchef?

Die Sekretärin sah ihn mit ihren großen Augen an, als er noch völlig benommen aus dem Chefbüro nach hinten kam: »Na, war's sehr schlimm?«

Axel nickte nur vielsagend: »Ja, ich bin ab heute Lokalchef!«

Der neue Job machte ihm anfangs viel Freude. Seine grenzenlose Phantasie brachte ihn auf die ungewöhnlichsten Ideen. Er war süchtig nach Arbeit, brauchte die Zeitung wie andere Heroin. Der Job war für ihn wie die tägliche Überdosis. Und wie bei jedem Abhängigen wuchs die Dröhnung von Tag zu Tag.

Das heißt – eine kleine Ausnahme gab es in seinem verrückten Leben als Lokalchef: seine renovierungsbedürftige Küche. Wo immer er einen Fleck an der Wand entdeckte, klebte er ein Katzenbild oder ein Foto von Mallorca drüber. Bald sah die Küche, die man nur wegen des Herdes so nennen konnte, wie ein bunter Teppich aus. Viele Frauen seines Herzen schlugen deswegen die Hände über dem Kopf zusammen, baten um Renovierung. Aber: Axel fühlte sich darin wohl. Ja, er liebte die Küche. Sie war für ihn ein fliegender Teppich, auf dem er in das Land der Träume flüchtete. Und nach Mallorca, wohin ihn seine Erinnerungen an die Freunde stets zurückbegleiteten.

Antonio und Moreno! Das war die Welt, die in ihm die sonderbarsten Schwingungen erzeugte. Was mochte wohl aus seinem schwarzen Zausel geworden sein? Lebte er noch bei Isabella, hatte er den Tod des geliebten Herrchens überhaupt verwunden?

*

Moreno wußte, daß er Antonio nicht wiedersehen würde. Der Abschied auf dem Flughafen, sagte ihm sein Instinkt, war ein Adieu für immer. Wer Katzen kennt, weiß um ihr stilles Leid, wenn ein Freund von ihnen geht. Sie ziehen sich zurück, nehmen nicht mehr am Leben teil, verkümmern. Es gibt Geschichten, nach denen Katzen wenige Monate nach ihren Besitzern starben, einfach so, ohne Krankheit. Sie können den Schmerz nicht ertragen.

Tagelang lag Moreno traurig im Garten, fraß kaum, verspürte keine Lust, mit Sissi, Ludi und den anderen Katzen zu spielen. Isabella streichelte ihn liebevoll, kraulte sein Fell. Tapfer ertrug sie den Verlust ihres Geliebten. Sie verließ das Haus nur selten, kümmerte sich aufopfernd um die Kinder. Sie mußte ihnen nun Vater und Mutter zugleich sein.

Zwei Wochen waren vergangen, da machte sich Moreno auf den Weg. Er erklomm die alte Festung von Capdepera, wo ihm Axel begegnet war, unternahm Streifzüge in die Berge und zum Leuchtturm von Cala Ratjada. Stundenlang saß er dort auf den Felsen, sah hinaus aufs Meer. Vereinzelt glitten Segelboote über die Wellen. Er beobachtete die Möwen, die Fischerboote begleiteten. Mehr und mehr zerriß das Band zu den Menschen. Wie Irmchen, sein Vater, verspürte er die Sehnsucht nach Freiheit. Etwas rief ihn, erst leise, dann lauter.

Eines Abends verschwand er. Für immer. Er besuchte die Katzen an der Promenade, am Hafen. Noch einmal kletterte er die Stufen zum Hotel hinauf, in dem Spatzimama lebte. Zärtlich putzte er ihr das Fell. Dann rannte er zum Haus von Isabella, in dem er mit die glücklichste Zeit seines Lebens verbracht hatte.

Es war schon dunkel, als er von der Mauerkrone aus in den Garten blickte. Dort saß sie, auf der Terrasse. Diego und Fernando schliefen in ihren Armen. Die Katzen lagen zu ihren Füßen. Still beobachtete er die Freunde. Dies war seine Welt, der er nun lebe wohl sagen mußte. Er fühlte, daß es der Moment des Abschieds war. Traurig sprang der Sohn Irmchens von der Mauer, lief den Weg hinauf.

In derselben Nacht schlich sich ein schwarzer Kater in eine verlassene Höhle am Meer. Von weitem hörte er das Rauschen der Brandung. Es roch nach längst verglühtem Holz und fauligem Wasser. Und in der Dunkelheit vernahm er Stimmen aus vergangenen Tagen: Na, hallo, was ist denn hier los? Da haben wir ja einen blinden Passagier an Bord!

Es war Antonio, der über Raum und Zeit zu ihm sprach. Wie lange lag das alles schon zurück. Hier hatten sie sich zum ersten Mal getroffen, hatte die Liebe zueinander begonnen.

Moreno legte sich in eine Nische, vergrub seinen Kopf unter den Pfoten, schlief ein. Von unsichtbarer Hand wurde er zu einem Tor geführt. Dahinter begann das Land der Träume. Und der Gefährte sagte zu ihm: »Mein kleiner Freund, finde Frieden! Du bist nicht allein! Sei nicht traurig! Die Welt ist schön, und viele Menschen lieben die Tiere. Ihnen kannst du folgen.«

Die Stimme Antonios wurde schwächer, verstummte. Neben ihm trat plötzlich jene Wildkatze aus der Dunkelheit, die Moreno schon einmal im Traum erschienen war. Ihre Augen flackerten nicht wild wie einst. Ihre Haltung war nicht stolz. Einer Mutter gleich kam sie nah an Moreno heran, kuschelte sich an ihn. Sanft berührte ihr Pfötchen sein Fell: »Moreno, deine Zeit ist noch nicht gekommen! Steh auf und geh hinaus! Finde dein Schicksal! Sei nicht mutlos! Du besitzt die Stärke deines Vaters. Deine Brüder und Schwestern warten auf dich. Sie brauchen jemanden, der sie führt.«

Das Licht des Verstehens schimmerte in der Höhle.

Und die Katze fuhr fort: »Dein Leben ist nicht für den Augenblick bestimmt. Es besteht nicht nur aus Fressen und Kämpfen. Mache dich auf die Suche nach der Vollkommenheit. Sie ist das, was wir anstreben.«

Die Katze löste sich von Moreno, entfernte sich wenige Meter. Ihr Körper begann zu flimmern, strahlte, wurde durchsichtig.

Von Ferne hörte er sie ein letztes Mal. »Du bist frei ... frei ... frei ...!«

Als er am folgenden Morgen erwachte, schickte die Sonne ihre ersten Strahlen in die Höhle. Majestätisch trat er hinaus, schaute auf die Klippen hinab. Die Wolken am Himmel zogen über das Meer. Er drehte sich um, sah den Eingang der Höhle. Die Seelen Antonios und der alten Katze, das wußte er, begleiteten ihn von nun an auf all seinen Wegen.

Moreno streckte sich, schärfte die Krallen an einem Baum – und lief los. Tage, Wochen war er unterwegs. Er schlief in Ställen, halbverfallenen Fincas. Seine Wanderungen führten ihn über die ganze Insel. Er jagte Mäuse in Arta, spielte mit anderen Katzen in Sineu. Den Frühling erlebte er im häßlichen Ca'n Picafort. Die Fischer von Port de Pollenca verwöhnten ihn mit frischem Fisch. Moreno wurde stärker und schneller. Übermütig erstürmte er die Berghänge.

Den Sommer verbrachte er in Valldemosa. Viele Touristen besuchten jedes Jahr das alte Kloster, in dem Chopin einst lebte. Urlauber – das bedeutete auch einen gutgedeckten Tisch. Die Katzendamen des Ortes hatten es ihm besonders angetan. Wo immer er sich auch rumtrieb, kam er jedesmal hierher zurück, um Hochzeit zu feiern. Zwei Jahre vergingen.

Moreno wurde zum Katzenkönig der Insel. Die Menschen erkannten ihn sofort an seinem weißen Fleck auf der Brust und am Medaillon, das er um den Hals trug. Allein, er gab ihnen Rätsel auf. Die einen wollten ihn in den Gassen von Palma, die anderen gleichzeitig in Soller gesehen haben.

Eines Tages begegnete er einem schwarzen Katzenmädchen, das einem jungen Bauern in der Nähe von Valldemosa gehörte. Stundenlang spielten sie auf den Wiesen, lieferten sich wilde Raufereien, schliefen nachts schnurrend in der Scheune hinter der Finca. Sie waren unzertrennlich. Moreno nahm sie mit auf seinen Streifzügen, verteidigte sie gegen aufdringliche Rivalen.

Toxie, so hieß die Katze, war kein Jahr alt, als sie unter einem Ginsterbusch fünf schwarze Babys zur Welt brachte. Moreno war Vater! Liebevoll, rührend kümmerte er sich um die tapsigen Flauschebabys. Die vier Jungen hatten ein schwarzes Fell und unterschiedlich weiße Pfötchen, das einzige Mädchen einen weißen Fleck auf der Brust, wie der Papa.

Pausenlos war er um sie herum, putzte ihnen die Ohren oder trug sie an die Zitzen der Mutter, wenn Essenszeit war. Und es war ständig Essenszeit. Nach wenigen Wochen verließen sie das Nest, erkundeten neugierig die nähere Umgebung. Ständig fielen sie auf die Nasen, kullerten den Hügel hinunter. Sie miauten herzergreifend, wenn Mama oder Papa nicht sofort zur Stelle waren, um sie vor der großen, fremden Welt zu beschützen.

Alles war geheimnisvoll: Die surrenden Fliegen, die bunten Schmetterlinge und schon gar die gewaltigen Kaninchen, die überall umherhoppelten.

Eines Abends kam die Mama nicht mehr nach Hause zum Ginsterbusch. Moreno, der zwischen seinen Kindern schlummerte, wachte auf, schnupperte das süßliche Aroma der duftenden Wiese. Von Toxie weit und breit keine Spur. Aufgeregt lief er die Wiese hinab bis zum Bach, kletterte auf Felsen, suchte nach ihr. Nichts!

Die Kinder, die seit über einer Stunde keine Milch mehr bekommen hatten, begannen zu piepsen und im Nest herumzukrabbeln. Unruhig rannte Moreno zum Bauernhof, wurde sofort mit einem Hagel von Steinen empfangen. Flüchtend hörte er noch, wie jemand brüllte: »Hau bloß ab, du häßlicher Kater!«

Toxie kehrte nie mehr zurück. Der Bauer, nicht ahnend,

daß sie Junge großziehen mußte, hatte sie seiner Schwester geschenkt, die auf Menorca lebte. Während Moreno ratlos vor seinen Kindern stand, hockte Toxie ängstlich in einer Pappkiste, war auf dem Wege nach Palma. Von dort ging es mit der Fähre noch am selben Abend hinüber zur Nachbarinsel.

Guter Rat war teuer. Moreno war in den folgenden Tagen rund um die Uhr damit beschäftigt, kleine Tiere zu fangen und die Kinder damit zu füttern. Die Natur half ihm dabei. Nach anfänglichem Zögern futterten die hungrigen Mäuler das vorgekaute Fleisch.

Bald tanzten ihm die Katzenkinder auf der Nase herum, zerzausten sein Fell, bissen ihm übermütig in Ohren und Nase. Er hatte es geschafft. Die Kleinen sollten überleben, auch ohne Mama.

Ihr Appetit wuchs ins Unermeßliche. Immer weiter mußte sich Papa Moreno vom Lager fort wagen, um geeignete Beutetiere zu finden.

Die Frühlingssonne stand hoch über der Wiese, Moreno lag wenige Meter von seinen Babys entfernt unter dem Ginsterbusch, als er plötzlich den Geruch anderer Katzen witterte. Sofort war er hellwach. Drohte Gefahr?

Vorsichtig erhob sich der Kater, schlich zum Nest, als er ihm unvermittelt gegenüberstand. Er war fast genauso groß und stark, hatte ein schwarzes Fell und einen weißen Fleck auf der Brust. Und er trug dieselbe abgeschabte Messingkapsel.

Ihre Blicke trafen sich. Stumm sahen sie sich an. Weder Feindschaft noch Rivalität empfanden sie. Immer näher kamen sie sich mit ihren Köpfen. Wie in Zeitlupe berührten sich die Nasen.

Moreno hatte Irmchen, seinen Vater, wiedergefunden.

*

Gemeinsam verbrachten Vater und Sohn die folgende Nacht. Eng aneinandergekuschelt lagen sie unter dem Ginsterbusch. Ihre Körper bildeten einen Kreis. In der Mitte schliefen die Katzenkinder. Was für ein ungewöhnliches Leben hatten sie nur geführt. Das Schicksal hatte sie durch die Welt gewirbelt und die größten Abenteuer bestehen lassen. Eine Fügung wollte es, daß sie sich hier, in den Bergen der Westküste, begegneten.

Irmchen war nun ein weiser alter Kater. Viele Narben zeichneten seinen Körper. Allein, die Kraft war nicht aus ihm gewichen. Noch immer war er stark, trotz seiner achtzehn Lebensjahre. Die Gewalt seiner Muskeln war gepaart mit Klugheit und Erfahrung. Moreno stand ihm in nichts nach. Er war sieben Jahre jünger als sein Vater, besaß noch mehr Ausdauer und Spannkraft. So übernahm er die Jagd nach Beute, sorgte für die siebenköpfige Familie.

Wie schon oft, hieß es eines Tages Abschied nehmen. Die Kinder waren fast erwachsen, wollten eigene Wege gehen. Immer öfter unternahmen sie Ausflüge, die länger und länger wurden. Ein Kater nach dem anderen kehrte nicht zurück. Im Hochsommer, nur das Katzenmädchen war noch übrig, verließen auch Moreno und Irmchen das Nest. Zu dritt stromerten sie durch die Täler der Sonneninsel, ärgerten die Ziegen und Kühe auf den Weiden. Nahe des kleinen Ortes Orient, in der Sierra de Alfabia, fand Morenos Tochter ihr erstes Zuhause. Plötzlich blieb sie am Wegesrand stehen. Moreno und Irmchen putzten ihr noch einmal das Fell, gaben Köpfchen. Alle drei fühlten so etwas wie Traurigkeit. Aber sie kannten das Gesetz der Natur. Jede Katze mußte für sich selbst zurechtkommen.

Mit einen Mal saß sie auf der Mauer eines großen Grundstücks, gab ein letztes Miau von sich. Sekunden später sprang die Katze in den Garten, lief auf zwei spielende Kinder zu. Moreno und Irmchen hörten nicht mehr, wie eines der Kinder dem Vater die süße Katze in den Arm drückte und ihm bittend ins Ohr flüsterte: »Darf ich sie behalten?«

Welcher Vater kann seiner Tochter so einen Wunsch abschlagen? Die Katze, die später auf den Namen Dolores getauft wurde, nahm ihr Domizil und die Herzen der Bewohner in Besitz. Am selben Abend bekam sie ihr Plätzchen in der Küche zugewiesen und schnurrte zufrieden im Bett ihrer kleinen Freundin.

Moreno und Irmchen jedoch zogen weiter. Die Berge und Küsten im Westen der Insel waren von Stund an ihr Revier. Sie durchstreiften die Wälder, kletterten auf schmalen Pfaden hinunter zum Meer, wo die Brandung über die Felsen schlug. Sie besuchten entlegene Orte, die noch nie zuvor ein Mensch entdeckt hatte. Nachts schliefen sie unter Mandelbäumen und in Olivenhainen. Den Mallorquinern aber gingen sie aus dem Weg. Bald kannte sie jeder nur als die beiden Schatten der Berge.

Ihre Freiheit war grenzenlos. Sie lebten in Harmonie mit den anderen Tieren, waren glücklich. Die Sonne, die Wolken, der blaue Himmel waren ihre Freunde, genauso wie der Mond und die Sterne des Nachts. Hätten nur ihre besten Freunde, Juan und Antonio, sie so sehen können. Sie waren die Menschen, denen sie ihre ganze Liebe geschenkt hatten. Doch Menschen waren es auch, die ihnen die Freunde genommen hatten, durch hinterhältigen, brutalen Mord.

Ein Jahr erfreuten sich Vater und Sohn am Geschenk der Freiheit, dann wendete sich wieder einmal das Schicksal. Irmchen und Moreno wohnten seit Wochen in den Wäldern im Nordwesten der Insel. Hier, wo die Berge am höchsten und bizarrsten sind, waren Stille und Harmonie am vollkommensten.

Im Tal, umgeben von saftigen Wiesen, lag das alte Kloster von Lluc. Die Ebene erstreckte sich über mehrere Kilometer. Von der Paßstraße aus, die von Pollenca nach Soller führte, erreichte man das aus Felssteinen errichtete Gemäuer. Der Legende nach sollte ein maurischer Junge hier einst eine schwarze Madonnenfigur gefunden haben, für die später eine Kapelle und ein Kloster errichtet wurden.

Oberhalb des Klosters, am Waldesrand, wohnte Pater Raimondo Bartholomé. Er hatte sein halbes Leben in Lluc verbracht, studierte jetzt im Alter die Sagen, Mythen und Märchen der Insel. Er trug sie zusammen, wollte eines Tages ein Buch darüber schreiben. Pater Bartholomé lebte mit einem kleinen blinden Mädchen in den Bergen, das ihm bettelnd in den Straßen Palmas begegnet war. Luisa hatte ihre Eltern bei einem Autounfall verloren und Jahre ihres Lebens in einem Waisenhaus verbracht. Ihr Onkel, der sie zu sich holte, setzte sie irgendwann vor die Tür. Bettelnd versuchte sie jeden Tag, etwas Geld fürs Essen zusammenzubekommen. Nachts schlief sie in den Parkanlagen der Hauptstadt.

Oft besuchte sie die große Kathedrale, betete zu Gott, daß er ihr helfen möge – bis sie eines Tages Pater Bartholomé traf und ihm in sein Haus folgte.

Vor einem halben Jahr etwa waren sie durch ein scharrendes Geräusch geweckt worden. Zwei alte, halbverhungerte Kater saßen vor der Tür, hofften auf eine Schale voll Futter. Raimondo besaß ein gutes Herz. So nahm er die Tiere bei sich auf und schenkte auch ihnen Wärme und Geborgenheit.

Hier oben, kaum zwei Kilometer vom Kloster entfernt, dösten Moreno und Irmchen vor sich hin. Es war heiß in diesen Tagen, deshalb hatten sich die Kater einen schattigen Platz im Wald gesucht. Sie ahnten nicht, daß das Unheil nur einen Steinwurf entfernt seinen Lauf nahm. Es kam in Gestalt eines Berliner Ehepaares, das sich auf einer Wiese am Waldesrand zum Picknick niedergelassen hatte.

Horst Feige, ein Kantinenbesitzer, hatte sich ein Leben lang erfolgreich gegen die Urlaubswünsche seiner Frau Sigrid zur Wehr gesetzt: »Nein, ich fliege nicht auf diese Putzfraueninsel! Ich bleibe lieber in meiner Kantine und mache aus zehn Schnitzeln zwanzig.«

Darin war er unübertroffener Meister. Er konnte die Gerichte bis zur Unkenntlichkeit strecken, und sie schmeckten danach noch immer gut. Aus purer Freude am Geldverdienen verarbeitete er alles, was kreucht und fleucht, zu dampfenden Mahlzeiten. Abends saß er mit seligem Gesichtsausdruck im Wohnzimmer und zählte die »Braunen« – einmal hoch und wieder hinunter. Dabei lebte er äußerst genügsam, leistete sich keinen Luxus. Das bekam auch seine Sigrid zu spüren, die sich gern mal ein Schmuckstück oder ein neues Kleid gekauft hätte. Sei's drum!

Irgendwie hatte sie ihn zur Mallorca-Reise überredet. Und da saß er nun auf einer Decke, schwitzend, müde und in den Gedanken bei seinen blubbernden Kochtöpfen. Sigrid schaute selbstzufrieden in die Runde, als hätte sie die Natur höchstpersönlich herbeigezaubert: »Ach, ist das herrlich hier! Keine stinkenden Rollmöpse und Bouletten!«

Die Antwort war kurz, knapp und eindeutig: »Halt's Maul, alte Plunsche!«

Sigrid kannte das, und es störte sie nicht im geringsten. Sie hatte eine Schlacht gewonnen. Nur das zählte.

Mißmutig knabberte Horst auf den labbrigen Brötchen herum, die er im Hotel beim Frühstück heimlich hatte mitgehen lassen. Eine selbstgemachte Schweinshaxe, schön triefend und fett, wäre ihm jetzt viel lieber gewesen. Nicht mal rauchen ließ sie ihn in Ruhe, die dämliche Gans.

Horst erhob sich, sah auf seine Frau hinab: »Ich geh mal pinkeln! Bin gleich zurück!«

Nichts davon stimmte. Ein paar Meter weiter angelte er eine heimliche Reservezigarette aus der Brieftasche, steckte sich das platte Etwas in den Mund und inhallierte voller Genuß das blaue Gift. Ha, das schmeckte!

Die Freude war kurz! Seine Plunsche war ihm leise gefolgt: »Du alter Trottel sollst doch nicht rauchen! Du bist schlimmer als dein Freund Fritz. Der pafft auch den ganzen Tag und hält sich für den Größten und Klügsten.«

Horst wagte nicht zu widersprechen. Wütend warf er die

Zigarette beiseite und folgte seiner Frau zurück auf die Decke.

Sigrid packte wenig später die Sachen zusammen und brachte sie zum Auto. Als das Traumpaar mit dem Wagen auf die Hauptstraße abbog, züngelten erste Flammen an Zweigen empor.

Irmchen witterte die Gefahr zuerst. In Sekunden hatte er die Müdigkeit vergessen. Nervös lief er auf und ab. Er kannte diesen eigenartigen, beißenden Geruch. Erinnerungen an den Urwald Südamerikas wurden wach. Auch Moreno fühlte Panik in sich aufsteigen.

Da brach das Inferno los! Aufkommender Wind entfachte das Feuer in Minuten zu einer lodernden Flammenwand. Alles brannte lichterloh. Büsche knisterten, ausgedörrte Bäume explodierten. Die Tiere, die am Waldesrand lebten, flüchteten hinab in die Ebene. Für die anderen gab es kein Entrinnen. Ein glühender Sturm fegte über Irmchen und Moreno hinweg, entzündete die Natur um sie herum. Unaufhaltsam schob sich die alles vernichtende Walze auf sie zu. Der Qualm fraß sich in ihre Lungen. Der Tod kroch selbst unterm Waldboden von Baum zu Baum. Hunderte von Tieren, vielleicht Tausende, wurden qualvoll ausgelöscht.

Luisa, die vor dem Haus saß, bemerkte als erste, daß etwas nicht stimmte: »Vater, es riecht so eigenartig! Ich empfange Schwingungen der Angst. Was ist nur los?«

Pater Bartholomé schaute hoch zum Wald, sah die Tiere, die vor dem Feuer davonliefen, und die Rauchwolken: »Mein Gott, es brennt! Der Wald steht in Flammen!«

Er zögerte keine Sekunde, alarmierte per Telefon die Feuerwehr, rannte anschließend den Hang hinauf. Auf seinem Arm hielt er eine nasse Decke. Er wußte nicht, wozu er sie überhaupt mitgenommen hatte. Aber möglicherweise gab es Menschen, die in Gefahr waren.

Der Pater kannte sich im Wald bestens aus. Keuchend

steuerte er direkt auf den kleinen Bach zu, der sich bis hinunter ins Tal schlängelte. Das warme Wasser, das ihm entgegenkam, raubte ihm fast den Halt. Die rundgewaschenen Steine waren glatt. Bloß nicht ausrutschen und den Fuß verstauchen! Dann kommst du hier nie wieder lebend raus, schoß es ihm durch den Kopf. Meter für Meter tastete er sich vor. Verbrannte Tiere trieben vorbei.

Er schaute überall gleichzeitig hin. Vor und hinter ihm platschten zischend brennende Äste ins Wasser. Verkohlte Büsche wurden vom Feuersturm vorbeigeweht. Funken und Ruß raubten die Sicht.

Der Pater war im Bett des brodelnden Baches schon tief in den sterbenden Wald eingedrungen, wollte entkräftet umkehren, als er sie sah. Nach Luft ringend, lagen sie zwischen zwei Felsbrocken im Wasser. Nur die Köpfe konnte er erkennen. Sie schützten ihre Körper, indem sie diese unter Wasser hielten. Die beiden Tiere schrien und fauchten vor Todesangst.

Bartholomé stolperte auf sie zu, zog sie aus dem Wasser und wickelte sie sofort in seine Decke: »Zurück, zurück, ehe der Fluchtweg abgeschnitten ist!«

Als er kurz darauf die Wiese vor seinem Haus erreichte, stand der ganze Wald in Flammen. Hustend und niesend kullerten die Tiere aus der angesengten Decke. Irmchen und Moreno waren wieder mal um Haaresbreite davongekommen.

Zwei Tage waren Feuerwehrleute von Mallorca, Menorca und Ibiza damit beschäftigt, das Feuer zu besiegen. Sogar Löschflugzeuge aus Festland-Spanien, Südfrankreich und Korsika waren im Einsatz. Der Schaden ging in die Millionen. Der Wald brauchte Jahre, um sich zu erholen. Die Tiere, die verbrannt und erstickt waren, fanden kaum Erwähnung.

Unten an der Küste schwitzten Horst und seine Frau in ihren Liegestühlen: »Also hier fahren wir nicht mehr her! Ist mir viel zu heiß! Da oben, in den Bergen, war es ganz nett. Aber da ist ja alles abgebrannt. Was sind das nur für Idioten, die einen Wald anzünden?«

In den folgenden Tagen fühlten sich Moreno und Irmchen noch sterbenselend. Die Augen hatten sich entzündet, Kehle und Lungen schmerzten. Ihr Fell sah aus wie eine Igeltolle. Stundenlang waren sie mit Putzen beschäftigt. Allein – es gab nicht mehr viel zu putzen. Der weiße Fleck auf der Brust sah aus, als wäre er mit faulen Eiern bombardiert worden. Nur langsam wurden sie wieder zu den stolzesten Katern der Insel.

Ein kurioser Zufall brachte sie schnell auf die Pfoten. Die beiden anderen Kater, die die letzten Tage mit längeren Ausflügen zum Kloster zugebracht hatten, standen eines Abends in der Tür, verlangten stürmisch nach ihrem Futter.

Irmchen reckte eben seine müden Glieder, als er plötzlich wie von der Tarantel gestochen hochfuhr und ein fröhliches Katzenkonzert anstimmte. Die alten Haudegen waren seine Freunde Valentino und Blödi, die bei Bartholomé ihr letztes Zuhause gefunden hatten. Der König der Küste und der große arme Blödi! In dieser Nacht schliefen sie allesamt bei Luisa im Bett.

Am nächsten Morgen hatte der gute Raimondo viele hungrige Mäuler zu stopfen. Luisa rutschte kichernd auf ihrem Stuhl hin und her, während die vier Kater um die Wette Schmusebuckel machten. Jeder wollte natürlich den größten Happen haben. Lachend warf ihnen der Hausherr zartes Hühnchenfleisch hin, kochte Reis, besorgte sogar in Pollenca Büchsenfutter. Bald waren die Narben verheilt, auch die in den Katerseelen. Stundenlang spielten sie vor dem Haus in der Sonne, jagten Fliegen, dösten bis spät in den Nachmittag. Luisa war glücklich. So viele liebe Freunde. Und alle ließen mit sich rumschmusen. Nachts im Bett gab es schon mal das eine oder andere Gerangel. Irmchen wollte sich dicht an Luisa kuscheln, Moreno spielte gern mit ihren Zehen. Valentino versteckte ein Stück

Fleisch unter dem Kopfkissen und versuchte nun vergeblich, es mit den Pfoten vorzuangeln. Dabei kam er jedesmal dem alten Blödi in die Quere, der gierig und mit verträumtem Blick an Luisas Ohr nuckelte. Er hatte als Baby nur selten die Zitze der Mutter bekommen und war ein Leben lang darauf versessen, Frauenohren zu vernaschen.

Irgendwann schliefen sie alle ein, bis auf Luisa. Für sie war kein Platz mehr im Bett, so breit machten sich die vier Herren. Also zog sie mit ihrer Decke hinüber auf die Couch, nicht ohne zuvor jedem einzelnen einen saftigen Kuß auf die feuchte Nase gegeben zu haben.

Die Tage wurden wieder kürzer. Nebel stiegen an den Hängen empor, lösten sich im Licht der Sonne von den Wipfeln der Bäume. Tautropfen glitzerten an den Blättern, und nur selten kamen noch die Touristenbusse. Immer öfter mußte Raimondo Feuer im Ofen machen. Die Sternbilder des Winters verdrängten die Sternbilder des Sommers.

Moreno machte häufiger Ausflüge allein. Sein Vater und die Freunde blieben meist in der warmen Stube. Sie waren müde geworden, die alten Kämpfer. Viel länger schliefen sie am Morgen, schon zeitig suchten sie sich abends wieder ein Plätzchen. Auch das Fressen fiel ihnen jetzt schwerer.

Liebevoll nahm Raimondo Luisa in den Arm: »Schau, mein Kind, unsere Freunde haben bald das Ende ihres Lebens erreicht. Ich bin glücklich, daß ich die letzten Tage hier auf Erden mit ihnen teilen darf. Sie nahmen mir viel von meiner Einsamkeit. So will ich bei ihnen bleiben, bis ihre Stunde heran ist. Ich weiß, daß sie sich wohl und geborgen fühlen. Es ist für uns alle wie ein Geschenk, für das wir dankbar sein müssen. Ja, denn wenn ich in ihre Augen sehe, lese ich auch bei ihnen Dankbarkeit. Wer weiß, welche Stürme sie erlebten, wie oft sie in Not und Bedrängnis waren. Hier nun haben sie ihren Frieden gefunden.«

In dieser Nacht erwachte einer der Kater aus seinem Schlaf. Da war sie wieder, die Stimme, die ihn rief, hinaus, in die Ferne. Er erhob sich von seinem Lager, lief durch den dunklen Raum. Raimondo und Luisa schliefen in ihren Betten. Kein Geräusch störte die Stille.

Moreno wußte, daß der Augenblick gekommen war. Er beobachtete die Menschen in ihren Betten, sagte lebe wohl. Dann ging er zu Valentino und Blödi, leckte ihnen noch einmal zärtlich die Ohren. Eine unsichtbare Hand führte ihn zum Schluß zu Irmchen, seinem Vater. Dort lag er. Das Medaillon schimmerte im Mondlicht, das durch das Fenster fiel. Er hatte seine Augen fest geschlossen. Grau war er um die Nase geworden. Traurig hob Moreno seine Pfote, berührte das Gesicht des Vaters, ganz sacht. Sekundenlang verharrte er so. Es war der Abschied, für immer.

Moreno sollte Irmchen nie wiedersehen. Allein verließ er das Haus, erreichte er den Berg oberhalb des Klosters. Die Kälte der Nacht kroch in sein Herz, als er sich auf den Weg machte.

*

Er hätte es ahnen müssen! Die letzten Jahre waren mörderisch gewesen. Die Last von siebzig Stunden Arbeit pro Woche. Hektik, Druck, dazu vierzig und mehr Zigaretten täglich und literweise schwarzer Kaffee.

Axel von Berg lockerte die Krawatte, fuhr sich mit den Händen über das Gesicht und durch die Haare. Seine Augen brannten. Müde legte er den Kopf an die Schulter seiner Sekretärin: »Ach, Gitti, was beneide ich manchmal die Menschen, die ein geregeltes Leben führen. Sie sind abends bei ihren Familien, essen gemeinsam Abendbrot, haben Freunde, genießen die Freizeit. Wieso ist mir nichts davon geblieben?«

Gitti, die er besonders schätzte und mochte, sah ihn an: »Ja, Axel, du zahlst einen hohen Preis. Aber hast du es nicht gewußt, als du den Job übernahmst? Komm, es ist gleich Mitternacht! Die anderen sind längst zu Hause.

Diktiere mir das Schreiben an die Rechtsabteilung und hau ab. Deine Katzen warten bestimmt schon.«

Die Katzen! Sie waren die einzigen, die ihm Ruhe schenkten. Es gab für ihn nur noch arbeiten und schlafen.

Erschöpft schaute er durch den Bürogroßraum seiner Zeitung: »Gut, schreib ... und dann nichts wie raus! In fünf Stunden darf ich wieder aufstehen.«

Wie gesagt, er hätte es spüren müssen. Trotzdem traf ihn der Schmerz völlig unerwartet und mit der Wucht eines Axthiebes. Axel von Berg zuckte zusammen, krümmte sich. Keuchend rang er nach Luft. Er hatte ein Gefühl, als ob ihm jemand die Gedärme herausschneidet.

»Gitti, mein Magen! Mist verfluchter! Tut das weh!«

Die Sekretärin lief sofort raus, holte ihm ein Glas lauwarmes Wasser: »Axel, du mußt zum Arzt! Sei nicht so engstirnig! Unternimm etwas! Meinst du, jemand weint dir hier eine Träne nach, wenn du nicht mehr kannst? Denk doch endlich an deine Gesundheit, und spiel nicht immer den Märtyrer!«

Sie hatte recht, und der Arzt ebenfalls, der ihn am nächsten Tag aus dem Verkehr zog: »Herr von Berg, Sie sind fertig, und zwar richtig. Sie haben drei Magengeschwüre, von denen gestern eins aufgeplatzt ist. Außerdem ist der Übergang vom Magen zum Darm durch immer wiederkehrende Geschwüre so verkrümmt, daß die Nahrung nicht mehr richtig hindurchgeht. Hinzu kommen noch zwei Darmgeschwüre und gefährliche Entzündungen im Verdauungstrakt. Wenn Sie mit dem Raubbau weitermachen, werden Sie nie so alt, wie Sie aussehen.«

Und er sah nicht sehr jung aus. Seit Monaten hatte er nicht mehr die Kraft zum Bodybuilding und zum Laufen. Er litt unter erheblichen Konzentrationsstörungen, hatte Gedächtnislücken. Kaum konnte er es noch vor den Kollegen verbergen. In zunehmendem Maße brachte er sich mit Pillen in Form, von denen es viele nur unter dem Ladentisch gab. Nun war Ende der Veranstaltung. Sein Körper sagte nein.

Axel kam ins Krankenhaus. Dort wurden seine alte Gesichtslähmung und die kaputte Wirbelsäule gleich mitbehandelt.

Der Chefarzt sagte es ihm deutlich ins Gesicht: »Wenn Sie so weitermachen, erreichen Sie noch nicht einmal das Rentenalter. Hören Sie auf, sich antreiben zu lassen. Und treiben Sie sich nicht noch selbst an. Nur Sie zahlen den Preis.«

Das saß! Axel wurde lange krank geschrieben. Viel langsamer, als er erwartet hatte, kam er wieder zu Kräften. Er stellte aber auch fest, daß er Freunde besaß. Sie riefen bei ihm an, luden ihn zu Spaziergängen ein, redeten ihm ins Gewissen.

Sechs Wochen nach seinem Zusammenbruch klingelte bei ihm das Telefon: »He, Axel, altes Haus! Was habe ich von dir gehört? Mensch, Junge, wie konntest du es soweit kommen lassen?«

Es war Frank Schmeichel, sein Freund, der ihm in dieser Nacht die Leviten las. Er war Direktor bei einem großen US-Unternehmen, moderierte jeden Mittwochabend eine Unterhaltungssendung in Berlins erfolgreichstem Privatradio HUNDERT,6.

Sie redeten lange in dieser Nacht. Frank, der es ehrlich mit ihm meinte, hatte recht. Er mußte raus und mit jemandem über alles sprechen, auch über die Zukunft.

Der Vorschlag kam von Frank: »Los, ich nehme mir drei Tage frei, und wir fliegen nach Bayern. Ich wollte mir schon immer mal Schloß Neuschwanstein ansehen. Die Luftveränderung wird dir guttun. Keine Widerrede! Du kommst mit!

Axel, der Ludwig, den Bayernkönig, stets gemocht hatte, fand Franks Idee großartig: »Einverstanden! Ich buche für uns zwei Flüge. Und dann können wir da unten über alles quatschen.«

Am Sonnabend morgen saßen die Freunde in der Maschine Richtung München. Mit der Bahn ging es weiter bis nach Füssen. Dort nahmen sie sich ein Taxi nach Schwangau. Sie mieteten sich in einer kleinen Privatpension unterhalb des Schlosses ein.

Es war ein herrlicher Tag Anfang März. Nur wenige Touristen bevölkerten den kleinen Ort. Die meisten waren Japaner. Überall lag noch Schnee. Axel atmete tief durch, betrachtete bewundernd die Schlösser Neuschwanstein und Hohenschwangau. Er war überwältigt. Eine Kulisse für ein wahrhaft königliches Drama. Die gewaltigen Berge spiegelten sich im Eis der zugefrorenen Seen. Drachensegler, die vom Tegelberg aus gestartet waren, schwebten in die Tiefe. Ein Pferdeschlitten brachte die Besucher hoch zum Märchenschloß.

»Ich kann Ludwig verstehen! Die Schönheit, die grandiose Natur und die Melancholie dieser Landschaft verzaubern auch mich.« Von weit her vernahm er die Musik Richard Wagners: »Was muß das für ein Mensch gewesen sein, der so etwas schuf? Das ist keine Musik, das ist eine Droge, ein Rausch. Ohne Ludwig hätte er viele seiner Werke nicht schaffen können. Der König hat den Münchnern nie verziehen, daß sie das größte Genie der damaligen Zeit davonjagten.«

Frank hörte aufmerksam zu: »Wie schaut's aus? Um sechzehn Uhr ist die letzte Führung! Wollen wir uns Neuschwanstein ansehen?«

Axel war begeistert. Außer Puste erreichten sie das Eingangstor des Märchenschlosses. Eine Stunde dauerte die Führung. Die beiden Männer waren beeindruckt. Nur ein wahrer König konnte solche vollendete Schönheit schaffen und der deutschen Sagenwelt ihren Platz in der Kulturgeschichte einräumen. Wie prächtig waren Thron- und Sängersaal. Wieviel Liebe mußte der König empfunden haben angesichts seines Schlafgemachs, das Tristan und Isolde gewidmet war. Lange hatten die Menschen ihn nicht verstanden, nicht verstehen wollen. Kitsch hatten sie seine Schlösser genannt. Inzwischen waren sich Künstler und Historiker einig, daß er ein Kulturgut von unschätzbarem Wert geschaffen hatte.

»Wir sind nicht hier, um über Ludwig zu reden, sondern über dich.«

Frank wußte, daß der Freund Hilfe brauchte. Er erkannte, daß Axel ein neues Lebensziel suchte und sich nicht entscheiden konnte. Bei einem anderen Gespräch hatte er auch alles über Antonio erfahren, den Kampf für die Tiere und das Ringen um sein Lebenswerk.

»Ich will dir die Geschichte eines Mannes erzählen, der Anfang des dreizehnten Jahrhunderts in Italien lebte. Sie nannten ihn den naiven Revolutionär. In Wahrheit war er seiner Zeit und auch uns weit voraus. Er stammte aus einer reichen Familie, wäre für jede Frau eine gute Partie gewesen. Er interessierte sich nur für Geld und den Applaus der anderen Leute. Ja, er war schon ein verzogenes Herrensöhnchen. Begeistert zog er in den Krieg gegen die konkurrierende Nachbarstadt und wurde gefangengenommen. Während der einjährigen Kerkerhaft erkannte er seine Fehler. Nach der Heimkehr entsagte er seinem sinnlosen Leben. Der Mann hieß Franziskus Bernardone.«

In die Geschichte ging er ein als Franz von Assisi. Axel und Frank wischten am Fuß des Schlosses den Schnee von einer Bank, setzten sich. Der Katzenfreund war erstaunt: »Warum erzählst du mir das?«

Frank Schmeichel, der ebenfalls ein aufregendes Leben hinter sich hatte, gab ihm die Antwort: »Weil es dir helfen kann! Für Franziskus gab es von nun an nur noch eine Aufgabe. Er wollte für die Versöhnung mit der Natur wirken. Glück bedeutete für ihn, in Einklang und Frieden zu leben mit der Schöpfung, mit den Menschen und mit Gott.

Man sagt, er sprach mit den Pflanzen und Tieren. Ausgerechnet im Mittelalter entwickelte er ein Gegenmodell zur Ausbeutermentalität der Neuzeit, die in der Natur nur

Nutzpflanzen, in Wäldern Rohstoffe für die Papier-, und Möbelindustrie, in Tieren nur Gaumenfreuden und Bereicherungen der Speisekarten sieht. Er verbrüderte sich mit allen Kreaturen, respektierte auch das scheinbar unbedeutendste Lebewesen als Mitgeschöpf mit Recht und Würde.

Wie weit sind wir heute von ihm entfernt? In unserem Haß und unserer Gier sind wir schlimmer als jedes Raubtier. Da ist nichts mehr von Güte und Barmherzigkeit. Sieh doch nur, wie grausam die Kriege heute geführt werden, wie brutal und rücksichtslos wir zu unseren Mitmenschen sind. Jeder denkt ausschließlich an sich. Und indem wir nur »haben wollen«, verlieren wir immer mehr, vor allem in unseren Herzen.

Franziskus sagte, wir sollen nicht auf die Fehler und Sünden der anderen achten, sondern die eigenen in der Bitterkeit unserer Seele überdenken. Er provozierte, erschreckte, aber er machte auch Mut. Kalt ließ er niemand. Von den Armen lernte er, was wirklich kostbar ist im Leben und unbezahlbar: Vertrauen, Hoffnung, Tapferkeit, sich beschenken lassen und der Mut, Gott die leeren Hände hinzuhalten.

Der Reichtum, dem wir nachlaufen, war für ihn die Quelle allen Übels. Wir brauchen ja heute auch noch Waffen, um unseren Besitz zu verteidigen. Womit wurde denn der Reichtum stets bezahlt? Mit der Arbeit der Abhängigen!

Dabei wollte Franziskus die Reichen nicht zum Teufel jagen. Er wußte, wie arm sie im Grunde ihres Herzens waren. So ging er zu ihnen und gewann viele für seine Ideale. Und sie lernten, daß alles Leben in der Welt aufeinander angewiesen ist und zusammengehört, in Liebe und Vertrauen. Als er mit vierundvierzig Jahren starb, hatte er ein erfülltes Leben hinter sich.«

Axel von Berg schwieg. Die Worte des Freundes hatten ihn tief bewegt. Frank sah es richtig. Er hatte den letzten Schleier des Zweifels weggerissen. Minutenlang saßen sie auf der Bank. Die Sonne, die bald über dem Alpsee versinken sollte, hüllte das Schloß in ein zartes Licht.

»Ich höre auf! Ich gehe nach Mallorca und vollende das Werk meines toten Freundes Antonio. Ich danke dir, Frank, daß du mir die Augen geöffnet hast. Vielleicht brauchte ich diesen Anstoß.

Die Ideale eines Franz von Assisi dürfen nicht vergessen werden. Die Welt braucht sie heute mehr als je zuvor. Deshalb werde ich mein künftiges Leben diesem einen Ziel widmen, der Erneuerung der Liebe zwischen Mensch und Natur.«

Nach der Rückkehr teilte Axel seine Entscheidung der Familie, den Freunden und Kollegen mit. Einige verstanden ihn, die anderen schüttelten die Köpfe: Jetzt ist er ganz irre geworden!

*

Axel von Berg hatte sich entschieden. Er verkaufte den größten Teil seiner Einrichtung, die beiden Eigentumswohnungen und das Auto. Den Rest verschiffte er in einem Container nach Mallorca, seiner neuen Heimat.

Es war Hochsommer, als er mit seinen Katzen auf der Insel landete. Drückende, flirrende Hitze schlug ihm entgegen. Ein Dunstschleier lag über der Ebene von Palma. Alles glühte. Die Menschen bewegten sich im Zeitlupentempo. Die zarten, frischen Farben des Frühlings waren einem stumpfen Grün gewichen. Isabella wartete schon am Ausgang des Flughafens auf ihn. Strahlend gab sie ihm einen Kuß. Diego und Fernando lutschten genüßlich kleckerndes Eis. Groß waren die Söhne seines Freundes geworden.

Isabella hakte sich bei ihm ein. Gemeinsam holten sie die beiden schweren Boxen vom Sonderschalter ab, in denen Axels Katzen saßen: »Mein verrückter Journalist! Als wenn es davon nicht genug auf der Insel gäbe. Du bist wie mein Antonio. Er nahm auch jedes Tier mit, das ohne ihn eingegangen wäre. Paß auf! Ich habe dir in unserer Finca ein Zimmer zurechtgemacht. Dort kannst du wohnen, solange du willst. Suche dir in Ruhe ein Haus aus. Wenn du was gefunden hast, ziehst du mit deinen Katzen um.«

Axel war einverstanden. So mußte er nichts mieten oder sich im Hotel einquartieren. Seine erste Frage galt der Organisation: »Wie sieht's aus? Kommt ihr voran?«

Isabella schüttelte den Kopf: »Nicht so richtig! Seit Antonios Tod haben wir zwar viele Katzen kastriert. Ohne die Hilfe Felippes hätten wir keine Chance gehabt. Er ist oft hier, gibt Ratschläge und verhandelt mit den Leuten von der Regierung. Aber er hat ja auch noch nebenbei seine Geschäfte und kann sich nicht teilen. Gut, daß du da bist! Wir haben sehnsüchtig auf dich gewartet.«

»Und was macht *Avalon*?«

Isabella zeigte mit dem Daumen nach unten: »Es ist halb fertig. Die Arbeiten ruhen. Wir wurden von mehreren Firmen betrogen und mußten klagen. Bevor nicht alles geklärt ist, geht es nicht weiter. Antonio war der einzige, der sich auskannte. Was soll ich dir sagen? Sieh selbst!«

Die wichtigste Frage hatte sich Axel bis zum Schluß aufgehoben: »Sag, Isabella, hast du jemals wieder was von meinem Moreno gehört?«

Sie sah traurig zu Boden: »Nein! Ich hatte dir damals geschrieben, daß er über Nacht auf und davon war. Seitdem haben wir ihn nie wieder gesehen. Leute berichteten ab und zu von zwei schwarzen Schatten oben in den Bergen. Die Beschreibung würde auf ihn zutreffen. Aber um wen soll es sich bei dem zweiten Tier gehandelt haben? Wir konnten uns keinen Reim drauf machen. Ich glaube, es war ausschließlich Antonio, der ihn bei den Menschen hielt. Moreno war immer ein Wildkater, wenn auch ein sehr lieber. Falls er noch lebt, dann bestimmt irgendwo in Freiheit.«

Axel, der nun die Arbeit des toten Freundes fortführen

wollte, hatte sich fest vorgenommen, nach dem Kater zu suchen: »Ich werde die ganze Insel auf den Kopf stellen. Wenn er noch da ist, finde ich ihn auch.«

Der Berliner wurde im Garten der Finca mit lautem Hallo empfangen. Fast alle waren sie gekommen. Nur Manuel fehlte. Er war kurz nach Antonios Tod spurlos verschwunden. Viele ahnten, warum.

Es wurde eine fröhliche Nacht. Die Männer, von denen inzwischen einige verheiratet waren, hatten ihre Frauen und Kinder mitgebracht. Die Katzen Antonios und Axels beschnupperten sich, zogen eine hitzige Massenprügelei ab und lagen anschließend erschöpft unter den Palmen. Bei dieser Wärme dauerte keine Rauferei länger als zwanzig Minuten. Nur Ludi hielt sich abseits. Er tänzelte schmusend um Alesandros Beine herum, schielte immer wieder interessiert nach oben. Lachend warf ihm der Polizist ein Stück Fleisch hin: »Na, Freundchen, du wirst doch nicht etwa wieder in mein bestes Stück beißen, so wie damals?«

Da aber auch ein kleiner Ludi mal erwachsen wird, verzichtete er auf die Extraportion und begnügte sich mit den hingeworfenen Leckereien.

Axel, der viel Geld aus Deutschland mitgebracht hatte, wurde einstimmig zum Führer der Organisation gewählt und stürzte sich sofort in die Arbeit. Nach zwei Monaten stand die neue Planung. Und dank seiner Verbindungen zu den Zeitungen wurde auch bald am Katzenheim weitergebaut. Jede freie Minute nutzte er, um nach Moreno zu suchen. Wiederholt setzte er Anzeigen in die Zeitungen, versprach hohe Belohnungen. Er fuhr von Ort zu Ort, sprach mit den Menschen. Doch niemand hatte den Kater gesehen.

Irgendwann erreichte er die Klause von Pater Bartholomé. Drei alte Kater träumten unter einem Baum, von denen einer große Ähnlichkeit mit Moreno besaß.

»Ja«, sagte der Mann, »hier lebte vor Monaten ein Kater, auf den die Beschreibung zutrifft. Auf einem vergilbten

Zettel in seinem Medaillon stand sogar der Name Moreno. Aber er blieb nicht lange bei mir, sondern verschwand eines Nachts und kehrte nicht mehr zurück.«

Axel fuhr zu seinem Freund Pablo, der in der Altstadt von Palma eine Kneipe hatte: »Ich weiß nicht, wo ich noch suchen soll. Der Schlingel ist wie vom Erdboden verschluckt.«

Pablo, der ihn seit Jahren kannte, goß ihm ein Glas Spezi ein: »Wart's ab! Der Kater spürt, daß du zurück bist. Er wird dich finden, auch ohne dein Dazutun. Wenn er will, kehrt er heim. Sei ganz sicher!«

Die Freunde saßen den ganzen Nachmittag auf Stühlen, die Pablo vor die Tür gestellt hatte. Sie sprachen von alten Zeiten, Antonio und der Entwicklung, die die Insel genommen hatte.

»Nichts ist hier mehr so wie früher, Axel! Die Leute haben weniger Geld, sind unzufrieden. Einige Hotels stehen leer. Jeder bekämpft seinen Konkurrenten mit Niedrigpreisen. Dadurch wird der Service schlechter, und es kommen noch weniger Gäste. Wir spüren die Rezession deiner Heimat auch bei uns. Viele Deutsche, die hier leben, verkaufen ihre Häuser und verlassen die Insel. Sie können sich den Süden nicht mehr leisten.

Und ich muß dich warnen! Übertreibe es nicht mit deinem Tierschutz! Du hast hier Feinde, die nur darauf warten, dich auszutricksen. Du bist kein Mallorquiner, sondern ein Fremder. Das bleibst du. Nimm dich in acht!«

Axel wollte die Ratschläge Pablos beherzigen. Am Abend erzählte er den Freunden von dem Gespräch. Sie nickten nur. Die Insel war, was den Tierschutz anbelangte, geteilt. Die einen standen auf ihrer Seite, die anderen waren gegen sie. Vorsicht war geboten.

Der Berliner bezog kurz darauf eine Finca unweit der Altstadt von Arta. Er genoß die wunderbare Aussicht bis weit ins Landesinnere. Oft waren die Freunde nun bei ihm zu Gast, um Pläne zu schmieden.

An einem Abend im Spätsommer, die Tierschützer waren längst gegangen, saß Axel auf seiner Terrasse, rauchte vor dem Schlafengehen eine Zigarette, als er von einem Geräusch aufgeschreckt wurde.

»Hallo, ist da jemand?«

Nichts! Er lief hinunter in den Garten, entsicherte die Pistole, die er nun ständig bei sich trug. Über den alten Feigenbäumen glitzerten die Sterne am Himmel. Axel ging zurück ins Haus, holte seine Taschenlampe. Nervös leuchtete er jeden Winkel des Gartens ab. Da war es! Auf der steinernen Umfassungsmauer sah er einen schwarzen Schatten, der wie ein Spuk verschwand. Er sicherte seine Waffe, steckte sie in den Gürtel, kletterte über die Mauer.

Was mochte es nur sein?

Der Schatten huschte den Feldweg hinauf, bog in die Altstadt ab. Axel hatte Mühe, ihn nicht aus den Augen zu verlieren. Immer weiter entfernte er sich vom Haus, in dem Türen und Fenster offenstanden.

Das »Gespenst« lockte ihn durch die verwinkelten, engen Gassen bis zur Wallfahrtskirche San Salvador. Ein Katz-und-Maus-Spiel der unheimlichen Art.

Schon außer Atem rannte Axel die Steinstufen der zypressengeschmückten Calvario hinauf. Von Zeit zu Zeit hielt der Schatten inne, um sich sogleich in Luft aufzulösen. Wie ein Geist verschwand er im Hof der Kirche, als plötzlich lautes Geschrei den halben Ort aus dem Schlaf riß.

Der Berliner blieb vor Schreck wie angewurzelt stehen, zog wieder seine Pistole, schlich in den Hof, der von hohen Mauern umgeben war. Unter einem Felsen, in einer Grotte, tobte ein mörderischer Kampf. Axel knipste die Taschenlampe an – und vergaß fast das Luftholen. In der kaum einen Meter hohen Höhle prügelten, bissen und schlugen sich Sancho, der fette, weiße Wachhund der Kirche, und – Moreno!

Axels langgezogener Freudenschrei machte der Keilerei ein Ende. Mooreenoooo!

Der Kater wirbelte herum, ließ vom speckigen Nacken der Promenadenmischung ab, spuckte ein klebriges Büschel Fell aus und rannte los. Direkt in die Arme seines Freundes.

Axel ließ die Taschenlampe fallen, riß den geliebten Kater hoch und busselte ihn stürmisch ab. Es störte ihn nicht im geringsten, daß Moreno mehr nach Hund als nach Katze schmeckte. Er hatte ihn endlich wiedergefunden.

Sie ließen den verdutzten Sancho einfach links liegen. Sollte er den Triumph genießen, einen Kater und einen Mann gleichzeitig in die Flucht geschlagen zu haben. Es war ihnen schnurzpiepe. Seinen Freund im Arm lief Axel zurück zur Finca. Er strahlte übers ganze Gesicht.

Je näher er aber seinem Haus kam, desto mehr staunte er darüber, daß der Kater vor ihm davongelaufen war. Irgendwas stimmte nicht. Die Antwort kam von Moreno, der ein ausgezeichnetes Gespür besaß. Als sie das Haus erreichten, sprang er fauchend vom Arm und verschwand auf einem der Feigenbäume.

Axel sah den Brief sofort. Er lag auf dem Terrassentisch. Daneben der abgeschlagene Hals einer Weinflasche. Mit zitternden Händen legte Axel seine Waffe auf den Tisch, schaltete überall Licht an, durchsuchte das Haus. Schließlich riß er den Umschlag auf. Nur zwei Sätze standen auf dem weißen Blatt Papier: Denk an Antonio! Das war die erste Warnung!

Kreidebleich ließ er sich auf einen Stuhl fallen. Nein, das konnte nicht wahr sein! Sie drohten ihm! Und so, wie sie es taten, ließen sie keinen Zweifel daran, daß sie auch brutal zuschlagen würden. Der Journalist bekam Angst, er war kein Einzelkämpfer. Wer immer dahintersteckte, er war ein gefährlicher Gegner.

Der Drohbrief lähmte den Tierfreund, nahm ihm die Freude über das Wiedersehen. Schlaflos verbrachte er die Nacht bis zum Morgen. Gegen neun Uhr rief er die Freunde zusammen, zeigte ihnen den Brief.

»Und was machen wir nun?«

Isabella erhob sich, sah jeden einzelnen an: »Wir hören auf! Und zwar sofort! Ich will nicht, daß noch ein Unglück geschieht! Ein Menschenleben ist genug! Der Preis ist zu hoch!«

Stundenlang debattierten die Männer über den unheilvollen Brief. Die Meinungen prallten aufeinander. Nicht einschüchtern lassen! Weitermachen! Jetzt erst recht! Denkt an die Tiere – und Antonio! Eben! Genau an den dachten die anderen. Sie forderten: Schluß mit dem Tierheim! Wieder im verborgenen arbeiten, abwarten! Am Ende ließ Axel abstimmen. Zögernd hoben sich die Hände. Als letzter war er dran. Und seine Entscheidung war unwiderruflich: »Wir machen weiter!«

Unermüdlich trieb er die Bauarbeiter in den folgenden Wochen an. Das Katzenheim wuchs, Stein für Stein. Büros wurden eingerichtet, Operationsräume gekachelt. Die Gehege und Quarantänestationen wurden als erstes fertig. Danach kamen die Cafeteria, Shops und Warteräume an die Reihe. Der Parkplatz für die Touristenbusse wurde befestigt, Decken gegossen, Türen und Fenster eingehängt.

Einladungen für die Einweihungsfeier gingen raus, das Büfett mußte bestellt werden.

Axel arbeitete wieder vierzehn Stunden am Tag, wie in alten Zeiten.

Er hatte den Brief schon fast vergessen, als die Gegner erneut zuschlugen. Mit Brandsätzen jagten sie einen Lastwagen in die Luft. Einen Tag später zerschossen sie die Fenster seiner Finca. Deshalb zog er mit Moreno in ein Hotel in Palma und gab seine anderen Katzen zu Isabella. In der nächsten Woche versagten die Bremsen seines alten Ford. Um ein Haar wäre er einen Abhang hinuntergerast. Sie hatten ihm im Parkhaus des Hotels die Bremsschläuche durchgeschnitten.

Weiter, nur weiter! Die Zeit lief davon. Das Werk mußte vollendet werden, um jeden Preis! Als das Geld knapp wurde, hob Axel sein Vermögen ab, verteilte Prämien. In drei Schichten wurde gearbeitet. Im April endlich begannen die Aufräumungsarbeiten. Blumen wurden gepflanzt, Palmen in den Boden gebracht, Hinweisschilder an den Hauptstraßen aufgestellt. Morgen sollte das Katzenheim eingeweiht werden. Sie waren sieben Wochen vor der Zeit fertig.

Am Tag darauf trafen sich hundertundvierzig Bauarbeiter, Freunde und Katzenschützer zur großen Party auf dem Parkplatz vor dem Tierheim. Staunend standen sie vor der gewaltigen Anlage. Das Tor war gekrönt von einem schwarzen Kater, der ein Medaillon auf der Brust trug. Das Bauwerk war weiß getüncht, hatte grüne Fenster und Türen. Auf dem Vorplatz sprudelte ein Springbrunnen. Das Katzenheim wurde geschützt von einer weißen Mauer, aus der alle zehn Meter kleine Türmchen wuchsen. Auf jedem saß eine goldglänzende Katzenstatue. Den Clou aber erlebten die Touristen, die mit dem Flugzeug die Insel erreichten. *Avalon* sah aus der Luft aus wie eine schlafende Katze.

Axel begrüßte die Gäste, die auf Stühlen Platz genommen hatten. Auf einem Kissen in der ersten Reihe döste Moreno gelangweilt vor sich hin.

Schmunzelnd beobachtete der Berliner seinen Kater, der zwischen Felippe und Klaus Culmann lag. Das also war der Tag, den sie so sehr herbeigesehnt hatten. Axel übergab das Mikrofon an Isabella. Sie war es, die das größte Opfer gebracht hatte. Ihr stand es zu, das Heim einzuweihen.

Sie dankte allen, die mitgearbeitet hatten, die gekommen waren, diesen Tag gemeinsam zu feiern. Vergessen waren Mühe und Mutlosigkeit. Nicht Geld hatte dieses Werk geschaffen, sondern die Liebe. Nicht schöne Worte waren der Motor gewesen, sondern Hingabe, Glaube und Hoffnung. Das Bauwerk sollte ein Haus Gottes sein – aber nicht für die Menschen, sondern für die Tiere.

»Ich möchte zum Schluß eines Mannes gedenken, dessen Stuhl hier heute leer bleibt. Er war es, der den Mut besaß, der etwas tat, was wir verlernt hatten – träumen. Er nahm uns an die Hand, ließ uns daran teilhaben. Seine Liebe war stärker als der Zweifel, mächtiger als der Haß. Er gab, ohne nehmen zu wollen. Nie zeigte er auf andere, fragte dafür, was kann ich tun? Der Mann, dem wir danken, führte uns hier zusammen. Nun müssen wir die Menschen und Tiere zusammenführen.

Sein Vermächtnis ist die Aufgabe, die wir zu erfüllen haben. Bevor er für immer von uns ging, nannte er mir den Namen des Bauwerkes, vor dem ich heute stehe.«

Isabella wandte sich um, lief zum Eingangstor und entfernte das Tuch, das den goldenen Namenszug verhüllte: »Mein geliebter Antonio, für dich, für die Menschen und für die Tiere! Möge diesem Haus Glück beschieden sein für alle Zeiten. Ich taufe dich auf den Namen *Avalon*!«

Es wurde eines der schönsten Feste der Insel. Tierschützer anderer Ortschaften bestaunten die »größte Katze der Welt«. Bis tief in die Nacht feierten sie den Erfolg, der so mühsam erkämpft war. Dann kehrten sie heim in ihre Dörfer und Städte.

Stille herrschte auf dem Platz vor *Avalon*. Ein Mann stand abseits, schaute auf das von Scheinwerfern erleuchtete Bauwerk. Neben ihm saß ein schwarzer Kater, der nicht wissen, nicht ahnen konnte, wieviel er zu alldem beigetragen hatte.

Axel erinnerte sich, wie es angefangen hatte, auf der Festung von Capdepera, als eine Touristin Moreno hatte durchprügeln wollen. Wie viele Jahre lag das schon zurück? Und nun dieser Tag!

Wolken zogen plötzlich auf. Die Temperatur sank. Vereinzelte Blitze zuckten am Himmel. Ein eisiger Wind pfiff über die Ebene. Axel klappte den Kragen hoch, nahm Moreno. Ein Orkan hatte die Insel erreicht, brach mit unbändiger Gewalt los.

»Los, bloß weg hier, ehe es richtig losgeht!«

Er hatte kaum seinen Wagen erreicht, als er sie sah. Wie feurige Augen bohrten sich ihre Scheinwerfer durch die Nacht. Das Dröhnen der Motoren übertönte das Donnern des Orkans. Der Regen, der unvermittelt einsetzte, peitschte ihm ins Gesicht: »Mein Gott, was ist das? Was wollen die hier?«

Er setzte Moreno ins Auto, rannte auf die Scheinwerfer zu. Das grelle Licht brannte in den Augen. Seine Schuhe klebten im Schlamm: »Nein, nein, nicht!«

Sechs Planierraupen rollten mit ohrenbetäubendem Lärm auf *Avalon* zu. Schlamm spritzte zur Seite. Die Ketten hinterließen tiefe Abdrücke im aufgeweichten Boden. Vier Männer sprangen aus einem Wagen, stießen ihn zur Seite: »Wir haben dich ja gewarnt, du deutsches Schwein. Nun sieh zu, was wir aus deinem Katzenheim machen!«

Axel wollte sich auf sie stürzen, bekam einen Schlag in den Magen. Einer der Männer gab das Kommando: »Haltet ihn fest! Und dann macht das Ding platt.«

Krachend stürzten die Mauern *Avalons* ein. Eine der Planierraupen brach direkt durchs Tor. Die schwarze Katze wurde von ihrem Sockel gerissen, zerbarst auf dem Boden. Die folgende Planierraupe rollte darüber hinweg, zermalmte auch das Schild, auf dem *Avalon* stand. Immer weiter fraßen sich die stählernen Ungetüme durch Mauern und Gehege. Axel mußte mit ansehen, wie sein Traum vernichtet wurde. Alles in ihm zerbrach.

Die Männer, die ihn hielten, ließen los. Er konnte sich nicht mehr wehren, so schlimm war der Schmerz, der in dieser Nacht seine Seele zerriß. Dort, wo eben noch *Avalon* gestanden hatte, war nur noch ein Haufen Schutt.

Ein letztes Mal wühlten sich die Planierraupen durch die Trümmer, zerfetzten Stromleitungen, zermalmten Draht und Holz. Auf ein Zeichen hin hielten sie an. Die Motoren verstummten.

Der Anführer, der die Zerstörung geleitet hatte, kam auf

Axel zu, hockte sich neben ihn: »Gib dir keine Mühe, es wieder aufzubauen! Du hast gegen uns keine Chance! Wir werden zurückkommen und es ein zweites Mal plattwalzen. Es wird auf dieser Insel kein Katzenheim geben. Merke dir das! Wir wollen Hotels, Vergnügungsparks und Golfplätze und keine kranken Bastarde. Die Insel gehört uns, sonst niemandem!«

Axel war am Ende. Er sah nicht auf, hielt die Hände vors Gesicht. Dröhnend setzten sich die Planierraupen wieder in Bewegung, wurden verschluckt von der Finsternis. Nach wenigen Minuten war Ruhe eingekehrt.

Langsam erhob er sich, müde, ausgelaugt, gebrochen. Wie in Trance stolperte er zum Wagen. Er hatte nicht mehr die Kraft, zurückzuschauen. Auf der Hauptstraße hielt er wenig später an einer Telefonzelle, um seinen Freund Pablo anzurufen: »Komm bitte in deine Kneipe, sofort! Es ist aus!«

*

Es war kühl geworden, oben auf Bon Ani. Ein frischer Wind ließ den Jungen frösteln. Wärme und Geborgenheit suchend, kuschelte sich Jonas von Berg an seine Großmutter. Die Dämmerung umarmte die Insel der Stille. Die Sonne stand tief über dem Meer, verabschiedete den Tag. Matt schimmerten die ersten Sterne am Himmel.

Margarethe von Berg streichelte das Gesicht ihres Enkelsohnes: »Ja, Jonas, so war das. Das ist die Geschichte deines Vaters und seiner Freunde. Nun weißt du alles. Ich frage mich, ob er hätte anders leben wollen? Vielleicht konnte er es nicht. Ewig war er hin- und hergerissen zwischen Hoffen und Verzagen. Ein eigenartiger Mensch, und doch mein Sohn, dein Vater.«

Jonas erhob sich, streckte die müden Glieder: »Ich will versuchen, ihn zu verstehen. Es war ganz schön viel, was du mir da erzählt hast. Eine Weile werde ich brauchen, um es zu verarbeiten. Komm, laß uns zurückfahren! Ich muß über einiges nachdenken.«

Sie nahmen ihre Sachen, liefen zum Auto. Jonas blickte während der Fahrt aus dem Fenster: »Hast du *Avalon* mal gesehen?«

Die Frau schüttelte den Kopf: »Nein, dazu kam es nicht mehr. Aber ich kenne Zeichnungen. Es muß sehr schön gewesen sein. Nun sind nur noch die Ruinen da.«

Großmutter und Enkel verbrachten den Abend im Hotel, gingen früh zu Bett. Beide waren erschöpft und schliefen sofort ein.

Am folgenden Morgen unterbreitete der Junge einen Vorschlag: »Wir müssen alles tun, damit Papa wieder auf die Beine kommt. Sobald die Ärzte es erlauben, sind wir rund um die Uhr an seinem Bett. Ich hole alle Freunde zusammen. Sie müssen uns helfen, ihn gesund zu pflegen.«

Margarethe von Berg machte große Augen: »Eben sprachst du wie dein Vater. Es ist schon sonderbar, wie sehr du ihm ähnelst. Aber du hast recht! Wir müssen für ihn dasein!«

Drei weitere, endlose Tage vergingen. Schließlich rief sie der Arzt im Hotel an: »Frau von Berg, Ihr Sohn wird leben! Die Operationen verliefen gut. In etwa sechs Wochen können wir ihn entlassen. Er braucht allerdings noch einige Wochen, um sich zu erholen. Aber das ist Ihre Sache.«

Axels Mutter flog noch am selben Tag zurück nach Deutschland. Jonas, der seine Schule benachrichtigt hatte, zog zu Isabella. Tagelang war er damit beschäftigt, alle Freunde des Vaters zusammenzutrommeln. Abwechselnd hielten sie an seinem Bett Wache. Jonas jedoch mied das Krankenhaus. Er wollte den Vater auf seine Weise überraschen.

Die Genesung machte gute Fortschritte. Axel hatte zwar fünfundzwanzig Pfund Gewicht verloren. Aber die Kraft, die er durch jahrelanges Bodybuilding erlangt hatte, half ihm jetzt. Zum Anfang konnte er nur wenige Minuten im Zimmer auf und ab laufen. Am Ende waren es schon fünfzehn Minuten.

Schließlich kam der Tag der Entlassung. Die Schwester packte seine Sachen zusammen, vermittelte ihm die Anschrift eines Orthopäden in Arta: »Sie werden noch etwas Zeit brauchen, bis Sie wieder richtig laufen können. Ein halbes Jahr vielleicht. Solange wird der Rollstuhl Ihr bester Freund sein.«

»Bester Freund? Na, Sie machen mir Spaß! Ist denn jemand da, der mich abholt?«

Die Frau, die eingeweiht war, schüttelte den Kopf: »Nein, soweit ich weiß, nicht! Aber wir haben einen Wagen organisiert, der Sie nach Hause bringt.«

Axel war ein wenig enttäuscht. Allein lenkte er den Rollstuhl den Gang entlang bis zum Fahrstuhl. In der Aufnahme gab er seine Papiere ab, rollte durch die große Glastür. Selbsttätig schwangen die Flügel der Tür nach außen ...

Axel traute seinen Augen nicht. Da waren sie! Alle! Freudentränen kullerten über die Wangen. Ergriffen schaute er in die Runde, sprachlos, im Herzen gerührt. Seine Mutter, Felippe, Pablo, Isabella, Alesandros und die vielen Freunde, die er hier gefunden hatte, waren da.

»Willkommen im Leben, Axel!«

Stürmisch umarmten sie ihn, drückten ihm Küsse auf die Wange. »Aua, seid gefälligst vorsichtig! Mir tut noch alles weh, ihr verfluchten Katzenschützer!«

Die Freude war unbeschreiblich.

Felippe packte die Griffe des Rollstuhls: »Hier wird nicht gejammert, alter Kämpfer! Halte dich fest, wir machen einen kleinen Ausflug!«

Drei Freunde faßten mit an, hoben den Rollstuhl in einen Bus, den sie für diesen Tag gemietet hatten. Der Fahrer schob eine Kassette mit mallorquinischer Musik in den Recorder.

»Was habt ihr mit mir vor, Lausebande?«

Pablo, der fröhlich singend Wein aus seiner Kneipe ausschenkte, fuhr ihm über den Mund: »Schscht! Du bist krank und hast zu gehorchen!«

Es ging Richtung Osten. Endlich bog der Bus von der Hauptstraße ab, hielt nach wenigen hundert Metern. Vorsichtig halfen sie Axel aus dem Bus, hievten ihn aus dem Rollstuhl, setzten ihn in einen bequemen Sessel, den sie zuvor organisiert hatten.

»Was soll das?« wollte er wissen.

Die Freunde standen im Kreis um ihn herum. Er kannte die Gegend. Es war die Stelle, an der sein Katzenheim zerstört worden war.

Isabella gab ihm einen Kuß: »So, nun mach die Augen zu und öffne sie erst, wenn wir es dir sagen. Zähle derweil bis zehn.«

Axel tat ihr den Gefallen, schloß die Augen, zählte: eins, zwei, drei, vier, fünf, sechs, sieben, acht, neun ... und zehn.«

Dann öffnete er sie und sah etwas, was er nie vergessen sollte.

Diego und Fernando standen direkt vor ihm, hielten ein großes Schild, auf dem mit goldenen Buchstaben *Avalon* geschrieben stand.

Wortlos sah er seine Freunde an. Er konnte nichts sagen. Dann traten sie zur Seite, machten Platz. Ein Junge kam auf ihn zu, kniete sich neben ihn.

»Vater, ich bin es, dein Sohn Jonas!«

Der Sohn öffnete einen großen Korb, hob ein maunzendes Etwas hoch, legte es Axel in den Schoß.

»Moreno, mein Moreno!«

Glücklich küßte er ihn auf die Nase, daß sich der Kater schüttelte und ein lautes, piepsiges Miau von sich gab.

Alle schwiegen! Leise flüsterte Jonas seinem Vater nur den einen Satz ins Ohr: »Papa, wir bauen doch *Avalon* wieder auf!?«

Axels Hände zitterten, seine Stimme versagte fast. Langsam erhob er sich. Und während er seinen geliebten Kater an sich drückte, sagte er nur: »Ja, wir bauen *Avalon* wieder auf!«

Hoffnung, in mir lebt noch die Hoffnung, daß ich
nicht einfach sterbe wie die Kerze im Wind.

(aus Cats)

Vater Wind

Graue Mauern, Großstadthektik,
Räder drehen sich geschwind,
farbengrell die Neonlichter,
und ganz leise weint ein Kind.

Menschen hasten, Menschen treiben
in den Schluchten auf und ab,
schauen angespannt nach vorne,
sehen nicht das off'ne Grab.

Ja, sie laufen wie Maschinen,
treten an in Reih' und Glied.
Keiner kennt sie, keiner hält sie,
keiner hört das Abschiedslied.

Immer lauter, immer schneller
ist der Slogan dieser Zeit.
Nur Erfolg zählt, kein Versagen,
siegen wird, wer kampfbereit.

Doch am Ende dieser Straße
weint ganz leis ein kleines Kind.
Niemand sieht es, niemand hört es,
nur der alte Vater Wind.

Seit so vielen tausend Jahren
reist er nun um diese Welt.
Keiner, der ihn bremsen könnte,
keiner, der ihn wirklich hält.

Stürmisch wühlte er die Meere,
wirbelte den Wüstensand,
fegte über Wies' und Wälder,
ward geführt von Gottes Hand.

Drohend türmte er die Wolken,
schickte Blitze, grell und licht,
Sommer, Winter, Herbst und Frühling,
folgte er so seiner Pflicht.

Und er sah, was auf der Erde
ward von Menschenhand vollbracht.
Kriege, Hunger, nacktes Chaos
stürzten all in tiefe Nacht.

Seine Reiter fuhr'n hernieder,
brachten Hunger, Leid und Tod,
und am allerjüngsten Tage
war die Erde blutig rot.

Nur ein Kind blieb schließlich übrig,
und es fragt den Vater Wind:
Warum mußte es so kommen?
Bitte, sag es mir geschwind!

Und der Wind am letzten Tage,
als die Arbeit ward gemacht,
sprach zu jenem Erdenwesen:
Bald umgibt uns dunkle Nacht.

Sieh, sie hatten ihre Chance,
hatten alles Glück der Welt.
Doch sie spielten und verloren,
weil für sie nur zählt das Geld.

Vater Wind nahm dann das Kindlein
mit zu sich in weite Höh',
daß es vom Palast der Winde
noch einmal die Erde seh'.

Tiere spielten, Blumen blühten,
so, als sei fast nichts gescheh'n.
Nur der Mensch allein, er fehlte.
All dies konnt' das Kindlein seh'n.

Leise sprach's zum Wind, dem Vater:
Ja, du hast es recht gemacht.
Jetzt nun kann die Erde leben,
und dein Werk – es ist vollbracht.

Wer schmust denn da?

Edgar Bracht
Felicitas auf leisen Pfoten
Ullstein Buch 23639

Alexander Conradt
Irmchen
Ullstein Buch 23460

Irmchen II
Ullstein Buch 23588

Irmchen III
Ullstein Buch 23714

Das Irmchen Postkartenbuch
Ullstein Buch 23726

Robert Crottet
Negri
Ullstein Buch 23882

Renate Fabel
Mit Kind und Kater
Ullstein Buch 23671

Renate Fabel/ Hans Fischach
Molly im Glück
Ullstein Buch 23670

Elfriede Hammerl
Liebe läuft auf leisen Pfoten
Ullstein Buch 23455

Wolfgang J. Kohlschmidt (Hrsg.)
Wer schmust denn da?
Ullstein Buch 23669

Horst M. Lampe
Ein Kater von Welt
Ullstein Buch 23308

Martina Magyari
Samtpfote und der Duft von Gras
Ullstein Buch 23511

Marion Mosell
Timo & Anton
Ullstein Buch 23377

Schnurren ist Gold
Ullstein Buch 23750

Chris Rubin
Cleo
Ullstein Buch 23672

Gerd Schmitt-Hausser
Der Tag, an dem die Katzen verschwanden
Ullstein Buch 22815

A. N. Wilson
Der Streuner
Ullstein Buch 23736

Ullstein